Teufelsflut

COLIN FORBES

Teufelsflut

Roman

Aus dem Englischen von
Thomas A. Merk

WILHELM HEYNE VERLAG
MÜNCHEN

Die Originalausgabe erschien unter dem Titel
Sinister Tide
bei Macmillan Publishers Ltd., London

Für meine Lektorin Suzanne

Sämtliche Figuren dieses Romans entstammen der Fantasie des Autors
und haben keinerlei Bezug zu lebenden Personen.
Ebenso frei erfunden sind alle in diesem Buch geschilderten Häuser
oder Wohnungen in Großbritannien sowie auf dem europäischen Festland.

Umwelthinweis:
Dieses Buch wurde auf chlor- und säurefreiem Papier gedruckt.

Satz: Leingärtner, Nabburg
Druck und Bindung: Bercker, Kevelaer
Printed in Germany

ISBN 3-453-21402-1

PROLOG

Die Welle, die einen reglosen Körper mit sich trug, rollte im blassen Licht des gerade aufgegangenen Mondes direkt auf sie zu.

»Der Mann ist tot«, sagte Paula Grey düster. »Sehen Sie selbst.«

Paula reichte Tweed, der neben ihr stand, das Nachtsichtglas. Die beiden lehnten an der Kaimauer von Appledore, einer alten Stadt nördlich von Dartmoor am Mündungsdelta der beiden Flüsse Torridge und Taw. Auf der anderen Seite des Meeresarmes konnte man im Mondlicht die weiß gekalkten Wände kleiner Häuser erkennen, die zur Ortschaft Instow gehörten.

»Stimmt, er ist tot«, sagte Tweed. »Die Flut wird ihn gleich hier unten an den Strand spülen.«

»Wahrscheinlich ein Fischer, der irgendwo draußen auf dem Meer über Bord gefallen ist«, bemerkte Superintendent Roy Buchanan von Scotland Yard. »Ich frage mich übrigens immer noch, weshalb Sie mich mitten in der Nacht hierher geholt haben.« Buchanan war ein großer, schlanker Mann Mitte vierzig.

»Das habe ich Ihnen doch schon erklärt«, sagte Tweed leicht gereizt. »Es geht um die Botschaft, die wir in der SIS-Zentrale in London erhalten haben. Die Botschaft von Dr. Goslar, dem Genie des Verbrechens.«

»Es könnte sich ja auch jemand einen Scherz mit Ihnen erlaubt haben…«

In diesem Augenblick kam Bob Newman die Stufen vom Strand heraufgerannt. Der Auslandskorrespondent arbeitete schon seit Jahren für den SIS, dessen stellvertretender Direktor Tweed war.

»Da stimmt was nicht!«, keuchte Newman. »Die Flut treibt ganze Schwärme von toten Fischen herein. Der Strand ist übersät damit. Köhlerfische, Seebarsche und Makrelen. Sieht so aus, als wären sie vergiftet worden.«

»Das ist doch nicht möglich«, sagte Buchanan, während er mit dem Fernglas den Strand absuchte. »Aber stimmt. Sie haben Recht. Da liegen überall tote Fische herum. Seltsam.«

»Außerdem habe ich einen merkwürdigen Kauz entdeckt, der die ganze Bescherung auf Video aufnimmt«, fuhr Newman fort. »Ich kann mir allerdings keinen Reim darauf machen, wozu.«

»Was ist denn so merkwürdig an ihm?«, fragte Inspector Crake, der Polizeichef von Appledore. Crake war ein kleiner, untersetzter Mann, der beide Hände in die Taschen seines schäbigen Mantels gesteckt hatte.

»Seine Kleidung«, sagte Newman. »Er trägt eine Sherlock-Holmes-Mütze und eine lange, karierte Jacke. Hagerer Typ mit knochigem Gesicht. Zappelt ziemlich viel herum.«

»Das kann nur Sam Sneed sein, unser hiesiger Lokalreporter«, sagte Crake. »Der ist immer ganz scharf auf eine große Story in den überregionalen Blättern. Offenbar drängt es ihn hinaus in die große weite Welt.«

»Können Sie uns vielleicht sagen, wo dieser Sneed wohnt?«, fragte Tweed.

»Ja. Im Pendel's Walk Nummer vier. Das ist in dem Gewirr kleiner, mit Kopfstein gepflasterter Straßen gleich hier hinter uns.«

»Jetzt wird ein toter Seehund angespült«, platzte Paula heraus, die zuvor das Fernglas von Tweed zurückerhalten hatte. »Glaube ich zumindest. Aber wie kommt ein toter Seehund hierher?«

»Draußen auf Lundy Island gibt es eine Seehundkolonie«, erklärte Crake. »Ich glaube, Sie haben Recht, Miss Grey. Das Ding da drüben sieht tatsächlich wie ein Seehund aus. Was geht hier bloß vor?«

»Es ist fürchterlich«, sagte Paula. »Schauen Sie sich bloß den Strand an. Der glänzt richtiggehend von toten Fischen.«

»Da muss etwas wirklich Schlimmes passiert sein«, sagte Tweed grimmig. »Etwas Diabolisches. Das riecht förmlich nach Dr. Goslar. Wir müssen sofort Wasserproben nehmen.«

Buchanan wandte sich an seinen Assistenten Sergeant Warden, einen großen Mann, der mit versteinertem Gesicht hinter ihm stand, und gab ihm mit knappen Worten seine Anweisungen.

»Warden, holen Sie ein paar Plastikbehälter aus dem Wagen und füllen Sie sie mit Meerwasser. Aber ziehen Sie sich Gummihandschuhe an. Ich komme mit und rufe währenddessen einen Krankenwagen. Vielleicht ist der Mann da unten am Strand ja doch noch am Leben ...«

»Wir brauchen auch ein paar Proben von den toten Fischen«, rief Tweed ihm hinterher. »Auch der Seehund sollte sichergestellt werden.«

»Ein Meer des Todes«, flüsterte Paula.

»Den Eindruck habe ich auch«, meinte Tweed. »Vor ein paar Minuten war mir übrigens, als hätte ich den Motor eines großen Bootes gehört, das aufs Meer hinausfährt.«

»Stimmt. Das habe ich auch gehört«, sagte Paula.

Es folgte eine kurze, beunruhigende Stille, in der nichts außer dem Brechen der Wellen am Strand zu hören war. Tweed blickte hinaus aufs offene Meer. Bei dem geringen Seegang, der in dieser Nacht geherrscht hatte, war es ziemlich unwahrscheinlich, dass ein Fischer einfach so über Bord gegangen war.

Ein paar Minuten später wurde der Tote angeschwemmt, dichtauf gefolgt vom Kadaver des Seehunds. Kurz darauf hastete ein schlanker, agil wirkender Mann, der sich einen großen Gegenstand an die Brust drückte, die Stufen vom Strand herauf. Ohne Tweed und die anderen eines Blickes zu würdigen, rannte er die Promenade entlang und verschwand zwischen den Häusern von Appledore.

»Das war dieser Sam Sneed«, sagte Newman. »Wieso hat er es bloß so verdammt eilig?«

»Wenn wir hier fertig sind, sollten wir ihm einen Besuch abstatten«, sagte Tweed und wandte sich dann an Crake. »Können Sie uns sagen, wie wir zum Pendel's Walk kommen?«

»Nehmen Sie das hier.« Crake zog einen Plan von Appledore aus der Manteltasche, machte mit seinem Kugelschreiber ein Kreuz darauf und gab ihn Tweed.

»Ich habe Ihnen Sneeds Haus eingezeichnet«, erklärte er. »Er wohnt dort mit seiner Schwester Agnes.«

»Danke sehr.«

»Ah, da kommt ja die angeforderte Verstärkung«, sagte Crake. »Jetzt kann ich endlich die Strandpromenade absperren und den Tatort sichern.«

»Glauben Sie denn, dass wir es mit einem Verbrechen zu tun haben?«, fragte Paula.

»Das kann ich noch nicht sagen. Die Geschichte ist jedenfalls äußerst rätselhaft. Wie Sie vielleicht bemerkt haben, sind in den Häusern hinter uns schon einige Lichter angegangen. Also, ich habe keine Lust, mich mit Schaulustigen herumzuschlagen. Ich werde gleich mal hinübergehen und meinen Leuten die nötigen Anweisungen geben.«

Rechter Hand war ein Polizeiwagen vorgefahren, aus dem jetzt mehrere uniformierte Beamte stiegen. Es dauerte nur ein paar Minuten, dann war die Strandpromenade an beiden Seiten mit Plastikband abgesperrt. Newman war mit Warden hinunter zum Strand gegangen, um ihm beim Sammeln der Proben zu helfen. Tweed hatte ihn zuvor noch einmal eindringlich ermahnt, sich unbedingt Latexhandschuhe überzustreifen. Jetzt waren die beiden Männer unten am Meer, wo Warden Seewasser in einen Plastikkanister schöpfte. Newman hatte sich von dem Sergeant eine kleine Schaufel geben lassen, mit der er tote Fische in große Plastikbeutel beförderte.

»Wir haben Glück«, sagte Buchanan, der gerade von seinem Einsatzwagen zurückkam. »Ein paar Krankenwagen sind ganz in der Nähe, weil sie wegen eines Fehlalarms an den Ortsrand beordert wurden. Sie können jeden Augenblick hier sein.«

»Ein Fehlalarm?«, sagte Tweed mit scharfer Stimme. »Ist bekannt, wer ihn ausgelöst hat?«

»Nein. Die Stimme des Anrufers soll stark verzerrt gewesen sein. Angeblich wegen einer schlechten Verbindung.«

»Das könnte passen«, sagte Tweed, ohne seine Bemerkung näher zu erläutern.

»Da kommt ein großer Wagen, da links«, sagte Paula auf einmal.

Alle drehten den Kopf in die angegebene Richtung, wo ein Jaguar mit getönten Seitenfenstern langsam die Promenade entlangfuhr. Er machte keine Anstalten, an der Absperrung der Polizei anzuhalten, sondern zerfetzte einfach das Plastikband. Als er dasselbe mit der zweiten Absperrung machte, rannte Buchanan auf den Wagen zu und hämmerte gegen die Scheiben. Jetzt erst hielt der Jaguar an. Buchanan sprach mit dem Fahrer, der den Motor einfach weiterlaufen ließ. Dann setzte sich der Wagen wieder in Bewegung, und Buchanan kam zurück zu Tweed und Paula. Er machte ein verärgertes Gesicht.

»Was war denn das?«, fragte Tweed. »Wieso haben Sie ihn weiterfahren lassen?«

»Er hatte ein Diplomatenkennzeichen. Die Chauffeurin hat behauptet, ihr Passagier müsse zu einer wichtigen Konferenz. Ich hatte leider keine Handhabe, ihn zum Aussteigen zu zwingen.«

»Haben Sie ihn denn gesehen?«

»Nicht deutlich. Zwischen Chauffeurin und Passagier war eine getönte Trennscheibe. Aber der Mann kam mir irgendwie arabisch vor.«

Buchanans Stimme war die Frustration deutlich anzumerken. Es ärgerte ihn sichtlich, dass er gegen jemanden mit einem Diplomatenpass nicht vorgehen durfte.

»Haben Sie eben Chauffeurin gesagt?«, fragte Tweed.

»Ja. Der Wagen wurde von einer Frau gesteuert. Von einer ziemlich gut aussehenden übrigens, soweit ich das beurteilen konnte. Viel habe ich allerdings von ihr nicht gesehen. Sie trug eine dunkle Brille und hatte tiefschwarzes Haar.«

»Sind Sie sich wirklich sicher, dass es eine Frau war?«, hakte Tweed nach.

»Ziemlich. Sie hatte das Haar zwar unter einer großen Schirmmütze versteckt, aber hinten hingen doch ein paar Strähnen heraus. Das habe ich im Licht der Straßenlaterne deutlich gesehen. Wieso interessiert Sie das so?«

»Wie alt war die Frau?«

»Ende dreißig, Anfang vierzig würde ich sagen.«

»Interessant. Dr. Goslar hat früher einmal mit einer jungen Assistentin zusammengearbeitet.«

»Jetzt hören Sie aber auf. Sie wollen doch wohl nicht sagen, dass dieser Goslar in dem Jaguar saß! Wie sieht er überhaupt aus?«

»Das haben wir nie herausfinden können. Nicht einmal annähernd. Aber ich sehe gerade, dass zwei Krankenwagen unten am Strand angekommen sind. Die Sanitäter legen gerade den Mann auf eine Bahre. Ich möchte, dass die den toten Seehund in den zweiten Krankenwagen bringen.«

»Soll das ein Witz sein? So ein schweres, glitschiges Ding?«

»Vielleicht kann man ihn ja vorher in eine Plane einwickeln ...« Tweed hielt inne, weil einer der Sanitäter die Stufen vom Strand heraufstieg. Er ging zu Buchanan und berichtete, dass der Mann unten am Strand tot sei. »Die Leiche muss zusammen mit dem toten Seehund sofort zu Charles Saafeld gebracht werden«, sagte Tweed daraufhin. »Saafeld ist der beste Pathologe des Landes, wenn nicht der ganzen Welt. Außerdem ist er ein brillanter Biophysiker und Professor der Bakteriologie. Der Mann ist ein echtes Superhirn.«

»In dem Polizeiwagen habe ich eine Rolle Segeltuch gesehen«, sagte Crake. »Völlig unbenützt und ganz sauber. Darin könnten wir den toten Seehund einwickeln.«

»Dann tun Sie das bitte«, sagte Tweed. »Die Kanister mit den Wasserproben müssen ebenfalls zu Saafeld.«

Paula stieß Tweed mit dem Ellenbogen an. »Die Ebbe hat eingesetzt«, sagte sie. »Das Wasser zieht sich wieder zurück, und die Wellen kommen nicht mehr so hoch den Strand hinauf.«

»Wir brauchen schnellstens noch weitere Wasserproben«, sagte Tweed.

»Wozu?«, wollte Buchanan wissen.

»Weil hier etwas sehr Seltsames und Unheilvolles vor sich geht.«

»Wird gemacht«, sagte Warden, der gerade mit Newman die ersten Proben zu einem der Krankenwagen gebracht hatte. »Wir haben noch eine ganze Menge von diesen Kanistern dabei. Ich werde sofort alles Nötige in die Wege leiten.«

»Halten Sie sich nur nicht damit auf, meine Erlaubnis einzuholen«, brummte Buchanan sarkastisch. »Schließlich bin ich ja nur Ihr Vorgesetzter. Na los, machen Sie schon, und nehmen Sie die Proben.« Er wandte sich wieder Tweed zu. »Ich habe immer noch keine Ahnung, worauf Sie eigentlich hinauswollen.«

»Ich auch nicht. Alles hängt von Saafelds Untersuchungsergebnissen ab. Falls er überhaupt etwas herausfindet.«

Buchanan runzelte die Stirn und folgte Crake dann an den Strand, um die Operation zu beaufsichtigen. Tweed blieb mit Paula und Newman zurück. Der Auslandskorrespondent streifte vorsichtig seine Latexhandschuhe ab und steckte sie in einen Plastikbeutel. Eine ganze Weile blieben die drei schweigend stehen.

Es war Ende März, und die Nachtluft war noch kalt. Paula schaute nach rechts, wo sich die beiden Flüsse zu dem Meeresarm vereinigten. In den letzten Tagen hatte es viel geregnet.

Paula drehte sich um und blickte auf die grauen Steinhäuser des Ortes, unter denen auch ein kleines Hotel war. In der Dunkelheit sahen sie ziemlich trostlos aus. Das kleine Instow am gegenüberliegenden Ufer machte dagegen einen viel anheimelnderen Eindruck. Mit seinen weißen Häuschen erinnerte es Paula an ein Puppendorf.

»Was machen wir jetzt?«, fragte Paula und zog den Reißverschluss ihrer Windjacke ganz nach oben. Der kalte Wind hatte aufgefrischt.

Paula blickte hinaus aufs Meer und sah, wie die Gezeitenströmung jetzt das Wasser aus dem Meeresarm sog. Newman war wieder hinunter an den Strand gegangen und hatte den Polizisten Anweisungen zum Entnehmen der von Tweed geforderten Wasserproben gegeben. Jetzt kam er zurück und berichtete, dass alles in die Wege geleitet sei.

»Dann können wir uns jetzt wohl auf den Weg machen, um diesem Sam Sneed einen Besuch abzustatten. Vorausgesetzt, es gelingt uns, das Haus unseres ehrgeizigen Reporters zu finden.«

Bevor sie aufbrachen, fragte Tweed noch Inspector Crake, ob man nicht auch mit dem Auto zum Pendel's Walk fahren könne. Crake empfahl ihnen, zu Fuß zu gehen, und deutete auf eine nicht weit entfernte Querstraße. Rasch erkannte Tweed, dass Crake Recht hatte. Die mit buckligen Kopfsteinen gepflasterte Straße war ziemlich schmal und die Gassen, die von ihr wegführten, schienen sogar noch enger zu sein. Im Licht einer Straßenlaterne studierte Tweed den Plan, den Crake ihm gegeben hatte.

»Hier müssen wir nach links«, sagte er zu Paula und Newman, »und dann die nächste Straße rechts hinauf.«

»Unheimliche Gegend«, meinte Paula.

Das Labyrinth aus schmalen Gässchen kam ihr wie eine ganz eigene Welt vor, völlig anders als die Strandpromenade, auf der sie noch vor wenigen Augenblicken gestanden hatten. Hier gab es viele alte Reihenhäuser aus düster wirkendem Dartmoor-Granit, in denen kein einziges Licht brannte. Die Straßen waren menschenleer, und bis auf die Geräusche von Tweeds, Paulas und Newmans Schritten war es vollkommen still.

Paula steckte die Hand in ihre Umhängetasche, wo sich in einem versteckten Innenfach ihr Browning befand. Während sie sich nach allen Seiten umsah, schloss sie die Hand um den Griff der Pistole. Manche der Gassen, die sie mit den anderen jetzt entlangging, führten mehr oder weniger geradeaus, während andere viele Kurven machten. Der Irrgarten in Hampton Court ist nichts im Vergleich zu diesem Stadtviertel, dachte sie. Tweed, der die kleine Gruppe anführte, bog jetzt in eine Straße ab, die in mehreren Biegungen bergauf führte. Eine Laterne, die mit einem Metallbügel an einer Hauswand befestigt war, beleuchtete ein Straßenschild. *Pendel's Walk.*

Das Haus Nummer vier befand sich auf der oberen Hälfte des Hügels. In einem seiner schmalen Fenster brannte Licht hinter verschlissenen schwarzen Vorhängen. Auf ein Zeichen von Tweed hin nahmen Paula und Newman Aufstellung zu beiden Seiten der Eingangstür. An der Hausmauer lehnte ein Motorrad, dessen Motor Newman mit der Hand befühlte. Er war noch warm. Tweed drückte den Klingelknopf, musste dann aber ein paar Minuten warten, bevor die Tür aufgesperrt und mit vorgelegter Sicherheitskette einen Spalt geöffnet wurde. Eine dickliche Frau in mittleren Jahren, die ein gemustertes Hauskleid trug, sah ihn misstrauisch an.

»Sind Sie Mrs. Sneed?«

»*Miss* Sneed, wenn ich bitten darf. Und wer sind Sie?«

An den Alkoholdünsten, die ihm entgegenwaberten, erkannte Tweed, dass die Frau getrunken hatte. Er zog seine Erkennungsmarke vom Special Branch aus der Hosentasche, die ihm die Eierköpfe in der Park Crescent täuschend echt nachgemacht hatten.

»Entschuldigen Sie die späte Störung, Miss Sneed. Mein Name ist Tweed. Ich muss mit Ihrem Bruder sprechen.«

»Er hat zu tun.«

»Miss Sneed, kraft meines Amtes kann ich von ihm verlangen, dass er mit mir spricht. Es wird auch nicht lange dauern.«

»Lass ihn rein, Agnes«, sagte eine männliche Stimme hinter ihr. »Die Leute vom Special Branch kommen überall hinein.«

Ein gnomenhaft grinsendes Gesicht erschien über Agnes' Schulter. Sneed trug noch immer seine Sherlock-Holmes-Mütze und die karierte Jacke. Das Grinsen verschwand sofort, als Paula und Newman Tweed ins Innere des Hauses folgten.

»He, Moment mal! Wie viele von Ihnen kommen denn noch?«

»Das sind Miss Grey und Mr. Newman, meine Assistenten«, sagte Tweed.

Sie traten in ein mit Sofas und Sesseln aus abgeschabtem Chintz voll gestopftes Wohnzimmer, wo Sneed, der jetzt ziemlich verwirrt dreinblickte, sie aufforderte, Platz zu nehmen. Agnes war ihnen schon vorausgeeilt und hatte hastig eine Ginflasche hinter den Sofakissen versteckt. Jetzt setzte sie sich in einen Sessel und drehte ihren Besuchern den Rücken zu.

»Ich muss nur rasch noch etwas fertig machen«, näselte Sneed. »In einer Minute habe ich Zeit für Sie.«

Er verschwand durch eine halb geöffnete Tür, die er hinter sich schloss. Als Tweed sich vorsichtig in einem der Sessel niederließ, spürte er, dass einige Sprungfedern zerbrochen waren.

»Ich habe gehört, dass Ihr Bruder Reporter ist«, wandte er sich mit einem beruhigenden Lächeln an Agnes. »Da ist er wohl häufig bis spät in die Nacht unterwegs.«

»Nein. Normalerweise arbeitet er nur tagsüber. Die Nachtschicht hat ein anderer Kollege.«

»Irgendwie tut mir Ihr Bruder Leid. Bei einer Lokalzeitung verdient er wohl nicht allzu viel Geld.«

»Momentan geht es ihm nicht schlecht. Manchmal hat man eben Glück und ...«

Agnes brach mitten im Satz ab und bekam einen hochroten Kopf. Offenbar hatte sie den Eindruck, zu viel gesagt zu haben. Sie wollte schon nach einem halb vollen Glas greifen, das auf dem kleinen Couchtisch stand, zog aber im letzten Augenblick die Hand wieder zurück.

»Wohnen Sie schon lange hier?«, fragte Tweed freundlich.

»Seit meiner Geburt. Nach Mutters Tod hielten mein Bruder und ich es für vernünftig, hier wohnen zu bleiben.«

»In der gewohnten Umgebung, das verstehe ich gut«, plauderte Tweed munter weiter. »Dann ist Ihr Bruder heute Nacht wohl noch recht fleißig ...«

»Er macht Kopien von dem Video ...«

Abermals verstummte sie abrupt, und wieder machte sie ein Gesicht, als hätte sie sich verplappert. Nervös faltete sie ihre plumpen Hände und sah auf die Uhr. Tweed rutschte in seinem Sessel herum, bis er eine bequemere Sitzposition gefunden hatte. Er blickte kurz hinüber zu Newman, der sofort begriff, was er von ihm wollte.

»Entschuldigen Sie mich bitte einen Augenblick«, sagte Newman.

Er stand auf und ging so schnell zur Tür hinüber, durch die Sneed verschwunden war, dass Agnes nicht einmal ein Wort des

Protestes herausbrachte. Das Zimmer, in das er eintrat, wurde nur von einer schwachen roten Lampe beleuchtet. Auf den Tischen lagen alle möglichen fotografischen Utensilien herum. Von Sneed war nichts zu sehen. Newman öffnete eine weitere Tür an der Seitenwand des Zimmers und kam hinaus in eine enge Gasse. Von hinten hörte er Agnes rufen: »Da dürfen Sie nicht hinein!«

Newman rannte die Seitengasse entlang, die nach ein paar Schritten zurück auf den Pendel's Walk führte. Er hörte, wie am Fuß des Hügels ein Motorrad angelassen wurde und sah kurz darauf die Maschine davonbrausen. Im Sattel saß eine dünne Gestalt mit einem Sturzhelm auf dem Kopf. Newman ging zur Tür des Hauses Nummer vier und klingelte drei Mal, bis Tweed ihm öffnete.

»Sneed ist mit dem Motorrad weggefahren«, berichtete Newman. »Sein Fotolabor hat einen Hinterausgang.«

»Ich fand es gleich verdächtig, dass er so lange dort drin geblieben ist.«

Tweed trat hinaus auf die Straße, während Paula auf der Schwelle der Haustür stehen blieb. Auf einmal spürte sie, wie eine dicke Hand ihr von hinten einen Schubs gab. Sie stolperte auf die Straße und wäre wohl der Länge nach auf das Kopfsteinpflaster geschlagen, wenn Newman sie nicht aufgefangen hätte.

»Und jetzt verschwindet, alle drei!«, schrie Agnes und schlug die Tür zu. Paula hörte, wie der Schlüssel herumgedreht wurde, und zuckte lächelnd mit den Schultern.

»Für eine dickliche, untrainierte Hausfrau hat sie erstaunliche Kräfte.«

»Ich gehe kurz um die Ecke und werfe noch mal einen Blick in Mr. Sneeds Fotolabor«, sagte Newman.

Gefolgt von den anderen, rannte er los, aber als er schließlich in die Seitengasse abbog, wurde die schwere Holztür gerade geräuschvoll zugeschlagen. Vor der geschlossenen Tür angekommen, hörten die drei, wie mehrere Riegel vorgeschoben wurden. Paula zuckte abermals mit den Schultern.

»Hier sind wir ganz offensichtlich nicht willkommen«, sagte sie. »Wenn sie will, kann sich die gute Agnes ganz schön schnell bewegen. Diese Aktion hätten wir uns sparen können.«

»Gehen wir zu unserem Wagen zurück«, sagte Tweed. »Und umsonst war dieser Besuch hier keinesfalls. Wir haben eine Menge erfahren …«

Sie kamen gerade noch rechtzeitig zur Strandpromenade zurück, um die beiden Krankenwagen abfahren zu sehen. Ein Polizeibeamter hob das Absperrband an, sodass sie darunter hindurch zu Buchanan und Crake gehen konnten.

»Na, was erreicht?«, fragte Crake.

»Eigentlich nicht«, erwiderte Tweed kurz angebunden. »Die beiden Krankenwagen fahren also direkt zu Saafeld?«, wandte er sich an Buchanan. »Haben Sie den Fahrern seine Adresse gegeben?«

»Selbstverständlich«, antwortete Buchanan gereizt. »Außerdem habe ich Saafeld angerufen und schon mal vorgewarnt. Ich habe gesagt, dass diese ganze Sache auf Ihrem Mist gewachsen ist und dass es sich bei einem der zu untersuchenden Objekte um einen toten Seehund handelt. Ehrlich gesagt, ich war froh, dass er so spät nachts überhaupt noch ans Telefon gegangen ist.«

»Saafeld ist eine Nachteule. Er arbeitet oft bis in die frühen Morgenstunden. Wie hat er denn auf Ihre Ankündigung des toten Seehunds reagiert?«

»Er tat so, als wäre das ganz normal, und hat sich bei mir dafür bedankt, dass ich ihn vorgewarnt habe. Er meinte, er würde für die Untersuchung wohl einen Kollegen hinzuziehen. Das Gespräch war zwar kurz, aber der Mann hat mich schwer beeindruckt. Danach habe ich noch einen Anruf gemacht.«

»Recht so. Spannen Sie mich ruhig auf die Folter.«

»Ich habe mich nach dem Halter des Jaguars erkundigt, was sonst? Sie werden es nicht glauben, aber der Wagen gehört der Botschaft eines arabischen Golfstaats, der unserem Land alles andere als freundlich gesinnt ist. Erst vor einem halben Jahr wurden dort riesige Ölvorkommen im Wert von vielen Milliarden Dollar entdeckt.«

»Haben Sie eigentlich die Frau am Steuer des Wagens gefragt, weshalb sie mitten in der Nacht durch Appledore kutschiert?«

»Ja. Und sie hat mir wie aus der Pistole geschossen geantwortet, dass ihr Fahrgast hier im Westen nach einem großen Landhaus sucht, das zum Verkauf steht.«

»Und Sie haben ihr das abgenommen?«

»Nein. Aber würden Sie mir jetzt freundlicherweise sagen, was hier vorgeht?«

»Dazu ist es noch zu früh. Aber es könnte etwas Unheimliches und sehr Gefährliches sein, das möglicherweise zu einer Katastrophe allergrößten Ausmaßes führt.«

1

Auf der Rückfahrt von Appledore saß Newman am Steuer seines Mercedes SL, während Tweed auf dem Beifahrersitz und Paula auf der Rückbank Platz genommen hatten. Tweed sagte nichts, aber gerade als Paula zu dem Schluss kam, dass er tief in Gedanken versunken sei, gab er Newman einen Befehl.

»Fahren Sie langsam, und blenden Sie die Scheinwerfer auf!«

»Wird gemacht. Aber sagen Sie mir auch, weshalb?«

»Damit ich die Straßenoberfläche besser sehen kann. Als Buchanan vorhin den Jaguar angehalten hat, habe ich hinterher einen kleinen dunklen Fleck auf dem Pflaster der Promenade entdeckt. Der Wagen scheint Öl zu verlieren.«

»Jetzt wissen wir genau, was Sie vorhaben«, sagte Paula mit einem ironischen Unterton in der Stimme.

Tweed ging nicht darauf ein. Er beugte sich in seinem Sicherheitsgurt nach vorn und spähte durch die Windschutzscheibe. Bald hatten sie Appledore hinter sich gelassen und fuhren auf einer von Hecken gesäumten Landstraße. Tweed saß still wie eine Statue neben Newman und starrte weiter auf die Straße.

»Anhalten!«, rief er plötzlich.

Newman warf einen Blick in den Rückspiegel und lenkte den Wagen auf den Grünstreifen, wo er die Warnblinkanlage einschaltete. Tweed stieg sofort aus und ging ein paar Schritte die Straße entlang. Dann bückte er sich und untersuchte im Licht der Scheinwerfer den Asphalt.

»Was ist da?«, fragte Paula, die ihm gefolgt war.

»Ein weiterer Ölfleck. Der Jaguar muss hier eine kurze Zeit gestanden haben.

»Und weshalb?«

»Um eine Lieferung entgegenzunehmen.«

»Was für eine Lieferung denn?«

»Wie viel Zeit ist Ihrer Meinung nach seit unserer ersten Begegnung mit Sam Sneed an der Strandpromenade und unserem Besuch in seinem Haus verstrichen?«

»Mindestens eine Stunde, würde ich sagen, vielleicht auch mehr. Ich habe zufällig auf die Uhr gesehen, als Sneed die Treppe vom Strand heraufkam. Da war es halb elf, und jetzt ist es halb eins.«

»Das könnte hinkommen.«

»Was könnte hinkommen? Ich mag es überhaupt nicht, wenn Sie in Rätseln sprechen«, sagte Paula mit einem Anflug von Verzweiflung.

»Sneed hatte genügend Zeit, um zurück zu seinem Haus zu laufen, eine oder mehrere Kopien von seinem Video zu machen und das Original dem mysteriösen Passagier in dem Jaguar zu bringen. Er ist mit seinem Motorrad hierher gefahren, hat das Band abgegeben und war noch vor unserer Ankunft zurück in seinem Haus. Vergessen Sie nicht, dass seiner Schwester Agnes etwas über die Kopie eines Videos herausgerutscht ist.«

»Was wird hier gespielt?«, sagte Paula, als Tweed und sie zurück zum Mercedes gingen.

»Wir waren Zeugen einer kleinen Demonstration. Ich weiß – zu meinem Leidwesen übrigens –, was für ein brillanter Stratege Dr. Goslar ist«, antwortete Tweed, während er wieder in den Wagen stieg. »Fahren Sie zurück ins Hotel«, sagte er zu Newman. »Sie können jetzt so schnell fahren, wie Sie wollen. Ich hoffe mal, dass wir dort noch einen Drink bekommen. Selbst zu dieser vorgerückten Stunde.«

In Chagford, einer alten Ortschaft mit grauen Steinhäusern, wie sie typisch für Dartmoor sind, bog Newman auf eine kerzengerade, schmale Straße ab, die zum Gidleigh Park Hotel führte. Das lang gestreckte, alte Gebäude war hell erleuchtet. Newman stellte den Wagen in der Nähe des Eingangs ab. Als sie die luxuriös eingerichtete Empfangshalle betraten, kam ein Kellner auf sie zu.

»Meinen Sie, wir könnten noch einen kleinen Drink bekommen?«, fragte Tweed. »Ich weiß, dass es spät ist – oder sollte ich besser sagen, früh?«

»Selbstverständlich, Sir«, antwortete der Kellner mit einem Lächeln. »Ich bin zwar nur eine Aushilfe, aber der Geschäftsführer ist schon zu Bett gegangen, und ich werde ihn bestimmt nicht aufwecken. Was darf's denn sein?«

»Für mich einen doppelten Scotch«, sagte Newman. »Ohne Wasser.«

Tweed und Paula bestellten je ein Glas Chardonnay, bevor sie ihre Mäntel auszogen und es sich in der leeren Lounge gemütlich machten. Die beiden setzten sich auf ein bequemes Sofa und Newman zog sich einen Sessel heran.

»Mir gefällt es hier«, sagte Paula. »Und schön warm ist es auch.«

»Sehr angenehmes Haus«, bestätigte Tweed. »Das Essen ist ausgezeichnet und der Service tadellos. Ich hätte gute Lust, hier einmal einen kleinen Urlaub zu verbringen.«

»Das sagen Sie jedes Mal, wenn wir in einem guten Hotel sind«, sagte Paula neckend. »Aber Sie tun es ja doch nie.«

Ein Zimmermädchen, das wohl auf dem Weg ins Bett war, blieb am Eingang stehen und musterte die neuen Gäste. Paula, die knapp einen Meter siebzig groß und schlank war, sah sehr attraktiv aus. Sie war Mitte dreißig, hatte glänzendes dunkles Haar, das sie schulterlang trug, und ein gut geschnittenes Gesicht mit einer wohlgeformten Nase, einem festen, sinnlichen Mund und einem Entschlossenheit signalisierenden Kinn.

Tweed, der stellvertretende Direktor des Geheimdienstes SIS, war ein paar Zentimeter größer als sie. Sein Alter ließ sich nur schwer schätzen. Er war gut gebaut und glatt rasiert, und hinter seiner Hornbrille funkelten wache, durchdringende Augen. Tweed gehörte zu den Männern, an denen man auf der Straße vorbeiging, ohne sie wirklich wahrzunehmen –

ein Umstand, der in seinem Beruf ein unschätzbarer Vorteil war.

Das Zimmermädchen fand, dass alle drei ziemlich sympathisch aussahen, aber am meisten hatte es ihr Bob Newman angetan. Der etwas mehr als vierzig Jahre alte Auslandskorrespondent maß einen Meter achtzig und schien kein einziges Gramm Fett an seinem durchtrainierten Körper zu haben. Er war ebenfalls glatt rasiert und hatte aschblondes Haar. Bob Newman war ein Mann, den nicht wenige Frauen attraktiv fanden, wobei ihnen vor allem sein strahlendes Lächeln gefiel.

»Wir werden beobachtet«, flüsterte Tweed. »Na, da geht sie ja schon wieder. Ah, hier kommen ja auch unsere Drinks.«

Während der Kellner die Gläser auf den Tisch stellte, musterte Tweed ihn eindringlich. Der junge Mann, der offenbar noch in der Ausbildung war, kam ihm intelligent vor.

»Stammen Sie vielleicht aus dieser Gegend?«, fragte er, als sich der Kellner wieder zurückziehen wollte.

»Ja, Sir. Ich wurde in Chagford geboren und fühle mich hier sehr wohl. Ganz unter uns, ich habe sogar schon einige Jobs in London ausgeschlagen, weil ich die Ruhe in Dartmoor nicht missen möchte.«

»Wissen Sie vielleicht zufällig, ob irgendwo hier in der Umgebung jemand kürzlich in ein großes Haus gezogen ist? Mir ist da etwas zu Ohren gekommen ...«

»Dann meinen Sie bestimmt Mr. Charterhouse, der vor drei Monaten das Anwesen Gargoyle Towers gemietet hat. Es wird in Chagford viel über ihn geklatscht.«

»Klingt interessant. Worin besteht denn der Klatsch?«

»Man nennt ihn den ›Unsichtbaren‹, weil ihn bisher niemand zu Gesicht bekommen hat. Er kommt immer nur nachts in einer großen Limousine mit Chauffeur, und an den Fenstern des Hauses sind ständig die Vorhänge zugezogen. Bisher hat nur ein Wilderer, der nachts über seine Ländereien geschlichen ist, einen flüchtigen Blick auf ihn werfen können.«

»Konnte er ihn beschreiben?«

»Nein. Er hat nur gesehen, wie der Mann aus der Limousine gestiegen ist und das Haus durch den Haupteingang betreten hat. Im Flur brannte kein Licht, was Jim – so heißt der Wilderer – ziemlich seltsam fand. Seitdem macht er einen weiten Bogen um das Anwesen. Kommt man dem Haus nachts zu nahe, gehen sofort grelle Suchscheinwerfer an. Aber ich rede zu viel. Eigentlich sollte ich Ihnen das alles gar nicht erzählen.«

»Machen Sie sich keine Sorgen. Charterhouse, so heißt auch ein alter Freund von mir«, beruhigte ihn Tweed. »Vielleicht ist es ja derselbe. Sagen Sie mal, ist dieses Gargoyle Towers eigentlich weit von hier entfernt?«

»Nein, Sir. Für uns in Dartmoor ist es praktisch gleich nebenan.«

»Und wie kommt man dorthin?«

»Mit dem Auto ist es eine ziemlich lange und verzwickte Fahrt, aber zu Fuß lässt es sich ziemlich rasch erreichen. Der Weg beginnt in unserem Wassergarten links von der Einfahrt.«

»Eigentlich würde ich Mr. Charterhouse gern noch heute Nacht einen Besuch abstatten. Ich weiß, dass er erst spät zu Bett geht. Können Sie mir den Weg vielleicht näher beschreiben?«

»Hinter dem Wassergarten führt er durch den Wald. Wenn Sie wollen, kann ich Ihnen eine Karte geben. Ich habe immer eine bei mir, damit ich unseren Gästen Tipps für kleine Wanderungen geben kann. Ich würde Ihnen allerdings empfehlen, dass Sie sich vom Hotel ein Paar Gummistiefel ausleihen – sie stehen direkt neben der Eingangstür.«

»Ich glaube, meine Stiefel tun es auch«, sagte Paula.

»Das sind wirklich hervorragende Wanderschuhe, Madam, die Sie da tragen«, sagte der Kellner anerkennend. »Sollten Sie sonst noch etwas benötigen, sagen Sie es mir ruhig. Kommen Sie mit der Karte klar, Sir?«, fragte er Tweed, der den Plan kurz überflogen hatte.

»Kein Problem. Haben Sie herzlichen Dank.«

Paula wartete, bis der Kellner gegangen war, bevor sie sich an Tweed wandte. »Jetzt sagen Sie mir aber bitte, was das Ganze soll«, sagte sie streng. »Ich finde das alles höchst verwirrend.

Erst wird ein toter Fischer an Land gespült, dann schwemmt die Flut unzählige verendete Fische und einen toten Seehund an den Strand. Von dieser ganzen Szene dreht dieser Lokalreporter Sam Sneed ein Video …«

»Der Mann hat Ambitionen«, warf Tweed ein.

»Von mir aus. Auf jeden Fall dreht er ein Video und eilt danach zu seinem kleinen Haus. Auf der Promenade fährt unterdessen eine mysteriöse Limousine mit getönten Scheiben vor, durchbricht die Polizeiabsperrung und lässt sich auch von Buchanan nicht aufhalten, weil der gegen einen Wagen mit Diplomatenschild keine Handhabe hat. Der Chauffeur des Wagens ist eine Frau mit dunklen Haaren. Als wir zu Sneeds Haus gehen, entdeckt Bob, dass der Motor von Sneeds Motorrad noch warm ist – Sneed muss damit also kurz zuvor herumgefahren sein. Sneeds Schwester Agnes rutscht heraus, dass ihr Bruder ein Video kopiert hat. Kurz darauf schleicht sich Sneed durch die Hintertür aus dem Haus und fährt mit seinem Motorrad weg.« Paula hielt inne. »Seltsam, dass wir gar nicht gehört haben, wie er den Motor angelassen hat.«

»Das kann ich Ihnen erklären«, sagte Newman. »Sneed hat die Maschine bergab rollen lassen, bis er weit genug vom Haus entfernt war.«

»Später entdeckt Tweed auf der Straße außerhalb von Appledore einen Ölfleck«, fuhr Paula fort. »Und jetzt, wo wir hier sind, erzählt uns der Kellner von diesem unsichtbaren Mr. Charterhouse. Ehrlich gesagt, ich bin ziemlich verwirrt.«

»Auf Ihr Wohl«, sagte Tweed und hob sein Glas. »Sie haben uns gerade eine exzellente Zusammenfassung der bisherigen Ereignisse gegeben, Paula. Aber gerade weil die einzelnen Puzzlesteinchen noch nicht zueinander passen wollen, brauchen wir mehr davon, um unser Bild zu vervollständigen. Übrigens haben Sie vergessen, dass Buchanan den Halter der Limousine als die Botschaft eines uns feindlich gesinnten arabischen Staates identifiziert hat – eines Staates, der erst seit kurzem weiß, dass er über ungeheure Ölvorräte verfügt. Roy hat von vielen Milliarden Dollar gesprochen.«

»Das verwirrt mich noch zusätzlich«, sagte Paula. »Können Sie uns denn nicht wenigstens sagen, wie wir hier ins Spiel kommen, Tweed?«

»Ich empfinde die Vorgänge hier als Besorgnis erregend, um nicht zu sagen beängstigend. Ich befürchte, dass wir es mit einer globalen Gefahr zu tun haben, wie sie die Welt bisher noch nicht gekannt hat. Bedenken Sie, dass alles mit dieser merkwürdigen Botschaft von Dr. Goslar begonnen hat – der Botschaft, die heute früh in unserem Briefkasten an der Park Crescent lag. Vielleicht sollten wir unser Gedächtnis auffrischen, indem wir den Brief noch einmal durchlesen.«

Er zog einen Umschlag aus der Brusttasche seines Hemds, entnahm ihm ein gefaltetes Blatt Papier und reichte es Paula.

Mein lieber Tweed, finden Sie nicht auch, dass es wieder einmal an der Zeit ist, die Klingen zu kreuzen? Vor vielen Jahren waren Sie mir schon einmal ein würdiger Gegner, aber ich bin Ihnen am Ende doch entkommen. Kommen Sie heute Abend gegen zehn Uhr an die Strandpromenade von Appledore im nördlichen Dartmoor. Dort wird der unvermeidliche Untergang dieses Planeten eingeläutet. Und glauben Sie bloß nicht, dass Sie diesmal gewinnen werden.
H. Goslar

»Seltsame Handschrift«, sagte Paula. »Fast wie auf alten Stahlstichen, nur dass die Buchstaben auf und ab hüpfen wie bei den Ausschlägen eines Seismographen. Sind Sie sich sicher, dass es sich bei der Mitteilung nicht um einen schlechten Scherz handelt?«

»Was wir in Appledore gesehen haben, war kein Scherz«, warf Newman ein.

»Stimmt«, sagte Tweed. »Das war kein Scherz. Und der Brief stammt von Dr. Goslar. Ich habe von früher noch eine kurze Probe seiner Handschrift. Die habe ich zusammen mit dem neuen Brief von Pete Nield überprüfen lassen, der neben vielen anderen Talenten auch eines für die Graphologie hat. Er hat mir bestätigt, dass die beiden Schriftproben identisch sind.«

»Wann hatten Sie denn zuletzt mit Goslar zu tun?«, fragte Paula.

»Vor mehr als zehn Jahren – bevor Sie zu uns gestoßen sind. Er war im Kalten Krieg, also noch bevor die Berliner Mauer fiel, ziemlich aktiv. Damals hat er den Sowjets Informationen über amerikanische Geheimwaffen verkauft, darunter auch chemische Formeln für die Produktion bestimmter Giftgase. Andererseits hat er aber auch mit Washington zusammengearbeitet und dem Pentagon für Unsummen die Pläne russischer Geheimwaffen beschafft.«

»Wissen Sie eigentlich, wie er aussieht?«

»Nein. Keine Ahnung. Wir wissen nicht einmal genau, ob er ein Mann oder eine Frau ist. Trotzdem habe ich ein Bild von ihm – oder ihr.«

Tweed zog seine Brieftasche hervor und gab Paula eine kleine, eselsohrige Fotografie. Sie sah aus, als wäre sie schon oft aus der Brieftasche herausgeholt und angeschaut worden. Es war eine Nachtaufnahme, die eine weit entfernte Figur zeigte, die der Kamera den Rücken zuwandte. Paula fiel sofort auf, dass die winzige, unscharfe Figur ihre Arme vom Körper abgespreizt hatte und auf eine merkwürdige Weise nach unten hängen ließ. Außerdem trug sie etwas auf dem Kopf, was Paula aber nicht genau bestimmen konnte. Sie gab das Bild an Newman weiter.

»Ich glaube, ich würde diese Gestalt wieder erkennen, wenn ich sie jemals von hinten sehen würde«, sagte sie.

»Dann können Sie mehr als ich«, erwiderte Newman.

»Wann wurde das Foto denn aufgenommen?«, fragte Paula.

»Bob hat es in der Nacht geschossen, in der wir Dr. Goslar fast geschnappt hätten. Es war östlich von Lübeck an der Ostseeküste, direkt am Rand des Eisernen Vorhangs. Kurz darauf hat Goslar die Grenze überschritten, und wir hatten das Nachsehen. Offenbar kannte er einen sicheren Weg durch das Minenfeld im Todesstreifen.«

»Vielleicht sollte man das Foto vergrößern«, schlug Paula vor.

»Paula«, sagte Tweed. »Was glauben Sie denn, wie groß wir das Foto schon aufgeblasen haben? Wir haben es sogar unter einem starken Mikroskop untersucht, aber es wird nur grobkörniger und verwaschener.«

»Was trägt Goslar da eigentlich auf dem Kopf?«

»Eine Art Wollmütze. Es war sehr kalt in jener Nacht.«

»Aber wenn er auch mit den Amerikanern zusammengearbeitet hat«, sagte Paula, die noch immer nicht aufgab, »dann müssen die doch wissen, wie er aussieht?«

»Leider nein«, sagte Newman. »Ich bin eigens selber in die Staaten geflogen und habe mit Cord Dillon gesprochen, kurz nachdem er Stellvertretender Direktor der CIA geworden war. Nach dem Fall der Berliner Mauer ist Goslar nach Amerika gegangen und wurde dort mit offenen Armen empfangen, weil er sagte, er könne ein neues Gas entwickeln, das den Feind auf der Stelle töte. Er hat eine chemische Fabrik gekauft und sein Versprechen eingelöst. Die Amerikaner haben ihm zehn Millionen Dollar dafür gezahlt, aber er hatte zwanzig Millionen verlangt. Eines Vormittags, als alle Arbeiter in der Fabrik waren, flog sie in die Luft. Über hundert Menschen wurden getötet, und Goslar tauchte daraufhin unter. Vielleicht ist er nach Mexiko, er kann aber auch über die grüne Grenze nach Kanada gegangen sein. Niemand weiß das.«

»Ich verstehe trotzdem nicht, weshalb die Amerikaner nicht wissen, wie Goslar aussieht«, sagte Paula.

»Das kann ich Ihnen erklären. Goslar hat alle Verhandlungen am Telefon geführt – und zwar von einem öffentlichen Fernsprecher aus. Man hat natürlich seine Stimme aufgenommen, aber die war so verzerrt, dass man sie nicht identifizieren konnte. Vermutlich glaubt er, dass die Amerikaner ihn um sein Geld betrogen haben. Jetzt hasst er sie.«

Paula nahm einen neuen Anlauf. »Aber wenigstens die Russen müssen doch wissen, wer er ist. Die könnten ihn doch garantiert beschreiben.«

»Da täuschen Sie sich«, erwiderte Tweed. »Bei den Russen hat er dieselbe Taktik angewendet. Telefonkontakt, sonst nichts. Er hat verlangt, dass sie ihm eine große Summe auf ein Schweizer Bankkonto überweisen. Als es eingegangen war, sagte er ihnen, wo die Formel für das Giftgas zu finden sei. Sie befand sich vermutlich an irgendeinem abgelegenen Ort außerhalb von Leningrad – wie St. Petersburg damals noch hieß – oder Kiew oder sonst wo.«

»Es überrascht mich, dass sowohl die Russen als auch die Amerikaner sich auf solche Geschäfte mit einem Unsichtbaren eingelassen haben.«

»Goslar hat ihnen etwas angeboten, was für sie wertvoller als Gold war. In Moskau glaubt man übrigens, dass Goslar eine Frau ist, während die Amerikaner ihn für einen Mann halten. Sie können also wählen.«

»Für mich klingt das alles, als wäre dieser Goslar ein ziemlich rücksichtsloser Zeitgenosse. Wie konnte er nur all die Arbeiter in der Fabrik töten?«

»Goslar, ganz gleich, ob Mann oder Frau, ist die abgefeimteste und grausamste Person, mit der ich es je zu tun hatte. Im Laufe der Jahre habe ich mir ein Dossier über seine Gewohnheiten und Methoden zusammengestellt. Bisher hatte er damit so viel Erfolg, dass er sie bestimmt ein weiteres Mal anwenden wird. Und damit wird er sich hoffentlich verraten.«

Paula bat Tweed noch einmal um das Foto, das vor vielen Jahren am Rand des Eisernen Vorhangs aufgenommen worden war. Als sie es ansah, spürte sie, wie ihr ein kalter Schauder über den Rücken lief.

»Worin bestehen denn seine Methoden genau?«, fragte sie.

»Er sucht sich immer eine geheime Basis relativ nahe am Ort seiner verbrecherischen Machenschaften. Außerdem legt er gern falsche Spuren. Bob und ich haben damals einige von ihnen verfolgt, aber sie endeten alle in einer Sackgasse. Bis auf die letzte natürlich, die uns in die Nähe von Lübeck geführt hat.«

»Was war das denn für eine Spur?«

»Bob hat gesehen, wie eine rothaarige Frau in ein Gebäude in Lübeck ging, das wir unter Observation hatten. Wir wussten, dass Goslar damals mit einer Rothaarigen zusammenarbeitete. Also warteten wir, bis die Frau wieder herauskam. Wir hatten den Eingang und die Feuertreppe genau im Blick, wussten aber nicht, dass es einen zweiten Notausgang gab. Als wir ein Motorrad wegfahren hörten, verfolgten wir es mit unserem Wagen. Das Motorrad erreichte die Zonengrenze kurz vor uns, und die Gestalt, die es gefahren hatte, entkam auf die Weise, die ich Ihnen vorhin geschildert habe.«

»Wie sah die Rothaarige aus, Bob?«

»Das kann ich nicht sagen. Ich habe sie bloß aus den Augenwinkeln gesehen. Ich schätze, sie dürfte wohl Ende zwanzig gewesen sein.«

»Das war vor zehn Jahren«, meinte Paula. »Dann muss die Frau jetzt Ende dreißig sein – wenn sie noch am Leben ist.«

»Wir haben später das Gebäude untersucht. Es war leer bis auf eine rote Frauenperücke, die wir in der Nähe des zweiten Notausgangs gefunden haben.«

»Dann ist Goslar vielleicht doch ein Mann«, sagte Paula.

»Oder es war eine weitere falsche Spur«, gab Tweed zu bedenken. »Wie gesagt, Goslar hatte immer eine Basis in der Nähe seines Aktionsortes. Jetzt wissen Sie auch, weshalb ich den Kellner nach Leuten gefragt habe, die hier erst kürzlich etwas angemietet haben.«

»Und er hat uns von diesem mysteriösen Mr. Charterhouse erzählt«, sagte Paula. »Und davon, dass ihn in Chagford bisher niemand gesehen hat und dass er sich in einer Limousine mit getönten Scheiben zu seinem Anwesen kutschieren lässt.«

»Ganz genau«, sagte Tweed. »Das alles klingt ganz nach Goslars Verhaltensmuster. Mr. Charterhouse hat Gargoyle Towers vor drei Monaten angemietet. Diese Zeitspanne dürfte in etwa nötig sein, um etwas wie das zu organisieren, was wir heute Nacht in Appledore miterlebt haben.«

»Dann sollten wir uns Gargoyle Towers gleich bei Tagesanbruch ansehen«, schlug Paula vor.

»Dann könnte es schon zu spät sein. Goslar ist ständig in Bewegung. Schade, dass wir nicht Harry Butler und Pete Nield mitgebracht haben, ganz zu schweigen von Marler. Aber auch wenn wir nur zu dritt sind, sollten wir Gargoyle Towers sofort einen Besuch abstatten. Schließlich haben Sie ja beide Ihre Waffen dabei, und außerdem sind wir alle mit Taschenlampen ausgerüstet. Die werden wir bestimmt brauchen.« Er blickte Paula an. »Wenn Sie allerdings müde sind, ist das etwas anderes. In diesem Fall würde ich wirklich bis morgen warten.«

»Ich bin fit wie der sprichwörtliche Turnschuh«, beruhigte ihn Paula. »Gehen wir die Sache also sofort an.«

Tweed, der sich wie Newman ein paar Gummistiefel des Hotels ausgeliehen hatte, ging voran zum Wassergarten. Im Licht des Mondes fand er problemlos den Eingang, der sich direkt vor einer Brücke über einen rauschenden Fluss befand. Tweed schaltete seine Taschenlampe an, und dann folgten sie einem gewundenen Pfad, der sich zwischen Büschen und Bäumen hindurchschlängelte.

Paula ging hinter Newman, der in der linken Hand die Taschenlampe und in der rechten seine Smith & Wesson hielt. Der Weg kam ihr ziemlich unheimlich vor. Das einzige Geräusch, das sie vernahm, war das Rauschen des Flusses. Der unebene Pfad war in der Dunkelheit unter den Bäumen, die sämtliches Mondlicht abhielten, kaum zu erkennen. Nachdem sie ein auf dem anderen Flussufer gelegenes Haus passiert hatten, in dem mehrere Fenster erleuchtet waren, stieg Tweed eine Steintreppe empor, die schließlich zu einem kleinen Eisentor führte. Hier konnten sie den Fluss nicht mehr rauschen hören. Das Tor quietschte zwar in seinen Angeln, aber wenigstens war es nicht abgesperrt. Bevor Tweed hindurchtrat, drehte er sich zu den anderen um.

»Ich denke, wir verlassen jetzt das Grundstück von Gidleigh Park. Hier scheint der Wald zu sein, von dem der Kellner gesprochen hat.«

Er besah sich im Licht der Taschenlampe noch einmal die Wanderkarte und ging dann raschen Schrittes in den dichten Wald hinein. Newman und Paula folgten ihm. Als nach einer Weile ein schmaler Pfad abzweigte, ging Tweed daran vorbei. Er wollte nach einem besseren Weg hinauf zum Herrenhaus suchen.

»Ich nehme den kleinen Pfad«, sagte Paula. »Wetten, dass ich schneller oben bin als Sie?«

»Bleiben Sie bei uns!«, rief Newman, aber Paula war bereits verschwunden. Er zuckte mit den Achseln und folgte Tweed, der kurz darauf einen breiten Fahrweg fand, der direkt hinauf zu Gargoyle Towers zu führen schien. Tweed schaltete die Taschenlampe aus und begann mit raschen Schritten den steilen Weg hinaufzusteigen. Dabei bewegten sich seine Beine wie zwei Pumpenkolben mechanisch auf und ab. Newman, der ebenfalls die Taschenlampe ausgeschaltet hatte, kam ihm nur mit Mühe hinterher. Oben auf dem Berg blieb Tweed stehen.

»Da ist es«, sagte er, als Newman bei ihm angelangt war. »Gargoyle Towers. Was für ein düsterer Anblick.«

Das dreistöckige alte Herrenhaus ragte am Ende des Fahrwegs in den Nachthimmel. Es war aus Dartmoorgranit erbaut und hatte viele Türme und Türmchen, die im Mondlicht gut zu erkennen waren. Von jedem Turm glotzte grimmig ein grotesker Wasserspeier herab, als wollte er mögliche Eindringlinge abschrecken. In keinem der Fenster brannte Licht.

»Das ist genau die Art von Gebäude, die Goslar sich als Basis aussucht«, bemerkte Tweed. »Ich spüre förmlich seine Gegenwart. Beeilen wir uns. Wo ist Paula?«

»Sie wollte unbedingt den kleinen Pfad durch den Wald nehmen. Sie meinte, sie wäre damit eher am Haus als wir.«

»Da hat sie sich wohl getäuscht. Vermutlich ist der Pfad ein Umweg.«

Tweed setzte sich wieder in Bewegung und erreichte bald einen Seiteneingang des Gebäudes. Die schwere, mit Eisennägeln beschlagene Holztür stand halb offen. Newman trat auf sie zu und machte sie ganz auf, wobei sie bedrohlich knarzte. Newman tastete sich in das Dunkel hinter der Tür und fand dort eine Reihe von Schaltern vor, die er auch gleich alle betätigte. Eine ganze Reihe von Lichtern ging an. Newman nahm den Revolver in beide Hände, während Tweed blinzelnd ins taghell erleuchtete Innere des Gebäudes spähte.

Die große Halle war leer. Mehrere offen stehende Türen, die in ebenfalls völlig leere Zimmer führten, vermittelten Tweed den Eindruck, als ob das Haus erst kürzlich verlassen worden wäre. Als er und Newman begannen, sich näher umzusehen, wurde dieser Eindruck noch bestärkt. In keinem der Zimmer, auf deren nackten Holzfußböden nicht ein einziger Teppich lag, waren Möbel oder andere Einrichtungsgegenstände zu sehen. Was Tweed bei dem Gang durch die Räume besonders auffiel, war die Sauberkeit im ganzen Haus. Nirgends war auch nur das kleinste Staubkörnchen zu finden. Alles sah so aus, als ob noch nie jemand hier gewohnt hätte.

Auf einem Fensterbrett fand Tweed dann schließlich ein Paar Lederhandschuhe. Er nahm sie und steckte sie sich in die Tasche. Auch im ersten und zweiten Stock war es so klinisch sauber wie im Erdgeschoss. Als Tweed und Newman auf der breiten Treppe wieder hinunter in die Halle gingen, blieb Tweed auf einmal stehen.

»Wo ist Paula?«, sagte er. »Sie müsste doch längst hier sein.«

»Ich habe Ihnen doch schon gesagt, dass sie einen anderen Pfad genommen hat und ...«

»Ich weiß, was Sie gesagt haben«, entgegnete Tweed, den Newman selten so erregt gesehen hatte. »Kommen Sie. Zeigen Sie mir den verdammten Pfad. Wir gehen denselben Weg zurück, den wir gekommen sind.«

Newman eilte den Fahrweg entlang bis zu der Stelle, an der der kleine Pfad abzweigte. Hier drängte sich Tweed an ihm vorbei und fing an, den fast gänzlich zugewucherten Weg mit der Taschenlampe abzuleuchten. Hier und da konnte er anhand von niedergetretenen Farnen erkennen, wo Paula gegangen war.

Auf einmal bückte er sich und hob etwas auf. Gleich darauf wirbelte er zu Newman herum.

»Ich habe gerade einen Hubschrauber gehört.«

»Ich auch. Klang so, als ob er starten würde.«

Tweed öffnete die Hand und zeigte Newman einen silbernen Ring. Sein Gesichtsausdruck war wütend und besorgt zugleich.

»Das ist Paulas Ring. Ihr Vater hat ihn ihr zum einundzwanzigsten Geburtstag geschenkt. Ich bin mir sicher, dass sie ihn sich vom Finger gestreift hat, um uns zu signalisieren, dass sie angegriffen wurde. Goslar hat sie gefangen genommen.«

»Was machen wir jetzt?«

»Wir gehen zurück nach Gidleigh Park. Ich muss unbedingt telefonieren. Großer Gott, Paula ist in Goslars Händen!«

2

Der schmale Pfad, den Paula genommen hatte, führte zwischen mächtigen Fichtenstämmen in steilen Biegungen den Berg hinauf. Bis auf das Rascheln des alten, braun gewordenen Farns vom letzten Jahr herrschte rings um Paula eine unheimliche Stille, die durch die Schwärze der Nacht noch verstärkt wurde. Dann glaubte sie auf einmal, Schritte hinter sich zu hören.

Sie blieb stehen, drehte sich um und horchte in den Wald. Es war nichts. Ihre Fantasie hatte ihr einen Streich gespielt. Erleichtert stieg Paula weiter den Hang hinauf. Gern hätte sie ihre Taschenlampe eingeschaltet, aber Tweed hatte ausdrücklich Befehl gegeben, kein Licht zu verwenden. Hier und da versperrten ihr moosbewachsene Felsen den Weg, aber Paula, deren Augen sich inzwischen an die Dunkelheit gewöhnt hatten, konnte ihnen gut ausweichen.

Sie war froh, dass sie ihre Wanderstiefel anhatte. Der schlammige Pfad war an manchen Stellen ziemlich rutschig. Als ihr ein tief hängender Fichtenast übers Gesicht kratzte, erschrak sie, bis ihr klar wurde, um was es sich dabei gehandelt hatte. Obwohl der Pfad zunehmend steiler wurde, schlug Paula eine raschere Gangart an. Sie wollte so schnell wie möglich aus diesem Wald herauskommen.

Weil sie nichts von ihren Gefährten sah oder hörte, dachte sie, dass diese wohl einen anderen Weg den Berg hinauf gefunden haben mussten. Dann sah sie direkt vor sich eine Lücke zwischen den Bäumen, hinter der ein seltsames Haus aufragte. Paula blieb stehen, um es zu betrachten. Es war aus Granit und hatte vier Ecktürme, die sich deutlich von dem sternenklaren Himmel abhoben. Irgendwie machte das Anwesen, in dessen Fenstern kein Licht brannte, einen verlassenen Eindruck auf sie. Undeutlich konnte Paula eine Terrasse erkennen, die sich an der ganzen Vorderfront des Hauses entlangzog. Eine breite Treppe führte zu ihr hinauf. Plötzlich hörte sie, wie hinter ihr ein Zweig knackte, und wollte gerade herumwirbeln, als sich ihr eine starke Hand über den Mund legte.

Paula schaffte eine halbe Drehung, bei der sie einen kurzen Blick auf den Angreifer erhaschte. Es war ein mindestens einen Meter neunzig großer, extrem kräftig gebauter Mann mit einem schmalen Oberlippenbart. Seine Figur hatte etwas Affenartiges an sich, was noch dadurch verstärkt wurde, dass sein massiger Schädel fast kahl geschoren war. Während sich seine eine Hand noch immer über ihrem Mund befand, packte der Mann mit der anderen Paulas Arme und presste sie in einem schraubstockartig festen Griff zusammen. Aus dem Gebüsch kam jetzt eine andere, etwas kleinere Gestalt auf Paula zu und schob den rechten Ärmel ihrer Jacke hoch. Im Mondlicht konnte Paula erkennen, dass der Mann eine Spritze in der Hand hatte.

Wie eine Wilde trat Paula mit dem rechten Fuß nach den Beinen des Affen. Obwohl sie spürte, dass sie ihn genau am Schienbein traf, rührte er sich nicht einmal. Sie hätte ebenso gut gegen einen Baumstumpf treten können. Während der andere Mann die Spritze in Paulas entblößten Arm stach, gelang es ihr, den silbernen Ring vom Finger zu streifen. Kurz darauf wurde ihr schwummrig. Sie biss die Zähne aufeinander und versuchte, gegen die Droge anzukämpfen, aber dann verschwamm ihr auf einmal alles vor den Augen, und sie verlor das Bewusstsein.

Als Paula erwachte, lag sie flach auf dem Rücken auf einer Art Bahre und war mit einer Decke oder einem Teppich zugedeckt. In ihren Ohren vibrierten die Geräusche einer Strahlturbine. Sie befand sich an Bord eines Flugzeuges, das sich offenbar im raschen Steigflug befand. Großer Gott – wo brachte man sie bloß hin?

Unter der Decke bewegte sie die Hände und bemerkte, dass diese an der Bahre festgebunden waren. Dasselbe war mit den Füßen der Fall. Paula öffnete langsam die Augen, bereit, sie sofort wieder zu schließen. Unmittelbar vor sich sah sie einen großen Mann, der ihr den Rücken zugewandt hatte. Eine riesige, stark behaarte Hand lag auf der Lehne des Sitzes. Der Affe. Das Bild verschwamm Paula vor Augen. Als es sich wieder klärte, sah sie einen kleinen, weiß gekleideten Mann, der wie ein Krankenpfleger aussah, den Mittelgang des Flugzeuges entlangkommen. Paula schloss die Augen.

Wieder biss sie die Zähne aufeinander und kämpfte darum, bei Bewusstsein zu bleiben. Während das Flugzeug weiter im Steigflug war, hörte sie die beiden Männer miteinander reden.

»Sollten wir ihr nicht noch mal eine Spritze verpassen? Ich möchte nicht, dass sie während des Fluges aufwacht.«

Es war eine tiefe, grummelnde Stimme, die gut zu dem Affen passte. Die Stimme, die antwortete, war anders: heller und gebildeter. Das musste der Krankenpfleger sein.

»Wir können noch ein paar Minuten warten, glaube ich.«

»Wäre es denn riskant, wenn wir ihr das Zeug jetzt gleich spritzen?«

»Nicht bei der Dosis, die ich ihr verabreichen werde. Aber trotzdem …«

»Dann gib ihr die Dröhnung.«

Wie in einem Traum spürte Paula, wie jemand die Decke aufschlug und den Ärmel ihrer Windjacke nach oben rollte. Sie bereitete sich auf einen weiteren Einstich vor und spürte dann auch, wie die Nadel in ihre Vene drang. Ihr wurde ganz seltsam im Kopf zumute. Das Flugzeug hatte aufgehört zu steigen. Irgendwie hatte Paula den Eindruck, als ob die Dosis der Droge diesmal etwas geringer war. Sie verfluchte ihre Hilflosigkeit und fing an, in Gedanken zu zählen, um nicht wieder das Bewusstsein zu verlieren. Aber es half nichts, schließlich schlug die Dunkelheit über ihr zusammen. Kurz bevor sie das Bewusstsein verlor, sah sie eine schwarze Welle vor sich, die einen toten Fischer an einen Strand spülte. Wo war das gleich noch mal gewesen? Und wie hatte der Ort geheißen? Paula versank tief und immer tiefer in der Welle, bis alles andere ausgelöscht war.

Die Welt stand still. Kein Grollen der Triebwerke mehr. Kein sanftes Schaukeln eines Flugzeugs in der Luft. Als Paula erwachte, spürte sie im Kopf einen pochenden Schmerz, aber abgesehen davon hatte sie den Eindruck, als hätte sich ihre Situation verbessert. Aber stimmte das auch?

Paula lag nach wie vor auf dem Rücken und war noch immer gefesselt. Die Decke oder Plane, oder was das verdammte Ding sonst sein mochte, lag ebenfalls immer noch auf ihr. Paula achtete darauf, sich möglichst wenig zu bewegen, solange sie nicht wusste, was hier vorging.

Vorsichtig wischte sie sich ihre feuchten Handflächen an der Decke trocken. Obwohl sie eine starke Blase hatte, musste sie ganz dringend auf die Toilette. Dann bemerkte sie, dass man ihr die Leggins bis an die Knie herabgezogen hatte und spürte, dass ihr Hinterteil auf einem gummiartigen Behälter lag. Man hatte ihr offenbar die Möglichkeit gegeben, sich zu erleichtern. Auf einmal hörte Paula in einiger Entfernung schwere Schritte und verrichtete ihr Geschäft so vorsichtig, dass niemand sie hören konnte. Danach fühlte sie sich besser, hätte aber ein Königreich für eine Dusche gegeben. Dann hörte sie leichtere Schritte, die sich rasch näherten.

Der Mann, der sich Dr. Goslar nannte, stand neben der Bahre, auf der seine Gefangene festgebunden war, und sprach in einer hohen, unangenehm klingenden Stimme mit dem anderen Mann im Raum. Er war ein kleiner, dünner Mann mit hoher Stirn und einem langen, bleichen und glatt rasierten Gesicht. Er trug einen teuren dunkelblauen Anzug, ein weißes Hemd und eine gepunktete Fliege. Die randlose Brille, die auf einer langen Nase thronte, verlieh seinem Gesicht einen harten Ausdruck.

Paula sah den Mann durch ihre halb geöffneten Augen an. Neben ihm stand der Affe, der einen grauen, für seinen Stiernacken viel zu engen Pullover trug. Paula sah jetzt, dass sein kurz geschorenes Stoppelhaar eine braune Farbe hatte.

»Das Mittel dürfte jetzt langsam aufhören zu wirken«, sagte der dünne Mann in präzisem Englisch. »Du weißt, was du mit ihr zu tun hast, welche Fragen du ihr stellen musst? Wir haben nicht viel Zeit.«

»Warum so eilig?«, fragte der Affe mit kehliger Stimme. »Wir sind hier doch gut aufgehoben.«

»Findest du? Ich habe das Gefühl, dass dieses Haus nicht mehr sicher ist.«

»Werden Sie jetzt etwa nervös, Dr. Goslar?«, fragte der Affe.

»Untersteh dich, in diesem Ton mit mir zu reden. Du bekommst schließlich eine Menge Geld für deine Dienste«, zischte der dünne Mann.

Paula fiel auf, dass er ganz leicht lispelte. Während die beiden Männer miteinander sprachen, versuchte sie, so weit wie möglich ihre Kräfte zu sammeln. Dazu zog sie langsam ihre Knöchel so weit sie konnte aus den Seilen, mit denen sie gefesselt waren, und bewegte vorsichtig die Beine. Dann streckte sie mehrmals hintereinander die Finger und ballte gleich darauf die Hände zu Fäusten, um die Blutzirkulation wieder in Gang zu bringen.

»Na los, beeil dich«, befahl der dünne Mann. »Wenigstens hast du schon das Fenster geöffnet.«

Als Paula das hörte, erstarrte sie. Was um alles in der Welt hatten die beiden mit ihr vor? Als der Affe sich umdrehte und auf sie zukam, schloss sie sofort die Augen. Der Affe beugte sich über sie und fing an, sie mit der flachen Hand ins Gesicht zu schlagen. Paula leistete keinen Widerstand und hielt die Augen geschlossen. Erst als die Schläge immer heftiger wurden, ließ sie ein leises Stöhnen hören und blinzelte ein wenig, bevor sie die Augen wieder ganz schloss.

»Wach auf, du blöde Schlampe«, fauchte der Affe. »Wir haben nicht die ganze Nacht lang Zeit. Oder muss ich dir erst einen Eimer kaltes Wasser über den Kopf schütten?«

Du widerliches Schwein, dachte Paula. Gib mir die Gelegenheit dazu, und ich bringe dich um.

Sie öffnete die Augen und starrte ihren Peiniger böse an. Er hatte buschige Augenbrauen und kleine, kalte Äuglein, in denen kein Funke von Mitgefühl zu erkennen war. Paula kamen sie wie gläserne Murmeln vor. Der Mann riss Paula die Decke weg und hob sie mit einem seiner fleischigen Arme an, um den Nachttopf unter ihr zu entfernen. Nachdem er ihn weggestellt hatte, band er Paulas Füße von der Bahre los und fesselte sie mit einem kurzen Stück Seil eng aneinander. Dasselbe machte er mit Paulas Händen. Zum Schluss zog er ihr die Leggins wieder hoch.

»Du weißt, in welcher Reihenfolge du die Fragen zu stellen hast, Abel?«, fragte der dünne Mann. »Die richtige Reihenfolge ist entscheidend.«

Der dünne Mann hatte Paula den Rücken zugewandt. Abermals fiel ihr sein leichtes Lispeln auf.

»Ich weiß, was ich zu tun habe, Dr. Goslar«, knurrte der Affe gereizt.

»Dann beeil dich. Wir müssen schnellstens von hier weg. Das Gebäude ist nicht mehr sicher«, wiederholte der dünne Mann seine Worte von vorhin.

Als der Affe Paula packte und hochriss, konnte sie einen Augenblick lang den ganzen Raum sehen. Bis auf die Rollbahre, auf der sie gelegen hatte, und einem in die Wand eingelassenen Schrank war er völlig leer. Es gab eine Tür, die geschlossen war, und ein großes Fenster, das weit offen stand und wohl auch der Grund für die in dem Raum herrschende Kälte war. Der Affe packte Paula und warf sie sich über die Schulter, sodass sie ihm mit Brust und Kopf über den Rücken hing, während er sie mit beiden Händen an den Beinen gepackt hielt. Mit großen Schritten ging der Affe auf das offene Fenster zu. Paula schlug ihm mit ihren zusammengebundenen Fäusten auf den Rücken. Sie hoffte, seine Nieren zu treffen, aber der Affe reagierte überhaupt nicht. Sie hätte ebenso gut auf einen Punchingball einprügeln können.

Als der Affe vor dem Fenster Halt machte, bekam es Paula mit der Angst zu tun.

»Ein einziger Schrei, und ich werfe dich hinunter«, sagte er mit drohender Stimme. »Verstanden?«

»Das wirst du mir bezahlen, du Tier.«

»Du dumme Ziege, ich wurde schon bezahlt. Und zwar fürstlich. Und jetzt hinaus mit dir …«

Der Affe drehte sich um, packte Paula an den Unterschenkeln und hängte sie kopfüber aus dem Fenster. Paula zwang sich, nicht laut aufzuschreien. Es war ein Albtraum. Erst jetzt bemerkte sie, dass sie sich in einem der oberen Stockwerke eines Hochhauses befinden musste. Tief unter ihr warfen winzige Laternen ihr gespenstisches Licht auf eine menschenleere Straße. Paula drehte den Kopf und sah in einiger Entfernung einen weiteren Wolkenkratzer, das unzählige Stockwerke hoch in den Nachthimmel ragte. Sie befand sich offenbar in New York.

»Hier kommt die erste Frage«, rief der Affe von oben. »Wie heißt dein Boss?«

»Jackson.«

Es war der erstbeste Name, der Paula einfiel. Der Affe, dessen raue Hände Paulas Beine knapp unterhalb der Knie gepackt hatten, lockerte seinen Griff und ließ sie ganz langsam nach unten gleiten. Das war's, dachte Paula, während sie hinab in den Abgrund starrte.

»Letzte Chance, bevor ich loslasse.«

»Tweed«, rief Paula.

Knapp oberhalb ihrer Knöchel packten die Hände wieder zu. Paula verdrehte den Hals und blickte nach oben. Der Affe hatte den Kopf nach hinten gewandt und gab ihre Antwort offenbar an den Mann im Zimmer weiter. Paula hing jetzt ein Stockwerk tiefer direkt vor dem Fenster. Hinter der Scheibe brannte kein Licht. Sie holte mit ihren zusammengebundenen Armen Schwung und zerschlug mit beiden Fäusten das Glas. Der Affe konnte nicht sehen, was sie tat. Im Fensterrahmen war eine Glasscherbe stecken geblieben, die Paula vorsichtig mit ihrer rechten Hand herauslöste und in ihrer Faust verbarg.

»Warum ist Tweed nach Dartmoor gekommen? Nach Appledore?«

»Er hat eine Botschaft erhalten.«

»Von wem?«, raunzte der Affe. »Und lass dir nicht so viel Zeit mit den Antworten.«

»Von Dr. Goslar.«

In Paulas Kopf begann sich alles zu drehen. Kam das von der Narkose oder war es die Angst davor, hinunter aufs Pflaster zu stürzen? Es war ein entsetzlich langer Fall, und beim Aufprall würde sie zu Mus zerquetscht werden. *Denk nicht dran!*

»Was hält Tweed von der Geschichte in Appledore? Was hat er dort gesehen?«

»Einen toten Fischer, der an den Strand gespült wurde. Zusammen mit vielen toten Fischen.«

»Dumme Kuh! Ich will wissen, was er davon hält.«

»Er glaubt, dass Gift im Wasser war. Was er davon hält, weiß ich nicht.«

Kopfüber nach unten zu hängen hatte den Vorteil, dass der Kopf gut durchblutet wurde und Paula dadurch wieder klarer denken konnte. Sie brachte die Hände zusammen und rückte die Glasscherbe in der rechten Faust so zurecht, dass sie sie besser halten konnte.

»Glaubt Tweed, dass Dr. Goslar etwas mit dem zu tun hat, was er in Appledore gesehen hat?«

»Er hat davon gesprochen. Aber nur einmal. Er war ziemlich durcheinander. Wir haben alle nicht richtig verstanden, was dort geschehen ist. Schließlich war es dunkel ...«

Paula verstummte. Tief unter sich sah sie einen Streifenwagen der Polizei, der langsam um die Ecke bog. Einen Augenblick lang dachte Paula daran zu schreien, aber sie tat es nicht, weil der Affe sie dann vielleicht sofort losgelassen hätte. Von oben hörte sie, wie er dem dünnen Mann im Zimmer etwas zurief.

»Die Polizei ist da ...«

Paula hörte nicht, was der andere Mann sagte, aber sie spürte, dass sich die Hände des Affen jetzt noch fester um ihre Knöchel schlossen. Dann wurde sie rasch nach oben gezogen. Ihre Windjacke schützte zwar ihren Oberkörper, aber ihre halb nackten Beine wurden von der rauen Wand stark aufgeschürft. Nachdem der Affe sie ins Zimmer gezogen und sie sich wieder über die Schulter geworfen hatte, atmete sie tief durch. Dabei erhaschte sie einen kurzen Blick auf Goslar, der sich vom Fenster abgewandt hatte. Er hielt eine automatische Pistole in der rechten Hand. Keine Chance also, dem Affen mit der Glasscherbe die Kehle durchzuschneiden. Selbst wenn es ihr gelang, würde Goslar sie auf der Stelle erschießen.

»Was machen wir jetzt mit ihr?«, schnarrte der Affe.

»Wirf sie wieder auf die Bahre.«

»Wir könnten sie erschießen ...«

»Hast du einen Schalldämpfer?«

»Nein ...«

»Die Polizei würde den Schuss hören. Also tu, was ich gesagt habe. Wir müssen so schnell wie möglich von hier verschwinden.«

Der Affe ließ Paula unsanft auf die Rollbahre plumpsen und rannte zurück zum Fenster. Er blickte hinaus und ging dann mit für einen so großen Mann erstaunlich raschen Schritten auf Dr. Goslar zu, der schon an der Tür war.

»Was ist los?«, zischte Goslar.

»Es war wohl nur eine routinemäßige Streife«, sagte der Affe. »Der Polizeiwagen ist gerade um das andere Haus herum verschwunden."

»Das ist womöglich nur ein Trick. Vielleicht haben die Polizisten dich gesehen, wie du die Frau wieder ins Fenster gezogen hast, und kommen jetzt zurück. Also Beeilung! Wir verschwinden.«

Während des kurzen Wortwechsels hatte Paula Gelegenheit, durch die halb offene Tür zu blicken. Sie erkannte einen schwach erleuchteten Hausgang, in dem sich an der Wand gegenüber mehrere Aufzüge befanden. Goslar verließ das Zimmer und eilte mit leisen Schritten zu den Aufzügen. Er ließ sich nicht einmal mehr Zeit, einen letzten Blick auf Paula zu werfen. Paula blieb still liegen und sah mit halb geschlossenen Augen, wie der Affe Goslar hinterherrannte. Seine breiten Schultern bewegten sich dabei rhythmisch auf und ab, als befände er sich an Deck eines in rauer See schlingernden Schiffes. Ein Affe wie er im Buche steht, dachte Paula hasserfüllt.

Eine Weile blieb Paula noch regungslos auf der Bahre liegen, dann vernahm ihr geschultes Gehör ein surrendes Geräusch und das leise Klicken einer sich öffnenden und schließenden Aufzugtür. Als das Surren wieder einsetzte, machte sie sich mit der Glasscherbe daran, die Fesseln durchzuschneiden.

Mit der Scherbe in der rechten Hand durchtrennte sie zunächst den Strick zwischen den beiden Handgelenken und befreite sie danach aus den Schlingen. Dann setzte sie sich auf und säbelte das Seil zwischen den Füßen durch.

Vorsichtig stand Paula auf. Zunächst wusste sie nicht, wie belastbar ihre Beine waren, aber dann merkte sie, dass sie völlig mühelos gehen konnte. Sie schaute unter die Rollbahre und entdeckte dort neben dem widerlich stinkenden Nachttopf ihre Stiefel, die sie rasch anzog.

Als Nächstes ging sie zu dem in die Wand eingelassenen Schrank. Sie öffnete ihn und fand wider alle Erwartungen ihre

Schultertasche darin. Die beiden schienen sie nicht einmal untersucht zu haben, da alle ihre Sachen noch darin waren, darunter auch ihren .32er Browning. Paula nahm die Waffe heraus und überprüfte sie kurz. Niemand hatte sich an ihr zu schaffen gemacht. Leise schob sie das Magazin wieder in die Pistole und lud sie durch. Dann packte sie die Browning mit beiden Händen und ging auf Zehenspitzen zur noch immer einen Spalt offen stehenden Tür. Draußen war bis auf das leise Geräusch des nach unten fahrenden Aufzugs nichts zu hören.

Paula trat hinaus in den großen, leeren Gang, dessen Wände blau gefliest waren. Er sah aus wie ein Gang in einem ganz normalen Bürogebäude. Mit raschen Schritten eilte sie zu dem Aufzug, dessen Anzeige verkündete, dass er inzwischen im vierten Stock angelangt war und noch immer nach unten fuhr.

Paula wartete ab, bis der Lift das Erdgeschoss erreicht hatte und ging dann zurück in das leere Zimmer. Dort horchte sie so lange, bis sie durch das offene Fenster einen Automotor starten hörte. Erst dann ging sie wieder in den Gang und holte sich einen Lift.

Das Warten auf den Aufzug zerrte an ihren Nerven. Das Gefühl, in einem großen Gebäude eingeschlossen zu sein, von dem sie nur hoffen konnte, dass es auch wirklich leer war, hatte etwas Unheimliches für sie. Der Fahrstuhl schien eine halbe Ewigkeit zu brauchen, bis er endlich in ihrem Stockwerk hielt. Als die Tür sich schließlich öffnete, hob Paula ihre schussbereite Waffe für den Fall, dass sich jemand in der Kabine befand. Sie war aber leer.

Paula stürzte hinein und drückte den Knopf für den dritten Stock. Zuvor hatte sie bemerkt, dass es neben den Fahrstühlen ein Treppenhaus gab. Falls die beiden da unten doch auf sie warten sollten, musste sie sie überraschen. *Jetzt fahr doch schneller, du blöder Aufzug!* dachte sie. An den Zahlen über der Tür erkannte Paula, dass sie im zweiunddreißigsten Stockwerk gewesen war und erschauderte noch einmal bei dem Gedanken an einen Sturz aus einer solchen Höhe.

Als der Aufzug anhielt, drückte sie zunächst den Knopf für den achtunddreißigsten Stock und verließ dann rasch die Kabine. Das würde den beiden Bastarden etwas zu denken geben, falls sie ihr wirklich im Erdgeschoss auflauerten.

Die Gummisohlen ihrer Stiefel machten nicht das leiseste Geräusch, als Paula die Treppe hinunterlief. In jedem Stockwerk spähte sie zuerst um die Ecke und rannte erst dann weiter, wenn die Luft rein war. Im Erdgeschoss gelangte sie in eine große, schwach erleuchtete Empfangshalle, wo sie sich, die Browning im Anschlag, nach allen Seiten umsah. Nirgends war ein Mensch zu sehen. Trotzdem rannte Paula tief gebückt im Zickzack durch die Halle. Direkt neben der Tür ins Freie hing ein Kästchen an der Wand, in das man einen Nummerncode eingeben musste. Großer Gott! Aber dann sah sie, dass die Tür halb offen stand. Goslar und Abel waren offenbar so sehr in Eile gewesen, dass sie vergessen hatten, sie zu schließen.

Paula spähte hinaus in die mondhelle Nacht. Vor dem Hochhaus lag der große, leere Platz, über den vorhin der Streifenwagen gefahren war. Auf der anderen Seite ragte das Gebäude, das sie von oben aus gesehen hatte, in die Höhe. In keinem der Fenster brannte ein Licht. Linker Hand sah Paula einen kleinen Park mit Bäumen und Bänken und ging darauf zu, wobei sie sich so weit wie möglich im Schatten des zweiten Hochhauses hielt.

Ohne einer Menschenseele zu begegnen, erreichte Paula den Park. Dort sah sie sich um und ließ sich dann auf einer Bank nieder, von der aus sie einen guten Blick auf den Platz vor den Hochhäusern hatte. Im Licht einer nahen Straßenlaterne untersuchte sie den Inhalt ihrer Schultertasche noch einmal genauer.

Von neuem überraschte es sie, dass niemand die Tasche geöffnet hatte. Eine Frau merkt es sofort, wenn ein Mann sich an ihrer Handtasche zu schaffen gemacht hat, ganz gleich, wie sorgfältig er dabei auch vorgehen mag. In einer speziellen Innentasche fand Paula ihren Pass und das Bargeld, das sie ständig in verschiedenen Währungen mit sich führte. Tweed bestand darauf, dass seine Leute stets mit größeren Summen in D-Mark, Francs, Schweizer Franken und englischen Pfund ausgestattet waren. Als Paula ihr Geld zählte, sah sie eine Frau auf sich zukommen und erstarrte vor Schreck.

Es war eine alte Frau in einem schäbigen schwarzen Kleid, die vornübergebeugt mit gesenktem Kopf an ihr vorbeischlurfte und sie gar nicht wahrzunehmen schien. Paula blickte ihr hinterher, bis sie am Ende des Parks so plötzlich verschwand, als ob dort eine Treppe nach unten führte. Paula stand auf, sah sich um und lauschte in die Nacht, bevor sie der alten Frau folgte.

Einmal noch schaute sie hinauf zu den Hochhäusern, die wie Monolithen über ihr in den Himmel ragten. Allein der Anblick löste in ihr einen Anflug von Höhenangst aus. Schließlich erreichte sie eine breite Treppe, die am Ende des Parks in den Untergrund führte. Kurz blieb sie stehen und betrachtete ungläubig das große Leuchtschild über den Stufen.

Métro.

Sie war nicht in New York. Sie war in Paris.

3

Spät in der Nacht fuhren Tweed und Newman zurück nach London. Als sie in der Park Crescent ankamen, war es bereits hell. George, der früher einmal Sergeant bei der Armee gewesen war und jetzt als Portier und Wachmann beim SIS arbeitete, ließ die beiden in das Gebäude. Tweed eilte sofort hinauf in sein Büro im ersten Stock, von dem aus er einen Blick auf den Regent's Park hatte. Hier wartete Monica, seine treue Assistentin, auf ihn. Sie war eine Frau in mittleren Jahren, die ihr graues Haar immer hochgesteckt trug. Als Tweed eintrat, sprang sie von ihrem Schreibtisch auf.

»Bin ich froh, dass Sie wieder zurück sind! Ich habe schon im Gidleigh Park angerufen, aber dort hat man mir gesagt, dass Sie bereits abgereist sind.«

»Warum wollten Sie mich sprechen? Hat es eine neue Entwicklung gegeben?«

»Wir haben um vier Uhr früh einen seltsamen Anruf bekommen. Glücklicherweise habe ich ihn mitgeschnitten.«

»Dann spielen Sie ihn mir bitte vor.«

Tweed zog seinen Mantel aus und hängte ihn über einen Kleiderbügel an der Garderobe. Seine eiserne Selbstbeherrschung kam wieder einmal voll zum Tragen. Er bedeutete Newman, der ihm ins Büro gefolgt war, sich zu setzen, und ließ sich selbst in seinem Drehstuhl nieder.

»Es ist eine sehr merkwürdige Stimme«, sagte Monica.

»Lassen Sie uns mal hören.«

Monica drückte auf den Knopf des Kassettenrecorders, aus dessen Lautsprecher gleich darauf folgende Worte kamen:

> »Mein lieber Tweed, Sie sollten auf Ihre Leute etwas besser aufpassen, sonst wird es am Ende noch zu gefährlich, für Sie zu arbeiten. Vielleicht sollten Sie sich schon mal nach einem Ersatz für die hübsche junge Dame umsehen. Beste Grüße. Goslar«

Die Stimme klang wie die eines Roboters. Jedes einzelne Wort war gleich betont und hatte einen schrillen, elektronisch verzerrten Klang. Newman kam die Stimme so vor, als käme sie direkt aus der Hölle.

»Das war's«, sagte Monica und schaltete das Tonbandgerät aus. »Als ich die Botschaft zum ersten Mal gehört habe, habe ich es ziemlich mit der Angst zu tun bekommen.«

»Goslar benutzt ein elektronisches Gerät, um seine wirkliche Stimme zu verzerren«, sagte Tweed ruhig. »Monica, würden Sie diese Stimme für die eines Mannes oder eher für die einer Frau halten?«

»Beides wäre möglich. Auf jeden Fall klingt sie ausgesprochen unheimlich. Und was bedeutet die Botschaft?«

»Erschrecken Sie jetzt bitte nicht. Paula ist verschwunden. Man hat sie in Dartmoor entführt.«

»Großer Gott!« Fast wäre Monica in Tränen ausgebrochen, aber sie riss sich zusammen und schluchzte nur einmal kurz auf. »Was für ein schrecklicher Mensch«, sagte sie und putzte sich die Nase.

»Wir brauchen unbedingt Verstärkung«, sagte Tweed. »Rufen Sie Marler an und verständigen Sie auch Harry Butler und Pete Nield. Alle drei sollen so schnell wie möglich hierher kommen.«

Tweed hatte den Satz noch nicht zu Ende gesprochen, als die Tür aufging und Marler hereinkam. Er war schlank, eins zweiundsiebzig groß und trug einen eleganten Glencheck-Anzug und ein frisch gebügeltes weißes Hemd mit einer blauen Krawatte von Chanel. Seine Füße steckten in handgenähten Schuhen mit Gummisohlen.

»Morgen zusammen«, sagte er mit seiner tiefen, etwas undeutlich klingenden Stimme.

»Spielen Sie Marler das Band vor«, sagte Tweed zu Monica.

Sie hörten sich alle noch einmal Dr. Goslars Anruf an, wobei sich Marler wie üblich mit dem Rücken an die Wand lehnte und eine seiner King-Size-Zigarretten in den Mund steckte, aber nicht anzündete. Sein glatt rasiertes Gesicht war ausdruckslos.

»Das mit dem Ersatz, den wir finden sollen, hört sich nicht gut an«, sagte er. »Geht es um Paula?«

»Ja«, antwortete Tweed. »Es war meine Schuld. Sie wurde gekidnappt, als sie mit Newman und mir in Dartmoor ein Anwesen namens Gargoyle Towers überprüft hat. Das war in den frühen Morgenstunden. Paula hat einen anderen Weg durch den Wald genommen als wir. Vermutlich hat Goslar sie in einem Hubschrauber entführt.«

»So etwas kann man nachprüfen«, sagte Marler.

»Habe ich bereits getan. Aber es war nicht einfach. Als wir zurück im Hotel waren, habe ich die Flugsicherung des Flugplatzes Exeter angerufen. Der Mann am Apparat kannte mich nicht und wollte mir nichts sagen. Also musste ich mich an Jim

Corcoran in Heathrow wenden, der aber leider nicht erreichbar war. Deshalb habe ich Newman auf der Rückfahrt an einer Telefonzelle anhalten lassen und Jim von dort aus noch einmal angerufen. Er hat mir versprochen, sich zu erkundigen, und müsste sich demnächst bei mir melden.«

»Aber wir können doch bestimmt noch mehr tun, um Paula zu finden«, sagte Marler.

»Bevor wir von Gidleigh Park losgefahren sind«, fuhr Tweed, den Marler in seinem Redefluss unterbrochen hatte, fort, »habe ich noch Inspector Crake, den Polizeichef von Appledore, angerufen und ihn gebeten, sich einen Durchsuchungsbefehl für Gargoyle Towers zu besorgen, um das ganze Haus nach Fingerabdrücken zu untersuchen.«

»Gargoyle Towers?«, sagte Marler. »Ein seltsamer Name.«

»Stimmt. Aber nicht einmal halb so seltsam wie das, was in Appledore vorgefallen ist.«

Tweed erzählte Marler und Monica in knappen Worten alles, was in Appledore und später in Gargoyle Towers passiert war. Dabei saß er nicht wie üblich hinter seinem Schreibtisch, sondern tigerte unruhig im Büro hin und her. Als er fertig war, bat er Monica, Marler noch einmal Goslars telefonische Botschaft vorzuspielen. Erst danach nahm er wieder an seinem Schreibtisch Platz. Kaum hatte er sich hingesetzt, klingelte das Telefon.

»Jim Corcoran«, sagte Monica, die abgehoben hatte, zu Tweed.

»Hallo Jim, haben Sie etwas herausgefunden?«, fragte Tweed, nachdem Monica ihn mit dem Sicherheitschef von Heathrow verbunden hatte.

»Eine ganze Menge sogar. Allerdings weiß ich nicht, was es genau bedeutet. Zunächst einmal habe ich meinen Kollegen in Exeter angerufen. Er hat mir erzählt, dass auf seinem Flughafen ein großer Privatjet vom Typ Grumman Gulfstream gestanden hat. Mitten in der Nacht ist dann ein Krankenwagen vorgefahren, aus dem Sanitäter eine Trage mit einer Person darauf in das Flugzeug geschafft haben.«

»Hat jemand gesehen, wer auf der Trage lag?«

»Nein. Der Patient war zugedeckt, weil es ziemlich kalt war. Einer der Sanitäter behauptete, der Patient habe einen komplizierten Beinbruch und müsse in eine Spezialklinik nach London geflogen werden.«

»Hat er den Namen der Klinik genannt?«, fragte Tweed.

»Nein. Aber ich bin noch nicht fertig. Der Pilot des Jets hatte offenbar bereits eine Flugfreigabe nach Heathrow, die er sich schon vorher besorgt haben muss. Dann hob die Grumman ab …«

»Haben Sie sie in Heathrow abgefangen?«

»Warten Sie doch, bis ich fertig bin, Tweed. Sie schießen ja Ihre Fragen ab wie ein Maschinengewehr. Wir konnten die Grumman in Heathrow gar nicht abfangen, weil der Pilot kurz nach dem Start in Exeter seinen Flugplan geändert hat. Das kann er machen, wenn er der Flugsicherung rechtzeitig Bescheid gibt.«

»Was war das für eine Änderung?«

»Das wollte ich Ihnen gerade sagen. Anstatt nach Heathrow wollte er nach Rom fliegen …«

»Nach Rom?«

»Richtig.«

»Kann ich irgendwo herausbekommen, wo die Grumman gerade ist?«

»Sie könnten es mal bei der Flugsicherung in Paris versuchen. Allerdings weiß ich nicht, ob Sie da so schnell eine Antwort bekommen. Im Augenblick ist am Himmel die Hölle los.«

»Danke, Jim. Vielen herzlichen Dank.«

»Ist etwas nicht in Ordnung, Tweed? Sie haben noch nie so angespannt geklungen.«

»Nein, bei mir ist alles bestens.«

Tweed legte den Hörer auf die Gabel und erzählte den anderen, was er soeben erfahren hatte. Sie starrten ihn ungläubig an. Marler war der Erste, der sich zu Wort meldete.

»Wieso sollte man Paula ausgerechnet nach Rom bringen?«

»Da bin ich überfragt. Monica, stellen Sie mir sofort eine Verbindung mit René Lasalle in Paris her. Sagen Sie, dass es dringend ist.«

»Wieso rufen Sie den Chef des DST an?«, fragte Marler. »Was hat denn die französische Gegenspionage mit Paulas Verschwinden zu tun?«

»Wie Sie ja wissen, ist René ein guter Freund von mir. Er kann für mich Erkundigungen bei der französischen Flugsicherung einholen.«

Während Tweed mit Marler sprach, hatte Monica die Verbindung hergestellt. Sie signalisierte ihm gerade, dass sie Lasalle in der Leitung habe, als an die Tür geklopft wurde und George eintrat. Er brachte ein Bündel Zeitungen, das er auf Tweeds Schreibtisch legte.

»Entschuldigen Sie die Verspätung, aber die *Daily Nation* ist heute später herausgekommen als sonst. Offenbar wurde in letzter Minute die Titelstory ausgewechselt.«

»Danke, George«, sagte Tweed und wandte sich dem Telefon zu. »Hallo, René, ich brauche dringend Ihre Hilfe. Sehr dringend sogar. In den frühen Morgenstunden ist hier am Flughafen Exeter ein privater Grumman-Jet gestartet. Der Pilot gab als Flugziel zunächst Heathrow an, änderte es aber während des Fluges in Rom ab. Haben Sie das alles so weit mitbekommen, oder soll ich es noch einmal wiederholen?«

»Nicht nötig«, sagte Lasalle ruhig.

»Ich möchte, dass Sie Kontakt mit Ihrer Flugsicherung aufnehmen und herausfinden, wo die Maschine jetzt genau ist. Ich brauche die Antwort in fünf Minuten.«

»Das könnte schwierig werden«, sagte Lasalle in perfektem Englisch. Seine Stimme klang kühl und fast ein wenig ablehnend. »Wir haben hier nämlich gerade ein größeres Problem. Aber ich befasse mich mit Ihrer Anfrage, sobald ich Zeit dafür habe.«

»Aber es ist wirklich äußerst wichtig.«

»Das habe ich schon verstanden. Jetzt muss ich aber wirklich auflegen.«

Tweed starrte ungläubig auf das Telefon. Lasalle hatte die Verbindung einfach gekappt.

»Was ist bloß in den gefahren?«, sagte er kopfschüttelnd. »Sonst ist er doch immer so hilfsbereit.«

Nachdem er die anderen von Lasalles Antwort unterrichtet hatte, wandte er sich den Zeitungen auf seinem Schreibtisch zu. Die *Daily Nation*, Londons führende Tageszeitung, wies folgende Schlagzeile auf:

GIFT IM MEER BEI APPLEDORE

Ein Korrespondentenbericht von Sam Sneed

Der Artikel darunter war lang und ausführlich. Tweed überflog ihn und gab dann jedem seiner Mitarbeiter eine Ausgabe der Zeitung. Monica bemerkte, dass Tweed, als er sich daraufhin in seinen Sessel zurücklehnte, etwas entspannter wirkte als zuvor. Sein Gesicht machte einen äußerst konzentrierten Eindruck, und er schien seine übliche, etwas unterkühlte Selbstkontrolle wiedergefunden zu haben. Newman war der Erste, der etwas zu dem Artikel sagte.

»Was zum Teufel geht hier eigentlich vor? Das ist ein Bericht von Sam Sneed über die Vorfälle in Appledore. Er deutet sogar an, dass Whitehall sich Sorgen wegen der möglichen Erfindung einer neuen Waffe macht, die laut Aussagen aus Regierungskreisen ›noch tödlicher als die Wasserstoffbombe‹ sein soll.«

»Das hat sich Sneed vermutlich aus den Fingern gesogen«, sagte Tweed. »Wahrscheinlich wollte er damit seine Story aufpeppen. Ich schätze, dass man in Washington, Paris, Berlin und weiß Gott wo sonst noch schon Kenntnis von dem Artikel hat. Das gibt eine Krise von internationalen Ausmaßen. Und genau das ist es, was Goslar beabsichtigt.«

»Goslar?«, sagte Newman.

»Haben Sie sich die Bilder in dem Artikel einmal näher angeschaut? Die von dem toten Fischer und den verendeten Tieren? Sie sehen aus, als ob man sie aus einem Video herauskopiert hätte. Ich vermute, dass Sneed, nachdem er Kopien von dem Video gezogen hat, das Original mit dem Motorrad zu der Person in dem Jaguar gebracht hat. Sie erinnern sich doch noch an den Ölfleck, den wir auf der Straße außerhalb von Appledore gefunden haben. Dort war der Treffpunkt. Später – so vermute ich wenigstens – hat ein Hubschrauber Sneed mit einer Kopie des Bandes zum Flugplatz von Exeter gebracht, von wo aus er mit einem anderen Hubschrauber zum Heliport in Battersea geflogen wurde. Dort angekommen, hat man ihn in die Redaktion der *Daily Nation* gefahren, wo er sofort seinen Artikel geschrieben hat. All das würde sehr gut zu meinen bisherigen Erfahrungen mit Goslar passen. Ich habe Ihnen doch erzählt, was für ein brillanter Taktiker er war – und allem Anschein nach auch heute noch ist.«

»Aber wer soll diese Geschichte glauben?«

»Genau die Leute, die eigentlich nichts davon erfahren sollten. Die Regierungen in Washington, Paris und so weiter. Wahrscheinlich haben sie sich schon mit der Polizei in Appledore in Verbindung gesetzt. Inspector Crake wird ihnen zwar ein ›Kein Kommentar‹ als Antwort gegeben haben, aber genau das wird sie davon überzeugen, dass an der Geschichte etwas dran ist.«

»Was wird Goslar denn vorhaben?«

»Er will der Welt zeigen, dass er ein Waffe besitzt, die – Zitat Sneed – ›sehr viel tödlicher als die Wasserstoffbombe‹ ist. Sneed hat von Goslar sicherlich einen dicken Batzen Geld für seine Dienste erhalten.«

»Und wie passt Paulas Verschwinden ins Bild?«

»Goslar versucht, mich aus dem Gleichgewicht zu bringen. Vermutlich sollte ich das sogar als Kompliment auffassen, aber ich mache mir trotzdem große Sorgen um Paula.«

»Der Artikel von Sneed wird überall in der Welt Panik verbreiten«, sagte Marler.

»Eines habe ich vorhin, als ich Ihnen von den Vorgängen in Appledore berichtet habe, ganz vergessen zu erwähnen. Der

Auslöser zu der ganzen Geschichte war ein Brief von Goslar. Newman und Monica kennen ihn schon.«

Er reichte Marler den Umschlag, den jemand nachts in den Briefkasten der Park Crescent geworfen hatte. Während Marler den Brief durchlas, schaute Tweed hinüber zum Telefon.

»Wenn doch nur Lasalle zurückrufen würde. Mir fällt sonst keine Möglichkeit ein, wie ich dieses Flugzeug finden könnte. Paula muss noch am Leben gewesen sein, als man sie an Bord gebracht hat.«

»Glauben Sie nicht, dass man sie schon …«, begann Newman mit düsterer Stimme.

»Sprechen Sie es nicht aus!«, fauchte Tweed.

In diesem Augenblick flog die Tür auf, und Paula eilte mit zerknitterter Kleidung, aber frisch gebürstetem Haar dynamischen Schrittes ins Büro.

4

Tweed sprang auf und schloss Paula in die Arme. Sie presste den Kopf fest an seine Schulter und flüsterte ihm leise ins Ohr: »Großer Gott, ist es schön, wieder hier zu sein.«

»Wir sind fast verrückt geworden vor lauter Sorge um Sie«, sagte Tweed.

»Ich würde mich gern an meinen Schreibtisch setzen.«

Bevor sie das tat, umarmte Paula noch alle anderen.

»Wie wäre es mit einer Tasse Tee mit viel Zucker drin?«, fragte Monica.

»Tee nehme ich gern, aber ohne Zucker«, sagte Paula grinsend. »Ich habe heute schon genug süßes Zeug gegessen. Und außerdem habe ich auf dem Rückflug von Paris ausgiebig gefrühstückt.«

»Von *Paris*?«, rief Tweed erstaunt aus. »Nicht von Rom?«

»Wieso Rom?«, fragte Paula verwirrt. »Ich war in Paris. Und zwar unter sehr abenteuerlichen Umständen. Tut mir Leid, falls Sie sich Sorgen um mich gemacht haben. Ich wollte schon anrufen, aber dann habe ich doch lieber von La Madeleine aus ein Taxi genommen, und als ich am Flughafen Charles de Gaulle ankam, hatte ich auch keine Zeit mehr zum Telefonieren, weil der Flug nach London schon aufgerufen war. Nach La Madeleine bin ich übrigens mit der Métro von La Défense hergekommen.«

»La Défense?«, sagte Tweed. »Das ist doch dieses gigantische Geschäftszentrum westlich vom Arc de Triomphe, wo all die Hochhäuser stehen.«

»Deshalb habe ich auch zuerst angenommen, ich wäre in New York. Sie sind ein Schatz, Monica.« Paula nahm die Tasse, die Tweeds Assistentin ihr gebracht hatte, und trank einen Schluck. »Ich kann Ihnen jetzt übrigens eine Beschreibung dieses mysteriösen Dr. Goslar geben. Aber vielleicht sollte ich die ganze Geschichte von Anfang an erzählen.« Sie schaute hinüber zu Newman. »Es war idiotisch von mir, den kleinen Pfad zu nehmen. Sie haben mich davor gewarnt, aber nun ja ...«

»Bevor Sie anfangen zu erzählen, wollen Sie nicht lieber erst nach Hause und sich ausruhen?«, fragte Tweed.

»Nein, danke. Später vielleicht. Ich sehne mich nach einer Dusche. Aber erst will ich Ihnen die Informationen liefern, die ich herausbekommen habe. Am besten fange ich damit an, dass ich so blöd war, mich von Ihnen und Bob zu trennen und den kleinen Pfad zu nehmen ...«

Paula erzählte gewissenhaft alles, was vorgefallen war. Niemand unterbrach sie, und alle hörten ihr aufmerksam zu. Tweed saß mit gefalteten Händen vornübergebeugt an seinem Schreibtisch und ließ Paula keine Sekunde aus den Augen. Als sie beschrieb, wie der Affe sie im zweiunddreißigsten Stock aus dem Fenster gehalten hatte, zuckten seine Mundwinkel.

»Dieses gemeine Schwein«, murmelte Newman.

»Und so kommt es«, sagte Paula, nachdem sie ihren Bericht beendet hatte, »dass ich Dr. Goslar genau beschreiben kann – ebenso wie Abel, den Affen. Ist eigentlich Richard, unser Zeichner, da?«

»Ja, aber Sie müssen erst nach Hause und …«

»Das kann warten. Ich bestehe darauf, dass Richard sofort eine Phantomzeichnung von den beiden Männern anfertigt, solange meine Erinnerung an sie noch frisch ist. Ich gehe gleich zu ihm hinauf.«

Noch bevor Tweed etwas sagen konnte, verließ Paula das Büro. Als sie fort war, schaute Tweed fragend in die Runde.

»Na, was halten Sie davon? Typisch Paula, das Ganze wie ein Abenteuer zu behandeln.«

»Ich will Ihnen sagen, was ich davon halte«, brummte Newman. »Früher oder später wird mir dieser Affe über den Weg laufen, und dann breche ich ihm beide Arme, bevor ich dasselbe mit seinen Beinen mache. Und das ist dann nur der Anfang.«

»Paula hat einen großen Coup gelandet«, meinte Marler. »Sie hat Goslar identifiziert.«

»Da wäre ich mir nicht so sicher«, erwiderte Tweed. »Aber erzählen Sie Paula nicht, dass ich das gesagt habe. Ich bin so froh, dass sie wohlbehalten wieder zurück ist.«

Er hielt inne, weil das Telefon klingelte. Monica hob ab und rief ihm kurz darauf zu. »Es ist René Lasalle …«

»Danke, dass Sie zurückrufen, René. Gibt es was Neues?«

»Tweed, ich bin nicht in meinem Büro, sondern rufe von einer Telefonzelle aus an. Ist die Leitung bei Ihnen denn sicher?«

»Ja. Was ist los, Réne?«

»Zunächst einmal habe ich das Flugzeug für Sie überprüft. Eine Grumman Gulfstream ist am frühen Morgen auf dem Flughafen Charles de Gaulle gelandet, wo schon ein Krankenwagen auf sie gewartet hat. Zwei Sanitäter haben jemanden auf einer Trage aus dem Flugzeug geholt und weggebracht. Der Krankenwagen war gestohlen und wurde später in einer kleinen Straße von der Polizei sichergestellt. Mehr habe ich nicht herausbekommen.«

Einmal mehr bewunderte Tweed Lasalles Beherrschung der englischen Sprache. Außerdem bemerkte er, dass der Franzose, der normalerweise einer der gelassensten Männer war, die

Tweed kannte, sehr angespannt wirkte. Er schien unter einem enormen Druck zu stehen.

»Réne, ich weiß inzwischen, dass dieser angebliche Patient Paula Grey war. Sie wurde in Dartmoor gekidnappt.«

»In Dartmoor? Haben Sie eben Dartmoor gesagt?«

»Ja. Warum?«

»Ist nicht so wichtig. Reden Sie weiter.«

»Während des Flugs war sie betäubt gewesen, und als sie aufwachte, befand sie sich in einem Hochhaus in La Défense, wo sie von zwei Männern auf ganz üble Weise einem Verhör unterzogen wurde. Einer der beiden hat sie im zweiunddreißigsten Stock an den Füßen aus dem Fenster gehalten.«

»Großer Gott! Die arme Paula. Das ist teuflisch …«

»Als unten ein Polizeiwagen vorbeifuhr, zogen die Männer sie wieder herein und verließen das Gebäude. Paula ist jetzt wieder bei uns. Wissen Sie, was mit dem Flugzeug weiter geschah?«

»Es ist wieder gestartet. Der Pilot hat als Ziel Genf angegeben. Mehr weiß ich nicht.«

»Tatsächlich? Sagen Sie mal, Réne, haben Sie schon einmal den Namen Goslar gehört?«

»*Goslar*? Tut mir Leid, Tweed, aber da kann ich Ihnen nicht weiterhelfen.«

»Ich schließe daraus, dass Ihnen der Name etwas sagt. Wir kennen uns jetzt schon ziemlich lange, Réne, aber heute ist es das erste Mal, dass Sie mich von einer öffentlichen Telefonzelle aus anrufen.«

»Das dürfen Sie aber niemandem erzählen. Versprochen?«

»Nur, wenn Sie mir sagen, weshalb«, erwiderte Tweed grimmig.

»Tut mir Leid, Tweed, aber der Élyséepalast sitzt mir im Nacken. Ich muss jetzt Schluss machen …«

Tweed legte den Hörer auf die Gabel und erzählte den anderen, was Lasalle gesagt hatte. Eine Weile schwiegen alle, dann meldete sich Marler zu Wort.

»Das klingt aber gar nicht wie der Réne, den wir alle kennen. Was ist nur los mit ihm?«

»Mir geben seine letzten Worte zu denken. Offenbar hat der französische Staatspräsident etwas mit der Sache zu tun. Goslars Netz ist sehr weit gesponnen. Wie ich schon sagte: Wir haben es mit einer globalen Bedrohung zu tun.«

Während er das sagte, klingelte wieder das Telefon. Monica hob ab und machte ein böses Gesicht.

»Es gibt Ärger. Zwei Männer von der Special Branch wollten an George vorbei hierher ins Büro stürmen. Er hält sie unten mit dem Revolver in Schach.«

»Sagen Sie George, er soll die Herren heraufbegleiten«, sagte Tweed und sah Newman wissend an. »Es geht los, Bob. Wieso muss ich bloß an seine Lordschaft Aubrey Courtney Harrington denken, unseren neu ernannten Sicherheitsminister, den alle ›den Prinzen‹ nennen?«

Zwei außergewöhnliche Männer kamen herein. Einer von ihnen war gut einen Meter fünfundachtzig groß und hielt sich kerzengerade. Er war über fünfzig, hatte graues Haar und ein rosiges, glatt rasiertes und aggressiv wirkendes Gesicht. Der Mann, der mit eiskalten blauen Augen alle Anwesenden im Raum abschätzig betrachtete, hatte etwas Herrisches und zugleich Selbstbewusstes an sich. Er trug einen teuren Kamelhaarmantel und streifte schweinslederne Handschuhe von seinen großen, dickfingrigen Händen.

»Ich bin Jarvis Bate, der Stellvertretende Leiter der Special Branch. Hier sind eindeutig zu viele Leute im Büro. Ich muss mit Ihnen allein sprechen, Tweed.«

»Können Sie sich ausweisen?«

»Ausweisen?« Bate spuckte das Wort förmlich heraus. »Ich habe mich schon bei Ihrem Revolverhelden da unten ausgewiesen, verdammt noch mal. Hat der Kerl überhaupt einen Waffenschein? Ich hätte gute Lust, ihn einmal in die Mangel zu nehmen.«

»Ich warte.«

Bate zog eine Ausweiskarte aus seiner Brieftasche und warf sie vor Tweed auf den Tisch. Dann deutete er auf den kleinen Mann, der mit ihm gekommen war.

»Das ist Mervyn Leek, mein Assistent. Zeigen Sie dem Mann Ihren Ausweis, Merv. Bürokraten wie er brauchen das.«

Newman musterte den kleinen Mann. Er war nicht größer als einen Meter siebzig und wirkte neben seinem groß gewachsenen Vorgesetzten wie ein Zwerg. Newman missfiel Leeks Gesicht fast noch mehr als das von Bate, falls so etwas überhaupt möglich war. Leek hatte verschlagene graue Augen und trug ein ständiges Grinsen zur Schau, das man eigentlich nur als hämisch bezeichnen konnte. Sein Teint war blass, und sein Verhalten gegenüber Bate fand Newman devot, um nicht zu sagen kriecherisch. Das einzige halbwegs Angenehme an ihm war seine Stimme, die wohlerzogen und leise klang, wenn man sie mit Bates Gepolter verglich.

»Bitte schön, hier ist mein Ausweis«, sagte Leek zu Tweed und legte seine Kennkarte vor ihn auf den Tisch. »Es ist mir eine große Ehre, Sie kennen zu lernen, Mr. Tweed. Ich habe schon viel von Ihren großartigen Leistungen gehört.«

»Halten Sie den Mund, Merv, und setzen Sie sich!«, befahl Bate.

Er selbst hatte bereits unaufgefordert in einem Sessel Platz genommen. Er beugte sich vor und nahm den Ausweis, den Tweed inzwischen überprüft hatte, wieder an sich, bevor er mit lauter Stimme lospolterte.

»Ich habe gesagt, dass zu viele Leute hier sind, Tweed.«

»Das habe ich gehört«, erwiderte Tweed mit sanfter Stimme. »Aber sie gehören alle zum engsten Kreis meiner Organisation und bleiben deshalb hier.«

»Auf Ihre Verantwortung. Wir sind gekommen, weil wir ab sofort die Dartmoor-Geschichte übernehmen. Sie wissen doch, wovon ich rede, oder? Mervin braucht hier ein Büro, in dem er ungestört arbeiten kann. Alles, was mit Dartmoor zu tun hat, wird augenblicklich an ihn weitergeleitet. Sie und Ihre Leute haben mit der Sache ab sofort nichts mehr zu tun, verstanden?«

»Wir haben hier kein freies Büro. Damit geht es schon mal los.«

»Anscheinend haben Sie immer noch nicht begriffen, was Sache ist, Tweed. Ich habe hier ein Schreiben vom Sicherheitsminister. Wenn Sie wollen, können Sie es gern selber lesen.« Mit diesen Worten reichte er Tweed ein in der Mitte gefaltetes Blatt Papier.

»Vom Prinzen höchstpersönlich«, murmelte Newman halblaut.

»Wie bitte?« Bate wirbelte herum und starrte Newman böse an. »Nur zu Ihrer Information: Der Minister hat eine starke Abneigung gegen diesen albernen Spitznamen, den ihm die Presse angehängt hat.«

»Armes Kerlchen«, sagte Newman und erwiderte Bates Blick.

»Dieses Schreiben hat keinerlei Bedeutung für mich«, sagte Tweed, während er das Blatt Papier an Bate zurückgab.

»Es ermächtigt die Special Branch, sämtliche die öffentliche Sicherheit betreffenden Angelegenheiten zu übernehmen.«

»Aber es erwähnt mit keinem Wort den SIS...«

»Das lässt sich nachholen!« Bate schrie fast.

»Sind Sie sich da sicher?«

Zum ersten Mal seit seinem Eintreten wirkte Bate etwas unsicher. Sorgfältig faltete er sein Dokument wieder zusammen, bevor er es zurück in die Tasche schob. Dann atmete er tief durch.

»Ich komme wieder. Darauf können Sie sich verlassen.«

»Vielleicht könnte ich ja hier bleiben, bis Mr. Bate die Situation geklärt hat«, schlug Leek hinterhältig vor. »Sie werden doch bestimmt irgendwo noch ein Eckchen für mich frei haben.«

»Wenn Bate geht, gehen Sie auch«, sagte Tweed und erhob sich. »Und außerdem würde ich es begrüßen, wenn Sie uns jetzt allein ließen. Wir haben nämlich eine Menge zu tun.«

Paula kam herein und blieb in der halb geöffneten Tür stehen. Die beiden Besucher drehten sich um und starrten sie an.

»Wer ist das?«, wollte Bate wissen.

»Die Putzfrau«, platzte Monica heraus.

Paula zog sich wieder zurück und schloss leise die Tür. Erst jetzt fühlte Bate sich bemüßigt aufzustehen, und Leek tat es ihm wie eine Marionette nach. Es war offensichtlich, dass Bate seine Wut nur schwer im Zaum halten konnte. Als Tweed ihm seine abschließende Frage stellte, sah er sogar noch unzufriedener aus als zuvor.

»Ich hatte es bisher nicht allzu häufig mit der Special Branch zu tun, aber wenn, dann war mein Ansprechpartner immer der Chef Ihres Ladens, ein Mann namens Caspar Pardoe. Wo ist er jetzt?«

»Ich habe die Leitung der Abteilung vorübergehend von ihm übernommen. Pardoe macht Urlaub in Übersee.«

»Wo genau in Übersee?«

»Keine Ahnung. Was Pardoe in seiner Freizeit macht, interessiert mich nicht. Auf jeden Fall bin ich im Augenblick der Chef der Special Branch.«

»Übernehmen Sie sich nur nicht dabei«, sagte Tweed mit der Andeutung eines Lächelns.

»Ich kann mir beim besten Willen nicht vorstellen, was ein Zeitungskorrespondent in einer Besprechung wie dieser verloren hat«, grollte Bate mit einem Seitenblick auf Newman. »Für mich ist das ein eklatanter Verstoß gegen die Sicherheitsvorschriften.«

»Dann legen Sie sich am besten andere Vorschriften zu«, sagte Tweed liebenswürdig. »Newman ist schon vor Jahren überprüft worden und zählt seither, wie Sie sicher wissen, bei besonders schwierigen Fällen zu meinen Mitarbeitern.«

»Umso wichtiger erscheint es mir, dass Merv so schnell wie möglich hier installiert wird.«

»Wollten Sie nicht gehen, Bate?«

»Keine Sorge. Bin schon dabei. Aber ich werde den Minister genauestens über die Zustände hier in Kenntnis setzen. Das wird ihm bestimmt nicht gefallen.«

»Armes Kerlchen«, sagte Newman abermals.

»Wenn Sie mich jemals wieder besuchen wollen«, sagte Tweed, »dann seien Sie doch bitte so nett und lassen sich telefonisch einen Termin geben.«

Bate starrte Tweed genauso böse an wie zuvor Newman und öffnete den Mund, um etwas zu sagen. Dann aber überlegte er es sich anders und verließ das Büro. Leek blieb an der Tür noch einmal stehen und nickte allen grinsend zu, bevor er gehorsam seinem Herrn und Meister hinterherdackelte.

Kaum waren die beiden draußen, eilte Paula zurück in den Raum. Sie atmete hörbar aus.

»Ich hoffe, Sie haben nichts dagegen, Tweed, aber ich musste einfach an der Tür lauschen. Was für zwei Gestalten, der Große und der Kleine. Diesen Leek fand ich ja fast noch ekelhafter als Bate – der Kerl ist ein echter Kotzbrocken.« Sie setzte sich wieder an ihren Schreibtisch. »Na, wenigstens brauchen wir uns um die beiden keine Sorgen mehr zu machen.«

»Da wäre ich mir nicht so sicher«, sagte Tweed.

»Warum?«

»Die Tatsache, dass der Stellvertretende Leiter der Special Branch uns einen Besuch abstattet, zeigt mir, wie ernst die Regierung den Vorfall von Appledore nimmt. Ich bin mir sicher, dass Harrington mit dem Kabinett Rücksprache gehalten hat, bevor er uns seine beiden Schoßhündchen auf den Hals gehetzt hat. Dazu kommt, dass offenbar auch die Franzosen ein Interesse an der Sache haben."

Tweed erzählte Paula von seinem merkwürdigen Gespräch mit René Lasalle und dem ungewöhnlichen Verhalten, das sein alter Freund dabei an den Tag gelegt hatte. Paula hatte einen der großen, blauen Umschläge dabei, in die Richard üblicherweise seine Phantomzeichnungen steckte.

»Stellen Sie mir bitte eine Verbindung mit dem Premierminister her«, sagte Tweed zu Monica. »Ich hätte im Laufe des Tages gern einen Termin bei ihm.«

Sam Sneed eilte, die Sherlock-Holmes-Mütze ein wenig schief auf seinem gnomenhaften Kopf, mit großen Schritten die Fleet Street entlang. Vor einer halben Stunde hatte er die Redaktion der *Daily Nation* verlassen und gleich darauf auf seiner Bank zweitausend Pfund in bar eingezahlt, die er bei der Übergabe des Originalvideos von der Chauffeurin des Jaguars erhalten hatte.

Am liebsten hätte Sneed mitten auf der Straße einen Freudentanz aufgeführt. Zu dieser Vormittagsstunde würde sein Lieblingspub, in dem er seinen Erfolg zu begießen gedachte, wohl gerade erst geöffnet haben. Sneed vermutete, dass es drinnen ziemlich ruhig zugehen würde, sodass er ganz gemütlich vor einem Bier sitzen und seinen Sieg im Stillen genießen konnte. Endlich war auch er auf der Straße des Erfolgs. Von nun an würde es mit ihm aufwärts gehen.

Sneed hatte sich eine Ausgabe der *Daily Nation* unter den Arm geklemmt. Schließlich konnte er seinen Artikel auf der Titelseite gar nicht oft genug lesen. Der Chefredakteur war sehr zufrieden mit seiner Arbeit gewesen und hatte sogar angedeutet, dass er ihm möglicherweise eine feste Stelle bei der Zeitung anbieten wolle.

»Sind Sie Mr. Sneed? Mr. Sam Sneed?«, sagte auf einmal eine kultiviert klingende Stimme.

Sneed mochte es nicht, wenn er von wildfremden Menschen angesprochen wurde. Er blieb stehen und musterte den Mann, der vor ihm stand. Er mochte Ende dreißig, Anfang vierzig sein. Ein gut aussehender Bursche mit gelbblondem Haar und einem Lächeln auf dem glatt rasierten Gesicht. Er trug einen militärisch anmutenden Trenchcoat und hatte eine Einkaufstüte von *Aquascutum* in der Hand.

»Was wollen Sie von mir?«, herrschte Sneed den Mann an. »Ich habe es eilig.«

»Der Chef war sehr zufrieden damit, wie Sie den ersten Auftrag ausgeführt haben. Sie haben dafür ja schon zwei Riesen bekommen. Hätten Sie vielleicht Lust, sich noch mal die doppelte Summe zu verdienen?«

Das Doppelte von zweitausend Pfund. Das wären ja viertausend Pfund. Einfach so?

»Was müsste ich denn dafür tun?«, fragte Sneed in einem etwas freundlicheren Ton.

»Das würde ich Ihnen lieber nicht auf der Straße erklären. Irgendwie fühlt man sich hier draußen immer ein bisschen beobachtet, finden Sie nicht? Besonders jetzt, wo Sie quasi im Licht der Öffentlichkeit stehen. In der Zeitung, die Sie da unter dem Arm tragen, ist doch sogar ein kleines Foto von Ihnen drin. Es dauert bestimmt nicht mehr lange, dann bittet man Sie auf der Straße um ein Autogramm.«

»Meinen Sie wirklich?«

»Vergessen Sie nicht, pro Unterschrift einen Fünfer zu verlangen«, sagte der Mann im Trenchcoat grinsend. »Aber jetzt sollten wir uns wirklich ein ruhiges Plätzchen suchen, wo wir ungestört miteinander reden können. Gehen wir doch in meinen Club. Er ist gleich um die Ecke.«

»Ich war eigentlich gerade auf dem Weg zu meinem Lieblingspub.«

»In meinem Club können wir unter vier Augen reden. Ich muss Ihnen einen Plan zeigen. Hier entlang, bitte.«

Sie gingen zu einer kleinen Seitenstraße, die nach wenigen Metern wieder um eine Ecke führte. Hier blieb der Mann im Trenchcoat stehen und deutete mit seiner behandschuhten rechten Hand in die Gasse.

»Nach Ihnen, Sir. Der Eingang ist gleich hinter der Ecke links.«

Als Sneed in die enge Gasse trat, spürte er, wie ihm das Adrenalin in die Adern schoss. Nach all den Jahren mit seiner unangenehmen Schwester – die allein die Miete zahlte – kam er nun endlich selber zu Geld. Er würde das Motorrad verkaufen und sich einen schnellen Wagen zulegen. Und natürlich elegante Kleidung. Mit diesen angenehmen Gedanken umrundete er die Ecke und suchte nach der Tür zum Club.

Hinter ihm blickte sich der Mann im Trenchcoat um. Die Luft war rein. Während er Sneed um die Ecke folgte, nahm er ein langes Stück Draht mit hölzernen Knebeln an beiden Enden aus der Manteltasche. Von hinten trat er auf Sneed zu und legte ihm die Drahtschlinge über die Mütze hinweg um den Hals. Dann packte er beide Holzknebel und zog mit aller

Kraft zu. Der dünne Draht schnitt sich tief in die Haut. Der Reporter gab ein gurgelndes Geräusch von sich und griff sich mit beiden Händen an den Hals. Der Mann im Trenchcoat schnürte die Garotte noch weiter zu, obwohl Sneed bereits tot war.

5

Als Tweed drei Stunden später aus der Downing Street zurückkam, fand er in seinem Büro alle die versammelt, die auch zuvor schon dort gewesen waren. Nachdem er seinen Mantel aufgehängt hatte, sah er Paula an.

»Sie sollten doch längst in Ihrer Wohnung in Fulham sein und sich ausruhen.«

»Ich war inzwischen dort«, erwiderte Paula lächelnd. »Bob hat darauf bestanden, mich hinzubringen. Als Bodyguard, sozusagen. Er hat im Wohnzimmer gewartet, während ich mir die angenehmste Dusche meines Lebens genehmigt habe. Erst heiß, dann kalt. Danach habe ich mich sehr viel besser gefühlt. Irgendwie hatte ich das Gefühl, von den Händen des Affen ganz schmutzig zu sein. Nach der Dusche habe ich mir frische Kleider angezogen, und dann hat Bob mich wieder hierher gefahren. Auf dem Weg haben wir uns noch einen Happen zu essen gekauft, und jetzt könnte ich wieder Bäume ausreißen. Wie ist denn Ihr Gespräch mit dem Premierminister gelaufen?«

»Sehr gut. Er war ziemlich verärgert, als ich ihm von dem Dokument erzählt habe, das Bate mir gezeigt hat. Er hat gesagt, dass Courtney Harrington nicht befugt ist, über den SIS zu bestimmen. Damit bleibt alles wie gehabt: Ich bin allein dem Premierminister gegenüber verantwortlich. Allerdings hat mir der Premier erzählt, dass Harrington ganz scharf auf seinen Posten ist.«

»Hat er sich auch zu Appledore geäußert?«, fragte Newman.

»Ja. Die Angelegenheit macht ihm große Sorgen. Was ich jetzt sage, muss unter uns bleiben: Ich glaube, dass sie alle einen Fehlstart hinlegen.«

»Wie meinen Sie das?«, wollte Marler wissen.

»Wir wissen ja noch nicht einmal, ob wirklich Gift im Wasser war. Ich habe zwar auf dem Weg hierher von einer Telefonzelle aus Professor Saafeld angerufen, aber der wollte mir nicht sagen, was er bei der Obduktion des toten Fischers herausgefunden hat. Er verlangte, dass ich heute Abend um neun zu ihm nach Holland Park komme. Er hat übrigens einen Meeresbiologen den toten Seehund und die verendeten Fische sezieren lassen. Paula, Sie kennen den Professor ja persönlich, deshalb dürfen Sie mich begleiten, wenn Sie wollen.«

»Natürlich will ich. Wann darf ich Ihnen übrigens die Phantomzeichnungen von Dr. Goslar und Abel zeigen, die Richard auf meine Beschreibung hin angefertigt hat?«

»Jetzt wäre genau der richtige Zeitpunkt dafür. Kommen Sie doch alle an meinen Schreibtisch.«

»Also, das hier ist Dr. Goslar«, sagte Paula.

Alle starrten auf die Kohlezeichnung, die einen dünnen Mann mit einem glatt rasierten Gesicht und hoher Stirn zeigte. Er hatte ein längliches Gesicht und trug eine randlose Brille, hinter der unangenehm und verschlagen aussehende Augen hervorblickten.

»Die Zeichnung trifft ihn ziemlich gut«, sagte Paula. »Richard versteht eben sein Handwerk.«

»Sie das Ihre aber auch«, sagte Newman. »Wenn Sie nicht so gut beobachtet hätten, hätte Richard nichts zu zeichnen gehabt. Ob Goslar wohl immer eine Fliege trägt?«

»Möglich wär's«, sagte Tweed.

»Und wie klingt seine Stimme?«, fragte Marler.

»Sehr förmlich«, antwortete Paula. »Er spricht perfektes Englisch, aber er lispelt ein bisschen.«

»Raucht er denn?«, fragte Monica.

»Gute Frage. Nein. Zumindest nicht in der kurzen Zeit, in der ich es mit ihm zu tun hatte. Und ich habe in dem Zimmer weder Rauch gerochen noch einen Aschenbecher gesehen.«

»Haben sich alle das Bild genau angesehen?«, fragte Tweed.

Alle nickten, und Tweed wusste, dass sich seine Mitarbeiter Dr. Goslars Gesicht so genau eingeprägt hatten, dass sie es auch ohne Brille und Fliege jederzeit wieder erkennen konnten. Paula steckte die Zeichnung zurück in den Umschlag und legte eine zweite auf den Tisch.

»Abel, der Affe«, verkündete sie.

»Der sieht aber bedrohlich aus!«, rief Monica entsetzt. »Er kommt mir vor wie ein Gorilla.«

»Wenn ich dem Typen nachts in einer dunklen Gasse begegne, dann trete ich ihm in die Eier und stecke ihm den Lauf eines Revolvers zwischen die dicken Lippen«, sagte Marler. »Und erst dann stelle ich ihm Fragen.«

»Wie klingt seine Stimme?«, fragte Tweed.

»Brummig«, antwortete Paula. »Brummig, aggressiv und feindselig. Ich glaube, er könnte es rein körperlich mit so gut wie jedem Mann auf der Welt aufnehmen. Das war zumindest mein Eindruck.«

»Und Sie haben gehört, wie Goslar ihn Abel genannt hat. Ist auch ein Nachname gefallen?«

»Nein. Nur Abel.«

»Wie oft hat Abel den anderen Mann als Dr. Goslar angesprochen?«

»Mindestens zwei Mal. Und zwar laut und deutlich.«

»Das war gute Arbeit, Paula. Hervorragende Arbeit sogar.«

»Ich werde die Zeichnungen jetzt für alle Anwesenden kopieren lassen«, sagte Paula, während sie das Phantombild des Affen wieder an sich nahm.

»Machen Sie bitte auch Kopien für Harry Butler und Pete Nield«, sagte Tweed.

Er wartete, bis Paula den Raum verlassen hatte. Dann schaute er die anderen an und fragte mit leiser Stimme:

»Na, was halten Sie davon?«

»Ich finde, wir sind einen großen Schritt vorangekommen«, sagte Newman. »Jetzt haben wir zum ersten Mal eine Ahnung, wie Dr. Goslar aussieht.«

»Wirklich? Wir sollten das, was wir jetzt besprechen, Paula möglichst nicht zu Ohren kommen lassen, bei all dem, wie sie sich bemüht hat. Aber ich muss sagen, dass Ihr Gedächtnis auch schon mal besser war, Bob.«

»Wie meinen Sie das?«

»Als wir beide es vor vielen Jahren im Kalten Krieg mit Dr. Goslar zu tun hatten, war einer seiner vielen Tricks der, sich von einem anderen Mann spielen zu lassen. Manchmal war es auch eine Frau gewesen, die sich als Dr. Goslar ausgegeben hat. Diese Leute wurden alle bald darauf tot aufgefunden.«

Tweed hielt inne, weil das Telefon klingelte. Monica sagte, dass Superintendent Buchanan in der Leitung sei.

»Hallo, Roy. Hier Tweed. Gibt es was Neues?«

»Könnte man sagen. Sam Sneed wurde brutal ermordet. Man hat seine Leiche in einer Seitengasse der Fleet Street gefunden. Der Mörder hat ihn mit einer Drahtschlinge erdrosselt und dann enthauptet. Sneeds Kopf haben wir später zusammen mit der Schlinge in einer *Aquascutum*-Einkaufstüte gefunden. Zusammen mit einem blutbefleckten Trenchcoat. Wir lassen das Blut gerade untersuchen, aber ich bin mir ziemlich sicher, das es von Sneed stammt.«

»Gibt es schon irgendwelche Hinweise auf den Mörder?«

»Nein. Keine Zeugen. Nichts. Ein absolut professionell ausgeführter Job. Denken Sie nur daran, was morgen in der Presse stehen wird – vielleicht sogar schon früher, falls der *Evening Standard* Wind von der Sache bekommt. Ich muss jetzt weitermachen.«

»Vielen Dank für den Anruf.«

»Eines noch. Inspektor Crake aus Appledore hat mich angerufen. Seine Leute haben Gargoyle Towers auf den Kopf gestellt und nicht einen einzigen Fingerabdruck gefunden. Alles wurde sorgfältig abgewischt.«

»Genau das habe ich erwartet. Es passt hervorragend zu Goslar. Auf Wiederhören.«

Gerade als Tweed auflegte, kam Paula zurück ins Büro und setzte sich an ihren Schreibtisch. Als sie seinen Gesichtsausdruck sah, fragte sie ihn, ob etwas passiert sei. Er erzählte ihr von Buchanans Anruf.

»Da ist ja schrecklich«, sagte sie und erschauderte. »Da kann ich wirklich von Glück sagen, dass ich noch am Leben bin.«

»Das liegt vermutlich daran, dass es die beiden verdammt eilig hatten, aus dem Hochhaus zu verschwinden. Sie scheinen wirklich Glück gehabt zu haben.«

Tweed hatte sich entschlossen, ihr nicht zu sagen, was er wirklich dachte. Höchstwahrscheinlich hatten die beiden Männer Paula absichtlich am Leben gelassen, damit sie die Beschreibung des vermeintlichen Dr. Goslar nach London bringen konnte. Tweed sah keinen Grund, weshalb Abel den Namen Goslar hätte erwähnen sollen – außer dass er es absichtlich getan hatte.

»Warum wurde Sneed ermordet?«, fragte Paula.

»Das habe ich soeben schon Newman erklärt. Goslar hat sich bisher immer der Leute entledigt, nachdem diese ihre Arbeit für ihn erledigt hatten. So konnte später niemand bei der Polizei auspacken und seine Instruktionen preisgeben, selbst wenn sie von einem unsichtbaren Dr. Goslar stammten, den der- oder diejenige nur am Telefon gehört hatte. Apropos Telefon und Dr. Goslar – ich habe seinen verzerrten Anruf den Eierköpfen unten im Keller übergeben. Vielleicht gelingt es ihnen ja, daraus seine richtige Stimme zu rekonstruieren.«

»Glauben Sie, dass sie es schaffen werden?«

»Nein. Goslar hat sicherlich den besten Stimmenverzerrer verwendet, den man heutzutage kriegen kann. Aber einen Versuch wert ist es allemal.«

»Und was tun wir jetzt?«

»Wir fliegen so bald wie möglich nach Paris.«

»Wir alle?«

»Ja. Alle außer Monica, die hier die Stellung halten wird, sollen schon mal für die Reise packen. Verständigen Sie auch Butler und Nield. Die kommen auch mit. Monica, bitte buchen Sie uns für morgen am späten Nachmittag einen Flug, aber für jeden einzeln, damit es nicht so aussieht, als würden wir in einer Gruppe reisen. Nur Paula und ich werden offiziell zusammen fliegen. Und verwenden Sie nicht unsere wirklichen Namen.«

»Ich möchte den Platz hinter Tweed«, sagte Newman mit fester Stimme. »Außerdem werden wir ihn und Paula begleiten, wenn sie heute Abend zu Professor Saafeld gehen.«

»Das geht zu weit. Wir fahren doch bloß zum Holland Park.«

»Na und? Sneed war bloß in der Fleet Street und hat dort buchstäblich den Kopf verloren.«

Marler verließ die Park Crescent, um einen Besuch im East End zu machen, wo er sich unter den dubiosen Gestalten, die ihn hin und wieder mit Informationen versorgten, über den Mord an Sam Sneed umhören wollte.

»Wahrscheinlich werde ich in Paris mehr Glück haben als hier«, sagte er, als er aufbrach. »Dort habe ich mir im Untergrund ein regelrechtes Netzwerk aufgebaut.«

Zuvor hatte Tweed Marler gebeten, mit Alf, dem Taxifahrer, Kontakt aufzunehmen, damit dieser und seine Kumpels in ihren Taxis auf der Park Crescent patrouillierten und das Gebäude des SIS bewachten.

Paula hatte diese Bitte so beunruhigend gefunden, dass sie aufgestanden war und durch die dichten Gardinen nach draußen gelugt hatte. Jetzt machte sie ihrer Sorge Luft.

»Solche Vorsichtsmaßnahmen treffen Sie höchst selten«, sagte sie zu Tweed. »Machen Sie sich so große Sorgen wegen Dr. Goslar? Glauben Sie, dass er uns beobachten lässt?«

»Ich mache mir keine Sorgen, Paula. Aber ich unterschätze meinen alten Gegner auch nicht. Er arbeitet stets mit einer riesigen Organisation, was er sich bei all dem Geld, das er den Amerikanern und Russen im Kalten Krieg abgenommen hat, auch leisten kann. Dazu kommen noch die zehn Millionen Dollar, die er mit seiner Fabrik in New Jersey verdient hat, bevor die ganze Chose zusammen mit der Belegschaft in die Luft geflogen ist.«

»Der Mann kommt mir so unglaublich brutal und böse vor.«

»Und wir dürfen nie außer Acht lassen, dass er darüber hinaus auch extrem *gründlich* ist.«

Das Telefon klingelte; Monica machte ein fragendes Gesicht, nachdem sie abgehoben hatte. Sie bat den Anrufer, seinen Namen zu wiederholen, und legte dann die Hand über die Sprechmuschel.

»Da ist eine seltsame Frau dran. Ihr Name ist Serena Cavendish. Sie will nicht am Telefon mit Ihnen reden, weil sie es furchtbar eilig hat. Sie sollen sie im Tearoom des Brown's treffen. Die Frau meint, Sie würden sie schon erkennen, weil sie nämlich sehr dunkles Haar habe. Sie sagt, es geht um Appledore…

Tweed nahm ein Taxi. Paula hatte darauf bestanden, ihn zu begleiten, und Tweed hatte unter der Voraussetzung zugestimmt, dass sie sich im Hintergrund hielt. Newman hatte gesagt, er werde den beiden in seinem Wagen folgen, und Tweed hatte keine Zeit gehabt, ihm das auszureden. Auf der Treppe war Newman dann Harry Butler und Pete Nield begegnet und hatte sie gebeten, doch auch mitzukommen.

Nachdem Tweed das Taxi bezahlt hatte, betrat er vorsichtig das Hotel. Der Tearoom befand sich rechts von der Halle, von der ihn eine halbhohe, mit Holzpaneelen getäfelte Wand abschottete. Über der Wand befanden sich große Glasfenster, durch die Tweed einen Blick auf die Leute werfen konnte, die drinnen Tee tranken. Die meisten waren elegant gekleidete Damen, die sich angeregt miteinander unterhielten.

Paula nahm sich eine Zeitschrift und ging in der Nähe des Eingangs zum Tearoom in Position. Sie blätterte in dem Magazin und tat so, als ob sie auf jemanden warten würde. Rasch hatte Tweed die gut aussehende Frau mit den tiefschwarzen Haaren entdeckt, die allein an einem Tisch für zwei saß und ihre langen Beine übereinander geschlagen hatte. Tweed ließ die Blicke weiter durch den Raum schweifen und sah an einem der Nebentische einen Mann mit gelbblondem Haar, der ihm den Rücken zukehrte. Tweed schätzte ihn auf Ende dreißig. Er trug einen eleganten dunkelblauen Anzug und schien in eine Zeitung vertieft zu sein, die er vor sich ausgebreitet hatte.

Nun betrat ein wie ein Geschäftsmann aussehender Mann den Tearoom und ging geradewegs auf die schwarzhaarige Dame zu. Er beugte sich zu ihr hinab, als ob er sie etwas fragen wollte, und sie schüttelte lächelnd den Kopf, woraufhin der Mann in den Nebenraum ging.

Während das geschah, ließ der Blonde die Zeitung so weit sinken, dass er über den Rand spähen und die kurze Unterhaltung beobachten konnte. Danach hob er die Zeitung wieder in ihre alte Position. Der Oberkellner kam quer durch die Halle auf Tweed zu und sprach ihn mit einem freundlichen Lächeln an.

»Hallo, Mr. Tweed. Wie geht es Ihnen? Sie waren schon länger nicht mehr hier.«

»Könnten Sie mir bitte einen Gefallen tun? Sehen Sie die schwarzhaarige Dame, die dort drüben allein an dem Tisch sitzt?«

»Ja, Sir. Ich glaube nicht, dass sie schon einmal hier war.«

»Das ist für Sie«, sagte Tweed und gab dem Kellner einen Geldschein. »Würden Sie bitte zu der Dame gehen und ihr ganz diskret mitteilen, dass ich hier draußen auf sie warte? Aber flüstern Sie, damit niemand anders es hören kann. Und bringen Sie der Dame gleich ihre Rechnung.«

»Sie hat bereits bezahlt, Sir.«

»Gut.«

»Ich werde es gleich erledigen, Sir.«

Tweed handelte rasch. Zuerst winkte er den Chefportier herbei, der gerade in die Halle gekommen war.

»John, ich brauche dringend ein Taxi. Sofort. Wenn Sie jemand fragt, wo ich hingefahren bin, dann sagen Sie, Sie wissen es nicht.«

»Selbst wenn ich es wüsste, würde ich es niemandem sagen, Sir. Das Taxi kommt gleich.«

Tweed blickte hinüber zu Paula, die alles mitbekommen hatte. Er bedeutete ihr mit einem Kopfschütteln, dass sie nicht mitkommen solle. Die schwarzhaarige Frau schlüpfte in einen Pelzmantel und kam schnellen Schrittes hinaus in die Halle. Tweed fasste sie sanft am Arm.

»Sind Sie Serena?«, fragte er leise.

»Ja. Serena Cavendish. Und Sie müssen Tweed sein …«

»Entschuldigen Sie bitte die Eile, aber wir müssen schleunigst von hier verschwinden. Wir werden woanders Tee trinken. Steigen Sie in das Taxi.«

Tweed sah, dass Newmans Mercedes hinter dem Taxi stand. Er drehte sich um und blickte zum Hoteleingang. Hinter John, dem Chefportier, war niemand zu sehen. Er lief zu Newman, der das Fenster herunterkurbelte.

»Eleganter Mann. Dunkler Anzug, hellblondes Haar …«, rief er Newman zu.

Dann rannte er zurück zu dem Taxi, in dem bereits Serena Cavendish Platz genommen hatte.

»Fortnum's«, sagte er zu dem Fahrer. »Wir haben es eilig.«

»Wer hat es heutzutage nicht eilig?«, gab der Taxifahrer grinsend zurück.

Er fuhr sofort los. Durch das Rückfenster sah Tweed, wie Nield aus dem Mercedes stieg und Paula seinen Platz auf dem Rücksitz neben Butler einnahm. Was ging da vor? Dann sah er, wie der gelbblonde Mann mit energischen Schritten aus dem Hotel stürmte und ein Taxi herbeiwinkte.

Direkt neben ihm stand Pete Nield – schlank, gut gekleidet und mit einem exakt getrimmten Oberlippenbart – und hob ebenfalls die Hand nach einem Taxi. Er gab John zwei Einpfundmünzen, als das Taxi am Straßenrand anhielt.

»Das ist mein Taxi«, fauchte der Gelbblonde. »Ich habe es zuerst gerufen.« Seine Stimme hatte einen überkandidelten Oberklassen-Ton.

»Tut mir Leid, alter Freund«, erwiderte Nield, der schon die Hand an der Taxitür hatte. »Aber ich war vor Ihnen.«

»Das waren Sie nicht, verdammt noch mal!«

»Sie finden bestimmt ein anderes Taxi«, sagte Nield liebenswürdig und stieg ein.

»Wohin soll's gehen, Sir?«, fragte der Taxifahrer, nachdem Nield die Tür zugeschlagen hatte.

»Folgen Sie dem Mercedes da vorn«, flüsterte Nield. »Hier ist ein Fünfer für Sie.«

Newman folgte bereits dem Taxi, in dem Tweed und Serena saßen. Butler zeigte Paula eine kleine Kamera, die auf seinem Schoß lag. Paula runzelte die Stirn.

»Ich habe ein Bild von Mr. Gelbhaar gemacht«, sagte Butler. »Zumindest hoffe ich, dass es etwas geworden ist. Er hat mich beim Fotografieren direkt angeschaut, und da habe ich das Bild vielleicht vor lauter Schreck verwackelt.«

Paula wunderte sich wieder einmal, wie unterschiedlich doch Butler und Nield waren, die fast immer zusammenarbeiteten. Harry Butler schien es egal zu sein, wie er gekleidet war. Er war Anfang vierzig, knapp über einssiebzig groß und untersetzt. Er trug einen schäbigen Anorak über ebenso abgewetzten Cordhosen, und seine Schuhe schienen seit Ewigkeiten nicht mehr geputzt worden zu sein. Er hatte dichtes, dunkles Haar, das immer so aussah, als müsste es dringend gekämmt werden, und ein breites Gesicht mit einer knubbeligen Nase und einem energischen Kinn.

Pete Nield hingegen achtete sehr auf sein Äußeres. Er hatte ein gut aussehendes, eher längliches Gesicht, dessen Augen so lebhaft waren wie die von Butler. Nield war ein fantastischer Beobachter, der zusammen mit Butler ein hervorragendes Team bildete. Wenn es die Gelegenheit erforderte, konnten die beiden auch ziemlich rücksichtslos auftreten.

»Ich frage mich, was hier vorgeht«, sagte Newman. »Mr. Gelbhaar hat jetzt ein Taxi bekommen, aber es sind drei Autos und ein Lieferwagen zwischen ihm und uns. Hat vielleicht jemand gehört, wo Tweed mit seiner Femme fatale hin will?«

»Zu Fortnum's«, antwortet Paula prompt.

»Ich lasse Sie dort aussteigen und fahre um den Block. Da kriegt man nie einen Parkplatz …«

Obwohl das Restaurant im obersten Stock von Fortnum's ziemlich voll war, gelang es Tweed, einen Tisch im hinteren Teil zu ergattern. Er setzte sich mit dem Rücken zur Wand, sodass er genau sah, wer alles den Raum betrat.

»Also, weshalb wollten Sie mich so dringend sprechen?«, fragte Tweed, nachdem er Tee für sich und Serena bestellt hatte.

»Lassen Sie mich erst einmal wieder zu mir kommen. Gehe ich recht in der Annahme, dass Sie mir nicht erklären werden, was vorhin in Brown's vorgefallen ist?«

»Hatten Sie einen Leibwächter bei sich?«, fragte Tweed, während er seine Serviette auseinander faltete.

»Nein«, antwortete Serena.

Beim Betreten des Restaurants hatte Tweed die begehrlichen Blicke bemerkt, die ihr mehrere Männer zugeworfen hatten. Kein Wunder, dachte er. Serena war einen Meter siebzig groß und hatte eine gut proportionierte Figur, die in dem grünen Kleid mit dem schmalen Goldgürtel hervorragend zur Geltung kam. Ihr ruhiges Gesicht über dem Hermès-Schal, den sie um den Hals trug, hatte schöne, klar geschnittene Züge. Am bemerkenswertesten aber fand Tweed ihre Augen, die unverwandt in die seinen blickten. Sie waren grün und wirkten sehr intelligent. Und dann war da natürlich das schulterlange rabenschwarze Haar, das so geschickt frisiert war, dass es wie ein sorgfältig arrangiertes Durcheinander wirkte.

»Wie Sie sehen, können Sie sich noch Hoffnung machen«, sagte sie lächelnd.

»Wie bitte?«

»Sie haben doch soeben auf den Ringfinger meiner linken Hand geschielt und keinen Ring daran entdeckt.«

»Ich finde, Sie haben mir einiges zu erklären, Miss Cavendish …«

»Bitte, nennen Sie mich Serena.«

»Ich finde, Sie sollten mir jetzt sagen, weshalb Sie mich sprechen wollten, Serena.«

»Sehen Sie sich bitte das einmal an.«

Serena öffnete ihre Gucci-Handtasche und entnahm ihr ein Exemplar des *Evening Standard.* Tweed wartet geduldig, bis sie die Zeitung auseinander gefaltet und vor ihm auf den Tisch gelegt hatte. Dann las er die dicke Schlagzeile:

GIFT IM MEER – REPORTER ERMORDET

Tweed überflog kurz den Text des Artikels. Er beschrieb, wie die enthauptete Leiche von Sam Sneed in einer Seitengasse der Fleet Street aufgefunden worden war. Davon, dass man auch den Kopf gefunden hatte, war keine Rede. Tweed vermutete, dass Buchanan diese Information in der Hoffnung, damit dem Täter eine Falle stellen zu können, noch zurückgehalten hatte.

»Seltsame Geschichte«, sagte er und gab Serena die Zeitung zurück.

Inzwischen war der Tee gekommen. Serena biss in ein Sandwich, während Tweed an seiner Tasse nippte. Dann sah er Serena an und deutete auf die Zeitung, die sie sich auf den Schoß gelegt hatte.

»Wollen Sie mir nicht vielleicht etwas mehr erzählen?«, sagte Tweed freundlich. »Wie haben Sie beispielsweise meine Telefonnummer herausgefunden?«

Serena schüttelte den Kopf und tupfte sich mit der Serviette die Lippen ab, bevor sie einen Schluck Tee nahm. Tweed hatte gehofft, sie überrumpeln zu können, aber das hatte wohl nicht funktioniert.

»Das ist ein Geheimnis«, sagte sie mit einem verführerischen Lächeln.

»Sieht nicht so aus, als ob wir weiterkämen«, sagte Tweed etwas schroff.

»Haben Sie Geduld, Tweed.« Serena legte ihm eine Hand auf den Unterarm. »Ich weiß nicht, ob Sie es bemerkt haben, aber ich habe große Angst.«

»Wovor?«

»Davor, dass man mich umbringt, weil ich in diese Appledore-Geschichte verwickelt bin.«

»Verwickelt? Auf welche Weise?«

»Ein gewisser Mr. Charterhouse hat mich vor zwei Wochen gebeten, nach Appledore zu fahren und die Strandpromenade mit dem Mündungsdelta davor zu fotografieren. Er hat mich in meiner Wohnung hier in London angerufen und mir für den Auftrag dreitausend Pfund angeboten. Die Hälfte der Summe, so sagte er, würde bereits in einem Briefumschlag vor meiner Tür liegen, und den Rest solle ich erhalten, sobald ich die Fotos gemacht habe. Ich ging zur Tür und fand tatsächlich einen Umschlag mit dreißig Fünfzigpfundnoten unter dem Fußabstreifer.«

»Wo war der Umschlag abgestempelt?«

»Nirgends. Jemand muss ihn hingelegt haben, während ich am Telefon war. Weil ich gerade dringend Geld gebraucht habe, bin ich nach Appledore gefahren und habe die Fotos für Mr. Charterhouse gemacht. Nachdem ich sie abgeliefert hatte, lag ein weiterer Umschlag unter meinem Fußabstreifer, wieder mit eintausendfünfhundert Pfund darin.«

»Haben Sie diesen Mr. Charterhouse jemals gesehen?«

»Nein. Unser Kontakt hat sich allein auf einen seltsamen Telefonanruf beschränkt.«

»Inwiefern seltsam?«

»Weil die Stimme nicht wie die eines Menschen klang, sondern eher wie die von einem sprechenden Roboter aus einem Sciencefiction-Film.«

»Und warum könnte Charterhouse ausgerechnet Sie für den Auftrag ausgesucht haben?«

»Langsam scheint mir unsere Unterhaltung zu einem Verhör zu werden. Aber ich kann es Ihnen nicht verübeln, dass Sie mich ausfragen. Schließlich kennen Sie mich ja nicht. Charterhouse ist wohl auf mich gekommen, weil ich eine professionelle Fotografin bin. Keine von den berühmten zwar, aber ich habe in der Vergangenheit mit Hochzeiten und Fotoreportagen für Magazine nicht schlecht verdient. Ich bin bekannt für meine Zuverlässigkeit. So etwas spricht sich herum.«

»Wie haben Sie denn die Fotos, die Sie in Appledore geschossen haben, dem scheuen Mr. Charterhouse abgeliefert?«

»Das war auch wieder so etwas Seltsames. Ich habe die Aufnahmen also wie am Telefon besprochen gemacht, und zwei Tage später, nachdem ich sie entwickelt und vergrößert hatte, in einen großen braunen Umschlag gesteckt und Punkt zehn Uhr abends in einer bestimmten Telefonzelle in der Curzon Street deponiert. Danach bin ich wieder heimgefahren.«

»Haben Sie jemanden in der Curzon Street gesehen?«

»Nur einen Mann, der in der Telefonzelle stand, als ich darauf zufuhr. Ich vermute, dass er die Zelle bis zu meiner Ankunft besetzen sollte. Als ich kam, machte er sie frei. Dann ist er in ein Auto gestiegen und weggefahren.«

»Können Sie den Mann beschreiben? Haben Sie sich die Nummer des Autos aufgeschrieben?«

»Immer mit der Ruhe, Tweed – welche Frage soll ich denn nun zuerst beantworten?« Sie lächelte ihn einladend an. »Der Mann in der Telefonzelle war mittelgroß und trug einen dunklen Mantel und einen Borsalino. Sein Gesicht konnte ich nicht sehen. Außer ihm war niemand auf der Straße. Ich habe den Umschlag wie besprochen in die Telefonzelle gelegt und bin schnurstracks nach Hause gefahren. Ich bin nun mal ein braves Mädchen.« Serena hielt inne und sah sich in dem Restaurant um, das noch immer gut besetzt war. »Wenn Sie mich jetzt entschuldigen wollen, ich muss mal kurz verschwinden.«

»Eine kurze Frage noch: Weshalb haben Sie solche Angst?«

»Hätten Sie denn keine? Ich habe einen Job in Appledore erledigt, genauso wie dieser Sam Sneed. Und der ist jetzt einen Kopf kürzer.«

Sie nahm ihren Pelzmantel und ging in Richtung Toiletten, die sich am anderen Ende des Raumes befanden. Tweed bezahlte die Rechnung und dachte über die Frau nach. Bei ihrem Gang durch das Lokal hatte er bemerkt, dass ihre Bewegungen nicht nur elegant, sondern auch entschlossen wirkten. Sie kam ihm nicht gerade wie eine Frau vor, die sich leicht ins Bockshorn jagen ließ.

Nachdem er zehn Minuten gewartet hatte, wurde Tweed langsam unruhig. Vielleicht war es Serena ja auf der Toilette schlecht geworden. Er hatte zwar die ganze Zeit über die Tür zur Damentoilette im Auge gehabt, aber es waren zu viele Menschen hinein- und herausgegangen, als dass er sich ihre Gesichter hätte einprägen können. Eine Kellnerin kam auf ihn zu.

»Entschuldigen Sie bitte, Sir, aber eine Dame hat mich gebeten, Ihnen diese Nachricht zu übergeben.«

Tweed nahm den geschlossenen Umschlag entgegen und roch daran. Er duftete ganz leicht nach Serenas Parfüm. Dann öffnete er ihn und faltete das darin enthaltene Blatt aus teurem Büttenpapier auseinander. Kein Briefkopf. Nur eine kurze Mitteilung, geschrieben in einer intelligent und charaktervoll wirkenden Handschrift:

> Tweed,
> vielen Dank für den Tee. Es tut mir Leid, dass ich Sie so sitzen lasse, aber ich habe im Restaurant jemanden bemerkt.
> Alles Liebe, Serena.

Jetzt war Tweed auf einmal klar, weshalb Serena ihren Pelzmantel mit auf die Toilette genommen hatte. Er stand auf, sah sich um und ging dann lässig zum Ausgang, wobei er sich noch einmal gründlich im ganzen Restaurant umsah. Der gelbblonde Mann war nirgends zu sehen. In dem Warteraum hinter den Aufzügen entdeckte er Paula, die so tat, als würde sie sich für eine der dort ausgestellten Antiquitäten interessieren. Tweed ging zu ihr hinüber.

»Wo ist denn Ihre schöne Begleiterin?«, fragte Paula.

»Sie hat mir den Laufpass gegeben. Fahren wir nach unten und suchen Newman.«

»Und was dann?«

»Wir gehen zu unserem Termin mit Professor Saafeld in Holland Park. Dort werden wir erfahren, ob das, was wir in Appledore gesehen haben, am Ende vielleicht doch nur ein Sturm im

Wasserglas gewesen ist. Es wäre ja immerhin möglich, dass es sich bei dem Ganzen um die Auswirkungen einer Ölpest gehandelt hat, obwohl ich persönlich glaube, dass wir es mit etwas sehr viel Gefährlicherem zu tun haben.

6

Saafelds Haus in Holland Park war fast so groß wie ein Herrenhaus auf dem Land. Es besaß drei Stockwerke und stand etwas zurückgesetzt von der Straße in einem weitläufigen Garten. Nachdem Tweed und Paula das Grundstück durch ein schmiedeeisernes Tor betreten hatten, gingen sie auf einer kurzen, von hohen Rhododendronbüschen gesäumten Auffahrt auf das imposante Gebäude zu.

»Schön ruhig ist es hier«, sagte Paula. »Das ist mir schon bei meinem letzten Besuch aufgefallen.«

Tweed tippte in einem Kasten neben der Haustür eine Reihe von Ziffern ein und wartete darauf – während Paula eine Bemerkung über den hohen Sicherheitsstandard des Gebäudes machte –, dass ihnen jemand öffnete. Bei ihrer Annäherung hatten von Sensoren gesteuerte Scheinwerfer Haus und Garten in ein gleißend helles Licht getaucht. Normalerweise hätte sich Paula nach etwaigen Angreifern umgesehen, aber sie wusste, dass Pete Nield ihnen gefolgt war und sich jetzt irgendwo im Gebüsch versteckte. Draußen auf der Straße konnte sie außerdem Newman erkennen, der neben seinem Mercedes stand. Wo Butler war, wusste sie nicht.

An der Tür des Hauses schaute jemand kurz durch ein kleines Guckfenster. Dann hörte Paula, wie sich in drei Schlössern hintereinander Schlüssel drehten, und schließlich ging die Tür langsam auf. Dahinter stand ein großer Mann, der sie und Tweed ins Haus bat. Nachdem sie in einen kurzen Gang mit Holzboden getreten waren, machte der Mann die Tür wieder zu und schloss sie sorgfältig ab.

Charles Saafeld war etwa sechzig Jahre alt, etwas größer als Tweed und auch sonst eine beeindruckende Erscheinung. Seine rundliche Figur verriet, dass er weder Essen noch Trinken verschmähte, und sein rosiges Gesicht sah aus wie das eines Bonvivants, obwohl es zugleich eine natürliche Autorität ausstrahlte. Saafeld, der einen bis oben zugeknöpften weißen Laborkittel trug, sah Paula über seine Halbbrille an.

»Willkommen in meinem Gruselkabinett, Miss Grey. Sie sehen aus, als ob Sie was vertragen könnten. Soweit ich mich erinnere, sind Sie nicht allzu zimperlich.« Er blickte hinüber zu Tweed. »Kommen wir zur Sache«, sagte er. »Ziemlich merkwürdige Geschichte, in die Sie da hineingeraten sind.«

Saafeld sprach in kurzen, stakkatoartigen Schüben. Sein Benehmen war zwar freundlich, aber er schien Zeitverschwendung zu verabscheuen. Er geleitete Paula und Tweed ohne weitere Umstände zu einer massiven Tür am Ende des Gangs, wo er in einem Kästchen, das dem an der Eingangstür glich, einen Nummerncode eingab.

»Seit meinem letzten Besuch haben Sie die Sicherheitsmaßnahmen hier noch einmal enorm verstärkt«, sagte Paula. »Und wieso sprechen Sie von einem ›Gruselkabinett‹?«

»Diesen Ausdruck hat einmal eine Boulevardzeitung geprägt. Die Reporter glaubten, ich würde irgendwelche unheilvollen Experimente an meinen Leichen vornehmen. Sie kennen ja die Presse. Die Boulevardblätter werden von Jahr zu Jahr reißerischer. Vorsicht, Treppe! Halten Sie sich gut am Geländer fest.«

Saafeld stieg hinab in einen weiträumigen, voll klimatisierten Keller, der eher einem Labor als einer Leichenhalle glich. An der Decke liefen Röhren aus Plexiglas entlang, die zu Retorten und anderen chemischen Gefäßen auf weißen Plastiktischen führten. In der hinteren Wand waren mehrere Metallklappen eingelassen, hinter denen die Leichen lagen.

Ein kleiner, agiler Mann mit einem Nussknackerkinn starrte die beiden Neuankömmlinge mit lebhaften Knopfaugen an, als wären sie frische Versuchskaninchen.

»Das ist Dr. Fischer«, stellte Saafeld den Mann im weißen Laborkittel vor. »Er ist ein Experte für sämtliche Lebewesen, die es in Meeren, Seen und Flüssen gibt. Kein Wunder eigentlich, bei seinem Namen.«

»Wenn Sie wüssten, wie oft ich diesen Sparwitz schon gehört habe«, gab Fischer zurück und schürzte indigniert die Lippen.

»Fangen wir mit dem toten Mann an«, fuhr Saafeld ungerührt fort. »Roy Buchanan hat herausgefunden, dass er Gravely hieß und als Fischer – entschuldigen Sie, Herr Kollege, das soll jetzt wirklich kein Scherz sein – gearbeitet hat. Er ist wohl von einem Kutter ins Meer gefallen. Ich habe ihn obduziert und herausgefunden, dass er bereits tot gewesen sein muss, bevor er die Wasseroberfläche berührt hat.«

»Herzinfarkt?«, fragte Tweed.

»Ausgeschlossen. Er starb an Sauerstoffmangel. Hat einfach aufgehört zu atmen.«

»Ich dachte, er sei ertrunken«, sagte Paula.

»Auch das ist ausgeschlossen. Er hatte kein Wasser in der Lunge. Der Mann ist erstickt. Das ist der einzige Schluss, der für mich zulässig ist.«

»Erdrosselt?«, fragte Tweed.

»Mit Sicherheit nicht. An seinem Hals haben wir keinerlei Verletzungen gefunden.«

»Dann bin ich ratlos«, sagte Tweed.

»Willkommen im Club. Wir sind es auch. Ich erspare Ihnen den Anblick der Leiche. Vielleicht wollen Sie ja nachher noch zum Abendessen. Ich habe dem Toten etliche Organe für weitere Untersuchungen entnommen, obwohl ich nicht glaube, dass ich daran noch allzu viel finden werde. Und jetzt hören Sie sich an, was Fischer Ihnen zu sagen hat. Daraus werden Sie bestimmt ebenso wenig schlau werden wie ich.«

Sie gingen hinüber zu Fischer, der an einem Tisch mit großen Aquarien voller Fische lehnte. Neben den Aquarien standen durchsichtige Behälter, die Paula als die Kanister zu erkennen glaubte, mit denen Newman in Appledore die Wasserproben genommen hatte.

»Sagen Sie mir, wenn Sie etwas nicht verstehen«, begann Fischer, der seine Ausführungen hauptsächlich an Paula richtete. »Dann erkläre ich es Ihnen näher. Die Materie ist kompliziert, aber ich will versuchen, sie so einfach wie möglich darzustellen. Wissen Sie, wie Fische atmen?«

»Durch ihre Kiemen.«

»Richtig. Ein Fisch hat keine Lunge, sondern filtert sich den Sauerstoff mit komplexen Organen, die wir Kiemen nennen, aus dem Wasser, in dem der Anteil an Sauerstoff bekanntlich sehr viel geringer ist als in der Luft. Trotzdem erstickt ein Fisch, wenn man ihn aus dem Wasser holt, weil seine Kiemen den Sauerstoff in der Luft nicht verarbeiten können.«

»Buchanan hat mir gesagt, dass in Appledore tonnenweise tote Fische angespült wurden«, mischte Saafeld sich ein. »So viele, dass der Strand mit Schaufelbaggern gereinigt werden musste.«

»Haben Sie meine Erklärungen bislang verstanden?«, fragte Fischer.

»Ja«, antworteten Tweed und Paula fast gleichzeitig.

»Und jetzt kommt's«, fuhr Fischer in belehrendem Ton fort. »Die Fische, die ich untersucht habe, sind im Wasser erstickt, was wiederum den Schluss zulässt, dass kein Sauerstoff darin enthalten war.«

»Und dasselbe ist dem Fischer passiert«, bemerkte Tweed.

»Ja und nein. Wie gesagt, die Atmungsorgane von Menschen und Fischen sind sehr unterschiedlich. Und damit kommen wir zu dem toten Seehund, der die ganze Sache noch mysteriöser macht. Ich habe ihn obduziert ...« Fischer hielt inne und sah erst Paula, dann Tweed an, als wollte er sich vergewissern, dass sie ihm auch konzentriert genug zuhörten. »Es war nicht leicht, aber ich habe es geschafft.«

»Wissen Sie denn jetzt, woran der Seehund gestorben ist?«, fragte Tweed.

»Ich weiß, *warum* er gestorben ist. Das ist etwas anderes. Zuerst aber muss ich Ihnen etwas über die Atmung eines Seehundes erzählen. Im Gegensatz zu Fischen sind Seehunde Säugetiere und haben als solche Lungen, in denen sie den Sauerstoff speichern können, um ihn unter Wasser zu verbrauchen. Eine Art Reservoir, wenn Sie so wollen. Auch unser Seehund ist erstickt. Professor Saafeld, würden Sie den beiden bitte von dem Vorfall erzählen, den Buchanan uns berichtet hat?«

»Also, ein Mann, der in der Ortschaft Instow am anderen Ufer des Meeresarms wohnt, hat beobachtet, wie ein Seehund aus dem Wasser auf einen Felsen geklettert, kurz darauf zusammengebrochen und wieder zurück ins Wasser geplumpst ist. Möglicherweise war das der Seehund, der später tot an den Strand gespült wurde.«

»Und was soll uns das alles sagen?«, fragte Paula.

»Gute Frage«, meinte Fischer. »Es scheint so, als ob nicht nur *im* Wasser kein Sauerstoff war – daher die vielen toten Fische –, sondern auch in der Luft *über* dem Wasser. Deshalb starb der Seehund, als er auftauchte, um seinen Luftvorrat aufzufrischen.«

»Ich finde das höchst beunruhigend«, sagte Saafeld. »Fischer, zeigen Sie den beiden doch Ihr Experiment.«

»Es war sehr verdienstvoll, dass jemand daran gedacht hat, Wasserproben zu dem Zeitpunkt zu nehmen, als die toten Fische angespült wurden, und später noch einmal, als die Ebbe einsetzte. Was sehen Sie hier auf diesem Tisch?«

»Aquarien mit Fischen«, sagte Paula. »Und zwei Kanister, die aussehen wie die, mit denen wir in Appledore die Wasserproben genommen haben.«

»Ganz genau«, sagte Fischer, während er einen durchsichtigen Käscher mit einem langen Stiel und einer Drahtkappe, die er auf Knopfdruck bedienen konnte, zur Hand nahm. »Das sind Ihre zwei Kanister.«

»Die wir genau beschriftet haben«, ergänzte Paula.

»Aus gutem Grund. Dieser Kanister hier enthält das Wasser, das bei Ebbe genommen wurde. Sehen Sie mir genau zu.«

Mit dem Käscher holte er aus einem der Aquarien einen kleinen Hering und ließ ihn in dem Kanister wieder frei. Der Fisch schwamm im dem transparenten Gefäß munter herum.

»Der scheint sich dort recht wohl zu fühlen«, sagte Paula.

»Er befindet sich ja auch in seinem natürlichen Element, dem Meerwasser. Aber jetzt werden wir dasselbe Experiment mit dem anderen Kanister wiederholen, der das Wasser enthält, in dem all die toten Fische an den Strand gespült wurden.«

Paula griff unwillkürlich nach dem Riemen ihrer Schultertasche. Auf einmal schien in dem Kellerlabor eine angespannte Atmosphäre zu herrschen. Fischer verwendete einen anderen Käscher, um einen weiteren Hering aus dem Aquarium zu holen. Dann öffnete er kurz den Deckel des zweiten Wasserkanisters, ließ den Fisch hineingleiten und verschloss den Deckel sofort wieder. Kaum war der Fisch im Wasser, begann er wie wild zu zappeln, bevor er mit dem Bauch nach oben langsam auf den Boden des Kanisters sank.

»Mausetot«, sagte Fischer. »Seine Kiemen konnten in dem Wasser keinen Sauerstoff finden, und so ist er erstickt. Es war ein rascher, fast augenblicklich eintretender Tod.«

»Wie schrecklich!«, rief Paula aus.

»Ich nehme mal an, Sie haben jetzt genug von diesem Labor«, sagte Saafeld. »Gehen wir wieder nach oben. Bis später, Fischer ...«

»Das, was wir gerade gesehen haben, gefällt mir ganz und gar nicht«, sagte Tweed, als sie wieder oben im Gang waren.

»Dann wird Ihnen das, was ich Ihnen jetzt zeigen werde, noch viel weniger gefallen.«

Saafeld griff in die Tasche seines Kittels und holte daraus einen jener durchsichtigen Plastikbeutel hervor, wie sie die Polizei zum Aufbewahren von Beweisstücken verwendete. Darin konnte Paula einen etwa einen Zentimeter langen Zylinder aus Plexiglas erkennen, dessen Durchmesser sie auf nicht mehr als einen halben Zentimeter schätzte.

»Diesen kleinen Behälter hat die Polizei zwischen den toten Fischen am Strand von Appledore entdeckt. Buchanan hat ihn zu mir bringen lassen. Er hat gesagt, ich soll ihn Ihnen zeigen.«

»Glauben Sie, dass das Gift in diesem winzigen Behälter war?«, fragte Paula.

»Gift ist nicht der richtige Ausdruck. Reden wir lieber von Agens«, belehrte sie Saafeld.

»Wir haben in Appledore gehört, wie ein Motorboot davonfuhr«, sagte Tweed. »Möglicherweise hat jemand von dort aus den Inhalt dieses Zylinders ins Meer gegossen. Halten Sie das für wahrscheinlich?«

»Ich bin Wissenschaftler«, antwortete Saafeld kurz angebunden. »Ich beteilige mich nicht an Spekulationen.«

»Was wäre eigentlich, wenn man einen ganzen Kanister von diesem Agens in die Trinkwasserversorgung eines Landes kippen würde?«, fragte Tweed.

»Dann würden vermutlich Millionen und Abermillionen Menschen sterben«, sagte Saafeld und hielt gleich darauf erschrocken inne. »Na so was, jetzt haben Sie mich erwischt. Jetzt habe ich doch noch spekuliert.«

»Haben Sie denn herausgefunden, um was es sich bei diesem tödlichen Agens handelt?«

»Das hätte ich Ihnen wohl gesagt, oder?«, erwiderte Saafeld barsch. »Wir haben Stunden um Stunden daran gearbeitet und alle nur erdenklichen Tests damit gemacht. Das Ergebnis war gleich null.«

»Goslar hat die ultimative Waffe erfunden«, sagte Tweed mehr zu sich selbst, bevor er sich wieder an Saafeld wandte. »Wenn Sie wissen, was das für ein Agens ist, rufen Sie mich bitte an. Sollte ich nicht da sein, dann sprechen Sie mit Monica. Sagen Sie ihr nur ein Wort: *Durchbruch*. Sie weiß dann, was sie zu tun hat.«

»Wird gemacht. Aber erwarten Sie keine Wunderdinge von uns.«

7

Als Tweed zusammen mit Paula, Newman, Butler und Nield wieder zurück in sein Büro kam, wartete dort bereits die nächste Entwicklung in dieser sich rapide ausweitenden Krise auf ihn.

»Das wird Ihnen gefallen«, sagte Monica, während er seinen Mantel auszog.

»Was denn?«

»Während Sie weg waren, hat Cord Dillon angerufen. Er wollte Ihnen mitteilen, dass er aus den USA hierher fliegt. Er schätzt, dass er morgen noch vor dem Mittagessen in London ankommt. Er hat betont, dass es sich um einen privaten Besuch handelt und dass er Ihnen dankbar wäre, wenn Sie ihn auch als solchen behandeln würden.«

»Verstehe«, antwortete Tweed, dem diese Neuigkeit ganz und gar nicht gefiel.

»Sie sehen ja nicht gerade glücklich aus«, sagte Paula. »Dabei ist der Stellvertretende Direktor der CIA doch ein alter Freund von Ihnen. Das verstehe ich nicht. Was ist denn los?«

»Was los ist, fragen Sie? Goslar verfolgt konsequent seinen teuflischen Plan. Das ist los. Wie ich schon sagte, der Mann ist ein brillanter Stratege.«

»Können Sie mir das nicht etwas genauer erklären?«, bat Paula.

»Erstens – falls mir Serena Cavendish im Restaurant von Fortnum's die Wahrheit gesagt hat, hat Goslar sich bei ihr Fotos der Strandpromenade in Appledore bestellt. Meiner Meinung nach brauchte er sie, um zu wissen, wie der Ort des späteren Geschehens aussehen würde.«

»Und warum hat er uns dann nach Appledore gelockt?«

»Aus zwei Gründen. Erstens weiß er, dass ich gute Verbindungen zur Regierung habe und dass ich mit meinen Informationen notfalls auch beim Premierminister selber Gehör finden kann. Zweitens hat er noch eine persönliche Rechnung mit mir offen, weil ich ihm damals im Kalten Krieg so zugesetzt habe. Jetzt will er mich ein weiteres Mal schlagen, so wie ihm das vor vielen Jahren schon einmal gelungen ist. Aber das mit Serena Cavendish war erst der Anfang seines Planes.«

»Ich bin ganz Ohr«, sagte Paula und witzelte, um die Spannung in dem Büro etwas zu entschärfen: »Deshalb sehe ich auch so merkwürdig aus.«

»Als Nächstes heuert er Sam Sneed an, damit der die Ereignisse an der Promenade auf Video festhält. Das Original der Kassette gibt er an einen Diplomaten aus einem von fundamentalistischen Moslems regierten Golfstaat, der durch Ölfunde über Nacht reich geworden ist. Wahrscheinlich hat er dem Oberhaupt dieses Staates inzwischen auch ein Exemplar der *Daily Nation* zukommen lassen.«

»Warum das?«, fragte Newman.

»Dazu komme ich später. Kurz nach Erscheinen des Artikels lässt Goslar Sam Sneed umbringen, so wie er es immer tut, wenn jemand seine Aufgabe für ihn erfüllt hat. Sneed wird enthauptet in einer Seitenstraße der Fleet Street gefunden. Wie Sie alle wissen, steht das heute ganz groß im *Evening Standard*. Auch das gehört zu Goslars Plan.«

»Und warum?«, wollte Paula wissen.

»Alles zu seiner Zeit. Zunächst einmal möchte ich Sie daran erinnern, dass René Lasalle mich von einer Telefonzelle aus angerufen und mir erzählt hat, dass der Élyséepalast an der Sache interessiert ist. Kein Geringerer als der französische Staatspräsident also. Auch er wird den Artikel in der *Daily Nation* gelesen haben.«

»Ich schätze, es hat gar keinen Sinn, wenn ich Sie nach dem Warum frage«, sagte Paula.

»Korrekt. Jetzt erfahren wir, dass Cord Dillon auf dem Weg hierher ist und nicht will, dass wir seinen Besuch an die große Glocke hängen. Irgendwie erinnert mich das an Lasalle, der ebenfalls wollte, dass ich seinen Anruf vertraulich behandle. Das sagt mir, dass eine weitere Kopie des Videos ins Oval Office zum Präsidenten der Vereinigten Staaten gelangt ist. Vermutlich sind auch schon welche in Berlin und Tokio eingetroffen. Halt, vielleicht nicht in Tokio. Die haben im Augenblick kein Geld.«

»Was hat das denn mit Geld zu tun?«, fragte Newman.

»Eine ganze Menge. Goslar hat eine Waffe entwickelt, die sogar die Wasserstoffbombe in den Schatten stellt. Und dafür möchte er Geld sehen.«

Eine düstere Stille senkte sich über das Büro, in der alle über das Gehörte nachdachten. Nach einer Weile bat Tweed Monica, ihm von dem kleinen Feinkostladen in der Nähe, der die ganze Nacht über geöffnet hatte, etwas zu essen und zu trinken zu besorgen. Dann nahm er seine Hornbrille ab, zog ein frisches, sauber gefaltetes Taschentuch aus der Hosentasche und putzte damit sorgfältig die Gläser, bevor er sich die Brille wieder auf die Nase setzte. Er beugte sich nach vorn und verschränkte die Hände auf dem Schreibtisch.

»Das Land, das Goslar diese grauenvolle Waffe abkauft, wird damit automatisch die führende Macht auf diesem Planeten, die alle anderen Staaten erpressen kann. Kurz gesagt: Es hat die Weltherrschaft. Sie sehen also, womit wir es zu tun haben.«

»Und was unternehmen wir dagegen?«, fragte Newman.

»Keine Ahnung. Aber ich …«

Tweed verstummte, weil Marler gerade eintrat. Paula hätte ihn fast nicht erkannt, da er eine seltsame Brille mit einem fast rechteckigen Metallgestell trug, die seinem Gesicht einen aggressiven, fast bedrohlichen Ausdruck verlieh. Gekleidet war er in einen engen, bis ganz oben geschlossenen Anorak, der ebenso fremdländisch wirkte wie seine Hose und die Schuhe.

»Wo kommen Sie denn her?«, fragte Paula.

»Tja, ich war in Paris. Ich habe in Heathrow gerade noch einen Flug gekriegt und mir dann am Flughafen Charles de Gaulle einen Wagen gemietet. Dann habe ich die französischen Autofahrer fast wahnsinnig gemacht, weil ich sie auf dem Weg in die Stadt wie ein Irrer überholt habe. Wahrscheinlich haben sie so laut *merde!* geschrien, dass man es bis Marseille gehört hat.«

»Und was haben Sie in Paris gemacht?«, wollte Tweed wissen.

»Ich habe meinen besten Kontaktmann besucht. Der Mann ist eine wahre Goldgrube an Information. Aber Sie werden ihn wohl bald selber kennen lernen. Schließlich sprechen Sie fast so gut Französisch wie ich.« Mit einem Seufzer der Erleichterung nahm Marler die Augengläser ab. »Ich hasse es, eine Brille zu tragen!«, erklärte er Paula. »Dabei ist diese hier aus Flexon und damit sehr biegsam. Das neueste Modell von Calvin Klein, in das ich mir Fensterglas habe einsetzen lassen. Ich schätze, die französischen Optiker machen das täglich – angeblich sollen die Mädels auf dem Kontinent nämlich total auf diese Brillen abfahren.«

»Was ist mit Ihrem Kontaktmann?«, fragte Tweed ungeduldig. »Hat er Ihnen die gewünschten Informationen beschaffen können?«

»Ja, aber er hat sie mir nicht mitgeteilt. Er will sie nur meinem Boss persönlich sagen. Deshalb müssen Sie sich mit ihm treffen.«

»Wir fliegen alle nach Paris, aber erst muss ich mich noch mit Cord Dillon treffen. Er kommt morgen zu einem inoffiziellen Besuch hierher. Aber noch mal zu Ihrem Kontaktmann. Wie heißt er? Was macht er? Und wo soll ich ihn treffen?«

»Was soll das, Tweed? Sie wissen doch genau, dass ich die Identität meiner Kontaktleute niemals preisgebe.«

»Wenn ich ihn treffen soll, muss ich doch zumindest wissen, wer er ist und wo ich ihn finde.«

»Stimmt auch wieder«, sagte Marler und lehnte sich mit dem Rücken an die Wand. »Sie kennen doch die Île de la Cité, oder?«

»Natürlich. Wir könnten dort im Restaurant Paul an der Place Dauphine zu Abend essen. Ein wunderbares Lokal mit exzellenter Küche. Aber fahren Sie fort, Marler.«

»Erinnern Sie sich auch an die Fußgängerbrücke, die die Cité mit der anderen Insel in der Seine verbindet, der Île St-Louis?«

»Selbstverständlich. Weiter!«

»Mein Kontaktmann hat eine Buchhandlung in der Rue St-Louis en Île.«

»Wie heißt er?«

»Soll das ein Verhör sein?«

»Machen Sie sich nichts draus, Marler – Tweed ist heute nicht gut gelaunt«, sagte Paula.

»Vallade. Mein Kontaktmann heißt Étienne Vallade. Er handelt mit seltenen Büchern, was ihm Verbindungen zu einflussreichen Leuten im Geheimdienst und in der Regierung verschafft hat. Aber ich weise Sie noch einmal darauf hin, dass er nur mit Ihnen sprechen will.«

»Haben Sie ihm gegenüber den Namen Goslar erwähnt?«

»Ja. Gleich darauf hat er dichtgemacht. Er hat ganz verängstigt ausgesehen, und dann hat er gesagt – ich zitiere: ›Darüber spreche ich nur mit Ihrem Chef, Tweed.‹«

»Interessant. Er kennt meinen Namen.«

»Ich habe Ihnen doch gesagt, dass er eine Goldgrube ist.«

»Na schön, Marler«, sagte Tweed mit ernster Stimme. »Ich informiere Sie jetzt am besten darüber, was inzwischen geschehen ist. Die anderen müssen es sich wohl oder übel ein zweites Mal anhören, aber das schadet ja nicht. Zuerst mache ich einen Zeitsprung und erzähle Ihnen, was wir bei Professor Saafeld erfahren haben …«

Marler, der immer noch an der Wand lehnte, zündete sich eine King-Size-Zigarette an.

»So«, schloss Tweed wenige Minuten später seinen Bericht, »jetzt wissen Sie, was Saafeld und Fischer herausgefunden haben und wie ich Goslars bisherige Strategie einschätze. Eines möchte ich noch einmal betonen«, fügte er mit Nachdruck an, während er den Blick über seine Mitarbeiter wandern ließ. »Es handelt sich hier um die gefährlichste Operation, auf die wir uns bisher eingelassen haben. Wir kämpfen gegen Goslar und seine riesige Organisation, aber auch Bate und seine Special Branch werden uns demnächst ziemlich zu schaffen machen. Und als ob das noch nicht genug wäre, werden wir in Paris bestimmt einigen Ärger mit den dortigen Geheimdiensten, der Polizei und weiß Gott wem sonst noch bekommen.«

»Und alle sind sie auf der Suche nach dem heiligen Gral«, sagte Marler, »obwohl das vielleicht nicht gerade die passende Bezeichnung für eine so teuflische Waffe ist.«

»Wir brauchen mehr Leute«, sagte Paula ruhig. »Aber das habe ich schon mal gesagt, wenn ich mich recht erinnere.«

Wie auf ein Stichwort ging die Tür auf und Howard, der Direktor des SIS, kam herein. Er war über eins fünfundachtzig groß und hatte einen Körperbau, der darauf schließen ließ, dass er gutem Essen und ebenso guten Weinen eine Menge abgewinnen konnte. Howard hatte das Auftreten eines Gutsherrn und eine näselnde, leicht überheblich klingende Stimme.

»Ich habe großartige Neuigkeiten für Sie, Tweed«, verkündete er, während er sich in einen Sessel sinken ließ und sein rechtes Bein über die Armlehne legte. »Zwei gute Leute stehen Ihnen als Verstärkung zur Verfügung. Den ersten Mann kennen Sie sicher alle: Es ist Captain Alan Burgoyne, der früher beim militärischen Geheimdienst war. Er hat im Golfkrieg gekämpft.«

»Von dem habe ich schon gehört«, sagte Newman. »Seine Informationen über den Irak haben die ganze alliierte Strategie verändert.«

»Sieh mal einer an«, sagte Howard und drehte sich in seinem Sessel zu Newman um. »Unser obszön reicher, weltberühmter Auslandskorrespondent ist auch mal wieder hier und beglückt uns mit seinen Weisheiten.«

»Ihr obszön reicher Auslandskorrespondent hat zufällig selber aus dem Golfkrieg berichtet«, gab Newman gereizt zurück.

Howard, der Anfang sechzig war, hatte graues Haar und ein rundliches Gesicht. Wie immer war er ausgesprochen chic und vor allem sündteuer gekleidet. Heute trug er einen blauen Nadelstreifenanzug von Chester Barrie, den er bei Harrods gekauft hatte, dazu ein cremefarbenes Hemd, eine blaue Chanel-Krawatte und auf Hochglanz polierte schwarze Schuhe.

»Burgoyne hat kürzlich aus freien Stücken seinen Abschied von der Armee genommen«, fuhr er fort.

»Vielleicht hatte er es satt, sich von inkompetenten Vorgesetzten hirnrissige Befehle erteilen zu lassen«, sagte Marler gedehnt. »Sie wissen schon, von so Oberklasse-Hanswursten, die sich bei jeder Gelegenheit ihre alte Schulkrawatte umbinden.«

Howard runzelte die Stirn und sah Marler böse an. Die Beschreibung gefiel ihm offenbar überhaupt nicht. Marler nahm seine Zigarette in die linke Hand und hob die rechte zur nachlässigen Parodie eines militärischen Grußes an die Stirn. Dabei grinste er Howard provozierend an.

»Trotz seiner Verdienste kann ich Burgoyne erst dann akzeptieren, wenn er alle Sicherheitsüberprüfungen bestanden hat«, warf Tweed rasch ein.

»Schon geschehen, alter Junge«, versicherte ihm Howard. »Ich habe ihn höchstpersönlich auf Herz und Nieren abgecheckt und dann das Ganze noch einmal wiederholt. Sie hätten es vermutlich nicht besser machen können.«

»Kann schon sein.«

»Na, was ist denn heute mit euch allen los?«, sagte Howard. »Könnten denn nicht wenigstens die Mädels ein bisschen mehr Enthusiasmus zeigen? Immerhin habe ich gerade einen großen Coup gelandet ...«

»Wen meinen Sie mit Mädel?«, fragte Paula kühl. »Ich bin über dreißig, wie Sie eigentlich wissen müssten.«

»Großer Gott«, stöhnte Howard. »Das war doch nicht persönlich gemeint. Es war bloß so ein Ausdruck. Ich weiß, was Sie alles in Paris haben durchmachen müssen, Paula. Ich fühle voll und ganz mit Ihnen.«

»Das ist doch Schnee von gestern«, sagte Paula.

»Und wer ist der andere Kandidat?«, fragte Tweed.

»Wieso Kandidat? Ich habe die beiden fest verpflichtet.«

»Aber ich nicht. Noch nicht, zumindest. Wer ist es?«

»Evan Tarnwalk. Er hat gerade seinen Abschied von der Special Branch genommen.«

»Das klingt nicht sonderlich gut«, sagte Tweed. »Weshalb ist er nicht mehr dort?«

»Weil er mit Bate nicht klarkommt. Wen wundert's, wo sich Bate dort doch wie eine ganze Kompanie von Hauptfeldwebeln aufführt. Der würde bei seinem Ehrgeiz sogar über Leichen gehen, wenn er nur nach oben kommt.«

»Vermutlich stehen Sie auf dem Standpunkt, dass Tarnwalk schon bei seinem Eintritt in die Special Branch eine Sicherheitsprüfung absolviert hat. Aber das genügt mir nicht. Ich möchte ihn selber überprüfen.«

»Auch das ist schon geschehen. Ich habe ihn ebenfalls durch die Mangel gedreht. Sie glauben doch nicht im Ernst, dass ich ihn ohne weiteres in unsere Organisation aufnehme?«

»Ich möchte trotzdem zuerst mit ihm sprechen.«

»Der Mann ist ein Meister im Verstellen und Verkleiden«, sagte Howard kurz angebunden.

»Dann werden wir ihn am Ende gar nicht erkennen?«, sagte Newman mit Unschuldsmiene.

»Himmelherrgott«, rief Howard verärgert aus. »Halten Sie das für witzig oder was?« Er blickte hinüber zu Paula. »Entschuldigen Sie bitte, meine Liebe.«

Mir wär's am liebsten, du würdest damit aufhören, mich ›meine Liebe‹ zu nennen, dachte Paula.

»Was für Qualifikationen hat denn dieser Tarnwalk?«, fragte Tweed.

»Er ist hervorragend im Beschatten von Zielpersonen. Kann ihnen stundenlang folgen, ohne dass sie ihn bemerken. Daher kommt vermutlich auch sein Hang zu Verkleidungen.«

Howard sah Newman an und wartete auf eine weitere abfällige Bemerkung, aber Newman tat so, als würde er in einer Akte blättern, und würdigte den Direktor des SIS keines Blickes. Tweed schürzte die Lippen und streckte beide Arme aus. Er konnte Howard nur bis zu einem gewissen Maß ertragen.

»Wo halten sich die beiden Kandidaten denn momentan auf?«

»Alan Burgoyne kommt in etwa einer Stunde zu mir. Soll ich ihn dann gleich zu Ihnen schicken?«

»Ja, aber rufen Sie mich vorher an. Es könnte sein, dass ich dann beide Hände voll zu tun habe.«

»Undank ist der Welten Lohn«, sagte Howard beleidigt und verließ das Büro.

»Jetzt haben Sie ihm seine Überraschung verdorben«, sagte Monica. »Das gefällt ihm ganz und gar nicht.«

»Ich werde mich bei ihm bedanken, wenn ich die beiden gesehen habe. Ist Ihnen dieser Burgoyne eigentlich jemals über den Weg gelaufen, Bob?«

»Nein, leider nicht. Ich wollte ihn ein paar Mal interviewen, aber er war nicht leicht zu erwischen, was sicherlich mit zu seinen Erfolgsgeheimnissen zählt. Und Erfolg hatte er reichlich, das kann ich Ihnen sagen.«

Tweed blickte hinüber zu Butler und Nield, die bisher noch kein Wort gesagt hatten. Butler hatte während Howards Auftritt keine Miene verzogen, aber Nield hatte mehrmals genervt die Augen zur Decke verdreht.

»Was halten Sie beide von dem, was Howard gerade gesagt hat?«, fragte Tweed.

»Ich halte mich mit meinem Urteil zurück, bis ich die beiden gesehen habe«, antwortete Nield. »Es dauert lange, bis sich neue Leute in ein Team integriert haben.«

»Ich denke genauso«, sagte der zurückhaltende Butler.

Die beiden hatten den Nagel auf den Kopf getroffen. Jeder in dem Raum wusste genau, wie die anderen in einer gefährlichen Situation reagieren würden. Bei vielen Gelegenheiten hatten ihre umsichtigen Reaktionen das Leben der Kollegen – ebenso wie das eigene – gerettet. Vertrautheit und Vertrauen waren die beiden Dinge, auf die es in diesem Job am meisten ankam.

»Tweed«, sagte Paula plötzlich. »Ich bin noch nicht dazu gekommen, aber ich würde Ihnen gern etwas über die mysteriöse Serena erzählen. Darf ich?«

»Ob Sie dürfen?« Tweed verbarg, wie überrascht er war. »Ich bin Ihnen dankbar für jede Information über diese Frau.«

»Es ist schon lange her. Ich war damals noch ein Teenager und ein ziemlich wilder dazu. Aber nur bis zu einem gewissen Punkt«, beeilte sie sich anzufügen. »Ich ging damals auf viele Partys in London. Manche fanden auch draußen auf dem Land in den Anwesen von Aristokraten und dubiosen Neureichen statt. Es gab damals eine Menge Mädchencliquen, die gemeinsam auf solche Partys zogen.«

»Haben sich diese Cliquen untereinander vermischt?«

»Nie. Das klingt zwar ziemlich elitär, aber so war es nun mal. Jedenfalls, die Cavendish-Schwestern gehörten damals zu den begehrtesten Mädchen auf diesen Partys. Sie waren allerdings in einer anderen Clique als ich.«

»Schwestern? Gibt es denn mehr als eine von denen?«, fragte Tweed, der sich entspannt in seinem Stuhl zurückgelehnt hatte.

»Nicht mehr, leider. Die eine, Davina, ist leider tot. Serena und Davina sahen sich zum Verwechseln ähnlich, obwohl sie keine Zwillinge waren. Und sie haben das schamlos ausgenützt. Oft zog sich die eine die Kleider der anderen an und ging dann mit deren Freund aus. Die armen Männer haben das so gut wie nie mitbekommen. Aber es war alles nur ein großer Spaß – zu Intimitäten ist es dabei, soviel ich weiß, nie gekommen.«

»Erzählen Sie mir mehr von Davina.«

»Sie war die intelligentere der beiden. Auf der Universität gehörte sie zu den schlauesten Köpfen ihres Jahrgangs, jedenfalls in den Naturwissenschaften. Ihr Tod war eine einzige Tragödie.«

»Was ist passiert?«

»Sie ist mit ihrem Sportwagen frontal in einen Lastwagen gefahren. Das war nachts auf einer Landstraße. Davina fuhr wie üblich viel zu schnell. In einer Kurve ist sie wohl ins Schleudern und dann unter den Lastwagen geraten. Man sagt, dass sie auf der Stelle tot war. Ihr Kopf wurde bei dem Unfall vollständig zerquetscht. Das Ganze ist nahe an ihrem Haus passiert, und Serena soll den Unfall mit angesehen haben.« Paula hielt inne und schüttelte sich kurz. »Es muss entsetzlich für die Arme gewesen sein. Sie war die Einzige am Unfallort – der Lastwagenfahrer hat nämlich Fahrerflucht begangen und wurde nie gefunden. Davina liegt übrigens auf dem Friedhof von Steeple Hampton in Hampshire begraben. Serena hat der Tod ihrer Schwester so zugesetzt, dass sie danach jahrelang ins Ausland ging.«

»Wann ist der Unfall passiert?«

»Vor einigen Jahren. Ich weiß es nicht mehr genau.«

»Was war mit ihren Eltern?«

»Die waren zum Zeitpunkt des Unfalls bereits beide tot. Seltsamerweise sind auch sie bei einem Autounfall ums Leben gekommen.«

»Können Sie mir sonst noch etwas über Serena erzählen?«

»Sie hat sich im Ausland zur Fotografin ausbilden lassen und soll in ihrem Beruf sogar ziemlich erfolgreich geworden sein. Ich möchte nicht, dass Sie den Eindruck bekommen, Serena wäre dumm. Das ist sie ganz und gar nicht. Aber Davina war wirklich brillant. Ihr Tutor hat einmal von ihr gesagt, dass sie das Zeug dazu hätte, auf ihrem Gebiet eine der führenden Wissenschaftlerinnen der Welt zu werden.«

»Kannten Sie eigentlich beide Schwestern? Oder nur eine der beiden?«

»Keine. Wir sind uns nie über den Weg gelaufen, weil die beiden in ganz anderen Kreisen verkehrt haben als ich. Sie standen ein paar Sprossen weiter oben auf der sozialen Leiter.«

»Haben die Eltern den Schwestern Geld hinterlassen?«

»Nicht einen Penny. Der Vater war ein heilloser Spieler und hoch verschuldet. Ein befreundeter Rechtsanwalt hat nach seinem Tod den Besitz der Eltern verkauft und damit gerade mal die Schulden begleichen können. Für die Mädchen blieb dabei nichts mehr übrig. Davina hatte einen reichen Freund, der ihr ein kleines Haus in Steeple Hampton gekauft hat. Das ist alles, was ich weiß.«

»Wann ist Serena nach England zurückgekommen?«

»Das muss wohl so vor zwei Jahren gewesen sein. Sie hat sich in kurzer Zeit einen Namen als Society-Fotografin gemacht, wobei ihr ihre einnehmende Persönlichkeit sicherlich geholfen hat. Sie ist zwar kein zweiter David Bailey, aber sie ist sehr gut.«

»Sie haben sie doch bestimmt gesehen, als wir zum Tee im Fortnum's waren. Was hatten Sie da für einen Eindruck von ihr?«

»Sie war ziemlich weit von mir entfernt, aber sie schien mir lebhaft und voller Selbstvertrauen zu sein. Und sehr attraktiv. Finden Sie nicht auch?«

»Ja«, antwortete Tweed und machte ein nachdenkliches Gesicht. »Sie hat außergewöhnliche Augen. Manchmal hatte ich den Eindruck, als würde sie direkt durch mich hindurchblicken. Ich fand das ein wenig beunruhigend.«

»Serena hat Ihnen den Kopf verdreht«, sagte Paula mit einem warmen Lächeln.

»Ich finde, Sie sollten jetzt lieber nach Hause gehen«, sagte Tweed unvermittelt. »Aber nicht allein. Newman wird Sie fahren.«

»Das ist doch nicht nötig.«

»Schon vergessen, was Sam Sneed zugestoßen ist?«, sagte Tweed düster.

»Aber das würde ja bedeuten, dass ich meinen Wagen hier lassen müsste«, sagte Paula.

»Ich fahre ihn zu Ihrer Wohnung«, bot Butler an. »Ich will nur noch schnell meine Utensilien holen. Ohne die gehe ich nicht weg.«

Nachdem Butler das Büro verlassen hatte, fragte Paula: »Was meint er mit Utensilien?«

»Seinen Einsatzkoffer. Er ist doch unser Sprengstoffexperte«, sagte Newman trocken.

Vor Paulas Wohnung in der Nähe der Fulham Road hielt Newman seinen Mercedes an und wartete, bis Butler Paulas Wagen hinter ihm eingeparkt hatte. Dann stieg er zusammen mit Paula aus und begleitete sie die Treppe zur Eingangstür ihrer im ersten Stock gelegenen Wohnung hinauf. Butler folgte ihnen auf dem Fuß. Oben angekommen, zog Paula ihren Schlüssel aus der Umhängetasche und wollte schon aufsperren.

»Tun Sie das nicht«, sagte Butler mit rauer Stimme. »Stecken Sie den Schlüssel nicht ins Schloss, sondern gehen Sie mit Newman zurück zum Wagen. Ich hole Sie, sobald ich hier alles überprüft habe.«

»Was soll das? Ich möchte endlich in meine Wohnung.«

Butler drängte sich zwischen sie und die Tür und untersuchte penibel das Sicherheitsschloss. Dann ließ er seine Finger vorsichtig an den oberen und seitlichen Rändern der Tür entlanggleiten.

»Gehen Sie sofort zum Wagen. Alle beide«, sagte er und machte ein grimmiges Gesicht. »Keine Widerrede. Bleiben Sie dort, bis ich Sie hole. Es kann eine Weile dauern.«

Paula und Newman taten, wie Butler ihnen geheißen hatte. Sie setzten sich in den Wagen und unterhielten sich, während Newman eine Zigarette rauchte. Nach einer halben Stunde hielt ein großer Lieferwagen vor dem Haus, aus dem zwei Männer in Schutzkleidung stiegen und dann die Treppe zu Paulas Wohnung hinaufrannten.

»Das sind doch die Sprengmeister aus der Park Crescent«, sagte Paula. »Was wollen die bloß hier? Und warum haben sie eine schwere Metallkiste dabei?«

»Überlassen Sie die Sache getrost Harry. Er weiß, was er tut.«

Ein paar Minuten später trugen die beiden Männer die Kiste wieder die Treppe hinunter und brachten sie zu dem Lieferwagen. Nachdem sie die Kiste auf der Ladefläche verstaut hatten, fuhren sie los. Kurz nach ihnen kam auch Butler aus dem Haus. Er trug die Umhängetasche, in der seine Utensilien waren. Als er am Mercedes angelangt war, kurbelte Newman sein Fenster herunter.

»Was ist denn los, um alles in der Welt?«, fragte Paula.

»Das will ich Ihnen sagen«, antwortete Butler und beugte sich zu ihr herein. »Sie sagten vorhin, Sie könnten es gar nicht erwarten, in Ihre Wohnung zu kommen. Aber Sie wissen nicht, was Sie dort erwartet hat – der sichere Tod nämlich. Sobald Sie Ihren Schlüssel umgedreht hätten, wäre eine Bombe hochgegangen, die jemand hinter der Tür platziert hat. Die Ladung hätte Sie in Stücke gerissen und dazu gleich das ganze Haus in Schutt und Asche gelegt. Fahren Sie in die Park Crescent und erstatten Sie Tweed Bericht. Ich bleibe hier und untersuche noch einmal gründlich Ihre Wohnung. Wenn ich fertig bin, komme ich nach.«

8

»Na, was geschieht denn nun mit meiner Bombe?«, fragte Paula und schaute Tweed mit einem schuldbewussten Lächeln an.

»Ihre Bombe verlässt soeben London auf der A3«, antwortete Tweed, der hinter seinem Schreibtisch saß. »Zum Glück ist mitten in der Nacht nur wenig Verkehr. Wir lassen sie zu unserem Trainingszentrum in Surrey bringen.«

»Wo sie vermutlich auseinander genommen wird.«

»Harry hat mich angerufen, während Sie und Newman auf dem Weg hierher waren. Er sagt, dass es sich um einen völlig neuartigen und sehr komplizierten Zündmechanismus handelt, was nur ein weiterer Hinweis auf Goslar sein könnte. Vermutlich werden die Spezialisten in Surrey die Bombe von allen Seiten fotografieren, aber ansonsten die Finger davon lassen. Wenn alles dokumentiert ist, wird die Bombe in einem Steinbruch zur Explosion gebracht. Harry meint, dass sie dort die halbe Felswand zum Einsturz bringen wird.«

»Werden Sie Buchanan von der Bombe erzählen?«

»Erst, wenn sie detoniert ist. Roy wird zwar sauer sein, aber ich werde ihm Abzüge von den Fotos zukommen lassen, die er dann an seine Sprengstoffexperten weitergeben kann.« Er blickte auf. Die Tür hatte sich geöffnet und Marler kam zusammen mit Nield herein.

Tweed erzählte ihnen kurz, was in Paulas Wohnung vorgefallen war. Marler pfiff leise durch die Zähne und nahm Paula freundschaftlich in den Arm.

»Sie führen ein ziemlich aufregendes Leben in letzter Zeit.«

»Immer noch besser als ein ziemlich langweiliges«, antwortete Paula mit einem Lächeln.

Tweed wandte sich an Nield. »Haben Sie jemanden entdeckt, der unser Haus beobachtet hat?«

»Ja«, sagte Nield. »Marler kann Ihnen mehr darüber berichten.«

»Wir kommen gerade von einem Treffen mit Alf und seinen Jungs aus dem East End zurück«, berichtete Marler. »Er und seine Taxifahrer haben das Karree heute laufend kontrolliert und sind dabei mehrfach fündig geworden.«

»Erzählen Sie.«

»Heute am frühen Nachmittag hat Alf einen gut gekleideten Mann – vermutlich Engländer – entdeckt, der sich hier in der Nähe herumgetrieben und so getan hat, als würde er Zeitung lesen. Als Alf eine halbe Stunde später wieder die Park Crescent entlangfuhr, war der Mann immer noch da. Alf hielt an und sagte ihm, dass es in letzter Zeit hier einige Einbrüche gegeben habe und dass er jetzt die Polizei rufen werde. Der Mann fluchte gotteslästerlich und machte sich aus dem Staub. Und dann gab es noch einen Mann, der kurz nach Einbruch der Dunkelheit ebenfalls an einer Hausmauer gelehnt und vorgegeben hat, Zeitung zu lesen. Auch er war gut gekleidet. Bill, einer von Alfs Kumpels, hat ihn verjagt.«

»Und jetzt?«

»Ist niemand auf der Straße zu sehen«, sagte Nield. Marler und ich haben gerade einen Rundgang gemacht. Die Luft ist rein.«

»Interessant, dass Goslar gut gekleidete Engländer schickt«, dachte Tweed laut nach. »Aber er hat ja noch nie mit abgerissenen Gestalten gearbeitet. Ich frage mich bloß, wo er diese Leute rekrutiert. Es werden ja wohl kaum Privatdetektive sein.«

»Alf vermutet, dass es Kokainsüchtige sind. Der Typ, mit dem er gesprochen hat, war ganz zittrig gewesen, als ob er dringend seinen Stoff gebraucht hätte.«

»Klingt plausibel. Drogensüchtige brauchen eine Menge Geld, und Goslar hat seine Leute für ihre Dienste immer gut bezahlt. Bevor er sie eliminiert hat.«

»Dieser Umstand gibt mir übrigens ziemlich zu denken«, sagte Paula. »Schließlich habe ich ihm ja auch eine Art Dienst erwiesen. Ich habe Ihnen seine Beschreibung überbracht.«

»Sie haben mir die Beschreibung eines Mannes überbracht, der von diesem Abel so genannt wurde. Hätte diese Bombe Sie getötet, hätte ich vielleicht annehmen sollen, dass es sich bei diesem Mann tatsächlich um Goslar gehandelt hat und dass Sie sterben mussten, damit Sie seine Beschreibung nicht an mich weitergeben konnten. Aber Goslar kennt mich – er muss wissen, dass Sie sofort zu mir gekommen sind, um ihn zu beschreiben.«

»Wollen Sie damit etwa sagen, dass der Mann mit der randlosen Brille gar nicht Goslar war?«

»Dessen bin ich mir jetzt hundertprozentig sicher.«

»Was für ein teuflisches Gehirn dieser Mensch doch hat.«

»Das sollte Sie nicht verwundern, schließlich haben wir es mit einem echten Teufel zu tun. Ach, Monica, da fällt mir etwas ein. Buchen Sie unsere Flüge nach Paris von morgen Nachmittag auf den Abend um. So spät wie möglich, damit ich noch mit Cord Dillon sprechen kann.«

»Und ich werde dabei auf Sie aufpassen«, sagte Newman entschlossen.

»Außerdem möchte ich, dass Sie uns Zimmer im Ritz buchen«, fuhr Tweed fort, »und zwar unter unseren richtigen Namen. Aber ich möchte nicht, dass es so aussieht, als würden wir zusammengehören.«

»In diesem Fall sollten Monica und ich uns vielleicht beim Buchen abwechseln«, schlug Paula vor.

»Eine gute Idee«, sagte Tweed.

»Wollen Sie uns jetzt nicht erklären, weshalb wir überhaupt nach Paris fliegen?«, fragte Paula. »Ich weiß ...«

»Drei Dinge noch«, unterbrach sie Tweed. »Erstens möchte ich, dass wir am Flughafen Leihwagen nehmen und sofort nach La Défense fahren. Werden Sie das Hochhaus wieder finden, in dem die beiden Sie festgehalten haben?«

»Auf jeden Fall.«

»Zweitens werde ich Marlers Kontaktmann aufsuchen, Monsieur Vallade, den Buchhändler auf der Île St-Louis.«

»Nehmen Sie dorthin am besten Paula mit«, sagte Marler. »Vallade ist zwar nicht mehr der Jüngste, aber einer schönen Frau kann er nach wie vor nicht widerstehen. Ich werde ebenfalls mitgehen.«

»Danke, Marler. Drittens möchte ich mich kurz mit Lasalle unterhalten«

»Mit Lasalle!«, rief Paula aus. »Nach dem zu schließen, was Sie vorhin über ihn erzählt haben, sagt der Ihnen doch kein Wort.«

»René und ich kennen uns schon seit einer Ewigkeit. Deshalb glaube ich, dass ich ihn dazu überreden kann, mir wenigstens das zu sagen, was ich von ihm wissen will. Wir werden also ziemlich viel zu tun haben im schönen Paris.«

Das Telefon klingelte. Monica hob ab, hörte kurz zu und sah dann Tweed grinsend an.

»Da kommt was auf Sie zu. Howard sagt, dass Captain Alan Burgoyne bei ihm ist. Er wird ihn Ihnen gleich herunterschicken.«

»Na, dann wollen wir ihn mal reinlassen, wie man so schön sagt.«

Den Mann, der kurz darauf das Büro betrat, fand Paula auf Anhieb interessant. Burgoyne war zwar nur mittelgroß, dafür aber sehr muskulös, was man sogar seinem Gesicht und seinen Händen ansehen konnte. Paula schätze ihn auf Mitte vierzig. Er hatte einen federnden athletischen Gang und einen energisch, aber keineswegs humorlos wirkenden Gesichtsausdruck. Schon beim Eintreten hatten seine intelligent aussehenden blauen Augen alle Anwesenden gemustert, als wollte er jeden Einzelnen für immer in seinem Gedächtnis abspeichern.

Burgoyne trug eine Tarnjacke und eine beige Hose mit messerscharfen Bügelfalten. Seine braunen, auf Hochglanz gewienerten Schuhe hatten dicke Gummisohlen, auf denen er sich leise wie eine Katze bewegte. Er schaute Paula an und strich sich mit der flachen Hand die Tarnjacke glatt.

»Entschuldigen Sie bitte meinen Aufzug. Er lässt mich wie einen Raufbold aussehen, der ich vielleicht sogar bin. Aber es gibt ja heutzutage so viele von dieser Sorte, da falle ich wahrscheinlich gar nicht weiter auf«, fügte er lächelnd hinzu. »Und Unauffälligkeit ist in unserem Geschäft ja schließlich erwünscht, oder?«

»Bitte, setzen Sie sich«, sagte Tweed in neutralem Ton.

»Vielen Dank. Sie müssen wohl Tweed sein.«

»Ja. Und wie sollen wir Sie ansprechen? Wir verwenden hier gern den Vornamen.«

»Von mir aus. Aber nennen Sie mich bitte nicht Alan«, sagte Burgoyne. »Ich mochte den Namen noch nie. Warum sagen Sie nicht einfach Chance zu mir? Das war mein Spitzname in der Army.«

»Warum Chance?«, fragte Paula.

»Ganz einfach weil ich auch dann meine Aufträge durchgeführt habe, wenn die Chancen dafür alles andere als gut standen. Aber verstehen Sie mich nicht falsch: Ich bin dabei nie ein unkalkulierbares Risiko eingegangen.«

»Das geht aus Ihrer Personalakte eindeutig hervor«, bemerkte Tweed. »Dem zufolge, was dort steht, wussten Sie Ihre Risiken offenbar recht gut einzuschätzen.«

»Ich kenne einen General, der Ihnen in dieser Hinsicht bestimmt nicht zustimmen würde. Ein aufgeblasener Wichtigtuer im Generalstab, der nie selbst im Feuer gestanden hat. Ich vermute, dass ich eine Erklärung unterschreiben muss, falls Sie mich in Ihr Team aufnehmen wollen.«

»Haben Sie schon einmal eine offizielle Geheimhaltungserklärung unterschrieben?«

»Ich kann Ihnen die offizielle Geheimhaltungserklärung sogar auswendig herunterbeten«, sagte Burgoyne und lächelte dabei Newman an. »Und zwar auch rückwärts, wenn es sein muss. Vielleicht ergibt sie auf diese Weise sogar einen Sinn.«

»Mit dieser Einschätzung stehen Sie nicht allein«, sagte Newman und lächelte. »Wir halten auch nicht allzu viel davon.«

Paula betrachtete Burgoyne genau. Es gefiel ihr, dass er gesagt hatte: ›... falls Sie mich in Ihr Team aufnehmen wollen.‹ Der Captain kam ihr zwar sehr selbstbewusst, aber in keiner Weise arrogant vor. Burgoyne blickte noch einmal in die Runde und schaute dabei nacheinander allen Anwesenden in die Augen. Hinter seinem Rücken hielt Monica ein Blatt Papier in die Höhe, auf das sie in großen Lettern »Paris?« gekritzelt hatte.

Tweed nickte, bevor er Burgoyne mit ernstem Blick anstarrte.

»Kennen Sie jemanden im Verteidigungsministerium, der mir Auskunft über Sie geben könnte?«

»Colonel Bernard Gerrard. Aber erwarten Sie von ihm keine Lobeshymnen auf mich.«

»Ich kenne ihn und werde ihn anrufen. Packen Sie schon mal einen kleinen Koffer für ein paar Übernachtungen, und kommen Sie morgen früh wieder hierher. Und jetzt würde ich vorschlagen, dass Sie zurück zu Howard gehen.«

»Na, was halten Sie von ihm?«, fragte Tweed, nachdem Burgoyne das Büro wieder verlassen hatte. »Sie sind schließlich diejenigen, die mit ihm zusammenarbeiten müssen.«

»Ich mag ihn«, sagte Paula spontan.

»Und mir kommt er wie ein ziemlich zäher Bursche vor«, meinte Newman.

»Wir können ihn ja mal ausprobieren«, sagte Marler.

»Ich bin mir bei ihm nicht so sicher«, sagte Butler zu Tweed. »Draufgänger wie er könnten uns in Gefahr bringen.« Nield war derselben Meinung wie er.

Tweed bat Monica, ihm eine Verbindung zu Colonel Gerrard herzustellen. Ein paar Minuten später schwenkte sie den Hörer und nickte.

»Hallo, Bernard. Hier Tweed.«

»Lange nichts von Ihnen gehört. Bestimmt wollen Sie etwas von mir.«

»Da haben Sie Recht. Ich überlege mir gerade, ob ich einen Captain Alan Burgoyne in mein Team aufnehmen soll. Was halten Sie von ihm?«

»Er ist ein undurchsichtiger Zeitgenosse«, sagte Gerrard und machte eine kurze Pause. »Seit seinem Abschied vor einem Jahr habe ich keinen Kontakt mehr zu ihm. Halt, das stimmt nicht ganz. Vor sieben Monaten war er auf eigene Faust in Kuwait, weil er herausfinden wollte, was Saddam Hussein Neues im Schilde führt. Er hat mir per Kurier die Nachricht zukommen lassen, dass Saddam auf der Suche nach einer ultimativen Waffe sei, was immer das bedeuten mag. Ich habe die Nachricht zu den Akten gelegt.«

»Wissen Sie, was Burgoyne danach gemacht hat?«

»Ich habe gehört, dass er sich nach Dartmoor zurückgezogen hat. In eine Ortschaft namens Rydford am Ende der Welt. Passt irgendwie zu seinem Charakter. Seine Pension wird auf eine Bank in London überwiesen.«

»Ist das alles?«

»Ich kann Ihnen auch noch etwas Positives erzählen, Tweed. Burgoyne hat ein paar spektakuläre Aktionen durchgezogen, die ein anderer nicht einmal im Traum gewagt hätte. Besonders draufgängerisch – und effektiv – war er im Golfkrieg. Er hat uns Informationen über Saddams Präsidentengarde verschafft, die zu einer Änderung unserer gesamten Strategie geführt haben. Leider darf ich Ihnen keine Einzelheiten erzählen.«

»Haben Sie in letzter Zeit etwas von Burgoyne gehört?«

»Kein Sterbenswörtchen. Er ist nun mal ein Einzelgänger. Aber im Großen und Ganzen kann ich über ihn sagen, dass er ein hervorragender Geheimdienstoffizier war. Wenn ich es mir recht überlege, dann sind Sie genau der Typ Vorgesetzter, von dem er sich etwas sagen lässt. Sie haben die Persönlichkeit dazu, Tweed. Wir sollten uns übrigens bei Gelegenheit mal wieder auf einen Drink treffen.«

»Machen wir.«

Tweed legte auf und lehnte sich in seinem Stuhl zurück. Dann erzählte er den anderen Wort für Wort, was Gerrard ihm gesagt hatte. Newman fuhr sich mit der Hand durch sein blondes Haar.

»Ich bin beeindruckt. Normalerweise lassen diese Typen vom Verteidigungsministerium kein gutes Haar an ihren eigenen Leuten.«

»Wir brauchen Verstärkung«, sagte Paula. »Und Burgoyne kommt mir dynamisch und intelligent vor.«

»Da stimme ich Ihnen zu«, sagte Tweed. »Aber ich frage mich, wo wohl dieses Rydford liegt.«

»Schon gefunden«, verkündete Paula, die eine Landkarte auf ihrem Schreibtisch ausgebreitet hatte. »Es ist ein winziger Ort in der Nähe der Straße von Moretonhampstead nach Princeton. Liegt direkt unterhalb von Hangman's Tor.«

»Was heißt denn Tor in diesem Zusammenhang?«, fragte Butler.

»So nennt man in Devon und Cornwall einen steilen, felsigen Berg. In der Gegend, in der Burgoynes Haus steht, gibt es eine ganze Reihe davon.«

Das Telefon klingelte. Tweed rollte mit den Augen. Monica ging ran und blickte hinüber zu Tweed.

»Sie erraten nie, wer Sie ganz dringend sprechen will.«

»Ich möchte gar nicht raten.«

»Serena Cavendish. Ein Ferngespräch.«

»Geben Sie sie mir. – Serena? Sie haben mich sitzen gelassen«, sagte er mit kühler Stimme.

»Haben Sie denn meine Nachricht nicht erhalten? Ich habe sie einer Kellnerin gegeben, zusammen mit einem dicken Trinkgeld.«

»Ja, ich habe Ihre Nachricht bekommen. Aber Sie hätten es mir auch persönlich sagen können.«

»Ich hatte panische Angst. Ich habe gesehen, wie ein Mann mich von einem der Nebentische aus beobachtet hat. Da habe ich durchgedreht.«

»Warum haben Sie nicht darauf vertraut, dass ich Sie beschütze?«

»Ich konnte einfach nicht mehr klar denken.«

»Beschreiben Sie mir den Mann.«

»Jetzt nicht. Ich habe es furchtbar eilig. Aber ich muss Ihnen etwas im Zusammenhang mit Appledore erzählen. Können wir uns morgen in Paris treffen?«

»Morgen geht es auf keinen Fall. Vielleicht übermorgen. Oder noch einen Tag später. Wie kann ich Sie verständigen, wann ich es schaffe?«

»Haben Sie etwas zum Schreiben? Dann notieren Sie sich die folgende Nummer ... Verstanden? Gut. Ein Mann wird am Telefon sein. Es ist der Besitzer eines kleinen Cafés gegenüber meiner Wohnung. Sagen Sie ihm, Sie seien Maurice und wollten mit Yvonne sprechen. Er wird mich dann ans Telefon holen. Das dürfte eigentlich nicht länger als ein paar Minuten dauern. Versuchen Sie, zwischen neun Uhr früh und zwölf Uhr mittags anzurufen. Sie werden es nicht bereuen.«

»Von wo aus rufen Sie jetzt an?«

»Aus Brüssel. Sie klingen so unfreundlich, Tweed, aber wenn Sie erst einmal mit mir gesprochen haben, werden Sie froh sein, dass Sie auf meinen Vorschlag eingegangen sind. Aber jetzt muss ich los. Machen Sie's gut ...«

Tweed legte auf, wartete einen Augenblick und hob wieder ab. Er verlangte die Auslandsvermittlung.

»Vermittlung? Ich habe gerade einen Anruf vom Kontinent bekommen. Die Dame wollte mir ihre Nummer in Brüssel geben, aber leider wurden wir mittendrin unterbrochen. Können Sie mir vielleicht weiterhelfen? Die Leitung war ziemlich schlecht, und ich muss dringend zurückrufen.«

»Sagten Sie Brüssel, Sir?«

»Ja, ich glaube, es war Brüssel, aber ich bin mir nicht ganz sicher. Die Verbindung war wirklich miserabel.«

»Das muss sie wohl gewesen sein. Die Dame hat nämlich aus Paris angerufen. Ich habe den Anruf selbst durchgestellt.«

»Sehen Sie, da habe ich mich wohl tatsächlich verhört. Haben Sie vielen Dank …«

Tweed sah die anderen an, berichtete ihnen von den beiden Gesprächen und fragte sie dann um ihre Meinung dazu.

»Diese Serena ist ziemlich gerissen«, sagte Paula. »Seltsam, dass sie ausgerechnet in Paris ist, wo man mich fast aus dem Hochhaus geworfen hätte. Was haben Sie jetzt vor, Tweed?«

»Sie meinen wohl, was *wir* jetzt vorhaben. Wenn ich mich recht erinnere, dann haben Sie doch erzählt, dass die Schwestern Cavendish ein Cottage in Steeple Hampton hatten. Das liegt in Hampshire. Ich glaube, ich habe an der A303 kurz hinter der Raststätte Barton Stacey eine Abfahrt zu der Ortschaft gesehen.«

»Stimmt«, sagte Paula, die wieder auf ihre Karte blickte. »Waren Sie schon mal dort?«

»Nein. Aber ich bin vor einem Jahr die Autobahn entlanggefahren. Da ist mir das Schild aufgefallen.«

»Sie haben ein hervorragendes Gedächtnis.«

»Das brauche ich auch. Ebenso wie meine Fähigkeit, auch kleinste Details zu bemerken. Ist Ihnen eigentlich aufgefallen, dass Burgoyne ein klein wenig hinkt? Mit dem rechten Bein?«

»Nein.«

»Aber mir. Vermutlich eine Kriegsverletzung. Ich muss morgen noch einmal Gerrard im Verteidigungsministerium anrufen und ihn fragen, ob Burgoyne verwundet wurde. Das habe ich vorhin vergessen.«

»Kommt er mit uns nach Paris?«, fragte Paula.

»Das habe ich noch nicht entschieden. Ich möchte es mir noch einmal durch den Kopf gehen lassen.« Er blickte hinüber zu Monica. »Buchen Sie mal Flug und Hotel für ihn. Wir können beides immer noch stornieren, wenn ich mich gegen ihn entscheide. Paula, ich möchte, dass Sie morgen früh mit mir nach Steeple Hampton fahren. Einer Frau fallen oft Dinge auf, die einem Mann entgehen.«

»Ich komme gern mit. Aber was wollen wir dort überhaupt?«

»Ich möchte so viel über Serena erfahren wie möglich. Vielleicht gibt es in der Ortschaft ja noch Leute, die die Schwestern gekannt haben.«

»Wir sollten aber wieder zurück sein, wenn Cord Dillon ankommt«, sagte Paula.

»Das weiß ich. Wenn wir früh genug aufbrechen, schaffen wir das ohne Probleme. Die Fahrt dauert ja nicht allzu lange.«

»Wenn Sie wieder wie ein Irrer aufs Gaspedal treten, bestimmt nicht.«

»Ich würde also vorschlagen, dass Sie jetzt nach Hause fahren und sich aufs Ohr legen. Ich rufe Sie morgen um sieben an. Oder ist Ihnen das zu früh? Nicht? Gut.«

»Ich fahre Paula nach Hause«, sagte Newman. »Wir können uns ja auf dem Weg einen Happen zu essen kaufen. Nach allem, was vorgefallen ist, sollte ich heute Nacht auf sie aufpassen.«

»Dafür wäre ich Ihnen dankbar, Bob«, willigte Paula ein. »Sie können auf der Couch im Wohnzimmer schlafen.«

»Dann mal los«, sagte Newman und stand auf. »Vielleicht sollte ich morgen auch mit nach Hampshire kommen, Tweed.«

»Das ist nicht nötig. Guten Appetit …«

Er wartete, bis die beiden zusammen mit Marler, Butler und Nield das Büro verlassen hatten. Dann bat er Monica, ihm Gerrards Telefonnummer auf einen Zettel zu schreiben.

»Ich werde Bernard morgen früh von meiner Wohnung aus anrufen. Er ist ein Morgenstund-hat-Gold-im-Mund-Typ, der spätestens ab sechs Uhr früh an seinem Schreibtisch hockt.«

»Der Mann sollte für uns arbeiten«, sagte Monica mit einem spöttischen Lächeln.

»Wunderschön hier draußen!«, schwärmte Paula am nächsten Morgen, als sie mit Tweed die A303 entlangfuhr. »Es tut immer gut, wenn man aus der Stadt herauskommt.«

Am Himmel zogen dichte graue Wolken, von einer frischen Brise getrieben, nach Osten. Tweed hatte sein Fenster heruntergekurbelt. Zu beiden Seiten der Straße erstreckten sich weite Felder bis zum Horizont. Auf ihren frisch aufgepflügten braunen Schollen lag noch der Raureif, den die ab und zu durch die Wolken dringenden Sonnenstrahlen zum Funkeln brachten.

»Ich könnte schwören, dass Sie eine Waffe am Gürtel tragen«, sagte Paula und blickte zu Tweed hinüber.

»Stimmt.«

»Das tun Sie doch sonst nie. Warum ausgerechnet hier, mitten in England?«

»Sam Sneed wurde mitten in England der Kopf abgeschnitten«, sagte er und fügte mit gespieltem Ernst hinzu: »Außerdem werden wir verfolgt.«

»Ich weiß«, sagte Paula und schaute in den Außenspiegel. »Von Newman in seinem Mercedes. Und das, obwohl Sie es ihm ausdrücklich untersagt haben.«

»Ich glaube nicht, dass er uns bis nach Steeple Hampton hinterherfahren wird. Wir sind übrigens gleich an der Ausfahrt. Sehen Sie, da kommt sie schon.«

Er verlangsamte die Fahrt und bog nach dem Wegweiser mit der Aufschrift *Steeple Hampton* von der Schnellstraße auf eine schmale, kurvige Nebenstraße ab. Zu Paulas großer Erleichterung fuhr Tweed fast im Schritttempo.

»Man weiß ja nie, was hinter der nächsten Kurve auf einen zukommt«, erklärte er. »Vielleicht fährt ein riesiger Traktor aus einem Feldweg auf die Straße. Da nützt es einem dann nichts, wenn man Vorfahrt hat.«

»Meinen Sie nicht, dass wir etwas zu früh dran sind, um mit den Leuten hier ins Gespräch zu kommen?«

»Zu früh?« Tweed kicherte. »Die Menschen hier draußen auf dem Land leben noch wie anno dazumal. Sie gehen mit den Hühnern schlafen und wachen beim ersten Hahnenschrei auf. Wer auf den Feldern arbeitet, muss jedes bisschen Tageslicht ausnützen. Voilà, da wären wir schon. Nicht besonders eindrucksvoll, oder?«

Steeple Hampton bestand aus einer einzigen, mit alten Häusern gesäumten Straße, an deren Ende ein spitzer Kirchturm in den inzwischen wolkenlos blauen Himmel ragte. Vor den Häusern befanden sich kleine, gepflegte Gärten, umrahmt von niedrigen Mäuerchen. Vor einem Pub namens »Black Bull« fegte ein Mann mit weißen Haaren das Straßenpflaster.

»Der kommt uns gerade recht«, sagte Tweed und hielt an. Er stieg aus und ging auf den Alten zu.

»Schönes Wetter heute«, sagte Tweed freundlich.

»Wenn's mal so bleibt«, antwortete der Mann in starkem Dialekt.

»Hübsches Pub haben Sie hier.«

»Ab zwölf Uhr haben wir geöffnet, falls Sie ein Bier trinken wollen.«

Der Mann, der den Besenstiel mit knotigen Händen fest umklammert hielt, hatte eine wettergegerbte Haut und einen krummen Rücken. Als er Paula sah, die gleich nach Tweed aus dem Wagen gestiegen war, rang er sich ein Lächeln ab.

»Sie haben sich wohl verfahren, was? Das passiert vielen, besonders im Sommer. Wo wollen Sie denn hin?«

»Hierher, nach Steeple Hampton«, antwortete Paula mit einem freundlichen Lächeln. »Angeblich sollen zwei frühere Freundinnen von mir hier wohnen. Die Schwestern Cavendish.«

»Ah, Davina und Serena. Zwei nette Mädels. Haben immer mit mir geredet, wenn sie ins Dorf kamen.« Er hielt kurz inne. »Ich schätze, Sie haben schon davon gehört. Von der Tragödie. Davina ist tot.«

»Ja, ich weiß. Sie starb bei einem Autounfall.«

»Schlimme Geschichte. Ist früh um drei zurück zu ihrem Häuschen gefahren und dabei unter einen Laster geraten. Das Ding muss so groß wie die Kathedrale von Exeter gewesen sein. Der Fahrer ist einfach abgehauen. Fahrerflucht. Die Polizei hat ihn nie gefunden.« Er seufzte. »Die Schwestern waren sich ja so ähnlich. Und blitzgescheit. Wobei die Gescheitere der beiden eindeutig Davina war. Wussten Sie, dass sie eine Wissenschaftlerin war? Ich frage mich manchmal, was die noch alles erfunden hätte …«

»Man hat mir gesagt, dass Serena immer noch in Steeple Hampton wohnt. Ich würde sie gern besuchen.«

»Sehen Sie die Kirche? Das Haus der Schwestern liegt direkt dahinter. Es heißt ›Hedgerow‹ und steht ein bisschen abseits von den anderen Häusern.« Langsam wurde der Mann gesprächiger. »Es gehört zwar immer noch Serena, aber sie kommt nur noch selten her. Mrs. Grew kümmert sich um das Haus und ihr Mann pflegt den Garten. Die beiden kriegen regelmäßig einen Scheck von Serena.« Er nahm eine Hand vom Besen und deutete auf das freie Land hinter dem Pub. »Sehen Sie das Land da? Hat alles ihrem Vater gehört, Sir Oswald Cavendish, aber der hat's verjubelt. Auf der Rennbahn. Das große Haus, das ganze Land – ist alles draufgegangen, um seine Schulden zu bezahlen. Erst später haben die Schwestern das kleine Häuschen gekauft. Wollten wohl da leben, wo sie ihre Jugend verbracht haben. Ich selber wohne ja erst seit vierzig Jahren hier. Komme eigentlich aus dem Westen.«

»Sagten Sie vorhin Sir *Oswald*?«, fragte Tweed.

»Ja. Der Vater der Mädchen war ein Deutscher.« Der Mann sah auf eine altmodische Taschenuhr. »Wenn Sie jetzt zu dem Haus gehen, müsste Mrs. Grew eigentlich dort sein. Die kann Ihnen mehr erzählen. Schauen Sie doch hinterher noch mal hier vorbei, dann mache ich Ihnen eine Tasse Tee und ein Sandwich.«

»Das ist sehr nett von Ihnen«, sagte Tweed. »Mal sehen, ob wir Hunger kriegen.«

Sie stiegen wieder ins Auto und fuhren langsam durch das Dorf. Vor einem Haus kniete eine alte Frau und scheuerte die Türschwelle mit einer Wurzelbürste.

»Die Leute hier arbeiten viel«, bemerkte Paula.

»So war das früher überall in England, aber jetzt hat sich viel verändert. Manches zum Guten, manches zum Schlechten.«

Während die beiden mit dem Besitzer des Pubs gesprochen hatten, war Newman in seinem Mercedes langsam an ihnen vorbeigefahren, ohne sie dabei anzuschauen. Jetzt passierten sie den Wagen, der mit aufgeklappter Kühlerhaube in einem Feldweg stand. Newman tat so, als würde er etwas am Motor nachschauen, beobachtete aber in Wirklichkeit die Straße.

»Das da muss es sein«, sagte Paula und deutete auf ein kleines Haus, das etwas abseits von den anderen stand. »Die Frau, die im Garten Unkraut jätet, dürfte demnach Mrs. Grew sein.«

Tweed hielt vor dem Häuschen an und stieg aus. »Vielleicht sollten lieber Sie mit Mrs. Grew reden«, sagte er. »Einer Frau gegenüber ist sie möglicherweise gesprächiger.«

»Guten Morgen«, sagte Paula freundlich zu der grauhaarigen Frau, die wohl Mitte fünfzig war und eine grüne Gartenschürze trug. »Sind Sie Mrs. Grew?«

»Kann schon sein.«

Die Frau erhob sich und zog ihre Arbeitshandschuhe aus. Sie ließ sie auf den Boden fallen, streckte sich und legte beide Hände an den Rücken, als ob sie starke Kreuzschmerzen hätte.

»Mein Name ist Paula. Ich war vor Jahren mit Serena und Davina Cavendish befreundet. Sie haben mir erzählt, dass sie in Steeple Hampton ein Haus haben. Ich bin gerade auf der Durchreise und dachte, ich schaue mal bei ihnen vorbei.«

»Davina ist tot. Ihr Grab ist auf dem Friedhof neben der Kirche.«

»Ich weiß. Aber ich habe gehofft, dass Serena vielleicht da ist. Kommt sie denn häufig her?«

»So gut wie nie. Zumindest kriege ich sie nie zu Gesicht. Vielleicht kommt sie ja, wenn ich nicht da bin. Mitten in der Nacht. Ich mache einmal die Woche sauber, deshalb merke ich es, wenn etwas nicht an seinem gewohnten Platz ist. Manche Leute glauben zwar, sie hätten etwas an seinen alten Platz zurückgestellt, aber das stimmt nicht. Sogar Frauen machen solche Fehler.« Sie funkelte Paula mit ihren wachen Augen an. »Wer weiß, vielleicht trifft sich ja Serena hier mit einem Liebhaber. Einmal war es im Sommer so heiß, dass ich nicht schlafen konnte. Ich habe mich angezogen und einen kleinen Spaziergang gemacht, und da habe ich gesehen, wie in den Fenstern Licht war. Weiter oben hat ein Wagen geparkt. Auf der falschen Seite, was ich ziemlich komisch fand. Man kommt zwar auch in dieser Richtung zurück auf die Autobahn, aber es geht viel schneller, wenn man durch den Ort fährt. Vielleicht wollte Serena ja nicht, dass jemand im Dorf ihr Auto hört.«

»Wie lange ist das denn her?«, mischte Tweed sich in das Gespräch ein.

»Das ist mein Chef«, sagte Paula. »Ich arbeite für ihn in London. Er war so freundlich, mich hierher zu fahren.«

»Ihr Chef«, sagte Mrs. Grew mit einem Augenzwinkern. »Verstehe.«

Paula musste lächeln. Mrs. Grew hielt sie offenbar für Tweeds Geliebte. Die Leute auf dem Land hatten ja eine merkwürdige Fantasie.

»Sie wollten wissen, wie lange das her ist«, sagte Mrs. Grew, an Tweed gewandt. »Ich würde mal sagen etwa sechs Monate. Aber seitdem war immer wieder jemand im Cottage. Einmal habe ich in der Küche ein Geschirrtuch gefunden, das noch ganz feucht war. Die beiden Schwestern glichen sich wie ein Ei dem anderen«, fügte sie zusammenhanglos an. »Aber Davina war die intelligentere von beiden. Sie hat sogar ein Stipendium von Oxford für Chemie und Biochemie bekommen.«

»Meinen Sie nicht Biologie?«, unterbrach sie Tweed.

»Wenn ich Biochemie sage, dann meine ich auch Biochemie«, erwiderte die Frau und schaute ihn böse an. »Ich wäre selber gern auf die Universität gegangen, wenn meine Eltern es sich hätten leisten können. Noch heute lese ich viel. Jeden zweiten Monat hole ich mir neue Bücher aus einem Antiquariat in Andover. Besonders interessiere ich mich für Naturwissenschaften, Reisebücher und Biografien. Aber jetzt muss ich wieder an meine Arbeit.« Sie bückte sich, um ihre Handschuhe aufzuheben, aber Tweed war schneller und gab sie ihr.

»Vielen Dank«, sagte die Frau, während sie sich wieder hinkniete. »Wenn Sie schon mal hier sind, sollten Sie sich Davinas Grab ansehen. Es ist auf dem Friedhof bei der Kirche. Ich pflege es schon seit Jahren.«

»Vielen Dank«, sagte Paula. »War nett, mit Ihnen zu plaudern.«

Als sie zur Kirche gingen, sahen sie in fünfzig Metern Entfernung Newman, der immer noch »Probleme« mit seinem Wagen hatte. Er tat so, als würde er Tweed und Paula überhaupt nicht wahrnehmen.

Paula öffnete das wackelige Holztor und betrat zusammen mit Tweed den Friedhof, der hinter einer von Efeu überrankten Mauer lag. Im hinteren Teil fanden sie das Grab, nach dem sie suchten. Im Gegensatz zu den meisten anderen, auf denen schon das Unkraut wuchs, war es hervorragend gepflegt. Der Grabstein, der offenbar regelmäßig geputzt wurde, sah aus wie neu. Tweed und Paula blieben eine Weile davor stehen und lasen die einfache Inschrift:

DAVINA
Auf ewig unvergessen
SERENA

9

Auf der Rückfahrt nach London leuchtete die Sonne aus einem strahlend blauen Himmel. Als sie an den frisch gepflügten Feldern vorbeifuhren, bemerkte Paula, dass der Raureif auf den braunen Schollen inzwischen verschwunden war. Über den Feldern flatterte ein Vogelschwarm. Paula blickte hinüber zu Tweed, der in Gedanken versunken am Steuer saß.

»Wie fanden Sie Davinas Grab?«, fragte sie.

»Mir kam es etwas ungewöhnlich vor«, sagte Tweed. »Die Inschrift besteht nur aus wenigen Worten. Kein Geburts- oder Sterbedatum. Seltsam.«

»Das dachte ich auch. Glauben Sie, dass sich der Ausflug gelohnt hat? Genügt Ihnen das, was der Wirt und Mrs. Grew uns erzählt haben?«

»Wir wissen jetzt, dass Serenas Vater ein Deutscher war. Irgendwann muss er seinen Namen in Cavendish geändert haben. Und wer hält sich mitten in der Nacht in Serenas Cottage auf? Ich kann mir nicht vorstellen, dass sie so einen Aufwand betreibt, nur um sich mit einem Liebhaber zu treffen und seinen Besuch vor den Dörflern geheim zu halten. Heutzutage schert sich doch niemand mehr darum, was die Nachbarn von einem denken. Und dann ist da noch etwas: Sie haben mir gesagt, Davina hätte Biologie studiert, während Mrs. Grew steif und fest behauptet, es wäre Biochemie gewesen.«

Paula schaute wieder hinüber zu Tweed. Sie hatte den Eindruck, als ob er nur laut nachdächte und gar keine Antwort auf seine Fragen erwartete. Wahrscheinlich versuchte er, die verschiedenen Steine des Puzzles zu sortieren und in eine logische Reihenfolge zu bringen.

»Professor Saafeld«, fuhr er fort, »ist nicht nur einer der besten Pathologen, die wir haben. Er ist außerdem Biochemiker, Biophysiker und klinischer Mikrobiologe sowie ein anerkannter Bakteriologe. Er hat nicht weniger als vierzehn Ehrendoktortitel von verschiedenen Universitäten auf dem Kontinent und in den Vereinigten Staaten.«

»Wie hat er das nur geschafft?«

»Er verfügt über einen außergewöhnlichen Verstand. Und er arbeitet rund um die Uhr. Seine Frau hat mir einmal erzählt, dass sie sich inzwischen damit abgefunden hat. Sie macht viel Handarbeiten und liest eine Menge, so wie die gute Mrs. Grew. Und sie hört den BBC World Service, damit sie ihrem Mann berichten kann, was draußen in der Welt vor sich geht. Professor Saafeld kann sich, was Fachwissen und Intelligenz betrifft, durchaus mit Dr. Goslar messen.«

»Woher wissen Sie das?«

»Das habe ich mir aus verschiedenen Informationen zusammengereimt, die ich hauptsächlich aus den USA bekommen habe. Sie erinnern sich doch noch daran, dass Goslar in New Jersey eine Fabrik für eine neuartige Kriegswaffe betrieben hat – eine Art Gas, wie Dillon sagte.«

»Dann ist Saafeld wohl der ideale Mann, um Goslars geheimes Agens zu analysieren, das für das große Sterben im Meer vor Appledore verantwortlich ist.«

»Richtig. Aber leider ist es eine Sache, so ein tödliches Agens zu erfinden, aber eine ganz andere, seine Zusammensetzung zu entschlüsseln. Ich habe heute früh übrigens noch mal mit Gerrard im Verteidigungsministerium telefoniert und mit ihm über Burgoyne gesprochen.«

»Und was ist dabei herausgekommen? Fliegt Burgoyne jetzt mit uns nach Paris oder nicht?«

»Zu Ihrer ersten Frage: Ich wollte hören, wie Gerrard reagiert, nachdem er unser erstes Gespräch noch einmal überschlafen hat. Außerdem bat ich ihn, mir Burgoyne zu beschreiben. Es kam heraus, dass er ihn nur ein einziges Mal gesehen hat, und zwar vor langer Zeit und da auch nur kurz. Trotzdem hat seine Beschreibung gepasst, besonders, was Burgoynes Auftreten betrifft. Er hat ihn als sehr lebhaft und direkt beschrieben.«

»Ist Burgoynes Überprüfung damit abgeschlossen?«

»Nicht ganz. Ich habe Marler nach Rydford in Dartmoor geschickt, den Ort, an dem sich Burgoyne nach seiner Pensionierung niedergelassen hat. Er soll sich dort mal umhören.«

»Aber dann kommt Marler nicht mehr rechtzeitig zurück, um mit uns heute Abend das Flugzeug nach Paris zu erwischen.«

»O doch. Marler macht es nichts aus, wenn er sechsunddreißig Stunden lang nicht schläft. Er ist mitten in der Nacht nach Rydford gefahren und jetzt vermutlich schon dort. Wenn er sich beeilt, dann ist er bis zu unserem Abflug zurück. Das erinnert mich an etwas. Nach dem, was wir in Steeple Hampton gehört und gesehen haben, will ich unbedingt meine Verabredung mit Serena wahrnehmen. Langsam kriege ich ein Bild von dem, was möglicherweise gespielt wird, auch wenn es im Augenblick noch ziemlich verwaschen ist. Ich brauche mehr Daten, um es klarer werden zu lassen. Aber ich bete schon jetzt zu Gott, dass ich mich irre. Sollte ich nämlich Recht haben, dann steht die Welt am Rand einer gigantischen Katastrophe.«

Marler fuhr auf einer leeren Straße quer durch Dartmoor von Moretonhampstead nach Princeton. Nebelschwaden hingen über dem Land, aus denen Marler hier und da den Gipfel eines felsigen Berges herausragen sah. Westlich von Moretonhampstead stand auf einmal ein Wegweiser am rechten Straßenrand. *Rydford.*

Marler bog auf eine schmale Nebenstraße ab, die sich in engen Kurven einen Berg hinaufwand, und fuhr dann langsam weiter, bis hinter einer der Kurven die Ortschaft auftauchte. Kurz vor dem Ortsschild hielt er an und wollte gerade seinen Wagen in einem vom Gebüsch fast zugewucherten Feldweg abstellen, als er im Rückspiegel sah, wie ein Sportwagen hinter ihm hielt. Am Steuer saß eine attraktive junge Frau mit dunklem, kurz geschnittenem Haar. Marler stieg aus und ging langsam auf den Sportwagen zu.

»Entschuldigen Sie bitte, dass ich mitten auf der Straße anhalte, aber ich wollte gerade meinen Wagen rückwärts in diesen Feldweg hier fahren. Kennen Sie sich vielleicht zufällig in Rydford aus?«

»Ein bisschen. Zu wem wollen Sie denn?«

Marler hörte am Ton der Frau, dass sie nicht so recht wusste, wie sie ihn einschätzen sollte, aber als sie ihn anlächelte, war ihm klar, dass er den Test bestanden hatte. Sie hatte eine Stupsnase und freundliche Augen ohne eine Spur von Koketterie, dazu ein spitzes Kinn, das auf einen starken Charakter schließen ließ. Marler schätzte sie auf Mitte dreißig.

»Ich suche nach einem Captain Alan Burgoyne. Man hat mir gesagt, dass er hier wohnen soll.«

»Was für ein Zufall! Ich bin seine Freundin. Mein Name ist Coral Langley.« Sie streckte ihm die Hand hin, und nun war sich Marler ganz sicher, dass er ihr Vertrauen gewonnen hatte. Er drückte ihr die Hand, achtete aber darauf, dass er sie nicht zu lange in der seinen hielt. »Ich kann Ihnen zeigen, wo er wohnt«, sagte die Frau. »Stellen Sie Ihren Wagen ruhig ab. Ich bringe Sie hin. Es ist nicht weit. Rydford ist ein kleiner Ort.«

»Mein Name ist David Miller. Ich gehe nur schnell zu meinem Wagen und …«

Marler hörte auf zu sprechen, da die Frau bereits den Rückwärtsgang eingelegt und ein Stück zurückgesetzt hatte. Er fuhr sein Auto in den Feldweg, holte seine Golftasche aus dem Kofferraum und setzte sich neben die Frau in den Sportwagen, wo er sich die Tasche zwischen die Beine stellte.

»Ich hoffe, es macht Ihnen nichts aus, dass ich die Tasche mitnehme. Aber gute Golfschläger kosten heutzutage ein Vermögen. Äh, kennen Sie Alan denn schon lange? Ich persönlich nenne ihn nie ›Chance‹. Irgendwie gefällt mir dieser Spitzname nicht.«

»Wie lange ich ihn kenne? Schon eine Weile. Mal sehe ich ihn öfter, mal seltener.«

»Dasselbe könnte auch ich sagen.«

Die Frau hatte eine weiche, angenehme Stimme. Marler sah, dass sie mit ihrer Beschreibung von Rydford Recht gehabt hatte. Die kopfsteingepflasterte Hauptstraße war kurz und führte steil einen Berg hinauf. Auf beiden Seiten standen kleine zweistöckige Reihenhäuser aus Granit. An einem hing ein Plakat, das auf einen Jahrmarkt hinwies.

»Scheint ziemlich ruhig hier zu sein«, bemerkte Marler. »Keine Menschenseele auf der Straße. Ist das immer so?«

»Nein. Ich schätze, dass alle Leute auf dem Jahrmarkt sind. So, gleich sind wir da.«

Sie hatten die Ortschaft hinter sich gelassen, und Marler sah, wie vor ihnen der bedrohlich wirkende Hangman's Tor aus dem Nebel aufragte. Sein von vielen Spalten zerfurchter Gipfel kam ihm irgendwie instabil vor. Coral Langley schien seine Gedanken erraten zu haben.

»Ich finde den Berg ziemlich bedrohlich. Eines Tages wird ein Felsrutsch Alans Haus unter sich begraben. Aber wenn ich das Alan sage, hat er nur ein Schulterzucken dafür übrig. So, da wären wir …«

Marler stieg aus und hängte sich die Golftasche, in der sich sein Armalite-Gewehr verbarg, über die Schulter. Das Dartmoor war eine abgeschiedene Gegend und Marler hatte nur allzu gut im Gedächtnis, was Paula in der Nähe von Gargoyle Towers zugestoßen war.

Burgoynes Haus bestand aus demselben Stein wie die Gebäude im Dorf, war aber größer als die meisten anderen. Im Garten davor wucherte üppig blühender Stechginster. Coral, die ebenfalls aus dem Wagen gestiegen war, blickte auf das Haus und erstarrte.

»Die Tür steht halb offen«, sagte sie. »Das ist sehr ungewöhnlich, Alan hat sie nämlich immer zu, auch wenn er im Haus ist. Er ist sehr sicherheitsbewusst.«

»Wann haben Sie ihn zum letzten Mal gesehen?«

»Vor zwei Monaten. Er ist viel unterwegs. Das hat er sich bei der Armee so angewöhnt.«

»Ich schlage vor, Sie bleiben hier, während ich mich einmal umsehe.«

»Würden Sie das tun? Die Sache kommt mir wirklich seltsam vor ...«

Marler blickte hinauf zum Gipfel des Tor, auf dem er aus den Augenwinkeln eine Bewegung wahrgenommen hatte. Ein steiler Pfad wand sich den Berg hinauf. Nirgends war jemand zu sehen. Marler griff unter seinen Anorak nach der kleinen 6,35-mm-Beretta-Selbstladepistole, die in seinem Hosenbund steckte. Dann ging er zu dem Haus und öffnete mit dem Fuß die Tür, bis sie an die Wand schlug und er sich sicher sein konnte, dass sich niemand dahinter versteckte. Marler lauschte ins Innere des Hauses hinein. Es war still. Kein Knarzen einer Fußbodendiele. Nichts.

Langsam betrat Marler das große Wohnzimmer, das mit einem hölzernen Tisch und ein paar Stühlen bescheiden möbliert war. Zu beiden Seiten eines offenen Kamins standen zwei mit Chintz bezogene Lehnsessel, und an einer Wand des Raumes sah Marler ein vom Boden bis zur Decke reichendes Bücherregal. Daneben befanden sich eine hölzerne, hinauf in den ersten Stock führende Wendeltreppe und eine offen stehende Tür, durch die man in die Küche gelangte.

Als Marler einen Blick in die leere Küche warf, sah er eine Hintertür, die ins Freie führte und ebenfalls halb offen stand. Er trat an eines der Fenster und blickte hinaus. Der hintere Teil des Gartens ging nach ein paar Metern ins Moor über, aus dem bedrohlich der Tor aufragte. Auch hier war kein Mensch zu sehen.

Nachdem Marler die Wendeltreppe nach oben gestiegen war und dort die zwei Schlafzimmer, die Dusche und die Toilette inspiziert hatte, ging er wieder nach unten und sah, dass Coral in der offenen Vordertür stand. Sie hatte einen Knüppel in der Hand, den sie offenbar in ihrem Wagen gehabt hatte.

»Alles in Ordnung, Mr. Miller?«

»Ich befürchte, dass hier eingebrochen wurde. Jemand muss das Schloss an der Vordertür gewaltsam geöffnet haben. Das sieht man an den Kratzern rings um das Schloss. Kommen Sie herein und sehen Sie sich um. Können Sie feststellen, ob etwas fehlt?«

Coral ging ins Wohnzimmer und öffnete eine Schublade im Tisch. Marler beobachtete sie dabei und war ganz angetan von ihr. Wenn sie nicht mit Burgoyne befreundet gewesen wäre, hätte er sie liebend gern nach London zum Abendessen eingeladen. Coral trat in die Küche, wo Marler die Hintertür mit dem Ellenbogen geschlossen hatte. Seit langem hatte er sich angewöhnt, an einem möglichen Tatort keine Fingerabdrücke zu hinterlassen. Kurz darauf hörte Marler einen Schrei.

»Verdammt. Jemand hat Alans Foto mitgenommen!«

»Wo war es?«, fragte Marler, während er Coral in die Küche folgte.

»Hier auf dem Regal. In einem silbernen Rahmen. Alan ist wie ich: Er mag es nicht, wenn er fotografiert wird. Aber ich habe trotzdem einen Schnappschuss von ihm gemacht und ihn ihm in einem Silberrahmen geschenkt. Er hat ihn dort ins Regal gestellt und meinte, da hätte er etwas Nettes zum Anschauen, wenn er sich sein Essen macht.«

»Schade, dass das Bild weg ist.«

»Und die alte Ausgabe der *Daily Nation*, in der ein Foto von Alan abgedruckt war, fehlt auch. Der Dieb hat darin wohl den Silberrahmen eingewickelt.«

»Es ist schlimm, was alles geklaut wird.«

»Und das ohne Rücksicht auf den emotionalen Wert, den manche Dinge für einen anderen Menschen haben. Hier in diesem Haus habe ich mit Alan viele Tage verbracht.«

Und wohl auch so manche Nacht, dachte Marler. Dieser Burgoyne ist ein Glückpilz.

»Wollen Sie sich auch oben umsehen?«

»Da ist nichts.« Sie öffnete eine Schublade im Küchenschrank. »Alans altes Soldbuch fehlt ebenfalls. Seltsam, was für Dinge Diebe mitnehmen.«

»Vielleicht gibt es einen Markt für alte Soldbücher. Fälscher können sie manchmal gebrauchen. Das mit dem Foto ist nicht schön für Sie, Coral.«

»Ach, nicht so schlimm. Ich werde einfach ein neues machen, wenn sich die Gelegenheit dazu bietet.«

»Wie haben Sie Alan eigentlich kennen gelernt?«

»Auf einer Tanzveranstaltung in London. Wir waren uns auf Anhieb sympathisch. Trotz seiner militärischen Vergangenheit ist Alan ein echter Gentleman. Ich werde ihn noch mal in seiner Londoner Wohnung anrufen. Das habe ich zwar heute früh schon einmal versucht, aber er ist nicht rangegangen. So etwas kommt bei ihm öfter vor.«

Marler hätte sie am liebsten nach Burgoynes Telefonnummer gefragt, aber er hielt sich zurück. Es wäre ihr vielleicht merkwürdig vorgekommen, dass er sie nicht kannte. Coral sagte, dass sie etwas frische Luft schnappen wolle, und bevor Marler sie zurückhalten konnte, war sie schon durch die Hintertür ins Freie getreten. Marler wollte ihr gerade hinterher, als er einen Schuss hörte.

Durch die offene Tür sah er, wie Coral zusammenbrach. Er riss sein Armalite aus der Golftasche, rannte nach draußen und schaute hinauf zum Gipfel des Tor. Auf einer der zerklüfteten Spitzen stand ein Mann mit einem Gewehr in der Hand. Als er

Marler sah, zielte er auf ihn. Marler riss das Armalite hoch, nahm den Mann ins Visier und drückte ab. Das Gewehr war mit Explosivgeschossen geladen, die eine hohe Durchschlagkraft besaßen.

Der Mann brach zusammen, als Marler erneut abdrückte. Das Geschoss explodierte direkt neben dem Mann an der Felswand. Mit einem lauten Schrei stürzte er den Berg hinab, gefolgt von laut polternden Steinmassen. Die Explosion musste wohl einen Felssturz ausgelöst haben. Danach breitete sich eine bedrückende Stille aus.

Marler rannte zu Coral, die auf dem Rücken im Gras lag. Die Kugel hatte ihr das halbe Gesicht weggerissen. Marler ersparte es sich, ihr den Puls zu fühlen.

»Dreckskerl!«, sagte Marler laut. »Schießt mit Dumdum-Geschossen.«

Dann lief er zum Fuß des Tor. Halb erwartete er, dort den hellblonden Mann zu finden, den Tweed im Brown's durch das Fenster gesehen hatte.

Als Marler am Rande des Felssturzes angelangt war, verlangsamte er seine Schritte. Nur der Kopf des Killers ragte aus den Gesteinsmassen heraus, der Rest seines Körpers lag unter einem massiven Felsblock, der, wie Marler mit Befriedigung feststellte, ihm sämtliche Knochen im Leib zerquetscht haben musste. Der Mann hatte dichtes schwarzes Haar. Auch bei ihm nahm Marler davon Abstand, den Puls an der Halsschlagader zu fühlen. Er musste so schnell wie möglich von hier verschwinden…

Marler eilte zurück zum Haus und schaute die kleine Straße entlang. Sie war noch immer leer, und weit und breit war kein Mensch zu sehen.

Marler steckte das Armalite zurück in das verborgene, in die Golftasche eingenähte Spezialfach und ging durch die Ortschaft zurück zu seinem Wagen. Irgendwie war er froh, dass die Leute offenbar alle auf dem Jahrmarkt waren, bis ihm schlagartig bewusst wurde, dass es wohl genau dieser Umstand war, der zu dem Einbruch in Burgoynes Haus geführt hatte.

Als er wieder zur großen Straße fuhr, plagten ihn heftige Schuldgefühle, weil er die tote Coral Langley einfach in Burgoynes Garten zurückgelassen hatte. Aber Tweed hatte seinen Mitarbeitern immer wieder eingeschärft, dass sie sich nicht in polizeiliche Untersuchungen verwickeln lassen sollten – besonders dann nicht, wenn sie sich mitten in einer wichtigen Operation befanden.

Erst als er das Dartmoor hinter sich gelassen hatte, hielt Marler an einer einsamen Telefonzelle an und ließ sich von der Auskunft die Nummer der Polizei in Exeter geben.

»Ich möchte den Mord an einer jungen Frau melden«, sagte er der Polizei. »Sie finden ihre Leiche hinter einem Haus am Fuß des Hangman's Tor in Rydford. Ich buchstabiere: R-Y-D…«

Als der Beamte am anderen Ende der Leitung ihn nach seinem Namen fragte, hängte Marler ein. Dann fuhr er – immer peinlich genau auf die Geschwindigkeitsbegrenzung achtend – zurück nach London.

10

Als Marler nach Einbruch der Dunkelheit im Büro ankam, waren dort nur noch Tweed und Paula anwesend. Er ließ sich in einen Sessel fallen und zündete sich eine King-Size an. Paula brachte ihm einen Aschenbecher, den sie auf die Armlehne des Sessels stellte.

»Nichts gelingt einem so, wie man denkt…«, begann Marler mit entrückt klingender Stimme.

Dann erzählte er den beiden in allen Einzelheiten von seinen Erlebnissen in Rydford. Tweed hörte zu, ohne ihn ein einziges Mal zu unterbrechen, und nahm jedes Wort in sich auf, damit er sich die Geschehnisse, die Marler ihm schilderte, bildlich vorstellen konnte. Kurz nachdem er den Tod von Coral Langley beschrieben hatte, unterbrach Marler abrupt seinen Bericht.

»Haben Sie vielleicht etwas zu trinken?«, fragte er.

»Wie wäre es mit Brandy und Soda?«, schlug Tweed vor.

Marler nickte, und Tweed holte aus der untersten Schublade seines Schreibtisches ein Glas, eine Flasche guten Brandy und einen Sodasiphon hervor. Er stellte alles vor Marler hin, damit sich dieser seinen Drink selber mischen konnte. Marler goss sich einen doppelten Brandy ein, verdünnte ihn mit einem Spritzer Soda und trank das Glas dann mit einem Schluck halb aus. Als Paula ihm mitfühlend die Schulter drückte, blickte er auf und blinzelte sie an.

»Jetzt geht es mir wieder besser. Ich musste vorhin daran denken, wie Corals Gesicht ausgesehen hat, als sie tot im Gras lag.« Marler fuhr mit seiner Erzählung fort und endete damit, wie er von der Telefonzelle aus die Polizei angerufen hatte. Dann blickte er Tweed an und runzelte die Stirn.

»Ich konnte sie doch nicht einfach so da liegen lassen«, sagte er. »Möglicherweise hätte man sie erst morgen früh gefunden.«

»Ich finde, Sie haben korrekt und mitfühlend gehandelt«, sagte Tweed. »Und es war gut, dass Sie den Mord anonym gemeldet haben. Wenn Sie in die polizeiliche Untersuchung mit hineingezogen worden wären, hätte man Ihnen möglicherweise untersagt, das Land zu verlassen, wenn man Sie nicht sogar gleich als Tatverdächtigen festgenommen hätte. Auf jeden Fall haben Sie mir einen wichtigen Stein für mein Puzzle beschafft, das ich gerade im Kopf zusammensetze. Dafür bin ich Ihnen dankbar. Burgoyne werden wir zunächst einmal nichts von der Sache erzählen. Das wäre momentan vielleicht zu belastend für ihn.«

»Kommt denn nun Burgoyne mit uns nach Paris?«, fragte Paula.

»Ich habe Ihnen doch heute früh im Auto erzählt, dass ich Gerrard im Verteidigungsministerium noch einmal angerufen habe«, erwiderte Tweed und blickte dabei zur Decke hinauf, was Paula ziemlich merkwürdig vorkam. »Außerdem habe ich Ihnen gesagt, dass Gerrard Burgoyne sehr positiv beurteilt hat.« Tweed senkte den Blick wieder und sah die beiden an. »Da er neu im Team ist, wird er zunächst seine Befehle ausschließlich von mir erhalten. Und kein Wort über Carol Langley. Marler, seien Sie so gut und informieren Sie die anderen davon, bevor wir nach Paris fliegen.«

»Wird gemacht.«

»Und jetzt müssen *wir* Ihnen etwas erzählen, und zwar über unseren Besuch in Steeple Hampton.«

In knappen Worten beschrieb er alles, was sie erlebt hatten. Marler saß still da und hörte zu, bis Tweed seine Erzählung mit einer schwungvollen Handbewegung beendete.

»Paula fand das, was wir gehört – und gesehen – haben, irgendwie merkwürdig. Was sagen Sie dazu?«

»Ich finde die Worte auf Davinas Grabstein ziemlich seltsam. Außerdem kommt es mir eigenartig vor, dass Davina tagsüber nie in ihrem Haus ist und es nur mitten in der Nacht aufsucht. Was macht sie da bloß?«

»Genau das haben wir uns auch gefragt. Sie hat mich übrigens vom Kontinent aus angerufen und wollte, dass ich mich in Paris mit ihr treffe. Ich werde das sogar tun – ich will nämlich mehr über sie in Erfahrung bringen. Wo hält sie sich auf? Und wo hat sie das Geld für ihre teuren Kleider her?«

»Ihr Pelz war ein Zobel«, sagte Paula. »Aber werden ihr die Fragen nicht ein wenig zu persönlich vorkommen?«

»Sie ist schließlich an mich herangetreten. Da muss sie damit rechnen, dass ich ihr Fragen stelle.«

»Ich habe das Gefühl, dass Sie uns noch nicht alles gesagt haben«, meinte Paula.

»Serena hat rabenschwarzes Haar, und sie gibt zu, dass sie in Appledore war und dort Fotos für Goslar gemacht hat. Von Buchanan wissen wir, dass die Chauffeurin, die in der Nacht den Diplomaten aus dem Nahen Osten fuhr, ebenfalls tiefschwarzes Haar hatte, das sie unter ihrer Schirmmütze versteckt hatte.«

Er blickte auf, weil Monica gerade mit hochrotem Gesicht in das Büro stürmte. Sie setzte sich hinter ihren Schreibtisch und sagte entschuldigend: »Ich hoffe, Sie mussten nicht allzu viele

Telefonanrufe selbst entgegennehmen. Ich bin kurz etwas essen gegangen, weil ich die Sachen aus dem Feinkostladen einfach nicht mehr sehen kann.«

»Kein Grund zur Aufregung, es ist nicht ein einziger Anruf gekommen«, beruhigte sie Tweed. »Und außerdem sähe ich es gern, wenn Sie sich öfter mal ein Essen im Restaurant gönnen würden. Bei den hohen Anforderungen, die ich an Sie stelle, müssen Sie bei Kräften bleiben.«

»Ich erinnere mich gerade an noch etwas von meiner Fahrt nach Dartmoor«, sagte Marler. »Als ich auf einem wenig befahrenen Stück der A303 war, kam ein Motorradfahrer von hinten herangebraust und fuhr eine ganze Weile hinter mir her. Ich fand das merkwürdig, normalerweise rasen diese Typen nämlich immer mit vollem Karacho an einem vorbei. Ich habe meine Beretta gezogen und den Wagen nur mit einer Hand gesteuert. Ich dachte, dass der Motorradfahrer mir vielleicht eine Handgranate ins offene Fenster werfen will oder irgendeine andere Nettigkeit vorhat. Aber dann ist hinter ihm ein Polizeiwagen aufgetaucht, und der Motorradfahrer hat mich schließlich doch überholt. Ich habe ihn bis London nicht wieder gesehen.«

»Vielleicht war es ein Komplize des Mannes auf dem Hangman's Tor«, sagte Tweed. »Wie bereits erwähnt, verfügt Dr. Goslar über eine riesige Organisation. Vielleicht hat der Motorradfahrer den Mörder nach Rydford gebracht und hätte ihn wieder abholen sollen.«

»Dann habe ich Glück gehabt, dass er mich nicht erledigt hat, als ich in der Telefonzelle war, um die Polizei anzurufen.«

»Wahrscheinlich hat er zunächst nach seinem Komplizen gesucht, was bestimmt einige Zeit in Anspruch genommen hat. Erst nachdem er dessen Leiche entdeckt hatte, ist er Ihnen hinterhergefahren.«

»Habe ich noch Zeit, ganz schnell in meiner Wohnung vorbeizuschauen, bevor wir nach Paris fliegen?«, fragte Marler.

»Jede Menge«, sagte Monica.

Kaum hatte Marler das Büro verlassen, klingelte das Telefon. Monica ging ran und blickte hinüber zu Tweed.

»Cord Dillon ist da. Er wartet unten bei George.«

»Sagen Sie George, dass er ihn heraufschicken soll. Ich freue mich zwar, Cord zu sehen, aber irgendetwas sagt mir, dass er uns schlechte Nachrichten bringt.«

Eine Minute später ging die Tür auf, und Cord Dillon kam ins Büro. Der stellvertretende Direktor der CIA trug einen bis oben zugeknöpften Dufflecoat, Bluejeans und Mokassins. Sein großer, wie aus Stein gemeißelter Kopf erinnerte Tweed wie jedes Mal, wenn er ihn sah, an die Präsidentengesichter am Mount Rushmore. Dillon war glatt rasiert, das Haar wurde allmählich weiß. Obwohl er Mitte fünfzig war, bewegte er sich so, als wäre er zwanzig Jahre jünger.

»Hi, Monica«, grüßte er, als Tweeds Assistentin ihm seinen Mantel abnahm. »Paula, Sie sehen jünger aus als je zuvor. Dasselbe kann man von Ihnen leider nicht sagen, Tweed«, fügte er mit einem müden Grinsen an.

»Willkommen in London, Cord. Wo haben Sie bloß die ganze Zeit gesteckt? Wir haben Sie viel früher erwartet.«

»Ich habe auf dem Dulles Airport einen Schatten entdeckt, den ich nur dadurch abschütteln konnte, dass ich einen Flug nach Kanada gebucht habe. Von dort aus bin ich dann hierher geflogen.«

Dillon setzte sich in einen der Sessel und lehnte den Drink ab, den Monica ihm anbot. Schon vor seinem Eintreten hatte Tweed die Brandyflasche und den Siphon verschwinden lassen, und Paula hatte das Glas, aus dem Marler getrunken hatte, weggeräumt.

»Solche Umstände mussten Sie auf sich nehmen?«, sagte Tweed erstaunt. »Hoffentlich sind Sie in Washington nicht wieder in Ungnade gefallen.«

»Ganz und gar nicht. Im Gegenteil, ich bin seit Wochen allein für die CIA verantwortlich. Mein Chef hat wieder mal die Grippe. Meine Verfolger waren andere Leute, die ich nicht hierher führen wollte.«

»Ich habe irgendwie das unbestimmte Gefühl, dass das, was

Sie mir gleich sagen werden, streng geheim ist. Macht es Ihnen etwas aus, wenn Paula bei uns bleibt?«

»Ganz und gar nicht. Als ich das letzte Mal hier war, hat sie mir das Leben gerettet. Erinnern Sie sich noch an den Vorfall in der Albemarle Street? Und was Monica angeht ...« Dillon drehte sich um und lächelte sie an. »Sie ist nun schon wirklich mehr als ein paar Jahre bei Ihnen. Ich hätte auch nichts dagegen, dass Bob Newman uns zuhört, falls er noch vorbeikommen sollte. Aber sonst niemand, wenn es Ihnen recht ist.«

»Also, worum geht es?«

»Es wird Ihnen nicht gefallen, Tweed. Nicht ein bisschen. In dieser Sache mit Goslar dürfen Sie niemandem trauen.«

»Jetzt mal heraus mit der Sprache, Cord. Ich werde versuchen, nicht allzu viel Angst zu bekommen.«

»Den Tag möchte ich erleben, an dem Sie Angst bekommen«, erwiderte der Amerikaner lächelnd und machte eine kurze Pause, um seine Gedanken zu ordnen. »Die Leute, die mich verfolgt haben, gehören zur Unit Four, einer Einheit von höchst professionellen Agenten. Sie sind nur Vance Karnow, dem persönlichen Berater des Präsidenten, gegenüber verantwortlich. Karnow ist einer der härtesten Burschen, die ich je kennen gelernt habe, und seine Männer stehen ihm in dieser Hinsicht kaum nach. Hier ist ein Bild von ihm.«

Dillon holte ein kleines, von einer Plastikhülle geschütztes Foto aus seiner Jackentasche. Nachdem Tweed es sich angesehen hatte, gab er es kommentarlos zurück. Dillon streckte einen seiner langen Arme aus und reichte es quer über den Schreibtisch an Paula weiter.

»Es würde mich interessieren, was Sie von ihm halten, Paula«, sagte er. »Sie können Männer normalerweise gut einschätzen.«

Paula studierte das Bild länger als Tweed. Dann schürzte sie die Lippen.

»Fotos können täuschen.«

»Aber Sie haben doch bestimmt einen Eindruck«, hakte Dillon nach.

»Ein seltsames Gesicht«, sagte Paula. »Man kann sehen, dass der Mann europäischer Abstammung ist. Auffallend hohe Backenknochen. Ein längliches Gesicht mit langer Nase, dünnen Lippen und einem spitz zulaufenden Kinn. Dichtes, schwarzes Haar, sorgfältig frisiert. Und Augen wie Pistolenkugeln: klein, hart und skrupellos. Vielleicht lassen sie Rückschlüsse auf seinen Charakter zu, aber das ist bloß eine Vermutung.« Paula gab Dillon das Foto zurück.

»Sie haben den Nagel auf den Kopf getroffen«, sagte Dillon anerkennend.

»Was für eine Aufgabe hat Unit Four?«, fragte Tweed.

»Sie macht die Drecksarbeit, die man uns bei der CIA lieber nicht übergibt, weil unsere Organisation zu groß ist. Außerdem hält sich Unit Four eine Menge darauf zugute, dass sie im Untergrund operiert. Ihre Männer kleiden sich wie normale Geschäftsleute und treten auch oft als solche auf.«

»Erhalten sie ihre Befehle direkt vom Präsidenten?«

»Nein, natürlich nicht. Die Befehle kommen ausschließlich von Karnow, aber der ist wiederum die rechte Hand des Präsidenten. Ich vermute, dass der Präsident ihm gegenüber lediglich die eine oder andere Bemerkung fallen lässt. Beispielsweise, dass jemand ihn irritiert. Das Ergebnis ist dann meist, dass Karnow und seine Leute dafür sorgen, dass derjenige nicht mehr lange am Leben bleibt.«

»Warum erzählen Sie uns von Unit Four?«

»Weil ich aus zuverlässiger Quelle erfahren habe, dass deren Leute auf dem Weg hierher zu Ihnen sind.«

»Und aus welchem Grund, bitte schön?«

»Um Ihnen die neue ultimative Geheimwaffe, die dieser Dr. Goslar erfunden hat, vor der Nase wegzuschnappen. Mein Informant hat mir geflüstert, dass der Präsident ohne diese Waffe Amerikas Rolle als Supermacht Nummer eins in Gefahr sieht.«

»Cord …«, sagte Tweed und beugte sich über den Tisch zu Dillon hinüber. »Sie und ich wissen von dem mysteriösen Dr. Goslar und seiner Erfindung. Aber wie kommt es, dass Ihr Präsident ebenfalls darüber informiert zu sein scheint? Oder ist er das am Ende gar nicht?«

»Doch, ist er. Vor kurzem hat das Oval Office ein Video erhalten, auf dem die Vorgänge von Appledore zu sehen waren, ebenso wie eine Kopie des Artikels, den ein gewisser Sam Sneed in der *Daily Nation* geschrieben hat. Bald darauf hat Goslar mit seiner elektronisch verzerrten Stimme den Präsidenten angerufen und ihm eine Probe des Agens sowie die Formel für dessen Herstellung angeboten. Dafür wollte er dreihundert Millionen Dollar haben. Als der Präsident die Summe gehört hat, ist er ausgeflippt. So viel war er nicht bereit zu zahlen, nicht einmal für die Weltherrschaft. Stattdessen kommt jetzt Unit Four zum Einsatz. Es wäre gut möglich, dass die Kerle bereits hier in England sind. Deshalb bin ich auch gekommen, um Sie zu warnen.«

»Dann wäre Unit Four verdammt schnell.«

»Wozu gibt es die Concorde? Mit der sind Washington und London nur noch dreieinhalb Stunden voneinander entfernt. Die Killer von Unit Four sind nun mal eine Eliteeinheit. Möglicherweise ist sogar Karnow selbst schon in London.«

»Cord, ich weiß es wirklich zu schätzen, dass Sie den weiten Weg auf sich genommen haben, um uns zu warnen.«

»Sie haben mir schließlich auch einen Riesengefallen getan, als Sie mich seinerzeit in Ihrem Bunker in Romney Marsh versteckt haben. Im Gegensatz zu den Typen, die mich damals verfolgt haben, sind die Männer von Unit Four keine angeheuerten Gorillas aus der Unterwelt, sondern gebildete, blitzgescheite Leute mit guten Manieren. Das dürfen Sie nicht außer Acht lassen. Solche Killer sind brandgefährlich, und es könnte gut sein, dass ein ganzes Dutzend von ihnen hier einfällt. Vielleicht sogar mehr. Ich könnte da nur spekulieren.«

»Haben Sie noch Zeit, dass wir irgendwo in einer Bar einen kleinen Drink zu uns nehmen?«

»Leider nein«, sagte Dillon mit einem Blick auf die Armbanduhr. »Ich muss meinen Rückflug nach Washington erwischen. Der Pilot ist ein Bekannter von mir, deshalb kann ich in Dulles als Mitglied der Besatzung aussteigen.«

»Haben Sie sonst noch Informationen über Goslar? Ganz gleich, wie vage sie auch sein mögen?«

»Tja ...«, sagte Dillon und lehnte sich im Sessel zurück. »Bevor ich hierher kam, habe ich angefangen, eine Akte über ihn zu lesen. Es gibt noch eine zweite, die ich mir auf die Schnelle allerdings nicht beschaffen konnte. Ich werde sie mir bringen lassen, sobald ich wieder zurück in Amerika bin, und gebe Ihnen dann Bescheid.«

»Und was stand in der ersten Akte?«, wollte Tweed wissen.

»Seltsame Dinge, die aber lediglich auf Gerüchten basieren. Insofern kann ich mich für die Richtigkeit der Informationen nicht verbürgen.«

»Ich würde sie trotzdem gern hören.«

»Es geht um die Galapagosinseln«, sagte Dillon. »Sie liegen im Pazifik, weit vor der Küste Ecuadors, zu dessen Staatsgebiet sie bekanntlich auch gehören. Die Geschichte kommt mir wie ein Ammenmärchen vor, Tweed.«

»Ich liebe Ammenmärchen.«

»Sie wissen sicher, dass es im Meer rings um die Galapagosinseln seltene Riesenschildkröten gibt. Sie stehen, weil sie nirgendwo sonst auf der Welt vorkommen, unter strengem Artenschutz. Nur ab und zu wird es einer Gruppe von betuchten Touristen gestattet, sich diese Tiere anzuschauen.« Dillon blickte hinüber zu Paula. »Bestimmt fragen Sie sich, worauf ich hinauswill.«

»Das werden wir vermutlich gleich erfahren.«

»Ein ecuadorianischer Fischer hat von einem riesigen Flugboot berichtet, das in der Nähe der Inseln vor Anker lag. Später will der Mann erfahren haben, dass es einem gewissen Dr. Goslar gehörte.« Dillon machte eine beschwichtigende Handbewegung. »Wohlgemerkt, das sind alles nichts weiter als Gerüchte. Ich selbst glaube kein Wort davon.«

»Mal sehen, ob ich es glauben werde«, sagte Tweed. »Erzählen Sie uns alles, was Sie wissen.«

»Sie haben gerade von einem Fischer aus Ecuador erzählt«, erinnerte Paula den Amerikaner.

»Genau, also der Fischer – sollte er je existiert haben – hatte ein starkes Fernglas dabei und schaute damit zu den Inseln. Am Strand hat er einige große Boote sowie mehrere Menschen gesehen, die zwei von den Riesenschildkröten fingen und in Wassertanks legten, die auf den Booten waren. Darin transportierten sie die Tiere dann zu dem Flugboot. Das Segel des Fischerbootes war übrigens ziemlich auffällig: rot mit einem weißen Halbmond darauf. Dieser Umstand ist später noch von Bedeutung.«

»Wann war das alles?«, fragte Tweed.

»Ein genaues Datum gibt es nicht, aber es war im vergangenen Jahr. Der Fischer fuhr also zurück nach Guayaquil in Ecuador und erzählte seine Geschichte in einer überfüllten Hafenbar, wo sie auch einer unserer Informanten vor Ort mitbekam. Er schickte seinen Bericht an unseren Hauptagenten in Quito, der Hauptstadt von Ecuador, der sofort beschloss, der Sache auf den Grund zu gehen. In Guayaquil angelangt, fand er heraus, dass sowohl der Fischer als auch unser Informant inzwischen ermordet worden waren. Angeblich hat das auffällige Segel des Bootes die Killer auf die Spur des Fischers gebracht. Das ist alles. Ich muss jetzt los, sonst verpasse ich mein Flugzeug wirklich noch.«

Tweed war während Dillons Erzählung aufgestanden und ans Fenster getreten und hatte durch einen Schlitz zwischen den Vorhängen hinaus in die Nacht gespäht. Vor dem Haus wartete ein Taxi. Tweed ging zurück zu seinem Schreibtisch und drückte Dillon die Hand.

»Soweit ich sehen kann, liegt draußen niemand auf der Lauer. Ach ja, eine Frage noch: Wie wurden die beiden Männer umgebracht?«

»Sie wurden enthauptet. In diesen mittelamerikanischen Häfen geht es ziemlich brutal zu. Auf Wiedersehen, Tweed. Sollten Sie jemals in den Besitz von Goslars Albtraumwaffe gelangen, machen Sie sie unschädlich. Und Goslar gleich dazu.«

»Wie ermutigend«, bemerkte Paula trocken.

»Was meinen Sie damit? Dass uns diese Unit Four ins Haus steht?«, sagte Tweed. »Doch, das finde ich auch sehr ermutigend.«

Die Tür ging auf, und Newman kam herein. Er hatte eine Tasche dabei, die er an die Wand stellte, bevor er in einem der Sessel Platz nahm. Er schaute nacheinander Paula und Tweed an.

»Sie sehen so aus, als wäre hier gerade eine Bombe explodiert.«

»Stimmt«, sagte Tweed. »Wo sind Butler und Nield?«

»Die spielen unten im Warteraum Poker. Sie haben ihre Sachen schon gepackt.«

»Monica, rufen Sie die beiden bitte herauf.« Tweed schaute hinüber zu Newman. »Wissen Sie vielleicht, wo Burgoyne ist?«

»Der quatscht mit Howard in dessen Büro.«

»Dann lassen wir ihn erst einmal dort. Howard versteht es wie kein Zweiter, die Leute für unsere Sache zu motivieren.«

Tweed wartete, bis Butler und Nield gekommen waren und ihre Taschen neben die von Newman gestellt hatten.

»Sie machen aber ein ernstes Gesicht«, sagte Nield, nachdem er Tweed eine Weile gemustert hatte.

»Genau das ist mir auch gerade aufgefallen«, stimmte Newman ihm zu.

»Hören Sie alle gut zu«, sagte Tweed. »Cord Dillon war gerade hier. Er ist eigens aus den USA herübergeflogen, um mir etwas mitzuteilen …«

Mit ernster Miene gab Tweed den anderen eine genaue Zusammenfassung von Dillons Besuch. Alle hörten ihm schweigend zu, auch Marler, der, kurz bevor Tweed seinen Bericht begonnen hatte, auch noch ins Büro gekommen war. Er lehnte wie üblich an der Wand. Als Tweed fertig war, meldete sich Nield zu Wort.

»Da steht uns eine heiße Zeit bevor«, sagte er. »Zunächst einmal haben wir es mit dem unsichtbaren Dr. Goslar zu tun, dann müssen wir noch ein waches Auge auf Bate und seine Typen von der Special Branch werfen, die bestimmt nicht mit fairen Mitteln kämpfen werden. In Frankreich haben wir den Geheimdienst und wahrscheinlich auch die Polizei gegen uns, und jetzt kommen zu allem Überfluss auch noch die Yankees mit ihrer Unit Four hinzu. Viel Feind, viel Ehr, so sagt man doch …«

»So kann man es natürlich auch sehen«, sagte Tweed.

»Einen wichtigen Punkt muss ich noch klären«, sagte Marler. »Wir können ja keine Waffen mit ins Flugzeug nehmen. Ich habe deshalb von meiner Wohnung aus einen Freund in Paris angerufen, der uns – natürlich gegen gutes Geld – jede nur erdenkliche Waffe besorgen kann. Ich habe ihm gesagt, dass ich heute Nacht noch bei ihm vorbeischauen werde, und er hat versprochen, so lange aufzubleiben. Sobald wir aus dem Flieger sind, nehme ich einen der Leihwagen, die Monica schon vorbestellt hat, und fahre auf dem schnellsten Weg zu ihm. Wo können wir uns treffen, damit ich die Waffen möglichst rasch verteilen kann?«

»In La Madeleine«, schlug Paula vor. »Kennen Sie das Restaurant Valais, in dem es das fantastische Schweizer Essen gibt? Direkt daneben ist eine ziemlich düstere Bar, die rund um die Uhr geöffnet hat. Wenn wir einen Tisch im hinteren Teil bekommen, können wir dort unbemerkt die Waffen verteilen.«

»In Ordnung, Marler?«, fragte Tweed.

»Perfekt. Ich bin ohnehin in dieser Gegend.«

»Danach fahren wir nach La Défense und sehen uns das Gebäude an, in dem Sie Ihr schreckliches Erlebnis hatten, Paula.«

»Mit der Métro sind wir ganz schnell dort«, sagte Paula.

»Haben alle genügend französisches Geld dabei?«, fragte Tweed. Alle nickten.

»Gut«, sagte Tweed und sperrte eine Schublade seines Schreibtisches auf. Er entnahm ihr einen dicken weißen Umschlag, den er Marler gab.

»Waffenkauf im Untergrund ist ein teures Vergnügen«, sagte er.

Marler öffnete den Umschlag und warf einen Blick hinein. Er war voller Fünfhundertfrancscheine. Marler grinste.

»Damit kann man ja eine Haubitze kaufen.«

»Genau das Richtige bei so vielen Gegnern«, sagte Nield mit einem Lächeln.

»Was ist eigentlich in dem Segeltuchsack, der da neben Ihrer Reisetasche steht?«

»Zeitungen und Zeitschriften. Ein leerer Beutel könnte die Neugier der Grenzpolizei erwecken. Später packe ich die Waffen hinein.«

»Sie müssen jetzt los, wenn Sie Ihren Flug noch erwischen wollen«, meldete sich Monica.

»Dann sagen Sie Burgoyne, dass er sofort herunterkommen soll. *Tout de suite.*«

11

Das Flugzeug war zu drei Vierteln leer. Tweed saß neben Paula und Newman hatte in der Reihe hinter ihnen Platz genommen. Weiter hinten im Flugzeug verteilten sich Butler und Nield sowie Burgoyne, der ganz allein in einer Reihe saß. Marler hingegen hatte einen der vordersten Sitze gewählt, damit er in Paris als einer der Ersten das Flugzeug verlassen konnte, um so schnell wie möglich mit dem Leihwagen zu seinem Waffenhändler zu fahren.

»Mir sind Nachtflüge zuwider«, sagte Paula. »Wenn man aus dem Fenster schaut, ist alles schwarz.«

»Zum Glück ist es ja kein langer Flug«, erwiderte Tweed. »Ich gehe mal nach hinten und rede mit Burgoyne.«

Nachdem er neben dem Exoffizier Platz genommen hatte, sagte er: »Sie waren so lange bei Howard, dass ich Ihnen noch nicht sagen konnte, worum es geht. Wir fahren direkt vom Flughafen nach La Madeleine. Marler besorgt inzwischen Waffen und trifft uns dann dort in einer Bar. Was für eine Waffe bevorzugen Sie?«

»Das klingt ja, als müsste ich mich duellieren«, sagte Burgoyne grinsend. »Ich hätte gern eine .38er Smith & Wesson, wenn möglich mit einem Gürtelhalfter und viel Munition.«

»Ich werde es an Marler weitergeben. Von La Madeleine aus fahren Sie zusammen mit Paula, Newman, Butler und mir per Métro hinaus nach La Défense. Kennen Sie sich dort aus?«

»Ich war zwar öfter in Paris, aber ich hatte bisher keinen Grund, nach La Défense zu fahren. Das ist doch ein Geschäftsviertel, oder? Mit großen Wolkenkratzern, die auch in New York stehen könnten. Man sieht sie von der Innenstadt aus in der Ferne aufragen.«

»Genau. Wir wollen uns das Gebäude ansehen, in dem Paula ihr Erlebnis hatte...« Tweed beschrieb Burgoyne kurz, was Paula in dem Hochhaus widerfahren war. »Ich habe Ihnen ja schon in der Park Crescent von Dr. Goslar erzählt«, schloss er.

»Ein echtes Schwein, der Kerl«, sagte Burgoyne. »Ihre Paula gefällt mir. Scheint ziemlich hart im Nehmen zu sein. Ich habe sie auf den ersten Blick wohl unterschätzt. Die Frau ist aus einem harten Holz geschnitzt. So was bewundere ich.«

Tweed sah Burgoyne prüfend an. Statt seiner Tarnjacke trug er jetzt einen militärisch geschnittenen Trenchcoat, der ihn abermals wie einen Soldaten aussehen ließ.

»Wir werden mitten in der Nacht in La Défense sein«, sagte Burgoyne mit einem Blick aus dem Fenster.

»Mit voller Absicht. Auch Paula war zu dieser Zeit dort. Aber jetzt müssen Sie mich entschuldigen. Ich will nach vorn, um Marler zu sagen, welche Waffe Sie haben wollen.«

Am Nachmittag desselben Tages stand ein großer, breitschultriger Mann, der einen grauen Mantel mit Pelzkragen trug, in einer Telefonzelle auf der Île de la Cité. Sein braunes, kurz geschnittenes Haar wurde von einem Barett fast vollständig verborgen. Der Mann trug die winterliche Kleidung nicht umsonst – die Seine entlang wehte nämlich ein bitterkalter Wind.

Der Mann, der vor dem Breitschultrigen in der Zelle gewesen war, hatte bereits fünfzehn Minuten lang telefoniert, als dieser auf die Uhr sah und die Backen aufplusterte. Er fand es amüsant, dass die Telefonzelle nicht weit entfernt vom Präsidium der Police Judiciaire lag. Als er ein weiteres Mal auf die Uhr blickte, sah er, dass sich der Minutenzeiger der vollen Stunde näherte.

Der Mann im grauen Mantel nahm eine Banknote aus seiner Brieftasche und öffnete die Tür der Zelle. Dann legte er dem Mann am Telefon eine seiner großen Hände auf die Schulter und zog ihn unsanft auf die Straße hinaus. Der andere wirbelte herum und wollte sich schon lauthals beschweren, bemerkte dann aber, wie groß sein Gegner war.

»Ich muss mal telefonieren«, sagte der Mann im grauen Mantel und gab dem sehr viel kleineren Mann den Hundertfrancschein.

Der Franzose besah sich die Banknote, zuckte mit den Achseln und räumte, böse Worte vor sich hin grummelnd, die Telefonzelle.

Der Riese trat hinein und hängte den herabbaumelnden Hörer auf die Gabel. Dann wartete er, wobei er ein weiteres Mal auf die Uhr sah. Als der Sekundenzeiger über die volle Stunde strich, läutete das Telefon.

»Wer ist dran?«, meldete sich der Mann auf Englisch.

»Identifizieren Sie sich«, verlangte eine kühle Stimme in derselben Sprache.

»Abel. Ich wiederhole: Abel.«

»Bleiben Sie dran und hören Sie zu …«

Während Abel wartete, blickte er sich auf der Straße um und sah, wie zwei uniformierte Polizisten aus dem Präsidium der Police Judiciaire kamen. Sie würdigten ihn keines Blickes und verschwanden fröstelnd um die nächste Ecke. Im Hörer war jetzt eine verzerrt klingende Stimme zu hören.

»Wenn ich mich nicht irre, wird Tweed heute Nacht das verlassene Gebäude in La Défense besuchen. Gehen Sie dorthin, und bereiten Sie ihm einen gebührenden Empfang. *Sofort*!«

Abel hängte ein. Ihm war klar, dass man ihm gerade eine Tonbandaufnahme vorgespielt hatte. Für einen Mann seiner Größe verließ er ziemlich leichtfüßig die Telefonzelle und ging dann die Straße entlang. Er wusste, dass die Ausrüstung, die er brauchte, sich bereits in dem Hochhaus befand, und rief sich noch einmal die Kombination der Zahlen ins Gedächtnis, die er auf dem kleinen Ziffernblock neben dem Eingang drücken musste.

Auf der Fahrt nach La Défense hatten Tweed und seine Leute den Métrowaggon ganz für sich allein. Tweed saß zwischen Burgoyne und Paula auf einer Seite des Wagens, und Newman und Butler, der seine Sprengmeisterausrüstung in einer Air-France-Tasche dabei hatte, hockten auf der Bank gegenüber. Als Butler die Tasche bei der Sicherheitskontrolle hatte öffnen müssen, hatte er behauptet, er sei Klempner. Oberflächlich betrachtet, sahen seine Utensilien tatsächlich wie die Werkzeuge eines Klempners aus.

Paula ließ eine Hand in das Spezialfach ihrer Schultertasche gleiten, in der sich wieder eine .32er Browning befand. Marler hatte sie ihr in der Bar in La Madeleine ausgehändigt.

Newman und Burgoyne hatten, wie gewünscht, ihre Gürtelhalfter erhalten, in denen je eine .38er Smith & Wesson steckte, während Marler seine Kollegen Butler und Nield mit 7,65 2-mm-Walther-Selbstladepistolen bedacht hatte. Alle außer Tweed und Paula waren zusätzlich mit Blend- und Rauchgranaten ausgerüstet, Marler wiederum hatte sich selbst ein Armalite-Gewehr und einen .45er Colt Automatik besorgt. Lediglich Tweed trug überhaupt keine Waffe.

Nachdem sie die Bar in La Madeleine verlassen hatten, hatte Nield den gemieteten Kombi zum Ritz gefahren. Marler war ihm in seinem Renault gefolgt. Mit dem Kombi waren Tweed und die anderen schon zuvor vom Flughafen zu der Bar gefahren.

Jetzt, als die Métro durch den endlos wirkenden Tunnel auf La Défense zuraste, spürte Paula, wie ihr vor lauter Nervosität das Adrenalin in alle Adern schoss. Als sie ausstiegen, war der Anfall allerdings wieder vorbei, und Paula wirkte ruhig und gefasst. Zwischen Burgoyne und Butler stieg sie die Stufen hinauf, die sie vor nicht allzu langer Zeit in wilder Flucht hinabgerannt war.

In dem Park neben dem Métroausgang erkannte sie die Bank wieder, auf der sie sich kurz ausgeruht hatte. Sie blickte auf die Uhr. Es war halb elf Uhr nachts – etwa dieselbe Zeit, zu der sie in dem Hochhaus gewesen war.

»Welches Haus?«, fragte Burgoyne mit einem scharfen Kommandoton.

»Ich führe Sie hin, aber zuerst sollten wir uns überzeugen, dass niemand hier ist…«, antwortete Paula.

Sie warteten unter den Bäumen des Parks versteckt, während Paula hinauf zu den bläulich schimmernden Glastürmen über ihnen schaute. Der weite Platz vor den Hochhäusern lag unheimlich still und verlassen da. Tweed, der die Hände in die Hosentaschen gesteckt hatte, beobachtete Paula genau. Er war beeindruckt von ihrem ruhigen, entschlossenen Auftreten.

»Es war das Haus da drüben«, sagte sie plötzlich. »Legen wir also los!«

Weil sie sich noch gut daran erinnern konnte, wie kalt es in Paris gewesen war, hatte sie sich einen zusätzlichen Pullover und warme Leggins angezogen. Eskortiert von Burgoyne und Butler, ging sie auf das Hochhaus zu. Ihnen folgte Newman, der die Smith & Wesson unter seinem Trenchcoat versteckt in der Hand hielt. In seinem Aufzug sah er Burgoyne ziemlich ähnlich. Paula führte sie zur Eingangstür des Gebäudes.

»Die Tür steht einen Spalt offen«, sagte sie. »So war es auch, als ich das Haus verlassen habe.«

»*Zurück!*«, befahl Burgoyne.

Fast gleichzeitig mit ihm stieß Butler dieselbe Warnung aus. Die beiden Männer packten Paula bei den Armen und drehten sie um 180 Grad, sodass sie wieder in Richtung Park blickte.

»Irgendwas nicht in Ordnung?«, fragte Tweed mit ruhiger Stimme.

»Eine Menge«, antwortete Butler. »Gehen Sie jetzt alle zurück in den Park. Auch Sie, Newman. Das ist ein Befehl.« Er schob Burgoyne beiseite und tastete die Oberkante der Tür ab, wo er sofort einen Draht entdeckte, der dieselbe blaue Farbe wie die Fassade des Gebäudes hatte.

»Den habe ich auch gesehen«, grummelte Burgoyne. »Gott sei Dank kenne ich mich mit Sprengfallen aus.«

»Moment, das ist eine Arbeit für einen allein«, fauchte Butler. »Wenn wir zu zweit an einem solchen Mechanismus herumfummeln, fliegen wir hundertprozentig in die Luft. Und jetzt lassen Sie mich bitte schön in Ruhe. Ich muss mich konzentrieren.«

»Von mir aus können Sie die Bombe haben«, sagte Burgoyne mit ruhiger Stimme. »Aber ich bleibe hier und sehe Ihnen zu. Wenn Sie Hilfe brauchen, sagen Sie es.«

»Das wird nicht nötig sein.«

Als Paula mit Tweed und Newman wieder am Rand des kleinen Parks angelangt war, hatte sie das Gefühl, alles schon einmal erlebt zu haben. Sie dachte daran, wie sie zusammen mit Newman in dessen Wagen vor ihrer Wohnung darauf gewartet hatte, bis Butler die dortige Bombe entschärft hatte. Aber das hier war nicht die Fulham Road, das war ein bedrohlich wirkendes Hochhaus, in dem man sie fast aus einem Fenster im zweiunddreißigsten Stock geworfen hatte.

»Ich muss auf einem anderen Weg ins Haus kommen«, sagte Butler und ging mit seinen Utensilien zu einem der Fenster im Erdgeschoss. Als er mit einer kleinen Taschenlampe hineinleuchtete, sah er einen langen Flur, der sich in der Dunkelheit verlor. Butler untersuchte das Fenster genau, nahm dann die Taschenlampe zwischen die Zähne und holte einen starken Gummisauger aus seiner Tasche. Nachdem er ihn an der unteren Hälfte der Fensterscheibe befestigt hatte, schnitt er mit einem Glasschneider darum herum ein großes, längliches Loch aus. Mit Hilfe des Saugers entfernte er das herausgeschnittene Stück

Glas und legte es vorsichtig auf den Boden, bevor er den Sauger wieder löste.

»Ich gehe als Erster rein«, zischte Burgoyne.

»Nein, das werden Sie nicht tun. Bleiben Sie draußen und halten Sie Abstand von der Tür!«

Butler bückte sich und kroch durch das Loch in der Scheibe ins Innere des Hochhauses. Mit der Walther in der Hand wartete er, am Boden kauernd, bis seine Augen sich an die Dunkelheit gewöhnt hatten. Währenddessen lauschte er angestrengt. In dem Haus war es so still wie in einem Grab. Nicht das geringste Geräusch war zu hören.

Langsam erhob sich Butler und ging den Gang entlang, bis er in die Eingangshalle kam. Dort fand er hinter der einen Spalt geöffneten Tür genau das, was er erwartet hatte. Es war eine Bombe von derselben Bauart, wie er sie auch in Paulas Londoner Wohnung gefunden hatte. Sie war so angebracht, dass sie bei der kleinsten Berührung der Tür sofort explodiert wäre.

Die Sprengstoffexperten in Surrey hatten die Bombe aus Paulas Wohnung nicht bloß fotografiert, sondern die Bilder auch eingehend studiert, um hinter das Geheimnis ihres Mechanismus zu kommen. Einer der Spezialisten war daraufhin das Risiko eingegangen und hatte einen Schalter an der Bombe betätigt, der sie auch prompt entschärft hatte. »Es ist der grüne Schalter, nicht der rote, was eigentlich viel logischer wäre«, hatte er Butler am Telefon mitgeteilt.

»Wissen Sie auch, was Sie da tun?«, fragte eine leise Stimme hinter Butlers Rücken.

»Sie mussten mir ja unbedingt hinterherschleichen«, zischte Butler Burgoyne zu. »Jetzt können Sie nur hoffen, dass ich weiß, was ich tue. Wo sind die anderen?«

»Weit genug vom Gebäude entfernt. Im Park.«

»Halten Sie die Luft an, Burgoyne.«

Butler ging in die Hocke und beleuchtete mit seiner Taschenlampe die Höllenmaschine. Vorsichtig hob er den Deckel an. Dann zuckte er kurz mit den Achseln – und drückte den grünen Schalter. Die kleinen Leuchtdioden im Inneren der Bombe erloschen. Er hatte den richtigen Schalter erwischt.

Nachdem Butler den Draht durchgeschnitten hatte, der an der Oberseite der Tür entlang ins Innere des Gebäudes führte, schob er die Bombe weit entfernt von der Tür an die Wand. Er wollte nicht, dass Paula sie sah. Dann ging er nach draußen und winkte die anderen herbei.

»Sie haben uns allen das Leben gerettet, Chance«, sagte Paula, als sie das Gebäude betrat. »Vielen Dank.«

»Harry hat den Draht fast gleichzeitig entdeckt«, sagte Burgoyne, der ebenso leise sprach wie Paula und Butler.

»Dann danke ich Ihnen beiden.«

»Ich verstehe nicht, was hier vor sich geht«, flüsterte Burgoyne. »Ich könnte schwören, dass das ganze Gebäude leer ist. Kein Wachmann hinter dem Tisch mit dem Telefon dort drüben.

»Das Telefon ist tot wie ein Stein«, sagte Butler, nachdem er den Hörer abgehoben hatte.

»Das ist typisch für Goslar«, erklärte Tweed, an Burgoyne gewandt. »Er mietet seine Hauptquartiere für gewöhnlich länger an, als er sie wirklich braucht. Dasselbe hat er auch mit Gargoyle Towers gemacht, seiner vorübergehenden Basis in Dartmoor. Er hat so viel Geld, dass er es sich einfach leisten kann.«

»Ich würde gern hinauf in den Raum im zweiunddreißigsten Stockwerk gehen, in dem sie mich festgehalten haben«, sagte Paula. »Vielleicht haben sie ja doch etwas liegen lassen, was ich neulich nicht entdeckt habe.«

»Dann fahren Harry und ich aber zuerst mit einem anderen Aufzug hinauf in den dreiunddreißigsten Stock«, sagte Burgoyne. »Wir sehen nach dem Rechten und kommen dann über die Treppe hinunter in den zweiunddreißigsten. Ist das in Ordnung, Tweed?«

»Ja. Machen Sie das.«

»Vielleicht finden wir ja ein weiteres Paar Handschuhe«, sagte Newman, als er mit Tweed und Paula, die ihm jetzt wieder ein wenig nervös vorkam, im Lift nach oben fuhr. »Was haben Sie eigentlich mit dem Paar gemacht, das in Gargoyle Towers liegen geblieben ist? Wir könnten es doch von den Eierköpfen in der Park Crescent genau vermessen lassen. Vielleicht gibt es uns ja einen Hinweis darauf, wie groß und schwer sein Träger ist.«

»Ich habe die Handschuhe in den Papierkorb geworfen, Bob«, antwortete Tweed. »Vergessen Sie nicht, dass Goslar gern falsche Spuren legt und darauf hofft, dass wir viel kostbare Zeit damit vergeuden, daraus irgendwelche wertlosen Schlüsse zu ziehen. Wenn wir oben sind, gehen Paula und ich ins Zimmer, und Sie, Bob, bleiben im Gang und halten uns den Rücken frei ...«

Als Paula aus dem Aufzug trat, hielt sie, ebenso wie Newman die seine, ihre Pistole in der Hand. Langsam ging sie voraus zu dem Raum, dessen Tür immer noch offen stand. Tweed, die Hände in den Manteltaschen vergraben, sah sich in dem langen Gang um.

»Dieses Haus muss ihn ein Vermögen an Miete gekostet haben«, sagte er. »Aber Goslar scheint das egal zu sein ...«

Vor der offenen Tür blieb Paula stehen. Drinnen brannte noch immer das Licht. Sie nahm ihre Browning in beide Hände, trat ein und wirbelte einmal um die eigene Achse. Der Raum war leer.

»Alles ist so, wie ich es verlassen habe. Da drüben ist die Rollbahre, und das Fenster, aus dem der Affe mich gehalten hat, steht auch immer noch offen. Niemand scheint inzwischen hier gewesen zu sein.«

»Hier oben vielleicht nicht«, korrigierte Tweed. »Aber unten im Erdgeschoss war auf jeden Fall jemand, wie uns die Sprengfalle beweist.«

Er trat an das offene Fenster und blickte hinab auf den vom Mondlicht beschienenen Platz. Mit fest aufeinander gepressten Lippen trat er zurück in den Raum.

»Man hat Ihnen Schreckliches angetan«, sagte er zu Paula.

»Sagen wir mal so: Ich bin nicht gerade scharf darauf, dieses Erlebnis zu wiederholen«, antwortete sie mit einem matten Lächeln.

»Ich habe etwas gefunden«, verkündete Newman, der unter die Rollbahre gekrochen war. »Eine nicht angezündete Zigarette. Raucht Dr. Goslar?«

»Das hat er zumindest. Mentholzigaretten. Die Marke hieß St. Moritz.«

»Bingo! Eine solche habe ich gerade gefunden. Sie muss wohl unter das Bett gerollt sein.« Newman nahm die Zigarette mit spitzen Fingern auf und ließ sie in einen durchsichtigen Plastikbeutel fallen, den er aus der Tasche gezogen hatte. »Wir können sie ja mal auf Fingerabdrücke untersuchen lassen.«

»Dann war der Mann mit der randlosen Brille vielleicht doch Dr. Goslar«, sagte Paula.

»Ich enttäusche Sie nur ungern, aber Sie können sich die Mühe sparen, Bob«, sagte Tweed. »Ich bin mir sicher, dass wir es mit einer weiteren falschen Spur zu tun haben. Der Mann mit der randlosen Brille hat sie bestimmt absichtlich dorthin gelegt und dabei Gummihandschuhe benützt. Ich bin mir sicher, dass er es getan hat, während der Affe Paula aus dem Fenster gehalten hat. Sie hätte sie finden sollen, nachdem die beiden Männer weg waren.«

»Warum haben die beiden mir dann all die sinnlosen Fragen gestellt und mich zu Tode geängstigt?«

»Ganz sicher hatten sie von Anfang an vor, Sie wieder laufen zu lassen, Paula. Es war Teil eines teuflischen Planes, mit dem Dr. Goslar mich hierher locken und in die Luft sprengen wollte.«

»Der Mann ist so unglaublich schlau und hinterhältig.«

»Und genau das dürfen wir nie außer Acht lassen. Aber eines Tages wird er mir versehentlich eine wirkliche Spur hinterlassen, und dann werde ich ihn kriegen. Ihn und seine teuflische Waffe, die er in Appledore ausprobiert hat. Übrigens ist mir aufgefallen, dass Goslar dieselben Tricks anwendet wie vor über zehn Jahren. Erinnern Sie sich noch, Bob? Das könnte ihn am Ende den Kopf kosten …«

Tweed hörte auf zu sprechen. Newman, der in Nähe der Tür stand, hörte von draußen ein leises Geräusch und zielte mit seiner Smith & Wesson in Richtung Treppe.

»Bitte nicht den Briefträger erschießen«, rief Butler, bevor er auf der Treppe in Sicht kam. »Er tut nur sein Bestes.«

»Dort droben ist nichts«, berichtete Burgoyne, während die beiden in das Zimmer traten. »Alles makellos sauber. Keine Möbel oder anderen Dinge. Es scheint fast so, als würde das Gebäude schon wochenlang leer stehen.«

»Das ist Dr. Goslars Markenzeichen«, sagte Tweed und sah Burgoyne an. »Er ist der umsichtigste Mann, den ich kenne. Andererseits aber geht er auch immer wieder hohe Risiken ein. *Toujours de l'audace.* Das ist einer seiner Wahlsprüche. Er – oder sie – hat ihn vor vielen Jahren mehrmals bei seinen seltsamen elektronisch verzerrten Anrufen verwendet. *Toujours de l'audace.*«

»Interessant«, sagte Burgoyne und runzelte die hohe Stirn. »Das ist doch ein Ausspruch von Napoleon, nicht wahr?«, fügte er nach einer kurzen Pause hinzu.

»Nein, von Marat«, sagte Tweed. »Man könnte ihn frei mit ›Wer wagt, gewinnt‹ übersetzen. Und Wagnisse geht Goslar auch heute noch ein ... Ich bin mir ziemlich sicher, dass er – oder einer seiner Helfershelfer, was wohl eher der Fall sein dürfte – sich jetzt, in diesem Augenblick, in dem Hochhaus gegenüber aufhält. Ich habe vorhin, als ich aus dem Fenster gesehen habe, im Mondlicht eine Gestalt hinter einem der unbeleuchteten Fenster gesehen.«

»Dann nichts wie hinüber!«, sagte Newman.

»Zwecklos. Es ist ein riesiges Haus, und die Tür ist bestimmt verschlossen. Bis wir alles durchsucht haben, ist die Gestalt längst verschwunden. Wir nehmen jetzt die Métro und fahren ins Ritz.«

»Ich werde einen anonymen Anruf bei der Polizei vornehmen und ihr von der Bombe erzählen«, sagte Newman, als sie das Hochhaus verließen.

Er trat als Erster ins Freie, gefolgt von Tweed und Paula. Burgoyne und Butler bildeten die Nachhut. Tweed sah nach links und erblickte einen uniformierten Wachmann, der mit einer

Schirmmütze auf dem Kopf gerade aus dem Gebäude nebenan kam. Der Mann wollte offenbar ein bisschen frische Luft schnappen; er gähnte herzhaft und streckte sich dabei. Tweed ging zu ihm hinüber und sprach ihn auf Französisch an.

»Entschuldigen Sie bitte. Ich war hier mit jemandem verabredet, aber das Haus steht ganz offenbar leer. Wissen Sie, wie lange schon?«

»Seit einer Woche etwa. Irgendwann ist nach Einbruch der Dunkelheit eine ganze Flotte von Möbelwagen vorgefahren, und dann hat ein Trupp von Arbeitern die halbe Nacht über irgendwelche Kisten aus dem Haus getragen und in den Wagen verstaut. Auf einigen der Kisten stand ›zerbrechlich‹ drauf, das habe ich genau gesehen. Das hat mich so neugierig gemacht, dass ich hinübergegangen bin und mit den Arbeitern geredet habe. Nur einer von denen hat Französisch gesprochen. Der hat mir erzählt, dass man ihn nur deshalb angeheuert hat, weil er fließend Serbokroatisch spricht.«

»Dann waren die anderen Arbeiter wohl auch alle Kroaten?«

»Ja. Genauso wie die Leute, die in dem Haus beschäftigt waren. Sie sind praktisch nie herausgekommen, und wenn sie mal zum Essen gehen durften, wurden sie von jemandem begleitet. Der Franzose – er war Pariser – hat mir gesagt, dass er nur ungern nach Annecy umzieht, aber er hätte viel Geld dafür bekommen. Gerade als er mir das erzählt hat, ist der große Mann aus dem Haus gekommen und hat einen Riesenaufstand gemacht.«

»Was für ein großer Mann?«

»Er hat wie ein Riese ausgesehen. Und gelaufen ist er wie ein Tier. Seine Schultern haben sich auf und ab bewegt. Er hatte kurz geschnittenes braunes Haar und …«

»Und sah wie ein Affe aus«, unterbrach ihn Paula.

»Stimmt!«, sagte der Wachmann und klatschte begeistert in seine behandschuhten Hände. »Genauso hat er ausgesehen.«

»Was war das für ein Aufstand, von dem Sie gerade gesprochen haben?«, fragte Tweed.

»Der Riese war stinksauer, weil der Franzose mit mir gesprochen hat. Er hat ihn praktisch von mir weggezerrt. Dabei hat er auf Englisch geflucht. Ich verstehe zwar nicht viel Englisch, aber einen Fluch erkenne ich trotzdem.« Der Mann grinste. »Besonders, wenn es einer von der schlimmen Sorte ist. Der Franzose hat behauptet, dass er sich mit mir nur über das Wetter unterhalten hat. Und dann war da noch etwas ...«

»Annecy«, warf Burgoyne von hinten ein. »Hat das vielleicht etwas zu bedeuten?«

Tweed brachte ihn mit einer Handbewegung zum Schweigen, bevor er sich wieder an den Wachmann wandte.

»Sie haben gerade gesagt, dass da noch etwas gewesen wäre.«

»Ja. Eine verdammt große Limousine ist vorgefahren, und eine Frau in Männerkleidern ist aus dem Haus gekommen und hinten in den Wagen gestiegen. Knallt die Tür zu, und die Limousine fährt wieder ab.«

»Woher wissen Sie denn, dass es eine Frau war?«, hakte Tweed nach.

»Sie hat Hosen und Männerschuhe getragen, dazu einen langen Mantel und einen Borsalino mit tief in die Stirn gezogener Krempe.«

»Das klingt aber ganz nach einem Mann«, sagte Tweed.

»Ich bin Franzose, Monsieur«, erwiderte der Wachmann und lachte. »Wir Franzosen spüren es einfach, wenn wir es mit einer Frau zu tun haben. Körpersprache, verstehen Sie?«

»Natürlich«, sagte Tweed schmunzelnd. »Wissen Sie vielleicht, wem das Haus gehört?«

»Das ist auch so eine komische Geschichte. Es wurde von einer Firma angemietet, die ihren Sitz in Luxemburg hat. Nach dem Auszug hat sie das Haus noch für drei weitere Monate gemietet... Aber jetzt muss ich wieder an die Arbeit. Ich hoffe, Sie finden Ihren Freund, mit dem Sie hier verabredet waren ...«

»Annecy«, sagte Burgoyne noch einmal, nachdem der Wachmann gegangen war. »Das hat doch sicher etwas zu bedeuten.«

»Möglicherweise. Aber verschwinden wir jetzt von hier. Wir nehmen wieder die Métro und fahren ins Ritz.«

Auf der Rückfahrt hatten sie abermals einen Waggon für sich allein. Paula saß neben Tweed, und Butler hatte zwei Reihen entfernt von ihnen Platz genommen. Noch weiter vorn waren Newman und Burgoyne in ein intensives Gespräch vertieft. Die beiden Männer hatten sich offenbar miteinander angefreundet.

»Chance ist ziemlich aufgeweckt«, sagte Paula. »Er hat den Draht zeitgleich mit Harry entdeckt.«

»Das ist er zweifelsohne«, stimmte Tweed ihr zu. »Der Mann kommt mir ziemlich viel versprechend vor.«

Paula sah Tweed erstaunt an. Was er soeben gesagt hatte, war das größte Kompliment, das er bisher einem neuen Mitglied des Teams hatte angedeihen lassen.

»Howards zweiter zusätzlicher Mann, dieser Evan Tarnwalk, ist nie bei uns aufgetaucht«, sagte sie.

»Auf so einen ausgemusterten Typen von der Special Branch können wir getrost verzichten. Aber was anderes: Ist Ihnen eigentlich schon aufgefallen, dass wir seit unserem Abflug von Heathrow verfolgt werden?«

»Nein!«, rief Paula erstaunt aus. »Wie kommen Sie darauf?«

»Im Flugzeug sind mir zwei Leute aufgefallen, ein Mann und eine Frau. Sie saß für sich allein auf einem Platz genau hinter Newman, während der Mann sich auf der anderen Seite des Ganges ein paar Sitze hinter ihr befand. Als wir in Heathrow an Bord gingen, sind die beiden unabhängig voneinander in letzter Minute noch in den Warteraum gerannt und haben mit ihrer Boarding-Card herumgewedelt. Später, als Marler und Nield sich in La Madeleine von uns getrennt haben, um mit den Leihwagen zum Ritz zu fahren, habe ich gesehen, wie die Frau ein Taxi herbeigewinkt hat und Marler darin hinterhergefahren ist. Und als wir die Métro nach La Défense genommen haben, ist der Mann gerade noch in den letzten Waggon gesprungen. In La Défense hat er dann den Zug knapp hinter uns verlassen.«

»Das klingt ja echt beunruhigend. Dann weiß Goslar also, wo wir sind.«

»Mir kann das nur recht sein. Damit weiß ich nämlich, dass wir ihm tatsächlich auf der Spur sind. Und das wiederum setzt Goslar unter Druck, was ihn früher oder später den Fehler machen lässt, auf den ich so sehnsüchtig warte.«

»Sie sind offenbar genauso raffiniert wie er«, sagte Paula.

»Hoffentlich sogar noch ein bisschen raffinierter. Interessant finde ich übrigens, dass unsere beiden Verfolger sich keine Mühe geben, nicht erkannt zu werden.«

»Wieso tun sie das?«

In diesem Augenblick drehte Burgoyne sich um und grinste Tweed strahlend an. Tweed winkte ihn herbei und Burgoyne setzte sich Paula gegenüber.

»Ich schätze, es wird uns gut tun, wenn wir uns im Ritz mal richtig ausschlafen.«

»Klingt nicht schlecht«, stimmte Paula ihm zu. »Aber Sie sehen so aus, als könnten Sie noch ein paar Stunden weitermachen. Wie schaffen Sie das bloß?«

»Ich führe eben ein gesundes Leben«, antwortete Burgoyne grinsend. »Das ist zumindest der offizielle Teil der Geschichte. Wer im Wüstenkrieg überleben will, braucht eine Menge Durchhaltevermögen.«

»Chance«, sagte Tweed und beugte sich zu Burgoyne hinüber. »Ich werde mich morgen mit jemandem treffen. Während ich weg bin, bleiben Sie zusammen mit Nield als Reserve im Hotel. Verlassen Sie es den ganzen Tag lang nicht. Es gibt dort übrigens mehrere Restaurants.«

»Was sollen wir denn in der Zwischenzeit tun, Nield und ich?«

»Sie halten Ausschau nach verdächtigen Gestalten – Männern oder Frauen. Ich will wissen, wann jemand anfängt, Erkundigungen über mich einzuholen. Paula und ich werden Pete Nield die Schlüssel zu unseren Zimmern geben.«

»Und warum?«

»Damit Sie sie in regelmäßigen Abständen überprüfen können. Ich habe keine Lust, in die Luft zu fliegen, bloß weil ich eine Schranktür öffne.«

12

Am nächsten Morgen rief Tweed nach dem Frühstück René Lasalle an. Er tat das von einem öffentlichen Fernsprecher in der Rue St-Honoré aus, vor dem sich Paula, Newman, Butler und Marler verteilt hatten und unauffällig die Straße beobachteten.

Der morgendliche Stoßverkehr war vorbei, und die Rue St-Honoré lag still da. Erst später würden die wohlhabenden Damen kommen, die hier gern einen Einkaufsbummel in den exklusiven Modegeschäften machten, vor denen die peniblen Ladenbesitzer das Straßenpflaster mit einem Schlauch abgespritzt hatten. Obwohl die späte Märzsonne aus einem wolkenlos blauen Himmel schien, wehte ein kalter Wind. Ein paar optimistische Cafébetreiber hatten bereits die gestreiften Markisen heruntergekurbelt, allerdings noch keine Tische ins Freie gestellt.

»Hallo, René. Hier Tweed. Ich bin in Paris.«

»Dann fahren Sie schleunigst wieder heim nach London.«

»Danke für den freundlichen Empfang. Ich muss Sie unbedingt sprechen. Möglicherweise arbeiten wir an derselben Sache. Ein Informationsaustausch könnte für uns beide von Vorteil sein. Außerdem schulden Sie mir noch einen Gefallen.«

»Ich wusste, dass Sie das sagen würden.« Lasalle hielt kurz inne und seufzte leise. »Wahrscheinlich haben Sie damit sogar Recht. Wo sind Sie jetzt?«

»In der Rue St-Honoré."

«Ich könnte Sie in einer halben Stunde treffen. Gegenüber von La Madeleine gibt es eine Brasserie mit Bar. Le Colibri. Nur Sie und ich. Ohne Ihre Leute, die Sie bestimmt mit nach Paris gebracht haben.«

Lasalle hatte aufgelegt, ohne sich zu verabschieden, woran Tweed erkannte, dass er unter enormem Druck stehen musste. In bestimmten Kreisen hier in Paris war die Lage offenbar sehr angespannt. Als er aus der Telefonzelle trat, kamen Paula und Newman von der anderen Straßenseite auf ihn zu und nahmen ihn in die Mitte.

»Marler und Butler halten uns den Rücken frei«, sagte Paula.

»Ist das überhaupt nötig?«, brummte Tweed.

»Es ist nicht nötig, sondern lebenswichtig«, erwiderte Newman düster. »Oder haben Sie Sam Sneed schon vergessen? Oder Coral Langley, der der halbe Kopf weggeschossen wurde, als Marler sie in Rydford traf? Und was ist mit den Bomben in Paulas Wohnung und hier in La Défense?«

»Sie haben ja Recht«, sagte Tweed achselzuckend.

Er ging langsam die Straße entlang und schaute in die Schaufenster der Geschäfte. Einmal drehte er sich abrupt um, konnte aber weder Marler noch Butler entdecken. Trotzdem wusste er, dass die beiden da waren. Wenn es um das unbemerkte Verfolgen von Personen ging, machte ihnen so leicht niemand etwas vor. Tweed erzählte Paula und Newman, wie die Unterhaltung mit Lasalle verlaufen war.

»Das klingt so gar nicht nach ihm«, bemerkte Paula.

»Goslar versteht es meisterhaft, Annspannung und Unsicherheit zu verbreiten. Bei René ist es ihm offenbar gelungen.«

»Warum tut er das?«

»Um die Gebote in Schwindel erregende Höhen zu treiben.«

»Was für Gebote?«

»Die Gebote für seine neue Waffe. Früher oder später werden die Amerikaner und Franzosen ihm riesige Summen dafür anbieten. Ich persönlich glaube jedoch, dass Goslar wild entschlossen ist, das Agens an arabische Fundamentalisten zu verkaufen, die jetzt über jede Menge Geld verfügen. Er wird die Gebote der anderen Länder lediglich dazu verwenden, um aus den Arabern eine noch größere Summe herauszuschlagen.«

»Wird England auch ein Gebot abgeben?«

»Nicht solange ich etwas mit der Sache zu tun habe. Weshalb sollten wir bei Goslars widerlichem Spiel mitmachen? Wie ich schon sagte: Wir müssen ihn finden und mitsamt seiner Erfindung zerstören. Das ist unsere Aufgabe.«

Als Tweed das Le Colibri betrat, bemerkte er im linken Teil des Lokals einen sanft geschwungenen Tresen. An den runden Glastischen daneben saßen auf Korbstühlen mehrere Pärchen und nahmen ein spätes Frühstück mit Kaffee und Croissants zu sich. Nachdem er einen Blick auf seine Armbanduhr geworfen hatte, ging Tweed in den hinteren Teil der Brasserie, wo es noch viele leere Tische gab.

Tweed war ein paar Minuten zu früh dran. Bei einem Kellner, der eine lange Schürze trug, bestellte er einen Pernod. Kurz darauf sah er, wie Paula das Lokal betrat und sich an einen Tisch im vorderen Teil des Lokals setzte. Sie wählte einen Stuhl mit dem Rücken zur Wand. Tweed schürzte die Lippen. Wenigstens hatten sich die anderen irgendwo draußen verteilt.

Der Kellner brachte den Pernod, und Tweed nippte aus Gründen der Tarnung daran. Paula hatte die *Le Monde* aufgeschlagen und tat so, als würde sie darin lesen. Nicht ein einziges Mal blickte sie auch nur in Tweeds Richtung. Als der Kellner kam, gab sie eine Bestellung auf. Vermutlich Kaffee, dachte Tweed. Er nahm seine Hornbrille ab und putzte sie mit einem frischen Taschentuch, bevor er sie sich wieder auf die Nase setzte.

Ein kleiner Mann mit exakt getrimmtem Schnurrbart betrat das Lokal. Tweed brauchte ein Weile, bis er ihn als René Lasalle erkannte. Der Franzose sah in seinem schäbigen orangefarbenen Anorak, den er bis zum Hals geschlossen hatte, und den abgewetzten Jeans ganz anders aus als gewohnt. Auf dem Kopf trug er einen alten, fleckigen Hut mit herabgezogener Krempe und an den Füßen ausgelatschte alte Schuhe.

Auch sein Gang war anders. Lasalle, der sich normalerweise mit energischen Schritten fortbewegte, schlich gebeugt an den

Tischen vorbei und wackelte dabei ständig mit dem Kopf. Tweed wusste, dass er sich alle Leute im Lokal genauestens ansah. Schließlich setzte er sich mit dem Rücken zur Wand auf einen Stuhl neben Tweed.

»Ich nehme auch so einen«, sagte er zu dem Kellner und deutete auf Tweeds Pernod.

»Danke, dass Sie gekommen sind«, sagte Tweed mit ruhiger Stimme.

»Ich gehe damit ein großes Risiko ein, das ist Ihnen hoffentlich klar«, antwortete der Franzose auf Englisch. »Und warum sitzt Paula Grey da vorn?«

»Paula tut, was sie will. Ich habe ihr gesagt, dass sie nicht hierher kommen soll.«

»Sie will Sie beschützen. Das kann ich verstehen.« Der Kellner kam und brachte ihm den Pernod. »Vielen Dank. Ich zahle für beide.« Nachdem der Kellner gegangen war, wandte sich Lasalle wieder an Tweed. »Schießen Sie los.«

»Ich wüsste gern, wo das Flugzeug, über das wir neulich am Telefon gesprochen haben, sich jetzt befindet.«

»Ich fand die Sache mit diesem Privatjet selber recht interessant und habe deshalb ein paar Erkundigungen darüber eingezogen«, sagte Lasalle. »Zuerst ist das Flugzeug wie gesagt von Exeter aus zum Charles de Gaulle geflogen, wo ein Krankenwagen einen Patienten auf einer Trage abgeholt hat. Aber das wissen Sie ja schon.«

»Der so genannte Patient war Paula. Sie wurde in Dartmoor gekidnappt, betäubt und hierher geflogen. Sie hat eine Menge durchgemacht. Goslars Gorillas haben ihr übel mitgespielt.«

»Glücklicherweise scheint sie es unbeschadet überstanden zu haben. Sie sieht so gut aus wie immer. Aber zurück zu unserem Flugzeug. Der Pilot gab vor dem Abflug vom Charles de Gaulle an, er wolle nach Genf, aber dann hat er sich in letzter Minute anders entschieden und ist zurück nach Heathrow geflogen.«

»Seltsam.«

»Das dachte ich auch. Vielleicht wollte er dort jemanden abholen – vielleicht hat er aber auch jemanden nach London gebracht. Wer weiß?« Lasalle trank in einem Zug den halben Pernod aus. »Von Heathrow aus ist der Jet dann tatsächlich nach Genf geflogen, wie ich von Freunden in der Schweiz erfahren habe. Er steht jetzt auf einem Rollfeld für Privatflugzeuge auf dem Genfer Flughafen Cointrin.«

»Wissen Sie, wem das Flugzeug gehört?«

»Einer Firma namens Poulenc et Cie, die ihren Sitz in Vaduz hat. Mehr konnte ich nicht darüber herausfinden. Sie wissen ja selbst, wie schwierig es ist, in Liechtenstein Nachforschungen anzustellen.«

»Und der Jet steht immer noch in Genf?«

»Ja.« Lasalle nahm seinen Hut ab und legte ihn auf einen der freien Stühle. Sein dunkles Haar schimmerte fettig. Als er Tweeds fragenden Blick bemerkte, sagte er: »Ich habe mir Öl ins Haar geschmiert. Ist zur Tarnung.«

»Ziemlich effektiv, Ihre Verkleidung.«

»Nicht wahr?«

»Eine andere Frage«, sagte Tweed und wechselte das Thema. »Ich vermute, dass Sie den Namen Dr. Goslar schon einmal gehört haben. Stimmt doch, oder?«

»Ah!«, rief Lasalle aus. »Jetzt geht es wohl ans Eingemachte, wie Sie bestimmt sagen würden. Sie haben diesen Namen schon vorhin am Telefon erwähnt.«

»Und Sie haben nicht darauf reagiert. Daraus schließe ich, dass er Ihnen bekannt ist.«

»Da habe ich wohl einen Fehler gemacht, was? So etwas darf man sich bei einem Meister des Verhörs wie Ihnen nicht erlauben. Also, das, was ich Ihnen jetzt sagen werde, ist streng vertraulich. Sollte irgendjemand davon erfahren, verliere ich auf der Stelle meinen Job. Wir beziehen uns beide auf einen merkwürdigen Vorfall in Appledore. Habe ich das richtig ausgesprochen?«

»Ja. Bitte, fahren Sie fort.«

»Der Élyséepalast hat ein Videoband erhalten, auf dem die Vorgänge dort zu sehen sind. Wissen Sie, wovon ich spreche?«

»Und ob.«

Mit ›Élyséepalast‹ meinte Lasalle den französischen Staatspräsidenten. Lasalle war so offen, wie er nur sein konnte. Er nahm ein farbiges Taschentuch zur Hand und tupfte sich damit den Schweiß von der Stirn, bevor er fortfuhr:

»Im Palast ging auch ein Anruf mit einer blechern und verzerrt klingenden Stimme ein. Es war ein Angebot über eine gewisse Erfindung, die der Anrufer für achttausend Millionen Francs an Frankreich verkaufen wollte. Wir vermuten, dass der Anruf von einem Tonband kam.«

»Das dürften etwa achthundert Millionen Pfund sein. Klingt nicht gerade nach dem billigen Jakob.«

»Im Élysée war man sehr ungehalten über die Höhe der Summe. Sämtliche Sicherheitsorgane haben sofort den Befehl erhalten, den Anrufer ausfindig zu machen und sich diese Erfindung mit allen Mitteln zu beschaffen. Und deshalb, so Leid es mir tut« – Lasalle machte ein betretenes Gesicht – »kämpfen wir diesmal auf verschiedenen Seiten.«

»Dann lassen Sie uns das wenigstens wie zivilisierte Menschen tun.«

»Sie müssen sehr vorsichtig sein, Tweed. Wir glauben, dass der Gegner einen ausgesprochen gefährlichen Attentäter angeheuert hat. Wir nennen ihn den ›Gelben Mann‹, weil er angeblich hellblondes, gelbliches Haar haben soll.«

Tweed ließ es sich nicht anmerken, wie sehr ihn diese Information beunruhigte, sondern nickte Lasalle zu, um ihn zum Weitersprechen zu ermuntern.

»Dieser Gelbe Mann hat vermutlich vor ein paar Monaten einen sehr reichen Mann auf bestialische Weise umgebracht. Das Opfer, ein Freund eines unserer Minister, wurde enthauptet in seiner Wohnung aufgefunden.«

»Ich kann mich erinnern, darüber etwas in den englischen Zeitungen gelesen zu haben.«

»In der Unterwelt wird gemunkelt, dass der Attentäter eine Million Franc für den Auftrag kassiert hat. Er soll einer der besten Auftragskiller sein.«

»Etwa hunderttausend Pfund. Nicht schlecht. Vielen Dank für die Warnung. Dann ziehen wir also in der Goslar-Sache nicht am selben Strang.«

»So Leid es mir tut, alter Freund. Erwarten Sie keine Hilfe von uns Franzosen. Und sehen Sie sich vor.«

Tweed schaute zu, wie Lasalle sich seinen alten Hut wieder aufsetzte und die Krempe tief ins Gesicht zog, bevor er aufstand und sich mit gesenktem Kopf wieder in Bewegung setzte. Als er an Paula vorbeischlurfte, ließ er es sich nicht anmerken, dass er sie kannte. Auch sie blickte nicht von ihrer Zeitung auf, in die sie noch immer vertieft zu sein schien.

An der Bar gab es ein Telefon. Tweed ging hinüber und wählte die Nummer, die Serena ihm gegeben hatte. Eine barsche Stimme fragte auf Französisch, wer denn zum Teufel dran sei.

»Ich bin Maurice, ein Freund von Yvonne«, erwiderte Tweed in derselben Sprache. »Soviel ich weiß, können Sie sie ans Telefon holen. Ich könnte warten, während Sie …«

»Nicht möglich!« Der Mann knallte den Hörer auf die Gabel.

Tweed verließ seelenruhig die Brasserie. Nach ein paar Metern blieb er stehen und sah sich um, als würde er nach dem Weg suchen. Es dauerte nicht lange, bis Paula bei ihm war und auch Marler plötzlich wie aus dem Erdboden gewachsen neben ihm erschien.

»Wir fahren jetzt zu Ihrem Buchhändler«, sagte Tweed zu Marler. »Wo sind die anderen?« Er hatte noch nicht richtig geendet, als Butler und Newman um eine Ecke kamen und auf sie zugingen. »Es ist sinnlos, die Wagen zu holen«, sagte Tweed. »Nehmen wir ein Taxi.«

Er winkte ein Taxi herbei, das kurz darauf mit quietschenden Reifen neben ihnen anhielt. Der Fahrer blickte stur nach vorn und vermittelte Tweed den Eindruck, als ob Fahrgäste für ihn eine nur schwer zu ertragende Zumutung wären.

»Zur Île de la Cité, bitte. Wir haben es eilig.«

»Wer hat es heutzutage nicht eilig?«, gab der Fahrer mürrisch zurück. »Der Verkehr um diese Zeit ist mörderisch. Wir können froh sein, wenn wir überhaupt hinkommen.«

»Sieht so aus, als würde uns jemand verfolgen«, sagte Paula nach einem Blick aus dem Rückfenster.

»Daran sollten wir uns lieber gewöhnen«, sagte Tweed ruhig und flüsterte dann: »Ist es jemand in einem anderen Taxi?«

»Ja.«

»Können Sie den Fahrgast sehen?«

»Leider nein. Aber in La Madeleine habe ich aus den Augenwinkeln gesehen, wie jemand hinter uns ein Taxi angehalten hat. Und dieses Taxi verfolgt uns nun schon die ganze Zeit.«

»Versuchen Sie zu erkennen, wer drinnen sitzt, sobald es hinter uns halten muss.«

Obwohl der Fahrer etwas anderes vorhergesagt hatte, war der Verkehr, sobald sie La Madeleine verlassen hatten, ziemlich dünn. Auf Tweeds Anweisungen hin fuhr der Fahrer auf einer Brücke über die Seine auf die Île de la Cité und blieb dort vor dem Justizpalast stehen. Paula sprang aus dem Wagen und blickte nach hinten, wo das andere Taxi gerade ebenfalls anhielt. Allerdings schob sich gleich darauf ein großer Lastwagen zwischen die beiden Wagen und versperrte ihr die Sicht.

»Wir steigen hier aus«, sagte Tweed und gab dem Fahrer das Fahrgeld und zusätzlich so viel Trinkgeld, wie auch ein Franzose gegeben hätte. Der Mann hielt die Hand mit dem Geld darin ausgestreckt und schaute Tweed böse an.

»Ist das alles?«

»Das ist ein ganz normales Trinkgeld«, sagte Tweed.

»Das soll ein Trinkgeld sein? Sie sind ein Geizkragen!«

»Halten Sie den Mund«, fauchte Paula auf Französisch.

Der Fahrer starrte sie entgeistert an. Offenbar konnte er es nicht glauben, dass eine Frau ihm Kontra gegeben hatte. Schließlich zuckte er mit den Achseln und fuhr davon.

»Ich konnte nicht erkennen, wer aus dem anderen Taxi ausgestiegen ist«, sagte Paula. »Ein Lastwagen ist mir in die Quere gekommen.«

»Das macht nichts. So, jetzt spazieren wir erst mal um Notre Dame herum.«

Während sie sich der Kathedrale näherten, blickte Tweed nach oben. Immer, wenn er sie sah, kam sie ihm noch größer und massiver vor als bei vorhergehenden Besuchen. Aufgrund des Wetters und der Jahreszeit waren so gut wie keine Touristen unterwegs. Am Ende der Île de la Cité angelangt, sahen sie die kleinere Île St-Louis mitten in der rasch fließenden Seine vor sich liegen.

Sie kamen zu der schmalen Brücke, die die beiden Inseln miteinander verband. Obwohl sie breit genug war, um mit dem Auto darüber fahren zu können, war sie für den Kraftverkehr gesperrt. Als sie gerade um die Absperrung herum gingen, schloss Marler zu Tweed auf.

»Auf der anderen Seite der Brücke gehen wir nach rechts den Quai d'Orléans entlang. Vallades Laden ist in einer der schmalen Seitengassen auf der linken Seite.«

»Ich habe noch immer das Gefühl, als ob uns jemand verfolgt«, meinte Paula.

»Wir haben aber niemand entdecken können«, sagte Marler. »Sollten Sie Recht haben, Paula, müsste es unser Verfolger schon verdammt geschickt anstellen.«

»Ich habe Recht«, beharrte Paula. »Verlassen Sie sich drauf. Ich kann es förmlich spüren. Hoffentlich ist es nicht der Gelbe Mann.«

Zuvor, auf dem Weg durch die Île de la Cité, hatte Tweed den anderen berichtet, was Lasalle ihm über den berüchtigten Killer erzählt hatte. Dabei hatte er nicht das Gefühl gehabt, sein Lasalle gegebenes Wort zu brechen; sein Versprechen, das Gesagte für sich zu behalten, hatte sich seiner Meinung nach nämlich nur auf den Staatspräsidenten bezogen, und über den hatte Tweed nichts gesagt.

»Am besten gehen wir zunächst an der Uferpromenade entlang«, sagte Marler. »Ich zeige Ihnen dann unauffällig die Straße, in der Vallades Laden ist. Wir gehen aber erst einmal daran vorbei, damit Newman und Butler sehen können, ob jemand hinter uns ist. Wenn Paulas ominöser Schatten über die Brücke geht, fällt er ihnen bestimmt auf.«

»Da wäre ich mir nicht so sicher«, sagte Paula. »Drüben ist nämlich gerade eine Gruppe von Touristen aus dem Bus gestiegen. Sie gehen jetzt auf die Brücke zu. Unser Verfolger könnte sich unauffällig darunter mischen...«

Langsam gingen sie den Quai entlang. Rechter Hand floss hinter einer etwa einen Meter hohen Steinmauer die dunkelgrüne Seine vorbei, während zu ihrer linken Seite gepflegte, fünf Stockwerke hohe Gebäude aus Naturstein aufragten, die so aussahen, als würden dort ziemlich wohlhabende Leute wohnen.

Während sie daran vorbeischlenderten, bemerkte Tweed, wie ringsum die Spannung immer weiter stieg. Inzwischen hatten sie alle das Gefühl, verfolgt zu werden, und mussten der Versuchung widerstehen, sich ständig umzudrehen. Dabei war es besser, wenn sie die Entdeckung ihres Schattens Newman und Butler überließen, die irgendwo hinter ihnen sein mussten. Auf diese Weise kamen sie zu der ersten Querstraße auf der linken Seite. Tweed blickte hinein.

»Die nicht«, flüsterte Marler.

»Wenn wir wirklich verfolgt werden, ich aber in jede Straße hineinblicke, dann ist unser Schatten hinterher so schlau wie zuvor.«

»Wie konnte ich das vergessen.«

Sie gingen weiter. Der Wind wurde stärker.

Als sie zur nächsten Seitenstraße kamen, in die Tweed ebenso wie in alle anderen hineinschaute, zischte Marler: »Die ist es.«

Wie alle kleinen Straßen auf der Île St-Louis war die Straße schmal und düster. Einige der Häuser hatten kleine Läden im Erdgeschoss, über denen sich vermutlich Wohnungen befanden. Ein kurzes Stück hinter der Straße machte der Quai eine scharfe Biegung. In der Ufermauer befand sich hier eine breite Lücke, von der aus eine steinerne Rampe hinunter zum Wasser führte. Tweed blieb stehen.

»Was ist das?«, fragte Paula.

»Eine Anlegestelle, an der ein hochmodernes Motorboot liegt. Aber weit und breit ist niemand zu sehen. Interessant.«

»Warum?«

»Keine Zeit für Erklärungen. Wir sollten so schnell wie möglich Vallade aufsuchen, um herauszufinden, was er mir zu sagen hat.«

»Ich hoffe nur, dass er noch am Leben ist«, sagte Paula.

13

In seiner Suite im Hôtel Crillon in Paris saß Vance Karnow, die rechte Hand des Präsidenten der Vereinigten Staaten von Amerika, auf einem geschnitzten Stuhl und sah seine Besucher mit harten Augen an. Er war ein großer, hagerer Mann mit einem länglichen Gesicht und hervorstehenden Wangenknochen. Unter seinem breiten, etwas schiefen Mund ragte ein spitzes Kinn hervor.

»So, alle sind rechtzeitig eingetroffen«, stellte er mit rauer Stimme fest. »Sie wissen ja, ich verlange äußerste Pünktlichkeit, wenn ich ein Treffen einberufe.«

Außer Karnow befanden sich noch zehn andere Personen in dem luxuriös ausgestatteten Raum, alle gehörten sie zur Unit Four. Zehn Männer und eine Frau, die auf Sofas und Lehnsesseln Platz genommen hatten. Nur die Frau saß ebenfalls auf einem geschnitzten Stuhl direkt neben Karnow.

»Dank Trudy«, fuhr Karnow fort, »wissen wir jetzt, dass Tweed in Paris ist und im Ritz wohnt.« Er wandte sich an die Frau. »Zeigen Sie Ihnen das Foto von Tweed, Trudy.«

Trudy Warnowski war eine gut aussehende Frau Ende dreißig. Ihr dichter roter Haarschopf war sorgfältig frisiert; das Make-up auf dem fröhlich wirkenden Gesicht war dezent, aber wirkungsvoll. Sie hatte eine gute Figur, die sie mit einem modischen und sündteuer aussehenden schwarzen Kostüm noch unterstrich.

Sie entnahm einer Mappe ein Foto und ging mit eleganten Schritten hinüber zu einem der Männer.

»Lassen Sie es herumgehen, Brad«, sagte sie. »Und prägen Sie sich Tweeds Gesicht gut ein. Das ist sehr wichtig.«

Als Trudy wieder auf ihrem Stuhl saß, nickte Karnow ihr wohlwollend zu.

»Sie alle sollten wissen, dass Trudy Tweed schon auf seinem Flug von London nach Paris gestern Nacht verfolgt hat. Danach ist sie ihm vom Flughafen aus in einem Mietwagen hinterhergefahren. Noch im Flugzeug hat sie gesehen, wie Tweed mit einem anderen Mann sprach, der ein paar Reihen hinter ihm saß. In La Madeleine musste sie sich dann rasch entscheiden, wem sie folgen sollte, da der Mann, mit dem Tweed gesprochen hatte, in einen anderen Wagen stieg. Trudy hat sich für den zweiten Mann entschieden, weil sie annahm, dass er sie zur Unterkunft der Engländer führen würde. Weil sie nicht wollte, dass man ihren Wagen bemerkte, ließ sie ihn an einer Parkuhr stehen und nahm ein Taxi. Trudy folgte dem Mann ins Ritz und wartete so lange in der Halle, bis auch Tweed kam und eincheckte. Ich finde, sie hat ihre Sache hervorragend gemacht.«

»Ach, das war nicht weiter schwer«, sagte Trudy mit sanfter Stimme.

Währenddessen hatte das Foto die Runde gemacht, und ein kleiner, dicker Mann mit einem runden Gesicht brachte es zurück zu Trudy. Als er sich näherte, spürte sie, wie er ihr auf die Beine starrte.

»Gute Arbeit, Trudy«, sagte er mit heiserer Stimme.

»Das habe ich soeben schon gewürdigt«, sagte Karnow kalt. »Haben Sie mir nicht zugehört, Bancroft?«

Der Dicke war der Einzige unter den Männern von Unit Four, den Karnow immer mit dem Nachnamen anredete. Er wusste allerdings auch, dass Bancroft als Einziger keine Angst vor ihm hatte.

»Man wird einer Dame doch wohl noch ein Kompliment machen dürfen«, gab Bancroft zurück und starrte Karnow herausfordernd an. »Oder haben Sie etwas dagegen? Wo steckt überhaupt Milt? Er ist nicht hier.«

»Milt verfolgt gerade Tweed und Konsorten«, antwortete Karnow, dessen Lippen jetzt schmal wie Bleistiftstriche waren.

»Der wartet wohl auf eine Gelegenheit, sein Messer zu benützen.«

»Hat Ihnen schon mal jemand gesagt, dass Sie zu viel reden, Bancroft?«

»Viele. Ich quassle eben gern. Also wird Milt nun Tweed aufschlitzen oder nicht?«

Bancroft spielte darauf an, dass Milt Friedman häufig sein Messer benützte, um Männer – oder Frauen – zum Sprechen zu bringen. Er hatte aber auch schon jemanden mit einer Axt getötet.

»Milt wird das tun, was er für richtig hält. Und damit Ende der Debatte. Übrigens, sollte jemand von Ihnen Tweed einmal persönlich treffen, dann gilt: Er ist ausgesprochen lästig.«

Übersetzt hieß das: Bringt ihn um. Karnow verwendete eine Reihe von sorgfältig verklausulierten Floskeln, um seine Wünsche kundzutun. So bedeutete beispielsweise »ausgesprochen lästig«, dass man die damit bezeichnete Person umzubringen habe, »jemanden abschütteln«, dass man demjenigen eine Verletzung zufügen solle, die ihn für den Rest des Lebens zum Krüppel machte.

Bancroft grinste Trudy herausfordernd an, zwinkerte ihr zu und schlenderte zurück zu seinem Sofa.

Trudy wusste, dass Bancroft, trotz seiner Leibesfülle, bei Frauen durchaus nicht schlecht ankam und selbst bei eleganten Damen der besseren Gesellschaft schon eine Reihe von Erfolgen verbucht hatte. Es lag wohl an seinem selbstbewussten Auftreten. Trudy wusste aber auch, dass Bancroft immer ein Stück dünne, extrem reißfeste Schnur bei sich trug, mit dem er bereits zwei Frauen erdrosselt hatte. Ihre Handflächen wurden auf einmal so feucht, dass sie sie an einem Taschentuch abwischen musste.

»Ich wiederhole noch einmal Ihren Auftrag«, sagte Karnow jetzt. »Alle Mitglieder von Tweeds Team gelten – sobald sie eindeutig als solche identifiziert worden sind – als *ausgesprochen* lästig. Sehen Sie sich in der Nähe des Ritz um, gehen Sie ins Hotel und suchen Sie dort nach Tweeds Leuten. Sie sind bestimmt nicht weit von ihm entfernt abgestiegen.«

Das werden sie schon hinkriegen, dachte Karnow, während er kurz innehielt. Seine Männer trugen alle feine Anzüge und konnten sich so gut benehmen, dass sie im Ritz nicht weiter auffallen würden. Sogar Bancroft verfügte über eine gewisse Bildung. Karnow hatte die Leute für Unit Four handverlesen. Es waren keine Schlägertypen aus den Slums von Chicago dabei.

Im Gegenteil: Einige seiner Leute waren sogar ausgebildete Rechtsanwälte, die nach dem Studium erkannt hatten, dass es Jahre dauern würde, um in diesem Beruf das große Geld zu verdienen. Manche hatten in Harvard studiert und geglaubt, nach ihrem Abschluss müsse ihnen die Welt zu Füßen liegen. Die Aussicht, sich viele Jahre lang mit wenig Gehalt in einer Kanzlei hochdienen zu müssen, hatte ihnen geradezu einen Schock versetzt.

Karnow hatte bewusst Ausschau nach solchen Männern gehalten, nach Männern, die hungrig und unzufrieden waren und bei ihrem ersten Kontakt mit dem Dschungel der Geschäftswelt begriffen hatten, dass sie dort nicht schnell zu Geld kommen konnten. Er hatte weiterhin darauf geachtet, dass sie sich wenig um Moral scherten, dafür aber umso mehr Brutalität mitbrachten. Wenn jemand diesen Kriterien entsprach, hatte er ihm auf der Stelle ein Gehalt angeboten, das jener regulär erst nach vielen Jahren Berufspraxis bekommen hätte. Hinzu kam, dass diese großzügig bemessene Summe bar auf die Hand bezahlt wurde, ohne jegliche Steuern oder Abzüge.

»Brad, Sie mieten sich eine Suite im Ritz«, sagte Karnow zu Brad Braun, einem gut aussehenden Mann Mitte zwanzig. »Behalten Sie Tweed im Auge, und finden Sie heraus, mit wem er Umgang hat. Die Beschreibung dieser Leute geben Sie dann an den Rest der Einheit weiter.«

»Eine Suite im Ritz dürfte nicht billig sein«, sagte Brad, während er mit einer Hand sein sorgfältig geschnittenes schwarzes Haar nach hinten strich.

»Keine Sorge, Sie werden genügend Geld bekommen. Wenn Sie die Suite bezahlen, sagen Sie einfach, Sie hätten Ihre Kreditkarte verloren, und zahlen dann in bar. Diese geldgierigen Franzosen sind doch alle ganz wild auf Dollarscheine«, fügte er mit einem Anflug von Verachtung an. »Ach, übrigens, Tweed saß im Flugzeug neben einer Frau.«

»Sieh mal einer an!«, sagte Bancroft mit einem dreckigen Grinsen. »Gibt es eine Beschreibung von ihr?«

»Ich habe sie nicht allzu gut gesehen«, berichtete Trudy. »Sie hat glänzendes schwarzes Haar und sieht sehr gut aus. Schlank, Mitte dreißig und etwa eins siebzig groß. Das war's.«

»Mehr ist auch nicht nötig«, sagte Bancroft mit einem weiteren vieldeutigen Grinsen.

»Und jetzt an die Arbeit«, sagte Karnow barsch. »Alle außer Trudy.«

»Viel Spaß beim traulichen Tête-à-tête«, sagte Bancroft im Hinausgehen.

Karnow schaute ihm in die Augen und machte ein Gesicht, das jedem anderen der Unit Four vor Angst das Blut in den Adern hätte gefrieren lassen. Bancroft hingegen ging grinsend weiter zur Tür und schloss sie hinter sich.

»Komischer Kerl«, sagte Trudy, während sie sich eine Zigarette anzündete.

»Müssen Sie unbedingt rauchen?«, fragte Karnow.

»Ja. Ich genieße es, in Europa zu sein und nicht in Amerika. Hier sind die Leute viel toleranter. Ein Franzose hat mir einmal erklärt, dass man hier unter Political Correctness versteht, dass ein Mann sich seiner Freundin gegenüber großzügig zeigt.«

»Glauben Sie, sie haben alles begriffen? Unsere Leute, meine ich.«

»Bei der dezenten Art, mit der Sie Ihre Wünsche kundtun, bleibt ihnen wohl kaum etwas anderes übrig.«

»Niemand erlaubt sich mir gegenüber solche schnippischen Bemerkungen wie Sie«, brummte Karnow mit einem Anflug von Bewunderung. »Mein Kompliment von vorhin war übrigens ernst gemeint. Sie haben gute Arbeit geleistet.«

»Ehe ich's vergesse: Ich glaube, da war noch ein Mann bei Tweed. Ein militärisch wirkender Typ in einem Trenchcoat. Aber ich bin mir nicht sicher, ob er wirklich dazugehört hat.«

»Haben Sie Ihren Wagen schon wieder abgeholt?«

»Ja. Ich habe mich von einem Taxi wieder hinfahren lassen. Lief alles wie geschmiert.« Sie schwieg eine Weile, bevor sie Karnow fragend anschaute. »Ich dachte eigentlich, dass diese ganze Operation dazu dient, Goslar und seine neue Waffe ausfindig zu machen.«

»Stimmt. Das tut sie auch.«

»Dann ist es meiner Meinung nach ein Fehler, wenn Sie Tweed und seine Leute eliminieren lassen. Sie wissen doch, was Dillon gesagt hat: Tweed ist der beste Geheimdienstoffizier, den es derzeit hier in Europa gibt.«

»Was hat denn das eine mit dem anderen zu tun?«

»Wenn Sie Tweed umbringen lassen, kann er uns nicht mehr zu Goslar führen. Und meiner Meinung nach ist er der Einzige, der die Waffe aufspüren kann. Schließlich kennt er sich hier in Europa sehr viel besser aus als wir.«

»Damit könnten Sie Recht haben«, sagte Karnow, nachdem er kurz nachgedacht hatte. »Doch, Sie *haben* Recht. Ich werde den Befehl sofort widerrufen.« Er ging zum Telefon und tippte die Nummer eines Zimmers im Hotel ein. »Hallo, Brad. Ich dachte mir schon, dass Sie und Ihre Kollegen das Hotel noch nicht verlassen haben. Gut. Sagen Sie allen, dass sie in zehn Minuten noch einmal zu mir kommen sollen …«

Karnow faltete seine langfingrigen Hände und lächelte die Frau neben ihm zufrieden an.

»Hätten Sie vielleicht Lust, heute mit mir zu Abend zu essen, Trudy?«

»Vance, ich habe Ihnen doch schon bei meinem Eintritt in die Unit Four gesagt, dass unsere Beziehung streng beruflicher Natur bleiben muss. Diese Aussage gilt immer noch. Ich muss jetzt gehen.«

»Wie Sie wollen«, erwiderte Karnow, während sie die Suite verließ.

Er blieb sitzen und erinnerte sich daran, wie er Trudy kennen gelernt hatte. Es war auf einer Party in Washington gewesen. Die Tatsache, dass sie Engländerin war, hätte – zusammen mit ihrem Aussehen – die meisten amerikanischen Männer schwach werden lassen. Karnow war auf der Suche nach einer geeigneten Frau für Unit Four gewesen, und Trudy hatte seinen Anforderungen perfekt entsprochen.

Sie hatte ihm erzählt, dass sie Witwe sei, und er hatte ihr gesagt, dass er als rechte Hand des Präsidenten fungiere, was sie allerdings nicht sonderlich beeindruckt hatte. Danach hatte er sich mehrmals mit ihr zum Mittagessen verabredet und sie gleichzeitig von einem Detektivbüro auf Herz und Nieren überprüfen lassen. Vance Karnow war nun einmal ein gründlicher Mensch.

Die Nachforschungen der Detektei hatten alles bestätigt, was Trudy ihm bei ihren Treffen erzählt hatte. Sie war zwei Jahre lang bei einem der besten privaten Sicherheitsdienste in New York beschäftigt gewesen und hatte dort ausgezeichnete Arbeit geleistet. Schließlich hatte sie sich nach Washington versetzen lassen, wo sie dann allein in einer Wohnung lebte. Was die Detektei allerdings nicht hatte herausfinden können, war die Identität ihres verstorbenen Mannes. Bei einem ihrer gemeinsamen Mittagessen hatte Vance Karnow sie nach ihm gefragt.

»Wir haben in verschiedenen Staaten gelebt«, hatte Trudy geantwortet und ihm dabei gerade in die Augen gesehen. »Aber ich möchte über dieses Thema nicht reden. Es tut zu sehr weh. Also fragen Sie mich bitte nicht noch einmal.«

Karnow hatte ihren Wunsch respektiert und ihr bald darauf ein Angebot unterbreitet. »Wie wäre es mit einem hoch bezahlten Job, bei dem Sie ganz ähnliche Aufgaben hätten wie in Ihrem jetzigen Beruf?«, hatte er sie gefragt und ihr erklärt, dass sie für eine streng geheime Organisation arbeiten würde.

»Wenn Ihnen bis jetzt noch nicht klar ist, dass ich meinen Mund halten kann, vergessen Sie die Sache lieber«, hatte sie darauf geantwortet.

Schließlich hatte Karnow sie für das Dreifache ihres bisherigen Gehalts angeheuert. Trudy hatte das Angebot akzeptiert, sich aber standhaft geweigert, irgendeine Art von Vertrag zu unterschreiben. Nach langem Hin und Her hatte Karnow, den Trudys Persönlichkeit schwer beeindruckt hatte, ihre Bedingungen akzeptiert.

Nach und nach hatte er ihr enthüllt, dass Unit Four mit dem Schutz von Staatsgeheimnissen betraut war und dass er seine Befehle direkt aus dem Oval Office bekam.

Als Karnow dem Präsidenten die Bildung von Unit Four vorgeschlagen hatte, war er hinsichtlich ihrer Arbeitsweise absichtlich vage geblieben. Zuerst hatte er grundlegendere Dinge erörtert.

»Wir sind beide nicht gerade glücklich über die undichten Stellen bei der CIA und dem FBI«, hatte er in einem Gespräch mit dem Präsidenten gesagt. »Deshalb brauchen wir eine kleine, knallharte Truppe von handverlesenen Männern, um in wirklich sensiblen Situationen handlungsfähig zu bleiben.«

»Mit ›wir‹ meinen Sie wohl mich«, hatte der Präsident ihn verbessert.

»Natürlich, Mr. President. Es war ein Versprecher.«

»So etwas passiert Ihnen nicht häufig, Vance«, hatte der Präsident geantwortet und mit einem Augenzwinkern hinzugefügt: »Leider habe ich immer so viel zu tun, dass mir gar nichts anderes übrig bleibt, als gewisse Entscheidungen ganz in Ihre Hände zu legen.«

Jetzt, als Brad Braun in die Suite kam, erinnerte sich Karnow noch immer daran, wie viel sagend der Präsident ihm damals zugezwinkert hatte.

Hinter Braun kamen Bancroft und die anderen herein. Die neun Männer setzten sich auf die Plätze, die sie zuvor schon eingenommen hatten.

»Trudy kommt nicht«, sagte Bancroft. »Sie ist der Meinung, dass sie bei dieser Konferenz nicht gebraucht wird.«

»Sie hat andere Sachen zu erledigen«, improvisierte Karnow.

Im Geiste erteilte er Trudy ein dickes Lob. Es war taktvoll von ihr, diesem Treffen fern zu bleiben und ihm das Feld zu überlassen.

»Ich habe noch einmal über das nachgedacht, was ich Ihnen vorhin über Tweed gesagt habe«, begann Karnow. »Wir lassen ihn wohl doch lieber am Leben. Ich habe mir nämlich Folgendes überlegt...«

Schon vor langer Zeit hatte Karnow gelernt, gute Ideen von anderen Leuten als seine eigenen auszugeben. Wie um zu beweisen, wie intelligent er war.

14

Paula und Tweed gingen auf dem Trottoir, das so schmal war, dass Marler neben ihnen die Straße benutzen musste. Die Gegend war menschenleer, und Paula hatte das seltsame Gefühl, dass die alten Häuser ringsum sich jeden Moment auf sie stürzen könnten. Es war unheimlich still, nicht einmal ein Lufthauch regte sich.

»Da ist die Buchhandlung«, sagte Marler.

»Sieht ziemlich heruntergekommen aus«, bemerkte Tweed.

Nur mit Mühe konnte er entziffern, was in abblätternder Goldfarbe über dem staubigen Schaufenster stand: »Vallade«, der Name des Besitzers, dessen Lettern seit vielen Jahren nicht mehr nachgemalt worden waren. Es war eine schmale Ladenfront mit einer hölzernen Tür, deren obere Hälfte aus Riffelglas bestand. Tweed blieb vor dem Schaufenster stehen und sah hinein. Drinnen im Laden konnte er die abgegriffenen Lederrücken alter Folianten erkennen.

»Vallade spricht Englisch«, sagte Marler. »Am besten gehen Sie und Paula hinein und sehen sich drinnen schon einmal um. Ich komme nach, sobald ich hier draußen auf der Straße alles überprüft habe.«

Tweed drückte den altmodischen Messinggriff herunter und öffnete die laut knarzende Tür. Als er mit Paula zusammen das

Antiquariat betrat, stieg ihm ein muffiger Geruch in die Nase. Der Laden war länger, als er vermutet hatte, und führte weit hinein ins Innere des Gebäudes. Auf einer alten Ladentheke befand sich ein Glassturz mit einer ausgestopften Eule, und an den Wänden standen vom Boden bis zur Decke reichende Bücherschränke mit Glastüren.

Tweed ging an der Theke entlang auf einen kleinen, dicklichen Mann zu, dessen Gesicht eine erstaunlich gesunde rosige Farbe hatte. Der Mann, der sein graues Haar sorgfältig aus dem Gesicht gekämmt hatte, trug eine abgeschabte Samtjacke mit Goldknöpfen und eine Cordhose, die auch schon einmal bessere Zeiten gesehen hatte. Auf seiner kleinen Knubbelnase saß eine Brille mit halben Gläsern, über die hinweg er seine Besucher fragend anschaute.

»Haben Sie vielleicht ein Exemplar von Hogarths *Characters in My Times?*«, fragte Tweed.

»Nein, Sir«, antwortete der Mann auf Englisch. »Und ich fürchte, dass Sie dieses Buch auch nirgendwo anders finden werden – ein solcher Titel existiert nämlich nicht.«

»Ich wollte Sie nur auf die Probe stellen«, sagte Tweed mit einem Lächeln.

»Bei Büchern kenne ich mich aus, Sir«, erwiderte Vallade und lächelte nun seinerseits Tweed und Paula an.

»Das Ganze hier erinnert mich an *Der Raritätenladen*«, flüsterte Paula Tweed zu.

»Charles Dickens!«, rief Vallade aus, und Paula musste feststellen, dass der Franzose über ein ausgezeichnetes Gehör verfügte. Wenn er lächelte, wirkten seine rosigen Wangen noch feister. In diesem Augenblick betrat Marler den Laden.

»Aha!«, sagte Vallade. »Wenn Tweed erscheint, ist Marler nicht weit.«

»Woher wissen Sie, wer ich bin?«, fragte Tweed.

»Ich vermute mal, dass Sie von mir gewisse Informationen haben wollen«, erklärte Vallade. »Und die kann Ihnen nur jemand liefern, der sich im Dschungel unserer Welt ein wenig auskennt. Da gehört das Wissen um die Existenz eines gewissen Mr. Tweed noch zu den leichteren Übungen.«

»Was ist denn das für ein Furcht einflößendes Ding dort drüben?«, fragte Paula.

Sie deutete auf einen langes, gebogenes Schwert mit einem auffällig dekorierten Griff, das neben der Tür an der Wand hing. Auch auf der Klinge der Waffe waren seltsame Symbole eingraviert.

»Das ist ein japanisches ...«, fing Vallade an und hielt inne. Eigentlich hatte er »Exekutionsschwert« sagen wollen, aber weil er mit einer Dame sprach, nannte er die Waffe »Zeremonienschwert«. »Die Japaner«, fuhr er fort, »zahlen eine Menge Geld für diese Dinger. Leider kommen jetzt, wo ihre Wirtschaft in der Krise steckt, nicht mehr allzu viele Japaner nach Paris.« Er wandte sich wieder Tweed zu. »Wie ich vorhin schon sagte: Die Welt ist ein Dschungel. Jetzt werfen die Amerikaner Tausendkilobomben aus großer Höhe auf Serbien ab und töten dort unzählige Frauen und Kinder. In meinen Augen ist das Massenmord. Und Ihre Regierung, fürchte ich, hat nichts Besseres zu tun, als mit den Yankees gemeinsame Sache zu machen. Entschuldigen Sie bitte die Abschweifung. Womit kann ich Ihnen dienen?«

»Ich habe eigentlich gehofft, dass Sie mir etwas über einen Mann namens Dr. Goslar erzählen können.«

»Er ist einer meiner Kunden. Er war zwar nie persönlich hier, aber er hat mich angerufen und mit einer verzerrten Stimme nach einem antiquarischen Buch über die Galapagosinseln im Pazifik gefragt. Es war ein sehr seltenes Buch über die Riesenschildkröten, die es nur dort gibt.«

Vallade kam hinter der Theke hervor und trat hinüber zu Paula, die vor einem der Bücherschränke an der gegenüberliegenden Wand stand. Mit einem großen Schlüsselbund schloss er den Schrank auf und holte eine kleine schwarze Kartonschachtel heraus, die er Paula in die Hand drückte.

»Das wird Sie vielleicht interessieren ...«

Tweed, der vergessen hatte, Paula und Vallade miteinander bekannt zu machen, holte das rasch nach. Der Buchhändler schüttelte Paula die Hand und lächelte sie freundlich an.

»In der Schachtel ist eine illustrierte Erstausgabe von J. M. Barries *Peter Pan*. Sie wird Ihnen gefallen.«

Danach schlurfte er zurück zur Theke. Seine Besucher sahen, dass er ausgelatschte Pantoffeln trug. Als er wieder hinter dem Tresen stand, schaute er Tweed in die Augen.

»Entschuldigen Sie die Unterbrechung. Also, ich habe diesem Goslar gesagt, dass ich ein Exemplar des gewünschten Buches hätte, dass es aber sehr teuer sei. Goslar hat sich den Preis nennen lassen und daraufhin gesagt, ich solle das Buch für ihn zurücklegen.«

»Hat er es selbst abgeholt?«, fragte Tweed.

»Nein. Er hat jemanden vorbeigeschickt. Es war eine gut aussehende rothaarige Dame.«

»Hat sie Ihnen ihren Namen genannt?«, fragte Tweed wie beiläufig.

»Nein. Sie hat nur gesagt, dass Dr. Goslar sie geschickt hätte, um das Buch abzuholen.«

»Könnten Sie die Frau genauer beschreiben?«

»Sie war etwa so groß wie Miss Grey. Und auch sehr hübsch. Ihre Augen waren blaugrau. Sie hatte ein Kopftuch auf. Ich habe ihre schönen roten Haare nur bemerkt, weil der Wind ihr beim Verlassen des Ladens das Kopftuch ein wenig gelüftet hat. Es waren lange Haare.«

»Wann hat sie denn das Buch geholt?«

»Mein Gedächtnis ist in letzter Zeit nicht mehr allzu gut, aber ich würde sagen, dass es vor etwa zehn Tagen gewesen sein muss. Vielleicht ist es auch ein bisschen länger her.«

»Noch etwas, Étienne«, unterbrach Marler. »Können Sie uns etwas über den Gelben Mann erzählen?«

»Großer Gott«, sagte Vallade und machte zum ersten Mal seit Tweeds Eintreten ein ernstes Gesicht. »Das ist ein brutaler Killer, der mindestens drei prominente Persönlichkeiten auf dem Gewissen haben soll. Einen Deutschen, einen Schweizer und einen wohlhabenden Mann, der in einem großen Haus hier am Quai gewohnt hat. Man sagt, dass der Gelbe Mann eine Million Dollar für seine Morde bekommt. Er soll sehr gut in seinem Metier sein. So gut, dass die Polizei nicht die leiseste Ahnung hat, wie er aussieht. Aber trotzdem munkelt man in der Unterwelt, dass er der Gelbe Mann genannt wird, weil er gelbblondes Haar hat. Das sagen jedenfalls meine Informanten.«

»Wissen Sie vielleicht, wo er sich derzeit aufhält?«, fragte Marler.

»Nein, leider nicht. Immerhin ist mir aber zu Ohren gekommen, dass er Engländer sein soll. Nur, wie soll man das bei einem Unsichtbaren nachprüfen? Bitte, sagen Sie niemandem, dass ich Ihnen das alles erzählt habe.«

»Wir würden Ihren Namen niemals preisgeben«, versicherte ihm Tweed. »Sie haben uns wirklich sehr geholfen.«

Tweed griff zögernd nach seiner Brieftasche, aber Marler verpasste ihm mit dem Ellenbogen einen Stoß in die Rippen. Tweed zog die Hand zurück. Vallade erwartete offenbar keine Bezahlung. Der kleine, dickliche Mann trat jetzt hinter der Theke hervor und schlurfte hinüber zu Paula, die immer noch das *Peter-Pan*-Buch bewunderte.

»Ein wirklich schönes Buch«, sagte sie und gab ihm den Band zurück, nachdem sie ihn sorgfältig zurück in die Schatulle gelegt hatte.

»Es gehört Ihnen, Miss Grey.«

»Aber das ist eine Erstausgabe. Ich kann unmöglich …«

»Es ist ein Geschenk«, sagte Vallade und drückte ihr die Hand. »Ein Geschenk von Vallade dürfen Sie nicht ablehnen.« Er drehte sich um und gab Tweed ebenfalls die Hand.

»Nehmen Sie sich vor Männern mit gelbblondem Haar in Acht, Mr. Tweed«, sagte er.

»Vielen Dank für das wunderbare Geschenk«, sagte Paula. »Ihr Englisch ist übrigens perfekt. Wo haben Sie das gelernt?«

»Danke für das Kompliment.« Vallade strahlte. »Als junger Mann bin ich in einem Antiquariat in der Nähe des Picadilly Circus in die Lehre gegangen. So oft ich kann, kehre ich nach London zurück, um mein Englisch aufzufrischen. Sprachen verändern sich ja laufend. Nehmen auch Sie sich in Acht, Miss Grey. Sie sind eine so reizende junge Dame …«

Nachdem die drei den Laden verlassen hatten, schloss Vallade leise die Tür hinter ihnen. Marler blickte nach rechts den Gehsteig entlang.

»Wir sind fast am Ende der Straße angelangt. Von hier aus können wir gleich zur Hauptstraße gehen, zur Rue St-Louis en l'Île.«

»Nein«, erwiderte Tweed. »Lassen Sie uns genauso zurückgehen, wie wir gekommen sind. Auf diesem Weg kommen wir direkt zum Restaurant Paul auf der Île de la Cité. Ich habe Hunger, und dort bekommt man exzellentes Essen.«

Newman bog um eine Ecke und ging neben Tweed die Straße in Richtung auf den Quai entlang. Er zündete sich hinter vorgehaltener Hand eine Zigarette an.

»Die Luft scheint rein zu sein«, sagte er. »Butler und ich haben keinen Verfolger entdecken können, aber ganz sicher sind wir uns nicht. Mehrere Leute sind die Straße entlanggegangen, während Sie drinnen waren.«

»Sind diese Leute an dem Laden vorbeigegangen?«

»Manche schon. Andere sind in Hauseingängen verschwunden. Ich gehe jetzt lieber vor Ihnen. Harry sichert nach hinten ab ...«

Inzwischen hatten sie das Ende der kleinen Straße erreicht und wollten gerade nach rechts auf den Quai abbiegen, als Tweed sich umdrehte, einen Augenblick zögerte und dann ganz langsam weiterging. Er hatte den Kopf gesenkt und steckte die Hände in die Taschen seines grauen Mantels. Paula vermutete, dass er noch immer über Vallades Worte nachdachte.

Als sie an der Brücke angelangt waren, blieb Tweed stehen und starrte hinab auf die Seine, die jetzt ruhiger dahinfloss als zuvor. Paula wünschte sich, er würde weitergehen, weil sie großen Hunger hatte. Nach einer Weile sah er sie an.

»Wir gehen zurück zu Vallades Laden. Als wir vorhin um die Ecke gebogen sind, habe ich aus den Augenwinkeln jemanden in einem der Gebäude am anderen Ende der Straße verschwinden sehen. Es könnte die Buchhandlung gewesen sein.«

»Ist was?«, fragte Newman, der sich umgedreht hatte und zu ihnen zurückgegangen war.

»Tweed glaubt, dass er gesehen hat, wie jemand in Vallades Laden gegangen ist«, erklärte Paula.

»Wir gehen zurück«, sagte Tweed. »Was man aus den Augenwinkeln bemerkt, kann einen zwar täuschen, aber es wäre möglich, dass ich einen gelbblonden Haarschopf gesehen habe.« Mit raschen Schritten setzte er sich in Bewegung. »Beeilung!« befahl er.

Als sie die halbe Strecke bis zum Laden zurückgelegt hatten, blieb Tweed stehen. Er drehte sich um und lauschte. Vom Fluss her war das Geräusch eines startenden Motors zu vernehmen.

»Könnte das Motorboot sein, das wir vorhin gesehen haben«, sagte er. »Das gefällt mir ganz und gar nicht ...«

Butler, der den anderen ein paar Schritte voraus war, legte unter dem Anorak die Hand an den Griff seiner Pistole. Er erreichte als Erster die Buchhandlung, dichtauf gefolgt von Paula und Tweed. Als Paula schon in den Laden wollte, packte Butler sie am Arm und zog sie zurück.

»Warten Sie hier. Zuerst möchte ich mich drinnen umsehen.«

Er öffnete langsam die Tür und betrat das Antiquariat. Tweed folgte ihm auf dem Fuß, während Newman draußen blieb und Paula am Arm festhielt. Er schaute sich nach allen Seiten um.

»Unser Job ist es, die Straße zu beobachten«, sagte er, als Paula ihm einen bösen Blick zuwarf.

Drinnen im Laden blieb Butler, der mit gezogener Pistole vor Tweed auf die Theke zugegangen war, plötzlich stehen. Er drehte sich um und sah Tweed an.

»Seien Sie vorsichtig«, flüsterte er.

»Was ist denn?«

»Bleiben Sie hier. Ich durchsuche den hinteren Teil des Ladens.«

Tweed blieb stehen und wartete. Er konnte nichts Ungewöhnliches erkennen. Butler ging hinter der Theke in die Hocke, stand aber gleich wieder auf und rannte zur Hintertür, die allerdings fest verschlossen war. Als er zurückkam, machte er ein düsteres Gesicht. Tweed kam ihm entgegen, betrat den hinteren Teil des Ladens und blieb auf einmal wie angewurzelt stehen. Ein paar Sekunden lang schien er unter Schock zu stehen.

Die ausgestopfte Eule befand sich nicht mehr in ihrem Glassturz, sondern lag vor der Theke auf dem Boden. Statt ihrer starrte Tweed mit weit aufgerissenen Augen der Kopf von Étienne Vallade entgegen. Auf der Theke lag auch das japanische Exekutionsschwert, dessen Klinge ebenso blutverschmiert war wie der untere Rand des Glassturzes. Der Mörder hatte sich sogar einen grausamen, widerwärtigen Scherz erlaubt und dem Kopf des Buchhändlers die Brille wieder auf die Nase gesetzt.

»Hier ist niemand«, sagte Butler. »Der Rest der Leiche liegt hinter der Theke. Wer auch immer Vallade getötet hat, muss gleich beim Betreten des Ladens das Schwert an der Wand entdeckt und Vallade mit einem einzigen Streich enthauptet haben. Dann hat er die Eule aus dem Glassturz genommen und den Kopf hineingestellt. Es gibt wirklich reizende Menschen auf dieser Welt …«

Kaum hatte er zu Ende gesprochen, da stürmte Paula, die sich Newmans Griff entwunden hatte, in den Laden. Direkt vor Tweed, der noch versuchte, mit seinem Körper das schreckliche Ding unter dem Glassturz zu verdecken, blieb sie stehen. Aber es war zu spät. Paula stand starr da und wurde kreidebleich. Es war ihr anzusehen, wie entsetzt sie war.

»Wir müssen sofort von hier verschwinden«, sagte Butler. »Und zwar alle. Wenn die französische Polizei uns hier erwischt, wird sie uns tagelang festhalten und verhören.«

Tweed drehte sich um und zog Paula am Arm, aber sie rührte sich nicht. Butler kam Tweed zur Hilfe und fasste Paulas anderen Arm. Gemeinsam brachten sie Paula zur Tür, wo sie stehen blieb und sich noch einmal umdrehte. Und dann tat sie etwas, was Tweed erstaunte. Sie riss die Browning aus ihrer Schultertasche und zischte:

»Wenn ich den Kerl erwische, der das getan hat, erschieße ich ihn eigenhändig. Ich pumpe ihm alle neun Kugeln in den Leib. Vallade war so ein liebenswerter Mensch.« Sie schluckte schwer.

»Stecken Sie die verdammte Pistole weg«, brummte Butler. »Wenn Sie jemand damit sieht, dann ...«

Paula steckte die Waffe zurück in ihr Geheimfach und ging dann wie ein Roboter die Straße entlang. Newman legte ihr den Arm um die Schulter, und Tweed, der offenbar als Einziger noch klar denken konnte, nahm ein Taschentuch und wischte damit die Türklinke ab, bevor er die Tür, ebenfalls mit Hilfe des Taschentuches, wieder schloss.

»Wir gehen nach links zum Quai«, sagte er mit ruhiger, entschlossener Stimme. »Ich möchte mir den Anlegeplatz des Motorboots noch einmal ansehen. Aber rennen Sie nicht, sondern gehen Sie ganz normal. Bob, Sie bleiben bei Paula, und wir anderen verteilen uns ein bisschen.«

Obwohl Paula schwer atmete, lehnte sie Newmans angebotenen Arm ab. Automatisch setzte sie steifbeinig einen Fuß vor den anderen. Am Ende der Straße sog sie die frische Luft, die von der Seine herüberwehte, tief in die Lunge. Tweed sah sich um und ging dann so eilig nach links, dass Paula und Newman Mühe hatten, ihm zu folgen. Butler hatte sich ein paar Schritte zurückfallen lassen und bildete die Nachhut.

Als Tweed die Lücke in der Ufermauer erreichte, von der aus die Rampe hinunter zur Anlegestelle führte, blieb er stehen. Von dem Motorboot war nichts mehr zu sehen. Alles war so, als wäre es überhaupt nicht da gewesen. Tweed hielt nach möglichen Zeugen Ausschau, fand aber niemanden. Normalerweise, das wusste er von einem früheren Besuch in dieser Gegend, standen immer ein paar Angler an der Rampe, aber die waren jetzt entweder beim Mittagessen oder hatten wegen des bitterkalten Windes an diesem Vormittag auf das Angeln verzichtet.

»Wir gehen jetzt erst mal ins Restaurant Paul und essen etwas«, beschloss Tweed. »Ich möchte so schnell wie möglich von der Île St-Louis runter.«

»Das war der Gelbe Mann«, sagte Paula mit tonloser Stimme.

»Wahrscheinlich. Nach dem Mord muss er zur Rue St-Louis gerannt sein und durch eine Seitengasse zu dieser Rampe hier, wo das Motorboot auf ihn gewartet hat. Diese Fluchtroute hat er bestimmt von langer Hand geplant.«

»Der Gelbe Mann«, wiederholte Paula noch einmal für sich.

15

Das Restaurant Paul auf der Île de la Cité hatte eine merkwürdige Lage. Es erstreckte sich von der dreieckigen Place Dauphine, die von der Seine aus nicht einzusehen war, bis hin zu einer Straße oberhalb der Uferböschung. Obwohl das Lokal gut besucht war, fand der Geschäftsführer für die fünf einen Tisch mit Blick auf die Seine. Als Tweed, Newman, Butler und Paula die Brücke zwischen den beiden Inseln überquert hatten, war Marler hinter einer Häuserecke aufgetaucht und zu ihnen gestoßen.

»Ich kann jetzt nichts essen«, sagte Paula und legte die Speisekarte beiseite.

»Ich werde Ihnen trotzdem etwas bestellen«, sagte Tweed. »Sie müssen bei Kräften bleiben.«

»Tun Sie, was Sie nicht lassen können, aber ich werde bestimmt nichts anrühren ...«

Als das Essen kam, machten sich alle außer Paula mit großem Hunger darüber her. Das Gespräch beschränkte sich auf Belangloses, weil zu viele Leute an den Nebentischen saßen. Schließlich griff auch Paula nach ihrem Besteck und fing an, den Fisch auf ihrem Teller zu essen. Tweed warf einen Blick hinüber zu Newman, der zurücklächelte und mit dem Daumen das Okay-Signal gab.

»Jetzt gehen wir zurück ins Hotel«, sagte Tweed, nachdem er die Rechnung bezahlt hatte. »Vielleicht haben uns ja die anderen etwas Neues zu berichten.«

Burgoynes und Nields Aufgabe war es gewesen, die Hotelgäste unter die Lupe zu nehmen. Als sie im Taxi saßen, dirigierte Newman den Fahrer in eine stille Nebenstraße, in der eine einsame Telefonzelle stand. Dort wickelte er ein Taschentuch um die Sprechmuschel und rief mit verstellter Stimme im Polizeipräsidium an, wo er den Mord in Vallades Buchhandlung meldete. Als man ihn nach seinem Namen fragte, hängte er auf.

Auf der Fahrt zum Ritz erzählte er Tweed und Paula im Flüsterton von dem Anruf. Tweed nickte anerkennend, und Paula schien erleichtert zu sein. Der Gedanke daran, dass Vallades sterbliche Überreste womöglich noch länger unentdeckt in seinem Laden geblieben wären, hatte ihr großes Unbehagen bereitet.

Als sie die Hotelhalle betraten, warteten dort bereits Nield und Burgoyne auf sie, die an zwei verschiedenen Tischen saßen. Tweed ging zur Rezeption, um sich seinen Schlüssel geben zu lassen, und bedeutete den beiden mit einer Handbewegung, dass sie mit ihm in seine Suite kommen sollten. Marler zog seinen Mantel aus, legte ihn sich über den Arm und sah sich in der Halle um.

»Gibt es bei Ihnen etwas Neues?«, fragte Tweed, sobald sie oben waren.

»Und ob«, antwortete Nield.

Paula blickte hinüber zu Burgoyne, der mit einem Lächeln auf den Lippen zustimmend nickte. Newman ließ sich in einen Sessel fallen und zündete eine Zigarette an. Butler war direkt auf sein Zimmer gegangen.

»Die Amerikaner sind ganz massiv hier eingebrochen«, sagte Burgoyne. »Sie wuseln überall im Hotel herum. Es scheint sogar ziemlich hochkarätiger Besuch darunter zu sein. Erzählen Sie doch weiter, Pete.«

»Meine erste Vermutung, dass jemand von Unit Four hier im Hotel sein könnte, war noch ziemlich vage«, begann Nield.

»Ich habe an der Rezeption einen gut angezogenen Amerikaner in einem teuren Geschäftsanzug gesehen, der eine Suite verlangt hat. Er hat sich unter dem Namen Brad Braun eingetragen.«

»Wie haben Sie das herausbekommen?«, fragte Tweed.

»Ganz einfach. Als ich gehört habe, dass der Mann mit einem amerikanischen Akzent sprach, habe ich mich unmittelbar hinter ihn gestellt und so getan, als wollte ich eine Auskunft haben. Dabei habe ich ihm über die Schulter geschaut und gesehen, wie er seinen Namen auf das Formular geschrieben hat. Danach ist er auf seine Suite gegangen, ist gleich darauf aber wieder heruntergekommen und hat sich im Speisesaal ein spätes Frühstück servieren lassen. Ich habe mich an den Nebentisch gesetzt und diesem Braun zugesehen, wie er seine Croissants aß und seinen Kaffee trank. Es hat nicht lange gedauert, bis ein zweiter Amerikaner gekommen ist, ein kleiner, dicker Kerl mit breiten Schultern und Händen wie Kohlenschaufeln. Der hat dauernd gegrinst und irgendwelche Späße gemacht, aber ich habe ihm angesehen, dass er nur eine Show abgezogen hat. In Wirklichkeit hat er alle anderen Gäste im Speisesaal genau gemustert. Braun hat den Mann Bancroft genannt. Er scheint ein ziemlich harter Bursche zu sein.«

»Chance«, wandte Tweed sich an Burgoyne, »Sie haben vorhin von hochkarätigem Besuch gesprochen. Auf wen bezieht sich das?«

»Sitzen Sie auch gut? Ich spreche von niemand Geringerem als Vance Karnow, der rechten Hand des amerikanischen Präsidenten. Er ist mir gleich aufgefallen, weil ich einmal ein Bild von ihm in der Zeitung gesehen habe. Ein gut aussehender Mann.«

»Der kalt lächelnd seine Mutter verkaufen würde, wenn nur der Preis hoch genug ist«, ergänzte Nield.

»Ich frage mich, wer in seiner Abwesenheit das Oval Office managt«, sagte Tweed in Gedanken. »Soweit ich weiß, soll sich Karnow dort doch um alle kniffligen Angelegenheiten kümmern. Er sagt dem Präsidenten, wie er reagieren muss – oder wie er nicht reagieren darf.«

»Im Oval Office nehmen sie den Vorfall von Appledore offenbar sehr ernst«, sagte Burgoyne.

»Das tun sie mit Sicherheit«, antwortete Tweed. »Sonst würden sie wohl kaum einen Topmann wie Karnow nach Europa schicken.«

Vor der Abfahrt aus der Park Crescent hatte Tweed Burgoyne vertraulich über alle Aspekte der »Affäre Appledore« unterrichtet. Jetzt lehnte er sich in seinem Sessel zurück und sagte: »Ich muss mir etwas einfallen lassen, um die Franzosen und Amerikaner abzuschütteln. Ich glaube, ich weiß jetzt, wo Goslar seine zentrale Basis hat. Der Gedanke ist mir bei meinem Gespräch mit Lasalle gekommen.«

»Und wo wäre das?«, fragte Burgoyne.

»Das möchte ich jetzt lieber noch nicht sagen. Ich könnte mich täuschen, und deshalb muss ich mir zuerst Gewissheit verschaffen. Wo befinden sich unsere Freunde von jenseits des Atlantiks im Moment?«

»Zuletzt habe ich sie in der Bar gesehen«, sagte Burgoyne. »Aber ich werde mich jetzt am besten mal in den Straßen rings um das Hotel umsehen. Vielleicht kommen ja noch mehr Amerikaner an.«

»Gute Idee. Und Sie, Nield, halten hier im Hotel die Augen offen.«

Paula hatte Burgoyne, der entspannt in einem Sessel saß, die ganze Zeit über interessiert betrachtet. Als er ihre Blicke bemerkte, zwinkerte er ihr zu. Paula lächelte zurück.

Nachdem Nield und Burgoyne die Suite verlassen hatten, klopfte es an der Tür. Newman ging hin und ließ Marler herein, der sich neben eines der Sofas stellte und sich mit dem Rücken an die Wand lehnte.

»Sie haben vermutlich schon erfahren, dass die Yankees hier sind«, sagte er.

»Gerade eben«, bestätigte Tweed.

Das Telefon klingelte. Paula hob ab, sah dann besorgt drein und bedeckte die Sprechmuschel mit der Hand.

»Lasalle ist im Hotel. Er ruft von der Rezeption aus an und möchte sofort mit Ihnen sprechen. Er sagt, es sei dringend.«

»Sagen Sie ihm, er soll heraufkommen.«

»Ich verstecke mich wohl besser im Badezimmer«, sagte Marler. »Sonst fühlt sich Lasalle zu sehr in der Minderzahl.«

»Gute Idee ...«

Newman öffnete abermals die Tür und ließ Lasalle herein, der von einem weiteren Mann begleitet wurde. Es handelte sich um seinen Assistenten Lapin, einen kleinen, schmächtigen Mann mit einem Schimpansengesicht. Er trug einen Regenmantel von unbestimmter Farbe, Jeans und Schuhe mit dicken Gummisohlen. Newman runzelte die Stirn. Er hatte diesen Mann erst kürzlich irgendwo gesehen.

»Nehmen Sie doch Platz, René«, sagte Tweed zur Begrüßung. »Fühlen Sie sich ganz wie zu Hause.«

»Es handelt sich um einen offiziellen Besuch«, sagte Lasalle steif.

»Dann bleiben Sie stehen. Ganz wie es Ihnen beliebt.«

Die beiden Franzosen setzten sich nebeneinander auf den Rand eines der Sofas. Lapins kleine, wieselflinke Augen huschten zwischen Paula, Tweed und Newman hin und her. Lasalles Assistent hatte eine fahle Gesichtsfarbe und sah so aus, als hätte er vor der Arbeit einen Streit mit seiner Frau gehabt. Tweed schwieg erst mal und wartete.

»Waren Sie heute Vormittag auf der Île de la Cité?«, fragte Lasalle.

»Das waren wir tatsächlich. Weshalb fragen Sie?«

»Und dann auf der Île St-Louis?«

»Was soll das, René?«, sagte Tweed in mildem Ton. »Ich schätze, dass Ihr Kollege Lapin uns nicht ohne Grund die ganze Zeit über beschattet hat.«

»Kennen Sie einen Buchhändler namens Vallade?«

»Wie buchstabiert man das?«

»Ist dieser Vallade ein Bekannter von Ihnen? Kennen Sie ihn schon lange?«

»Nein«, antwortete Tweed und bezog sich damit auf die zweite Frage.

»Warum waren Sie heute Vormittag auf der Île de la Cité? Und sagen Sie jetzt bitte nicht, Sie wollten dort frische Luft schnappen.«

»Ich wollte austesten, wohin man uns überall verfolgen würde. Und wir wurden verfolgt. Von Lapin.«

Der schimpansengesichtige Assistent hatte so viel Anstand, den Blick zu Boden zu senken. Er scharrte peinlich berührt mit den Füßen.

»Dann wollen Sie mir also nichts verraten«, sagte Lasalle verärgert und stand auf. »Wenn das so ist, gehen wir wieder.« Newman schloss die Tür auf und öffnete sie für die beiden Franzosen. Als Lapin schon im Korridor war, wandte sich Tweed noch einmal an Lasalle.

»René, ich habe doch eine Information für Sie«, sagte er. »Aber die ist streng vertraulich.«

Lasalle schloss die Tür und ließ Lapin draußen im Gang stehen. Sein vorhin so steifes Benehmen veränderte sich schlagartig und er kam Tweed fast wie früher vor.

»Ich höre«, sagte er, während er auf Tweed zutrat, sich aber nicht wieder setzte.

»Es wird Sie vielleicht interessieren, dass es in diesem Hotel von Amerikanern nur so wimmelt. Ich bin mir sicher, dass die dasselbe wollen wie Sie und ich. Soviel ich erfahren habe, handelt es sich um ein Team von ziemlich intelligenten Agenten, die gut angezogen sind und sich durchaus benehmen können. Und jetzt kommt der Clou: Ihr Anführer ist ein gewisser Vance Karnow, der vermutlich im Moment unten in der Hotelbar sitzt.«

»Karnow soll hier in Paris sein?«, sagte Lasalle erstaunt. »Der Amerikaner, der das Weiße Haus managt? Der dürfte vermutlich doch der zweiteinflussreichste Mann der Welt sein.«

»Wie ich schon sagte: Vor kurzem war er noch unten in der Bar, zusammen mit einigen knallhart, aber geschniegelt aussehenden Männern. Die Amerikaner haben offenbar eine Menge Geld. Einer von ihnen, ein Mann namens Brad Braun, hat hier im Hotel eine Suite gemietet. Es würde weder mir noch Ihnen behagen, wenn Karnow diesen Goslar vor uns finden würde.«

»Das stimmt. Die Stelle, von der ich Ihnen heute früh berichtet habe – diejenige, an die das Video geschickt wurde –, würde das als höchst ärgerlich empfinden.«

Tweed wusste, dass Lasalle vom französischen Staatspräsidenten sprach.

»Wäre es nicht im Interesse Frankreichs, wenn Sie diesen Amerikanern das Leben schwer machen würden?«, fragte er wie nebenbei. »Vielleicht könnten Sie sie ja unter irgendeinem Vorwand festnehmen lassen. Das würde sie zumindest aus dem Konzept bringen.«

»Sie kennen mich, Tweed. Ich werde mir schon was einfallen lassen. Aber jetzt mache ich mich lieber auf den Weg. Vielen Dank für die Information ...«

»Was haben Sie jetzt vor, Tweed?«, fragte Paula, nachdem Marler wieder aus dem Badezimmer gekommen war.

»Bisher haben wir es für meinen Geschmack mit zu vielen Gegnern zu tun gehabt«, begann Tweed. »Da war zunächst einmal Goslar mit seiner weitgespannten Organisation, dann kamen die französischen Sicherheitsdienste, und jetzt sind zu allem Überfluss auch noch diese Amerikaner aufgetaucht. Nach unserem Gespräch mit René dürfte sich die Situation aber ein wenig vereinfachen. Die Franzosen werden sich jetzt erst einmal um die Amerikaner kümmern. Ich bin mir sicher, dass der Präsident, wenn er erst einmal erfährt, was Lasalle ihm zu sagen hat, alle Kräfte gegen sie mobilisieren wird. Damit sind Karnow und seine Leute kaltgestellt und wir haben für eine Weile Ruhe vor den Franzosen, die ja jetzt zunächst mal etwas anderes zu tun haben, als uns zu überwachen. Sehen wir also zu, dass wir uns auf unser eigentliches Ziel konzentrieren: Dr. Goslar ausfindig zu machen und zu vernichten.«

»Das war ein intelligenter Schachzug«, bemerkte Newman.

»Eigentlich war es eher ein spontaner Einfall.«

»Trotzdem gebührt dem Plan die Note eins«, stimmte Paula ihrem Kollegen Newman zu. »Ich fand es übrigens seltsam, dass Lasalle uns nicht gesagt hat, was mit dem armen Vallade geschehen ist. Er hat nicht einmal erwähnt, dass er tot ist.«

»Lasalle versucht, die Geschichte so lange vor der Öffentlichkeit geheim zu halten wie nur irgend möglich. Stellen Sie sich doch nur die Panik vor, die hier in Paris ausbricht, wenn die Leute von der Sache erfahren. Vallade war kein berühmter und mächtiger Politiker, sondern ein ganz normaler Durchschnittsmensch. Wenn einer wie er auf so grausame Weise ermordet wird, fühlen sich bestimmt viele Leute nicht mehr sicher in der Stadt. Ich frage mich übrigens, ob der Gelbe Mann wirklich gelblich-blond ist. Ich habe ihn im Brown's ganz aus der Nähe gesehen, und da kam mir sein Haar ungewöhnlich dicht vor. Es hätte gut und gern ein Toupet sein können.«

»Hoffentlich nicht«, sagte Paula. »Dann werden wir ihn ohne die Tarnung nämlich nicht erkennen können. Mich beschäftigt übrigens eine ganz andere Frage: Wieso hat Goslar Vallade umbringen lassen?«

»Vermutlich weil Goslar das Buch über die Galapagos-Schildkröten unter seinem richtigen Namen bestellt hat. Damals im Kalten Krieg hat er so etwas auch ab und zu getan. Erinnern Sie sich noch, Bob? Er hat es aus einer Art Tollkühnheit heraus getan, es kurz darauf aber wieder bereut, was wiederum das Todesurteil für die Betroffenen war.«

»Aber wozu braucht jemand wie er ein Buch über Galapagos-Schildkröten?«

»Keine Ahnung«, sagte Tweed achselzuckend. »Aber erinnern Sie sich noch an das, was Dillon uns in London erzählt hat? Vielleicht war die Geschichte über den Fischer, der gesehen hat, wie zwei Schildkröten auf den Galapagosinseln in ein Flugboot gebracht wurden, doch kein Ammenmärchen. Es könnte gut sein, dass der Fischer deshalb hat sterben müssen – und der Informant der CIA dazu. Beide wurden enthauptet, was wiederum auf den Gelben Mann hinweist.«

»Wie gruselig«, sagte Paula. »Und wie geht's jetzt weiter?«

»Wir beide gehen jetzt mit Bob hinunter in die Bar und schauen nach, ob die Amerikaner immer noch dort sind. Nur für den Fall, dass sie irgendwelchen Ärger machen.«

Die Amerikaner waren tatsächlich noch in der Bar. Vance Karnow saß aufrecht in einem Sessel mit dem Rücken zur Wand. Neben ihm hatte es sich eine attraktive rothaarige Frau bequem gemacht. Von dem gut aussehenden Mann, der an Karnows anderer Seite saß, vermutete Tweed, dass es Brad Braun war, der Amerikaner, der die Suite gemietet hatte. Der Vierte im Bunde war ein kleiner, breitschultriger Mann, der über das ganze Gesicht grinste. Ein ekelhafter Fettsack, dachte Paula. Könnte dieser Bancroft sein.

Tweed wählte einen Tisch nicht allzu nahe an dem der Amerikaner, von dem aus er seine Gegner seitlich im Blick hatte. Als er an ihnen vorbeiging, bemerkte er aus den Augenwinkeln, wie Karnow ihn anstarrte. Nachdem er sich gesetzt hatte, sah er, dass Karnow die Rothaarige mit dem Ellenbogen anstieß, die gleich darauf ebenfalls in seine Richtung blickte.

Nachdem sie ihre Drinks bestellt hatten, schaute auch Braun zu ihnen herüber, und kurz darauf war Bancroft dran, sie zu begutachten. Tweed nahm einen Schluck von seinem Wein und schaute ganz offen hinüber zu den Amerikanern. Karnow starrte mit harten Augen zurück, hielt aber Tweeds Blick nicht lange stand.

»Die wissen, wer ich bin«, sagte Tweed leise. »Und sehen Sie nur, wer da links in der Ecke sitzt.«

An einem Tisch im hinteren Teil der Bar saß ganz allein Lapin und tat so, als läse er den *Figaro*. In diesem Augenblick kam ein zweiter Franzose herein, der um einiges größer war als Lapin. Er ging auf Lapin zu, schüttelte ihm die Hand und setzte sich. Sobald der Neuankömmling sein Getränk erhalten hatte, begannen sie sich angeregt zu unterhalten.

»Lasalle verliert keine Zeit«, sagte Paula.

»Stimmt«, meinte Tweed. »Vermutlich hat er seine Männer inzwischen an allen Ausgängen des Hotels postiert, und auf der

Straße warten bestimmt weitere mit Motorrädern, falls es einem Amerikaner doch gelingen sollte, in einem Wagen oder Taxi zu entkommen. Aufgepasst, jetzt spricht Lapin in sein Handy. Wahrscheinlich gibt er die Beschreibung der Männer und der Frau durch.«

»Ich finde, sie sieht recht gut aus«, bemerkte Newman nach einem Schluck von seinem doppelten Scotch. »Auf wie alt schätzen Sie sie?«

»Ende dreißig, Anfang vierzig«, sagte Paula.

»Leider scheint sie sich nicht für mich zu interessieren. Sie hat wohl schon einen anderen im Visier«, sagte Newman.

Während Karnow in ein Gespräch mit Braun vertieft war, schaute die Frau unverwandt zu Tweed herüber. Als er ihr in die Augen sah, hielt sie seinem Blick stand. Tweed hatte das Gefühl, dass sie versuchte, ihn einzuschätzen. Zum Schluss vergewisserte sie sich mit einem raschen Blick hinüber zu Karnow, dass er noch immer mit Braun beschäftigt war, und schenkte Tweed dann ein angedeutetes Lächeln.

»Sie Glücklicher!«, neckte Paula ihn. »Ich verstehe nicht, was so eine nette, gut aussehende Frau mit diesen Typen zu schaffen hat. Die sehen doch aus, als würden sie einem Bettler seinen letzten Dollar aus der Hand reißen.«

»Wenn es Sie interessiert, dann werde ich versuchen, das herauszufinden«, flachste Tweed zurück.

»Sie sollten sich lieber auf das konzentrieren, weshalb wir hier sind«, zog Paula ihn weiter auf.

»Was meinen Sie denn, dass ich tue?«

»Ob es wirklich eine gute Idee war, hierher in die Bar zu gehen?«, sagte Paula dann. »Damit geben wir Karnow und seinen Leuten doch nur die Gelegenheit, sich unsere Gesichter einzuprägen.«

»Aber das funktioniert auch umgekehrt«, antwortete Tweed. »Es ist immer gut, wenn man seine Gegner kennt. Aber jetzt, wo wir alle ausgetrunken haben, sollten wir tatsächlich gehen ...«

Nachdem Tweed die Rechnung mit der Nummer seiner Suite abgezeichnet hatte, verließen die drei die Bar. Draußen trafen sie auf Marler, der auf einem Stuhl saß und eine Zeitschrift in der Hand hatte.

»Ich habe vorhin mal einen Blick in die Bar geworfen«, berichtete Marler. »Sind ja reizende Zeitgenossen, die Amerikaner. Ich habe sie mir gut angesehen.«

»Der Fettsack sieht richtig fröhlich aus«, sagte Paula. »Er hat so ein nettes Lächeln.«

»Das ist Bancroft«, sagte Newman. »Und von seinem Lächeln waren sie zunächst alle begeistert, bis sie festgestellt haben, dass es mit seiner Fröhlichkeit nicht allzu weit her war. Ich spreche von seinen Opfern, wohlgemerkt. Der Mann ist der gefährlichste von allen. So, ich werde jetzt mal einen Rundgang ums Hotel machen.«

»Ich schließe mich an«, sagte Marler. »Mal sehen, ob wir etwas Neues finden. Oder jemanden Neuen.«

»Und ich versuche mal, ob ich Cord Dillon erreichen kann«, sagte Tweed.

Tweed und Paula waren gerade in seiner Suite angelangt, als das Telefon klingelte. Tweed, der dem Apparat am nächsten saß, hob ab.

»Ja?«

»Mr. Tweed?«, fragte eine Frauenstimme.

»Am Apparat.«

»Hier spricht Trudy Warner. Ich finde, wir haben uns in der Bar lange genug angesehen. Könnten wir uns nicht treffen und miteinander plaudern? Die Nummer Ihrer Suite weiß ich bereits.«

»Dann kommen Sie doch gleich zu mir herauf. Äh, werden Sie allein kommen?«

»Versprochen. Und wie steht es mit Ihnen? Werden Sie auch allein sein? Ich möchte nämlich unter vier Augen mit Ihnen sprechen.«

»Geht in Ordnung. Ich bin ohnehin gerade allein im Zimmer.«

Tweed sagte sogar die Wahrheit, weil Paula zwischenzeitlich auf die Toilette gegangen war.

»Darf ich dann gleich die Gelegenheit beim Schopf packen und heraufkommen?«

»Ja, kommen Sie nur ...«

Als Paula aus dem Badezimmer zurückkehrte, erzählte ihr Tweed, dass Trudy Warner, die Amerikanerin aus der Bar, in die Suite kommen wolle, um ihn allein zu sprechen. Paula machte ein besorgtes Gesicht.

»Das gefällt mir ganz und gar nicht«, sagte sie spontan. »Denken Sie doch an Sam Sneed, mein Erlebnis in La Défense und wie Coral Langley vor Marlers Augen ermordet wurde. Und jetzt noch diese schreckliche Geschichte mit Vallade. Ich verstecke mich am besten im Badezimmer. Aber halt, das geht nicht. Vielleicht muss sie ja mal aufs Klo.« Paula ging zu einem hohen Schrank und öffnete beide Türflügel. »Wenn es Ihnen nichts ausmacht, würde ich mich gern hier drin verstecken. Neben Ihren Klamotten ist noch jede Menge Platz.«

»Dann beeilen Sie sich. Trudy Warner kann jeden Augenblick hier sein.«

Paula nahm den Schlüssel aus der Schranktür und kletterte mitsamt Schultertasche in den Schrank. Nachdem sie die Türen von innen zugezogen hatte, schaute sie durch das Schlüsselloch. Sie konnte Tweed auf dem Sofa ganz deutlich sehen. Draufhin öffnete sie die Tür noch einmal.

»Achten Sie darauf, dass sie neben Ihnen sitzt«, flüsterte sie Tweed zu. »Dann habe ich Sie beide im Blickfeld.«

Weniger als eine halbe Minute später klopfte es leise an der Tür der Suite. Tweed sprang auf und stellte sich an die Wand neben den Türstock für den Fall, dass jemand durch die geschlossene Tür auf ihn schoss. Erst dann öffnete er diese einen Spalt weit, wobei er aber die Kette vorgelegt ließ.

»Wer ist da?«

»Ich bin's. Trudy.«

Vorsichtig trat Tweed an den Spalt und blickte hindurch. Draußen stand tatsächlich Trudy Warner. Sie war allein und wirkte nervös. Während Tweed die Kette löste, schaute sie sich auf dem Korridor um. Nachdem sie in die Suite geschlüpft war, sperrte Tweed die Tür ab und legte die Kette wieder vor.

»Kommen Sie, setzen Sie sich zu mir aufs Sofa«, sagte er. »Und dann erzählen Sie mir, weshalb Sie mich sprechen wollen.«

Tweed tat, was Paula ihm vorgeschlagen hatte, und setzte sich wieder auf denselben Platz wie zuvor. Trudy ließ sich dicht neben ihm nieder. Auch aus der Nähe betrachtet, kam sie ihm sehr attraktiv vor. Ihr langes rotes Haar reichte bis knapp über die Schultern, und die Gesichtshaut war glatt und rein. Wie bereits unten in der Bar blickte sie mit ihren graublauen Augen unter strichdünnen Augenbrauen direkt in die seinen. Tweed hatte das Gefühl, als wüsste sie nicht so recht, wie sie das Gespräch beginnen sollte. Er wartete.

»Ich weiß einiges über Sie, Mr. Tweed«, sagte Trudy Warner schließlich.

»Tatsächlich? Wie kommt das?«

Tweed war auf der Hut; in seiner langen Laufbahn hatte er es bereits mit nicht wenigen professionellen Killerinnen zu tun gehabt. Es schien, als wäre diese Gattung noch nicht ausgestorben.

»Ich habe an einer Telefonnebenstelle ein Gespräch zwischen Vance Karnow und Cord Dillon mitgehört, dem stellvertretenden Direktor der CIA. Karnow wollte wissen, wer der beste Mann in den englischen Geheimdiensten sei. Dillon hat mit seiner Antwort keine Sekunde gezögert. Ich erinnere mich noch wortwörtlich an das, was er gesagt hat: ›Ein Mann namens Tweed. Er ist der Beste von allen. Und, Karnow, der Mann ist durch und durch ehrlich. Ehrlicher als er kann man nicht sein. Also versuchen Sie erst gar nicht Ihre linken Tricks mit ihm.‹ Dann hat Dillon aufgelegt und ich auch, damit Karnow nicht das Klicken in der Leitung hört.«

»Darf ich fragen, weshalb Karnow hier in Europa ist? Und warum sind Sie bei ihm?«

»Lassen Sie mich die Geschichte bitte auf meine Weise erzählen. Ich habe fünf Jahre in den Staaten gelebt …«

»Sind Sie nicht Engländerin?«

»Ja. Aber ich habe einen Amerikaner namens Walt Jules Baron geheiratet. Er war Buchhalter und hat für einen Sicherheitsdienst in Washington gearbeitet. Es war eine gute Ehe, die bestimmt lange gedauert hätte. Als wir achtzehn Monate verheiratet waren, hat Walt eines Abends auf einmal eine Menge getrunken, was ungewöhnlich für ihn war. Er sagte, er habe Sorgen in der Arbeit. Dann nannte er mir den Namen seiner Firma und erzählte mir von seinem Verdacht, dass man dort große Summen Schwarzgeld wasche. Er dachte daran, sich ans FBI zu wenden.«

»Und, hat er das getan?«

»Bitte warten Sie.« Trudy presste ihre Hände, die sie über der Handtasche auf dem Schoß gefaltet hatte, so fest zusammen, dass die Knöchel weiß hervortraten. »Am nächsten Abend …«, sie schluckte, »am nächsten Abend nach Einbruch der Dunkelheit ist ein Wagen vor unserem Haus vorgefahren. Wir wohnten außerhalb einer kleinen Stadt in Virginia und hatten nur einen Nachbarn. Walt hat aus dem Fenster geschaut und mir befohlen, mich nicht blicken zu lassen. Ich bin in die Küche gegangen und habe durch die Durchreiche gespäht. Und da habe ich gesehen, dass ein dicker Mann hereingekommen ist, den ich noch nie zuvor gesehen hatte. Er hat Walt gesagt, dass er sich hinsetzen soll. Walt hat das gemacht. Und dann hat der Dicke mit ihm geredet.«

»Wissen Sie noch, was er gesagt hat?«

»Jedes einzelne Wort«, antwortete Trudy angespannt. »Er hat gesagt: ›Walt, Sie haben Kontoauszüge eingesehen, die vertraulich waren. Öffnen Sie den Mund. Sie haben doch eine Kapsel mit Zyankali auf der Zunge‹.« Walt hat ihm geantwortet, dass das wohl das Lächerlichste sei, was er jemals gehört habe. Daraufhin hat ihm der Dicke die Mündung seines Revolvers in den Mund gesteckt und abgedrückt. Es war grauenhaft.«

»Möchten Sie etwas trinken? Kaffee? Oder Wasser?«

»Wasser, bitte.«

Tweed goss ihr aus einer Karaffe ein Glas ein, das Trudy mit wenigen Zügen leerte. Sie dankte ihm und fuhr mit ihrer Erzählung fort: »Der Dicke hat dann Walt die Waffe in die Hand gedrückt und sie so hingelegt, als ob er sich damit selbst erschossen hätte. Er trug dabei Handschuhe. Ich hatte entsetzliche Angst, aber ich wusste genau, dass ich verschwinden musste. Also habe ich mich leise aus der Hintertür geschlichen und bin hinüber zum Haus unserer Nachbarn gerannt. Sie waren verreist, aber die Frau hatte mir zuvor einen Schlüssel gegeben. Ich bin ins Haus, habe aber kein Licht angeknipst. Ein paar Minuten später habe ich den Dicken an der Eingangstür rütteln gehört. Es war wie in einem Albtraum. Aber dann ist er Gott sei Dank weggefahren.«

»Können Sie den Dicken beschreiben?«, fragte Tweed.

»Warten Sie«, sagte Trudy und sah auf die Uhr. »Ich werde Ihnen den Rest ein anderes Mal erzählen. Ich habe Karnow – er leitet das Team, für das ich arbeite – gesagt, dass ich ins Hotel fahre, um zu duschen. Ich muss dort sein, bevor er selber ankommt. Könnte ich zwischen sieben und acht Uhr heute Abend noch einmal zu Ihnen kommen? Dann sitzen die anderen im Crillon, das ist das Hotel, wo wir wohnen, beim Abendessen.«

»Ja, das ließe sich machen.«

»Jetzt muss ich aber wirklich gehen.« Sie stand auf und ging zur Tür. Als Tweed gerade die Kette wegnehmen wollte, legte sie eine Hand auf die seine. »Die sind hinter Ihnen her, Tweed. Karnow wollte Sie schon umbringen lassen, aber dann hat er es sich noch einmal anders überlegt. Vorerst zumindest. Der Mann, der meinen Mann ermordet hat, heißt Bancroft. Ich werde ihn töten, sobald sich die Gelegenheit dazu ergibt. Und jetzt lassen Sie mich bitte hinaus ...«

16

»Was halten Sie von ihr?«, fragte Tweed, nachdem Paula aus dem Schrank geklettert war.

»Zuerst war ich misstrauisch. Ich dachte, dass Karnow sie vielleicht in unser Team einschleusen will. Aber dann habe ich meine Meinung geändert. Und wie steht es mit Ihnen?«

»Am Anfang ist es mir genauso gegangen wie Ihnen. Was mich von Trudys Aufrichtigkeit überzeugt hat, war die Tatsache, dass sie mir Bancrofts Namen nannte.«

»Ich finde, sie klang zu allem entschlossen.«

»Das finde ich auch. Sie haben nicht ihr Gesicht gesehen, als sie sich von mir verabschiedet hat. Ihre Augen waren ganz klein und funkelten vor Hass.«

»Dann sind wir also beide der Meinung, dass die Dame echt ist?«

»Nur nicht so schnell«, sagte Tweed. »Wir wollen erst einmal hören, was sie mir später zu erzählen hat.«

»Ich wollte heute Abend eigentlich mit Chance Burgoyne zum Essen gehen. Er hat mich vorhin dazu eingeladen. Ich habe zugesagt.«

»Dann bestehe ich drauf, dass Sie auch hingehen. Das gibt Ihnen die Gelegenheit, Chance besser kennen zu lernen und ihm zu helfen, sich noch besser in unser Team einzugliedern. Unter einer Bedingung allerdings: Ich werde Nield anweisen, im selben Lokal zu essen wie Sie. Er wird allein sein und deshalb aufmerksamer als Sie beide, wenn Sie sich in eine Unterhaltung vertiefen. Essen Sie im Hotel?«

»Nein. Chance hat das Maxim vorgeschlagen.«

»Auch nicht schlecht. Ich werde Nield sagen, er soll sich dort einen Tisch bestellen. Wahrscheinlich werden Sie ihn nicht erkennen.«

»Aber sollte ich mich nicht wieder im Schrank verstecken, um mir Ihr zweites Gespräch mit Trudy anzuhören, solange wir uns über sie nicht im Klaren sind?«

»Das wird Newman für Sie übernehmen.«

Der Gelbe Mann saß auf einem Drehstuhl in seiner Mansardenwohnung mit Blick auf die Bastille. Er mochte dieses Versteck in dem alten Haus, das nicht gerade in der vornehmsten Gegend von Paris stand. Vor ein paar Stunden hatte er per Telefon eine Botschaft von Dr. Goslar erhalten.

»Spreche ich mit Monsieur Danton?«, hatte eine kultiviert klingende Stimme gefragt.

»Nein«, hatte der Gelbe Mann geantwortet. »Hier spricht Marat.«

»Dann seien Sie bitte so gut und hören Sie aufmerksam zu.«

Er hatte eine Weile warten müssen, bis ihm der unbekannte Anrufer ein Tonband mit der üblichen elektronisch verzerrten Stimme vorgespielt hatte:

> »Ihr nächster Auftrag lautet: Eliminieren Sie Tweeds Assistentin Paula Grey. Locken Sie sie an einen stillen Ort und töten Sie sie. Das wird Tweed einen vernichtenden Schlag versetzen und ihn völlig aus der Bahn werfen. Wann Sie zuschlagen, überlasse ich Ihnen. Ich habe die Hälfte Ihres üblichen Honorars bereits auf Ihre Schweizer Bank überwiesen. Das können Sie gern überprüfen. Den Rest erhalten Sie nach Erledigung des Auftrags.«

»Tweed rückt ihm wohl zu nahe auf den Pelz«, murmelte der Gelbe Mann jetzt, mehrere Stunden später. Er sprach häufig mit sich selbst. »Diese hübsche kleine Erfindung müsste das Problem eigentlich lösen«, fuhr er fort und grinste böse vor sich hin. »Alle Frauen lieben Schmuck.«

Nach dem Anruf von Dr. Goslar war er in die Rue St-Honoré gefahren und hatte bei einem Juwelier eine Perlenkette gekauft. Zurück in seiner Mansardenwohnung, hatte er die Perlen von der Schnur gezogen und vorsichtig auf ein langes Stück rasiermesserscharfen Draht gefädelt, dessen Enden mit einer Spiralfeder verbunden waren.

Der Gelbe Mann hielt die Perlenkette ins Licht der Schreibtischlampe und stellte befriedigt fest, dass sie genauso aussah wie zuvor. Dann ergriff er mit beiden Händen die große, von ihm selbst konstruierte Schließe und zog ihre beiden Teile auseinander. In der Mitte der Kette erschien ein Stück des gefährlichen Drahtes, das lange genug war, um es jemanden um den Hals zu schlingen und dann fest zu ziehen. Fester und immer fester, bis schließlich ein vom Rumpf abgetrennter Kopf hinab auf die Straße fiel.

Der Gelbe Mann betrachtete sich in dem Spiegel, den er auf den Schreibtisch gestellt hatte, und zupfte noch einmal das schwarze Toupet zurecht, unter dem er das Haar versteckt hatte. Obwohl es gerade erst Mittag war, trug der Gelbe Mann bereits einen Smoking mit schwarzer Fliege. Er stand auf und vergewisserte sich in einem mannshohen Drehspiegel, dass er wie ein eleganter Herr aussah, der auf dem Weg zu seiner Abendunterhaltung war.

Der Gelbe Mann steckte die Perlenkette in eine Tasche seines Smokings. Jetzt musste er nur noch eine Gelegenheit finden, um sie Paula Grey um den Hals zu legen. Er zog einen dunklen Wintermantel an und verbarg die schwarze Fliege unter einem Wollschal. Obwohl er jetzt wie ein ganz normaler Mann von der Straße aussah, konnte er sich binnen weniger Sekunden in einen perfekt gekleideten Gentleman verwandeln. Er war sich sicher, dass Tweed und Paula heute Abend außerhalb des Ritz dinieren würden.

Der Gelbe Mann verließ seine Wohnung und ging einen kurzen Gang entlang zu einer Tür, die hinaus auf die oberste Plattform einer alten Feuertreppe führte. Rasch stieg er die Metallstufen hinunter und trat hinaus auf die Straße. Er winkte ein leeres Taxi herbei, was in dieser Gegend eine Seltenheit darstellte, aber dem Gelben Mann schien das Glück immer hold zu sein. Er stieg ein und sagte dem Fahrer, er solle ihn in die Rue de Rivoli bringen, die nicht weit vom Hotel Ritz entfernt war.

Nachdem Tweed Paula mitgeteilt hatte, dass Newman sie bei Trudys zweitem Besuch im Schrank vertreten werde, stand er auf und streckte sich. Dann sah er auf die Uhr.

»Burgoyne hat gut daran getan, sich noch einmal draußen umzusehen«, sagte er zu Paula. »Ich könnte allerdings auch ein bisschen frische Luft vertragen. Gehen wir doch gemeinsam hinaus.«

Im Foyer trafen sie auf Newman, der gerade von einem kurzen Erkundungsgang kam und deshalb immer noch den Mantel anhatte.

»Was haben Sie denn vor?«, fragte er.

»Ein bisschen frische Luft schnappen.«

»Dann komme ich mit. Keine Widerrede. Paula kann zwischen uns gehen.«

»Langsam fühle ich mich ein wenig zu sehr beschützt«, scherzte Paula.

»Man kann Sie gar nicht genug beschützen«, erwiderte Newman. »Ich habe draußen keinen von den Amerikanern gesehen. Auch sonst habe ich nichts Auffälliges bemerkt.«

Sie gingen eine Weile schweigend die Straße entlang, wobei Tweed immer wieder stehen blieb und wie ein Tourist an den Gebäuden hinaufschaute, wo er allerdings nichts Verdächtiges erkennen konnte. Männer und Frauen, die offenbar von der Mittagspause zurückkamen, eilten an ihnen vorüber. Dann wurde die Straße auf einmal ruhig und fast menschenleer.

Nach einer Runde durch die weitere Umgebung des Hotels erreichten sie wieder den Haupteingang. Hier blieb Tweed eine ganze Weile gedankenverloren stehen. Paula kam es vor, als träumte er vor sich hin.

»Es muss irgendwo hier in der Gegend sein«, murmelte er schließlich.

»Was muss hier in der Gegend sein?«, fragte Paula.

Aber Tweed hatte sich schon wieder in Bewegung gesetzt und ging jetzt in Richtung Oper. Plötzlich blieb er erneut stehen.

»Da ist der Fuchs auf der Spur«, sagte er.

»Wer?«, fragte Newman.

»Da vorn. Er kommt direkt auf uns zu. Chance Burgoyne.«

Jetzt sahen auch Paula und Newman Burgoyne, der einen schäbigen Regenmantel trug. Mit den Händen in den Taschen schlenderte er auf sie zu und sah dabei ständig nach rechts und links. Als Burgoyne die drei sah, zog er die Hände aus den Taschen und breitete mit einer resignierten Geste die Arme aus.

»Ich verstehe das nicht«, sagte er. »Keine Spur vom Feind. Keine Posten, keine Plänkler. Nichts.«

Paula fand es bezeichnend, dass Chance auf militärische Terminologie verfiel. Burgoyne bemerkte offenbar, dass Tweed mit starrem Blick in eine Seitenstraße schaute und sah deshalb in dieselbe Richtung.

»Chance«, sagte Tweed mit Nachdruck. »Sehen Sie den kleinen Möbelwagen dort drüben? Die beiden Männer haben gerade einen modernen Drehstuhl hineingestellt. Versuchen Sie herauszufinden, wo der Wagen hinfährt und wer die Männer beauftragt hat. Und beeilen Sie sich, sonst fahren sie weg…«

Burgoyne lief los wie ein Tiger, der hinter seiner Beute her war. Tweed und die anderen folgten ihm und sahen schließlich, dass er um Sekunden zu spät kam. Der Lieferwagen – auf dem kein Firmenname stand – fuhr gerade los. Chance drehte sich um und machte mit den Armen abermals eine resignierte Geste. Als sie vor dem Gebäude anlangten, das gut einen neuen Anstrich vertragen hätte, kam eine Frau aus der offenen Tür heraus. In einem der Fenster hing ein Stück Karton, auf das jemand mit grober Schrift *À louer* geschrieben hatte.

»Einen wunderschönen guten Morgen«, sagte Tweed und lächelte die Frau an.

»Es ist Nachmittag«, polterte die Frau zurück.

Sie war ziemlich rundlich und trug ein verwaschenes Kleid. Sie starrte Tweed böse an.

»Stimmt. Es ist Nachmittag. Sie haben Recht«, sagte Tweed noch immer lächelnd.

»Was es doch für verrückte Leute gibt«, schimpfte die Frau. »Zahlen die Miete für einen ganzen Monat und ziehen nach einem Tag wieder aus. Wollen Sie ein Zimmer mieten?«

»Ich bin von der Polizei«, sagte Tweed und zeigte ihr für einen Augenblick seinen gefälschten Special-Branch-Ausweis. Er hoffte, dass sie das Papier nicht näher würde ansehen wollen, was sie auch nicht tat. »Wir müssen das Zimmer untersuchen, das soeben frei geworden ist. Haben Sie den Mieter gesehen?«

»Nur einmal. Aber auch dann habe ich ihn – oder sie – nicht wirklich gesehen.«

»Wie soll man das verstehen?«, fragte Tweed, während er die Stufen zur Eingangstür hinaufstieg.

»Heute morgen in aller Früh ist der Mieter die Treppe hinauf zu seinem Zimmer im dritten Stock gestiegen. Ich war unten im Flur und habe ihn nur von hinten gesehen. Er trug schwarze Hosen, ein schwarzes Cape und einen spanisch aussehenden Hut mit breiter Krempe, die tief ins Gesicht gezogen war. Ich rief etwas hinauf, und er zischte ›Danke schön‹ zurück, ohne sich umzudrehen.«

»Ich möchte gern das Zimmer sehen«, wiederholte Tweed. »Der Möbelwagen ist gerade mit einem Drehstuhl weggefahren. Was war sonst noch von dem Mieter in dem Raum?«

»Nichts. Der Stuhl ist gestern spätabends gebracht worden. Wozu, weiß ich nicht. Ich vermiete das Zimmer nämlich immer möbliert. Die Tür steht noch offen, und ich habe keine Lust, noch mal die Treppe hinaufzusteigen. Hier ist der Schlüssel. Schließen Sie ab, wenn Sie fertig sind.«

»Ist sonst noch jemand oben?«

»Ich habe doch gerade gesagt, dass er ausgezogen ist.«

»Ich meine auch nicht sein Zimmer, sondern die anderen. Sind die denn nicht vermietet?«

»Doch. Aber die Mieter sind alle in der Arbeit. Normale Menschen müssen arbeiten, um sich ihren Lebensunterhalt zu verdienen. Aber ihr Polizisten könnt das ja nicht wissen, ihr liegt ja den ganzen Tag auf der faulen Haut.«

Tweed zuckte mit den Achseln. Burgoyne ging als Erster hinauf, dicht gefolgt von Newman. Sobald sie um die Ecke waren und die unfreundliche Alte sie nicht mehr sehen konnte, zogen die beiden Männer ihre Waffen. Tweed folgte als Nächster und hielt Paula zurück, sodass diese wohl oder übel die Nachhut bilden musste.

Die Treppe, auf der ein mottenzerfressener Teppich lag, war ziemlich schmal, ebenso die Treppenabsätze auf den einzelnen Stockwerken. Oberhalb der zweiten Etage gab es keinen Teppich mehr. Ganz oben sahen Newman und Burgoyne eine weit offen stehende Tür. Mit erhobenem Revolver ging Burgoyne auf sie zu, warf einen Blick ins Zimmer und trat dann ein.

»Nicht viel zu sehen hier«, sagte Newman. »Nur ein paar Möbel, die höchstens noch als Feuerholz taugen.«

Paula fand, dass die Beschreibung ziemlich zutreffend war. Mit ihrem behandschuhten Finger fuhr sie über eine verstaubte alte Kommode mit mehreren Schubladen, die an einer der Wände stand. Das Zimmer selbst war klein und länglich. An der Wand mit dem seit langem nicht mehr geputzten Fenster stand ein hölzerner Tisch mit einem Korbstuhl davor.

»Wo führt diese Tür wohl hin?«, sagte Paula und deutete auf die Wand gegenüber.

»Das werden wir gleich sehen«, sagte Burgoyne.

Nachdem er die Tür vorsichtig geöffnet hatte, drang ein unangenehmer, latrinenartiger Geruch in den kleinen Raum. Burgoyne verschwand in der Tür und kam kurz darauf mit gerümpfter Nase wieder zurück.

»Ein Badezimmer mit Klo und verrosteter Dusche. Wenn man drinnen ist, kann man kaum die Tür schließen, so eng ist es.«

»Sehen Sie mal, da ist ein Wandbett«, sagte Newman und trat an die Vorrichtung, um sie herunterzuklappen.

»Vorsichtig«, sagte Burgoyne. »Da könnte eine Leiche drin liegen.«

Paula zuckte innerlich zusammen, ließ es sich aber nicht anmerken. Nachdem Newman das Wandbett heruntergezogen hatte, nahm es einen großen Teil des kleinen Zimmers ein. Über dem Bettzeug lag eine fleckige Tagesdecke.

»Sieht nicht so aus, als wäre das Bett in letzter Zeit benutzt worden«, bemerkte Tweed. Er setzte sich auf den Korbstuhl vor dem Tisch. Der Stuhl wackelte, weil eines seiner Beine kürzer war als die drei anderen.

»Verdammt«, sagte Tweed leise.

»Kein Problem«, sagte Paula. »Lassen Sie mich nur machen. Stehen Sie bitte auf.«

Paula nahm ein Notizbuch aus ihrer Schultertasche, riss ein paar unbeschriebene Blätter heraus und legte sie zusammengefaltet unter das zu kurze Bein. Als Tweed sich wieder setzte, hatte der Stuhl einen festen Stand.

»Vielen Dank«, sagte Tweed.

Nun begann er mit einer seltsamen Pantomime, von der Paula nicht wusste, was sie zu bedeuten hatte. Fasziniert beobachtete sie, wie Tweed die rechte Hand zur Faust ballte und an den Mund führte, als spräche er hinein, während er die linke Hand über die Tischfläche hielt und so tat, als würde er an einem Schalter drehen.

»Was machen Sie denn da?«, fragte Burgoyne.

»Ich demonstriere Ihnen, wozu Goslar dieses Zimmer gebraucht hat. Meine rechte Hand stellt einen hochmodernen Stimmverzerrer dar, während ich mit der linken den Aufnahmepegel eines Kassettenrecorders einstelle. Sehen Sie den länglichen Abdruck im Staub auf der Tischplatte? Da muss der Recorder gestanden haben. Goslar hat dieses Zimmer benutzt, um seine elektronisch verzerrten Botschaften aufzunehmen. Wie viele, das kann ich nicht sagen. Danach hat er alles abholen lassen, inklusive der Kassette oder der Kassetten. Vermutlich hat er sie hier irgendwo in einer Art Versteck untergebracht, hinter einem lockeren Ziegel oder so etwas. Dort hat sie dann später, wenn er nicht mehr im Zimmer war, ein Helfershelfer herausgeholt, um sie per Telefon jemandem vorzuspielen.«

»Dann ist Goslar also immer noch in Paris?«, fragte Burgoyne.

»Darauf würde ich nicht wetten. Er reist sehr viel herum.«

»Sehen Sie dort!«, sagte Burgoyne plötzlich. »Auf dem Boden vor der Tür ins Badezimmer.«

»Nicht berühren!«, sagte Tweed. »Bob, nehmen Sie es vorsichtig mit einer Pinzette, und tun Sie es in einen Probenbeutel.«

Newman bückte sich und nahm aus einem kleinen Behälter, den er immer bei sich trug, eine Pinzette und einen Plastikbeutel. Dann nahm er mit der Pinzette vorsichtig das auf, was Burgoyne entdeckt hatte. Nachdem er sich wieder aufgerichtet hatte, hielt er es ans trübe Licht, das durch das verschmutzte Fenster in den Raum drang.

»Ein Haar«, sagte Newman. »Ein gelbblondes Haar.«

»Der Gelbe Mann«, sagte Paula mit ruhiger Stimme.

»Diesmal hat Goslar einen Fehler gemacht«, bemerkte Newman und blickte hinüber zu Tweed. »Sie haben ja gesagt, dass er das früher oder später tun würde.«

Tweed stand auf, und Paula nahm ihren improvisierten Keil unter dem Stuhlbein fort und steckte die Blätter in ihre Schultertasche. »Lasse nie etwas zurück, was später auf deine Gegenwart hinweisen könnte«, war einer von Tweeds Lehrsätzen, die er Paula vor langer Zeit beigebracht hatte.

»Das erklärt den teuren Drehstuhl«, sagte Tweed. »Für seine Aufnahmen musste Goslar gut sitzen. Aber verschwinden wir jetzt von hier. Der Geruch macht mich sonst noch krank. Ich habe schon zu viele solcher Bruchbuden in London gesehen. Außerdem habe ich noch ein paar Fragen an die freundliche Vermieterin.«

Die Frau stand mit verschränkten Armen und einem höhnischen Grinsen auf dem Gesicht unten an der Treppe und sah zu, wie die vier herunterkamen.

»Haben Sie das Zimmer jetzt genug durcheinander gebracht?«, wollte sie wissen.

»Wir sind gleich weg«, erwiderte Tweed lächelnd. »Aber vorher hätte ich noch ein paar Fragen an Sie. Wie heißen Sie?«

»Antoinette Markov, wenn Sie's unbedingt wissen müssen. Meine Großeltern sind vor der Revolution aus Russland geflohen.«

»Gut für Ihre Großeltern. Und für Sie auch. Aber jetzt zu Ihrem mysteriösen Mieter. Wie hat er Ihnen die Monatsmiete bezahlt, von der Sie vorhin gesprochen haben?«

»Es hat angerufen. Mit einer ganz seltsamen Stimme. Und gleich darauf ist das Geld von einem Motorradkurier gebracht worden. Allerdings weiß ich nicht mehr, von welcher Firma er war.«

»Können Sie mir wirklich keine bessere Beschreibung des Mieters liefern?«, sagte Tweed forsch.

»Ich habe Ihnen alles gesagt, was ich weiß.«

»Und diese Begegnung auf der Treppe war wirklich das einzige Mal, dass Sie ihn gesehen haben?«

Tweed bemerkte, dass Madame Markov nach Gin roch, und fand, dass es zum Schnapstrinken noch ziemlich früh am Tag war. Schon nachmittags war sie vermutlich immer voll wie eine Haubitze, und deshalb nahm er ihr die Antwort sogar ab.

»Ich habe Ihnen doch schon gesagt, dass es das einzige Mal war. Wie oft muss ich Ihnen das denn noch sagen, bis es endlich in Ihren Schädel hineingeht?«

»Vielen Dank, Madame Markov. Sie waren ausgesprochen hilfsbereit. Wir lassen Sie jetzt in Ruhe.«

Als sie schon auf der Straße waren, schrie die Frau Tweed in einer kreischenden, halb sarkastisch klingenden Stimme hinterher: »Wollen Sie nicht doch das Zimmer mieten? Es ist nur zwei Minuten vom Hotel Ritz entfernt!«

»Für einen Sprinter vielleicht«, sagte Newman leise.

»Eines verstehe ich nicht«, flüsterte Paula an Tweed gewandt, als Burgoyne gerade ein paar Schritte vor ihnen und Newman ein Stück hinter ihnen ging. »Sie haben gesagt, dass Goslar das Zimmer für seine Aufnahmen verwendet hat. Aber dann hat Chance das gelbblonde Haar gefunden. Er hat übrigens gute Augen, unser Burgoyne.«

»Wie das Haar in unser Bild passt, kann ich Ihnen auch nicht erklären. Ich werde vom Hotel aus Lasalle anrufen und ihn bitten, das Haar analysieren zu lassen. Butler kann es ihm in die Rue des Saussaies bringen.«

»Wird Ihr Puzzle jetzt langsam komplett?«

»Ich brauche noch einige Steinchen, aber vielleicht bekomme ich die ja bei meinem Gespräch mit Trudy Warner heute Abend.

Ich werde außerdem noch einmal versuchen, mit Serena Cavendish Kontakt aufzunehmen. Die Frau ist zwar nur schwer zu erwischen, aber ich bin mir sicher, dass sie irgendwie in dieses Puzzle passt.«

Als sie an der Straße anlangten, die zur Oper führte, gingen Newman und Burgoyne wieder neben ihnen. Newman blickte auf einmal zurück und blieb sofort stehen. Er griff in die Tasche seines Regenmantels, in der die Smith & Wesson steckte. Burgoyne, der Newmans Reaktion mitbekommen hatte, hielt ebenfalls an und sah sich um.

Etwa zweihundert Meter hinter ihnen kam ein riesiger Mann in einem dunklen Mantel auf sie zu. Auf seinem gewaltigen Schädel waren kurze braune Stoppelhaare zu sehen. Der Mann passte genau auf Paulas Beschreibung des Affen, der sie im Dartmoor gekidnappt hatte. Der Affe blieb stehen, winkte ein Taxi herbei, das in Richtung Oper fuhr, und stieg ein. Das Taxi fuhr weg.

»Wer war denn dieser Fleischberg?«, fragte Burgoyne.

»Das erzähle ich Ihnen später. Jetzt müssen wir erst einmal Tweed und Paula hinterher.«

Als sie alle zusammen schon fast den Eingang des Ritz erreicht hatten, erschien ein Mann am Ende der Rue Castiglione, von der aus man quer über die Rue St-Honoré einen guten Blick auf das Hotel und die Place dahinter hatte. Er trug einen dunklen Mantel und hatte sich einen Schal um den Hals gewickelt. Sein Haar war dicht und schwarz. Er stand am Randstein und trat von einem Bein aufs andere, als würde er auf eine Lücke zwischen den Autos warten, um die Straße überqueren zu können. Der Mann hatte die Hände in den Taschen und beobachtete Paula, wie sie zusammen mit Tweed auf den Eingang des Hotels zuging.

»Zumindest haben wir niemanden gesehen, der eine Bedrohung für uns darstellt«, sagte Paula.

»Vielleicht haben wir es bloß nicht bemerkt.«

17

Vance Karnow saß auf der einen Seite des langen Tisches in seiner Suite im Hôtel Crillon. Die einzige andere Person, die im Raum war, hatte ihm gegenüber Platz genommen. Es war Bancroft, der wie üblich hämisch grinste und seine fetten Hände auf der Tischplatte gefaltet hatte.

»Was gibt's, Chef?«, fragte er. »Haben Sie einen Job für mich?«

»Ja. Tweed ist zurück im Ritz und wartet vermutlich darauf, dass etwas passiert. Ich glaube keineswegs, dass dieser Goslar noch in Paris ist, also sollten wir Tweed aufscheuchen, damit er uns zu ihm führt.«

»Und wie sollen wir das anstellen?«

»Ich möchte, dass Sie Paula Grey einen gehörigen Schrecken einjagen. Das könnte vielleicht schon genügen. Das Problem ist bloß, dass sie Sie ziemlich schnell erkennen dürfte, weil sie Sie in der Bar im Ritz gesehen hat.«

»Dürfte ich mal kurz aufs Klo gehen?«, sagte Bancroft.

»Ja, aber beeilen Sie sich.«

Karnow hatte die Lippen fest aufeinander gepresst und machte ein düsteres Gesicht. Er war gerade in der amerikanischen Botschaft gewesen und hatte dort einen Anruf aus dem Weißen Haus erhalten. Sein Stellvertreter hatte ihn darüber informiert, dass der Präsident wissen wolle, welche Fortschritte er, Karnow, in Europa mache. Karnow hatte seinem Stellvertreter geantwortet, dass sich demnächst etwas Entscheidendes tun werde, und gehofft, dass er sich damit das Oval Office zumindest für eine Weile vom Hals geschafft hatte. Jetzt dachte er noch immer mit einem unguten Gefühl an dieses Telefonat zurück, als Bancroft, der zuvor eine große Einkaufstüte mitgenommen hatte, von der Toilette zurückkam. Karnow starrte ihn erstaunt an.

Bancroft trug jetzt einen dunkelblauen französischen Regenmantel und eine große Hornbrille mit Fensterglas. Nachdem er sich wieder Karnow gegenüber an den Tisch gesetzt hatte, zündete er sich eine dicke Zigarre an und sog so stark daran, dass seine zuvor so feisten Backen richtiggehend eingefallen wirkten.

»Nicht schlecht. Wirklich nicht schlecht«, sagte Karnow anerkennend, was bei ihm eher eine Seltenheit war.

Tatsächlich hätte er Bancroft, wenn er ihm in diesem Aufzug auf der Straße begegnet wäre, nicht erkannt. Karnow saß kerzengerade auf seinem Stuhl und blickte seinen Mitarbeiter an.

»Verfolgen Sie sie«, sagte er schließlich. »Und wenn sich eine günstige Gelegenheit ergibt, dann machen Sie ihr Angst. Sie können Sie ruhig ein bisschen rannehmen.«

»Meinen Sie etwa...«, sagte Bancroft und beugte sich mit einem lüsternen Grinsen über den Tisch, »... dass ich *alles* mit ihr anstellen kann?«

»Nein, verdammt noch mal!«, polterte Karnow los. »Und schlagen Sie sie mir bloß nicht krankenhausreif. Wenn Sie das tun, werde ich diesen Tweed mein Lebtag lang nicht mehr los. Er wird dann keine Ruhe mehr geben, bis er uns vernichtet hat.«

»Haben Sie etwa Angst vor Tweed?«, fragte Bancroft leise.

»Natürlich nicht. Und hören Sie mit Ihrem blöden Grinsen auf, Bancroft.«

In Wahrheit hatte Karnow sogar ziemlichen Respekt vor Tweed. Zum einen hatte Dillon ihm gesagt, dass Tweed ein gefährlicher Mann sei. Zum anderen hatte Karnow, der Menschen ziemlich gut einschätzen konnte, ein ungutes Gefühl, seit er Tweed in der Bar des Ritz in Augenschein genommen hatte. Hinter Tweeds ruhiger Fassade hatte er eine Ausstrahlung von Kraft und großer Ausdauer entdeckt. Karnow hätte es zwar niemals zugegeben, aber Tweed hatte ihn schwer beeindruckt, und nun hatte er nicht die geringste Lust, sich auf einen Zweikampf mit ihm einzulassen.

»Seien Sie vorsichtig«, sagte er zu Bancroft. »Jagen Sie Paula Grey einen Schrecken ein, nicht mehr.« Er beugte sich über den Tisch und sah dem Dicken in die Augen. »Bancroft, haben Sie mich verstanden?«

»Jedes Wort. Ich soll sie nicht zu hart anfassen, aber so weit bringen, dass sie Paris verlassen will und Tweed ebenfalls dazu bewegt. Und dann verfolgen wir sie.«

»Richtig. Und jetzt verschwinden Sie aus meiner Suite.«

Nachdem Tweed ein paar Schritte in die Lobby des Hotels hinein getan hatte, blieb er stehen und schaute den großen, aggressiv wirkenden Mann an, der sich vor ihm aufgebaut hatte. Es war Jarvis Bate, der Chef der Special Branch in London.

»O nein, nicht der!«, seufzte Paula leise.

»Tweed, mein alter Freund. Wie schön, Sie hier zu treffen.«

Tweed ignorierte Bates ausgestreckte Hand und starrte dem hinterhältig grinsenden Neuankömmling ins Gesicht.

»Kommen Sie mit«, sagte Tweed. »Da hinten ist ein stiller Aufenthaltsraum, in dem wir ungestört reden können. Paula, ich möchte, dass Sie auch mitkommen.«

Paula sah, wie Bate bei Tweeds letztem Satz zusammengezuckt war. Offenbar betrachtete Bate Frauen als Menschen zweiter Klasse. Er besaß nicht einmal die Höflichkeit, sie überhaupt wahrzunehmen. Paula folgte Tweed, und Bate war gezwungen, ihnen nachzulaufen. Als Tweed sah, dass der Aufenthaltsraum tatsächlich leer war, setzte er sich auf ein Sofa und klopfte mit der flachen Hand auf den Sessel neben ihm, wo Paula Platz nehmen sollte. Bate nahm einen Stuhl und trug ihn quer durch den Raum, um ihn direkt vor das Sofa zu stellen. Als er saß, konnte er auf die beiden anderen herabschauen.

»Woher wussten Sie, dass wir hier sind?«, wollte Tweed wissen.

»Es war reiner Zufall.«

»Erzählen Sie das Ihrer Großmutter. Wer war Ihr Spitzel? Der Mann oder die Frau auf dem Flug von Heathrow zum Charles de Gaulle? Na, ich nehme mal an, es war die Frau. Sie hat in La Madeleine ein Taxi genommen und ist einem meiner Leute hierher ins Hotel gefolgt.«

»Müssen wir das wirklich vor einer subalternen Mitarbeiterin besprechen? Wo bleibt Ihre Diskretion, Tweed? Hier geht es um hochpolitische Angelegenheiten, die bis in die höchsten Kreise hineinspielen.«

»Paula Grey ist alles andere als subaltern. Sie gehört zu den wichtigsten Mitgliedern meines Teams und bleibt deshalb bei uns. Ende der Diskussion.«

»Ich dachte nur, weil Sie der *zweit*höchste Mann im SIS sind …«

»Müssen Sie mir das unbedingt so penetrant aufs Butterbrot schmieren?«

Bate schluckte schwer und zupfte das seidene Einstecktuch in der Brusttasche seines Jacketts zurecht.

»Entschuldigen Sie«, sagte er mit etwas leiserer Stimme. »Vielleicht war ich gerade etwas zu laut.«

»Also, warum sind Sie hier?«, sagte Tweed.

»Nun …«, begann Bate und beugte sich zu Tweed herab. »Also, Sie waren doch in Appledore in Nord-Devon …«

»Ja. Vor sechs oder sieben Jahren war ich einmal dort«, antwortete Tweed mit einer ausladenden Handbewegung. »Ich habe in der Gegend Urlaub gemacht, aber ich habe den Ort so langweilig gefunden, dass ich nach einer Stunde oder so wieder weitergefahren bin.«

»Ich spreche nicht von einem Urlaub, sondern von dem Vorfall, der kürzlich in der *Daily Nation* stand. Wenn ich mich richtig erinnere, war der Autor des Artikels ein gewisser Sam Sneed. Harrington, der Minister für Äußere Sicherheit, macht sich große Sorgen über das, was in Appledore vorgefallen ist – über den toten Fischer und die vielen toten Fische.«

»Ich bin Harrington keine Rechenschaft schuldig«, erwiderte Tweed. »Im Gegensatz zu Ihnen. Das ist alles, was ich dazu zu sagen habe, Bate.«

»Nennen Sie mich Jarvis«, sagte Bate und lächelte abermals. »Jarvis. Wir könnten uns doch beide beim Vornamen nennen.«

»Ich wüsste nicht, weshalb ich das tun sollte«, sagte Tweed und stand auf.

»Sie können mich doch nicht einfach so sitzen lassen«, sagte Bate entrüstet.

»Ich habe wichtige Dinge zu erledigen. Wo wohnen Sie?«

»In einem kleinen Hotel in der Rue St-Honoré.« Bate verzog den Mund zu einer höhnischen Grimasse. »Wir verfügen leider nicht über dieselben finanziellen Mittel wie gewisse …«

Bate verstummte augenblicklich. Gefolgt von Paula, hatte Tweed bereits raschen Schrittes den Raum verlassen und war jetzt an der Rezeption, um seinen Schlüssel zu holen. In der Halle saß ein kleiner, verschlagen dreinblickender Mann auf einem Stuhl. Er hatte den Blick auf den Teppich gesenkt, um Tweed und Paula nicht in die Augen sehen zu müssen.

»Haben Sie den kleinen Widerling da drüben gesehen?«, flüsterte Paula. »Das ist Mervyn Leek, Bates Gehilfe, den er schon in London dabei gehabt hat. Der hat vermutlich versucht, etwas von unserer Unterhaltung mitzubekommen.«

»Ja, ich habe ihn gesehen«, antwortete Tweed, während er den Schlüssel in Empfang nahm. »Aber jetzt gehen wir erst mal hinauf in meine Suite. Wir haben über einiges nachzudenken …«

»Jetzt haben wir also noch ein paar Rivalen mehr, auf die wir aufpassen müssen«, sagte Tweed, als sie oben waren. Er trank einen Schluck von dem Kaffee, den Paula vom Zimmerkellner hatte bringen lassen. Dann stellte er die Tasse auf den Tisch und zählte sie an den Fingern ab: »Da hätten wir nach wie vor die Amerikaner, die aber Lasalle möglicherweise schon neutralisiert hat. Dann sind da die französischen Dienste, die wiederum hoffentlich beide Hände voll mit den Yankees zu tun haben. Und jetzt rückt uns auch noch Bate mit seinen Special-Branch-Typen auf den Leib. Ich bin mir sicher, dass er mehr Leute als nur Mervyn Leek mitgebracht hat.«

»Aber wir brauchen unsere ganze Energie für die Jagd auf Goslar«, sagte Paula.

»So ist es. Benachrichtigen Sie bitte die anderen davon, dass Jarvis Bate hier ist. Ich werde unterdessen Lasalle anrufen und ihn bitten, das gelbblonde Haar aus dem Zimmer von Madame Markov zu untersuchen. Newman hat mir im Hinausgehen den Plastikbeutel zugesteckt. Könnten Sie vielleicht Harry Butler sagen, dass er die Probe hier abholen und zu Lasalle bringen soll?«

Tweed rief seinen französischen Kollegen an, der, als Tweed den Gelben Mann erwähnte, sofort zur Kooperation bereit war. Als Paula mit Butler zurückkam, gab Tweed ihm den Plastikbeutel mit dem Haar, und Butler machte sich sofort auf den Weg.

Kurz nachdem er gegangen war, klingelte das Telefon. Weil Tweed gerade auf dem Bett saß und nachdachte, ging Paula ran. Sie deckte die Sprechmuschel mit der Hand ab und rief hinüber zu Tweed:

»*Er* ist dran.«

Tweed hob den Apparat neben dem Bett ab, während Paula in der Leitung blieb. Tweed hörte gerade noch die letzten Worte einer Stimme, die kultiviertes Englisch sprach:

»... eine wichtige Botschaft für Sie. Bitte warten Sie einen Augenblick.«

Während der Mann am anderen Ende der Leitung – wer immer er auch sein mochte – den Kassettenrecorder einschaltete, dachte Tweed nach. Das Nächste, was er hörte, war die verzerrt kreischende Stimme von Dr. Goslar:

> »Sieht nicht so aus, als ob Sie mit Ihrer Mission Erfolg hätten, Tweed. Sie drehen sich im Kreis. Da dachte ich, Sie würden vielleicht gern einen Tipp bekommen. Er lautet: Annecy. Ich wiederhole: Annecy. Viel Glück.«

Die vorbereitete Botschaft war zu Ende, und Tweed legte auf. Dann drehte er sich zu Paula um.

»Was halten Sie davon?«, fragte er sie.

»Annecy war doch der Ort, an den laut Aussage des Wachmannes in La Défense die Möbel aus dem Hochhaus gebracht wurden, in dem man mich festgehalten hat. Aber vielleicht ist dieser Tipp ja auch eine Falle.«

»Wenn es eine ist, dann gehen wir hinein. Aber nicht, ohne zuvor eine Reihe von Vorsichtsmaßnahmen getroffen zu haben.

Ich muss das mit Marler besprechen. Gehen Sie ruhig zu Ihrem Essen mit Burgoyne. Morgen früh verlassen wir Paris in Richtung Süden.«

Tweed verstummte, weil es an der Tür klopfte. Paula öffnete sie erst einen Spalt, dann ganz und ließ schließlich Chance Burgoyne eintreten. Er hatte seinen Regenmantel über dem Arm und lächelte.

»Ich hoffe, ich komme nicht ungelegen? Ich war die ganze Zeit auf den Beinen und habe die Umgebung des Hotels abgesucht, aber jetzt würde ich mich gern etwas ausruhen. Sie haben nicht zufällig was zum Trinken da, oder?«

»Doch, haben wir«, antwortete Paula. Sie nahm Burgoyne den Regenmantel ab und ließ ihn in einem Sessel Platz nehmen.

Tweed betrachtete die beiden amüsiert. Sie schienen inzwischen nicht schlecht miteinander auszukommen. Paula holte aus dem Nebenraum eine Flasche Wodka, ein Glas und etwas Eis, während Burgoyne es sich in seinem Sessel bequem machte und sie anlächelte.

»Darf ich fragen, ob Sie hier etwa eine geheime Bar betreiben?«

»Nein. Wir haben uns vorher Kaffee aufs Zimmer bringen lassen, und der Kellner hat auch eine Flasche Wodka dabei gehabt. Vermutlich war sie für jemand anders bestimmt, aber ich habe sie mir vorsichtshalber mal gesichert. Man kann ja nie wissen …«

»Machen Sie mir einen Doppelten, bitte«, sagte Burgoyne. Nachdem Paula ihm das Glas gereicht hatte, prostete er ihr zu. »Auf Ihr Wohl. Und auf den Untergang unserer Feinde.«

Tweed ließ die beiden miteinander plaudern und rief währenddessen bei Monica an. Sie hob bereits nach dem ersten Klingelzeichen ab.

»Wie schön, dass Sie anrufen, Tweed …«

»Ich spreche von meiner Suite im Ritz aus«, sagte Tweed. »Die Leitung ist möglicherweise nicht sicher.«

»Verstanden. Saafeld hat sich noch nicht bei mir gemeldet, also gibt es dort auch keinen Durchbruch. Auch die Eierköpfe sind mit dem Tonband, das Sie ihnen gegeben haben, noch nicht weitergekommen. Tut mir Leid, dass ich keine besseren Neuigkeiten für Sie habe.«

»Machen Sie sich deshalb keine Sorgen. Wir werden innerhalb der nächsten paar Tage möglicherweise Paris verlassen, Monica. Ich melde mich bei Ihnen, wenn ich weiß, wo wir hinfahren. War gut, Ihre Stimme zu hören...« Dann legte er auf.

»Gibt es was Neues?«, fragte Paula.

»Nein, leider nicht. Aber ich habe auch nichts anderes erwartet. Von Saafeld gibt es nichts Neues, und die Eierköpfe haben es bisher auch noch nicht geschafft, Goslars wirkliche Stimme aus seiner verzerrten Nachricht herauszufiltern.«

Es klopfte an der Tür. Paula öffnete und ließ Newman herein, der so frisch und munter aussah, als wäre er eben erst aufgestanden. Der Mann hatte ein phänomenales Durchhaltevermögen, dachte Tweed.

»Burgoyne und ich haben uns dezent im Hintergrund gehalten«, sagte Newman. »Ich dachte, Sie würden allein viel besser mit dieser Hyäne von Bate fertig. Und außerdem hatten Sie ja Paula.«

»Das war sehr vernünftig von Ihnen.«

»Also, ich glaube, dass Goslar nicht noch einmal in das Zimmer bei Madame Markov zurückkehrt«, meinte Newman. »Deshalb habe ich dort auch nicht vorbeigeschaut. Schließlich...«

»Madame Markov!«, rief Tweed und sprang auf. »Ich hätte dran denken müssen. Großer Gott! Wir müssen sofort zu ihr. Hoffentlich ist es nicht schon zu spät.«

Er schnappte sich seinen Mantel und eilte zur Tür. Draußen vor dem Hotel schlug er eine Gangart an, die fast schon ein Dauerlauf war. Erst in der Straße, die zu Madame Markovs Haus führte, gelang es Paula, ihn einzuholen.

»Was ist denn los?«

»Ich bete darum, dass ich nicht schon wieder einen Menschen auf dem Gewissen habe...«

18

Burgoyne überholte sie, während sie die kleine Straße entlangeilten. Wieder erinnerte seine Art zu laufen Paula an einen Tiger. Chance blieb vor der Treppe zum Eingang des Hauses von Madame Markov stehen und wartete darauf, dass die anderen zu ihm aufschlossen. Kurz darauf kamen Paula und Tweed an. Newman, der ihnen den Rücken freigehalten hatte, blieb ein paar Schritte hinter ihnen.

»Die Tür steht halb offen«, sagte Tweed. »Ich bin mir sicher, dass so jemand wie Madame Markov immer darauf achtet, dass sie abgesperrt ist. Wir müssen sehr vorsichtig sein. Kann sein, dass der Gelbe Mann im Haus ist.«

Burgoyne sprang die Stufen hinauf und verbarg dabei seinen Revolver unter dem Rollkragenpullover. Tweed war der Einzige, der bei dem überstürzten Aufbruch aus der Suite die Geistesgegenwart besessen hatte, seinen Mantel mitzunehmen. Newman folgte Burgoyne mit seiner Smith & Wesson in der Hand. Burgoyne blieb vor der halb geöffneten Tür stehen und schob sie langsam nach innen, bis sie die Wand berührte. Newman wusste, weshalb er das tat: Es war eine Vorsichtsmaßnahme für den Fall, dass sich jemand hinter der Tür versteckt hatte. Der ehemalige Geheimdienstoffizier verstand sein Geschäft.

Der Hausgang war leer. Während Burgoyne, gefolgt von Newman, die Treppe hinaufschlich, drückte Tweed die Klinke der einzigen anderen Tür im Erdgeschoß. Er war sich sicher, dass sie in Madame Markovs Wohnung führte.

»Die Tür ist abgeschlossen«, sagte er zu Paula, die mit ihrer Browning in der Hand hinter ihm stand. »Das tut sie vermutlich immer, bevor sie nach oben geht, um in den Zimmern ihrer Mieter nach dem Rechten zu sehen. Also, gehen wir auch nach oben.«

»Ich gehe voran.«

»Nein.«

»Dann nehmen Sie wenigstens meine Browning.«

Um Paula einen Gefallen zu tun, nahm Tweed die Pistole und stieg dann, nachdem er die Waffe automatisch überprüft hatte, langsam die Treppe hinauf. Die Tür im dritten Stock stand offen. Paula drängte sich an Tweed vorbei in das Zimmer und blieb abrupt stehen.

»O nein!«

Newman wirbelte herum, ergriff Paula bei den Unterarmen und führte sie wieder hinaus auf den Treppenabsatz. Aber es war zu spät. Paula hatte die grausige Szene bereits gesehen. Das Wandbett war heruntergeklappt, und darauf lag auf dem Rücken der leblose Körper von Madame Markov, der jemand ein großes Kissen über Kopf und Hals gelegt hatte. Newman ließ Paula los, blockierte aber den Eingang zu dem Zimmer.

»Man hat sie erstickt«, flüsterte Paula mit tonloser Stimme. »Aber warum ist das Kissen voller Blut?«

»Bleiben Sie bei ihr«, sagte Tweed zu Newman, bevor er das Zimmer betrat.

Bis auf das heruntergeklappte Bett und die Tote darauf war alles noch so, wie sie es verlassen hatten. Burgoyne machte ein düsteres Gesicht. Er packte Tweed am Arm und zog ihn auf die gegenüberliegende Seite des Tisches, an dem Tweed seine Pantomime aufgeführt hatte.

»Er ist im Papierkorb«, sagte Burgoyne.

Tweed blickte unter den Tisch und sah dann den Abfalleimer aus Metall, in dem Madame Markovs Kopf lag. Das zuvor noch ordentlich hochgesteckte Haar war völlig durcheinander. Offenbar hatte der Mörder den Kopf an den Haaren gepackt und zu dem Abfalleimer getragen, was man auch an einer Blutspur auf dem Fußboden erkennen konnte.

»Berühren Sie nichts!«, befahl Tweed. »Wir müssen nicht erst unter das Kissen sehen, um zu wissen, was darunter ist. Und jetzt lassen Sie uns so schnell wie möglich von hier verschwinden.«

Auf der Treppe bot Newman seiner Kollegin Paula den Arm an.

»Ich brauche keine Hilfe«, fauchte sie. »Ich fühle mich nicht schwach. Und sagen Sie mir bloß nicht, dass ich keine Fingerabdrücke hinterlassen soll. Ich habe als Erste meine Handschuhe angezogen.«

Newman gab keine Antwort und folgte Paula, die mit einer Hand am Geländer langsam die Treppe hinabstieg. Als sie unten im Gang war, ging sie gleich hinaus auf die Straße. Tweed folgte ihr und sah sich um. Die Straße war leer.

»Zurück ins Hotel«, befahl er.

Paula ging stumm neben ihm, während Burgoyne voraus und Newman hinterdrein gingen. Im Gehen warf Burgoyne einen Blick in jedes Fenster, an dem sie vorbeikamen. Er wollte wohl sichergehen, dass sie nicht von irgendwelchen neugierigen Nachbarn beäugt wurden.

»Jetzt geht es mir wieder besser«, sagte Paula, als sie sich dem Hotel näherten.

Burgoyne ließ sich zurückfallen und sagte etwas zu Tweed. Diesmal lächelte er nicht.

»Ich bleibe noch eine Weile draußen und halte die Augen offen. In der Nähe der Oper gibt es einen Laden, in dem ich mir eine Zeitung kaufen kann. So was ist immer eine gute Tarnung. Ich komme dann ins Hotel nach.«

»Bis später«, sagte Tweed mit einem seltsamen Ton in der Stimme.

Als Burgoyne fort war, bemerkte Paula, dass Tweed wie ein Schlafwandler ging. Sein Gesicht war aschfahl. Sie hakte sich bei ihm unter und drückte seinen Arm.

»Alles in Ordnung?«

»Natürlich.«

Newman hatte den kurzen Wortwechsel mitbekommen und trat an die beiden heran. Er warf einen kurzen Blick auf Tweed, sagte aber nichts, bis sie das Hotel betraten.

»Ich gehe jetzt auf mein Zimmer und mache mich ein bisschen frisch. Vielleicht springe ich auch kurz unter die Dusche. Ich komme dann später zu Ihnen.«

Nachdem Newman gegangen war, tauchte auf einmal Bate auf.

»Tweed, alter Junge, ich muss Ihnen ein paar Fragen stellen«, sagte er. »Wir sind in offiziellem Auftrag hier, vergessen Sie das nicht. Wie wäre es mit einem kleinen Snack in der Bar?«

»Zum Teufel mit Ihnen, Bate«, fauchte Tweed. »Und zum Teufel mit Ihren albernen Fragen.«

»Den wären wir los«, sagte Paula lächelnd, als sie wieder in Tweeds Suite waren.

»Mit Bate werde ich jederzeit fertig. Und hier in Paris gleich dreimal.«

»Der Mord an Madame Markov ist Ihnen wohl sehr nahe gegangen«, sagte Paula. »Aber Sie hätten ihn nie verhindern können.«

»Doch, das hätte ich, wenn ich nur richtig nachgedacht hätte. Ich hätte Lasalle bitten können, sie unter Polizeischutz zu stellen.«

»Was Madame Markov vermutlich strikt abgelehnt hätte.«

»Aber Lasalle hätte immerhin einen Beamten in Zivil vor ihrem Haus postieren können.«

»Hören Sie auf, sich Vorwürfe zu machen, Tweed. Sie haben niemanden auf dem Gewissen.«

»Und was ist mit Vallade, dem armen Teufel?«

»Den hätte Goslar so oder so umgebracht, auch wenn wir ihn nicht in seinem Laden besucht hätten. Sie haben es doch selbst gesagt: Vallade musste sterben, weil er Goslars Namen von der Bestellung des Schildkrötenbuchs her kannte.«

»Mir fällt gerade noch jemand ein, an den ich hätte denken müssen«, rief Tweed plötzlich aus. »Gebe Gott, dass es noch nicht zu spät ist.«

Er setzte sich auf die Bettkante und griff nach dem Telefon auf dem Nachttisch. Aus dem Gedächtnis wählte er die Nummer von Roy Buchanan bei Scotland Yard. Paula sah ihm aufgeregt zu.

»Roy? Gott sei Dank sind Sie da. Ich bin's, Tweed. Ich rufe aus dem Ritz in Paris an. Ich fürchte, dass Miss Sneed, die

Schwester von Sam Sneed, sich in großer Gefahr befindet. Es besteht die Möglichkeit, dass sie ermordet wird. Könnten Sie diesen Inspector in Appledore anrufen – Crake war sein Name, wenn ich mich nicht irre – und ihn bitten, sofort nach ihr zu sehen? Sollte sie noch am Leben sein, muss er sie auf der Stelle aus Appledore wegbringen. Vielleicht hat sie ja irgendwo anders Verwandte oder Freunde. Auf keinen Fall darf sie noch länger in ihrem Haus bleiben. Würden Sie mich zurückrufen, wenn Sie wissen, was mit ihr los ist? Ich gebe Ihnen die Nummer meiner Suite …«

»Ich kümmere mich sofort darum und rufe Sie so bald wie möglich zurück«, versprach Buchanan.

Tweed legte auf. Paula, der schon eine ganze Weile ein bestimmter Gedanke im Kopf herumgegangen war, beschloss, ihn Tweed jetzt mitzuteilen. Vielleicht lenkte ihn das ja von seinen trüben Gedanken etwas ab.

»Vielleicht halten Sie mich für verrückt, aber ich habe mir in letzter Zeit eine Menge Gedanken über ein bestimmtes Thema gemacht. Ich schätze, es ist an der Zeit, mit Ihnen darüber zu reden.« Sie hielt kurz inne. »Was wissen Sie über den Hintergrund und das Vorleben von Jarvis Bate?«

»Nicht viel. Nur das, was Howard mir über ihn erzählt hat. Bate ist erst seit zwei Jahren bei der Special Branch und hat dort einen kometenhaften Aufstieg gemacht, bei dem er allerdings über Leichen gegangen sein soll. Letztere Information stammt natürlich nicht von Howard. Davor war Bate für einen international arbeitenden Sicherheitsdienst tätig. Da hat er sich vermutlich das Know-how und die Rücksichtslosigkeit geholt, die er gebraucht hat, um Pardoe, den Chef der Special Branch, von sich zu überzeugen. Soviel ich weiß, hat Bate ziemlich lange in den Vereinigten Staaten gearbeitet. Wenn er nicht im Hauptquartier der Special Branch ist, reist er viel herum. Das war's.«

»Nicht viel«, bemerkte Paula. »Bate«, sagte sie und dann noch einmal: »Bate.«

Ein paar Minuten später rief Cord Dillon aus Amerika an.

»Ich bin in meinem Hotelzimmer«, warnte ihn Tweed. »Schön, von Ihnen zu hören. Wie haben Sie meine Nummer herausbekommen?«

»Über Howard. Ich muss Ihnen etwas zu dem Thema sagen, das Sie momentan am meisten interessiert. Ich habe mir gerade ein paar alte Akten angesehen. Aus denen geht hervor, dass unsere Zielperson etliche Jahre in England gelebt hat. Ich dachte, das würde Sie interessieren.«

»Verstehe. Und was hat sie dort gemacht? Wissen Sie das?«

»Ja, das weiß ich. Die Zielperson hat damals aus steuerlichen Gründen offenbar einen sehr profitablen Sicherheitsdienst in Deutschland geleitet, aber in England gelebt. Mehr konnte ich darüber nicht herausfinden.«

»Wann war das?«

»Das geht aus meinen Unterlagen nicht hervor.«

»Cord, ich hätte noch eine ganz andere Frage an Sie. Haben Sie schon einmal etwas von einem gewissen Jarvis Bate gehört?«

»Ja. Ein ekelhafter Kerl. Ich habe ihn einmal getroffen. Er hat den Leuten hier bei uns Honig ums Maul geschmiert. ›Ihr Amerikaner seid so ein wundervolles Volk. Mit eurer Dynamik, eurem Know-how und eurer Effizienz habt ihr es verdient, die Welt zu beherrschen.‹ So hat er stundenlang dahergeredet. Viele wichtige Leute bei uns haben sich dadurch gebauchpinselt gefühlt und Bate nach kurzer Zeit aus der Hand gefressen.«

»Wo hat er in den Staaten gelebt?«

»In New Jersey. Aber er war nicht oft dort, sondern ist wie ein gottverdammter Moskito in der Weltgeschichte herumgeschwirrt. Oft war er für lange Zeit einfach verschwunden. Ich habe den Kerl übrigens immer für einen Windbeutel gehalten.«

»Danke für die Information, Cord. War sehr interessant.«

»Gern geschehen. War's das?«

»Das war's.«

Dillon beendete die Unterhaltung in seiner typisch amerikanischen Art dadurch, dass er einfach den Hörer auflegte. Tweed blickte hinüber zu Paula, die das Gespräch am anderen Telefon mitbekommen hatte.

»Ich hoffe, Sie haben nichts dagegen, dass ich mitgehört habe«, sagte sie.

»Im Gegenteil. Ich bin froh darüber.«

»Sie sehen müde aus, Tweed. Wie lange haben Sie letzte Nacht geschlafen?«

»Nicht lange. Ich bin aufgewacht und durch das Zimmer gelaufen, wobei mir die Geschehnisse immer wieder durch den Kopf gegangen sind. Ich habe versucht, die einzelnen Teile zusammenzufügen, aber sie wollen einfach nicht zueinander passen. Ich glaube, ich könnte jetzt einen Drink vertragen.«

»Wie wäre es mit einem Wodka?«

»Klingt gut. Aber nicht zu stark, bitte.«

Als Tweed sich vom Bett erhob, klingelte das Telefon. Er und Paula nahmen gleichzeitig die Hörer ab.

»Ja?«, sagte Tweed.

»Ich bin's. Roy. Alles in Ordnung. Wir hatten Glück. Crake hat mich gerade angerufen und gesagt, dass ein Streifenwagen bei Miss Sneed vorbeigefahren ist. Es geht ihr gut und sie hat sich bereit erklärt, zu einer Tante in den Westen zu ziehen. Crake hat gesagt, dass sie gerade ihre Sachen packt. Er schickt später einen Wagen mit Polizisten in Zivil vorbei, um sie abzuholen. Bis dahin bleibt einer seiner Männer bei ihr im Haus.«

»Jetzt bin ich wirklich erleichtert, Roy. Ich kann Ihnen gar nicht sagen, wie dankbar ich Ihnen bin.«

»Dann sagen Sie es eben nicht …«

Tweed legte auf und ging hinüber zu einem Sessel, in den er sich hineinfallen ließ. Paula machte ihm seinen Drink.

»Hier«, sagte sie, während sie ihm das Glas reichte. »Jetzt müssen Sie sich keine Sorgen mehr wegen Miss Sneed machen. Ach, übrigens, Chance hat im Maxim keinen Tisch mehr bekommen. War schon alles ausgebucht. Jetzt geht er mit mir ins Sandolini, das neue In-Lokal, wie er mir mit einem komischen Kichern gesagt hat. Ich habe aber gehört, dass es das schon seit ein paar Jahren sein soll.«

»Wo liegt es denn?«, fragte Tweed, nachdem er einen Schluck Wodka genommen hatte.

»In einer Seitenstraße der Rue St-Honoré. Wir haben unseren Tisch für halb neun bestellt, sodass wir um Viertel nach acht mit dem Taxi von hier abfahren müssen.«

»Ich halte es für eine gute Idee, mal einen Abend lang abzuschalten. Genießen Sie es.«

»Das werde ich. Chance ist ein lustiger Bursche. Und Ihnen rate ich, dass Sie sich ein wenig aufs Ohr legen, sobald Sie Ihren Wodka ausgetrunken haben.«

»Das geht nicht. Trudy Warner kommt doch zu mir.«

»Aber nicht vor sieben. Vergessen Sie nicht, Newman im Schrank zu verstecken. Glauben Sie eigentlich Trudys Geschichte?«

»Das werde ich Ihnen sagen können, wenn ich das zweite Kapitel davon gehört habe. Aber vorher muss ich noch die Nummer anrufen, die Serena Cavendish mir gegeben hat. Vielleicht kann ich mich noch mit ihr treffen, bevor Trudy zu mir kommt.«

»Aber nur, wenn Sie vorher noch etwas schlafen. Sie haben Ihren Wodka schon fast ausgetrunken. Ich bringe Sie jetzt ins Bett und dann gehe ich auf mein Zimmer, dusche mich und überlege mir, welches meiner zwei Kleider ich heute Abend anziehe. Das kann bei mir Stunden dauern.«

Tweed stand auf, ging langsam zurück zum Bett und gab Paula sein Jackett. Dann zog er die Schuhe aus und legte sich angezogen unter die Tagesdecke. Er wollte aber noch nicht schlafen.

»Rufen Sie doch bei Newman an. Wenn er auf seinem Zimmer ist, soll er für einen Moment hierher kommen.«

»Newman ist schon unterwegs«, sagte Paula, nachdem sie kurz telefoniert hatte. »Schlafen Sie gut. Sie haben jede Menge Zeit, und die müssen Sie nutzen. Aber Sie liegen ja gar nicht bequem.« Paula trat ans Bett und rückte Tweed das Kissen zurecht. »Ich bleibe noch so lange hier, bis ich Newman hereinlassen kann.«

Newman kam kurze Zeit später. Paula runzelte die Stirn und bedeutete ihm mit einer kleinen Pantomime, dass Tweed unbedingt schlafen müsse. Dann ging sie. Newman, der frisch geduscht und rasiert war – am Morgen hatte er nur Katzentoilette machen können –, trat an Tweeds Bett.

»Was kann ich für Sie tun, Sir?«

»Sir? Ich wusste gar nicht, dass die Queen mich demnächst adeln wird.«

»Würden Sie den Titel denn annehmen?«

»Nein. Das passt nicht zu mir. Bob, hat Paula Ihnen gesagt, dass Trudy Warner mich heute Abend um sieben hier in meinem Zimmer besucht, um noch einmal mit mir zu sprechen?«

»Ja. Mir gefällt das nicht besonders, und ihre rührselige Geschichte von ihrem ermordeten Ehemann finde ich auch nicht gerade überzeugend. Schließlich gehört sie zu Karnows Truppe.«

»Das lässt sich nicht leugnen. Als Trudy das letzte Mal hier war, hat Paula sich im Schrank versteckt. Würden Sie heute Abend dasselbe tun? Paula besteht darauf.«

»Paula passt vielleicht in diesen Schrank«, sagte Newman, nachdem er die Tür geöffnet und ein paar Kleiderbügel zur Seite geschoben hatte, »aber ich bin größer als sie. Ich könnte mich höchstens im Badezimmer verstecken.«

»Was machen wir, wenn Trudy aufs Klo muss?«

»Dann sagen Sie ihr, dass die Toilettenspülung nicht funktioniert und bisher noch niemand da war, um sie zu reparieren. Schließlich gibt es im Hotel genügend andere Toiletten, auf die sie gehen kann.«

»Gut, das klingt plausibel. Dann machen wir es so. Wenn sie mir heute Abend mehr von sich erzählt, werde ich schon herausfinden, ob man ihr trauen kann. Bevor Sie gehen, Bob, könnten Sie vielleicht Nield anrufen und ihn zu mir bestellen. Wo steckt übrigens Butler? Ich habe ihn schon seit Stunden nicht mehr gesehen.«

»Er fährt die ganze Gegend mit einem Motorrad ab. Als wir mit den Amerikanern in der Bar waren, hat er von der Tür aus einen Blick hineingeworfen und sich das Gesicht von Vance

Karnow eingeprägt. Vor ein paar Minuten war Butler bei mir und hat mir berichtet, dass Karnow im Hôtel Crillon abgestiegen ist.«

»Dann muss Harry ja ein ganz schön großes Gebiet abdecken. Noch eine Frage: Haben Sie vielleicht Bate irgendwo gesehen? Ich habe den Verdacht, dass er mehr Leute als bloß Mervyn Leek bei sich hat. Ich schätze mal, sechs bis sieben Mann.«

»Zwei von ihnen habe ich unten in der Halle gesehen. Sind leicht zu erkennen, weil sie sich wie Amateure anstellen.«

»Wieso?«

»Diese Typen tragen immer graue Anzüge und auf Hochglanz gewienerte schwarze Schuhe. Außerdem können sie sich nicht wie normale Hotelgäste bewegen. So was fällt auf.«

»Ich habe gehört, dass die Burschen von der Special Branch knallhart sein können.«

»Aber wir sind härter. Ich werde jetzt Nield anrufen und dann verschwinden, wenn es Ihnen Recht ist. Ich muss wieder ein Auge auf Bates Gartenzwerge werfen.«

»Warten Sie noch, bis Nield kommt, dann können Sie gehen.«

Als Newman Nield in die Suite ließ, legte er einen Finger auf die Lippen als stummen Hinweis, dass dieser nicht länger bleiben solle als unbedingt nötig. Nield nickte. Nachdem Newman gegangen war, trat er an Tweeds Bett und streckte die Hände in einer Was-kann-ich-für-Sie-tun?-Geste aus.

»Unser Plan hat sich geändert, Pete. Chance Burgoyne hat keinen Tisch mehr im Maxim bekommen, weshalb er mit Paula ins Sandolini geht. Es ist ...«

»Ich weiß, wo es ist. Ich werde dort sein und auf Paula aufpassen. Wann gehen sie denn hin? Auch um halb neun? Kein Problem. Ich werde von meinem Zimmer aus einen Tisch bestellen.«

»Fällt es nicht auf, wenn Sie allein an einem Tisch sitzen?«

»Ich werde nicht allein sein, sondern mir eine nette Dame als Begleitung mitnehmen. Keine von der Straße, natürlich«, fügte Nield hinzu, während er mit dem Finger über seinen Schnurrbart strich. »Machen Sie sich keine Sorgen wegen heute Abend. Es wird alles klappen. Ich gehe jetzt. Was ist mit der Tür?«

»Nehmen Sie den Schlüssel und schließen Sie von außen ab. Ich habe noch einen zweiten hier auf dem Nachttisch. Und geben Sie mir gut auf Paula Acht.«

»Paula wird nichts passieren …«

Tweed dachte noch, dass Nields letzte Worte irgendwie verhängnisvoll geklungen hatten, dann aber legte er den Kopf auf das Kissen und sank sofort in einen tiefen Schlaf.

19

»Wir ziehen in den Krieg«, verkündete Bate mit seiner dominierenden Stimme.

Er saß auf einem hohen Stuhl mit gerader Lehne in seinem Hotelzimmer in der Rue St-Honoré, das ihm als vorübergehendes Hauptquartier diente. Seine vier Mitarbeiter, an die sich seine Ansprache richtete, hockten auf Sofas, die man im Ritz nicht einmal dem Personal zugemutet hätte.

»Was bedeutet das?«, fragte ein schlanker Mann Ende dreißig. Seine Stimme hatte einen blasierten Oberklassenakzent.

»Clive«, sagte Bate und hielt inne, um den Mann aus eisblauen Augen böse anzuschauen. »Wenn Sie so freundlich wären, mich aussprechen zu lassen, dann könnten Sie möglicherweise noch etwas lernen.«

Clive Marsh, fast ebenso groß gewachsen wie Bate, war der Neuling im Team. Er rückte seine Krawatte zurecht und sah seinen Chef mit gerunzelter Stirn an. Auch wenn er sein Vorgesetzter war, glaubte Marsh ihn jederzeit unterbrechen zu dürfen.

»Wir werden Tweed unsere Anwesenheit spüren lassen«, fuhr Bate fort. »Und zwar, indem wir ihn unter Druck setzen. Leek und Prendergast sind zur Zeit im Ritz und beobachten Tweed und seine Leute. Sie haben Handys dabei, über die sie mich jederzeit über sämtliche Bewegungen informieren können.«

»Und dann?«, fragte Clive.

»Wir haben sechs Leihwagen, sodass wir alle mobil sind«, donnerte Bate weiter, als hätte er die Frage überhaupt nicht gehört. Ich habe mir ausgerechnet, dass Tweed als Nächstes entweder nach Deutschland oder in die Provence gehen wird. Vielleicht sogar noch weiter weg von Paris. Wenn er sich bewegt, werden wir ihm hinterherfahren und ihn nacheinander immer wieder überholen. Auf diese Weise merkt er nicht, dass er verfolgt wird. Haben Sie das alle kapiert?«

»Ja«, antwortete Wilbur Jansen, ein kleiner, dicklicher Mann mit einem Schnurrbart, der wie eine Zahnbürste aussah. »Ja, natürlich«, wiederholte er ölig.

»Leek wird Sie mit Waffen versorgen, die er hier in Paris für uns besorgt hat. Aber fangen Sie mir bloß keine Schießerei an, solange sie sich vermeiden lässt.«

»Und wann lässt sich eine Schießerei nicht mehr vermeiden?«, fragte Clive und unterdrückte ein Gähnen.

»Großer Gott! Manchmal denke ich fast, dass Sie ein Volltrottel sind. Eine Schießerei lässt sich nicht mehr vermeiden, wenn die anderen als Erste auf uns schießen.«

»Es ist immer gut, wenn man weiß, was man zu tun hat«, sagte Clive. »Aber stehen die Behörden in England auch hinter uns? Wenn wir auf Tweeds Leute schießen, meine ich.«

»Noch eine solche Unterbrechung, und ich schicke Sie auf der Stelle nach Hause«, fauchte Bate, der sich zusammennehmen musste, um nicht laut loszuschreien.

Er wusste, dass er das niemals tun würde, leider war Clive Marsh nämlich sein bester und zuverlässigster Mann. Trotzdem warf er dem Störenfried einen bösen Blick zu, bevor er sich wieder an alle wandte. Clive war abermals mit seiner Krawatte beschäftigt. Er trug wie alle anderen im Raum einen grauen Anzug und glänzend geputzte schwarze Schuhe.

»Ich selbst werde in ein paar Minuten von hier verschwinden«, sagte Bate. »In meiner Abwesenheit leitet Mervyn Leek die Gruppe. Er hat die Befehlsgewalt, aber er wird in engem Kontakt mit mir stehen. Bis Sie wieder etwas von mir hören, ist Mervyn Leek also Ihr Boss. Sie essen und schlafen im Hotel und halten sich ständig abrufbereit. Verstanden?«

»Ja«, meldete sich der dicke Wilbur Jansen. »Alles verstanden.«

»Dann gehen Sie jetzt auf Ihre Zimmer«, sagte Bate barsch. Er stand auf und zog sich seinen Kamelhaarmantel an.

Als er wieder allein war, nahm Bate aus einem der Schränke seine bereits gepackte Tasche und ging dann nach unten zur Rezeption. Dort schrieb er einen Scheck aus und gab ihn zusammen mit seiner Scheckkarte dem Hotelangestellten.

»Das dürfte unsere Ausgaben fürs Erste abdecken. Sollte noch mehr auflaufen, wird mein Mitarbeiter Mervyn Leek dafür aufkommen. Und jetzt möchte ich, dass mein Renault vorgefahren wird, wo immer Sie ihn versteckt haben ...«

Nachdem Paula kurz an der Tür zu Tweeds Suite geklopft hatte, sperrte sie mit ihrem Schlüssel auf und war nicht allzu erstaunt, dass Tweed vollständig angezogen am Fenster stand. Paula kannte ihren Chef: Bereits nach kurzem Ausruhen war er wieder voller Energie und Tatendrang.

»Newman kann jeden Augenblick hier sein«, sagte er mit hellwacher Stimme.

Kaum hatte er das ausgesprochen, klopfte es auch schon an der Tür. Paula öffnete und ließ Newman herein.

»Sind eigentlich die beiden Schnüffler von Bate noch im Hotel?«, fragte Tweed.

»Ja. Sie sitzen unten in der Halle, wo sie den Ausgang und den Aufzug im Blick haben.«

»Ich möchte, dass die beiden von hier verschwinden. Ist Pete Nield in der Nähe? Gut. Gehen Sie beide hinunter und setzen Sie sich den Kerlen gegenüber. Dann starren Sie ihnen so lange penetrant in die Augen, bis sie nervös werden und abziehen. Diese Taktik haben wir doch schon öfter angewandt.«

»Bin schon unterwegs.«

»Noch eines, Newman: Ist Bate auch noch unten in der Halle?«

»Nein. Er ist schon vor längerer Zeit verschwunden und bis jetzt nicht wieder aufgetaucht.«

»Interessant. Und jetzt auf zum fröhlichen Wettstarren. Ist eigentlich Burgoyne greifbar? Wenn ja, sagen Sie ihm, dass ich ihn so schnell wie möglich sprechen will.«

Nachdem Newman gegangen war, lächelte Paula Tweed an. Sie setzte sich auf einen der Stühle und zupfte ihr Kleid zurecht.

»Sie haben offenbar nachgedacht«, sagte sie. »Sonst wären Sie jetzt nicht so aktiv.«

»Ich kann dieses Nichtstun nicht länger ertragen. Wahrscheinlich ist Goslar schon längst über alle Berge.«

Paula sprang auf, weil es schon wieder an der Tür klopfte. Burgoyne kam herein und lächelte sie an, bevor er sich an Tweed wandte.

»Sie sind ja schon wieder auf. So frisch habe ich Sie seit dem Herflug nicht mehr gesehen.«

»Chance, ich finde, wir sollten nach Annecy fahren. Ich habe bereits mit Marler gesprochen, der alles für eine rasche Abreise vorbereitet. Wir verlassen das Hotel noch heute Nacht.«

»Dürfte ich einen Vorschlag machen?«, fragte Burgoyne und verschränkte die Arme vor der Brust.

»Nur zu.«

»Ich finde, ich sollte vorausfahren und ...«

Er verstummte, weil das Telefon klingelte. Tweed, der rastlos im Zimmer auf und ab gegangen war, hob den Hörer ab.

»Ja?«

»Serena. Wahrscheinlich würden Sie mich jetzt am liebsten umbringen, aber ich kann heute nicht zu Ihnen kommen. Ich habe ganz überraschend wichtige Dinge zu tun bekommen. Passt es Ihnen stattdessen morgen Nachmittag um vier? Ich muss Ihnen unbedingt etwas Wichtiges mitteilen, was ich Ihnen nicht am Telefon sagen kann.«

»Also gut. Morgen Nachmittag um vier. Aber sehen Sie zu, dass Sie auch wirklich kommen.«

Tweed legte auf und zog sich einen Stuhl an das Sofa, auf dem Burgoyne Platz genommen hatte.

»Was wollten Sie eben sagen?«

»Ich wollte vorschlagen, dass ich schon heute Abend nach meinem Essen mit Paula nach Annecy vorausfahre, um die Strecke zu erkunden, die Sie und die anderen dann nehmen.«

»Wozu?«

»Um einen möglichen Hinterhalt rechtzeitig zu entdecken. Ich werde mir alle Stellen ansehen, die ebentuell dafür in Betracht kämen.«

Paula, die hinter Burgoyne stand, nickte Tweed zu und formte mit den Lippen lautlos das Wort »Ja«.

»Klingt plausibel«, sagte Tweed, nachdem er kurz nachgedacht hatte.

»Welche Route wollen Sie denn nehmen?«

»Von hier aus fahren wir erst einmal in die Schweiz nach Genf und dann wieder zurück über die Grenze nach Annecy. Kennen Sie sich in der Gegend aus?«

»Ja. Vor nicht allzu langer Zeit hatte ich dort einen Spezialauftrag des Verteidigungsministeriums zu erledigen. Ich war in Aix-les-Bains, einer Stadt mit einer alten Stadtmauer. Ich habe dort einen arabischen Agenten gesucht. Und gefunden.«

»Einen Araber?«, sagte Paula erstaunt.

»Jetzt, wo der Auftrag erledigt ist, kann ich es Ihnen ja erzählen. In Aix gab es einen arabischen Schreiber, der in einem kleinen Haus in der Innenstadt lebte und arbeitete. Unter den vielen Flüchtlingen aus Nordafrika, die es seinerzeit dort gab, waren viele Analphabeten. Trotzdem wollten sie ihren Verwandten in Algier, Tunis oder sonst wo ab und zu einen Brief schreiben. Den haben sie dann dem Schreiber diktiert, der übrigens nicht der Mann war, hinter dem ich her war.«

»Annecy ist weiter nördlich als Aix«, sagte Tweed.

»Ich kenne Annecy. Was halten Sie von meinem Vorschlag?«

»Ich stimme ihm zu. Sie fahren nachts, da ist nicht so viel Verkehr. Wie bleiben wir in Verbindung?«

»Über mein Handy.«

Burgoyne holte einen Notizblock aus der Hosentasche und kritzelte etwas auf ein Blatt, das er dann herausriss und Tweed gab.

»Unter dieser Nummer können Sie mich Tag und Nacht erreichen. Wenn ich etwas Verdächtiges entdecke, melde ich mich bei Ihnen. Marler hat mir bereits seine Handynummern gegeben. Und jetzt werde ich wohl lieber noch kurz meine Sachen packen, damit ich später schneller von hier wegkomme. Aber erst nachdem ich Paula wohlbehalten ins Hotel zurückgebracht habe, versteht sich.«

Burgoyne ging, und Tweed fing wieder an, im Zimmer auf und ab zu gehen. Dabei senkte er nachdenklich den Kopf.

»Die Idee ist nicht schlecht«, sagte er schließlich. »Aber weshalb haben Sie sich so enthusiastisch dafür eingesetzt, Paula?«

»Weil Chance gewohnt ist, auf eigene Faust zu operieren. Das hat er schon in der Wüste so gemacht. Wenn einer einen Hinterhalt erkennen kann, dann er ...«

Es klopfte an der Tür. Paula öffnete und ließ Marler herein, der sich wie üblich sofort mit dem Rücken an die Wand lehnte.

»Burgoyne möchte heute Nacht unsere Route nach Annecy abfahren«, sagte er. »Ich halte das für sehr vernünftig.«

»Ich auch. Aber wir fahren nicht heute, sondern erst morgen Nacht«, sagte Tweed und sah dabei Paula an. »Der Anruf vorhin kam von Serena. Sie kann erst morgen Nachmittag um vier zu mir kommen. Das hält uns zwar auf, aber ich möchte hören, was sie mir zu sagen hat. Als Goslar sie zwei Wochen vor dem Vorfall in Appledore als Fotografin angeheuert hat, ist sie ihm ziemlich nahe gekommen.«

»Wenn es stimmt, was sie sagt«, bemerkte Paula.

»Sie sind ganz schön misstrauisch.«

»Dazu haben Sie mich erzogen. Meinen Sie nicht, dass Sie Marler über unsere Route nach Annecy aufklären sollten?«

»Das wollte ich gerade tun. Wir werden über Genf fahren, Marler, und von dort aus über die Grenze zurück nach Annecy.«

»Warum nach Genf?«

»Weil ich dort noch etwas nachprüfen muss. Sie scheinen darüber nicht allzu glücklich zu sein.«

»Ich überlege mir bloß, was das bedeutet. Wenn wir über die Schweiz fahren, müssen wir zweimal eine Grenzkontrolle passieren. Da könnte es Probleme mit unseren Waffen geben. Na, ich werde das schon irgendwie hinkriegen. Ich habe übrigens bereits einen dritten Wagen gemietet.«

»Wieso das?«

»Weil wir im Konvoi nach Annecy fahren. Schon bevor Burgoyne davon gesprochen hat, habe ich mir Gedanken über einen möglichen Hinterhalt gemacht. Sollte es tatsächlich einen geben, werden unsere Feinde vermutlich annehmen, dass Sie im mittleren Wagen sitzen. Aber Sie werden im letzten Wagen fahren.«

»Wenn Sie darauf bestehen«, sagte Tweed und sah auf die Uhr. »Ich erwarte jetzt Besuch, den ich gern allein empfangen würde.«

»Kein Problem. Ich muss sowieso den dritten Wagen durchchecken ...«

Um die Zeit, als Marler Tweeds Suite verließ, war es draußen bereits dunkel. In einer kleinen Straße, die von der Rue St-Honoré zur Rue Rivoli führte, drückte ein großer Mann den Knopf der Gegensprechanlage eines Hauses. Unter dem Knopf stand auf einer Karte der Name der Mieterin: *Serena Cavendish.*

Als sich nichts tat, blickte der Mann die Straße entlang. Mehrere Leute eilten an ihm vorbei, aber niemand beachtete ihn. Die Franzosen, die endlich ihre langweilige Arbeit hinter sich gebracht hatten, hatten es eilig, nach Hause zu kommen. Der Mann wollte den Klingelknopf gerade noch einmal drücken, als er sah, wie in einem Fenster im Erdgeschoss der Vorhang kurz beiseite geschoben wurde. Daraufhin blieb er stehen und wartete.

Nach einer Weile wurde die Haustür aufgeschlossen und geöffnet. Die Concierge, eine große, dünne Frau Mitte sechzig mit rosa gefärbtem Haar, sah ihn misstrauisch an. Normalerweise hätte sie die Tür nicht geöffnet, aber jetzt, wo so viele Leute auf der Straße waren, fühlte sie sich sicher.

»Was wollen Sie?«, fragte sie auf Englisch. Am Stil seiner Kleidung hatte sie erkannt, dass der große, grobschlächtige Mann ein Engländer sein musste. Er trug einen langen, dunklen Mantel und schweinslederne Handschuhe.

»Ich möchte meine Freundin Serena Cavendish besuchen. Sie meldet sich nicht an der Gegensprechanlage.«

»Dann ist sie wohl nicht zu Hause.«

»Aber sie erwartet mich. Auf welchem Stockwerk wohnt sie denn?«

»Wohnung zwei im ersten Stock. Kommen Sie später noch einmal wieder ...«

»Ich habe doch gesagt, dass sie mich erwartet. Vielleicht sitzt sie ja gerade in der Badewanne.«

Der Mann drängte die Concierge beiseite und trat in den Hausgang. Ohne die Frau, die ihm etwas auf Französisch hinterher rief, weiter zu beachten, stieg er die Treppe hinauf. Als er oben angelangt war, drehte er sich um und warf ihr eine Banknote hinab. Sie bückte sich und hob sie auf. Es war ein Hundertfrancschein. Als die Concierge wieder hinaufblickte, war der Mann verschwunden. Sie zuckte mit den Achseln und steckte den Schein in ihre Geldbörse, die sie unter der Schürze trug.

Der große Mann ging den schmalen Gang im ersten Stock entlang, bis er an einer Tür die Ziffer Zwei entdeckte. An der Tür daneben war ein Schild mit einer Drei angeschraubt. Der Mann nahm eine kleine, dünne Metallplatte mit einer gezahnten Seite aus der Hosentasche und steckte sie zwischen Tür und Türstock. Dann drehte er die Platte mit einer kraftvollen Bewegung. Der Türrahmen war nun zwar beschädigt, aber die Tür war offen. Der Mann trat in die Wohnung.

Nachdem er das Wohnzimmer, die kleine Küche und das Bad inspiziert und festgestellt hatte, dass die Wohnung leer war, hörte er hinter sich ein Geräusch. Es war die Concierge, die ihn böse ansah und mit ihrem knochigen Zeigefinger auf das gesplitterte Holz am Türrahmen deutete. Dabei starrte sie ihn so intensiv an, als wollte sie sich seine Erscheinung gut einprägen, damit sie ihn später beschreiben konnte.

»Den Schaden werden Sie mir bezahlen«, keifte sie. »Das wird teuer. Neues Schloss. Alles neu. Wer sind Sie überhaupt?«

Der Mann ging zum Wohnzimmerfenster und sah hinaus. Die Straße unten wimmelte von Menschen, aber die Autos, die sich zuvor gestaut hatten, kamen langsam wieder in Bewegung. Nirgends war ein Streifenwagen zu sehen. Der Mann drehte sich um und sah die Concierge an.

»Sagen Sie mir, wer Sie sind«, wiederholte sie. »Oder ich rufe die Polizei.«

Der Mann holte aus seiner Brieftasche drei Fünfhundertfrancscheine, die er der Concierge mit seiner behandschuhten Hand hinstreckte. Die Concierge war unschlüssig, was sie tun sollte. Sie fuhr sich mit der Zunge über die Lippen und ging dann auf den Mann mit den Banknoten zu. Schon ein Drittel der Summe hätte ausgereicht, um den Schaden an der Tür reparieren zu lassen.

»Natürlich bezahle ich den Schaden«, sagte der Mann mit rauer Stimme. »Ich habe zu fest an der Tür gedrückt. Ich habe einfach zu viel Kraft.«

Als die Concierge nach den Banknoten greifen wollte, ließ der Mann eine davon zu Boden fallen. Er entschuldigte sich dafür, und die Frau bückte sich, um sie aufzuheben. Als sie sich wieder aufrichtete, packte sie eine riesige Hand am Hals und eine zweite schloss sich ihr um den Nacken. Der Mann machte eine rasche, ruckartige Bewegung und brach der Concierge damit das Genick. Um sicherzugehen, dass sie auch wirklich tot war, würgte er sie mit seinen schraubstockartigen Händen noch so lange, bis sie vollends schlaff wurde. Dann erst ließ er sie zu Boden fallen.

Der Mann bückte sich, hob die Banknote auf und löste der Concierge die beiden anderen Scheine aus den toten Fingern.

Dann ging er nach einem kurzen Blick aus dem Fenster zu Tür, wo er sich noch einmal umdrehte.

»Mein Name ist Abel«, sagte er. »Sie hätten mich nie hereinlassen dürfen.«

Als Trudy Warner in Tweeds Suite kam, hockte Newman bereits im Badezimmer auf dem Boden. Er hatte den Fuß gegen die nur einen Spalt geöffnete Tür gestellt. Tweed bot ihr einen Platz auf dem Sofa an, während er sich in einem Sessel gegenüber niederließ. Trudy hatte ihren Pelzmantel ausgezogen und über die Lehne des Sofas gehängt.

»Kann ich Ihnen etwas zu trinken anbieten?«, fragte Tweed.

»Nein, vielen Dank.«

Trudy war wirklich eine umwerfende Frau, fand Tweed, für den der zweite Eindruck von einer Person manchmal wichtiger war als der erste. Ihr prächtiges rotes Haar fiel ihr bis auf die Schultern, aber es war ihre Nase, die diesmal seine Aufmerksamkeit weckte. Sie war kräftig, aber nicht zu groß, um die perfekte Symmetrie ihrer Gesichtszüge zu stören. Trudy war eine schöne Frau und hatte bestimmt schon vielen Männern den Kopf verdreht. Hinter dieser makellosen Fassade aber entdeckte er eine beträchtliche innere Stärke.

»Ich werde dort fortfahren, wo ich das letzte Mal aufgehört habe«, begann sie. »Dem brutalen Mord an meinem Mann Walt, der Buchhalter bei einem Sicherheitsdienst war. Bancroft hat ihm den Lauf einer Pistole in den Mund gesteckt und abgedrückt. Ich bin vor ihm ins Haus unserer Nachbarn geflüchtet und habe mich dort versteckt, und Bancroft hat an der Tür gerüttelt, ist dann aber weggefahren. Ich wusste, dass ich sofort verschwinden musste. Bancroft hätte jeden Augenblick zurückkommen können. Ich ging also zurück in unser Haus, packte hastig ein paar Sachen zusammen, die mir wichtig waren, und fuhr – mein Wagen war in der verschlossenen Garage gewesen – nach New York. Ich bin nie wieder nach Virginia zurückgekehrt. Was ich danach getan habe, ist eine lange Geschichte, aber schließlich habe ich einen Job bei einer großen Sicherheitsfirma in New York angenommen. Dabei hat es mir geholfen, dass ich Engländerin bin.«

»Was war das für ein Job?«

»Ich habe Leute ausfindig gemacht, die bei ihren Firmen große Summen unterschlagen und sich aus dem Staub gemacht hatten. Ich war so erfolgreich, dass ich in die Überwachungsabteilung versetzt wurde. Und dann bot man mir schließlich eine Stelle in Washington an. Genau das, worauf ich gewartet hatte.«

»Warum?«

»Weil von dort aus Karnow und seine Unit Four operieren. Ich war mir sicher, dass Walt hatte sterben müssen, weil er zu viel über diese Einheit wusste. Er hatte herausgefunden, wie sie sich finanzierte, und mit dem Gedanken gespielt, das FBI darüber zu informieren. Als ich in Washington war, bin ich in der Hoffnung, irgendwann einmal auf Vance Karnow zu stoßen, auf jede Menge Partys gegangen. Ich hatte die Hoffnung schon fast aufgegeben, als mir Karnow eines Abends doch noch über den Weg lief. Als ich ihn sah, sprach er gerade mit Bancroft, was mir natürlich einen gehörigen Schock versetzt hat. Im Lauf der Party kam Karnow dann zu mir und sagte, dass er schon viel von der tüchtigen Trudy Warnowski gehört habe, und schließlich bot er mir einen Job in seiner Organisation an. Ich spielte die Spröde, erzählte ihm, dass ich verwitwet sei, und sagte erst nach seiner dritten Einladung zum Mittagessen endgültig zu. Und damit war ich ein Mitglied von Unit Four.«

»Aber was war mit Ihrem Namen? Karnow muss doch gewusst haben, wie Ihr Mann hieß?«

»Ich habe ihm nicht meinen richtigen Namen genannt. Gleich nach meinem Umzug nach New York hatte ich mir von einem Spezialisten eine neue Identität verpassen lassen. Walt hatte mir von dem Mann erzählt. Ich habe von ihm für viel Geld einen Pass und einen Führerschein mit einem neuen Namen bekommen, den ich mir selbst ausgedacht hatte, zusammen mit einer neuen Sozialversicherungsnummer und allem, was sonst noch dazugehört. Erst danach hatte ich mich für meinen neuen Job beworben.«

»Darf ich fragen, wie Ihr richtiger Name ist?«

»Petula Baron. Mein Mann hieß Walter Baron. Für meine Freunde in England hatte ich den Spitznamen Pet.«

»Aber hat Sie denn niemand von Unit Four gesehen, als Ihr Mann dort die Buchhaltung gemacht hat?«, fragte Tweed skeptisch.

»Nein. Walt hatte der Organisation von Anfang an recht misstrauisch gegenübergestanden und seinen Arbeitgebern erzählt, dass ich unter einer Agoraphobie leide und deshalb nicht unter Menschen gehen könne. So habe ich ihn nie nach Washington begleiten müssen, und niemand von Unit Four hat mich je zu Gesicht bekommen. Walt dachte, es wäre sicherer, wenn er mich in unserer Kleinstadt in Virginia versteckte. Wie Recht er doch damit hatte.« Sie schluckte schwer. »Es war schrecklich. Ich habe mich nicht einmal getraut, zu Walts Beerdigung zu gehen, wofür ich mir heute noch Vorwürfe mache. Aber ich hätte mich damit in zu große Gefahr gebracht.«

»Wie war eigentlich Ihr Mädchenname?«

»Petula Pennington. Die Mädchen in meiner Schule in Surrey haben mich immer Pippy genannt. Mit zwei ›p‹. Zumindest die, die mich nicht leiden konnten. Sie können das alles nachprüfen. Die Schule war in Ramstead.«

»Und warum haben Sie sich für die Unit Four rekrutieren lassen?«, fragte Tweed beiläufig.

»Das habe ich Ihnen bereits gesagt«, antwortete sie mit ruhiger, fester Stimme, obwohl ihre graublauen Augen trotzig funkelten. »Ich werde Bancroft töten, sobald ich ihn allein erwische. Ich habe Walt sehr geliebt«, fügte sie leise an.

»Aber Bancroft kommt mir wie ein knallharter Bursche vor. Ich habe ihn gesehen.«

»Ich bin härter. Das habe ich meinen Erlebnissen zu verdanken. Wissen Sie, was Karnow für Sie vorgesehen hat?«

»Nein. Aber ich würde es gern erfahren.«

»Erst wollte er Sie umbringen lassen, aber dann hat er es sich anders überlegt. Jetzt lässt er Sie so lange am Leben, bis Sie ihn zu Dr. Goslar geführt haben.«

»Dr. Goslar?«

»Sie wissen genau, wer das ist«, sagte Trudy und beugte sich vor, sodass Tweed ein Hauch von ihrem teuren Parfüm in die Nase stieg. »Er ist der unsichtbare Mann, der eine neue Superwaffe erfunden hat. Die Amerikaner tun alles, um sie in ihre schmutzigen Hände zu bekommen. Niemand scheint zu wissen, wie dieser Dr. Goslar aussieht.«

»Dann hat Karnow also vor, mich zu verfolgen«, sagte Tweed gelassen.

»Er hat mehrere seiner Leute hier im Hotel platziert, die nur darauf warten, dass Sie sich in Bewegung setzen. Einer von denen, ein gewisser Brad Braun – Braun in deutscher Schreibweise mit »au« –, hat sogar eine Suite gemietet. Er hat dichtes schwarzes Haar und eine lange Nase, die immer zuckt, wenn er aufgeregt ist. Braun legt großen Wert auf sein gepflegtes Äußeres. Und dann ist noch ein Zweiter hier, ein Mann namens Milt Friedman. Er ist groß, glatt rasiert und Ende dreißig. Auffällig sind seine seltsamen Augen. Karnow ist davon überzeugt, dass Goslar nicht mehr in der Stadt ist und dass Sie Paris bald verlassen werden. Wenn Sie das tun, will er Ihnen folgen.«

»Warum erzählen Sie mir das alles?«

»Weil ich, wie gesagt, mitgehört habe, was Cord Dillon über Sie erzählt hat. Ich bin mir sicher, dass Sie Unit Four zerstören werden, und dabei möchte ich Ihnen helfen, weil es für mich gleichzeitig meine Rache an Bancroft sein wird.«

»Wenn ich wirklich aus Paris abreisen würde, wie würden wir dann die Verbindung halten?«

»Sie könnten mir beispielsweise Ihre Handynummer geben.«

»Es wäre mir lieber, wenn Sie mir die Ihre gäben.«

»Bitte sehr.« Trudy kritzelte ein paar Zahlen auf eine Visitenkarte und gab sie Tweed. Sie hatte eine klare, intelligente Handschrift. »Wenn Sie mich anrufen und ich nicht sprechen kann, sage ich: ›Sie haben sich verwählt‹ und lege auf. Sie können es dann später ja noch einmal versuchen. Sollte ich aber frei reden können, sage ich Ihnen, wo ich bin.«

»Ich fürchte, Sie bringen sich in große Gefahr.«

»Das ist mir egal. Mit Gefahr kann ich umgehen. Schließlich habe ich eine professionelle Ausbildung hinter mir. Kann ich mich denn auf Sie verlassen? Prüfen Sie ruhig meine Angaben in meiner alten Schule in Ramstead nach.«

»Darf ich auch Erkundigungen bei dem Sicherheitsdienst in New York einholen, für den Sie gearbeitet haben? Ganz diskret, versteht sich.«

»Er heißt National Intelligence and Security, Incorporated. Auch bekannt als NISI. Aber vergessen Sie nicht, dass ich dort als Trudy Warnowski angestellt war.«

»Ich werde meine Nachforschungen sehr vorsichtig anstellen. Noch eine Frage: Haben Sie eigentlich bei Ihrer Abreise aus Virginia irgendwelche Fotos von sich zurückgelassen?«

»Nein. Ich habe jedes Bild von mir und Walt mitgenommen. Außerdem bin ich noch zu meiner Nachbarin gegangen, die am gleichen Abend von ihrer Reise zurückgekommen ist. Wir sind immer sehr gut miteinander ausgekommen. Ich habe ihr erzählt, was passiert ist und dass Walt herausgefunden hätte, dass er die ganze Zeit über für die Mafia gearbeitet hat. Dann sagte ich noch, dass ich die Nächste sei, die umgebracht werden solle, und dass ich deshalb zurück nach England fliegen würde.«

»Gibt es sonst noch jemanden in den Vereinigten Staaten, bei dem Unit Four Erkundigungen über Sie hätte einziehen können?«

»Ja«, erwiderte Trudy und lächelte grimmig. »Ich habe meine verwitwete Schwester in San Francisco angerufen, ihr meine Situation erklärt und gesagt, dass man möglicherweise Kontakt mit ihr aufnehmen werde. Sie hat mir versprochen, den Leuten zu sagen, dass ich sie besucht hätte und dann weiter nach Seattle geflogen sei. Falls sie jemand nach einer Beschreibung von mir fragte, sollte sie ihm sagen, er solle sich zum Teufel scheren, und auflegen.«

»Aber man hätte auch Ihre Nachbarin nach einer Beschreibung von Ihnen fragen können.«

»Sie hat mir versprochen, dass sie in diesem Fall eine Freundin von ihr beschreiben würde, eine gewisse Mrs. Cadwallader, die in Richmond lebt.« Trudy hielt inne. »Es war schrecklich, Walt einfach so in unserem Wohnzimmer zurückzulassen, aber ich wusste, dass auch er mir geraten hätte, so schnell wie möglich zu verschwinden.«

Tweed sah sie an, und Trudy hob trotzig den Kopf. Er bewunderte sie dafür, wie sie mit einer Situation fertig geworden war, die viele andere Menschen heillos überfordert hätte. Trudy sah auf die Uhr.

»Ich muss jetzt zurück ins Crillon. Karnow prüft gern nach, wo seine Leute gerade sind. Ich werde also auf Ihren Anruf warten. Wenn ich allein bin, halte ich Sie auf dem Laufenden über Unit Four. Jetzt muss ich aber wirklich gehen.«

»Haben Sie denn keine Angst, dass Milt Friedman oder Brad Braun Sie sehen, wie Sie hier aus dem Hotel kommen?«

»Passen Sie auf«, antwortete Trudy und zog unter ihrem Mantel einen schwarzen Hut hervor. Sie stellte sich vor den Wandspiegel und versteckte sorgfältig das Haar unter dem Hut. Dann ließ sie einen schwarzen Spitzenschleier von der Hutkrempe herab, der ihr Gesicht zur Hälfte verdeckte. »Na, was sagen Sie?«, fragte sie Tweed, während sie in den Pelzmantel schlüpfte.

»Ich würde Sie nicht wieder erkennen«, sagte Tweed und öffnete ihr die Tür. »Aber seien Sie trotzdem vorsichtig. Gehen Sie kein Risiko ein. Sie haben es mit kaltblütigen Killern zu tun.«

Trudy warf ihm eine Kusshand zu und ging.

20

»Na, was halten Sie von Trudy Warner?«, fragte Tweed, als Newman aus dem Badezimmer kam.

»Meinen Segen hat sie«, sagte Newman grinsend. »Und gut aussehend ist sie dazu, sogar durchs Schlüsselloch betrachtet.« Seine Miene wurde ernst. »Die Frau ist durch die Hölle gegangen. Mit ansehen zu müssen, wie ihrem Mann von diesem Bastard Bancroft der Schädel weggepustet wird... Gut, dass Sie mich schon vorher mit der Geschichte vertraut gemacht haben. So konnte ich alles verstehen, was sie gesagt hat. Sie hat es geschickt verstanden, ihre Spur zu verwischen. Eine Frau wie sie könnten wir in unserem Team gut gebrauchen.«

»Na ja, irgendwie gehört sie ja schon fast zum Team. Aber vorher möchte ich sie noch gründlich überprüfen. Rufen Sie bei Trudys früherem Arbeitgeber in New York an, dieser National Intelligence and Security. Sie können ja sagen, dass jemand sie Ihnen für Sicherheitsaufgaben empfohlen hat und dass Sie sich über sie erkundigen wollen.«

»Dann gehe ich jetzt auf mein Zimmer und überlege mir, wie ich das am besten anstelle.«

Als Newman die Tür öffnete, stand Paula im Korridor. »Ist die Luft rein?«, flüsterte sie.

»Ja. Ich gehe gerade auf mein Zimmer.«

»Das ist ja wie beim Arzt. Der Nächste bitte.«

»Da fällt mir ein, ich muss Tweed ja noch etwas sagen.« Newman drehte sich um und ging zusammen mit Paula zurück in die Suite. »Die Schnüffler von Bate sind wir übrigens los«, sagte er zu Tweed.

»Gut. Und wie haben Sie das geschafft?«

»Pete und ich haben uns wie besprochen einfach in der Lobby ihnen gegenüber hingesetzt und sie in einer Tour angestarrt. Das mochten sie überhaupt nicht. Dann kam Butler zurück – er war zum Glück so schlau, seinen Motorradhelm nicht mit ins Hotel zu nehmen. Er hat sofort kapiert, was wir vorhatten, also hat er sich neben mich auf einen Stuhl gesetzt und ebenfalls auf

Mervyn Leek gestarrt. Ich schätze, das hat den Ausschlag gegeben. Wenn Harry jemanden anstarrt, kann das sehr unangenehm sein.«

»Dann haben die beiden also das Hotel verlassen?«

»Ja. Es war richtig komisch. Sie haben so getan, als hätten sie sich bloß ein bisschen ausgeruht und würden jetzt wieder aufstehen. Nicht sehr überzeugend, die ganze Vorstellung. Ich glaube, die Ausbildung bei der Special Branch ist um Längen schlechter als die unsere.«

»Gut gemacht.«

»Jetzt gehe ich aber auf mein Zimmer, um mich an die Überprüfung von Trudy zu machen.«

»Was für eine Überprüfung?«, fragte Paula, nachdem Newman gegangen war. »Ich bin schon früher zurückgekommen, weil ich mich schneller, als ich dachte, für ein Kleid entschlossen habe, das ich heute Abend bei meinem Essen mit Chance tragen will. Ich habe mich für das kleine Schwarze entschieden und gegen das mit den Rüschen – das ist doch ein bisschen zu romantisch. Also, was will Bob bei Trudy überprüfen?«

Tweed erzählte Paula von seinem zweiten Gespräch mit Trudy Warner. Er konnte jedes Wort, das sie gesagt hatte, aus dem Gedächtnis wiederholen. Paula hörte ihm mit ernstem Gesicht zu und hakte jede Information im Geiste ab.

»Newman ist der Meinung, dass sie die Aufnahmeprüfung bestanden hat«, schloss Tweed seinen Bericht, »aber ich habe ihn trotzdem gebeten, die Sicherheitsfirma in New York anzurufen, für die Trudy gearbeitet hat. Haben Sie schon einmal von Ramstead gehört, der Schule, auf der sie in Surrey war?«

»Das ist ja fast, als ob Sie wissen wollten, ob ich schon mal etwas von Eton gehört habe.«

»Ich möchte, dass Sie in Ramstead anrufen, sich die Direktorin geben lassen und dort so viel wie möglich über Trudy herausfinden. Es könnte sich als ziemlich schwierig erweisen.«

»Das glaube ich nicht. Ich werde der Frau einfach erzählen, dass ich gerade ein Kind bekommen hätte, ein kleines Mädchen, und dass ich mich schon jetzt um einen Platz in Ramstead für sie bemühen wolle. Eine Freundin von mir, eine Frau namens Petula Pennington, habe mir die Schule empfohlen. Dann werde ich schon sehen, ob der Name der Direktorin etwas sagt. Ich werde sie allerdings nicht nach den Schulgebühren fragen. Wer das tut, kann sich Ramstead sowieso nicht leisten.«

Während Paula sich von der Auskunft die Nummer geben ließ und dann die Direktorin anrief, nahm Tweed ein leeres Blatt Papier aus seiner Aktentasche und schrieb darauf mehrere Namen, die er mit Kreisen und Pfeilen verband: Bate, Karnow, Mervyn Leek, Milt Friedman, Brad Braun, Lasalle, Bancroft, Goslar, der Gelbe Mann …

Es lag auf der Hand, den Gelben Mann mit Goslar zu verbinden, aber bei anderen versah er die Pfeile mit einem Fragezeichen. Als Paula ihr Gespräch beendet hatte, legte sie auf und setzte sich dann neben Tweed. Sie hatte sich auf einem Notizblock des Hotels Aufzeichnungen gemacht.

»Ich hatte Glück«, sagte sie. »Die Direktorin war persönlich dran, weil sie irgendwelchen Papierkram erledigen musste und deshalb länger im Büro geblieben ist. Sie steht kurz vor der Pensionierung und konnte sich noch lebhaft an Petula Pennington erinnern. Sie hat mir gesagt, dass Petula sich gut mit den anderen Mädchen verstanden habe, und mit einem Kichern hinzugefügt, dass diejenigen, die sie nicht mochten, ihr den Spitznamen Pippy verpasst hätten.«

»Sieht aus, als würde Trudys Geschichte stimmen«, sagte Tweed.

Paula ging zur Tür, weil es geklopft hatte. Sie ließ Newman herein, der zufrieden vor sich hin nickte. Tweed fragte ihn, was das zu bedeuten habe.

»Ich habe bei dieser Sicherheitsfirma angerufen und mich mit dem Mann verbinden lassen, der Trudy Warnowski eingestellt hat. In New York ist es jetzt früher Nachmittag. Er meinte, dass sie eine hervorragende Kraft gewesen sei und dass ich sie mir unbedingt unter den Nagel reißen solle.«

»Dann stimmt ihre Geschichte auch in dieser Hinsicht«, sagte Paula. »Aber ich muss jetzt los …«

»Sie haben viel durchgemacht in letzter Zeit«, sagte Tweed zu ihr. »Gönnen Sie sich einen ruhigen und angenehmen Abend, den Sie wirklich genießen können. Ein paar friedliche Stunden ohne Aufregung.«

Ein gut gebauter Mann mit dichtem schwarzem Haar betrat das Restaurant Sandolini. Er gab Mantel und Hut dem Mädchen an der Garderobe und wandte sich dann an den Geschäftsführer.

»Ich bin Pierre Martin. Ich habe einen Tisch für zwei Personen reserviert.«

»Tut mir Leid, aber ich kann die Buchung nicht finden«, sagte der Geschäftsführer, nachdem er in seinen Aufzeichnungen nachgeschaut hatte.

»Dann nehme ich den Tisch da hinten in der Ecke.«

Der Geschäftsführer wollte gerade sagen, dass der Tisch bereits vorbestellt sei, aber als der Mann ihm diskret eine Banknote zusteckte, überlegte er sich, dass er die angemeldeten Gäste ja auch woanders unterbringen könnte, und führte ihn mit einem freundlichen Lächeln an den Platz.

»Ich fange schon mal mit dem Essen an«, sagte der schwarzhaarige Mann, nachdem er sich gesetzt hatte. »Meine Begleiterin wird wie immer zu spät kommen ...«

Während er die Bestellung aufgab, rutschte ihm eine Haarsträhne in die Stirn, die er aber nicht nach hinten strich. Stattdessen steckte er die Hand in die Tasche seines Jacketts und befühlte dort die Perlen, die er auf den rasiermesserscharfen Draht gefädelt hatte. Aus der anderen Tasche zog er ein Buch von Marcel Proust und begann zu lesen. Ab und zu blickte er von dem Buch auf, hinüber zu dem Tisch, an dem Paula Grey und Chance Burgoyne in ein angeregtes Gespräch vertieft waren.

In der Bar des Restaurants saß Pete Nield neben einer attraktiven, kultiviert aussehenden Frau. Als er nach der Getränkekarte griff, warf er mit dem Ellenbogen ihr Glas um.

»Oh, das tut mir entsetzlich Leid, Madame. Sie müssen mir gestatten, Ihnen ein neues Glas zu bestellen«, sagte er freundlich lächelnd, während der Barkeeper die verschüttete Flüssigkeit aufwischte. »Ich bin allein hier. Habe geschäftlich in Paris zu tun. Ich wage es ja kaum, Sie zu fragen, ob Sie vielleicht zufällig auch allein hier sind.«

»Stellen Sie sich vor, das bin ich«, antwortete die Frau, nachdem sie ihn eingehend gemustert hatte. »Ich habe gerade meinen Freund mit einer anderen erwischt und auf der Stelle Schluss mit ihm gemacht. Dann bin ich hierher gegangen, weil ich unter Menschen sein wollte.«

»Das sind Sie hier tatsächlich. Und einer der Menschen bin zufällig ich. Darf ich Sie zum Essen einladen? Das muntert Sie vielleicht ein wenig auf...«

An ihrem Tisch weiter hinten im Lokal fand Paula, dass Burgoyne ein lebhafter und amüsanter Gesprächspartner war. Er erzählte ihr Witze, die sie zum Teil in schallendes Gelächter ausbrechen ließen. Später dann fragte sie ihn nach seinen Erlebnissen in der Wüste.

»Einmal musste ich mich sogar als junges Kamel verkleiden«, erzählte Burgoyne und trank einen Schluck Champagner. »Das ist alles andere als einfach«, fügte er ernsthaft hinzu. »Man muss Arme und Beine so bewegen, dass es wie der Gang eines Kamels aussieht.« Er imitierte die wogende Gangart mit den Fingern auf der Tischplatte. »Aber es hat gewirkt. Die Araber haben mich zwar gesehen, aber nicht weiter beachtet. Trotzdem war es verdammt anstrengend, sich stundenlang auf allen vieren zu bewegen.«

»Sie sind mir vielleicht einer«, gluckste Paula, die sich königlich amüsierte.

»Und dann habe ich einmal mit Saddam Kaffee getrunken.«

»Mit Saddam Hussein? Wie haben Sie denn das geschafft?«

»Mit Saddam Ali, einem Informanten im Basar«, erwiderte Burgoyne. »Er ist soo dick.« Dabei formte er mit den Armen einen weiten Kreis und blies die Backen auf. »Er hat mir erzählt, wo geheime Raketen versteckt waren.«

»Und haben Sie die gefunden?«

»Als ich – als Araber verkleidet – an die Stelle kam, wurden die Raketen gerade auf Transportfahrzeuge verladen. Aber es waren gar keine Raketen, sondern nur ein paar uralte Kanonen. Das war die ganze Bewaffnung, die die Iraker hatten, und deshalb haben wir auch den Golfkrieg gewonnen. Saddam hatte uns nichts entgegenzusetzen als Kanonenkugeln.«

»Ich glaube Ihnen kein Wort«, sagte Paula und kicherte. »Sie sind ein richtiger Lügenbaron.«

»Ich weiß«, sagte Burgoyne liebenswürdig. »Einmal, in Kuwait…«

Von dem Nischentisch aus, den Nield inzwischen in Begleitung der Frau eingenommen hatte, hatte er Paula und Burgoyne gerade noch im Blick. Paula war in ihre Unterhaltung vertieft und genoss den vergnüglichen Abend so sehr, dass sie Nield und seine neue Bekanntschaft offenbar gar nicht bemerkte.

Der dunkelhaarige Mann beobachtete die beiden ebenfalls genau. Als sie mit dem Essen fertig waren und ihren Kaffee tranken, bezahlte er die Rechnung und verließ langsamen Schrittes das Lokal.

»Hätten Sie noch Lust auf einen kleinen Spaziergang, bevor wir zurück ins Ritz flitzen?«, fragte Burgoyne.

»Ja. Ich würde gern noch etwas frische Luft schnappen. Außerdem habe ich vorhin auf der anderen Straßenseite ein interessantes Geschäft gesehen. Die Schaufenster sind noch immer beleuchtet.«

»Hoffentlich hat es schon geschlossen. Diamanten kosten ein Vermögen…«

Die Straße war schmal und schlecht beleuchtet, lediglich in den von Eisengittern geschützten Schaufenstern brannte Licht. Sie waren schon ein Stück gegangen, als ein Amerikaner, der sich offenbar verlaufen hatte, Burgoyne nach dem Weg fragte. Burgoyne musste seine Erklärungen dreimal wiederholen, bevor der Mann kapierte, wo er hinmusste. Paula ging indessen weiter und kam auf einen kleinen Platz, von dem sie dachte, dass über ihn der Weg zurück zum Ritz führte. Auch dieser Platz, auf dem mehrere kleine Straßen zusammenliefen, war schlecht beleuchtet. In einem Hauseingang stand ein dunkelhaariger Mann.

Paula blieb vor einem der erleuchteten Schaufenster stehen und wartete auf Burgoyne. Auf einmal spürte sie, wie sich ihr der Lauf einer Waffe in den Rücken bohrte. Hinter ihr stand ein kleiner Mann mit dicklichem Gesicht, der eine Baskenmütze trug und Englisch mit amerikanischem Akzent sprach. Es war Bancroft.

»Keine Bewegung, oder ich knalle dich ab.«

Bancroft packte Paula an den Haaren und zog sie am Kopf nach hinten. Dabei grinste er zufrieden. So etwas machte ihm großen Spaß. Dann zuckte er zusammen, weil auch ihm der Lauf einer Waffe in den Rücken gerammt wurde.

»Haare loslassen«, sagte Nield. »Sonst jage ich dir eine Kugel ins Rückgrat.«

»Wenn du das tust, erschieße ich sie«, antwortete Bancroft, ohne sich umzudrehen.

»Dann können wir nur eines tun«, sagte Nield ruhig. »Wir lassen beide gleichzeitig die Waffe fallen. Ich zähle bis drei.«

Bancroft trat einen Schritt zurück, zielte mit dem Revolver aber immer noch auf Paula. Auch Nield bewegte sich nach hinten, ohne den Lauf seiner Walther von Bancrofts Rücken zu nehmen.

»Los geht's«, sagte er, noch immer gelassen. »Eins ... zwei ... drei.«

Bancroft ließ die Waffe fallen, die dann eine Millisekunde vor Nields Walther auf das Pflaster prallte. Der Amerikaner wirbelte herum und wollte Nield mit dem Schädel in den Bauch stoßen, aber dieser sprang geistesgegenwärtig zur Seite und ließ den anderen ins Leere laufen. Als Burgoyne erschien, gab Bancroft Fersengeld und verschwand um eine Ecke.

Der dunkelhaarige Mann trat aus dem Hauseingang, aber Burgoyne hatte ihn gesehen und feuerte einen Schuss aus seiner Smith & Wesson auf ihn ab. Die Kugel schlug in die Ziegel des Hauseingangs ein. Burgoyne schoss noch einmal, traf aber wieder nur eine Hauswand in der schmalen Gasse, in die der dunkelhaarige Mann sich flüchtete. Schnell wie ein Windhund rannte Burgoyne zum Eingang der Gasse, wo er schließlich stehen blieb und mit den Achseln zuckte. Dann kam er zu Paula und Nield zurück

»Er ist verschwunden«, sagte er. »Die Gasse macht nach ein paar Metern einen Knick, und da hätte er mir hinter jeder Ecke auflauern können. Ist alles in Ordnung, Paula?«

»Ich schlage vor, wir bringen sie jetzt zur Rue St-Honoré«, sagte Nield mit fester Stimme. »Dort nehmen wir ein Taxi und fahren zurück zum Ritz.«

»Na, hatten Sie einen netten Abend?«, fragte Tweed, als er Paula in seine Suite ließ.

»Er war wunderbar. Bis auf die beiden Gorillas, die mir ans Leben wollten.«

Paulas Stimme klang zittrig. Tweed half ihr aus dem Mantel und brachte sie zu einem der Sofas. Es klopfte an der Tür. Als Tweed öffnete, stand Burgoyne draußen.

»Paula wird Ihnen alles erzählen. Ich muss jetzt los und die Route abfahren, die Sie morgen Abend nehmen werden. Erst nach Genf, dann nach Annecy. Ich melde mich – wenn es irgend geht…«

»Sie sehen mitgenommen aus«, sagte Tweed zu Paula, nachdem Burgoyne wieder gegangen war. »Ich werde vom Zimmerkellner einen Tee mit viel Zucker bringen lassen.«

»Ich will keinen Tee.«

Tweed bestellte trotzdem einen. Paula saß ganz still und aufrecht auf dem Sofa, und auch Tweed sagte nichts, bis der Kellner mit dem Tee kam. Dann goss er Paula eine Tasse davon ein und süßte sie mit mehreren Löffeln Zucker. Als Paula die Tasse und die Untertasse hob, klapperten sie aneinander, so sehr zitterten ihr die Hände. Nachdem sie ausgetrunken hatte, wollte ihr Tweed nachschenken, aber Paula schüttelte den Kopf. Dann begann sie mit ruhiger Stimme die Vorfälle auf dem Heimweg vom Restaurant in allen Einzelheiten zu schildern. Tweed machte beim Zuhören ein grimmiges Gesicht.

»Und dann«, beendete sie ihre Erzählung, »hat Nield ein Taxi gerufen, und wir sind zurück ins Hotel gefahren.«

»Der Mann, der Sie mit dem Revolver bedroht hat, war also dieser Bancroft. Gut, dass Pete mit ihm fertig geworden ist. Der andere in dem Hausgang war vermutlich der Gelbe Mann. Schade, dass Burgoyne ihn nicht getroffen hat.«

»Er hat sein Bestes versucht. Es ging alles so schnell.«

»Und? Wie fühlen Sie sich jetzt?«

»Sehr müde. Der Tee war doch eine gute Idee. Er hat mich beruhigt. Aber Sie sehen auch nicht gerade frisch aus.«

»Ich habe mir überlegt, wie wir die Amerikaner loswerden. Gehen Sie auf Ihr Zimmer und schlafen Sie sich erst mal aus. Wir fahren nicht vor morgen Mitternacht. Sie können den ganzen Tag im Bett bleiben, wenn Sie wollen.«

»Das klingt wunderbar ...«

Paula stand auf und gab Tweed einen Kuss auf die Wange. Sie war gerade gegangen, als das Telefon klingelte. Tweed hob den Hörer ab. Es war Trudy.

»Das ganze Team ist aus dem Crillon ausgezogen und hat sich Zimmer in einem anderen Hotel in der Nähe genommen. Keine Ahnung, weshalb. Ich gebe Ihnen gleich mal die Zimmernummern durch. Und die von Karnows Suite, wo alle zusammen um neun zu Abend essen ...«

»Essen Sie auch mit?«, fragte Tweed, nachdem er sich die Nummern notiert hatte.

»Nein. Es ist ein Herrenabend. Ich esse allein im Speisesaal.«

»Essen Sie auf gar keinen Fall morgen Abend mit ihnen.«

»Das hatte ich sowieso nicht vor. Jetzt muss ich aber auflegen. Bancroft kommt alle paar Minuten bei mir vorbei und will zu mir ins Zimmer. Ich lege immer die Kette vor und lasse ihn nicht herein.«

»Das ist gescheit von Ihnen. Er ist ein brutaler Kerl – aber das wissen Sie ja ...«

Gleich nach dem Gespräch mit Trudy rief Tweed Newman und Marler zu sich und gab ihnen die Zimmernummern der Amerikaner. Danach unterbreitete er ihnen einen Plan, den Marler in ein paar Punkten ergänzte. Tweed fragte ihn, ob er denn die für den Plan benötigte Ausrüstung auch besorgen könne.

»Völlig problemlos«, sagte Marler. »Ich kenne einen Mann, der eine Menge Ausrüstungsgegenstände aus Polizeibeständen gestohlen hat. Ach, ich finde, wir sollten Nield und Butler ebenfalls zu der kleinen Party einladen.«

»Einverstanden«, sagte Tweed. »Und wenn Paula ausgeschlafen hat, lasse ich sie die Dokumente tippen. Wir werden den Yankees einen ordentlichen Denkzettel verpassen. Haben Sie eigentlich schon vernommen, was Paula vorhin passiert ist?«

»Pete hat es uns gerade erzählt«, sagte Newman. »Wir werden es den Amerikanern zeigen. Es wird mir großes Vergnügen bereiten, das Sternenbanner vom Mast zu holen.«

Als Paula am nächsten Nachmittag zu Tweed in die Suite kam, sagte er ihr, dass alle anderen bereits gepackt hätten und bereit zur Abfahrt seien.

»Ich habe auch schon gepackt, allerdings erst, nachdem ich mich richtig ausgeschlafen habe. Jetzt könnte ich wieder Bäume ausreißen.«

»Das trifft sich gut, ich hätte da nämlich ein paar Seiten für Sie zu tippen. Natürlich nur, wenn es Ihnen nichts ausmacht.«

»Gern. Hier im Ritz bekommt man ja alles, was man braucht. Ich werde mir gleich einen Schreibcomputer heraufbringen lassen. Was soll ich denn tippen?«

»Auf den Kopf der ersten Seite kommt *Direction de la Surveillance de Territoire.* Und dahinter in Klammern die Buchstaben D. S. T.« Bevor Tweed weiterdiktierte, fragte er Paula, ob er vielleicht zu schnell spreche. Paula schüttelte den Kopf und machte sich auf einem Blatt Papier Notizen.

»In der nächsten Zeile soll stehen: Direktor René Lasalle. Darunter: Assistent Lapin, dazu in Klammern: Vorname unbekannt. In der nächsten Zeile: Aufgabe der Organisation: Gegenspionage. Und dann die Adresse: Rue des Saussaies ...«

Als Tweed mit dem Diktieren fertig war, lächelte er matt.

»Wenn Lasalle das liest, dreht er durch. Er wird die Amerikaner sofort verhaften und vielleicht sogar deportieren lassen, nachdem er Rücksprache mit dem Élyséepalast gehalten hat.

Der französische Staatspräsident wird außer sich sein vor Wut. Wenn Sie das Papier getippt haben, stecken Sie es in einen leeren Schnellhefter und schreiben Sie darauf *Vance Karnow. Top Secret*. Dann geben Sie Newman den Hefter.«

»Sie haben offenbar Pläne geschmiedet. Ich werde jetzt gleich den Schreibcomputer bestellen. Das Tippen selber wird ja nicht lange dauern.«

»Dieses Blatt Papier ist gefährlicher als eine Bombe«, sagte Tweed und lächelte.

Um fünf Minuten vor neun klopfte Marler an der Tür von Vance Karnows Suite in dessen neuem Hotel. Die weiße Jacke, die er trug, hatte er einem Kellner ausgezogen, der jetzt bewusstlos im Lastenaufzug lag. Brad Braun, der große, dunkelhaarige Amerikaner, öffnete die Tür.

»Zimmerservice«, sagte Marler.

»Aber wir haben doch schon alles ...«, begann Braun.

Weiter kam er nicht, denn Marler rammte ihm das Knie zwischen die Beine. Während Braun stöhnend zusammenbrach, trat Marler zur Seite und ließ drei mit Gasmasken und Tränengaspistolen bewaffnete Männer in die Suite stürmen. Sieben andere Mitglieder von Unit Four saßen an einem langen Tisch und aßen zu Abend. Die drei Angreifer feuerten mehrere Gaspatronen aus ihren dickläufigen Pistolen, und Sekunden später erfüllte ein beißender Tränengasnebel die Suite. Marler, der sich jetzt ebenfalls eine Gasmaske über den Kopf gestülpt hatte, trat ein und schloss die Tür hinter sich, damit kein Gas hinaus in den Gang dringen konnte. Die Amerikaner husteten und rieben sich die Augen. Einige sackten über ihren Tellern zusammen. Die vier Eindringlinge gingen rasch von einem zum anderen und schlugen sie mit den Läufen ihrer Pistolen bewusstlos. Newman zog den Schnellhefter mit dem von Paula getippten Blatt aus der Jacke, sah sich um und legte ihn auf einem Tisch unter die Schreibunterlage. Dann verließen die vier die Suite und rannten zu dem Lastenaufzug, mit dem sie auch schon heraufgefahren waren. Im Erdgeschoss angelangt, beugte sich Newman zu dem noch immer bewusstlosen Kellner herab und schob ihm einen Fünfhundertfrancschein zwischen die Finger.

Noch bevor die Lifttür aufging, steckten sie die Gasmasken und Pistolen in die Einkaufstüte eines bekannten Londoner Kaufhauses. Sie mussten nur ein kurzes Stück die Straße entlanggehen, dann waren sie an der Stelle, wo sie zuvor den Wagen abgestellt hatten. Auf dem Rückweg zum Ritz hielten sie in einer ruhigen Nebenstraße an. Newman rannte zu einer Telefonzelle und rief René Lasalles Privatnummer an. Er machte nicht einmal den Versuch, seine Stimme zu verstellen.

»Lasalle, Sie sollten so schnell wie möglich Ihre Leute in Marsch setzen. Im Hotel der Amerikaner ist der Teufel los ...« Dann nannte er dem Franzosen den Namen des Hotels und die Nummer der Suite.

»Er war sozusagen schon auf dem Weg zur Tür, als ich auflegte«, sagte Newman, als er wieder ins Auto stieg, zu Butler, der neben Pete Nield auf dem Beifahrersitz saß.

21

Mitten in der Nacht fuhren drei Wagen vom Hotel Ritz ab. Im ersten saß Marler am Steuer, Butler auf dem Beifahrersitz. Den nächsten steuerte Nield allein, während im dritten Newman hinter dem Lenkrad und Tweed und Paula auf der Rückbank Platz genommen hatten.

Der Verkehr war so schwach, dass die Wagen, nachdem sie Paris verlassen hatten, mit größeren Abständen fahren konnten. Allerdings achteten die drei Fahrer darauf, dass sie die Lichter der anderen nicht aus den Augen verloren. Es war ein klare, kalte Nacht mit funkelnden Sternen und einem Mond, der kühlblau die Landschaft beleuchtete.

»Tut mir Leid, dass wir Sie erst in letzter Minute abgeholt haben, aber wir wollten zunächst die Autos gründlich überprüfen«, sagte Newman im dritten Wagen.

»Eine ausgezeichnete Vorsichtsmaßnahme«, sagte Tweed.

»Ich frage mich langsam, ob wir Goslar wohl überhaupt irgendwann einmal finden werden«, sinnierte Paula.

»Bestimmt«, sagte Tweed. »Er hat schon angefangen, Fehler zu machen. Er hat seine Handschrift hinterlassen.«

»Seine Handschrift?«

»Ja. Indem er mehrmals das Gleiche getan hat. In Dartmoor hat er das Anwesen Gargoyle Towers für drei Monate angemietet und ist nach zwei, drei Wochen wieder ausgezogen. Dasselbe hat er in La Défense getan. Wir wissen auch, dass er Madame Markovs Zimmer für einen Monat gemietet hat, nur um schon nach vierundzwanzig Stunden wieder von dort zu verschwinden.«

»Warum hat er eigentlich die arme Madame Markov vom Gelben Mann ermorden lassen?«

»Weil sie ihn gesehen hat, als er hinauf ins Zimmer gegangen ist. Ich muss schon sagen, er geht kein Risiko ein, unser Dr. Goslar. Lasalle hat mich übrigens angerufen, während Sie noch geschlafen haben. Er hat mir gesagt, dass das gelbblonde Haar, das Burgoyne auf dem Boden des Zimmers gefunden hat, eindeutig von einer Frau stammt. Das hat sein Labor herausgefunden.«

»Merkwürdig«, sagte Paula.

»Ich halte es für eine weitere falsche Spur. So wie die Handschuhe, die Goslar in Gargoyle Towers und La Défense zurückgelassen hat. Das hat er schon damals im Kalten Krieg so gemacht, um uns zu verwirren.«

»Aber vielleicht war die Gestalt im Umhang, die Madame Markov auf der Treppe gesehen hat, ja wirklich eine Frau.«

Paula öffnete ihre Schultertasche, die in mehrere Fächer unterteilt war. In einem davon befanden sich einige Handgranaten. Marler war kurz vor der Abfahrt zu ihr ins Zimmer gekommen und hatte die Granaten aus einer großen Leinentasche hervorgeholt.

»Da, nehmen Sie die. Das sind Brandgranaten.«

»Aber ich habe doch schon normale Handgranaten und Blendgranaten bekommen«, hatte Paula protestiert.

»Und jetzt kommen eben noch ein paar Brandgranaten dazu.«

»Wie wäre es mit einer Maschinenpistole?«, hatte Paula gescherzt. »Immerhin muss ich ja Tweed beschützen.«

»Bedienen Sie sich«, hatte Marler geantwortet und ihr die Leinentasche hingestreckt.

Darin hatte Paula tatsächlich eine Maschinenpistole gefunden, die jetzt mit mehreren Ersatzmagazinen ihr zu Füßen auf dem Wagenboden lag.

»Sie erwarten wohl, dass wir in die Großmutter aller Schlachten ziehen«, hatte Paula geflachst, als Marler sich zum Gehen gewendet hatte.

»So was Ähnliches erwarte ich tatsächlich«, hatte Marler ohne jedes Lächeln geantwortet.

Jetzt, als die drei Wagen knapp unterhalb der zulässigen Höchstgeschwindigkeit über die nächtliche Autoroute rasten, dachte Paula fieberhaft nach.

»Serena Cavendish hat sich nicht blicken lassen«, sagte sie und stieß Tweed mit dem Ellenbogen an. »Sie wollte Sie doch besuchen, oder etwa nicht?«

»Das hat sie auch getan, während Sie geschlafen haben. Sie erzählt, dass sie den Boten gesehen hat, der ihr die zweite Rate ihres Honorars in ihre Wohnung brachte. Erinnern Sie sich noch? Serena hat doch im Auftrag von Goslar zwei Wochen vor der Giftkatastrophe Appledore und die Umgebung fotografiert. Die erste Hälfte ihres Honorars hat sie gleich bekommen, die andere war erst fällig, nachdem sie die Fotos in einer Telefonzelle in der Curzon Street hinterlegt hatte.«

»Und? Wie sah der Bote aus?«

»Serena hat ihn nur durch die Gardinen ihres Wohnzimmers gesehen. Es war zwar dunkel, aber als der Mann eine Straßenlaterne passierte, sah sie, dass er sehr groß war und stoppeliges Haar hatte. Sie fliegt heute Nacht übrigens nach Genf, wo sie sich mit uns treffen will.«

»Sie könnten sie doch jetzt gleich anrufen, um ihr zu sagen, wann wir ankommen.«

»Ja, das könnte ich. Ich habe ihre Handynummer. Aber ich würde gern noch etwas damit warten. Das war übrigens gute Arbeit im Hotel der Amerikaner«, fuhr er, an Newman gewandt, fort. »Die haben Sie sauber ausgeräuchert.«

»Ja, das war klasse«, stimmte Paula zu. »Damit sind wenigstens die von der Bildfläche verschwunden.«

»Nicht ganz«, erwiderte Newman und hielt kurz inne, weil er wusste, dass seine Mitteilung nicht willkommen sein würde. »Vance Karnow und Bancroft waren nicht mit in dem Raum.«

»Dann läuft dieser Bancroft also immer noch frei herum.«

»Richtig. Und Karnow auch.«

Als Paula begriff, was das bedeutete, schaute sie aus dem Fenster, um auf andere Gedanken zu kommen. Die vom Mond in ein bläuliches Licht getauchte Landschaft erschien ihr wie ein friedlicher Traum. Jenseits weiter Felder konnte sie sanfte, mit Rebstöcken bestandene Hügel erkennen, auf denen der Wein des nächsten Sommers heranwuchs. Der wenige Verkehr auf der Autoroute bestand fast ausschließlich aus schweren Lastwagen, die entweder in nördlicher Richtung nach Paris oder von der Hauptstadt weg nach Süden fuhren. Newman überholte letztere mühelos.

»Wen wollten Sie gerade anrufen?«, fragte sie Tweed.

»Ich wollte Burgoyne erreichen. Aber dieses erbärmliche Mobiltelefon funktioniert mal wieder nicht. Keine Verbindung. Auf diese Dinger kann man sich einfach nicht verlassen.«

»Wahrscheinlich ist Burgoyne auf keine Stellen gestoßen, die für einen Hinterhalt geeignet sind. Insofern wäre keine Nachricht von ihm eine gute Nachricht. Wenn er eine solche Stelle gefunden hätte, hätte er sicher angerufen. Bestimmt ist er jetzt irgendwo zwischen Genf und Annecy. Übrigens, die Beschreibung, die Serena von Goslars Boten gegeben hat, deutet meiner Meinung nach auf den Affen hin.«

»Ich möchte Ihnen nur mitteilen, dass wir verfolgt werden«, meldete sich Newman von vorn zu Wort. »Offensichtlich seit unserer Abfahrt vom Ritz. Fragt sich nur, wer von unseren

Freunden es wohl sein mag. Vorhin, als wir gerade in einer lang gezogenen Kurve waren, habe ich zwei Wagen hinter uns bemerkt. Sie haben sich jetzt ziemlich zurückfallen lassen, aber ich bin mir sicher, dass sie noch da sind.«

Wäre ein Flugzeug über die nächtliche Autoroute geflogen, so hätte der Pilot die Lichter eines kleinen Konvois, der von Paris nach Süden fuhr, sehen können. An der Spitze waren die drei Wagen von Tweeds Gruppe, denen in einigem Abstand ein weiterer folgte.

Am Steuer saß Abel der Affe, der angestrengt auf die Rücklichter von Tweeds Wagen starrte. Er war allein. In Paris hatte er lange in einem Café, das die ganze Nacht geöffnet hatte und gegenüber dem Hotel Ritz lag, auf die Abreise der Engländer gewartet. Schließlich hatte er Tweed, Newman und Paula aus dem Eingang des Hotels kommen sehen. Marler und Butler hatte er nicht bemerkt, da die schon zuvor zu ihrem Wagen gegangen waren, den sie in einer Seitenstraße nahe der Oper geparkt hatten. Auch dass Nield ihnen gefolgt war, um in sein Auto zu steigen, war Abel entgangen.

Einige Stunden zuvor hatte ihm Goslar mittels einer seiner verzerrten Nachrichten die Handynummer eines gewissen Gustave Charles mitgeteilt und ihm den Befehl gegeben, Tweeds aktuellen Aufenthaltsort in regelmäßigen Abständen an diese Nummer zu melden. Einen Hinweis darauf, wo sich dieser mysteriöse Charles aufhielt, hatte Goslar ihm nicht gegeben. Als Abel ihn angerufen hatte, hatte Charles sich mit seinem Namen gemeldet und auf Abels Informationen mit einem einzigen Wort geantwortet:

»*Merci.*«

Der Affe, der häufig allein arbeitete, hatte die Angewohnheit, mit sich selbst zu sprechen. Das tat er auch jetzt, als er Tweed auf der fast leeren Autoroute hinterherfuhr.

»Das war's dann, Tweed. Irgendwo da draußen warten schon die Sturmtruppen, die dir den Garaus machen werden.«

Abel konnte es kaum erwarten, dass es so weit war. Das Einzige, was ihn beunruhigte, war die Tatsache, dass auch er verfolgt wurde.

In dem Wagen, der Abel Sorgen bereitete, saßen zwei Männer. Der Fahrer war Mervyn Leek, neben dem, eine aufgeschlagene Straßenkarte auf dem Schoß, Jarvis Bate saß.

Die Information, dass Tweed und seine Leute abreisten, hatte Bate von einem seiner Männer übermittelt bekommen, die er zum Ritz geschickt hatte. Sie waren gerade mit ihrem Wagen auf den Platz vor dem Hotel eingebogen, als Tweed abgefahren war.

»Wir hätten mehr Leute mitnehmen sollen«, sagte Leek nervös.

»Kümmern Sie sich um die Straße«, fauchte Bate, während er das Handschuhfach öffnete und eine Pistole herausnahm. »Sobald Tweed uns zu Goslar führt, nehmen wir seine Freundin, diese Paula Grey, als Geisel und stellen ihn damit kalt, während wir uns Goslar schnappen. Zu viele von uns wären viel zu auffällig.«

»Wie Sie meinen ...«

»Ja, Leek, das meine ich. Und damit basta.«

Im letzten Wagen, den der Pilot des imaginären Flugzeugs gesehen hätte, saß Vance Karnow auf dem Beifahrersitz, während Bancroft neben ihm mit beiden Händen das Lenkrad umklammert hielt. Auch Karnow hatte eine Straßenkarte auf den Knien. Er war ein exzellenter Navigator und wusste genau, wo sie gerade waren.

Bancroft, der eine Baskenmütze und einen Anorak trug, hatte im selben Café gewartet wie der Affe, der ihm aber unter all den Wein trinkenden und Gauloises rauchenden Franzosen nicht weiter aufgefallen war.

Bancroft hatte es schlauer angestellt als der Affe. Er hatte Marler von dem Abend in der Bar des Ritz, an dem Tweed, Paula und Newman Karnow und seine Spießgesellen bei ihrem Gespräch mit Trudy beobachtet hatten, noch gut in Erinnerung. Als er den Wagen mit Marler und Butler vom Ritz wegfahren gesehen hatte, war Bancroft sofort aus dem Café hinaus auf die Straße gelaufen, wo er gerade noch mitbekommen hatte, wie Nield in das zweite Auto gestiegen war. Als schließlich auch Paula und Newman aus dem Hotel gekommen waren, hatte er von seinem Handy aus Karnow angerufen.

Karnow hatte zu diesem Zeitpunkt in einem Nachtclub in der Nähe gesessen und gelangweilt zugesehen, wie spärlich bekleidete französische Mädchen über die Bühne hüpften. Besser als in Las Vegas war das auch nicht, hatte er bei sich gedacht. In den Staaten war überhaupt alles viel besser als hier. Als Bancroft ihn angerufen hatte, war er heilfroh gewesen, einen Grund zu haben, den Nachtclub zu verlassen. Zuvor, so gegen zehn Uhr, hatte er im Hotel angerufen, um den Männern in seiner Suite mitzuteilen, dass er nicht zum Abendessen kommen werde. Ein Kellner hatte abgehoben.

»Ihre Suite ist überfallen worden, Sir. Alle Anwesenden wurden verhaftet ...«

Auf einmal hatte sich eine andere Stimme eingemischt. »Wer spricht da?«, hatte René Lasalle gefragt, der dem Kellner wütend den Hörer aus der Hand gerissen hatte. »Sagen Sie mir sofort, wer Sie sind.«

Karnow hatte aufgelegt und Bancroft daraufhin einfach gesagt, dass sie in einem kleinen Restaurant in der Nähe des Ritz zu Abend essen würden. Nach dem Essen war Bancroft in das Nachtcafé gegangen, während Karnow den Nachtclub angesteuert hatte, dessen Eintrittspreis übrigens exorbitant hoch gewesen war.

Als sie jetzt die Autoroute entlangfuhren, schaute Karnow gerade ein weiteres Mal auf die Karte. Bancroft hing hinter dem Steuer und spähte nach vorn auf die Rücklichter des vorausfahrenden Wagens.

»Hinter den ersten drei Autos fahren noch zwei weitere«, berichtete er.

»Dann hat Tweed anscheinend mehr Leute, als wir dachten«, antwortete Karnow kühl. »Aber das soll uns nicht stören, wenn Tweed uns nur zu Goslar führt.«

»Ganz gleich, wie viele es sind, wir pumpen sie voll Blei«, knurrte Bancroft.

»Sie meinen wohl, dass *Sie* sie voll Blei pumpen«, verbesserte ihn Karnow.

»Natürlich. Das nötige Waffenarsenal haben wir – Pardon – habe ich ja jedenfalls dabei«, sagte Bancroft mit unverhohlener Vorfreude.

Auf dem Rücksitz lag tatsächlich ein Aktenkoffer mit einer großen Auswahl an Revolvern und Pistolen, und im Kofferraum waren zusätzlich noch drei Maschinenpistolen verstaut. Bancroft hatte schon einmal fünfzehn Menschen mit einer einzigen Salve niedergemäht.

Dr. Goslar, der einen weißen Kittel ähnlich dem trug, den Dr. Saafeld bei Tweeds Besuch in dessen Londoner Labor angehabt hatte, trat an das neugotische Spitzbogenfenster und blickte hinaus in die Nacht.

Der steile Abhang unterhalb des Schlosses war tief verschneit, und auf dem Eis am Rande des Sees glitzerte bläulich das Mondlicht. Die Lichter des Dorfes am anderen Ufer waren nicht zu sehen. Goslar drehte sich um und wandte sich wieder seiner Arbeit hier im obersten Raum des großen Turmes zu.

Das Labor sah ganz anders aus, als man es von Sciencefiction- oder Frankensteinfilmen her erwartet hätte. Obwohl es hier in den Bergen sehr kalt war, herrschte in dem Raum eine mollig warme Temperatur. In der Mitte des Labors befand sich eine runde Steinmauer mit etwa zwei Metern Durchmesser, die Dr. Goslar bis zur Hüfte reichte und entfernt an einen Brunnen erinnerte. In Wirklichkeit war sie das obere Ende einer riesigen Feuerstelle, an deren unteren Ende, zehn Meter unterhalb des Labors, gelbliche Flammen züngelten.

Dieses Feuer heizte nicht nur das Turmzimmer, sondern diente auch noch einem anderen Zweck: In seiner Glut konnte man gut Material verschwinden lassen, das nicht für neugierige Augen bestimmt war. Die Hitze der Flammen äscherte augenblicklich alles ein, was in das Feuer fiel.

An der Decke des Raumes liefen mehrere durchsichtige Röhren entlang, die große, kugelförmige Glasbehälter miteinander verbanden. In den Behältern befand sich eine Flüssigkeit, die auf ihrem Weg durch die Röhren mehrere Filter durchlaufen musste, bevor sie schließlich in einen großen Kanister tropfte, der auf einem der Labortische stand. Der Kanister war gerade mal zu einem Viertel gefüllt. Bis er ganz voll war, würde es noch einige Zeit dauern.

Auf einem anderen Tisch standen zwei Kanister, die bereits gefüllt waren. Sie bestanden aus extrastarkem, annähernd unzerbrechlichem Plexiglas, wie man es auch für die Kanzeln von Hubschraubern verwendete, und waren mit großen Schraubdeckeln verschlossen. In jedem befand sich genügend von Goslars Agens, um mindestens fünfzig Millionen Menschen zu töten, würde man es in die Trinkwasserversorgung eines dicht besiedelten Landes einschleusen oder aus Raketen über Ballungsgebieten versprühen.

Im Grunde genommen war das Labor nichts weiter als eine große Destille, in der dieses teuflische Gebräu hergestellt wurde. Goslar sah auf die Uhr und überprüfte, ob die Tür, die hinaus auf die Feuerleiter führte, auch wirklich verschlossen war. Es war Zeit zu gehen. Goslar warf einen letzten Blick ins Labor, wo auf einem der Tische der Kadaver einer gut eineinhalb Meter langen Schildkröte lag. Goslar hatte das Tier mit einer Injektion getötet, vorsichtig den Panzer geöffnet und die Innereien bloßgelegt, aus denen die wichtigste Zutat für die tödliche Flüssigkeit gewonnen wurde.

Goslar wusste, dass es noch lange dauern würde, bis der dritte Kanister voll war, und verließ das Labor über eine steinerne Wendeltreppe, die hinunter in das nächste Stockwerk führte. Dort befand sich ein gemütlich eingerichteter Raum mit einem Badezimmer, wo er sich wusch und anschließend warme Kleidung anlegte.

Über eine weitere Wendeltreppe gelangte Goslar in eine Garage, die einen mit Winterreifen ausgestatteten Wagen beherbergte. Die Straße, die in die Stadt führte, war oft verschneit oder vom Eis spiegelglatt. Obwohl Dr. Goslar das Schloss verließ, blieben alle Lichter eingeschaltet, damit die Menschen in dem entfernten Dorf glaubten, es sei jemand zu Hause.

Das Mondlicht glitzerte auf dem tief verschneiten Berg oberhalb des Schlosses, wo mehrere hundert Meter unter dem Gipfel eine große Felskanzel aus der Wand ragte. Vor dem Eingang der darunter liegenden Höhle lag so gut wie überhaupt kein Schnee.

22

Das Motorrad, dessen Fahrer hinter dem heruntergeklappten Visier seines Sturzhelms nicht zu erkennen war, raste mit hoher Geschwindigkeit die Autoroute entlang. Es überholte den Wagen mit Bate und Leek, jagte am Auto des Affen vorbei und wurde erst langsamer, als der nächste Wagen vor ihm auftauchte. Tweed, der auf der linken Seite saß, sah, wie das Motorrad neben ihm herfuhr und öffnete sein Fenster. Paula ergriff ihre Browning und zielte damit auf den Motorradfahrer.

»Nicht schießen«, sagte Tweed. »Nur wenn er uns angreift.«

Der Fahrer trug an der rechten Hand keinen Handschuh. Er deutete mit dem Daumen nach hinten und hob dann drei Finger, bevor er am Gasgriff drehte und nach vorn davonpreschte. Paula runzelte die Stirn, während Tweed das Fenster wieder hochkurbelte. Die eisige Nachtluft hatte es im Inneren des Wagens ganz kalt werden lassen.

»Hat er uns den schlimmen Finger gezeigt, oder was?«, fragte Paula. »Oder war es am Ende eine Sie?«

»Sie hatten Recht«, sagte Tweed an Newman gewandt. »Wir werden von drei Wagen verfolgt.«

»Woher wissen Sie das so genau?«, fragte Newman.

»Vertrauen Sie mir.«

Vor ihnen raste der Motorradfahrer an Nields Auto vorbei und näherte sich schließlich dem ersten Wagen des kleinen Konvois. Butler sah ihn im Rückspiegel und kletterte gelenkig auf den Rücksitz. Dort nahm er eine Maschinenpistole vom Boden des Wagens, öffnete das linke Fenster und stützte die Waffe am Fensterrand auf.

Als der Motorradfahrer den Lauf der Maschinenpistole im Mondlicht aufblitzen sah, bremste er scharf ab. Ein paar hundert Meter voraus war eine Tankstelle. Das Motorrad verließ die Autobahn und verschwand hinter dem Gebäude. Als er nach kurzer Zeit um die Ecke kam, ging er auf die Damentoilette.

Trudy hatte den Helm in denselben Graben hinter der Tankstelle geworfen, in dem sie auch das Motorrad hatte verschwinden lassen. Sie schüttelte ihr Haar aus, legte etwas Lippenstift auf und verließ die Toilette wieder. Die Fahrt von Paris bis hierher war lang und kalt gewesen. Als sie vor der Tankstelle stand, sah sie erst Nields Wagen, dann den von Tweed vorbeifahren, dichtauf gefolgt von den Fahrzeugen des Affen und dem von Bate. Trudy trat aus dem Schatten der Tankstelle ins Licht einer Laterne, wo man sie in ihrer schwarzen Lederkombi gut sehen konnte. Sie trug jetzt an beiden Händen Handschuhe.

Bancroft, der ebenfalls von der Autoroute abgefahren war, trat auf die Bremse und brachte seinen Wagen neben Trudy zum Stehen. Trudy öffnete die rechte hintere Tür und stieg ein. Als der Wagen sich wieder in Bewegung setzte, genoss sie die Wärme in seinem Inneren und ließ einen Seufzer der Erleichterung hören.

»Was haben Sie zu berichten?«, fragte Karnow.

»Tweed ist im fünften Wagen vor uns«, log sie.

»Jetzt weiß ich endlich, welchen ich mit meiner Maschinenpistole durchsieben muss«, sagte Bancroft begeistert.

Das probier mal, dachte Trudy. Die im fünften Wagen haben selber eine Maschinenpistole und sind bestimmt schneller als du.

»Gute Arbeit, Trudy«, sagte Karnow, der seine Mitarbeiter bekanntlich nur selten lobte. »Aber das sind wir von Ihnen ja gewohnt. In den Staaten haben Sie immerhin drei Männer, hinter denen wir her waren, ganz schön in kompromittierende Situationen gebracht.«

»Dabei hat sie sich bestimmt mächtig ins Zeug gelegt«, sagte Bancroft und leckte sich lüstern die Lippen.

Trudy hatte Mühe, zu Bancrofts widerlicher Bemerkung ein neutrales Gesicht zu machen. Sie zog sich die Motorradstiefel aus und schlüpfte in fellgefütterte Winterschuhe.

»Es ist nicht so, wie Sie denken, Bancroft«, sagte Karnow. »Allein die Tatsache, dass sie mit den Männern allein in einem Hotelzimmer war, hat uns genügend Druckmittel gegen sie in die Hand gegeben. Alle drei waren verheiratet.«

»Das ist Trudys Version«, schnaubte Bancroft und grinste.

»Bancroft«, sagte Karnow in einem bitterbösen Ton. »Wollen Sie damit etwa behaupten, ich hätte die Unwahrheit gesagt? Wir hatten in jedem der Zimmer eine Videokamera installiert. Trudy hat sich überhaupt nicht ›mächtig ins Zeug gelegt‹, wie Sie es sich in Ihrer schmutzigen Fantasie vorstellen. Und jetzt halten Sie den Mund, Sie blöder Trottel.«

»Ist schon gut, Boss«, murmelte Bancroft.

Einige Zeit später bogen die ersten drei Wagen von der Autoroute ab und durchquerten das nächtliche Bellegarde-sur-Valserine. Danach gelangten sie in eine ganze Reihe von Dörfern, in deren Häusern kein Licht mehr brannte.

Sie fuhren durch eine der schönsten Gegenden Frankreichs, mit herrlichen Alleen und sorgfältig kultivierten Feldern. Die Dörfer, die so interessante Namen wie Collonges oder St.-Jean-de-Gonville hatten, bestanden aus alten Häusern, deren rau verputzte Wände in verschiedenen Pastelltönen gestrichen waren.

An manchen Stellen wurde die Straße sehr kurvig, an anderen war sie kerzengerade. Newman pfiff leise vor sich hin und genoss es sichtlich, dass sie endlich die langweilige Autoroute verlassen hatten.

»Wir sind jetzt auf der Route D 984, die uns direkt nach Genf führt«, sagte er laut.

Er hatte gerade ausgesprochen, als Tweeds Handy klingelte. Er meldete sich vorsichtig mit »Ja?«.

»Hier spricht Serena. Wie schön, Ihre Stimme zu hören. Ich bin in einem Hotel am Rand von Genf. Ich habe mir einen Wagen gemietet. Wo sind Sie jetzt?«

»Wir nähern uns den Vorstädten von Genf. Ich schätze, dass wir in etwa zwanzig Minuten bis einer halben Stunde in der Innenstadt sein dürften. Es ist so gut wie kein Verkehr. Treffen wir uns am Hauptbahnhof?«

»Gut. Dann fahre ich jetzt zum Bahnhof. Ich werde im Bahnhofsrestaurant auf Sie warten. Übrigens, hier hat es heftig geschneit. Soviel ich sehen kann, sind die Berge ringsum voller Schnee. Sogar die Schweizer sagen, dass das für diese Jahreszeit sehr ungewöhnlich ist.«

»Hatten Sie einen guten Flug?«, fragte Tweed.

»Ja. Er war außergewöhnlich ruhig. Als das Flugzeug über die Berge zum Landeanflug ansetzte, war ich allerdings ziemlich erstaunt, wie viel Schnee in den Bergen gefallen ist. Die Gipfel haben im Mondlicht wie Diamanten geglitzert. Aber jetzt muss ich los. Bis gleich ...«

»Das war Serena«, sagte Tweed zu Newman und Paula. »Sie wartet auf uns im Hauptbahnhof.«

»Und ich dachte, es wäre Burgoyne«, sagte Paula enttäuscht.

»Kein Anruf von ihm – kein Hinterhalt«, sagte Newman fröhlich. »Zumindest bis jetzt nicht.«

»Haben Sie bei Serenas Besuch im Ritz eigentlich noch über etwas anderes gesprochen als darüber, dass sie Goslars Boten als den Affen identifiziert hat?«

»Wir hatten eine längere Unterhaltung. Sie hat mir einiges über Biochemie erzählt. Wir sind auf das Thema gekommen, weil wir über den Vorfall in Appledore sprachen. Sie scheint ziemlich fit zu sein, jedenfalls soweit ich das mit meinem eingeschränkten Wissen auf diesem Fachgebiet beurteilen kann.«

»Ich dachte immer, ihre Schwester Davina wäre die Biochemikerin gewesen.«

»Schwestern lernen nun einmal voneinander. Serena wirkte auf mich sehr entspannt – immerhin hat sie mehrere Gläser Wein getrunken. Sie hat darüber spekuliert, was wohl im Meer vor Appledore gewesen sein könnte, aber sie ist auch zu keiner befriedigenden Antwort gekommen. Das meiste von dem, was sie gesagt hat, war sowieso viel zu technisch für mich.«

»Das klingt wirklich mehr nach Davina, die viel Ahnung von solchen Dingen hatte«, bemerkte Paula.

»Wie ich gerade sagte: Schwestern – besonders wenn sie sich ähnlich sind – sprechen viel miteinander. Außerdem kam mir Serena sehr viel intelligenter vor, als ich zunächst gedacht hatte.« Tweed schaute aus dem Fenster auf die Häuser der Ortschaft, durch die sie gerade fuhren, und dann wieder auf die Karte. »Ich wollte Sie schon die ganze Zeit über fragen, ob Ihr Abend mit Burgoyne wirklich so schön war, wie Sie gesagt haben. Bevor sich dieser hässliche Vorfall ereignete, meine ich.«

»Chance war wundervoll. Er hat mir so lustige Geschichten erzählt. Zum Beispiel die, wie er sich einmal als Kamel verkleidet hat …« Paula wiederholte eine von Burgoynes witzigen Anekdoten. Als sie damit fertig war, schürzte sie die Lippen. »Vielleicht finden Sie das ja gar nicht so komisch, aber ich kann die Geschichte auch nicht so gut erzählen wie Chance. Die Art, wie er alles beschreibt, ist einfach köstlich. Er ist der geborene Schauspieler.«

»Wahrscheinlich werden wir bald von ihm hören.«

»Übrigens«, mischte Newman sich ein, »werden wir immer noch verfolgt. Der Wagen hinter uns hat auf der kleinen Straße hier den Abstand verringern müssen. Ich frage mich, was sie wohl tun werden, wenn wir am Hauptbahnhof sind. Mitten in Genf können sie sich wohl nur schlecht verstecken. Ich werde mal Nield und Marler anrufen, um ihnen zu sagen, dass auch sie zum Hauptbahnhof fahren sollen.«

Als sie noch auf der Autobahn waren, hatte Paula mehrmals einen Hubschrauber gehört. Sie hatte Tweed darauf aufmerksam gemacht und ihn gefragt, ob der Helikopter wohl der Verkehrsüberwachung diene.

»Ich vermute eher, dass er einen Lastwagen im Visier hat, der mit Drogen in Richtung spanische Grenze unterwegs ist. Das Zeug wird von kolumbianischen Frachtern angeliefert, die es mit kleinen Booten in verschwiegene Buchten bringen.«

In Wirklichkeit saß in dem Hubschrauber neben dem Piloten ein gut gebauter Mann mit dichtem schwarzem Haar, der durch ein starkes Nachtsichtglas die Autobahn beobachtete. Wiederholt ermahnte er den Piloten, nur nicht zu nahe an die Autos heranzufliegen.

Erst nachdem der Mann Tweeds Wagen bis zum Hauptbahnhof von Genf verfolgt hatte, ließ er das Fernglas sinken.

»Landen Sie sofort auf dem Flughafen«, sagte er. »Wenn Sie das in den nächsten drei Minuten schaffen, zahle ich Ihnen einen Bonus.«

Auf dem Weg zum Hauptbahnhof fuhr Newman eine kurze Strecke an der Promenade oberhalb der Rhône entlang.

»Seltsame Farbe«, sagte Paula nach einem Blick auf die rasch fließenden hellgrünen Fluten.

»Wie Sie vielleicht wissen«, sagte Tweed, »entspringt die Rhône viele Meilen östlich von hier am Fuß eines Gletschers bei Andermatt. Vielleicht ist dort gerade eine Menge Schnee geschmolzen, was eine Erklärung für das Hochwasser wäre. Die Farbe rührt ebenfalls vom Schmelzwasser her.«

Als sie vor dem Hauptbahnhof anlangten, sahen sie, wie Serena, die einen dicken Mantel trug, gerade durch den Haupteingang das Gebäude betrat. Vor dem Bahnhof war ein großer, dicht bebauter Platz, auf dem sich auch die Ein- und Ausfahrt zu einer Tiefgarage befanden.

»Da drüben stehen die Autos von Marler, Butler und Nield«, bemerkte Tweed. »Wir gehen jetzt ins Bahnhofsrestaurant und treffen uns mit Serena.«

»Ich werde draußen bleiben«, sagte Newman. »Ich möchte sehen, was passiert, wenn unsere Verfolger hier ankommen. Sie wissen bestimmt nicht, wie sie sich verhalten sollen.«

»Ich bleibe auch lieber erst mal bei Ihnen«, sagte Tweed. »Paula, könnten Sie vielleicht ins Bahnhofsrestaurant gehen? Sie erkennen Serena an ihrem tiefschwarzen Haar, und außerdem haben Sie sie ja im Brown's und später bei Fortnum's gesehen, als ich Tee mit ihr getrunken habe. Sagen Sie ihr, wer Sie sind, und bleiben Sie bei ihr. Ich komme in ein paar Minuten nach.«

Tweed hatte in seiner Suite im Ritz den Wetterbericht für Frankreich und die Schweiz gehört und allen geraten, sich nur ja warm anzuziehen. So trug beispielsweise Newman pelzgefütterte Stiefel, zwei Pullover und einen Mantel. Er war froh, dass er auf Tweeds Rat gehört hatte. Es war so kalt, dass er sich mit den Armen an die Brust schlug, um sich warm zu halten.

Ein Wagen kam auf den Bahnhofsplatz gefahren, aber in der Dunkelheit konnten Tweed und Newman nicht sehen, wer darin saß. Der Fahrer hatte offenbar bemerkt, wer da vor dem Bahnhof stand, und reagierte umgehend. Er fuhr direkt zur Einfahrt in die Tiefgarage. Bevor der Wagen die Rampe hinunter verschwand, prägte sich Newman noch schnell dessen Farbe und Marke ein.

»Das war einer von ihnen«, sagte er. »Ein ziemlich auffälliger grüner Citroën. Den habe ich auch gesehen, als wir noch auf der Autobahn waren. Fragen Sie mich aber nicht, welcher der Verfolger es war.«

»Die Tiefgarage ist riesengroß«, sagte Tweed. »Ich habe dort vor Jahren einmal geparkt. Sie nimmt fast die ganze Fläche des Bahnhofsplatzes ein.«

»Da kommt Nummer zwei. Ein Renault. Und auch in einer ungewöhnlichen Farbe.«

Dieser Wagen blieb vor dem Platz stehen.

»Ich kann nicht erkennen, wie viele drinsitzen. Geschweige denn, wer.«

Während Newman das sagte, setzte sich der Wagen mit einem Satz in Bewegung und raste auf die Einfahrt der Tiefgarage zu, wo er wie sein Vorgänger verschwand. Tweed blickte in die andere Richtung.

»Ich beobachte den Ausgang für Fußgänger. Bis jetzt ist dort noch niemand herausgekommen.«

Sie warteten noch ein paar Minuten in der bitteren Kälte, aber niemand ließ sich blicken. Auch der Bahnhof hinter ihnen wirkte wie ausgestorben, was um diese frühe Stunde nicht ungewöhnlich war.

Auf einmal fuhr ein dritter Wagen, ein Audi, auf den Bahnhofsplatz. Der Fahrer hatte offenbar die Situation sofort erfasst, da er mit hoher Geschwindigkeit direkt zur Einfahrt der Tiefgarage fuhr. Wahrscheinlich hatte er Tweed und Newman sofort bemerkt. Wieder war nicht zu erkennen, wer in dem Wagen saß.

»Das war Nummer drei«, sagte Newman. »Ich glaube, ich habe unter den Wagen, die uns verfolgt haben, auch einen Audi gesehen – und zwar auf den schmalen Straßen durch die kleinen Ortschaften. Aber fragen Sie mich nicht, welcher Wagen hinter welchem fuhr. Ich musste mich schließlich auf die Straße konzentrieren.«

Newman starrte so intensiv auf die Einfahrt der Tiefgarage, dass ihm dabei etwas anderes völlig entging. Ein kleiner Renault, der am Flughafen gemietet worden war, hatte sich dem Bahnhofsplatz aus einer anderen Richtung genähert. Am Steuer saß ein Mann mit dichtem schwarzem Haar. Er verschwand in einer Seitenstraße, parkte den Wagen und steckte ein paar Münzen in die Parkuhr dort.

Dann spazierte der Gelbe Mann zurück zum Bahnhofsplatz und betrat ein Hotel, wo er ein Zimmer mit Blick auf den Bahnhof verlangte. Er bezahlte es im voraus und bar. Der Gelbe Mann bezahlte immer bar, Zahlungen mit Kreditkarten ließen sich nämlich zurückverfolgen.

»Scheint ziemlich stark geschneit zu haben«, bemerkte er gegenüber dem Nachtportier.

»Ja, es ist schlimm. So ein Wetter haben wir noch nie gehabt. Auf den Bergen hat es meterhoch Schnee. Wenn die Temperaturen dann wieder ansteigen, besteht extreme Lawinengefahr.«

»Seltsam«, sagte Newman draußen vor dem Bahnhof. »Man möchte doch meinen, dass die Autos wieder aus der Tiefgarage herausfahren oder dass wenigstens ein paar von den Insassen über den Fußgängerausgang nach oben kommen müssten.«

»Ich habe eine Idee«, sagte Tweed. »Ich werde von der Telefonzelle hier Arthur Beck anrufen, den Chef der Schweizer Bundespolizei.«

»Aber der sitzt doch in Bern!«

Tweed ging, ohne eine Antwort zu geben, in Richtung Telefonzelle. Newman konnte nur mit den Achseln zucken. Marler und Nield stiegen aus ihren geparkten Autos und kamen zu ihm herüber.

»Was ist denn los?«, fragte Marler.

»Keine Ahnung. Hat vielleicht einer von euch die Leute in den Autos erkannt?«

»Nein«, antworteten beide fast gleichzeitig.

»Die Tiefgarage soll riesengroß sein«, sagte Newman. »Trotzdem kann ich mir nicht vorstellen, was die da unten so lange treiben.«

»Scheint mir der geeignete Ort zu sein, um die ganze Bande auszuschalten«, meinte Marler.

»Wir tun nichts, bevor Tweed nicht zurück ist. Er ruft gerade Beck in Bern an. Ich verstehe bloß nicht, weshalb ...«

Ein paar Minuten später kam Tweed mit großen Schritten von der Telefonzelle zurück. Er hatte die Hände in die Taschen seines Mantels gesteckt.

»Wir haben Glück. Beck ist gerade auf einer Polizeikonferenz in Chicago, wird aber stündlich zurückerwartet. Ich habe mich mit seiner Chefassistentin verbinden lassen, die mir die Nummer von Hauptmann Charpentier hier in Genf gegeben hat. Er sitzt im Polizeipräsidium, das auf der anderen Seite der Rhône liegt. Es ist übrigens ein seltsames Gebäude, dessen Wände aussehen, als wären sie aus Plastik. Ich habe Charpentier, den ich von früher her kenne, gleich angerufen und ihm die Situation geschildert. Er weiß von Dr. Goslar, aber das dürfte mittlerweile wohl auf alle Polizeichefs in Europa zutreffen. Für Goslar ist das von Vorteil, damit verbreitet sich nämlich die Kunde von seiner Waffe, die er meistbietend verkaufen will, nur umso schneller.«

»Und was wird Charpentier tun?«, fragte Newman ungeduldig.

»Er wird uns eine ganze Flotte von Streifenwagen schicken. Ich habe ihm gesagt, dass sie Blaulicht und Sirenen ausgeschaltet lassen sollen. Charpentier bringt auch ein paar Beamte in Zivil mit, die hinunter in die Garage gehen und nach dem Rechten sehen werden.«

»Und was passiert dann?«

»Keine Ahnung. Aber wir werden es wohl gleich erleben.«

Die Stimmung auf dem unheimlich stillen Bahnhofsplatz hatte etwas Bedrohliches. Es dauerte nicht lange, bis auf einmal von allen Seiten Streifenwagen herangefahren kamen. Einige brachten sich vor der Ein- und Ausfahrt der Tiefgarage in Stellung, während andere langsam um den Platz fuhren. Aus einem der Wagen stieg ein Mann, der einen grauen Anzug trug, und ging dann langsam die Rampe der Einfahrt hinunter. Was danach geschah, erfuhr Tweed später von Charpentier.

Der Mann im grauen Anzug war der Polizeibeamte Davril. Als er unten in der Tiefgarage angelangt war, schaute er sich die dort geparkten Fahrzeuge an. Zu dieser Jahreszeit waren praktisch keine Touristen in der Stadt, sodass die Autos dort zum größten Teil Schweizer Geschäftsleuten gehörten, die entweder in den nahe gelegenen Häusern wohnten oder hier in der Innenstadt ihre Geliebte besuchten.

Als Davril weiter in die Tiefgarage hineinging, begann auf einmal ohne jede Vorwarnung eine Maschinenpistole zu knattern. Eine der Kugeln streifte ihn am Arm, während eine andere ihm die linke Schulter durchschlug. Der Polizeibeamte brach zwischen zwei Autos zusammen, zog aber seine Pistole und erwiderte das Feuer. Dabei zielte er auf eine Gestalt, die er undeutlich vorüberhuschen sah. Danach war die Hölle los.

Überall in der Garage wurde plötzlich geschossen. Davril erkannte mindestens zwei verschiedene Maschinenpistolen und jede Menge anderer Handfeuerwaffen. Es dauerte nicht lange, bis eine verirrte Kugel den Tank eines der geparkten Autos traf, der daraufhin mit einem lauten Knall explodierte und den Wagen daneben in Brand setzte. Kurze Zeit später flog auch dieser Wagen in die Luft. Andere folgten, sodass bald überall in der Garage Flammen loderten. Dichter schwarzer Rauch, der in beißenden Schwaden durch die Tiefgarage trieb, raubte Davril die Sicht. Dann drangen von beiden Rampen her schwer bewaffnete uniformierte Polizisten in die Garage ein, in der immer mehr Wagen in Flammen aufgingen. Davril sagte später, die Szenerie habe ihn an Dantes Inferno erinnert. Minuten später war die Feuerwehr zur Stelle, entrollte dicke Schläuche und setzte alles unter Wasser. Zu diesem Zeitpunkt waren viele der Autos bereits völlig ausgebrannt.

23

Tweed, dem klar war, dass er hier nichts ausrichten konnte, sagte Marler und den anderen, dass sie sich wieder in ihre geheizten Autos setzen und von dort aus den Bahnhofsplatz weiter beobachten sollten. Dann ging er zusammen mit Newman in den Bahnhof und suchte das Restaurant auf. Die einzigen Personen in dem Lokal waren Paula und Serena.

Als Tweed und Newman an ihren Tisch kamen, hatte Paula mit Serena schon eine ganze Weile geplaudert. Die einzige Kellnerin, die zu dieser Stunde Dienst tat, fragte, ob die beiden noch einen Wunsch hätten.

»Nein, vielen Dank«, sagte Paula und lächelte. »Aber es wäre nett, wenn Sie uns noch ein wenig hier sitzen lassen würden.« Dabei schaute sie auf Tweed und Newman.

»Die Dame hat extra für uns noch geöffnet«, sagte sie. »Wahrscheinlich tut sie das, weil wir Engländer sind.«

»Für unsere Gäste tun wir alles«, sagte die Kellnerin mit einem freundlichen Lächeln.

»Hallo, Serena«, sagte Tweed. »Es tut mir Leid, Sie zum Aufbruch zu drängen, aber wir haben für heute Zimmer im Hôtel Richemond vorbestellt. Kommen Sie doch einfach mit ins Hotel, dort können wir uns ungestört unterhalten. Übrigens, das ist Bob Newman, mein edler Beschützer. Bob, das ist Serena Cavendish. Aber jetzt sollten wir wirklich gehen.«

Paula gab der Bedienung ein großzügiges Trinkgeld und dankte ihr noch einmal. Als sie auf den Bahnhofplatz hinaus traten, blieb Paula stehen und blickte erstaunt auf die Polizeiwagen. Aus dem Untergrund waren gedämpfte Schüsse zu hören.

»Was ist denn hier los?«, fragte sie Tweed. »Das klingt ja wie der Weltuntergang.«

Für manche da unten dürfte das wohl zutreffen, dachte Newman. Hauptmann Charpentier, ein großer, gut aussehender Mann Mitte vierzig, trat auf sie zu und stellte sich vor. Nachdem er alle mit Handschlag begrüßt hatte, wandte er sich an Tweed.

»Es ist vernünftig, dass Sie jetzt in Ihr Hotel gehen. Ich komme später nach und erzähle Ihnen, wie alles gelaufen ist.«

Paula und Serena nahmen auf der Rückbank von Tweeds Wagen Platz, während Tweed sich nach vorn neben Newman setzte. Es war nur eine kurze Fahrt bis zum Richemond. Der Nachtportier wartete bereits auf sie und führte sie in die luxuriös ausgestattete Hotelhalle. Er hatte gute Neuigkeiten für sie.

»Hauptmann Charpentier hat angerufen und mir gesagt, dass Sie auf dem Weg sind. Ich habe gleich den Koch verständigt, der sich bereit erklärt hat, Ihnen noch etwas zum Essen zu machen. Wenn Sie sich auf Ihren Zimmern ein wenig frisch gemacht haben, brauchen Sie nur herunter in den Speisesaal kommen. Sie können alles haben, was auf der Karte steht.«

Tweed wollte gerade zusammen mit den anderen nach oben gehen, als er ein Geräusch hörte. Er drehte sich um und sah, dass sich Trudy Warner hinter einer Säule in der Hotelhalle versteckt hatte.

»Ich komme gleich nach«, sagte er zu den anderen. Als sie im Aufzug waren, ging er zu Trudy hinüber.

Ihre Frisur war ganz durcheinander, was für sie sehr ungewöhnlich war, und ihre Kleidung sah verknittert aus. Sie hatte eine große Schultertasche dabei.

»Um Gottes willen, Trudy!«, sagte Tweed. »Sie sehen ja aus, als kämen Sie geradewegs aus einer Schlacht.«

»Das tue ich auch. Kommen Sie mit in die Bar, dann erzähle ich Ihnen alles ...«

»Schön, dass Sie noch geöffnet haben«, sagte Tweed zu dem Barkeeper, als dieser ihnen die Getränke an den Tisch brachte.

»Man hat uns gesagt, dass Sie kommen würden, Sir«, antwortete der Mann mit einem Lächeln und zog sich zurück.

»Ich war in der Tiefgarage«, begann Trudy. »Deshalb sehe ich so aus.«

»Zumindest Ihr Make-up scheint nicht sonderlich gelitten zu haben.«

»Das kommt daher, weil ich mich auf der Damentoilette hier im Hotel etwas gesäubert habe. Ich kann von Glück sagen, dass ich noch am Leben bin.«

»Erzählen Sie mir alles. Von Anfang an.«

»Haben Sie verstanden, was ich Ihnen auf der Autobahn signalisiert habe? Ich war der Motorradfahrer, der Sie überholt hat. Die Fahrt war ganz schön anstrengend in der Kälte.«

»Sie sind bestimmt sehr erschöpft. Wollen wir uns wirklich jetzt unterhalten?«

»Wenn ich Ihnen nicht auf der Stelle alles erzähle, kann ich heute Nacht kein Auge zumachen. Vance Karnow hat die Sache mit dem Motorrad vorgeschlagen. Er wollte wissen, wie viele von Ihnen in den einzelnen Autos saßen. Ich habe mich freiwillig gemeldet, weil ich dadurch vermeiden konnte, mit Bancroft allein in einem Auto zu fahren. Wir sind nur zu dritt – Karnow,

Bancroft und ich. Der Rest der Truppe wurde in Paris verhaftet. Nachdem ich Sie überholt hatte, habe ich das Motorrad hinter der Tankstelle in einen Graben geworfen und bin zu Karnow und Bancroft in den Wagen gestiegen. Zusammen haben wir Sie dann bis hierher nach Genf verfolgt und sind in die Tiefgarage am Bahnhof gefahren. Und da ist dann auf einmal das Chaos ausgebrochen.«

»Wie meinen Sie das?«

»Als wir unten in der Garage waren, konnte Karnow sich nicht entscheiden, was er als Nächstes tun sollte. Also sind wir einfach im Auto sitzen geblieben. Schließlich kam ein Mann in grauem Anzug die Rampe herunter. Bancroft dachte, es sei Newman – der Mann sah ihm ein bisschen ähnlich –, und drehte durch. Er packte seine Maschinenpistole, sprang aus dem Wagen und ballerte wie ein Verrückter herum. Das war der Auftakt zum Höllenbrand, wenn Sie wissen, was ich meine. Von überall her wurde plötzlich geschossen, und in der ganzen Garage schwirrten die Kugeln nur so durch die Luft. Dann explodierte ein Auto nach dem anderen. Ich bin aus dem Wagen gesprungen und losgerannt, um mich in Sicherheit zu bringen ...«

»Und was ist mit Karnow und Bancroft?«

»Karnow saß noch in unserem Wagen, als er Feuer fing. Die Tiefgarage war zwar voller Rauch, aber ich konnte undeutlich erkennen, wie jemand eine Leiter an der Wand hinaufstieg, und rannte dann ebenfalls dorthin. Offensichtlich ein Notausstieg. Als ich emporkletterte, hörte ich von oben ein metallisches Geräusch. Es klang so, als hätte jemand einen Hebel gezogen und eine Klappe geöffnet. Ich stieg, so schnell ich konnte, die Leiter hinauf, aber ich konnte die Gestalt vor mir nicht einholen. Oben erkannte ich, dass die Abdeckung über dem Notausstieg zur Seite geklappt war. Ich kletterte ganz in Ihrer Nähe ins Freie und sah, wie Sie mit einem gut aussehenden, groß gewachsenen Mann redeten. Er sagte etwas vom Hôtel Richemond, und deshalb bin ich sofort hierher geeilt. Ich kenne mich in Genf ziemlich gut aus und habe das Hotel deshalb ohne große Mühe gefunden. Ehrlich gesagt, ich kann es immer noch nicht glauben, dass ich das alles lebend überstanden habe.«

»Aber Sie leben, und das ist die Hauptsache«, sagte Tweed und nahm sie in den Arm. Fast wäre Trudy in Tränen ausgebrochen. Tweed winkte dem Barkeeper »Trinken Sie noch etwas.«

»Aber dann werde ich ja betrunken.«

»Das macht nichts.«

Zuerst hatte Tweed überlegt, ob er Trudy stark gesüßten Tee bestellen sollte, aber dann hatte er erkannt, dass sie nicht mehr unter Schock stand. Allein das Erzählen ihrer Erlebnisse hatte sie sichtlich beruhigt. Nachdem der zweite Drink gekommen war, stellte er ihr die nächste Frage.

»Wo war eigentlich Bancroft, als Sie ausgestiegen sind?«

»Das weiß ich nicht. Aber er ist jedenfalls nicht wieder ins Auto gekommen. Der Kerl hat den ganzen Schlamassel ausgelöst, indem er das Feuer auf den vermeintlichen Newman eröffnet hat. Als ich aus dem Wagen gestiegen bin, war er im Qualm verschwunden.«

»Wenn Sie wollen, können Sie morgen früh nach London fliegen«, sagte Tweed.

»Aber ich würde viel lieber bei Ihnen bleiben. Sie sind doch immer noch hinter Goslar her, oder? Ich wäre gern dabei, wenn er gefasst wird. Schließlich habe ich Sie auf der Autobahn über Ihre Verfolger informiert. Haben Sie eigentlich mein Zeichen verstanden? Ich habe Sie das vorhin schon gefragt, aber Sie haben mir keine Antwort gegeben.«

»Tut mir Leid, das habe ich vergessen. Ja, ich habe Ihr Zeichen verstanden. Es sollte wohl bedeuten, dass uns drei Autos verfolgt haben. Vielen Dank noch mal für Ihre …«

»Außerdem habe ich Karnow angelogen und ihm gesagt, dass Sie im ersten der drei Wagen säßen. Ich habe das deshalb gemacht, weil ich in dem Auto zwei Männer gesehen habe, von denen einer eine Maschinenpistole aus dem Fenster gehalten hat. Bancroft hatte vor, den Wagen, in dem Sie sitzen, zu ›durchlöchern‹, wie er sich ausdrückte. Ich dachte, dass diese zwei Männer wohl am ehesten mit ihm fertig werden würden. Ich bin wild entschlossen, diese Sache zu Ende zu bringen, Tweed.«

Tweed dachte eine Weile nach, wobei er abwechselnd sie ansah und ins Leere blickte. Trudy betrachtete ihn interessiert, aber ruhig, was Tweed angesichts ihrer schwierigen Lage bemerkenswert fand. Bevor er schließlich antwortete, nahm er einen Schluck aus seinem Glas.

»Ich schlage vor, dass wir erst einmal etwas Anständiges essen und dann die Sache überschlafen. Vermutlich haben Sie keine Waffe bei sich, oder?«

Trudy schaute sich um. Als sie sah, dass der Barkeeper hinter seiner Theke stand und Gläser polierte, griff sie in ihre Jacke und zog eine 6,35 mm Automatik aus ihrem Schulterhalfter.

»Ich weiß, wie man damit umgeht. In New York habe ich in meiner Freizeit Schießstunden genommen. Eigenlob stinkt zwar, aber ich war so etwas wie eine Meisterschützin. Die Waffe habe ich auch nach dem Umzug nach Washington behalten für den Fall, dass mir Bancroft eines Tages über den Weg lief. Als es dann so weit war, konnte ich sie allerdings nicht gebrauchen.«

»Stecken Sie sie wieder zurück. Meine Leute werden gleich zum Abendessen herunterkommen. Sie haben alle schrecklichen Hunger. Und Sie bestimmt auch. Ich werde Sie meiner Truppe als Trudy Warner vorstellen, wenn es Ihnen recht ist.«

»Ich möchte, dass Sie mich beim Vornamen nennen«, sagte Trudy mit einem Lächeln. »Schließlich kennen wir uns ja jetzt schon ziemlich gut. Und ich möchte gern bei Ihnen bleiben, wo immer Sie auch hingehen.«

»Ich werde Ihnen morgen früh mitteilen, wie ich mich entschieden habe. Aber jetzt gehen wir erst einmal in den Speisesaal. Später kommt Hauptmann Charpentier hierher, der etwas mit mir zu besprechen hat. Bis dahin würde ich gern gegessen haben.«

Nach einem opulenten Mahl hatten alle das Gefühl, noch nicht müde zu sein. Weil niemand zu Bett gehen wollte, lud Tweed alle miteinander in seine Suite ein, um dort noch einen Kaffee zu trinken. Er hatte gerade den ersten Schluck genommen, als das Telefon klingelte. Es war Hauptmann Charpentier, der von der Rezeption aus anrief. Tweed bat ihn heraufzukommen.

Als Charpentier eintrat und die Versammelten sah, runzelte er die Stirn. Dann blieb sein Blick an Paula und Trudy hängen, die nebeneinander auf einem Sofa saßen. Während des Essens hatten sich die beiden Frauen bereits miteinander angefreundet. Tweed bot dem Schweizer Polizeioffizier einen Sessel und eine Tasse Kaffee an, aber Charpentier zog es vor, stehen zu bleiben.

»Ist etwas nicht in Ordnung?«, fragte Tweed.

»Ich wollte Ihnen eigentlich erzählen, was wir in der Garage gefunden haben«, sagte Charpentier in tadellosem Englisch. »Aber einige Details sind doch ziemlich grauenvoll.«

»Sie denken dabei wohl an die Damen«, sagte Tweed. »Ich kann Ihnen versichern, dass die beiden schon mehr grauenvolle Dinge gesehen haben, als Sie vielleicht annehmen. Sie sind genauso gespannt auf Ihren Bericht wie wir anderen auch.«

»Na schön, wenn Sie meinen …«

Charpentier zog den Mantel aus und setzte sich. Paula brachte ihm eine Tasse Kaffee, die er mit raschen Schlucken austrank.

»Dann will ich mal Klartext reden«, begann Charpentier. »Wir haben in der Tiefgarage mehrere Leichen gefunden, die bis zur Unkenntlichkeit verbrannt waren. Hinter dem Steuer eines Citroën saß ein großer Mann, ein sehr großer Mann sogar. Obwohl sein Körper schlimm verbrannt war, ist der obere Teil seines Kopfes praktisch unversehrt geblieben. Wir glauben, dass er in Flammen stand, als die Feuerwehr sein Auto mit Löschschaum füllte. Später wurde der Schaum dann vom Löschwasser weggespült. Der Mann hatte kurz geschnittene braune Stoppelhaare, die das Feuer nicht erreicht hat.«

»Der Affe«, murmelte Paula vor sich hin.

»Kannten Sie ihn?«, fragte Charpentier, der sie gehört hatte.

»Ja. Ich habe einmal kurz seine Bekanntschaft gemacht. Sie war sehr unangenehm.«

»Können Sie mir seinen Namen nennen?«

»Abel. Aber ich glaube, das war nur sein Vorname. Keine Ahnung, wie er mit Nachnamen hieß.«

Paula hatte die Nachricht von Abels Tod ohne großes Bedauern zur Kenntnis genommen. Eingedenk der Tatsache, dass er sie im zweiunddreißigsten Stock aus dem Fenster gehalten hatte, verspürte sie eher eine gewisse Erleichterung darüber, dass er jetzt kein Unheil mehr anrichten konnte. Tweed sah Trudy genau an. Auch sie hatte bei der Beschreibung keine Anzeichen von Entsetzen erkennen lassen. Stattdessen beugte sie sich vor und sah den Schweizer interessiert an.

»Ich fahre also fort«, sagte Charpentier. »In einem Renault, der ein ganzes Stück von dem Citroën entfernt stand, saßen zwei männliche Leichen. Die eine, auf dem Beifahrersitz, war groß, aber so verbrannt, dass man ihr Gesicht nicht mehr erkennen konnte. Die Tür stand offen, weshalb wir vermuten, dass der Mann noch aussteigen und sich in Sicherheit bringen wollte. Auf dem Betonboden der Garage fanden wir seinen Pass.« Charpentier warf einen Blick in sein Notizbuch. »Es war ein gewisser Jarvis Bate. Offenbar ein Offizier der englischen Special Branch.«

»Und um wen handelte es sich bei der zweiten Leiche?«, fragte Paula.

»Das wissen wir nicht. Aber es war ein sehr viel kleinerer Mann, der bis aufs Skelett verkohlt war.«

»Mervyn Leek«, sagte Tweed. »Ebenfalls Offizier bei der Special Branch.«

»Vielen Dank, Sir«, sagte Charpentier und notierte sich den Namen. »Und dann haben wir in einem dritten Wagen, einem Audi, der ziemlich weit von den anderen beiden entfernt stand, noch eine Leiche gefunden.«

Das war *mein Wagen*, dachte Trudy und beugte sich noch weiter vor. Was kam als Nächstes?

»Was diese Leiche angeht«, fuhr Charpentier fort, »so bin ich wirklich froh, dass mein oberster Chef Arthur Beck vor einer Stunde endlich in Bern eingetroffen ist. Sein Flugzeug hatte erhebliche Verspätung. Wegen des Toten in diesem Auto wird es vermutlich diplomatische Verwicklungen geben. Er war bis zur Hüfte verkohlt, aber sein Oberkörper war so gut wie unversehrt. Auch hier hat die Feuerwehr offenbar Schaum in den Wagen gepumpt. Ein Feuerwehrmann hat mir den Inhalt der Brusttasche des Mannes gebracht. Darunter war auch ein Pass, der den Toten als Vance Karnow auswies. Wie wir wissen, war er einer der wichtigsten Männer in Washington.«

»War noch eine weitere Leiche in dem Wagen?«, fragte Trudy.

»Nein«, antwortete Charpentier, den die Frage zu überraschen schien. »Warum?«

»Weil ein so wichtiger Mann doch selten allein reist. Meistens haben solche Leute einen Chauffeur.«

»Wir haben jedenfalls keinen gefunden. Aber es sind zwei Menschen aus der Garage entkommen.«

Trudy konzentrierte sich darauf, eine Falte an ihrem Hosenanzug glatt zu streichen. Als sie danach zu Tweed sah, waren ihre Augen hart wie Stein. Sie und Tweed hatten offenbar dasselbe gedacht.

Bancroft.

»Entkommen?«, sagte Tweed. »Wie ist ihnen denn das gelungen?«

»Sie sind durch einen Notausstieg hinaufgeklettert und weggerannt. Ich habe einen von ihnen sogar selbst noch über den Platz laufen gesehen, aber bevor wir ihn aufhalten konnten, war er verschwunden.«

Tweed und Trudy sahen sich abermals an. Er wusste, was sie dachte. Sie versuchte, sich die Gestalt ins Gedächtnis zu rufen, die vor ihr die Leiter hinaufgestiegen war. Wenn sie geahnt hätte, dass es Bancroft gewesen war, hätte sie ihn mit ihrer Beretta in den Rücken schießen können.

»Haben Sie eigentlich irgendwelche Waffen in den Fahrzeugen gefunden?«, fragte er, um die Aufmerksamkeit des Schweizers von dem Notausstieg abzulenken.

»Ja«, antwortete Charpentier. »Jarvis Bate hatte in seiner rechten Hand – oder sagen wir besser: in dem, was von seiner rechten Hand noch übrig war – eine Pistole. Und in dem

Citroën lag neben dem Mann, den Sie den Affen genannt haben, eine Maschinenpistole. Aus beiden Waffen ist geschossen worden.«

»Dann war es also eine Schießerei«, sagte Tweed, »die dadurch eskaliert ist, dass die Kugeln mehrere Benzintanks in Brand gesteckt haben.«

»Exakter hätte ich es auch nicht zusammenfassen können«, sagte Charpentier und erhob sich. »Für heute Nacht habe ich erst einmal genug. Morgen, nach den Autopsien, wissen wir mehr. Ich beneide die Pathologen ja nicht gerade um diesen Job. Arthur Beck kommt morgen früh nach Genf und möchte mit Ihnen reden, Mr. Tweed. So, nun muss ich aber gehen. Sie sind bestimmt alle sehr müde ...«

Nachdem Charpentier das Zimmer verlassen hatte, schaute Tweed noch einmal hinüber zu Trudy. Als er ihren entschlossenen, stahlharten Blick sah, wusste er, dass er sie mit nach Annecy nehmen würde.

24

In seinem Hotelzimmer über dem Bahnhofsplatz hatte der Gelbe Mann kein Licht angeknipst und sich einen Stuhl direkt vor das Fenster gestellt, wo er durch die Gardine hindurch die Vorgänge auf dem Platz hervorragend im Blick hatte.

Von diesem Logenplatz aus hatte er durch sein Nachtglas mit angesehen, wie Tweed und Newman vor dem Bahnhof gestanden hatten und wie Minuten später die Meute der Streifenwagen auf dem Platz erschienen war und alle Ausgänge blockiert hatte. Bald darauf hatte er gedämpfte Schüsse und Explosionen aus der Tiefgarage gehört, was ihn aber nicht sonderlich berührt hatte.

Später, als er Tweed, Newman, Paula Grey und eine dunkelhaarige Frau aus dem Bahnhof herauskommen sah, hatte er die Perlenkette mit dem rasiermesserscharfen Draht in die freie

Hand genommen und sich vorgestellt, wie er sie von hinten um Paulas Hals legte.

Danach war er zu Bett gegangen, den Wecker hatte er auf halb sechs Uhr in der Früh gestellt. Um sechs Uhr hatte er sich ein Frühstück aufs Zimmer bringen lassen und war danach durch die morgendlich verlassenen Straßen zu seinem Wagen gegangen. Vor der Ein- und Ausfahrt der Tiefgarage hatten noch immer Streifenwagen gestanden.

In seinem in einer stillen Seitenstraße geparkten Auto zog er seinen Anzug aus und eine dunkelgraue Chauffeuruniform an. Dann nahm er das schwarze Toupet ab, das ihm ohnehin auf die Nerven ging, und versteckte seine gelbblonden Haare unter einer Schirmmütze. Zufrieden mit seiner Verkleidung fuhr er auf den Bahnhofsplatz und parkte so, dass er den Eingang des Hôtel Richemond im Blick hatte. Von seinem Zimmer aus hatte der Gelbe Mann noch in der Nacht mehrere Hotels in der Stadt angerufen, bis ihm ein Aushilfsportier schließlich gesagt hatte, dass Tweed im Richemond abgestiegen sei. Bevor der Portier Fragen stellen konnte, hatte der Gelbe Mann aufgelegt.

Noch in der Nacht hatte Tweed Paula für den nächsten Morgen zum Frühstück in seine Suite eingeladen. Als sie kam, fand sie, dass Tweed ausgesprochen wach wirkte, während sie selbst noch ziemlich verschlafen war. Als sie mit dem Frühstück fertig waren, kam Beck.

Der Chef der Schweizer Bundespolizei umarmte Paula zur Begrüßung. Die beiden mochten sich seit langem. Beck, der Ende vierzig, schlank und mittelgroß war, hatte grau meliertes Haar und einen sorgfältig gestutzten Schnurrbart. Er hatte eine zusammengefaltete Zeitung unter dem Arm, die er Tweed reichte.

»*Le Monde*. Heute früh per Kurierflugzeug aus Paris gekommen. Beachten Sie die Schlagzeile auf der ersten Seite.«

SPIONAGEVERDACHT:
AMERIKANER AUSGEWIESEN

Tweed überflog den Text des Artikels, in dem stand, dass die Polizei belastende Dokumente in der Hotelsuite einer amerikanischen Delegation gefunden habe. Vance Karnow, die rechte Hand des amerikanischen Präsidenten, sei in die Sache verwickelt, aber nirgendwo auffindbar.

»Interessant«, sagte Tweed und gab die Zeitung an Paula weiter.

»Darf ich fragen, wo Sie waren, bevor Sie nach Genf kamen?« Beck sah Tweed durchdringend an, während er sich in einem Sessel niederließ.

»In Paris.«

»Und trotzdem tun Sie so, als wüssten Sie nicht, dass René Lasalle die Amerikaner halb bewusstlos in einer mit Tränengas verpesteten Suite gefunden hat?«

»Ich war schließlich nicht in dem Hotel.«

»Eine schlaue Antwort, wie man sie von Ihnen gewöhnt ist«, bemerkte Beck missbilligend.

»Sagt Ihnen der Name Dr. Goslar etwas?«, fragte Tweed, um das Thema zu wechseln.

»Ob mir der Name etwas sagt? Sie machen mir vielleicht Spaß! Sämtliche Geheimdienste und Polizeibehörden in Westeuropa und den USA beschäftigen sich seit Tagen mit nichts anderem mehr.«

»Genau das also, was Goslar bezweckt hat. Er will, dass sich die Neuigkeit von seiner teuflischen Waffe wie ein Lauffeuer verbreitet. Steht denn in den Zeitungen irgendetwas darüber?«

»Bisher noch nicht. Die Behörden, die von der Sache wissen, haben bisher alle dichtgehalten. Das ist zwar wie ein kleines Wunder, für das wir aber sehr dankbar sind. Das allerdings, was heute Nacht hier in Genf geschehen ist, wird sich nicht so leicht aus den Schlagzeilen halten lassen.«

»Sie meinen damit das Inferno in der Tiefgarage.«

»Genau.« Beck hielt inne. »Sie haben damit vermutlich nicht das Geringste zu tun, oder?«

»Doch, ich habe etwas damit zu tun, aber nur indirekt. Die

drei Autos, die in der Garage ausgebrannt sind, haben uns von Paris aus verfolgt. Newman hat sie wieder erkannt.«

»Warum fliegt eigentlich immer etwas in die Luft, wenn Sie in einer Stadt sind, Tweed?«

»Offenbar habe ich es immer mit den falschen Leuten zu tun.«

»Damit könnten Sie Recht haben. Fairerweise muss man allerdings sagen, dass das Ihr Beruf mit sich bringt. Meiner übrigens auch. In Washington ist man wegen des Todes von Vance Karnow übrigens außer sich.«

»Das kann ich mir vorstellen«, sagte Tweed. Jetzt war es an ihm, eine kurze Pause einzulegen. »Darf ich Sie um einen Gefallen bitten, Arthur?«

»Ich wusste, dass Sie mich das fragen würden. Als ob ich mit meinen eigenen Problemen nicht schon genug am Hals hätte. Na schön, dann rücken Sie mal mit Ihrer Bitte heraus. Ich bin aufs Schlimmste gefasst.«

»Goslar hat bisher an jedem Ort, an dem er sich aufgehalten hat, dasselbe Verhalten an den Tag gelegt. Es ist so etwas wie seine Visitenkarte und gleichzeitig sein größter Fehler. Wo immer er auch ist, braucht er eine Basis für seine Operationen. Dazu mietet er sich für einen längeren Zeitraum eine große Immobilie, die er später, wenn er wieder weiterzieht, noch Wochen oder Monate leer stehen lässt. Er hat so viel Geld, dass er sich das leisten kann. Dieses Verfahren gibt ihm die Möglichkeit, jederzeit einen Ortswechsel vorzunehmen. Habe ich mich klar ausgedrückt?«

»Ja. Aber was wollen Sie, dass ich tue?«

»Könnten Sie ganz offiziell bei den wichtigsten Immobilienmaklern in Genf nachfragen, ob jemand in letzter Zeit, sagen wir innerhalb der vergangenen drei Monate, ein großes Anwesen oder etwas Ähnliches gemietet hat?«

»Ach, wenn's weiter nichts ist! Solche Gebäude kann man bei uns in der Schweiz an einer Hand abzählen«, erwiderte Beck.

»Ich war noch nicht fertig. Die Immobilie muss zwar groß sein, aber sie darf nicht allzu auffällig sein. Und sie müsste sich an einem entlegenen Ort befinden, der trotzdem innerhalb einer

Stunde von Genf aus zu erreichen ist. Außerdem sollte sie keine unmittelbaren Nachbarn haben. Der Mieter könnte sich als ein Mr. Charterhouse ausgegeben haben, was ich allerdings bezweifle. Ein weiterer wichtiger Hinweis wäre eine Lage in der Nähe des Flughafens.«

»Trotzdem klingt alles noch ziemlich vage. Glauben Sie denn, dass Goslar hier ist?«

»Das kann ich nicht mit Bestimmtheit sagen. Es ist nur eine Vermutung. Und weil ich schon dabei bin: Könnten Sie vielleicht Charpentier am Flughafen nachfragen lassen, ob dort noch immer ein Privatjet aus Liechtenstein steht, der auf die Firma Poulenc et Cie zugelassen ist? Es ist eine Grumman Gulfstream.«

»Das ist nicht schwer. Ich rufe Sie an, bevor Sie abreisen. Wann wird das übrigens sein? Und wo wollen Sie hin? Ich frage das nur für den Fall, dass es kein Staatsgeheimnis ist, was ich allerdings stark bezweifle.«

»Wir wollen so schnell wie möglich weiter nach Annecy. Noch heute Vormittag.« Tweed griff nach einem Notizblock, riss ein Blatt ab und schrieb Beck seine Handynummer darauf. »Wir sollten in Verbindung bleiben.«

»Ich dachte, Sie mögen keine Mobiltelefone.«

»Das stimmt. Die Dinger können viel zu leicht abgehört werden. Aber in diesem Fall ist es die einzige Möglichkeit, uns zu kontaktieren. Alle von meinem Team haben eines.«

»Was hoffen Sie denn in Annecy zu finden?«, fragte Beck.

»Möglicherweise Dr. Goslar.«

»Ist unser Tweed nicht einsame Klasse?«, sagte Beck, an Paula gewandt. »Erst will er, dass ich die Makler hier in Genf ausfrage, und dann sagt er, dass Goslar sich wahrscheinlich in Annecy versteckt.«

»Und es kommt sogar noch etwas hinzu«, sagte Tweed. »Wir wissen nicht einmal, ob Goslar ein Mann oder eine Frau ist. Für beides gibt es Hinweise.«

»Sie suchen also ein Phantom«, sagte Beck und stand auf. »Ich werde mich persönlich um die Makler kümmern, bevor ich heute Nachmittag nach Bern zurückfliege. Dort bin ich dann in meinem Hauptquartier zu erreichen. Haben Sie die Nummer?«

»Ich weiß sie sogar auswendig.«

»Dann bleibt mir nur noch, Ihnen eine angenehme und vor allem friedliche Reise nach Annecy zu wünschen. Dort unten werden Sie besseres Wetter haben als hier bei uns. Jetzt muss ich aber gehen.«

»Ich glaube, dass auf der Fahrt nicht allzu viel passieren wird«, sagte Tweed. »Passen Sie auf sich auf, Arthur.«

»Sie beide sollten auf sich aufpassen. Goslar ist einer der gefährlichsten Männer auf der ganzen Welt.«

Kurz nachdem Beck die Suite verlassen hatte, kam Marler mit seiner großen Leinentasche herein.

»Einen Browning für meine Sammlung, bitte«, sagte er zu Paula. »Wir fahren über die Grenze nach Frankreich.« Widerstrebend gab ihm Paula ihre Waffe samt Halfter und zusätzlicher Munition.

»Es war ziemlich schwierig, Trudy Warner ihre Automatik abzunehmen«, fuhr Marler fort. »Ich musste ihr versprechen, sie ihr sofort wieder zurückzugeben, sobald wir über der Grenze sind.« Marler wandte sich zum Gehen. »Hallo, Bob«, sagte er, als er die Tür öffnete und Newman davor stand. »Na, fühlen Sie sich nackt ohne Ihre Smith and Wesson? Das habe ich mir fast gedacht. Bis später ...«

Paula stand auf und zog sich ihre Fleecejacke an. »Die arme Trudy«, sagte sie. »Ihre ganzen Kleider waren im Kofferraum des Audis, der ausgebrannt ist. Wir gehen miteinander neue Klamotten für sie kaufen. Für die Nacht hat sie sich ein Nachthemd und ein paar Kosmetikartikel von mir ausleihen müssen. Serena kommt übrigens auch mit zum Einkaufen.«

»Aber bleiben Sie nicht zu lange«, ermahnte sie Tweed.

»Warum sagen das bloß alle Männer, wenn Frauen zum Einkaufen gehen?«

»Was halten Sie eigentlich von Serena?«, fragte Tweed unvermittelt.

»Sie ist eine rätselhafte Frau«, antwortete Paula.

Newman warf seinen Mantel über einen Stuhl und stellte seine Tasche daneben. Dann ließ er sich in einen der Sessel sinken.

»Na, wie schätzen Sie die Situation heute Morgen ein?«, fragte er, während er sich eine Zigarette anzündete. »Nach dem, was heute Nacht alles passiert ist?«

»Einiges ist einfacher geworden«, sagte Tweed. »Bis zu einem gewissen Punkt zumindest. Halten Sie mich nicht für abgebrüht, aber unser Ziel ist es nun mal, Goslar zu finden. Da ist es gut, dass wir uns von nun an nicht mehr um Bate und den Affen kümmern müssen. Aber es gibt noch eine andere Gefahr, eine tödliche sogar. Sie heißt Bancroft. Als ich ihn in der Bar des Ritz sah, kam er mir wie ein verdammt harter Bursche vor. Und noch dazu wie einer, der über eine Menge Grips verfügt.«

»Vielleicht sitzt er ja schon im Flugzeug zurück in die Staaten.«

»Nein, bestimmt nicht. Er ist garantiert noch hier«, sagte Tweed grimmig.

»Haben Sie eigentlich noch immer nichts von Burgoyne gehört?«, fragte Newman. »Langsam mache ich mir Sorgen um ihn.«

»Das ist unnötig. Burgoyne ist es gewohnt, auf sich allein gestellt zu operieren. Außerdem ist er nicht der Typ, der sich meldet, nur um in Kontakt zu bleiben. Wir werden erst von ihm hören, wenn er etwas herausgefunden hat.«

»Hoffen wir, dass es dann nicht zu spät ist. Wann fahren wir los?«

»Sobald die Damen von ihrem Einkaufsbummel zurück sind. Ich hoffe, dass Marler unsere Waffen gut versteckt.«

»Das wird er. Er möchte übrigens wieder als Erster fahren; er ist nämlich der Meinung, dass die französischen Grenzer, wenn sie drei Wagen sehen, den ersten davon nicht allzu genau kontrollieren.«

»Hoffentlich hat er Recht.«

Newman hatte Tweed gerade Marlers Plan für den Fall eines Hinterhalts erklärt, als die Tür aufging und Paula, Serena und Trudy eintraten. Sie hatten alle mehrere Einkaufstüten bei sich.

»Sieht so aus, als hätten Sie halb Genf leer gekauft«, sagte Tweed.

»Warum sagen das bloß alle Männer, wenn Frauen zum Einkaufen gehen?«, wiederholte sich Paula.

»Und aus den Firmennamen auf den Tüten schließe ich, dass Sie ein Vermögen ausgegeben haben«, fuhr Tweed fort.

»Muss ich es noch einmal sagen?«, fragte Paula lächelnd. »Trudy hat jetzt jedenfalls neue Kleider. Wie Sie sehen, haben wir sogar eine Fleecejacke für sie gefunden. Und eine hübsche Pelzmütze. Setzen Sie sie doch auf, Trudy, damit die Männer sie bewundern können.«

»Damit sehen Sie noch bezaubernder aus als zuvor«, schwärmte Newman, nachdem sich Trudy die Pelzmütze aufgesetzt und mitten in der Suite um die eigene Achse gedreht hatte.

»Danke schön, der Herr«, sagte Trudy und machte einen Knicks.

»Serena hat auch ein paar neue Sachen gekauft«, sagte Paula. »Darunter einen warmen Mantel.«

»Und modische neue Stiefel«, bemerkte Newman. »Wenn ich Sie mir so ansehe, würde ich am liebsten in Genf bleiben und Sie alle drei zum Abendessen ausführen.«

»Das können Sie sich abschminken«, sagte Tweed mit ernster Stimme. »Wir haben einen Job zu erledigen.«

Kaum hatte er das gesagt, klingelte das Telefon. Tweed hob ab.

»Ja?«

»Ich habe ein paar Antworten für Sie«, sagte Beck. »Zuerst das Flugzeug: Charpentier hat zwei Männer am Flughafen, die für ihn aufpassen, wer alles ankommt. Die haben ihm gesagt, dass der Jet aufgetankt und startbereit ist. Es gibt drei Pilotenteams, die rund um die Uhr in Achtstundenschichten zum Abflug bereitstehen. Das ist sehr ungewöhnlich und extrem kostspielig dazu.«

»Und es lässt den Schluss zu, dass Goslar sich in der Nähe von Genf aufhält.«

»Kann durchaus sein. Ich habe mich auch bei den beiden wichtigsten Immobilienmaklern umgehört. Sie haben mir versprochen, in ihren Unterlagen nach Objekten zu suchen, wie Sie sie mir geschildert haben. Die Makler werden Charpentier Bericht erstatten. Ich habe ihm Ihre Handynummer gegeben. Hoffentlich haben Sie nichts dagegen.«

»Nein, das geht in Ordnung. Und vielen Dank, dass Sie so prompt reagiert haben. Wenn ich nicht ganz falsch liege, dann befinden wir uns in einem Wettlauf mit der Zeit.«

»Das ist bei Ihnen ja nichts Neues. Ich muss jetzt los, sonst verpasse ich meinen Flug nach Bern. Und noch einmal: Passen Sie gut auf sich auf ...«

Alle in der Suite Anwesenden hatten inzwischen Platz genommen und sich während der Unterhaltung still verhalten. Tweed schätzte das sehr. Die drei Frauen wussten, worauf es ankam.

»Ein Wettlauf mit der Zeit?«, wiederholte Paula.

»Ja. Ich habe die Hotelrechnung schon bezahlt. Ich gebe Ihnen fünf Minuten, um alles fertig zu machen. Dann fahren wir.«

»Sie sehen ziemlich grimmig aus«, sagte Newman, als er und Tweed wieder allein waren.

»So fühle ich mich auch.«

»Weil Sie jetzt auf Ihren alten Gegenspieler von damals treffen? Er ist Ihnen bisher immer entwischt, aber diesmal darf ihm das nicht gelingen.«

»Mein alter Gegenspieler«, sagte Tweed und nickte.

Einige Zeit zuvor hatte der Gelbe Mann hinter dem Steuer seines gemieteten Mercedes gesessen, als sich schließlich die Tür des Hotels, vor dem er parkte, öffnete. Ein kleiner Mann im Pelzmantel kam raschen Schrittes die Stufen herab.

Der Killer setzte sich gerade hin und schob die Schirmmütze zurecht. Dann fuhr er das Fenster herunter.

»Sind Sie mein Chauffeur nach Stuttgart?«, fragte der Mann.

»Ja, Sir!«, sagte der Gelbe Mann und sprang aus dem Wagen. Nachdem er mit einer schwungvollen Bewegung die hintere Tür geöffnet hatte, verbeugte er sich und ließ sich von dem Mann dessen Koffer geben. Dann schlug er die Tür zu und verstaute den Koffer im Kofferraum.

Als der Gelbe Mann wieder hinter dem Steuer saß, sah er sich im Rückspiegel seinen Fahrgast an. Er trug eine randlose Brille und sah wie ein erfolgreicher und wohlhabender Geschäftsmann aus. Er sprach Englisch mit einem ausländischen Akzent.

»Ich weiß, dass ich drei Stunden zu früh dran bin. Ich habe heute Morgen schon bei Ihrer Firma angerufen, aber da ist keiner rangegangen.«

»Unser Büro macht erst um zehn auf, Sir«, antwortete der Gelbe Mann.

»Meine Besprechung in Stuttgart wurde vorverlegt. Ich würde gern später irgendwo anhalten und eine Kleinigkeit frühstücken, wenn sich das machen lässt.«

»Das lässt sich machen, Sir.«

Der Gelbe Mann sah sich auf der Straße um, die zu dieser frühen Stunde völlig verlassen war. Er ließ den Motor an, fuhr ein kurzes Stück und bremste. Nachdem er im Rückspiegel die Straße noch einmal abgesucht hatte, vergewisserte er sich, dass auch vor dem Auto niemand war. Dann griff er unter eine Zeitung, die auf dem Beifahrersitz ausgebreitet lag, und drehte sich um.

»Ich glaube, ich habe den Kofferraum nicht zugesperrt. Ich werde mal kurz nachsehen.«

Mit diesen Worten hob er die Pistole mit Schalldämpfer, die unter der Zeitung verborgen gewesen war, zielte auf seinen Fahrgast und drückte ab. Auf der Brust des Geschäftsmannes erschien ein roter Fleck, der schnell größer wurde. Während der Mann zusammensackte, sprang der Gelbe Mann aus dem Wagen und lief zum Kofferraum. Dort holte er den schweren Koffer heraus und stellte ihn neben dem Toten auf den Rücksitz. Dann nahm er den weißen Seidenschal der Leiche und legte ihn so über die Wunde, dass man das Blut nicht mehr sah.

Schließlich hob der Gelbe Mann die Leiche an und setzte sie wieder aufrecht hin, sodass sie aussah, als würde sie schlafen. Nachdem der Gelbe Mann den Koffer so neben sein Opfer geschoben hatte, dass es nicht mehr zur Seite kippen konnte, ging er wieder nach vorn und fuhr mit dem Wagen in die Nähe des Hôtel Richemond, wo er ihn so abstellte, dass er den Eingang gut im Blick hatte.

Dann wartete er.

Als nach einiger Zeit Newman seinen Wagen vor den Eingang brachte, startete der Gelbe Mann den Motor, fuhr aber noch nicht los. Er sah, wie Tweed und drei Frauen aus dem Hotel kamen und in den Wagen stiegen. Zwei der Frauen zwängten sich zusammen mit Tweed auf den Rücksitz, während die dritte – es war Paula Grey – vorn neben Newman Platz nahm.

Als Newman losfuhr, folgte ihm der Killer. Im Rückspiegel sah er, wie vor dem anderen Hotel, vor dem er den jetzt toten Geschäftsmann abgeholt hatte, eine dunkle Limousine vorfuhr. Der Gelbe Mann grinste böse. Es wurde höchste Zeit, dass er von hier verschwand.

25

Auf der Fahrt von Genf zur französischen Grenze saß Tweed zwischen Trudy und Serena auf der Rückbank von Newmans Wagen. Eigentlich hätte Serena mit Nield fahren sollen, aber das hatte ihr überhaupt nicht gepasst.

»Ich möchte bei Ihnen sein«, hatte sie Tweed mit entschlossener Stimme erklärt. »Bei Ihnen fühle ich mich sehr viel sicherer.«

»Aber weshalb sollten Sie denn bei Pete Nield nicht sicher sein?«, hatte Tweed gefragt.

»Nach dem, was gestern Nacht in der Tiefgarage passiert ist, möchte ich kein Risiko eingehen«, hatte Serena geantwortet.

»Dann setze ich mich nach vorn zu Newman«, hatte Paula verkündet.

Sie hatte Serena genau beobachtet, und der entschlossene Ausdruck in deren Gesicht war ihr nicht entgangen. Trotzdem hatte sie sich gefragt, warum Serena so beharrlich war. Als sie am Abend zuvor alle in Tweeds Suite zusammengekommen waren, hatte Paula bei Serena keinerlei Anzeichen von Furcht – oder Stress – wahrgenommen, selbst als Charpentier bei seiner Beschreibung der in der Tiefgarage aufgefundenen Leichen mit grausigen Details nicht gespart hatte. Sie hatte beinahe gewirkt, als wäre so etwas für sie alltäglich.

Jetzt drehte sich Paula auf dem Beifahrersitz um und streckte eine Hand nach hinten zu Tweed.

»Dürfte ich einmal einen Blick in die Karte werfen? Hier vorn kann ich hervorragend als Navigator fungieren.«

»Stimmt«, sagte Tweed und gab ihr die Karte. »Ich habe mir die Strecke ohnehin eingeprägt.« Er blickte nach links zu Serena. »Sitzen Sie bequem, Serena? Tut mir Leid, dass es hier hinten ziemlich eng zugeht.«

»Kein Problem«, sagte Serena mit einem warmen Lächeln. »Ich sitze sehr gut. Hoffentlich glaubt Nield jetzt nicht, dass ich etwas gegen ihn habe.«

»Nein, das tut er bestimmt nicht. Ganz unter uns – er zieht es meist sowieso vor, allein zu sein. Sollten wir in Schwierigkeiten geraten, muss er sich nicht auch noch um Sie kümmern.«

»Gehen Sie denn davon aus, dass wir in Schwierigkeiten geraten?«, fragte Serena beiläufig.

»Das ist schwer zu sagen. Es hängt davon ab, ob Goslar weiß, wo wir sind.«

»Wie könnte er das denn wissen?«

»Keine Ahnung«, sagte Tweed nicht ganz wahrheitsgemäß.

Er dachte an den seltsamen Anruf von Goslar, in dem er den »Tipp« mit Annecy bekommen hatte.

Tweed war sich ziemlich sicher, dass sie in eine Falle fuhren. Marler hatte deshalb zusammen mit Newman für den Fall, dass sie in einen Hinterhalt gerieten, einen Plan ausgearbeitet. Bei diesem war es wichtig, dass Newman auf einem geraden Stück Straße Marlers Wagen sehen konnte, dem erst Nield und dann er selbst folgen würden. Marlers Plan beinhaltete auch die Möglichkeit, einen von Goslars Leuten in die Hände zu bekommen, und wenn ihnen das gelang, dann würde Harry Butler ihn schon zum Sprechen bringen, und zwar ohne die üblichen brutalen Foltermethoden.

»Wir fahren nach Annecy, nicht wahr?«, sagte Serena. »Paula hat mir diese Möglichkeit genannt, aber sie war sich dessen überhaupt nicht sicher gewesen.«

Gut gemacht, Paula, dachte Tweed. Das war eine diskrete Antwort gewesen. Paula vertraute nun mal niemandem außer den Mitgliedern ihres Teams.

»Welche Methoden wollen Sie denn im Kampf gegen einen Mann wie Goslar anwenden?«, fragte Serena weiter.

»Bei seinem Feldzug auf der Iberischen Halbinsel hat der Herzog von Wellington einmal gesagt, seine Methode wäre, Knoten in ein Seil zu knüpfen. Er meinte damit, dass er darauf reagierte, wie die Situation sich entwickelte. Meine Methode ist ähnlich. Wellington war damals übrigens noch weit von der Herzogswürde entfernt.«

»Das klingt für mich aber eher so, als hätten Sie überhaupt keinen Plan«, sagte Serena in leicht humorvollem Ton.

Newman meldete sich zu Wort und ersparte Tweed dadurch eine Antwort.

»Ich frage mich, ob wir nicht vorhin von einer Limousine mit Chauffeur verfolgt worden sind«, sagte er. »Obwohl, eigentlich wäre das eher unwahrscheinlich, weil auf dem Rücksitz der Limousine nämlich ein Fahrgast gesessen hat. Außerdem ist immer ein Wagen zwischen ihr und uns gefahren. Inzwischen ist sie ganz verschwunden. Übrigens, es ist jetzt nicht mehr weit bis zur Grenze.«

Der Gelbe Mann hatte den Geschäftsmann auf dem Rücksitz des Mercedes aus knallhartem Kalkül heraus erschossen. Nach der Schießerei in der Tiefgarage hatte er damit rechnen müssen, dass die Gegend um den Bahnhof herum auch am Morgen danach verstärkt von der Polizei kontrolliert wurde. Eine Limousine mit einem Fahrgast auf dem Rücksitz, so hatte er gedacht, würde wohl sehr viel weniger auffallen als eine mit lediglich einem Chauffeur am Steuer. Er schien Recht behalten zu haben.

Während er Tweeds Konvoi durch die Stadt gefolgt war, hatte er mehrere Streifenwagen gesehen, aber die Polizisten hatten nicht mehr als einen flüchtigen Blick für ihn übriggehabt, nachdem sie den »schlafenden« Geschäftsmann auf dem Rücksitz gesehen hatten. Jetzt aber hatte der Gelbe Mann ein ernstes Problem, weil er sich der französischen Grenze näherte. Und die konnte er schlecht mit einem Toten auf dem Rücksitz passieren.

Er kannte die Route, auf der er fuhr, ziemlich gut. Nachdem er mit einem Blick in den Rückspiegel herausgefunden hatte, dass niemand hinter ihm war, bog er von der Straße auf einen schmalen Schotterweg ab. Langsam fuhr er an einem Schild vorbei, auf dem in großen, roten Buchstaben ZUFAHRT VERBOTEN stand.

Als er außer Sichtweite der Straße war, hielt er den Wagen am Rand eines aufgelassenen Steinbruchs an. Ohne den Motor abzustellen, stieg er aus, zerrte den Toten vom Rücksitz und warf ihn in den Steinbruch. Die Leiche rutschte ein Stück an der steilen Wand nach unten und blieb dann an einem Felssims hängen. Der Gelbe Mann zog sich Handschuhe an und holte den Koffer des Toten, den er ebenfalls in den Steinbruch warf. Als Letztes schleuderte er die Pistole mit Schalldämpfer hinab, mit der er den Geschäftsmann erschossen hatte.

Der Verlust der Waffe bedeutete ihm nichts, da er zwei weitere Pistolen unter dem Armaturenbrett des Mercedes festgeklebt hatte. Er setzte sich wieder ans Steuer, wendete den Wagen und fuhr zurück zur Straße. Er war sich sicher, dass er Tweeds Konvoi bald wieder eingeholt haben würde.

Als Paula sah, wie der erste Wagen am Grenzübergang anhielt, machte sie sich Sorgen um Marler. Zwar wusste sie, dass er fließend Französisch sprach, hatte jedoch nicht mitbekommen, dass er sich zur Sicherheit kurz vor der Abfahrt noch rasch einen französischen Anzug und dazu passende Schuhe gekauft hatte.

Als der französische Grenzbeamte auf seinen Wagen zukam, schaltete Marler den Motor ab und kurbelte das Fenster herunter. Der Mann schaute ins Innere des Wagens und warf auch einen Blick auf die leere Rückbank.

»Wo wollen Sie hin?«, fragte der Grenzer.

»Nach Annecy. Ich hoffe, dass das Wetter dort besser ist als in Genf«, antwortete Marler in perfektem Französisch.

»Geschäftlich oder zum Vergnügen?«

»Offiziell geschäftlich«, sagte Marler und schaute dem Mann viel sagend in die Augen. »Aber das heißt noch lange nicht, dass ich dabei nicht auch etwas Spaß mit einer attraktiven jungen Dame haben werde.«

Der Grenzer lächelte verständnisvoll und winkte Marler weiter.

Paula sah, wie erst Marler, dann Nield über die Grenze gewinkt wurden, und seufzte erleichtert auf. Unter dem Boden von Marlers Wagen klebten so viele Waffen, dass man eine kleine Privatarmee damit hätte ausstatten können. Als auch Newman auf den Kontrollposten zufuhr, kurbelte Tweed sein Fenster herunter. Wie nicht anders erwartet, schaute der Grenzer zuerst nach hinten.

»Wir machen einen kurzen Urlaub«, erklärte Tweed auf Englisch. »Nach der spießigen Schweiz freuen wir uns so richtig auf Frankreich, wo alles sehr viel lockerer ist. Und wenn das Wetter auch noch besser wird, dann werden wir bestimmt viel Spaß haben.«

»Das Wetter in Frankreich ist tatsächlich besser«, sagte der Grenzer. »Vor allem was den Schnee anbelangt, den die Schweizer so lieben, auch wenn sie es noch so vehement abstreiten.« Bevor er Newman mit einer überheblichen Geste weiterwinkte, grinste er Trudy und Serena augenzwinkernd an. »Dann genießen Sie mal Ihren Urlaub, meine Damen.«

»Ein unangenehmer Typ«, meinte Serena später.

»Er hat eben einen langweiligen Beruf«, sagte Tweed gelassen. »Da ist das dumme Dahergerede für ihn eine willkommene Abwechslung.«

»Komisch, dass auf der Schweizer Seite die Schranke offen stand und niemand kontrolliert hat«, bemerkte Paula. »Es war nicht ein einziger Grenzbeamter zu sehen.«

»Es ist schließlich ein Unterschied, ob man ein Land verlässt oder ob man in eines einreist«, erklärte Tweed.

»Nun, wenigstens ist Marler gut über die Grenze gekommen«, sagte Paula. »Und in einem hatte der unangenehme Grenzer Recht: Das Wetter ist hier wirklich besser, obwohl es offenbar noch vor kurzem geregnet hat.«

Paula bezog sich auf zwei Dinge: Die Sonne schien aus einem klaren blauen Himmel, aber die Straße war noch feucht vom Regen. Die Landschaft bestand aus sanften Hügeln, die Paula an ein wogendes grünes Meer erinnerten. Hier und da trugen die Bäume schon erste Blätter. Der Frühling war im Anzug.

Als sie auf einem der seltenen geraden Stücke der Straße fuhren, hielt Marlers Wagen plötzlich an. Nield bremste kurz hinter ihm. Newman verringerte die Geschwindigkeit und schaute in den Rückspiegel.

»Niemand hinter uns«, sagte er. »Die Limousine mit Chauffeur muss irgendwo abgebogen sein. Ich weiß, warum Marler anhält. Er will uns unsere Waffen geben. Ich gehe am besten zu ihm und helfe ihm beim Verteilen.«

»Ich würde mir gern ein bisschen die Beine vertreten«, sagte Paula. Sie drehte sich um und warf Tweed einen auffordernden Blick zu. »Hätten Sie vielleicht auch Lust auf einen kleinen Spaziergang?«

»Gute Idee. Steigen wir diesen Hügel dort hinauf.«

Als die beiden losgingen, bekamen sie noch mit, wie Trudy und Serena, die im Wagen sitzen geblieben waren, sich angeregt unterhielten. Das Gras auf dem Hügel war fest und kurz. Oben angelangt, hatten sie einen guten Rundblick über die Landschaft. In der Ferne drängten sich kleine Ortschaften in tief eingeschnittene Täler. Ihnen bot sich ein friedlicher Anblick.

»Wissen Sie«, sagte Paula, nachdem sie die Aussicht bewundert hatte, »ich habe über einiges nachgedacht. In der Vergangenheit haben Sie des öfteren Mitglieder des Teams dafür kritisiert, dass sie das Fehlen von bestimmten Dingen nicht bemerkt haben. Nun, ich habe jetzt bemerkt, dass etwas fehlt beziehungsweise nicht geschehen ist.«

»Schießen Sie los.«

»Sie haben doch gesagt, dass Goslar immer die Leute umbringen lässt, die etwas für ihn erledigt haben. Jeder, der auch nur entfernt etwas mit ihm zu tun hatte, wurde bisher eliminiert. So war es mit Sam Sneed, dem Reporter aus Appledore. Es scheint mir übrigens schon eine Ewigkeit her zu sein, seit er in der Nähe der Fleet Street tot aufgefunden wurde. Und dann war da der arme Vallade, der Antiquariatsbesitzer auf der Île St-Louis, der von Goslars Killer enthauptet wurde, und schließlich hatten wir noch Madame Markov, deren Kopf wir im Papierkorb gefunden haben. Was für eine entsetzliche Serie von Morden!«

»Worauf wollen Sie hinaus?«

»Darauf, dass bisher noch niemand versucht hat, Serena Cavendish zu töten, obwohl sie für Goslar die Aufnahmen in Appledore gemacht hat. Darüber hinaus hat sie auch noch den Affen gesehen, nachdem er ihr den Umschlag mit dem restlichen Honorar unter den Fußabstreifer gelegt hat.«

»Der Umstand ist auch mir aufgefallen …«

»Da ist wieder dieser Hubschrauber!«, rief Paula plötzlich und drehte sich um. »Dort drüben. Er fliegt in einer Höhe von etwa achtzig Metern.«

Tweed blickte hinüber zu dem Helikopter, der parallel zur Hügelkette neben der Straße flog. Er war zu weit entfernt, um das Kennzeichen an seinem Rumpf lesen zu können.

»Das gefällt mir überhaupt nicht«, sagte Paula. »Als wir vom Hotel abgefahren sind, habe ich schon mal einen Hubschrauber gehört. Es kam mir so vor, er sei er über dem Platz mit der Tiefgarage geschwebt.«

»Den habe ich auch gehört. Vielleicht war ja ein Fernsehteam darin, das Aufnahmen für die Nachrichten gemacht hat. Der da drüben ist sicherlich in einem anderen Auftrag unterwegs. Viele Geschäftsleute benützen heutzutage Hubschrauber, um schneller zu ihren Terminen zu kommen.«

»Tja, aber da war doch noch der Hubschrauber, den wir auf der Autobahn zwischen Paris und Genf gehört haben«, sagte Paula.

»Machen Sie sich keine Sorgen«, erwiderte Tweed und blickte hinunter zu den Wagen. »Ich glaube, Newman will etwas von uns. Wir sollten wieder nach unten gehen.«

Newman kam ihnen den Hügel hinauf entgegen. Er stellte sich so hin, dass die beiden Frauen unten im Wagen nicht sehen konnten, was er tat, und gab Paula dann ihre Browning und die zusätzliche Munition dafür. Schnell verbarg sie beides in ihrer Schultertasche.

»Seltsam, dass wir immer noch nichts von Burgoyne gehört haben«, sagte Newman, als sie sich wieder der Straße näherten.

»Er wird schon anrufen, wenn es etwas zu berichten gibt«, antwortete Tweed.

Er war noch zehn Meter von dem Wagen entfernt, als sein Handy zu schrillen begann. Tweed warf Newman einen Blick zu, der in etwa besagte: Na, was habe ich Ihnen gesagt?

»Hallo?«, meldete er sich und blieb stehen.

»Hier ist Monica. Gott sei Dank, dass ich Sie erwische. Ich habe wieder eine von diesen verzerrten Botschaften von Dr. Goslar erhalten. Sie war ganz kurz. Ich zitiere: ›Wenn Sie mich treffen wollen, Tweed, dann versuchen Sie es im Château de l'Air‹. Das war alles. Wissen Sie, wo besagtes Schloss ist?«

»Keine Ahnung. Aber es ist gut möglich, dass Ihr Anruf gerade rechtzeitig kommt. Rufen Sie mich jederzeit wieder an, wenn es etwas Neues gibt. Und passen Sie auf sich auf.«

»Passen *Sie* auf sich auf…«

Tweed blieb noch auf dem Hügel und winkte Marler und Nield zu sich heran. Als sie bei ihm waren, erzählte er ihnen von Monicas Anruf. Dann bat er Marler, auch Butler davon zu unterrichten, der im Wagen geblieben war.

»Ich habe jetzt alle Waffen verteilt bis auf Trudys Automatik mit Munition. Sie wird bestimmt einen Riesenaufstand machen, wenn ich sie ihr nicht zurückgebe.«

»Ich glaube, wir sollten jetzt wieder losfahren«, sagte Tweed entschlossen.

»Sie haben sicher schon den Hubschrauber bemerkt«, sagte Marler.

»Ja, das habe ich. Paula hat mich darauf aufmerksam gemacht. Er scheint nach Süden zu fliegen. Aber jetzt fahren wir erst mal weiter. Halten Sie die Augen offen.«

Marler zeigte Paula eine Leinentasche, deren Inneres in drei Fächer unterteilt war.

»Hier sind die Blendgranaten, dort sind die Brandgranaten und die Sprenggranaten sind hier«, erklärte er, während er ihr die Tasche gab. Dann wandte er sich an Tweed. »Sie können sich darauf verlassen, dass ich die Augen offen halten werde. Seit unserer Abfahrt aus Genf war es für meinen Geschmack viel zu ruhig.«

In dem Hubschrauber, der in südlicher Richtung auf Annecy zuflog, saß Bancroft auf dem Sitz neben dem Piloten.

Nachdem er die brennende Tiefgarage durch den Notausstieg verlassen hatte, war er sofort in einen Hauseingang gerannt, aus dem heraus er nicht nur Tweed und Newman beobachtet, sondern auch bemerkt hatte, wie eine weitere Gestalt aus dem Notausstieg geklettert war. In dem schlechten Licht hatte er allerdings nicht erkennen können, dass es Trudy gewesen war, die in ihrem Hosenanzug von weitem wie ein Mann ausgesehen hatte.

Bancroft stand noch immer in dem Hauseingang, als Tweed, Newman, Paula und eine weitere Frau in einen Wagen stiegen und abfuhren. Er fürchtete schon, dass er sie jetzt verlieren würde, aber er eilte dem Wagen hinterher und bekam gerade noch mit, wie er vor dem Hôtel Richemond hielt, wo seine Insassen ausstiegen.

Bancroft ging zu einem anderen Hotel in der Nähe und nahm sich dort für die Nacht ein Zimmer, das er sofort in bar bezahlte. In seinem Geldgürtel hatte er immer eine größere Summe in Dollar dabei, die ihm jetzt sehr gelegen kam. Karnow hatte, ebenso wie Tweed, seine Mitarbeiter immer großzügig mit Geld ausgestattet. Das war allerdings der einzige Punkt gewesen, in dem sich die beiden Männer glichen. Im Hotel bekam Bancroft vom Portier Rasierzeug, eine Zahnbürste und sogar einen Schlafanzug zur Verfügung gestellt.

Am nächsten Morgen stand er früh auf und kaufte sich im ersten Kaufhaus, das geöffnet hatte, einen Ledermantel, kräftige Autofahrerhandschuhe und eine russisch anmutende Pelzmütze. Vor dem Kaufhaus nahm er ein Taxi und ließ sich zum Flughafen bringen. Dort suchte er sich eine Firma, die Hubschrauber mitsamt Pilot vermietete.

Bancroft zeigte dem Piloten einen Ausweis, der schon bei früheren Gelegenheiten seine Wirkung nicht verfehlt hatte. In großen Lettern stand darauf *State Security.*

»Ich arbeite mit der Schweizerischen Bundespolizei zusammen«, sagte er dem Piloten. »Wir verfolgen eine Terrorgruppe, die vergangene Nacht die Tiefgarage am Bahnhof in die Luft gejagt hat.«

Was den Piloten noch mehr überzeugte als der Ausweis, war das dicke Bündel Dollarnoten, das Bancroft ihm als Bezahlung in Aussicht stellte. Auf seine Anweisung hin flog der Pilot zuerst zu der Tiefgarage und drehte ein paar Runden in größerer Höhe, während Bancroft die Gegend um das Richemond mit einem Fernglas absuchte, das er sich auch gekauft hatte. Fast wären ihm die Augen aus dem Kopf gefallen, als er Trudy Warner entdeckte, die zusammen mit Tweed und Paula das Hotel verließ.

Dann habe ich jetzt drei Zielpersonen, dachte Bancroft. Trudy, die Verräterin, Paula Grey und Tweed.

In Gedanken sah er den toten Vance Karnow vor sich, der, von zwei Kugeln getroffen, auf dem Vordersitz des Wagens zusammengesunken war. Damit war nur noch er, Bancroft, übrig, der sich von Tweed zu Goslar führen lassen konnte, um die neue Geheimwaffe für Washington zu sichern.

Wenn ihm das gelang, würde er der neue Chef von Unit Four werden.

Jetzt, viele Kilometer südlich von Genf, hatte er wieder Tweed und Paula Grey im Blickfeld seines Fernglases. Diesmal standen sie auf einem Hügel neben der Straße, die Bancroft allerdings nicht einsehen konnte.

Als Newman den Wagen wieder in Bewegung setzte und den beiden anderen folgte, dachte Tweed über die Botschaft nach, die Monica erhalten hatte. Wo war dieses Château de l'Air? Tweed witterte eine Falle, aber früher oder später musste Goslar einen verhängnisvollen Fehler machen. Und wenn das der Fall war, musste er entschlossen und gnadenlos zuschlagen.

Paula, die wieder neben Newman saß, schaute auf die Karte. Als sie wieder aufblickte, bemerkte sie, dass die Straße auf einmal steil bergauf führte. Am Fuß des Hügels stieg vom regenfeuchten, von der Sonne aufgeheizten Asphalt weißer Dunst auf, der bald so dicht war wie englischer Novembernebel.

Tweeds Handy meldete sich wieder. Er drückte den Empfangsknopf und hielt es sich ans Ohr.

»Hallo?«

»Hier Marler. Machen Sie sich für das besprochene Manöver bereit. Nield ist schon informiert.«

Marler machte sich offenbar Sorgen wegen des Nebels. Tweed gab seine Botschaft an Newman weiter.

Gleich darauf schrillte das Handy abermals. Die Nebelbank war jetzt nur noch wenige Meter von Marlers Wagen entfernt.

»Hallo?«

»Tweed?«

»Am Apparat.«

»Hier Burgoyne. Am Fuß der Bergstraße nach Choisy besteht die Möglichkeit eines Hinterhalts ...«

»Verstanden!«, sagte Tweed. Er rief sofort Marler und Nield an. Newman hatte die Warnung ja ohnehin mitbekommen.

Dann geschah alles so rasch wie in einem auf schnellen Vorlauf gestellten Videofilm. Marler bremste scharf ab und lenkte seinen Wagen rückwärts in einen Feldweg hinein, während Nield sein Auto direkt neben der Straße zum Stehen brachte und sofort das Fenster herunterkurbelte.

Auch Newman brachte den Wagen mit quietschenden Reifen zum Halt, legte den Rückwärtsgang ein und durchbrach mit dem Kofferraum das Gatter zu einer Viehweide. Obwohl der Kühler des Wagens noch halb in die Straße ragte, fuhr er das Fenster auf seiner Seite herunter. Paula hatte das ihre ebenfalls schon geöffnet und griff in den Leinensack mit den Handgranaten. Als sie sah, was aus dem Nebel auf sie zukam, atmete sie tief durch.

Tweed legte Trudy und Serena einen Arm auf die Schultern und drückte ihre Köpfe nach unten. »Unten bleiben!« kommandierte er. »Wagen Sie ja nicht, den Kopf zu heben.«

Durch den dichten Nebelvorhang kamen zwei Trupps von seltsam aussehenden Männern auf sie zu. Ihre Gesichter und Unterarme waren so stark gebräunt, dass sie fast schwarz aussahen. Um die Stirn hatten sie grüne Tücher gebunden, und jeder hielt eine Maschinenpistole in der Hand, die er auf Newmans und Nields Wagen gerichtet hatte. Marler in seinem Feldweg hingegen hatten sie offenbar nicht bemerkt.

»Arabische Fundamentalisten«, sagte Tweed grimmig.

Einer der beiden Trupps bewegte sich am rechten Straßenrand auf Tweeds Auto zu und schenkte Nields Wagen, der aussah, als ob er leer wäre, keine weitere Beachtung. Auf einmal schlugen Garben aus den Maschinenpistolen in den Asphalt vor der Kühlerhaube, dann tauchten vor den Fenstern des Autos plötzlich vier Männer auf. Paula warf eine ihrer Brandgranaten zwischen die Angreifer, die sofort in einen Feuerball gehüllt wurden. Sie brüllten wie am Spieß, rannten in alle Richtungen davon und wälzten sich als lebende Fackeln am Boden.

Dann kam eine viel größere Gruppe von Angreifern aus dem Nebel. Marler, dessen Wagen in ihrem Rücken stand, mähte sie sofort mit seiner Maschinenpistole nieder. Paula warf eine weitere Brandgranate auf den Rest der ersten Gruppe. Die Flammen vertrieben für ein paar Sekunden den Nebel, sodass Paula einen Pick-up sehen konnte, auf dessen Ladefläche ein Mann mit einer Panzerfaust stand. Er zielte direkt auf ihren Wagen. Nield hob den Kopf und gab drei Schüsse ab. Der Araber mit der Panzerfaust kam ins Wanken, riss die Waffe nach oben und feuerte sie ab. Ihr todbringendes Geschoss flog in hohem Bogen in die Luft, wo es dann, ohne Schaden anzurichten, explodierte.

Marler hielt seine Maschinenpistole blind in die noch vorhandenen Nebelfetzen und bewegte den Lauf, während er den Abzug durchdrückte, hin und her. Aus dem Nebel waren Schreie zu hören, die aber bald verstummten. Ein paar Sekunden später erschien ein riesiger Araber, der eine Maschinenpistole in Händen hielt und mit großen Schritten auf Newmans Wagen zuging. Newman schoss auf ihn, aber obwohl er ihn in die Brust getroffen hatte, schritt der Araber ungerührt weiter. Newman riss die Fahrertür auf, sprang ins Freie und feuerte aus nächster Nähe alle Kugeln aus seiner Smith & Wesson auf den Riesen ab. Der Araber machte ein erstauntes Gesicht, begann zu torkeln und schlug dann der Länge nach auf den Boden, ohne auch nur einen einzigen Schuss aus seiner Waffe abgegeben zu haben.

Während Newman seinen Revolver nachlud, senkte sich eine tiefe Stille über die Szene. Der Nebel lichtete sich allmählich, und die letzten Tröpfchen glitzerten wie winzige Diamanten in der Sonne.

In der Kurve konnte Paula jetzt mehrere Lastwagen sehen, die vermutlich die Terroristen hergebracht hatten. Marler stieg aus seinem Wagen und ging mit schussbereiter Maschinenpistole langsam auf die Lastwagen zu. Die Führerhäuser waren leer, aber auf den Ladeflächen lag noch ein ganzes Arsenal von Waffen. Als Marler zurückkam, sagte er mit kühler, ungerührter Stimme: »Alles in Ordnung.«

»Das war knapp«, sagte Paula. »Burgoyne hat uns gerade noch rechtzeitig gewarnt.«

»Marler hat die Gefahr trotzdem schon zuvor gerochen«, wandte Tweed ein, bevor er sich um die beiden Frauen kümmerte, die immer noch geduckt neben ihm saßen. »Alles okay?«, fragte er.

»Mir geht es gut«, sagte Serena, während sie sich aufsetzte und die Hosen glatt strich.

»Mir auch«, meldete sich Trudy. Sie schob ihre Pistole zurück ins Halfter.

Marler trat ans offene Fenster und warf einen Blick ins Innere des Wagens.

»Wir sollten wieder weiterfahren«, sagte er und salutierte knapp. »Aber passen Sie auf die Leichen auf, Newman.«

»Passiert Ihnen so etwas eigentlich öfter?«, fragte Serena mit ruhiger Stimme.

»Nield meint, dass das nur der Anfang war.«

»Na wunderbar«, sagte Paula sarkastisch. »Pete war schon immer ein unverbesserlicher Optimist.«

26

Nachdem er vorsichtig um die toten Araber auf der Straße herumgekurvt war, steuerte Newman den Wagen über eine Reihe von Serpentinen den Berg hinauf. Langsam löste sich die Spannung unter den Insassen. Paula blickte hinaus auf die herrliche, sonnenbeschienene Landschaft.

»Ich frage mich, wo Burgoyne jetzt wohl gerade ist«, sagte sie.

Vermutlich sucht er bereits nach dem nächsten Hinterhalt, dachte Newman, behielt es aber für sich. Sollte es wirklich dazu kommen, würden sie es sicher früh genug merken. Kein Grund, die anderen damit zu beunruhigen.

»Er dürfte irgendwo vor uns sein«, sagte Tweed. »Vielleicht schon ein ganzes Stück. Wir werden zu gegebener Zeit bestimmt von ihm hören.«

»Wir sollten jetzt lieber Ausschau nach diesem Château de l'Air halten«, sagte Newman.

»Das tue ich pausenlos, seit Monica uns Goslars Botschaft übermittelt hat«, gab Paula leicht gereizt zurück.

»Entschuldigen Sie, dass ich überhaupt etwas gesagt habe.«

»Glauben Sie denn, dass sich Dr. Goslar in diesem Château aufhält?«, fragte Paula, an Tweed gewandt.

»Könnte durchaus sein.«

Sie fuhren jetzt auf einem außergewöhnlich geraden Stück Straße. Marler bildete noch immer die Spitze des kleinen Konvois, dann kam Nields und schließlich Newmans Wagen. Newman blickte in den Rückspiegel und sah, dass sich ihnen mit hoher Geschwindigkeit ein Fahrzeug näherte, und glaubte, darin den Mercedes mit Chauffeur zu erkennen, der ihnen schon in der Schweiz gefolgt war.

»Der drückt ganz schön auf die Tube«, bemerkte er, während der Wagen wie eine Rakete an ihnen vorbeischoss. Obwohl Newman den Fahrer nur undeutlich hatte erkennen können, war ihm aufgefallen, dass dieser keine Chauffeursmütze, sondern ein Barett trug. Der Mercedes überholte auch Nield und Marler und raste weiter die Straße entlang.

Einige Zeit zuvor hatte der Gelbe Mann auf dem Kamm eines Hügels angehalten und mit angesehen, was im Tal unter ihm vor sich ging. Er hatte einen dichten Nebel erblickt, Tweeds Konvoi und die schwer bewaffneten Gestalten, die diesen angegriffen hatten.

Dann war der Nebel so dicht geworden, dass er nichts mehr hatte sehen können. Als sich die Schwaden schließlich verzogen hatten, waren Tweeds Wagen verschwunden gewesen. Nur die beiderseits der Straße im Gras liegenden Toten hatten noch an die Schlacht erinnert, die vor wenigen Minuten hier getobt hatte. Der Gelbe Mann war wieder in seinen Wagen gestiegen und den Hügel hinuntergefahren. Hoffentlich, so hatte er gedacht, hatte er Tweed nicht verloren.

Am Fuß des Hügels angelangt, hatte er es peinlich vermieden, über eine der Leichen zu fahren. Nicht etwa aus Pietät – die war dem Gelben Mann fremd –, sondern weil er keine verdächtigen Dinge an seinen Reifen kleben haben wollte für den Fall, dass die Polizei ihn irgendwann einmal aufhielt.

Bevor er weitergefahren war, hatte er die Chauffeursmütze abgenommen und sie ins Unterholz geworfen. Danach hatte er sich das Barett aufgesetzt, das er auch in jener Nacht in Paris getragen hatte, in der es ihm fast gelungen wäre, Paula zu töten. Jetzt musste er nur noch den Wagen loswerden.

Der Gelbe Mann war erleichtert, als er auf einem geraden Stück Straße die drei Wagen von Tweed und seinen Leuten vor sich sah. Er trat aufs Gaspedal und raste an ihnen vorbei. Marlers Wagen war längst aus dem Rückspiegel verschwunden, als er die Abzweigung nach Choisy erreichte. Hier führte eine schöne alte Hängebrücke über eine tiefe Schlucht. Obwohl sie noch völlig intakt war, verlief die Straße über eine neu erbaute, moderne Betonbrücke.

Als der Gelbe Mann sich der Abzweigung näherte, sah er einen Wagen, der auf der anderen Fahrbahnseite am Straßenrand stand. Ein Mann, der an der Kühlerhaube lehnte und die Hände in die Hüften gestemmt hatte, betrachtete interessiert den heranrasenden Mercedes. Der Gelbe Mann gab noch mehr Gas, was ihm fast zum Verhängnis geworden wäre, weil sein Wagen in der nächsten Kurve gefährlich ins Rutschen kam. Es gelang ihm gerade noch, das schwere Fahrzeug abzufangen und wieder auf die rechte Fahrbahnseite zu lenken. Mit hoher Geschwindigkeit raste er weiter in Richtung Annecy.

Nachdem er eine Viertelstunde so weitergefahren war, hielt er kurz vor einem tiefen Abgrund an. Er vergewisserte sich, dass keine anderen Autos auf der Straße waren, stieg aus und öffnete die Kühlerhaube.

Ein großer Lastwagen und ein Lieferwagen fuhren, ohne anzuhalten, vorbei. Dem Gelben Mann war das recht, er wartete nämlich auf einen Pkw, der mit nur einer Person besetzt war. Schließlich kam ein kleiner Peugeot herangekrochen, hinter dessen Steuer ein weißhaariger, gut gekleideter Mann saß. Der Gelbe Mann trat auf die Straße und winkte verzweifelt mit beiden Händen. Der Wagen hielt an, und der Fahrer kurbelte sein Fenster herunter.

»Sprechen Sie Englisch?«, fragte er.

»Ich bin Engländer«, sagte der Gelbe Mann mit einem breiten Grinsen. Er war froh, dass er sein Barett unter der Zeitung auf dem Beifahrersitz versteckt hatte. »Und ich kenne mich leider mit Automotoren überhaupt nicht aus.«

»Lassen Sie mich mal sehen«, sagte der Mann in dem Peugeot und stieg aus. »Ich hatte früher mal eine Rover-Vertretung, bevor ich mich in Annecy zur Ruhe gesetzt habe.«

Der Killer trat einen Schritt zurück, während der Engländer sich über den Motorraum beugte. Nachdem er sich vergewissert hatte, dass die Straße auf beiden Seiten leer war, zog er ein scharfes Messer aus der Scheide, die er unter dem Mantel trug. Mit einem einzigen ebenso kräftig wie brutal geführten Schnitt machte er sich an sein blutiges Werk. Er packte den abgetrennten Kopf an den Haaren und warf ihn hinter einen Busch in der Nähe.

Der Gelbe Mann zog sich nun ein Paar Lederhandschuhe an und hievte die Leiche hinter das Steuer des Mercedes. Dass dabei sein Mantel blutig wurde, kümmerte ihn nicht weiter. Nachdem er aus den Taschen des Toten eine Brieftasche und mehrere Briefe genommen hatte, sah er sich noch einmal auf der Straße um. Als er niemanden kommen sah, warf er beides hinunter in den Abgrund.

Als Nächstes vergewisserte er sich, dass der alte Herr den Zündschlüssel im Schloss des Renaults hatte stecken lassen, und ging dann zurück zu dem Mercedes. Dort legte er den Leerlauf ein, schlug die Tür zu und schob an. Langsam rollte der Wagen auf den Abgrund zu. Als er kurz davor war, über den Rand zu rollen, blieb er aber plötzlich stehen. Eines der Hinterräder hatte sich an einem kleinen Felsbrocken verfangen.

Der Gelbe Mann zog die Handschuhe aus und wischte damit die blutige Klinge und den Griff des Messers ab. Nachdem er es zurück in die Scheide gesteckt hatte, stopfte er die Handschuhe zusammen mit dem blutverschmierten Ledermantel, der ohnehin für dieses Klima zu warm war, in eine große Plastiktüte, die er mit ein paar Steinen beschwerte und in den Abgrund hinunterwarf.

Dann trat er auf den Mercedes zu und kickte mit einem beherzten Tritt den Stein vor dem Hinterrad beiseite. Der Wagen setzte sich wieder in Bewegung und verschwand schließlich über dem Rand des Abgrunds. Der Gelbe Mann sah ihm nach, wie er tief unter ihm in ein dichtes Waldstück raste und zwischen den Bäumen verschwand. Er atmete tief durch. Seit langer Zeit war er wieder einmal richtiggehend nervös geworden.

»Das nächste Mal muss es wieder auf Anhieb klappen«, murmelte er, als er in den Peugeot stieg.

Immerhin hatte er noch daran gedacht, den Kopf aus dem Gebüsch zu holen und ebenfalls in den Abgrund zu werfen.

27

Auf dem Weg nach Annecy sah Paula auf einmal Marlers und Nields Autos nahe hintereinander am Straßenrand stehen. Die beiden waren ausgestiegen und sprachen mit einem Mann, der neben seinem Wagen stand und die Hände in die Hüften gestemmt hatte. Er trug beige Hosen und Hemd und Jackett in derselben Farbe. Das Hemd stand am Kragen offen.

»Das ist Burgoyne!« Paula schrie es fast heraus, so froh war sie, ihn wieder zu sehen.

Butler, der bei Marler mitfuhr, war im Wagen sitzen geblieben und hatte eine Maschinenpistole auf dem Schoß. Er war ständig auf der Hut. Paula und Tweed traten auf Burgoyne zu.

»Na, Sie haben den Hinterhalt offenbar überlebt«, sagte er grinsend zu Paula.

»Sie haben uns gerade noch rechtzeitig gewarnt.«

»Ich hatte schon alle Hoffnung aufgegeben«, sagte Burgoyne zu Tweed. »Nachdem ich Sie mehrmals angerufen hatte und nie durchgekommen war.«

»Diese verdammten Handys«, knurrte Tweed verächtlich. »Auf die Dinger ist einfach kein Verlass. Tja, wie Sie sehen, haben wir Zuwachs bekommen. Zwei ausgesprochen attraktive Damen.« Er stellte Burgoyne Trudy und Serena vor, die ihm beide die Hand gaben. Burgoyne musterte sie wohlwollend. »Die beiden fühlen sich bei uns so richtig wohl.«

»Von wegen ›Zuwachs bekommen‹«, schnaubte Serena. »Und wohl fühlen werde ich mich erst, wenn mir keine wild gewordenen Araber mehr auflauern.«

»Araber?«, fragte Burgoyne.

Tweed erzählte ihm in knappen Worten von den Angreifern, die aus dem Nebel aufgetaucht waren. Dabei ließ er mit Rücksicht auf Trudy und Serena die allzu blutigen Details aus.

»Ich bin bis nach Annecy und wieder hierher zurückgefahren«, sagte Burgoyne, »aber ich habe nirgendwo Araber gesehen. Wahrscheinlich haben sie sich in Choisy gesammelt, das ein paar Kilometer von hier entfernt liegt.« Er deutete auf die Abzweigung von der Hauptstraße. »Offenbar sind sie erst aufgetaucht, nachdem ich durch war. Ich kann mir schon vorstellen, wie sie ins Land gekommen sind.«

»Wie denn?«, fragte Paula.

»Auf kleinen Fischerbooten, die von Algerien übers Mittelmeer an die Küste bei Marseille fahren. Dort warten an verschwiegenen kleinen Buchten Helfershelfer mit Fahrzeugen auf sie. Ich habe gehört, dass Goslar Verbindungen in die ganze Welt haben soll. Vermutlich bezahlt er die Terroristen gut, und die sind es gewohnt zu töten. Das haben sie in Algerien weiß Gott gelernt.«

»Interessant«, sagte Tweed.

»Mag sein, aber viel interessanter finde ich *das* da«, mischte Trudy sich ein.

Sie blickte an Burgoyne vorbei zu der alten Hängebrücke, deren dicke Stahlkabel sich zwischen zwei mächtigen, zinnenbewehrten Toren über die Schlucht spannten. Die Tore sahen aus wie die Eingänge zu einer mittelalterlichen Burg.

»Das ist der Pont de la Caille«, erklärte Burgoyne. »Eine Hängebrücke aus der Mitte des 19. Jahrhunderts. Bevor sie die neue daneben gebaut haben, ist der ganze Verkehr darüber gelaufen.«

Trudy trat auf die Brücke und spürte, wie diese unter ihren Füßen leicht vibrierte. Trotzdem ging sie weiter und blickte über das Geländer hinab in die Schlucht, auf deren Grund sich ein kleiner Fluss entlangschlängelte. Es kam ihr vor, als wäre die Schlucht mindestens einen Kilometer tief.

»Sehen Sie mal dort«, sagte Tweed zu Paula. »Das ist nun wirklich interessant.«

Er deutete auf die andere Seite der Straße.

»Was soll denn dort sein?«, fragte Paula.

»Sehen Sie das alte Schild dort an dem verrosteten Eisentor?«

»*Château de l'Air*«, murmelte Paula erstaunt vor sich hin. »Wäre es möglich, dass Goslar sich noch dort aufhält? Sehen Sie den Weg da oben, über den Wipfeln der Bäume?«

Hinter dem Tor wand sich ein ungeteerter Weg durch den Wald den Berg hinauf, wo er eine Kurve machte und danach nicht mehr zu sehen war. Tweed ging über die Straße zu dem verwitterten Schild an dem Holzpfahl hinüber, auf dem sich der Name des Schlosses nur noch mit Mühe lesen ließ. Daneben lag ein anderes Schild im Gras, das offenbar von dem Pfahl abgefallen war.

À vendre stand darauf. Zu verkaufen. Und darunter war der Name des Immobilienmaklers und dessen Telefonnummer zu erkennen. C. Periot, Annecy. Als Tweed sich bückte, um das Schild genauer zu untersuchen, brannte ihm die Sonne ins Genick. Paula ging an ihm vorbei und trat durch das offen stehende Eisentor auf den Weg. Auf einmal spürte sie, wie jemand sie am Arm packte und zurückriss. Es war Burgoyne.

»Gehen Sie wieder zurück zur Brücke«, befahl er. »Keine Widerrede. Sie auch, Tweed. *Schnell!*«

»Sie haben wohl eine Meise«, grummelte Paula.

»Tun Sie, was er sagt«, befahl Tweed.

Die beiden gingen zurück zu Marler, Newman und Nield, die sich gerade mit Serena unterhielten. Trudy stand noch immer mitten auf der Brücke und schaute hinunter in die Schlucht. Butler saß ruhig im Gras und sah aus, als würde er dösen, in Wirklichkeit behielt er aber alles genau im Blick. Auf der anderen Seite der Schlucht kam ein Wagen langsam auf die Brücke zugefahren und blieb kurz davor stehen.

»Die könnte direkt aus einem Märchen sein«, sagte Paula und deutete auf die alte Brücke. »Schade, dass sie nicht mehr benutzt wird. Mir gefällt sie.«

»Was macht eigentlich Burgoyne dort oben?«, fragte Newman.

Paula drehte sich um und folgte, wie die anderen auch, Newmans Blick. Burgoyne ging mit langsamen, vorsichtigen Schritten durch das Gras neben dem Weg den Berg hinauf. Kurz vor der Biegung des Pfades bückte er sich, hob einen kleinen Stein auf und ging auf dem Gras zurück zum Tor.

»Bleiben Sie, wo Sie sind«, rief er ihnen quer über die Straße zu. »Kommen Sie nicht näher.«

Dann bückte er sich und schleuderte den Stein in hohem Bogen auf den Pfad, den er zuvor untersucht hatte. Der Stein landete auf einer Stelle knapp unterhalb der Biegung. Burgoyne warf sich flach auf den Boden, während von oben eine dumpfe Explosion zu hören war. Erde und Fetzen von Grassoden flogen zusammen mit kleinen Felsbrocken hoch in die Luft und prasselten dann auf die Fahrbahn herab.

Burgoyne stand auf und kam wieder herüber zu den anderen. Er lächelte.

»Anti-Personen-Mine«, sagte er. »Ich habe sie in der Sonne blitzen sehen. Der Regen muss ein Stück davon freigewaschen haben. Nicht gerade ein angenehmer Spazierweg, finden Sie nicht auch?«

»Und ich wollte gerade da hinauf«, sagte Paula und schluckte schwer. »Danke, Chance. Sie haben mir das Leben gerettet.«

»In der Wüste habe ich gelernt, wie man diese Minen erkennt«, erklärte Burgoyne beiläufig. »Dort bläst der Wind den Sand von den Dingern, und dann glänzen sie in der Sonne genau so wie die da oben ...«

Plötzlich hielt er inne und starrte hinüber zu Butler, der mit einem Ruck aufgesprungen war und wie ein Windhund auf die Brücke zurannte. Entsetzt sah Paula, wie dort ein kleiner, gedrungener Mann, der wohl aus einem auf der anderen Seite geparkten Auto gestiegen sein musste, Trudy an den Hüften gepackt hatte und gerade versuchte, sie über das Geländer zu heben. Er hatte ein bräunliches Gesicht mit wild und zum Äußersten entschlossen dreinblickenden Augen und einem teuflisch grinsenden Mund. Trudy zog mit der rechten Hand ihre Pistole und drückte ab. Die Kugel traf den Angreifer in der Leistengegend. Er verzerrte vor Schmerz das Gesicht, ließ Trudy aber nicht los, sondern hob sie sogar noch ein Stück höher. In diesem Augenblick packte Butler ihn von hinten am Hals und riss ihn zurück. Der Mann ließ Trudy los, und Butler schlug ihm den Kopf mit voller Wucht gegen das Brückengeländer. Dann packte er den halb bewusstlosen Araber, der einen Geschäftsanzug trug, hob ihn hoch und warf ihn über das Geländer in die Tiefe. Paula, die mit gezogenem Browning auf die Brücke gerannt war, blieb stehen und sah ihm hinterher. Wild zappelnd segelte der Mann hinunter in die Schlucht. Es schien eine kleine Ewigkeit zu dauern, bis er tief unten auf einem Felsen aufschlug. Kein Laut drang aus dem Abgrund herauf.

»Er hat nicht einmal geschrien«, sagte Trudy, nachdem Butler ihr aufgeholfen hatte. »Das verstehe ich nicht.«

»Der Mann war ein Moslem«, sagte Burgoyne, der inzwischen ebenfalls auf die Brücke gekommen war. »Er glaubt vermutlich, dass er direkt in den Himmel kommt, wenn er im Kampf stirbt. Deshalb hat er seinem Tod gefasst ins Auge gesehen.«

»Wie tief ist die Schlucht eigentlich?«, fragte Paula.

»Zweihundert Meter«, antwortete Burgoyne. »Oder sechshundert Fuß, wenn Ihnen das lieber ist.«

»Müssen Sie das so deutlich sagen?«, fragte Serena. »Ich kann gar nicht sehen, wohin er gefallen ist.«

»Schauen Sie nicht hinunter«, sagte Tweed, der die winzige Gestalt sehr wohl erkannt hatte, sie aber Serena nicht zeigen wollte. »Tja, jetzt würde ich gern einen kleinen Spaziergang machen, bevor wir weiter nach Annecy fahren. Bob und Paula – hätten Sie vielleicht Lust, mich zu begleiten?«

Auf dem Weg zurück schwankte die Brücke ein wenig, was Paula ziemlich beunruhigend fand. Tweed schaute über die Schulter und sah, dass Burgoyne Trudy am Arm genommen hatte und sie langsam von der Brücke führte. Nach ihrem schrecklichen Erlebnis brauchte sie jetzt jemanden, mit dem sie reden konnte.

»Finden Sie nicht auch, dass wir uns erst mal das Château näher ansehen sollten?«, fragte Paula, als sie von der Brücke traten.

»Nein«, antwortete Tweed. Er blieb stehen und blickte durch das Fernglas, das er sich von Marler geliehen hatte, hinauf zum Schloss. »Die Fensterläden sind alle geschlossen. Bestimmt ist es leer. Wenn wir aber versuchen sollten, eine Tür oder ein Fenster zu öffnen, könnte eine Bombe hochgehen. Vergessen Sie nicht, wie das mit der Sprengfalle am Eingang zu Goslars Hochhaus in La Défense war. Wie schätzen Sie übrigens unsere momentane Situation ein, Paula?«

»Nun, wir sind immer noch auf der Suche nach Dr. Goslar«, erwiderte Paula trocken.

»Stimmt. Aber wir haben noch mehr zu tun. Wir müssen uns in Annecy umsehen und abklären, ob Goslar uns nicht in die Irre gelockt hat. Vor allem aber müssen wir herausfinden, wie viel von seinem grauenhaften Gift er inzwischen hergestellt hat. Ob es schon genug ist, um fünfzig Millionen Menschen zu töten? Oder hundert Millionen? Zweihundert? Ich vermute, so weit ist er noch nicht.«

»Woher wollen Sie wissen, dass er noch nicht genügend Gift hat?«, fragte Paula.

»Weil er sich in diesem Fall wohl kaum die Mühe machen würde, uns eine arabische Terroreinheit auf den Hals zu hetzen. Solange ich am Leben bin, kann ich ihm gefährlich werden. Aber das gilt nur, wenn er seine Waffe noch nicht fertig gestellt hat.«

»Dann haben wir also noch etwas Zeit«, sagte Newman.

»Nein, das haben wir nicht. Goslar kann jeden Augenblick mit seinen Vorbereitungen fertig sein. Wir befinden uns in einem Wettlauf mit der Zeit. Und jetzt lassen Sie uns zusehen, dass wir nach Annecy kommen.«

»Die Brücke kommt mir jetzt gar nicht mehr märchenhaft vor«, sagte Paula, nachdem sie wieder losgefahren waren. »Und Ihnen bestimmt auch nicht, Trudy.«

»Wenigstens habe ich dem Bastard eine Kugel in den Leib gejagt«, antwortete Trudy grimmig. »Entweder er oder ich. Ich bin froh, dass es ihn getroffen hat.«

Trudy saß allein mit Tweed auf dem Rücksitz, weil Serena jetzt in Nields Wagen mitfuhr.

»All das hat seinen Anfang in Dartmoor genommen«, sagte sich Tweed vor sich hin.

»Ich weiß. Ich wusste es schon, bevor ich von Amerika nach Europa flog«, sagte Trudy. »Ich habe über die Geschichte in einer Washingtoner Zeitung gelesen. Es war sogar die Titelstory, weil offenbar jemand die Reaktionen aus dem Weißen Haus hat durchsickern lassen. Aber ich habe Sie unterbrochen. Entschuldigen Sie bitte.«

»Das macht nichts. Ich wollte eben sagen, dass ich in Annecy als Erstes Kontakt mit einem Immobilienmakler namens Periot aufnehmen werde. Wenn man dem Schild, das wir im Gras gefunden haben, Glauben schenken kann, dann kümmert er sich um den Verkauf des Château de l'Air. Ich möchte sehen, ob Goslar seiner alten Verhaltensweise treu geblieben ist und das Schloss mit einem langfristigen Vertrag gemietet hat.«

»Den Makler werden wir gleich gefunden haben«, meinte Newman. »Dazu brauchen wir nur eine Telefonzelle mit Telefonbuch.«

»Es gibt noch zwei weitere Faktoren, die wir im Auge behalten sollten«, fuhr Tweed fort. »Irgendwo da draußen treibt sich noch immer der Gelbe Mann herum …«

Er erklärte Trudy, wer der Gelbe Mann war und wie dieser üblicherweise vorging. Sie hörte Tweed mit ernster Miene zu, zeigte aber keinerlei Anzeichen von Furcht oder Abscheu. Sie ist wirklich ziemlich hartgesotten, dachte Tweed.

»Und der andere Faktor?«, hakte Paula nach.

»Der ist Bancroft, der dem Inferno in der Garage entkommen ist. Ich habe ihn mir in der Bar des Ritz genau angesehen. Er ist nicht nur gefährlich und rücksichtslos, sondern auch gewitzt und, wie ich vermute, ziemlich ausdauernd.«

»Er war der Schlimmste von allen«, sagte Trudy. »Ich habe nicht vergessen, wie er meinem Mann den Revolverlauf in den Mund gesteckt und abgedrückt hat. Deshalb trage ich seitdem ja auch immer eine Pistole bei mir«, fuhr sie grimmig fort. »Die Kugeln in ihrem Magazin sind für Bancroft bestimmt. Erst wenn er tot ist, werde ich die demütigende Szene in unserem Wohnzimmer vergessen können, bei der ich so völlig machtlos war.«

»Ich glaube, Annecy wird Ihnen gefallen«, sagte Paula, um Trudy auf andere Gedanken zu bringen. »Zumindest die Altstadt ist wunderschön. Ich war zwar erst einmal und nur für kurze Zeit dort, aber es hat mir trotzdem sehr gut gefallen. Wunderliche alte Gebäude, verwinkelte Sträßchen und jede Menge Kanäle, die alle in den See münden.«

»Klingt interessant«, sagte Trudy. »Aber irgendwie erinnert mich Ihre Beschreibung auch an einen Kaninchenbau.«

»So kann man es auch sagen. Obwohl ich bezweifle, dass ein Kaninchen sich dort zurechtfinden würde.«

Trudy kicherte und lächelte Tweed an. Der erwiderte ihr Lächeln, als sich auf einmal sein Handy meldete. Er vermutete, dass es entweder Monica oder Beck war.

»Hallo?«

»Einen Augenblick bitte, Sir«, sagte eine kultiviert klingende Stimme auf Englisch. »Ich habe da etwas für Sie.« Tweed presste das Handy fest ans Ohr. »Passen Sie gut auf«, sagte die englische Stimme. »Die Botschaft wird Ihnen nur einmal vorgespielt …«

Als die verzerrte Stimme zu sprechen begann, versuchte Tweed herauszufinden, ob es die eines Mannes oder einer Frau war.

»Willkommen in Annecy, Mr. Tweed. Ich schlage vor, dass Sie sich über den Pont Perrière in die Altstadt begeben. Am Anfang der Brücke ist rechts am Geländer eine Hinweistafel auf ein Dreisternehotel angebracht. Es ist das Hôtel du Palais de l'Isle. Auf der anderen Seite der Brücke befindet sich ein Restaurant mit Namen Les Corbières. Dort

wartet eine Botschaft auf Sie. Und seien Sie in Zukunft etwas vorsichtiger. Goslar.«

Tweed wartete, bis die Verbindung unterbrochen wurde. Dann erzählte er den anderen Wort für Wort, was Goslar ihm mitgeteilt hatte. Eine Weile sagte niemand etwas, dann platzte es aus Newman heraus.

»Wo zum Teufel steckt dieser verdammte Dr. Goslar nur?«, sagte er verärgert.

»Ich höre wieder den Hubschrauber«, sagte Paula.

28

Tweed hatte Bancroft als gewitzt beschrieben und war ihm damit ziemlich gerecht geworden. Bancroft, der neben dem Piloten im Hubschrauber saß und nachdachte, war eine merkwürdige Mischung unterschiedlicher Talente. Aufgewachsen in Brooklyn, einem der weniger vornehmen Viertel von New York, hatte er sich schon in seiner Jugend gegen Überfälle von brutalen Straßenräubern wehren müssen und war im Lauf der Zeit zu einem erfahrenen und rücksichtslosen Kämpfer geworden, dem das Training in der Unit Four den letzten Schliff verpasst hatte.

Bevor ihn Karnow für seine Truppe rekrutiert hatte, war Bancroft ein mäßig erfolgreicher Anwalt gewesen. Als solcher hatte er bei einer Reihe von Strafprozessen als Verteidiger fungiert und häufig Freisprüche für seine Mandanten erwirkt, ganz gleich, ob sie schuldig oder unschuldig gewesen waren. Bancroft hatte mit großem Fleiß in der Rechtsprechung nach Präzedenzfällen gesucht und die überraschten Richter immer wieder mit Urteilen konfrontiert, von deren Existenz sie keine Ahnung gehabt hatten.

Dieses Vorgehen hatte Bancroft bei den Richtern zunehmend zur *persona non grata* gemacht, die ihm daraufhin bei jeder sich bietenden Gelegenheit Knüppel zwischen die Beine geworfen hatten. Immer häufiger hatten Richter Bancroft mit fadenscheinigen Begründungen abgelehnt, sodass es ihm zunehmend seltener gelungen war, für seine Mandanten einen Freispruch zu erzielen.

Als Karnow ihm schließlich den Job bei Unit Four angeboten hatte, war Bancroft, dem das gesamte Rechtssystem der USA inzwischen verhasst war, mit Freuden darauf eingegangen. Die Höhe des von Karnow angebotenen Gehalts hatte ihm die Entscheidung zusätzlich erleichtert.

Jetzt, als er in dem Hubschrauber saß, benutzte er seinen im Gerichtssaal geschulten Verstand dazu, die Situation einzuschätzen und sich zu überlegen, was er als Nächstes tun sollte.

Tweed und seine Leute sind offenbar auf dem Weg nach Annecy, dachte Bancroft. *Also haben sie Dr. Goslar noch immer nicht gefunden.* Für Bancroft war Annecy ein Ort, von dem er noch nie zuvor gehört hatte. *Ich muss vor ihnen dort sein. Und dann brauche ich ein Fahrzeug, damit ich ihnen folgen kann ...*

Bancroft hörte mit seinem stummen Selbstgespräch auf und blickte auf die Karte, die er auf dem Schoß ausgebreitet hatte. Er hatte sie, nachdem er sich neu eingekleidet hatte, in einem Laden in Genf gekauft. Die Idee, einen Hubschrauber zu mieten, war ihm gekommen, als er sich an einen Helikopter erinnert hatte, den er tags zuvor bei der Verfolgung Tweeds und seines Konvois über der Autobahn gehört hatte.

»Wie lange brauchen wir noch bis Annecy?«, fragte er den Piloten.

»Fünf Minuten. Höchstens. Wollen Sie, dass ich etwas langsamer fliege?«

»Einen Augenblick bitte.« Bancroft hob sein Fernglas an die Augen und richtete es auf die vier Autos unter sich, die aus dieser Höhe wie Spielzeuge aussahen. »Gibt es in der Nähe von Annecy einen Landeplatz?«

»Wollen Sie in die Altstadt oder in den modernen Teil?«

»In die Altstadt«, antwortete Bancroft gefühlsmäßig.

»Das ist einfach. Am Seeufer gibt es einen großen Park, der nahe an der Altstadt liegt. Dort könnte ich landen.«

»Außerdem will ich einen Wagen mieten«, sagte Bancroft und fügte dann, um die Illusion aufrecht zu erhalten, rasch hinzu: »Damit ich diese … Terroristen verfolgen kann.«

»Von dem Landeplatz ist es nicht weit bis zu einer Autovermietung. Ich werde Ihnen zeigen, wo sie ist. Brauchen Sie mich danach eigentlich noch, damit ich Sie nach Genf zurückfliege?«

»Schon möglich«, antwortete Bancroft, der nicht wusste, ob er die Dienste des Piloten wirklich benötigen würde. »Wenn Sie auf mich warten, zahle ich Ihnen einen Bonus.«

Er hatte dem Piloten zwar schon ein fürstliches Honorar gegeben, aber jetzt zog er fünf weitere Hundertdollarscheine aus der Hosentasche und reichte sie ihm. Bancroft hatte schon häufig die Erfahrung gemacht, dass man sich mit Geld Loyalität und Zuverlässigkeit erkaufen konnte.

»Ich werde auf Sie warten«, sagte der Pilot. »Und machen Sie sich keine Sorgen wegen des Rückflugs. Der Hubschrauber hat noch genügend Treibstoff. Soll ich nun langsamer fliegen oder nicht?«

»Nein, fliegen Sie so weiter wie bisher.«

In Newmans Wagen stützte Paula ihre Ellenbogen am Rand des offenen Fensters auf und richtete ein Fernglas nach oben, wo sie den Hubschrauber entdeckt hatte. Sie versuchte zu erkennen, wer in der Kanzel saß, aber ähnlich wie Bancroft, der vor ein paar Sekunden hinunter auf die Autos geschaut hatte, musste sie feststellen, dass die Entfernung dafür zu groß war. Sie gab das Fernglas an Newman zurück.

»Na, haben Sie was erkennen können?«, fragte Newman.

»Ich kann nicht sehen, wer in dem Hubschrauber sitzt«, antwortete Paula. »Aber es beunruhigt mich, dass er ständig neben uns her fliegt.«

»Vergessen Sie den Hubschrauber«, sagte Tweed. »Also, wenn wir in Annecy sind, brauche ich sofort einen Stadtplan, um den Immobilienmakler Periot zu finden.«

»Burgoyne hat vielleicht einen«, sagte Newman. »Wir sind übrigens schon ziemlich nahe an der Stadt. Ich könnte Burgoyne überholen und ihn fragen, ob er einen Plan hat.«

»Machen Sie das«, sagte Tweed.

»Der Hubschrauber fliegt jetzt vor uns her«, bemerkte Paula. »Ich nehme an, er will in der Nähe von Annecy landen. Er geht jetzt nämlich runter.«

Sobald der Helikopter in jenem großen Park am Nordrand der Altstadt gelandet war, stieg Bancroft aus und entfernte sich raschen Schrittes von der Maschine. Als er noch einmal zurückblickte, sah er, wie der Pilot sein Lunchpaket auspackte.

Auch Bancroft, der quer durch den Park auf die Autovermietung zusteuerte, die der Pilot ihm gezeigt hatte, verspürte auf einmal Hunger. Die Sonne schien ihm auf den Rücken und auf seinen Stiernacken. Auf der Wiese neben ihm befand sich ein großer Spielplatz mit einem Karussell, einer Schaukel und einer Rutschbahn. Kleine Kinder kletterten die Leiter hinauf und rutschten unter fröhlichem Kreischen ihrer kleinen Freunde hinab auf ein großes Gummikissen. Bancroft verzog das Gesicht.

Spielende und schreiende Kinder erinnerten ihn immer an seine Jugend in Brooklyn. Aber die Kinder dort waren anders gewesen, sie waren viel schneller erwachsen geworden und hatten schon früh gelernt, mit einem Messer umzugehen. Obwohl die Kinder hier viel zivilisierter und friedlicher waren, fühlte sich Bancroft in eine Zeit zurückversetzt, in der er immer hatte schauen müssen, ob er den Rücken frei hatte, wenn zwei oder drei andere Kinder auf ihn zugekommen waren. Wenn sie dann tatsächlich auf ihn losgegangen waren, hatte er sie immer mit einem Knüppel windelweich geprügelt. Damals in Brooklyn hatten nur die Stärksten überlebt.

Von Zeit zu Zeit hatte Bancroft sich gefragt, ob er sich nicht in Europa niederlassen sollte, aber er hatte die Idee jedes Mal wieder schnell verworfen. Das wirklich große Geld konnte man nur in den Vereinigten Staaten machen.

Als Bancroft an dem Spielplatz vorbei war, blieb er stehen und holte seine beiden Pässe aus der Tasche. Er fragte sich, welchen er verwenden sollte, und entschied sich schließlich für den, in dem nicht der Name Bancroft stand. Er hielt ihn in der Hand, als er über die Straße ging und das Büro der Autovermietung betrat.

Mit einem freundlichen Lächeln ging er auf die attraktive Brünette hinter der Theke zu. Nachdem sie einen flüchtigen Blick auf den Pass geworfen hatte, sah sie ihn interessiert an.

»Es kommen nicht allzu viele Amerikaner zu uns. Höchstens mal ein paar in der Fremdenverkehrssaison, aber sonst keine. Was kann ich für Sie tun, Sir?«

»Ich würde gern für ein paar Tage einen Wagen mieten«, sagte Bancroft. »Ich bin gerade mit einem Hubschrauber gelandet.«

»Das habe ich gehört. Kommen Sie von weit her?«

»Von Paris.«

Nach dem, was in Genf in der Tiefgarage passiert war, hielt Bancroft es für klüger, nicht mit dieser Stadt in Verbindung gebracht zu werden.

»Ein ganz schön weiter Flug«, sagte die Frau, während sie die Angaben aus Bancrofts Pass in ein Formular übertrug. »Das ist lustig, Mr. Conroy«, plauderte sie in freundlichem Ton. »Ich sehe gerade, dass Sie mit Vornamen genauso heißen wie der Monat, in dem Sie geboren sind. August.«

»Deshalb wurde ich ja so getauft«, sagte Bancroft schmunzelnd. »Ich hätte übrigens gern einen Peugeot, falls Sie einen da haben. Wenn möglich, in Grau.«

»Wir haben zwei Peugeots, Sir. Einer ist grau, der andere rot.«

»Wie schon gesagt, den grauen bitte.«

Bancroft hielt Grau für die weniger auffällige Farbe. Er zahlte die Kaution bar in Dollar, denn er hatte beschlossen, in Europa auf seine Kreditkarte gänzlich zu verzichten und stattdessen alles bar zu zahlen. Zahlungen mit Bargeld ließen sich schwieriger zurückverfolgen. Nachdem die Formalitäten erledigt waren, führte die Frau Bancroft durch eine Hintertür in eine kleine

Garage, in der der Wagen stand. Bancroft fand ihn in Ordnung und ließ sich die Schlüssel aushändigen.

»Sie sprechen übrigens hervorragend Englisch«, sagte er zu der Frau.

»Danke für das Kompliment. Ich habe zwei Jahre lang bei einer Autovermietung in London gearbeitet.«

»Ich habe in Paris einen Fehler gemacht«, sagte Bancroft, der zwar die Wagentür geöffnet hatte, aber noch nicht eingestiegen war. »In einer Bar habe ich einen Amerikaner getroffen, der mir ausgesprochen unsympathisch war. Er wollte sich Geld von mir leihen und dummerweise ist mir herausgerutscht, dass ich nach Annecy will. Er sagte daraufhin, dass auch er hierherkommen wolle. Es könnte gut sein, dass er sich ebenfalls einen Wagen bei Ihnen mietet. Wenn also jemand zu Ihnen kommt und fragt, ob ein Amerikaner bei Ihnen war, erzählen Sie ihm bitte nichts von mir.«

»Ich kenne das«, antwortete die Frau und lächelte mitfühlend. »Leute, die sich Geld von einem leihen wollen, können manchmal sehr lästig sein. Sie können sich darauf verlassen, dass ich niemandem von Ihnen erzählen werde.«

Bancroft glaubte zwar nicht, dass ihn jemand verfolgte, aber er war es gewohnt, seine Spuren zu verwischen. Die Frau wartete, bis er eingestiegen war. Bancroft kurbelte das Fenster herunter und tat so, als ob ihm gerade etwas eingefallen wäre.

»Ach, noch etwas. Ich möchte hier einen Freund treffen, der mit dem Auto aus Genf kommt. Gibt es hier vielleicht eine Stelle, an der er unbedingt vorbei muss und an der ich ihn abfangen kann?« Er schaute auf seine Uhr. »Er müsste eigentlich bald hier eintreffen.«

Die Frau nahm einen Stadtplan aus der Ledertasche, die sie am Gürtel trug, und legte ihn auf die Kühlerhaube. Nachdem sie eine Route eingezeichnet hatte, gab sie Bancroft den Plan.

»Am besten fahren Sie zur Schnellstraße, die von Genf kommt. Sehen Sie, hier erreicht sie Annecy. An diesem Punkt muss Ihr Freund vorbei.«

»Vielen Dank. Sehr freundlich von Ihnen. Sie sollten sich ein Schild ins Schaufenster hängen: ›Hier werden Sie mit einem Lächeln bedient.‹«

»Vielen Dank, Sir.«

Beim Losfahren hatte Bancroft das Gefühl, als würde die Frau leicht erröten. Draußen fuhr er am Park vorbei und sah den See dahinter in der Sonne glitzern. In der Ferne ragten die schneebedeckten Berge auf, über denen dicke, dunkle Wolken dräuten. Weiter unten im Süden war das Wetter offenbar schlechter als hier in Annecy.

Es war nicht schwer, der Route, die ihm die Frau auf dem Plan eingezeichnet hatte, zu folgen. Kaum hatte Bancroft die Stadt verlassen, kam er auch schon an die Schnellstraße nach Genf. Linker Hand sah er einen breiten Feldweg, auf den er, ohne zu zögern, abbog. Er wendete den Wagen, hielt an und stieg aus.

Er öffnete die Kühlerhaube und beugte sich darüber, als ob etwas mit dem Motor nicht in Ordnung wäre. So wartete er auf Tweeds Konvoi, der über kurz oder lang hier vorbeikommen musste. Bancroft war es gewohnt zu warten.

Einige Zeit zuvor war der Gelbe Mann in Annecy angekommen und an dem Wegweiser zur *Vielle Ville,* zur Altstadt vorbeigefahren. Kurz darauf hatte er an einer Telefonzelle angehalten. Er musste dringend zu einem ganz bestimmten Zeitpunkt telefonieren. In der Zelle nahm er ein Notizbuch zur Hand und rief eine Nummer an, von der er nur wusste, dass sie irgendwo in der Schweiz sein musste.

»Guten Tag. Wer spricht da?«, meldete sich eine kultiviert klingende Stimme auf Englisch.

»Hobart. Oscar Hobart.«

»Und von wo aus rufen Sie an, Mr. Hobart?«

»Verdammt!«, rief der Gelbe Mann. »Wieso interessiert es Sie, von wo aus ich anrufe?«

»Ich habe meine Anweisungen, Mr. Hobart«, antwortete die Stimme höflich. »Ich kann Ihnen die Aufzeichnung nur vorspielen, wenn Sie an einem bestimmten Ort sind.«

»So ein Bockmist. Aber gut, ich bin in Annecy. Das ist in Frankreich, falls Sie es nicht wissen.«

»Ich weiß es, Mr. Hobart. Bitte warten Sie einen Augenblick. Ich habe eine Botschaft für Sie.«

Der Gelbe Mann seufzte genervt und wartete darauf, dass die verzerrte Stimme endlich zu sprechen begann. Er musste nicht lange warten. Als es so weit war, presste er den Hörer fest ans Ohr, um alles mitzukriegen.

»Sie sind in Annecy. Gehen Sie in die Altstadt. Sie erreichen sie über den Pont Perrière. Auf der anderen Seite der Brücke ist ein Restaurant. Es heißt Les Corbières. Ich buchstabiere... Tweed wird in dieses Restaurant kommen. Sehen Sie zu, dass Sie vor ihm dort sind. Gehen Sie zum Besitzer und sagen Sie, dass Sie Francis sind. Er übergibt Ihnen dann eine längliche, versiegelte Schachtel mit der Aufschrift ›Maschinenteile‹. Darin ist ein Scharfschützengewehr mit Zielfernrohr. Erschießen Sie damit Paula Grey. Goslar.«

29

Newman überholte Burgoyne und winkte ihn an den Straßenrand. Nachdem Burgoyne angehalten hatte, stiegen Newman, Tweed und Paula aus und gingen auf seinen Wagen zu. Auf einem Feldweg in der Nähe stand ein grauer Peugeot mit geöffneter Motorhaube. Ein Mann mit einem Panamahut und einer dunklen Sonnenbrille beugte sich über den Motorraum.

»Französische Autos haben offenbar häufig Defekte«, kommentierte Newman. »Es hat aber wahrscheinlich nichts mit ihrer Qualität zu tun, sondern mit der Art, wie die Franzosen fahren.«

»Ich brauche einen Stadtplan von Annecy«, sagte Tweed zu Bourgoyne. »Ich muss einen Immobilienmakler namens Periot finden.«

»Nichts einfacher als das«, antwortete Burgoyne grinsend. »Ich habe den Namen gelesen, als ich vorhin in Annecy war. Das

Büro ist in der Nähe der Altstadt. Fahren Sie mir einfach hinterher. Ich warte, bis Sie wieder in Ihrem Auto sind ...«

Weil es in der Sonne so heiß war, gingen sie langsam zurück. Tweed hielt den Kopf gesenkt und machte ein nachdenkliches Gesicht.

»Worüber grübeln Sie denn nach?«, fragte Paula.

»Ich habe das Gefühl, dass wir uns in die falsche Richtung bewegen. Im Augenblick können wir nur dem Hindernisparcours folgen, den Goslar für uns abgesteckt hat. Früher oder später werde ich einen Telefonanruf erhalten, in dem uns genau gesagt wird, wo wir hingehen sollen.«

»Das klingt ja schon wieder äußerst mysteriös«, sagte sich Paula.

Als sie wieder im Auto waren, trank Trudy gerade aus einer Flasche Mineralwasser, die sie aus der Küche des Richemond mitgenommen hatte. Sie blickte durch das offene Fenster auf Paula und wischte den Hals der Flasche sorgfältig mit einem sauberen Taschentuch ab.

»Das ist zwar nicht sehr damenhaft«, sagte sie mit einem Lächeln und reichte Paula die Flasche, »aber in dieser Hitze braucht man einfach Flüssigkeit.«

»Was täte ich nur ohne Sie?«, sagte Paula und nahm einen tiefen Schluck aus der Flasche. »Das tut wirklich gut.«

»Vielleicht wollen Tweed und Newman auch etwas trinken«, sagte Trudy. »Ich habe noch zwei weitere Flaschen in meiner Tasche. Ein Schluck kostet nur hundert Franc«, scherzte sie, während Tweed aus der Flasche trank und sie dann an Newman weiterreichte.

»Das ist wirklich günstig«, sagte Newman. »Akzeptieren Sie auch einen Schuldschein?«

Als sie wieder im Wagen saßen, fuhr Burgoyne langsam an ihnen vorbei. Newman streckte die Hand aus dem Fenster und winkte Marler und Nield vorbei.

»Der Typ mit dem Panamahut gefällt mir nicht«, brummte Butler, als er und Nield den grauen Peugeot mit der geöffneten Motorhaube passierten.

»Ach, Sie sehen doch überall einen Killer«, sagte Nield.

»Vorsichtshalber habe ich mir jedenfalls mal die Autonummer gemerkt«, antwortete Butler ernst.

Auf einmal tauchten neben der Straße die ersten Häuser von Annecy auf. Kurz nachdem der kleine Konvoi an einem Wegweiser zur Altstadt vorbeigekommen war, hielt Burgoyne trotz eines Parkverbots an. Newman blieb mit Trudy im Wagen, während Tweed und Paula ausstiegen und die Straße überquerten.

Periot et Cie residierten in einem modernen Gebäude, dessen Schaufenster mit Farbfotos von Häusern und Wohnungen zugepflastert waren. Tweed sah sich die Bilder genau an, konnte aber nichts entdecken, was auch nur entfernt an das Château erinnerte, das er von der alten Brücke aus gesehen hatte. Zusammen mit Paula betrat er den Laden.

»Ich möchte mit Monsieur Periot sprechen«, sagte Tweed auf Französisch zu dem großen, gut aussehenden Mann Mitte dreißig, der auf sie zukam.

»Er steht vor Ihnen.«

»Ich interessiere mich für ein altes Schloss in der Nähe von Choisy. Man kann es vom Pont de la Caille aus sehen. Es liegt oben auf dem Berg und soll, wenn das Schild an der Auffahrt noch aktuell ist, zu verkaufen sein.«

»Das Château de l'Air.« Periot runzelte kurz die Stirn, bevor er Tweed und Paula freundlich anlächelte. »Es gibt da allerdings ein kleines Problem mit dem Schloss, Sir. Momentan ist es noch bis zum Ende des Jahres vermietet, obwohl der Mieter überraschend ausgezogen ist. Ich kann ihn leider nicht erreichen und weiß deshalb nicht so recht, ob Mr. Masterson, der übrigens auch Engländer ist, nun zurückkommt oder nicht. Ich selbst war vor kurzem in dem Schloss. Es ist völlig leer. Sogar die Fensterbretter wurden sorgfältig gereinigt. Außerdem hat Mr. Masterson keinerlei persönlichen Besitz zurückgelassen. Es sieht ganz so aus, als wäre er für immer ausgezogen, obwohl er die Miete für weitere sieben Monate schon im Voraus gezahlt hat.«

»Mr. Charterhouse in Gargoyle Towers und jetzt Mr. Masterson im Château de l'Air«, murmelte Tweed leise vor sich hin. Nur Paula verstand, was er sagte.

»Wie bitte?«, fragte Periot.

»Pardon. Darf ich fragen, wann dieser Mr. Masterson das Château gemietet hat?«

»Vor fünf Monaten. Keiner von uns hat ihn je zu Gesicht bekommen. Ich dürfte es Ihnen eigentlich nicht erzählen, aber er hat die Miete für das ganze Jahr in Fünfhundertfrancscheinen bezahlt. Ein Bote hat mir das Geld in einem Aktenkoffer überbracht, dessen Erhalt ich quittieren musste.«

»Aber Sie haben trotzdem ein ›Zu verkaufen‹-Schild aufgestellt?«

»Nur für den Fall, dass wir nichts mehr von ihm hören.«

»Verstehe«, sagte Tweed lächelnd. »Unter den gegebenen Umständen sollte ich mich wohl lieber noch etwas gedulden. Ich werde mich später wieder mit Ihnen in Verbindung setzen. Inzwischen finden Sie ja vielleicht heraus, ob das Schloss nun zu vermieten ist oder nicht.«

»Es tut mir wirklich außerordentlich Leid, Sir …«

Periot begleitete die beiden nach draußen und wiederholte seine Entschuldigung dabei noch mehrere Male.

»Das war Goslar«, sagte Tweed, als der Makler wieder in seinem Büro verschwunden war. »Er hat dieselbe Taktik angewendet wie bei Gargoyle Towers, bei dem Hochhaus in La Défense und bei der Wohnung, in der Madame Markov ermordet wurde. Goslar scheint es sich wirklich leisten zu können, das Geld mit beiden Händen aus dem Fenster zu werfen. Er mietet ein Objekt viel länger an, als er es benötigt, damit er über Nacht von dort verschwinden kann, ohne dass jemand Verdacht schöpft. Ich spekuliere jetzt, aber ich bin mir ziemlich sicher, dass er sein teuflisches Elixier hier im Château de l'Air entwickelt hat und es dann nach Gargoyle Towers in Dartmoor gebracht hat, von wo aus er es der Öffentlichkeit ›präsentieren‹ konnte. Er musste der Welt zeigen, was für eine todbringende Waffe er erfunden hat. Aber jetzt sollten wir uns ganz vorsichtig auf den Weg in die Altstadt machen.«

»Wieso vorsichtig?«, fragte Paula. »Was beunruhigt Sie?«

»Ich bin überzeugt, dass das Restaurant, in das Goslar mich mit seinem seltsamen Anruf locken will, eine Falle ist.«

Der Mann mit dem Panamahut, der Nields Interesse geweckt hatte, war in Wirklichkeit Bancroft. Er hatte sich den Hut an einem Stand in der Nähe des Immobilenmaklers Periot gekauft, wo auch einige Franzosen solche Hüte als Schutz vor der Sonne erstanden hatten. Er meinte, damit unter den Einheimischen nicht weiter aufzufallen.

Vielleicht war das ein kluger Schachzug gewesen, einen Fehler aber hatte Bancroft gemacht, indem er seinen Wagen auf dem Feldweg abgestellt hatte. Eigentlich hatte er geglaubt, dass Tweeds Konvoi zügig an ihm vorbeifahren würde und er ihm dann hinterherfahren könnte. Dann waren die vier Wagen aber hundert Meter von ihm entfernt am Straßenrand stehen geblieben. Tweed war aus dem ersten Auto ausgestiegen und hatte sich vom Fahrer des zweiten Wagens eine Landkarte geben lassen. Dann waren er und Paula Grey wieder eingestiegen und der Konvoi hatte sich in Bewegung gesetzt. Bancroft hatte die Motorhaube zugeschlagen und sich gerade hinter das Steuer seines Peugeots geklemmt, als ein großer Trecker versucht hatte, in den Feldweg einzubiegen, in dem Bancroft geparkt hatte. Bancroft hatte gehupt und mit den Händen gewedelt, aber der Bauer hatte sich nicht aus der Ruhe bringen lassen. Bis er schließlich seinen Traktor so weit zurückgesetzt hatte, dass Bancroft an ihm vorbeifahren konnte, war von Tweed und seinen Leuten nichts mehr zu sehen gewesen.

Immerhin wusste Bancroft, dass sie in Richtung Altstadt gefahren waren. Als er dort ankam, sah er, dass der Pont Perrière für Autos gesperrt war. Bancroft entdeckte im Schatten einer alten Steinmauer zwei geparkte Fahrzeuge und stellte seinen Peugeot ebenfalls dort ab.

Er stieg aus und eilte über die Brücke, auf deren anderer Seite sich ein kleines Restaurant befand, das Les Corbières. Als er es gerade betreten wollte, kam ihm ein großer, kräftig gebauter

Mann mit einem Barett auf dem Kopf entgegen, der einen länglichen Pappkarton mit der Aufschrift »Maschinenteile« unter dem Arm trug. Bancroft betrat das Restaurant, setzte sich an einen Tisch und bestellte ein Glas Wasser. Von hier aus konnte er genau sehen, wenn Tweed über die Brücke kam.

Kurze Zeit zuvor war der Gelbe Mann, der sich sein Barett tief ins Gesicht gezogen hatte, in das Les Corbières gekommen und hatte nach dem Geschäftsführer gefragt. Ein sehr jung aussehender Franzose mit einem Serviertuch über dem Arm war auf ihn zu getreten.

»Möchten Sie einen Tisch, Sir? Für eine Person?«

»Mein Name ist Francis. *Francis*. Ein Bote hat ein Päckchen für mich abgeben.«

Der Gelbe Mann hatte dabei einen Hundertfrancschein zwischen den Fingern gedreht. Nachdem der Geschäftsführer die Banknote gesehen hatte, war er geradezu redselig geworden.

»Wie schön, einen Engländer hier zu haben! Ich war im Rahmen meiner Ausbildung eine Zeit lang in Bournemouth. Was für eine schöne Stadt. Und so gebildete Bewohner. Die Touristen waren freilich ein anderes Völkchen, die meisten zumindest. Ich hatte da ein Pärchen, das zur Mittagszeit ins Restaurant kam und Tee bestellt hat. Können Sie sich das vorstellen? Das Lokal war voller Leute, die zu Mittag gegessen haben, und diese Leute haben Tee verlangt! Ich habe sie nur angeschaut und …«

»Was ist mit der Schachtel?«, unterbrach ihn der Killer, der sich bemühte, dabei nicht unhöflich zu klingen.

»Natürlich, Sir. Die Schachtel. Ich habe sie hinter der Bar aufbewahrt. Es steht ›Maschinenteile‹ drauf, aber schon vom Gewicht her habe ich gewusst, dass keine Blumen drin sind …«

»Vielen Dank«, sagte der Gelbe Mann und nahm dem Geschäftsführer die Schachtel aus den Händen. »Das ist für Sie.«

Nachdem der Gelbe Mann dem Geschäftsführer den Hundertfrancschein zugesteckt hatte, ging er nach draußen. Vor dem Eingang kam ihm ein Mann mit einem Panamahut entgegen. Der Gelbe Mann bog nach links in die Rue Perrière ab und hoffte, dass es dort nicht allzu schwierig sein würde, einen Punkt zu finden, von dem aus er ein freies Schussfeld auf die Brücke hatte. Auf den ersten Blick sah er, dass das nicht der Fall war. Er musste also weitersuchen.

Burgoyne fuhr in die Altstadt, gefolgt von den anderen drei Wagen. Schon bei seinem ersten Besuch hatte er herausgefunden, dass der Pont Perrière gesperrt war, und stellte deshalb den Wagen unterhalb einer Steinmauer ab, wo schon drei andere Fahrzeuge standen.

Auch Newman fand einen Parkplatz in der Nähe und stieg mit Paula, Tweed und Trudy aus. Er sah, wie Burgoyne, die Hände in die Hüften gestemmt, vor der Brücke stand und sich umschaute. Als Tweed und Paula stehen blieben, trat Butler an sie heran. »Das könnte Ärger geben«, sagte er. »Der Wagen von Panamahut steht da drüben.«

»Panamahut? Wer ist denn das?«, fragte Tweed.

»Als Sie sich den Stadtplan von Burgoyne geholt haben, hat ganz in der Nähe ein Wagen mit geöffneter Kühlerhaube in einem Feldweg gestanden. Ein Mann mit einem Panamahut hat sich über den Motor gebeugt. Der Typ ist mir gleich verdächtig vorgekommen, das habe ich auch Nield gesagt und mir die Autonummer gemerkt. Jetzt steht der Wagen vor dem von Burgoyne.«

»Könnte ein Einheimischer sein«, sagte Tweed, der nur halb zugehört hatte.

»Wenn er wirklich eine Panne gehabt hat, wieso steht der Wagen dann kurz darauf hier in der Altstadt?«

»Welcher von den beiden war es wohl?«, fragte Paula.

»Wie meinen Sie das?«

»Der Gelbe Mann oder Bancroft? Beide sind immer noch auf freiem Fuß.« Sie zuckte mit den Achseln. »Einer von ihnen hätte in dem Hubschrauber sitzen können, der andere in dem Mercedes, der uns mit halsbrecherischer Geschwindigkeit überholt hat.«

Tweeds Blicke wanderten am gegenüberliegenden Flussufer entlang, aber nirgends konnte er etwas auch nur annähernd Verdächtiges bemerken. Burgoyne hatte bereits mit energischen

Schritten die Brücke betreten. Als Tweed ihm folgen wollte, nahmen Nield und Newman ihn in die Mitte.

»Auf dieser Brücke ist man ziemlich exponiert«, sagte Nield warnend.

»Das mag sein, aber deshalb werde ich trotzdem nicht wie ein Verrückter hinüberrennen.«

Eskortiert von Newman und Nield spazierte Tweed gemächlich ans andere Ufer. Paula ging hinter den dreien her und genoss die bezaubernde Schönheit von Annecy. Rechts von der Brücke, genau dort, wo sich der Fluss in zwei Arme aufteilte, stand ein seltsames Gebäude mit dreieckigem Grundriss. Es sah wie eine Burg aus und wirkte ebenso wie die anderen drei- bis vierstöckigen Gebäude ringsum sehr alt und ehrwürdig.

»Man kommt sich vor wie in einem mittelalterlichen Gemälde«, sagte Paula.

Sie gelangten ohne Zwischenfälle über die Brücke und betraten schließlich das Les Corbières. Einige der Tische vor dem auf Hochglanz polierten hölzernen Bartresen waren noch frei. Tweed verlangte nach dem Geschäftsführer.

Ein junger Franzose mit einer Serviette über dem Arm trat auf ihn zu und musterte sofort die anderen, die sich hinter ihm in der Eingangstür aufgebaut hatten, mit kritischen Blicken. Dann hob er fragend die Augenbrauen und erkundigte sich, was sie von ihm wollten.

Als Bancroft Tweed und seine Leute auf das Restaurant zugehen sah, zuckte er zusammen. Er nahm den Panamahut vom Tisch und stopfte ihn unter den Stuhl. Gut möglich, dass jemandem aus der Gruppe der Hut aufgefallen war, als er vorhin die Autopanne fingiert hatte.

Bancroft war froh, dass er sich außer dem Hut auch eine so dunkle Sonnenbrille gekauft hatte, dass man seine Augen dahinter nicht erkennen konnte. Als Bancroft sich vor dem Betreten des Restaurants in dessen spiegelnder Fensterscheibe betrachtet hatte, um den Krawattenknoten zurechtzurücken, hätte er sich beinahe selbst nicht erkannt. Jetzt nahm er eine französische Zeitung zur Hand, die jemand auf einem der Stühle vergessen hatte, und legte sie aufgeschlagen neben seinen Teller. Falls Tweed und seine Leute hier zu Mittag aßen, würde er nur schwer unbemerkt aus dem Lokal verschwinden können.

»Mein Name ist Tweed«, sagte Tweed zu dem Geschäftsführer. »Ich vermute, dass Sie einen Umschlag für mich haben.«

»Gott im Himmel«, platzte der Geschäftsführer heraus. »Wir sind doch hier nicht das Postamt.«

»Pardon?«, fragte Tweed. »Was haben Sie gesagt?«

»Vor ein paar Minuten hat hier ein Mann einen Karton abgeholt, den jemand anders für ihn abgegeben hat.«

»Was war das für ein Karton?«, fragte Newman und zeigte dem Geschäftsführer einen Hundertfrancschein. »Können Sie mir den Abholer beschreiben? War es ein Mann?«

»Was würden Sie sagen, wenn mich später jemand nach Ihnen fragen würde? Würde es Ihnen gefallen, wenn ich Sie dann beschreiben würde?« Er holte hinter der Bar einen Briefumschlag hervor und gab ihn Tweed. »Für Sie, Sir.«

»Nein, das würde mir nicht gefallen«, beantwortete Newman die Frage des Geschäftsführers und streckte ihm die Banknote hin. Der Mann nahm sie rasch und unauffällig wie ein Verschwörer. Übung macht den Meister, dachte Newman.

»Wie groß war denn der Karton?«, fragte Marler. »Übrigens, Ihr Einstecktuch ist ein wenig verrutscht.« Er beugte sich vor, zupfte das Tüchlein zurecht und steckte dem Geschäftsführer dabei einen weiteren Hundertfrancschein in die Brusttasche.

»Etwa so lang«, sagte der Geschäftsführer und breitete die Arme aus.

»Könnte ein Präzisionsgewehr sein«, flüsterte Marler Tweed ins Ohr. »Möglicherweise ein Armalite wie das meinige.«

»Willkommen in unserem Restaurant«, sagte der Geschäftsführer und grinste jetzt über das ganze Gesicht. »Ich springe zwar nur für meinen Vorgesetzten ein, der für einen Monat im Urlaub ist, aber ich würde mich trotzdem freuen, wenn Sie hier zu Mittag essen würden.«

»Das ist eine gute Idee«, sagte Tweed und setzte sich zusammen mit Burgoyne, Paula und Trudy an einen Vierertisch, während am Tisch daneben Newman, Serena, Nield, Butler und Marler Platz nahmen. Alle bestellten ein leichtes Mittagessen und dazu Wasser anstatt Wein.

Bancroft war erleichtert, als er sah, dass Trudy sich mit dem Rücken zu ihm setzte. Er konnte sich noch gut an die unzähligen Treffen erinnern, bei denen sie ihm gegenübergesessen hatte. Dann dachte er an seine Pistole, die er im Gürtelhalfter stecken hatte, und überlegte kurz, ob es ihm gelingen würde, Tweed und seine Leute hier in diesem Restaurant zu erschießen. Bancroft verwarf die Idee jedoch sofort wieder. Eine solche Aktion würde so viel Aufsehen erregen, dass er es nie bis zu seinem Hubschrauber schaffen würde. Und wenn er die Flucht im Peugeot riskierte, wäre das Risiko genauso groß. Es blieb ihm also nur, darauf zu hoffen, dass seine Gegner von irgendetwas abgelenkt würden und er sich unbemerkt aus dem Lokal stehlen konnte.

»Ich frage mich eines, Chance«, sagte Paula zu Burgoyne, nachdem sie ihre Bestellung aufgegeben hatten. »Wieso hatten die Araber, die uns angegriffen haben, alle ein grünes Tuch um den Kopf gewickelt?« Sie sagte es so leise, dass nur Burgoyne und Tweed es hören konnten.

»Weil sie Moslems waren und weil in ihrer Religion Märtyrer, die für die Sache des Islam sterben, auf direktem Weg in den Himmel kommen.«

»Das macht sie auch so gefährlich«, sagte Tweed und nickte.

Bancroft an seinem Tisch bemerkte, wie Serena ihn direkt anstarrte. Dann aber wandte sie den Blick ab und sagte etwas zu Newman.

Nachdem sie mit dem Essen fertig waren, bezahlte Tweed die Rechnung. Butler stand auf und sagte, er gehe schon einmal vor, um kurz etwas aus seinem Wagen zu holen. Gleich darauf verließen auch die anderen das Restaurant. Im Hinausgehen steckte Tweed Paula den Brief zu, den er während des Essens gelesen hatte. Paula nahm das Blatt Papier aus dem Umschlag und faltete es auseinander. Es war mit einer schönen, regelmäßigen Handschrift beschrieben, die sich leicht nach rechts neigte.

Mein lieber Tweed, ich bitte Sie um Entschuldigung dafür, dass ich Sie nicht in Annecy treffen konnte. Darf ich Ihnen stattdessen vorschlagen, dass Sie nach Talloires kommen? Es liegt etwas weiter südlich am Ostufer des Sees. Goslar.

Der Geschäftsführer, der ein gutes Trinkgeld bekommen hatte, brachte seine Gäste zur Tür, wo er sich mit einem breiten Grinsen von ihnen verabschiedete.

»Ich hoffe, es war alles zu Ihrer Zufriedenheit, Sir.«

»Das Essen war ausgezeichnet«, sagte Tweed. »Aber ich hätte noch eine Frage an Sie. Kennen Sie einen Ort am See, der Talloires heißt?«

»Ja. Sie kommen hin, wenn Sie am Ostufer entlangfahren, aber ich kann Ihnen einen Aufenthalt dort nicht empfehlen. Jetzt, außerhalb der Saison, sind praktisch alle Restaurants und Hotels in Talloires geschlossen. Ein paar Einheimische fahren dort Ski, aber die meisten Ausländer bevorzugen Grenoble oder Chamonix. Talloires ist um diese Jahreszeit wie ausgestorben.«

»Vielen Dank«, sagte Tweed und verließ das Lokal. Inzwischen war Butler von seinem Auto zurück und trug etwas in der Hand, das wie ein übergroßer Tennisschläger in einem Etui aussah.

»Was ist denn das?«, fragte Tweed.

»Eine Maschinenpistole«, flüsterte Marler. »Harry erwartet offenbar, dass es Ärger gibt.«

»Ich schlage vor, dass wir uns noch ein wenig in Annecy umsehen, bevor wir weiterfahren«, sagte Tweed. »Machen wir doch alle zusammen einen Spaziergang am Fluss entlang.«

Bancroft wartete, bis die Engländer außer Sichtweite waren. Dann bezahlte er und eilte aus dem Lokal.

Der Gelbe Mann hatte endlich einen Platz gefunden, von dem aus er ein gutes Schussfeld hatte. Jetzt musste er nur hoffen, dass Tweed und sein Team die Rue Perrière entlanggingen.

Er hockte auf einem alten steinernen Turm, zu dem hinauf eine Holztreppe führte, die man von unten nicht einsehen konnte. Oben war eine überdachte hölzerne Plattform, die dem Gelben Mann mit seinem Armalite-Gewehr das Gefühl gab, in einer Kirchenkanzel zu sitzen. Er richtete den Blick hinunter auf die Straße und wartete.

30

»Da ist ja die Rue Perrière«, sagte Paula, die sich nach dem Mittagessen ausgesprochen wohl fühlte. »Diese Stadt ist wirklich zauberhaft. Ich komme mir vor wie im Paradies.«

»Annecy ist ein Gewirr von kleinen Gassen und Kanälen«, sagte Burgoyne, der hinter ihr ging. »Hinter jeder Ecke gibt es etwas Interessantes zu entdecken.«

»Ich liebe diese alten Laternen an den Hauswänden«, schwärmte Paula. »Nachts muss es hier fantastisch – und wohl auch ein bisschen unheimlich – sein. Schade, dass ich keine Kamera dabei habe.«

»Wir sind hier nicht auf einer Urlaubsreise«, sagte Tweed unbeeindruckt.

»Ach, seien Sie doch nicht so miesepetrig«, gab Paula zurück.

Burgoyne hatte sich zurückfallen lassen und ging jetzt neben Serena, die von der Stadt genauso begeistert war wie Paula. Sie deutete immer wieder auf Details an den Häusern, die ihr besonders gut gefielen. Als Burgoyne ihre Hand nahm, schien sie nichts dagegen zu haben.

Butler mit seinem »Tennisschläger« schloss zu Paula und Tweed auf. Paula bemerkte, dass er den Reißverschluss der Tasche geöffnet hatte. Butler als Rechtshänder trug das Etui in der

Linken, damit er die Maschinenpistole blitzschnell herausziehen konnte. Dabei ging er etwas vornüber gebeugt, blickte aber ständig nach oben.

»Machen Sie doch kein so ernstes Gesicht, Harry«, neckte ihn Paula und drehte sich zu Newman um, der neben Trudy ging. »Ist es nicht wunderschön hier? Ich würde die Stadt gern einmal bei Nacht kennen lernen.«

»Ohne einen Stadtplan würden Sie sich rasch verlaufen«, sagte Burgoyne. »Außerdem sind manche Gassen ausgesprochen düster.«

»Wann waren Sie zum letzten Mal hier?«, fragte Paula.

»Vor einer kleinen Ewigkeit, als ich auf dem Weg nach Aix-en-Provence war. Ich habe Ihnen doch von dieser Reise erzählt.«

»Ja. Es ging um diesen komischen arabischen Schreiber.«

»Der Mann war nicht komisch, er war ein Genie.«

In den Straßen war kein Verkehr, sodass sie das Rauschen des Flusses hören konnten. Es erzeugte eine beruhigende, fast hypnotische Atmosphäre. Auf dem Wasser paddelten weiße Enten herum, die offenbar die warme Sonne genossen.

»Hier gibt es überhaupt keine modernen Gebäude«, sagte Paula. »Alles scheint direkt aus dem Mittelalter zu stammen. Es gibt bestimmt nicht mehr viele Orte wie diesen.«

Paula hatte die Enten schon zuvor bemerkt, als sie über die Brücke zu dem Restaurant gegangen waren. Jetzt blieb sie am Geländer stehen und warf ihnen kleine Brotstücke zu, die sie vom Les Corbières mitgenommen hatte. Ein halbes Dutzend Enten stürzten gierig auf die Brocken zu und schubsten sich dabei gegenseitig aus dem Weg.

»Ich habe mich lange nicht mehr so wohl gefühlt«, sagte Paula zu Tweed. »Ich glaube, Serena geht es ebenso.«

»Was Serena anbetrifft, wäre ich vorsichtig. Niemand kann sagen, was wirklich in ihr vorgeht.«

»Dann mögen Sie sie wohl nicht besonders?«

»Bei einem Auftrag wie diesem geht es nicht darum, ob man jemanden mag oder nicht.«

»Schon wieder eine von Ihren kryptischen Äußerungen. Ich werde Sie aber nicht fragen, was sie zu bedeuten hat. Sie sagen mir es ja ohnehin nicht.«

Die beiden gingen weiter die Rue Perrière entlang. Sie und die anderen, die ein paar Meter hinter ihnen liefen, waren die einzigen Menschen auf der Straße. Paula vermutete, dass die Hitze die Leute in ihren Häusern hielt. In den alten Gemäuern war es bestimmt schön kühl.

»Warum lässt Goslar Ihnen wohl all diese Botschaften zukommen?«, sagte Paula zu Tweed.

»Um uns von einem bestimmten Ort fern zu halten.«

»Und was soll das für ein Ort sein?«

»Das werde ich hoffentlich aus einem Telefonanruf erfahren, auf den ich schon die ganze Zeit warte. Ich hoffe, das er bald kommt, wir verlieren nämlich wertvolle Zeit, ohne etwas dagegen unternehmen zu können. Die grünen Tücher, von denen Sie und Burgoyne beim Essen gesprochen haben, finde ich höchst bedeutsam.«

Sie kamen an eine Stelle, wo die Straße eine scharfe Biegung nach links machte. Als sie um die Ecke gingen, spürte Paula plötzlich einen winzigen Stein in ihrem Schuh. Sie blickte nach oben und sah einen hohen Turm mit spitzem Dach, der diesen Teil der Straße überragte.

Der Gelbe Mann hatte Paula genau im Fadenkreuz. Er stützte das Gewehr am Rand der Kanzel auf, was ihm maximale Stabilität verlieh. Langsam krümmte er den rechten Zeigefinger um den Abzugshebel. Als sich Paulas Kopf genau zwischen den Spitzen des Fadenkreuzes befand, drückte er ab.

Paula beugte sich gerade nach unten, um ihren Schuh auszuziehen und den Stein herauszuschütteln, als eine Kugel haarscharf über ihren gesenkten Kopf pfiff und ins Wasser des Flusses schlug. Butler riss die Maschinenpistole aus ihrem Etui und gab daraus einen Feuerstoß auf den Turm ab. Holzsplitter der von den Kugeln zerfetzten Kanzel regneten von hoch oben herab.

Butler rannte los und stürmte die steile Gasse entlang. Durch einen Torbogen erreichte er die Treppe hinauf zu der hölzernen Kanzel, die seine MP-Salve vor nicht einmal einer Minute durchlöchert hatte. Mit schussbereiter Waffe stürmte er die Stufen hinauf bis zur Plattform unter dem Dach, konnte aber nirgends eine Leiche entdecken. Fluchend hastete er die Treppe wieder hinab und sah sich am Fuß des Turmes um, von wo aus mehrere Gassen abzweigten. Butler lauschte angestrengt nach sich entfernenden Schritten, hörte aber nichts. Überall herrschte tiefe Stille. Seufzend drehte er sich um und ging zurück zu den anderen.

Tweed hatte Paula um eine Hausecke gezogen, wo man sie vom Turm aus nicht sehen konnte. Er sah Butler fragend an.

»Der Schütze ist entkommen. Muss ein verdammt flinker Bursche sein. Mein Gott, war das knapp! Sind Sie verletzt, Paula?«

»Alles in Ordnung«, sagte Paula leise. »Vielen Dank, Harry. Dafür haben Sie bei mir was gut.«

»Nicht der Rede wert. Was machen wir jetzt?«

»Wir fahren nach Talloires und schauen uns den Ort einmal an«, sagte Tweed entschlossen. »Vielleicht finden wir ja etwas. Gehen wir zurück zu den Autos. Wir haben noch ein gutes Stück zu fahren.«

31

Der heftige Streit entwickelte sich, kurz nachdem sie Annecy verlassen hatten. Wieder fuhr Burgoyne in seinem Wagen dem Konvoi voraus, dahinter kamen Marler und Butler, gefolgt von Nield, der diesmal Trudy bei sich hatte. Serena hatte kurz vor der Abfahrt Tweed sehr höflich gefragt, ob sie wieder bei ihm mitfahren könne, und Trudy hatte ihr sofort ihren Platz angeboten und gesagt, dass sie zu Nield umsteigen werde. So saßen in Tweeds Wagen jetzt Newman und Paula auf den Vordersitzen und Tweed und Serena auf der Rückbank.

Kurz vor Erreichen des Stadtrands kamen sie an einem Park vorbei, in dem neben einem Spielplatz ein Hubschrauber stand. Gleich darauf erreichten sie das Nordende des Sees. Auf der Karte sah Tweed, dass der Lac d'Annecy etwa fünfzehn Kilometer lang war und von der Form her einer in die Länge gezogenen Schlange glich. Es war inzwischen später Nachmittag.

Auf dem oberen Teil des Sees dümpelten noch ein paar Jachten mit schlaffen Segeln in der Flaute, aber je weiter Tweeds Konvoi nach Süden kam, desto leerer wurde die Wasserfläche. Auch die Landschaft wirkte immer verlassener. Linker Hand der Straße ragten steile Felswände empor, und nur hier und da war einmal ein einsames Haus zu sehen. Paula hatte das Gefühl, als würden sie durch ein Niemandsland fahren.

»Ich habe Burgoyne gesagt, dass wir uns beeilen müssen«, sagte Tweed. »Bald wird es dunkel, und möglicherweise müssen wir noch heute nach Genf zurück. Chance ist ebenso wie ich der Meinung, dass die Straße hier bei Dunkelheit ziemlich gefährlich werden kann.«

»Wieso haben Sie dann in Annecy so viel Zeit vertrödelt?«, platzte es plötzlich aus Serena heraus. »Unser Besuch dort hat doch überhaupt nichts gebracht.«

»Außer dass auf mich geschossen wurde«, sagte Paula von vorn.

»Die Kugel ist doch meilenweit an Ihnen vorbeigeflogen.«

»Ich konnte sie immerhin pfeifen hören«, erwiderte Paula ruhig.

»Ich dachte, wir suchen nach Dr. Goslar«, fauchte Serena. »Wer ist dieser Goslar überhaupt? Und wo ist er? Darüber wissen wir jetzt genauso wenig wie zuvor. Langsam bekomme ich das Gefühl, dass ich mit Ihnen bloß meine Zeit vergeude.«

»Wieso sind Sie dann mit uns gekommen?«, fragte Tweed.

»Ich dachte, das wüssten Sie. Ich brauchte Schutz. Alle anderen Leute, die etwas mit Goslar zu tun hatten, sind umgebracht worden.«

»Ist das wirklich der einzige Grund dafür, dass Sie sich uns angeschlossen haben?«

»Wieso braucht es dazu noch andere Gründe, verdammt noch mal?«, schrie Serena wütend.

Tweed sah sie an. Sie starrte nach vorn und wandte ihm ihr Profil zu. In ihrem Benehmen erkannte er auf einmal einen dominanten Zug, den sie bisher geschickt verborgen hatte. Obwohl Serena die Lippen fest aufeinander gepresst hatte, sah sie noch immer schön aus. Sie drehte sich kurz in Tweeds Richtung, warf ihm einen bösen Blick zu und schaute dann wieder nach vorn.

»Weil ich es ziemlich deutlich spüre«, beantwortete Tweed ihre Frage.

»Tweeds berühmter sechster Sinn«, rief Serena und lachte höhnisch auf.

»Jetzt machen Sie mal halblang, Serena«, sagte Paula und drehte sich nach hinten. »Ihr Gezeter lenkt sonst Newman vom Fahren ab.«

»Gezeter, ach was. Aber gut, ich gebe es zu. Ich habe noch einen anderen Grund. Wenn Sie Goslar fangen – falls Ihnen das jemals gelingen sollte –, wird er ein berühmter Mann sein. Ich bin Fotografin, und wenn ich ein Bild von ihm hätte, könnte ich es an Zeitungen und Fernsehsender auf der ganzen Welt verkaufen und auf einen Schlag steinreich werden. Und ich brauche das Geld dringend.«

»Wo ist denn Ihre Kamera?«, wollte Tweed wissen.

»Glauben Sie mir etwa nicht? Meine Kamera ist hinten im Kofferraum bei meinen Sachen. Sie können Newman ja anhalten lassen, dann steige ich aus und zeige sie Ihnen. Es ist eine Nikon«, fügte sie voller Sarkasmus an. »Na los, Newman, halten Sie schon an.«

»Ich tue das, was Tweed mir sagt«, erwiderte Newman freundlich.

Paula, die sich noch nicht wieder nach vorn gedreht hatte, betrachtete Serena. Irgendwie hatte sie das Gefühl, als ob Serena ihnen etwas vorspielte. Aber weshalb tat sie das?

»Mir reicht's«, sagte Serena mit kalter Stimme. »Wenn wir wieder in Annecy sind, miete ich mir einen Wagen und fahre zurück nach Genf.«

Tweed sah sie an. Auch sie drehte sich ihm zu und erwiderte seinen Blick. Ihre blassen Augen waren jetzt nicht mehr böse, sondern hatten einen merkwürdig entrückten Ausdruck, als ob sie sich in eine andere Welt tief in ihrem Inneren zurückgezogen hätte.

»Es ist plötzlich so kalt geworden«, sagte Paula. »Das Wetter schlägt um. Sehen Sie nur, was da auf uns zukommt.«

Tweed war schon ein paar Minuten zuvor aufgefallen, dass sich dichte, dunkle Wolken vor die Sonne geschoben hatten. Neben ihnen führten steile Felswände hinauf zu schneebedeckten Berggipfeln.

»Tweed, würden Sie mir bitte meine Fleecejacke geben?«, sagte Paula von vorn. »Sie liegt neben Ihnen auf der Sitzbank.«

»Hier ist sie.«

Paula schlüpfte in die Jacke, wobei sie darauf achtete, Newman beim Fahren nicht zu behindern. Nachdem sie aus der Jackentasche ein paar pelzgefütterte Handschuhe geholt und diese angezogen hatte, nahm sie Newmans Fernglas aus dem Handschuhfach. Die Straße wand sich noch immer am See entlang, dessen Wasserspiegel sich ein paar Meter unter ihnen befand. Paula hob das Fernglas an die Augen und stellte es scharf.

»Ich glaube, wir nähern uns Talloires«, sagte sie, als sie kurz darauf das Glas wieder sinken ließ. »Sieht ziemlich düster aus. Nirgends ist ein Mensch zu sehen.«

»Wie weit entfernt?«, fragte Serena wieder mit normaler Stimme.

»Ein, zwei Kilometer, mehr nicht. Burgoyne fährt jetzt etwas langsamer«, antwortete Paula ihr, bevor sie sich an Tweed wandte. »Tweed, Sie haben in Annecy gesagt, dass wir uns in Talloires umsehen würden. Dazu werden wir jetzt bald Gelegenheit haben.«

»Willkommen im wunderschönen Talloires«, tönte Newman in einem seltsamen Singsang, »dem Juwel unter Frankreichs Ferienparadiesen, wo auf den flaggengeschmückten Straßen ausgelassene Menschen tanzen und hübsche Mädchen aus den

Fenstern Blütenblätter auf die Passanten streuen. Oh, was für eine wundervolle, lebendige Stadt ist doch dieses Talloires.«

»Burgoyne hält an«, sagte Paula. »Ich schlage vor, Sie tun dasselbe und hören mit dem Gesinge auf.«

»Die Dame weiß mein musikalisches Talent offenbar nicht zu schätzen.«

»Sehen Sie sich doch den Ort einmal an.«

Alle taten das, nachdem sie aus dem Auto gestiegen und zu den anderen gegangen waren. Burgoyne, dem das schlechte Wetter nichts auszumachen schien, stand in seinem dünnen Jackett da und verschränkte die Arme vor der Brust.

»Verteilen Sie sich«, sagte Tweed barsch, nachdem er sich kurz umgesehen hatte. »Wenn wir so nahe beieinander stehen, geben wir ein viel zu gutes Ziel ab.«

»Ist es nicht schrecklich trist hier?«, sagte Paula, die zwischen Tweed und Burgoyne stand.

Auf der Straße lag Schnee, und die Berge ringsum waren tief verschneit. Die Ortschaft umfasste nur ein paar Häuser mit schrägen Dächern, deren Wände im Erdgeschoss verputzt waren und weiter oben aus dunklem Holz bestanden. Überall waren die Fensterläden zugeklappt. Die zwei Hotels, die Paula sah, hatten beide ein Schild im Fenster. *Fermé* stand darauf. Geschlossen.

»Ich würde sagen, der ganze Ort ist *fermé*«, schnaubte Paula und ging hinüber zu Serena, um zu sehen, ob diese jetzt besser gelaunt war.

Tweed stand zusammen mit Burgoyne unter einem großen Baum. Ringsum war alles still. Gespenstisch still. Tweed hatte das unheimliche Gefühl, sich in einer Geisterstadt zu befinden, deren Bewohner auf die Bahamas geflüchtet waren, und dachte, dass er noch nie an einem Ort gewesen war, in dem die Stille ihm so erdrückend vorgekommen war. Obwohl es mitten am Nachmittag war, hatte er den Eindruck, als könnte jeden Augenblick die Nacht anbrechen.

»Was haben Sie vor, wenn all das vorbei ist?«, fragte Tweed.

»Gute Frage.« Burgoyne verzog das wettergegerbte Gesicht zu einem schiefen Lächeln. »Ich schätze, ich werde mich wieder in meine Hütte in Rydford zurückziehen, und sehen, ob meine Freundin Coral Langley noch an mir interessiert ist. Vielleicht hat sie inzwischen ja schon einen anderen.«

Tweed beschloss, dass jetzt nicht der richtige Zeitpunkt war, um Burgoyne über das Ableben seiner Freundin zu informieren.

»Ist Rydford klein?«, fragte er stattdessen.

»Klein ist gar kein Ausdruck. Es würde locker in meine hohle Hand passen. Dort passiert nie etwas.«

»Wahrscheinlich klettern Sie öfter auf einen dieser Tors.«

»Bisher bin ich lediglich auf dem Rough Tor gewesen. Komisch, da bin ich sonst fast überall in der Welt herumgegondelt, aber in meiner nächsten Umgebung habe ich noch nicht viel gesehen.«

Burgoyne warf die Arme in die Höhe, drehte sich um die eigene Achse und wackelte mit Bauch und Hüften, während er Tweed mit seinen dunklen Augen einladend anblinzelte. Tweed hörte, wie Paula, die das Schauspiel aus der Ferne beobachtete, vergnügt vor sich hin kicherte. Burgoyne ließ die Arme sinken und nahm wieder seine ursprüngliche Stellung ein.

»Bauchtanz in Istanbul«, erklärte er, obwohl Tweed sehr wohl verstanden hatte, was die kleine Vorführung zu bedeuten hatte. »Nicht ganz echt, vielleicht«, sagte er mit einem Seitenblick auf Paula, »aber was ist noch echt in der heutigen Welt? Alles bricht vor unseren Augen zusammen. Es gibt keine Ehre mehr, niemand steht mehr zu dem, was er einem in die Hand versprochen hat. Alles vom Winde verweht, wie Margaret Mitchell einmal über den amerikanischen Bürgerkrieg geschrieben hat.«

»Waren Sie schon einmal in Amerika?«

»Ich?« Burgoyne breitete wieder die Arme aus und tanzte einmal im Kreis herum. »Ich war doch schon überall. Und immer allein. Deshalb bin ich auch zum Nachrichtendienst der Armee gegangen und schließlich Spion geworden, der auf eigene Faust operiert. Ich konnte es einfach nicht ertragen, mich von irgendwelchen Volltrotteln herumkommandieren zu lassen.«

»Sie werden Ihre Reisen vermissen«, sagte Tweed bedächtig.

»Wer sagt denn, dass ich mich jetzt aufs Altenteil zurückziehe?« Er grinste Paula, die ihn fasziniert beobachtete, fröhlich an. »Im Gegenteil. Ich habe vor, im Ruhestand ziemlich unruhig zu sein. Und Sie, Paula, sollten sich vor mir in Acht nehmen. Wenn ich Sie mal zum Tanzen ausführe, wird es ein höllisches Vergnügen.«

Burgoyne machte ein paar Walzerschritte hinüber zum Stamm der mächtigen Fichte, die ihre Äste über ihn und Tweed breitete. Tweed hörte ein Geräusch und nahm aus den Augenwinkeln eine Bewegung wahr. Dort, wo die Straße eine Biegung nach rechts machte, erschien auf einmal ein alter Mann.

Der Mann hinkte und stützte sich mit der linken Hand auf einen Stock. Die rechte hielt er auf dem Rücken, sein Kopf war dick einbandagiert. Das Gesicht war voller weißer Salbe.

»Sieht aus, als käme er direkt aus einem Krieg«, sagte Burgoyne. »Aber wahrscheinlich hat er bloß einen Autounfall gehabt. Wenn er bei uns ist, kann ich ihn ja mal fragen, ob er weiß, wo die Bewohner dieses gespenstischen Ortes alle abgeblieben sind.«

Der Alte schlurfte langsam auf sie zu. Dann warf er auf einmal den Stock weg und riss die rechte Hand hinter dem Rücken hervor. Er zielte mit einer Maschinenpistole direkt auf Paula, die immer noch hinter Serena stand.

Dann fiel ein Schuss, der mehrfach von den Felswänden widerhallte und so schnell von einem zweiten gefolgt wurde, dass nur ein geübtes Ohr die beiden voneinander unterscheiden hätte können. Der Mann mit dem einbandagierten Kopf blieb einen Augenblick lang stocksteif stehen, dann fiel er kerzengerade nach vorn und schlug mit einem dumpfen Geräusch auf die Straße.

Tweed rannte hinüber zu dem Mann, kniete nieder und fühlte ihm den Puls. Dann stand er auf und schüttelte den Kopf. Paula ließ ihren Browning sinken, aus dem sie zwei Schüsse abgegeben hatte, und trat ebenfalls auf den Mann zu. Tweed sah sie an, während auch die anderen herbeirannten.

»Das war eine der schnellsten Reaktionen, die ich je gesehen habe«, sagte Tweed anerkennend. »Was hat Ihren Verdacht erweckt?«

»Sehen Sie doch, was er um den Kopf gewickelt hat.«

Unter dem weißen Verband, der dem Mann bei seinem Sturz vom Kopf gerutscht war, erkannte Tweed ein grünes Stirnband. Paula wandte sich an Burgoyne.

»Erinnern Sie sich noch an das, was Sie uns von den fanatischen Moslems erzählt habe, die sich grüne Stirnbänder umbinden, wenn sie in die Schlacht ziehen? Genau dieselben Bänder trugen auch die Terroristen, die uns im Nebel zwischen Genf und Annecy angegriffen haben. Auch sie haben geglaubt, als Märtyrer für die gerechte Sache zu sterben. Als der alte Mann auf uns zuschlurfte, habe ich einen schmalen Streifen Grün unter seinem Verband entdeckt und wurde misstrauisch. Ich hatte meinen Browning schon in der Hand, als er die Maschinenpistole hinter dem Rücken hervorzog.«

»Sie haben ja noch bessere Augen als ich«, sagte Marler.

»Jemanden wie Sie hätte ich im Golfkrieg gut brauchen können«, sagte Burgoyne ruhig.

»Ich möchte, dass der Tote von der Straße verschwindet. Und seine Waffe auch«, sagte Tweed barsch.

Burgoyne meinte, dass er sich darum kümmern würde. Als machte er so etwas jeden Tag, nahm er den Verband und das grüne Stirnband und stopfte dem Toten beides in die Jackentasche. Ohne seine Verkleidung sah der Mann auf einmal gar nicht mehr so alt aus. Er war kaum älter als dreißig.

Burgoyne ging in die Hocke und hob den Toten zusammen mit dessen Waffe auf. Als er mit seiner grausigen Last vor Paula stand, fand sie, dass Chance, der zuvor noch so ausgelassen und fröhlich gewirkt hatte, jetzt vom Scheitel bis zur Sohle einen Soldaten verkörperte. Er trug den Angreifer an den Rand der Straße und warf ihn mitsamt der Maschinenpistole in den See. Paula hörte ein kurzes Platschen, und dann senkte sich wieder die düstere Stille über den verlassenen Ort.

»O mein Gott«, sagte Serena und hielt sich mit einer Hand den Hals. »Kein Wunder, dass Sie für Tweed arbeiten. Bis ich mitbekommen habe, was da passiert, *war* es schon passiert.«

Paula zog das Magazin aus dem Browning und warf es in den See. Dann steckte sie ein neues in den Griff und verstaute die Waffe wieder in der Schultertasche.

»Ich hätte schneller sein müssen«, sagte Butler.

»Jetzt können Sie Ihre Lobeshymne auf Tailloires ja noch mal wiederholen«, forderte Paula Newman auf.

»Manchmal wünschte ich, ich hätte meine große Klappe nicht aufgemacht«, sagte Newman und rieb sich das Kinn.

»Da kommt schon wieder jemand um die Ecke«, sagte Paula warnend, die ihre Hand abermals in die Schultertasche steckte, um sofort den Browning ziehen zu können.

Alles hatte Tweed in dieser gottverlassenen Gegend erwartet, nur nicht den Mann, der jetzt auf sie zukam. Er war groß und schlank und trug einen Anzug aus der Savile Row, eine Krawatte von Hermès über einem blütenweißen Hemd sowie teure handgenähte Schuhe. Er war das Urbild eines Engländers bis hin zu dem fest zusammengerollten Regenschirm, den er in der rechten Hand trug. Der andere Arm schwang im Takt seiner Schritte hin und her.

»Dem wird ich's zeigen«, sagte Butler.

»Nicht!«, befahl Tweed.

Der Neuankömmling blieb ein paar Meter vor ihnen mitten auf der Straße stehen. Er war etwa so groß wie Newman, glatt rasiert und trug sein dunkles Haar so perfekt geschnitten, als käme er soeben aus einem Friseursalon.

»Einen wunderschönen guten Tag allerseits«, sagte er mit einer höchst kultiviert klingenden Stimme. »Ich muss sagen, dass es mir eine echte Freude ist, hier draußen in dieser Einöde ein paar Landsleute zu treffen. Hier ist es fast so einsam wie im Outback von Australien, falls Sie wissen, was ich meine.«

»Und ob wir das wissen«, flüsterte Paula Tweed zu.

»Die Stimme erinnert mich an den Mann, der die Botschaften von Dr. Goslar ankündigt«, flüsterte Tweed zurück. »Sehr sogar.«

»Man hat mich gebeten, einem Mr. Tweed eine Nachricht zu überbringen. Aber verzeihen Sie, ich habe ganz vergessen, mich vorzustellen. Mein Name ist Peregrine Arbuthnot.«

»Darf ich fragen, wie Sie hierher gekommen sind, Mr. Arbuthnot?«, fragte Tweed. »Ach, übrigens, ich bin Tweed.«

»Wie schön, Ihre Bekanntschaft zu machen, Sir. Wie ich hergekommen bin? Nun, ich bin ganz einfach die Straße am Ufer des Sees entlanggefahren. Den Jaguar habe ich ein Stück weiter vorn geparkt, weil ich mir ein wenig die Beine vertreten wollte.«

»Was ist mit der Nachricht?«, fragte Newman, der zusammen mit Butler auf den Mann zutrat. »Hören Sie auf, belangloses Zeug zu quasseln, und geben Sie Tweed die Nachricht.«

»Ich wäre Ihnen verbunden, wenn Sie etwas höflicher sein könnten, Sir. Ehrlich gesagt, die Nachricht ist für Mr. Tweed bestimmt, und der steht meines Wissens dort drüben.«

»Sie tragen nicht zufällig eine Waffe?«, fragte Newman und trat noch näher an den Mann heran.

»Eine Waffe? Ich muss schon sagen, Sie hegen die absonderlichsten Ideen, guter Mann. Ich muss darauf bestehen, dass …«

Er kam nicht dazu, den Satz zu beenden, da Butler bereits hinter ihn getreten war und ihm nun den Lauf seiner Walther in den Rücken drückte. Noch bevor Arbuthnot protestieren konnte, griff ihm Newman ins Jackett, das sich unter der linken Schulter verdächtig ausbeulte, und holte dort aus einem Schulterhalfter eine 6,35-mm-Beretta-Automatik hervor. Er hielt Arbuthnot die Waffe, die so gar nicht zu dessen vornehmem Aussehen passen wollte, direkt unter die Nase.

»Na, wie absonderlich war wohl meine Idee?«, fragte Newman mit freundlicher Stimme.

»Wir sind hier quasi in der Wildnis. Da bedarf es wohl eines Minimums an persönlichem Schutz.«

»Aber wieso haben Sie mir ins Gesicht gelogen, als ich Sie nach einer Waffe gefragt habe?«

»Soll ich nun Tweed die verdammte Nachricht übergeben oder nicht?«, fauchte Arbuthnot, der auf einmal gar nicht mehr so kultiviert klang. »Wenn ja, dann soll der Rohling da hinten die Waffe wegnehmen.«

»Geben Sie mir die Nachricht«, sagte Tweed.

»Ich würde tun, was er sagt«, sagte Marler, der so leise neben Arbuthnot getreten war, dass keiner ihn hören konnte. »Mr. Tweed kann nämlich ziemlich unangenehm werden, wenn einer mit ihm Katz und Maus spielen will.«

»Ich habe versucht, die Nachricht wie ein zivilisierter Mensch zu überbringen. Dafür kann ich ein Mindestmaß an Respekt verlangen.«

»Die Nachricht«, wiederholte Tweed grimmig.

»Die bekommen Sie, wenn Sie Ihre Kretins wegschicken. Sie ist ausschließlich für Ihre Ohren bestimmt.«

»Darf ich mit dem Typen kurz mal hinter den Baum da verschwinden, Tweed?«, sagte Newman. »Ich glaube nicht, dass er die Nachricht lange für sich behalten wird.«

»Legen Sie los, Newman«, sagte Tweed mit einer angewiderten Handbewegung.

Newman packte Arbuthnot an der Krawatte und zerrte ihn hinter den Baum, unter dem kurz vorher noch Tweed und Burgoyne gestanden hatten. Sein Opfer wehrte sich heftig, aber Newman war stärker. Während Arbuthnot mit einer Hand versuchte, die sich zusammenziehende Krawatte zu lockern, deutete er mit der anderen verzweifelt auf seinen Mund. Newman ließ locker, da Arbuthnot offenbar etwas sagen wollte.

»Tweed«, keuchte er. »Tweed!«

»Ich höre«, sagte Tweed.

»Sie kriegen die Nachricht ...«

»Lassen Sie ihn los, Newman«, befahl Tweed. »Sollte er uns aber hinters Licht führen wollen, dürfen Sie ihn gern fertig machen.«

»Einen Augenblick, bitte ... einen Augenblick.« Arbuthnot rieb sich mit der Hand über den Hals. »Gleich kriegen Sie die Nachricht.«

Tweed streckte die Hand aus und erwartete, dass Arbuthnot ihm einen Umschlag aushändigte. Arbuthnot schüttelte den

Kopf. Newman wollte ihn schon wieder packen, als Arbuthnot langsam und krächzend zu sprechen begann.

»Botschaft ist mündlich. Brauche meinen Regenschirm dazu…«

Butler, der die ganze Zeit neben Newman gestanden hatte, holte den Regenschirm, der etwas entfernt auf der Straße lag. Nachdem er ihn eingehend nach versteckten Waffen untersucht hatte, gab er ihn Arbuthnot.

Arbuthnot ging vorsichtig ein paar Schritte zu einem Platz, von dem aus er einen guten Blick auf die andere Straßenseite hatte. »Sehen Sie die Hütte dort droben?«, sagte er, während er mit dem Regenschirm den Berg hinaufdeutete.

Tweed war die große Hütte, die in etwa zweihundert Metern Höhe auf dem steilen, schneebedeckten Berghang stand, schon zuvor aufgefallen. An ihrer Vorderseite lief eine lang gestreckte Veranda mit Blick auf den See entlang. Die Fensterläden waren geschlossen. Die Hütte sah verlassen aus.

»Was ist damit?«, fragte Tweed.

»Dort wartet Dr. Goslar auf Sie. Er will mit Ihnen sprechen. Mit Ihnen allein. Ihre Leute dürfen Sie nur bis zu der Tür auf der linken Seite der Hütte begleiten.«

»Wie haben Sie diese Nachricht erhalten?«, fragte Tweed.

»Ich musste aus einer Telefonzelle in Annecy eine Nummer anrufen. Dr. Goslars Stimme sagte: ›Teilen Sie Tweed mit, dass ich ihn in einer Berghütte bei Talloires treffen werde. Sie hat eine lange Veranda an der Vorderseite. Vielleicht können wir unser Problem mit einem ruhigen Gespräch lösen.‹ Das war die Botschaft. Die Stimme sagte noch, dass es zwecklos sei, die Nummer wieder anzurufen, da sich das Telefon in einem angemieteten Haus befinde, das er aber fortan nicht weiter benutzen werde. Dann wurde aufgelegt.«

»Wie viel hat Goslar Ihnen für diesen Auftrag gezahlt?«

»Zwanzigtausend Schweizer Franken.«

»Das sind etwa zehntausend Pfund«, sagte Tweed. »Ziemlich viel fürs Überbringen einer Nachricht. Wie haben Sie das Geld erhalten?«

»Es war hinter der Telefonzelle in einem wasserdichten Umschlag.«

»Zeigen Sie es mir.«

»Aber es ist *mein* Geld.«

Arbuthnot zog einen dicken weißen Umschlag aus der Brusttasche seines Jacketts und gab ihn Tweed, der ihn öffnete und das darin enthaltene Geldbündel kurz durchzählte. Es waren tatsächlich zwanzigtausend Franken. Goslar warf förmlich mit Geld um sich. Er gab Arbuthnot den Umschlag zurück.

»Wie sieht Dr. Goslar aus?«

»Wie er aussieht?« Die Frage schien Arbuthnot zu erstaunen. »Ich habe ihn nie gesehen. Niemand hat ihn je gesehen.«

»Ist es ein Mann oder eine Frau?«

»Woher soll ich das wissen? Ich kenne nur seine verzerrte Stimme von den Tonbändern, die ich in seinem Auftrag abspielen muss. Daran kann man nicht erkennen, ob es die eines Mannes oder einer Frau ist.«

Tweed glaubte ihm. Er schaute noch einmal hinauf zu der isoliert dastehenden Hütte. Sie war ebenerdig und auf ihrem schrägen Dach lag dick der Schnee. Tweed nickte Newman zu.

»Dann werde ich mal übernehmen«, sagte Newman mit fester Stimme. Er zog seinen Kamelhaarmantel aus und gab ihn Arbuthnot. »Ziehen Sie den an. Keine Widerrede. Sie gehen jetzt hinauf zu der Hütte und sehen nach, ob Dr. Goslar auch wirklich drin ist.«

»Aber der Hang ist verschneit«, protestierte Arbuthnot. »Dafür bin ich nicht angezogen.«

»So, wie Sie angezogen sind, dürften Sie sich eigentlich nur in der Londoner City bewegen. Ich gebe Ihnen zehn Sekunden, dann steigen Sie dort hinauf.«

»Ansonsten können Sie sich von dieser schönen Welt von immer verabschieden«, mischte Marler sich ein.

Er hob sein Armalite und hielt Arbuthnot die Mündung unter die Nase. Der trat ein paar Schritte zurück, bis er mit Newman zusammenprallte.

»Sie werden mich doch nicht kaltblütig erschießen«, stammelte Arbuthnot.

»Leider habe ich ein etwas aufbrausendes Temperament«, antwortete Marler, ohne zu lächeln. »Und jetzt sehen Sie zu, dass Sie dort hinaufkommen. Vergessen Sie nicht, dass ich Sie ständig im Fadenkreuz habe.«

32

Arbuthnot begann, den Hang hinaufzuklettern. Der Schnee, in dem er bis zu den Knöcheln versank, hatte seine teuren Schuhe schon nach wenigen Schritten völlig durchnässt. Einmal blieb er stehen und drehte sich um, wobei er seinem Zorn durch wütendes Schütteln des Regenschirms Ausdruck verlieh. Als Marler sein Gewehr hob, drohte Arbuthnot ihm mit der Faust, stieg dann aber weiter nach oben. Er befand sich noch immer ein gutes Stück unterhalb der Hütte.

»Das gefällt mir nicht«, sagte Burgoyne. »Möglicherweise versteckt sich dort oben ein weiterer Trupp arabischer Terroristen. Wenn sie plötzlich aus der Hütte kommen, stehen wir wie auf dem Präsentierteller vor ihnen, und sie können uns mit einer einzigen Salve niedermähen. Ich schlage vor, wir verstecken uns in dem kleinen Fichtenwald da oben am Hang.«

»Einverstanden«, sagte Tweed. »Aber Newman, Paula und ich bleiben hier. Im Notfall könnten wir hinter dem Baumstamm in Deckung gehen.«

Burgoyne stieg mit dem Rest der Gruppe den Hang hinauf zu dem Wäldchen, das sich etwa hundert Meter rechts der Hütte befand. Dabei gab er Serena die Hand, um ihr beim Klettern zu helfen, während Trudy den Aufstieg ohne fremde Hilfe schaffte. Hinter ihr bildeten Nield und Butler die Nachhut.

Als Serena sich umdrehte und sah, dass Trudy sich von niemandem helfen ließ, entwand sie Burgoyne ihren Arm und stieg ebenfalls allein weiter nach oben. Bald hatten sie Arbuthnot überholt, der nur widerwillig durch den Schnee stapfte. Mehrmals blieb er stehen und schaute ins Tal, bis Marler sein Gewehr hob und ihn zum Weitersteigen nötigte.

»Glauben Sie wirklich, dass Goslar in dieser Hütte steckt?«, fragte Paula.

»Keine Ahnung«, antwortete Tweed. »Goslar ist ein Meister der fiesen Tricks. Kann sein, dass er ganz in der Nähe ist, aber er kann sich auch genauso gut Meilen entfernt von hier aufhalten.«

»Irgendwie hält sich mein Mitleid mit Arbuthnot in Grenzen«, sagte Paula, während sie die einsame Gestalt betrachtete, die sich mühsam den Hang hinaufquälte. »Schließlich ist er derjenige, der den Leuten Goslars verzerrte Botschaften vorspielt. Er muss wissen, dass viele von ihnen Mordaufträge sind.«

»Vermutlich verdrängt er das. Immerhin bekommt er sehr viel Geld für seine Dienste.«

Paula schaute nach rechts, wo die anderen gerade in dem Fichtenwäldchen verschwanden. Auf einmal zuckte sie zusammen und ergriff Tweeds Arm.

»Was ist los?«, fragte Tweed und sah sie an.

»Das Bild von Goslar, das verwischte Foto, das ihn kurz vor seinem Verschwinden durch den Eisernen Vorhang östlich von Lübeck zeigt, und das Sie immer mit sich tragen … Die Gestalt, die ihre Arme ausbreitet. Ich habe sie gerade gesehen!«

»Sind Sie sich sicher?«

»Gott sei Dank, ich sehe gerade, dass ich mich geirrt habe«, sagte Paula und atmete hörbar aus. »Es war wohl Trudy in ihrem Hosenanzug. Sie ist gerade noch einmal zwischen den Bäumen hervorgekommen.«

»Ich wette, dass Arbuthnot die Hütte verlassen vorfinden wird«, sagte Newman nachdenklich. »Und auf dem Tisch liegt bestimmt eine weitere Nachricht von diesem verdammten Goslar.«

»Gut möglich«, sagte Tweed.

»Andererseits könnte aber auch Chance Recht haben«, gab Paula zu bedenken. »Er hat große Erfahrung als Soldat. Für den Fall, dass sich wirklich arabische Terroristen in dieser Hütte verstecken, sollten wir jetzt lieber hinter dem Baumstamm Deckung nehmen.«

Die drei traten hinter die riesige Fichte und spähten am Stamm vorbei nach oben, wo Arbuthnot sich mit seinem lächerlichen Regenschirm der Hütte näherte. Marler legte sein Gewehr auf einer Astgabel auf, um besser zielen zu können.

Paula fiel wieder die unheimliche Stille auf, die über dem ganzen Ort lag. Nirgends war ein Geräusch zu hören, nichts bewegte sich, bis auf die Gestalt, die jetzt mit zögernden Schritten auf die Hütte zustapfte. Langsam ging Paula die Stille, die ihr zeigte, wie abgeschnitten sie hier vom Rest der Welt waren, gehörig auf die Nerven. Sie ballte ihre behandschuhten Hände zu Fäusten und atmete tief durch. Irgendwie hatte sie die Vorahnung einer großen Gefahr, wusste aber nicht, weshalb.

Paula versuchte herauszufinden, was sie so beunruhigte. Burgoynes Gruppe war in dem Wäldchen verschwunden und nicht mehr zu sehen. Schließlich konzentrierte sie ihre Aufmerksamkeit auf Arbuthnot, dessen Schritte immer langsamer wurden. Er ging gerade die lange Veranda entlang und blieb dann auf der anderen Seite der Hütte stehen. Paula vermutete, dass sich dort eine Tür befand.

Dann wurde die nervtötende Stille auf einmal von Arbuthnots Stimme zerrissen. Er rief etwas, war aber zu weit weg, als dass Paula es hätte verstehen können. Sie vermutete, dass er fragte, ob Dr. Goslar in der Hütte sei, diesem möglicherweise auch mitteilte, dass Tweed noch unten im Tal sei. Nachdem Arbuthnot einen Moment gewartet hatte, streckte er die rechte Hand aus, vermutlich, um die für Paula nicht sichtbare Tür zu öffnen. Dann verschwand er in der Hütte – und im nächsten Augenblick schien die ganze Welt in die Luft zu fliegen.

Erst war ein greller Blitz zu sehen, dann erfüllte eine ohrenbetäubende Detonation das bislang so stille Tal. Von der gewaltigen Explosion wurde die ganze Hütte in die Luft geschleudert, wo sie in unzählige Teile zerbrach, die wie ein Hagel aus brennenden Trümmern auf Berg und Straße herabprasselten. Tweed zog Paula hinter den Baumstamm und ließ sie erst wieder dahinter hervorschauen, als alles vorbei zu sein schien. Eine dicke Rauchsäule stand über dem Ort, an dem kurz zuvor noch die Hütte gestanden hatte, und wurde gleich darauf von dem eisigen Wind, der urplötzlich aufgekommen war, in schwarzen Fetzen davongetrieben. Einmal mehr senkte sich eine düstere Stille über Talloires.

Butler, die Maschinenpistole schussbereit in Händen, war der Erste, der sich aus dem Wäldchen herauswagte. Vorsichtig näherte er sich dem Haufen qualmenden Schutts, der kurz zuvor noch die Hütte gewesen war. Paula erkannte, dass er mit einer zweiten Explosion rechnete. Als diese ausblieb, näherte er sich dem Trümmerfeld und stocherte mit dem Lauf seiner Waffe in der Asche herum.

Paula eilte, begleitet von Newman, den Abhang hinauf, während Tweed ihnen in einem gemächlicheren Tempo folgte. Trudy und Nield erschienen auf der einen Seite des Wäldchens und Burgoyne auf der anderen. Die Letzte, die an der zerstörten Hütte anlangte, war Serena. Butler blickte auf, als Paula und Newman neben ihm standen.

»Ist nicht viel übrig geblieben von Arbuthnot«, sagte er. »Bisher habe ich noch keine Spur von ihm finden können.«

»Das erstaunt mich nicht«, sagte Burgoyne. »Wir haben die Druckwelle sogar mitten im Wäldchen noch gespürt. Das war eine ziemlich starke Ladung.«

»Die Arbuthnot vermutlich beim Öffnen der Tür gezündet hat«, meinte Paula.

»Das schätze ich auch«, sagte Burgoyne.

»Wenn Bob nicht die Idee gehabt hätte, Arbuthnot hinaufzuschicken, hätte die Bombe uns alle getötet«, bemerkte Tweed mit ruhiger Stimme. »Das war eine Falle, wie sie für Dr. Goslar ganz typisch ist.«

»Arbuthnot war ein Helfershelfer von Goslar«, sagte Serena und zündete sich eine Zigarette an. »Ich glaube nicht, dass wir großartig um ihn trauern müssen.«

Paula sah sie an. Ihre Stimme hatte kalt und gleichgültig geklungen. Du bist knallhart, Kleine, dachte Paula. Viel härter, als du dich normalerweise gibst. Tweed steckte die Hände in die Manteltaschen. Er hatte eine Entscheidung getroffen.

»Wir fahren ans Südende des Sees«, sagte er mit entschlossener Stimme, »und dann am anderen Ufer zurück nach Annecy. Ich muss noch einmal mit diesem Periot reden. Sehen wir also zu, dass wir in seinem Büro sind, bevor er nach Hause geht.«

»Was wollen Sie denn von Periot?«, flüsterte Paula ihm zu, als sie hinab zu den Wagen stiegen.

»Ich will ihn noch was zum Château de l'Air fragen. Möglicherweise habe ich da etwas übersehen.«

33

Am Straßenrand wartete Marler auf die anderen. Tweed vermutete, dass er absichtlich dort geblieben war, um ihnen mit seinem Armalite den Rücken freizuhalten. Als sie ein paar Minuten später wieder losfuhren, warf Paula einen letzten Blick auf den Platz, wo die Hütte gestanden hatte. Die Trümmer rauchten noch, aber wahrscheinlich würde schon bald neuer Schnee fallen und Arbuthnots Scheiterhaufen zudecken. Sie seufzte tief, als sie Talloires verließen, um die Seestraße entlang nach Süden zu fahren.

Immer wieder passierten sie kleine, verlassen wirkende Dörfer. Paula kamen die alten, grauen Häuser mit ihren geschlossenen Fensterläden vor, als wären ihre Bewohner gerade vor der Pest geflohen. Der dunkle Wald auf der linken Straßenseite trug auch nicht gerade dazu bei, Paulas düstere Stimmung aufzuhellen.

Bevor sie losgefahren waren, hatten auf Serenas Vorschlag hin sie und Trudy die Plätze getauscht, was Tweed ziemlich merkwürdig fand. Trudy befand sich jetzt wieder in Newmans Wagen, während Serena mit Nield in der Mitte des Konvois fuhr. Die Spitze bildete wieder Burgoyne, gefolgt von Marler, neben dem Butler saß.

»Das war vermutlich ein ziemlich schlimmes Erlebnis für Sie«, sagte Tweed zu Trudy.

»Nicht allzu sehr. Ein kurzer Schock, als die Bombe hochging, aber ansonsten hat es mich ziemlich kalt gelassen. Wenn man einmal Mitglied von Unit Four war, erschreckt einen so leicht nichts mehr.«

»Ich verstehe. Und dann war da ja auch noch der Tod Ihres Mannes. Wie hieß er gleich noch mal?«

»Äh…« Trudy zögerte, während Tweed sie fragend ansah. »Walter Baron«, sagte sie schließlich. Wieder zögerte sie. »In der dritten Generation in Amerika. Wir waren unzertrennlich. Aber halt, das klingt ja wie aus einer Liebesschnulze. Wie könnte ich es anders ausdrücken? Sagen wir einmal so: Wir haben sehr gut zueinander gepasst.«

Paula, der Trudys Zögern nicht entgangen war, drehte sich um und sah Tweed an.

»Warum glauben Sie, dass Goslar uns noch immer umbringen will? Seine Versuche haben etwas Gnadenloses, aber auch Verzweifeltes.«

»Verzweifelt kommt gut hin«, antwortete Tweed. »Ich bin überzeugt, dass er kurz davor ist, seine teuflische Waffe an den Meistbietenden zu verkaufen. Da hat er panische Angst davor, dass ich ihm das Geschäft im letzten Augenblick noch verderben könnte.«

»Dann glauben Sie also, dass wir nicht mehr viel Zeit haben, um ihn zu stoppen?«

»Das ist meine größte Sorge. Möglicherweise bleiben uns nur noch ein paar Stunden.«

Damit war die Unterhaltung beendet. Sie hatten inzwischen die Südspitze des Sees umrundet und fuhren auf dem gegenüberliegenden Ufer zurück nach Annecy. Paula dachte über ihre Situation nach. Sie spürte bei Tweed eine wilde Entschlossenheit, Goslar noch rechtzeitig das Handwerk zu legen. Und dann fiel ihr etwas anderes ein.

»Wir haben schon lange nichts mehr vom Gelben Mann oder Bancroft gehört oder gesehen. Wo die beiden wohl abgeblieben sind?«

»Keine Ahnung, aber ich höre draußen wieder einmal einen Hubschrauber.«

»Und ich sehe ein Motorboot auf dem See. Offenbar nähern wir uns Annecy.«

Nach seinem missglückten Versuch, Paula Grey zu töten, war der Gelbe Mann Butler nur entkommen, weil er zuvor im Gewirr der Altstadtgassen einen genauen Fluchtweg ausgekundschaftet hatte. Später war er in die Rue Perrière zurückgekehrt und hatte gerade noch gesehen, wie Tweed und seine Leute zu ihren Wagen gingen. Auch er war daraufhin zu seinem Auto geeilt und hatte sie ein kurzes Stück weit verfolgt, bis ihm klar geworden war, dass sie am See entlang nach Süden fuhren.

Er hatte seinen Peugeot neben der Autovermietung geparkt und war quer durch den Park zu einem kleinen Jachthafen gelaufen. Wie er gehofft hatte, war dort ein Steg, an dem man sich Motorboote leihen konnte. Es war allerdings gerade kein Boot frei, und so musste der Gelbe Mann warten, bis eines zurückkam. Inzwischen behielt er durchs Fernglas die Straße jenseits des Sees im Auge, wo Tweeds Konvoi schließlich hinter einer Biegung verschwand.

»Wie lange muss ich denn noch warten?«, herrschte er den Bootsverleiher an.

»So lange, bis das nächste Boot zurückkommt. Aber fragen Sie mich nicht, wann das sein wird«, antwortete der Mann wenig kooperativ. »Der Mieter hat gesagt, dass er das Boot nur eine Stunde lang braucht, aber das war schon vor etwas mehr als einer Stunde.«

»Können Sie ihn denn nicht per Handy erreichen?«

»Gern, wenn Sie mir sagen, wie. Ich habe zwar eines, kenne aber seine Nummer nicht. Einen Moment. Ich glaube, da kommt er gerade …«

Seine Ungeduld nur mühsam beherrschend, wartete der Gelbe Mann darauf, dass das Boot den Anlegesteg erreichte. Auf einmal sah er, wie in dem nahe gelegenen Park ein Mann auf einen dort bereitstehenden Hubschrauber zurannte. Der macht es richtig, dachte der Gelbe Mann. Ich hätte mir auch einen Helikopter mieten und damit Tweed verfolgen sollen. Plötzlich fiel ihm ein, dass er etwas vergessen hatte.

»Ich bin gleich wieder zurück«, sagte er zu dem Bootsverleiher. »Versprechen Sie mir, dass Sie das Boot für mich reservieren?«

»Für wie lange wollen Sie es denn mieten?«, fragte der Verleiher. »Unser Preis ist hundert Franc pro Stunde.«

»Nehmen Sie das hier.«

Der Gelbe Mann zog ein Bündel Banknoten aus der Hosentasche und drückte dem Bootsverleiher sechs Fünfzigfrancscheine in die Hand. Im Vertrauen darauf, dass die Summe genügte, um ihm das Motorboot zu reservieren, rannte er zu seinem Wagen und holte einen Leinenbeutel, in dem sich vier Handgranaten befanden.

Als er zurückkam, lag das Motorboot am Steg für ihn bereit. Jetzt, wo er dreihundert Franc in der Tasche hatte, war der Bootsverleiher ausgesprochen freundlich. Er half dem Gelben Mann ins Boot und wollte ihm zeigen, wie man Motor und Steuerung bediente.

»Ich bin schon oft Motorboot gefahren«, fertigte ihn der Gelbe Mann barsch ab und startete den Motor.

Er vergewisserte sich, dass sein Haar auch wirklich unter dem Barett versteckt war, und fuhr dann mit mäßiger Geschwindigkeit am Westufer entlang nach Süden. So würde ihn Tweed, dessen Konvoi am gegenüberliegenden Ufer fuhr, bestimmt nicht bemerken.

Kurz nachdem Tweed und seine Leute das Les Corbières in Annecy verlassen hatten, war auch Bancroft von seinem Tisch aufgestanden. Draußen hatte er sich seinen Panamahut aufgesetzt und war in eine nahe gelegene Bar gegangen. Irgendwann einmal würden Tweed und seine Leute ja zu ihren Wagen zurückkommen.

Der von Natur aus ungeduldige Bancroft hatte bereits ein halbes Bier getrunken, als er bemerkte, dass er erneut einen

Fehler gemacht hatte. Wenn Tweed und sein Team nämlich zu ihren Autos zurückkämen, würde er warten müssen, bis sie losgefahren waren, ehe er unbemerkt die Bar verlassen konnte. Er war sich ziemlich sicher, dass sie nur kurz in Annecy bleiben und nach ihrem Spaziergang wieder nach Genf zurückfahren würden.

Bancroft zahlte, ging zu seinem Wagen, fuhr zur Schnellstraße nach Genf und stellte dort den Peugeot auf dem Grünstreifen ab. Hier konnte er warten, bis Tweeds Konvoi vorbeikam. Er nahm den Panamahut ab, behielt aber die Sonnenbrille auf. Dann rutschte er auf dem Fahrersitz etwas nach unten und tat so, als ob er ein kleines Nickerchen halten würde.

Er wartete und wartete. Und wartete. Schließlich hielt er es nicht länger aus und fuhr zurück in die Altstadt. Als er sah, dass Tweeds Wagen verschwunden waren, erschrak er. Er stellte den Peugeot ab und rannte durch den Park zum Hubschrauber.

»Ich habe die Spur der Terroristen verloren«, sagte er, während er auf den Sitz neben dem Piloten kletterte. »Sie sind in einem Konvoi von vier Wagen unterwegs …«

Nachdem Bancroft dem Piloten Tweeds Autos beschrieben hatte, kratzte dieser sich an der Stirn und nickte.

»Was ist?«, fragte Bancroft ungeduldig. »Haben Sie etwas gesehen?«

»Ja. Sie sind auf dieser Straße dort nach Süden gefahren. Ich schätze, sie wollten zur Uferstraße nach Talloires.«

»Worauf warten Sie noch? Starten Sie! Wir müssen sie finden. Schließlich bezahle ich Ihnen gutes Geld …«

Der Pilot startete die Turbine und setzte die beiden Rotoren in Bewegung, den kleinen am Heck, der den Hubschrauber stabilisierte, und den großen horizontalen, der ihm den Auftrieb gab. Nachdem sie abgehoben hatten, drehte er eine Runde über dem See, wobei er darauf achtete, schnell an Höhe zu gewinnen, da er keinen Ärger mit den Einheimischen wegen des Lärms bekommen wollte. So etwas hatte er schon einmal erlebt. Als die paar Segeljachten, die trotz Flaute auf dem See waren, so klein wie Spielzeugschiffchen waren, drehte der Pilot nach Süden ab.

»Halten Sie sich an der Westküste«, befahl Bancroft. »Dann hören sie uns nicht.«

Er hatte sich ein Headset mit Kopfhörer und Mikro übergestülpt, durch das er trotz des Lärms in der Kanzel problemlos mit dem Piloten kommunizieren konnte.

»Warum nehmen Sie die Terroristen nicht einfach fest?«, fragte der Pilot.

»Das können wir erst, wenn wir genügend Beweise haben«, antwortete Bancroft, der mit seinem juristischen Hintergrund solche Antworten aus dem Ärmel schütteln konnte. »Wir müssen sie dabei erwischen, wie sie sich aus einem ihrer geheimen Depots mit Waffen versorgen. Dann kann ich über mein Handy die CRS verständigen.«

»Die CRS? Das ist eine verdammt harte Truppe. Genau die richtige, um mit Terroristen fertig zu werden.«

»Wo führt die Uferstraße, auf der sie fahren, eigentlich hin?«, fragte Bancroft.

»Nur nach Talloires. Dann umrundet sie das Südende des Sees und führt wieder zurück nach Annecy. Sie können Ihnen nicht entwischen …«

Der Pilot flog nicht allzu schnell. Bancroft wäre es lieber gewesen, wenn er sich mehr beeilt hätte, aber er beschloss, den Mann nicht weiter unter Druck zu setzen. Er nahm das starke Fernglas hoch, dessen Riemen er sich um den Hals gelegt hatte, und suchte damit das Ostufer ab. Auf der Straße waren keine Autos zu sehen.

Bald darauf hörte er in der Ferne ein gedämpftes Donnern und sah kurz darauf, wie am Ostufer dunkler Rauch aufstieg. Als der Pilot sich der Rauchsäule näherte, nahm Bancroft wieder sein Fernglas. Er konnte jetzt vier Wagen entdecken, die unterhalb eines schneebedeckten Berghanges standen. Menschen stiegen in die Autos, die sich daraufhin sofort in Bewegung setzten.

»Das sind sie«, sagte Bancroft zu dem Piloten. »Sie fahren weiter nach Süden.«

»Dann umrunden sie bestimmt den See und fahren auf unserer Seite zurück nach Annecy.«

»Dann sollten wir unsere Höhe halten und ans andere Ufer fliegen. Wir dürfen den Terroristen nicht zu nahe kommen. Wenn ich Sie wäre, würde ich jetzt den Kurs ändern.«

»Da ist ein Motorboot unten auf dem See. Merkwürdig, normalerweise fahren solche Boote zu dieser Jahreszeit nicht so weit nach Süden. Ist verdammt kalt dort unten …«

Der Gelbe Mann, der sich Tweed nicht nähern wollte, solange dieser sein ganzes Team um sich hatte, hielt sich immer nahe an der Westküste des Sees und überlegte, wie er einen Überraschungsangriff vorbereiten konnte. Er drosselte den Motor des Bootes und sah sich um. Dort, wo er sich befand, war das Steilufer gute sieben Meter hoch und hing ein wenig über, sodass er die Handgranaten aus seinem Leinenbeutel unmöglich vom Wasser aus auf die Straße werfen konnte.

Er hatte Tweed und seine Leute entdeckt, als Arbuthnot gerade auf dem Weg den Hang hinauf gewesen war. Dass Burgoyne kurz zuvor den toten Araber in den See geworfen hatte, hatte er nicht mitbekommen. Jetzt verbarg ein Waldstück Arbuthnot vor den Blicken des Gelben Mannes. Erst als er die Explosion hörte, wusste er, dass etwas geschehen sein musste.

Er sah, wie die Trümmer der Hütte durch die Luft flogen, und war verwirrt. Nicht zu wissen, was sich abspielte, machte ihn unruhig. Etwas später sah er dann, wie die vier Wagen die Uferstraße entlang nach Süden fuhren. Noch in Annecy hatte sich der Gelbe Mann eine Straßenkarte gekauft, auf der er jetzt sah, dass die Straße um die Südspitze des Sees herum und dann wieder hinauf nach Norden führte.

Er startete den Bootsmotor und blickte hinauf zum Himmel, wo gerade ein Hubschrauber quer über den See flog. Dann wendete er das Boot und fuhr über das spiegelglatte Wasser zurück in Richtung Annecy. Dabei hielt er sich nahe an der Küste und suchte nach einer Stelle, wo er einen guten Blick auf die Straße hatte. Wieder schaltete er für kurze Zeit den Motor ab. Bald konnte er hören, wie Tweeds Konvoi sich näherte.

Weil ihm sehr kalt war, wickelte er sich ein Tuch um die untere Gesichtshälfte. Er ließ den Motor wieder an und fuhr in die Mitte des Sees, von wo aus er weiter Ausschau nach einem Ort hielt, an dem er seine Handgranaten zum Einsatz bringen konnte. Er fuhr jetzt so schnell, dass der Gischt vom Bug des Bootes bis in sein Gesicht spritzte.

Als er zu den vier Wagen hinüberblickte, erkannte er, dass es praktisch unmöglich war, seine Granaten so zu werfen, dass sie den Wagen an der Spitze trafen. Teils aus diesem Grund, teils wegen der bitteren Kälte, fasste er einen anderen Entschluss. Er würde Tweeds Konvoi überholen und in Annecy auf ihn warten. Der Gelbe Mann drehte das Gas voll auf.

Der Bug des Motorboots hob sich aus dem Wasser und an seinem Heck baute sich eine mächtige Kielwelle auf. Der Gelbe Mann schaute zurück zur Straße. Die vier Wagen waren schon ein Stück zurückgeblieben. Er würde lange vor ihnen in Annecy ankommen.

Der Gelbe Mann hatte sich so sehr auf Tweed und seinen Konvoi konzentriert, dass ihm dabei völlig entgangen war, dass auch der Hubschrauber seinen Kurs geändert hatte. Auch er bewegte sich jetzt mit hoher Geschwindigkeit in Richtung Annecy.

34

Es war immer noch hell und wieder sehr warm, als Tweed und sein Team in Annecy ankamen. Sie fuhren zum Büro des Immobilienmaklers und sahen, dass er noch nicht geschlossen hatte. Tweed sprang aus dem Wagen und ging, gefolgt von Paula, in das Büro, wo Monsieur Periot sie freundlich begrüßte.

»Was für eine Überraschung, Sie so bald wieder zu sehen, Mr. Tweed. Wir wollten zwar gerade schließen, aber für Sie und Ihre charmante Assistentin habe ich immer Zeit.« Er verbeugte sich kurz in Richtung Paula. »Was kann ich für Sie tun?«

»Ich habe mir die Sache mit dem Château de l'Air überlegt und bin zu dem Entschluss gekommen, dass ich mich doch dafür interessiere«, erklärte Tweed. »Wäre es vielleicht möglich, dass Sie mir die Schlüssel dafür leihen? Wir könnten auf dem Weg nach Genf dann dort vorbeischauen.«

»Natürlich können Sie die Schlüssel haben«, sagte Periot mit einem Lächeln. »Es wird zwar dunkel sein, wenn Sie dort ankommen, aber der elektrische Strom ist noch nicht abgeschaltet. Entschuldigen Sie mich bitte für einen Augenblick.«

Periot verschwand in einem Nebenraum, aus dem er kurze Zeit später mit einem Schlüsselbund in der Hand wieder auftauchte. Er zeigte Tweed, welche der Schlüssel für den Haupteingang, den Hintereingang und das große Wohnzimmer passten. Außerdem gab er Tweed einen bereits adressierten Umschlag.

»In den können Sie die Schlüssel stecken und an mich zurückschicken«, sagte er. »Das erspart Ihnen die Rückfahrt nach Annecy.«

»Vielen Dank«, sagte Tweed und wandte sich zum Gehen. Dann drehte er sich noch einmal um. »Haben Sie mir heute Mittag nicht gesagt, dass Sie das Schloss erst kürzlich inspiziert haben? Wann war das genau?«

»Da muss ich nachdenken. Ein paar Wochen ist es bestimmt schon her, vielleicht auch länger. Wenn Sie das Château kaufen wollen, dann könnten wir versuchen, mit Mr. Masterson eine Übereinkunft zu treffen.«

»Dann können Sie also doch mit ihm in Verbindung treten?«

»Ja. Wir können ihm postlagernd nach Grenoble schreiben. Ich halte das zwar für eine etwas umständliche Art der Kommunikation, aber was will man machen? Wie ich Ihnen schon sagte, niemand von uns hat Mr. Masterson jemals zu Gesicht bekommen. Er scheint ein ziemlich exzentrischer Mensch zu sein.«

»Haben Sie vielen Dank.

Draußen wartete Burgoyne auf sie. Er senkte die Stimme, sodass die anderen, die in ihren Autos geblieben waren, nichts hören konnten.

»Ich glaube, es wäre nicht schlecht, wenn ich wieder allein vorausfahre, um ein Auge auf die Straße zu werfen. Wir können nicht davon ausgehen, dass Goslar von jetzt an keine Anschläge mehr auf Sie verüben wird.«

»Gute Idee«, sagte Tweed.

»Ich überprüfe dann die ganze Route bis zurück nach Genf, und sobald ich etwas entdecke, was mir nicht gefällt, rufe ich Sie über das Handy an. Wenn Sie nichts von mir hören, ist alles in Ordnung.«

»Und wo treffen wir uns wieder?«

»Im Richemond, würde ich vorschlagen. Es ist ein ausgezeichnetes Hotel. Bis dann also …«

»Da fährt er hin, unser Soldat«, bemerkte Tweed, als Burgoyne seinen Wagen startete.

»Ich würde mir gern noch einmal Annecy ansehen«, sagte Paula. »Trotz dem Anschlag auf mich finde ich den Ort einfach zauberhaft.«

»Das würde uns auch die Gelegenheit geben, etwas zu trinken«, sagte Newman, der sich zu den beiden gesellt hatte. »Meinen Sie nicht auch, Marler?«

»Wenn Sie wollen …«

Tweed sah Marler an, in dessen Stimme er einen zweifelnden Unterton wahrgenommen hatte. In diesem Augenblick kam auch Serena über die Straße auf sie zu und schaute Tweed aus ihren blassen Augen an.

»Habe ich gerade gehört, dass Sie noch eine Weile in Annecy bleiben wollen?«

»Nur kurz. Weil es eine so schöne Stadt ist.«

»Dann begleite ich Sie noch bis zu der alten Brücke. Bevor wir nach Talloires gefahren sind, habe ich dort ganz in der Nähe eine Autovermietung gesehen. Ich werde mir einen Wagen mieten und auf eigene Faust nach Genf fahren.«

»Warum?«

»Muss ich Ihnen denn für alles einen Grund nennen? Aber bitte, wenn Sie wollen: Ich habe nicht den Eindruck, dass Sie Goslar jemals finden werden. Außerdem habe ich einen Fotoauftrag in Genf. Einen ziemlich lukrativen sogar – einen Modejob. Wenn ich heute Abend noch dort bin, kann ich mit dem Artdirector sprechen und alles vorbereiten. Sie können mich im Richemond erreichen.«

»Wie Sie meinen«, sagte Tweed. Er schaute hinüber zu Nield, der gerade die Straße überquert hatte.

»Pete, können Sie Serena zur Autovermietung fahren?«

»Nicht nötig«, sagte Serena bestimmt. »Wenn Sie mich an der Brücke aussteigen lassen, muss ich nur noch durch den Park gehen, und schon bin ich da.«

»Wie Sie wollen.«

Alle stiegen wieder in ihre Autos. Diesmal fuhr Nield, der jetzt allein im Wagen saß, als Erster, gefolgt von Marler und Newman. Sie brauchten nicht lange bis zum Pont Perrière, wo Serena, die bei Tweed mitgefahren war, ausstieg und ihnen noch einmal zuwinkte, bevor sie sich dann eilig entfernte. Tweed sah ihr nach, wie sie in Richtung auf die Leuchtreklame der Autovermietung den Park durchquerte. Er nahm auch den Hubschrauber wahr, der dort neben einem Kinderspielplatz stand. Als er ausstieg, wollte Paula gerade die Brücke überqueren.

Butler rannte ihr mit gezogener Walther hinterher. Auf der Brücke angekommen, stellte er sich vor Paula und feuerte einen Schuss auf eine schattenhafte Gestalt ab, die auf der anderen Seite am Eingang einer Gasse stand. Der Schatten verschwand. Mehrere Gäste, die vor dem Les Corbières im Freien saßen, blickten verwundert auf.

»Was ist los?«, fragte Tweed, nachdem er auf die Brücke gerannt war.

»Mann mit Gewehr, der Paula erschießen wollte«, antwortete Butler knapp. »Ich habe ihn im Licht einer Straßenlaterne ganz kurz gesehen. Er hatte gelbblondes Haar. Der Gelbe Mann. Ich muss hinterher.«

»Warten Sie«, sagte Tweed.

»Es ist höchste Zeit, dass wir diesen Saustall endlich ausmisten«, sagte Newman.

»Auch Sie bleiben hier«, sagte Tweed, während er seinen Stadtplan von Annecy entfaltete. Mit einem Kugelschreiber zog er zwei sich kreuzende Striche, die die Stadt in vier gleich große Quadrate aufteilten. »Butler, das ist Ihre Zone – dort haben Sie den Schützen gesehen. Newman und Marler, das hier ist Ihr Sektor. Nield ...«

»Ich begleite Nield«, sagte Trudy schnell.

»Dann ist das auch Ihr Sektor. Paula und ich übernehmen den vierten Sektor. Suchen Sie alles gründlich ab und stöbern Sie den Burschen auf. Er darf Annecy nicht lebend verlassen. Aber seien Sie vorsichtig in den dunklen Gassen. Und jetzt los.«

Paula hatte Tweed noch nie so wild entschlossen erlebt. Butler rannte in die Gasse, an deren Eingang er den Schatten gesehen hatte. Trudy und Nield machten sich auf den Weg den Fluss entlang. Paula sah, dass Trudy eine Hand in ihre Fleecejacke gesteckt hatte, wo sie das Schulterhalfter mit der Automatik trug. Newman trat auf Tweed zu und steckte ihm eine Walther mit Ersatzmunition in die Jackentasche, bevor er zusammen mit Marler ebenfalls loszog. Tweed und Paula gingen über die Brücke zurück, wo der junge Aushilfsgeschäftsführer des Les Corbiéres auf Tweed zutrat.

»Darf ich fragen, was hier los ist?«

»Das haben Sie bereits. Es ist ein Spiel mit Schreckschusspistolen, und der Gewinner bekommt eine Menge Geld.«

»Das ist der seltsamste Tag, seit ich in Annecy bin.«

»Seien Sie froh. So etwas bringt wenigstens etwas Leben in die Stadt. Aber lassen Sie sich nicht länger aufhalten, einer Ihrer Gäste will bezahlen ...«

Als Tweed und Paula in die Rue Perriére einbogen, jene Straße, in der Paula um ein Haar erschossen worden wäre, hielt Tweed sie zurück. Mit der Walther in der einen Hand und einer Taschenlampe, die er aus dem Wagen mitgenommen hatte, in der anderen, spähte er um die Hausecke. Als er niemanden erblickte, nickte er Paula zu.

»Serena hat sich ziemlich merkwürdig verhalten«, sagte Paula, als sie wieder bei Tweed war. »Wenn sie jetzt losfährt, kommt sie doch erst mitten in der Nacht in Genf an. Ich kann mir kaum vorstellen, dass ein Artdirector noch so spät zu sprechen ist.«

»Sie schien es ziemlich eilig zu haben.«

»Ich finde sie ausgesprochen seltsam. Besonders den Blick, mit dem sie einen manchmal anschaut.«

»Aber unterschätzen Sie nicht ihre überdurchschnittliche Intelligenz. Und jetzt halten Sie die Augen offen, damit Ihnen keine verdächtige Bewegung entgeht.«

Der Hubschrauber mit Bancroft an Bord flog langsam über den Nordteil des Sees. Er näherte sich gerade dem Park mit dem Kinderspielplatz, als Bancroft dem Piloten eine neue Anweisung erteilte.

»Halten Sie die Höhe und kreisen Sie über der Stadt. Ich sehe gerade, dass die Terroristen vor der Altstadt angehalten haben.«

Durch sein Fernglas sah Bancroft, wie Paula und Tweed aus Periots Büro kamen. Jetzt musste er herausfinden, ob sie in Annecy bleiben oder weiter nach Genf fahren wollten. Er hatte keine Lust, sich noch einmal auf dem falschen Fuß erwischen zu lassen. Als er drei von den Wagen in die Altstadt abbiegen sah, befahl er dem Piloten: »Landen Sie so schnell wie möglich im Park …«

Kaum hatte der Hubschrauber aufgesetzt, riss Bancroft auch schon die Tür der Kanzel auf. Ungeduldig wartete er, bis der Pilot die Turbine abgestellt hatte.

»Bleiben Sie hier, bis ich wiederkomme. Es kann allerdings etwas länger dauern.«

Bancroft lief quer durch den Park, bis er einen freien Blick auf die Brücke hatte. Dort stellte er sich in den Schatten eines geschlossenen Geschäfts und hob das Fernglas an die Augen. Ein stämmiger Mann rannte auf die Brücke, stellte sich vor Paula Grey und feuerte einen Schuss aus seiner Pistole ab. Danach steckten Tweed und sein Team die Köpfe zusammen, bevor sie in verschiedene Himmelsrichtungen auseinander gingen.

Bancroft ließ das Fernglas sinken. Wenn er keinen weiteren Fehler machen wollte, musste er eine schnelle Entscheidung treffen. Er ging hinüber zur Altstadt und setzte sich in derselben

Bar, in der er schon einmal gewesen war, an einen Tisch und bestellte sich ein Bier. Von hier aus hatte er einen guten Blick auf die Autos von Tweed und seinen Leuten, die sie wieder unterhalb der alten Mauer abgestellt hatten.

Diesmal mache ich es richtig, sagte er sich. Irgendwann einmal müssen sie zurück zu ihren Autos kommen, und dann verfolge ich sie aus der Luft.

Paula und Tweed gingen langsam die Rue Perrière entlang, auf der sie völlig alleine waren. Die Nacht war hereingebrochen, und die Altstadt wurde von altertümlichen Laternen erleuchtet, die teils auf Laternenpfählen angebracht, teils mit schmiedeeisernen Haltern an den Häuserwänden befestigt waren. Das Glas der Laternen war gelblich, sodass sie ein schummriges, etwas unheimlich wirkendes Licht verbreiteten.

»Diese Stadt ist ja so romantisch«, sagte Paula und blickte hinüber zu Tweed. »Sie sehen aus, als wären Sie wütend.«

»Wütend? Ich? Nein. Wut beeinträchtigt bloß das Urteilsvermögen – ebenso wie Trauer übrigens.«

»Was machen wir eigentlich hier?«

»Wir wenden dieselbe Strategie an, die ich schon seit unserer Abreise aus England verfolge: Wir schalten jeden aus, der uns am Aufspüren von Goslar hindert. In Paris habe ich mir mit Lasalles Hilfe die Amerikaner vom Hals geschafft, indem Newman falsche Dokumente in Karnows Suite versteckt hat. In Genf haben sich – was ich übrigens gar nicht beabsichtigt hatte – unsere Verfolger in der Tiefgarage gegenseitig eliminiert. Ich hatte eigentlich vorgehabt, sie von der Schweizer Polizei verhaften und des Landes verweisen zu lassen.«

»Aber stattdessen haben sie sich erschossen und in die Luft gejagt.«

»Genau. Hier in Annecy haben wir es, davon bin ich überzeugt, mit Bancroft und dem Gelben Mann zu tun. Wir müssen sie unschädlich machen, ohne dabei allzu viele Skrupel an den Tag zu legen, schließlich sind sie beide brutale Killer. Wenn wir sie los sind, können wir uns endlich ganz auf Dr. Goslar konzentrieren.«

»Ich finde, dass Sie das bisher alles ziemlich gut gedeichselt haben.«

»Wenn Sie meinen ...«

Sie bogen um eine Ecke in eine weitere gelblich beleuchtete Gasse, die zu einer breiten, mit Steinen gepflasterten Uferpromenade führte. Hier schäumte und gurgelte das Wasser über ein kleines Wehr, was Paula, der die Stille in den Gassen an den Nerven gezerrt hatte, ausgesprochen gut gefiel. Sie deutete mit der linken Hand auf die Pflanzkästen, die an dem eisernen Geländer über dem Wehr hingen und von prächtigen, fantasievoll arrangierten Blumen überquollen.

»Oh, wie schön. Blühende Frühlingsblumen. Wahrscheinlich hat die Sonne heute Nachmittag sie aufgehen lassen. Dieser Ort ist wirklich traumhaft. Sehen Sie sich bloß mal die Wände da drüben an!«

Tweed schaute hinüber zu den alten Häusern, die unmittelbar am Flussufer errichtet waren. Das Licht der Lampen zeichnete alle möglichen Ocker- und Brauntöne auf ihre rau verputzten Mauern. Aus einem der Gebäude war leise Geigenmusik zu hören.

»Ich könnte für immer hier bleiben«, schwärmte Paula.

»Aber vergessen Sie darüber nicht, weshalb wir hier sind«, sagte Tweed warnend, der längst den Blick wieder von den Häusern abgewendet hatte und sich nach allen Seiten umsah. Dabei bemerkte er aus den Augenwinkeln, dass Paula die rechte Hand in ihre Schultertasche gesteckt hatte. Er hatte sie offenbar unterschätzt. Sie war bereit, sofort ihren schussbereiten Browning aus der Tasche zu ziehen.

»Sehen wir uns weiter um«, sagte Tweed.

Ganz in der Nähe des Wehrs gab es eine Bar mit Tischen im Freien, an denen fröhlich plaudernde Einheimische saßen. Ihr Lachen kam Tweed und Paula nach der Stille in den anderen Gassen wie eine Erleichterung vor.

»Es war der Gelbe Mann, auf den Butler vorhin von der Brücke aus geschossen hat, nicht wahr?«, fragte Paula und zeigte Tweed damit, dass sie noch voll bei der Sache war.

»Harry hat jedenfalls jemand mit gelbblondem Haar gesehen.«

»Ich kann mir allerdings nicht vorstellen, wie wir ihn in diesem Labyrinth von Gassen aufstöbern sollen.«

»Ganz einfach: Indem wir eine Straße nach der anderen durchkämmen.«

Trudy und Nield durchsuchten unterdessen den ihnen zugewiesenen Sektor der Stadt. Außer ihnen war niemand in diesem spärlich beleuchteten Teil der Stadt unterwegs. Trudy fand Nield, der nur dann etwas sagte, wenn es wirklich etwas zu sagen gab, ausgesprochen angenehm. Es kam ihr fast so vor, als ob sie und er sich schon seit vielen Jahren kannten und deshalb nicht ständig über irgendwelche nichts sagenden Dinge plaudern mussten. Sie gingen durch eine gepflasterte Fußgängerzone, die durch eine hohe Mauer vom Fluss getrennt war, der nur ein Teil des verwinkelten Systems von Kanälen und Wasserwegen in der Altstadt von Annecy war.

Als sie zu einer Fußgängerbrücke kamen, die über ein laut rauschendes Wehr führte, blieb Nield stehen und konsultierte kurz seinen Stadtplan.

»Gehen wir hinüber«, sagte er. »Die Straßen auf der anderen Seite gehören auch noch zu unserem Sektor.«

Mitten auf der Brücke blieb Trudy stehen und blickte hinunter auf das Wehr, dessen Rauschen eine fast hypnotische Wirkung auf sie hatte. Sie strich sich ihr dichtes rotes Haar aus dem Gesicht und beobachtete die kleinen Strudel, die sich unterhalb des kleinen Wasserfalls bildeten. Nield stellte sich neben sie und legte eine Hand aufs Geländer, behielt aber ständig die Umgebung im Auge.

»Ich schätze, wir müssen jetzt weitergehen«, sagte Trudy nach einer Weile. »Entschuldigen Sie, dass ich Sie aufgehalten habe.«

»Nach dem, was Sie heute schon alles erlebt haben, kann Ihnen eine kurze Ruhepause nur gut tun. Da drüben müssen wir durch eine enge, dunkle Gasse. Ich werde mit der Taschenlampe vorausgehen.«

Sie verließen die schmale Brücke. Bevor sie auf der anderen Seite in die Gasse traten, blieb Nield stehen, weil er Trudy eine letzte Gelegenheit geben wollte, einen Blick auf den Fluss zu werfen. So blieben sie nebeneinander einen Augenblick am gegenüberliegenden Ufer stehen, und Trudy schaute noch einmal zurück auf den kleinen Wasserfall.

Was dann geschah, ereignete sich so schnell, dass es beide völlig überraschte. Auf einmal kam der Gelbe Mann über die Brücke direkt auf sie zugerannt. Trudy war erstaunt, wie groß er war. Nield hatte nicht einmal mehr Zeit, seine Pistole zu heben, da rammte ihm der Gelbe Mann auch schon den Kopf gegen die Brust. Nield fiel nach hinten, rollte sich aber geschickt ab. Trudy riss ihre Waffe in die Höhe, aber der Gelbe Mann war schon in der dunklen Gasse verschwunden.

Jetzt erschien Butler, der wie ein angreifender Stier über die Brücke jagte. Beim Eingang zur Gasse blieb er stehen und schoss aus seiner Walther auf den flüchtenden Killer. Die Kugel streifte den Gelben Mann am rechten Bein. Er geriet ins Stolpern, fing sich aber wieder und lief weiter. Butler rannte ihm hinterher.

Nield rappelte sich auf und heftete sich, dicht gefolgt von Trudy, an Butlers Fersen. Der Gelbe Mann rannte von einer Gasse in die nächste, sodass Trudy bald jede Orientierung verloren hatte. Als sie sich einmal kurz umblickte, sah sie, dass Newman und Marler ebenfalls hinter ihnen herliefen.

Butler blieb immer dicht hinter dem Gelben Mann und ließ sich von ihm nicht abschütteln. Dann tauchten auf einmal aus einer Seitengasse Tweed und Paula auf und schlossen sich der wilden Jagd an.

Bancrofts Ungeduld hatte schließlich doch die Oberhand gewonnen. Er verließ die Bar und ging durch den Park zurück zum Hubschrauber. Er wollte versuchen, Tweed und seine Leute aus der Luft zu entdecken.

»Was ist los?«, fragte der Pilot, nachdem er Bancroft die Tür der Kanzel geöffnet hatte.

»Wir starten. Fliegen Sie so tief, wie Sie können, über die Altstadt. Ich muss diese Terroristen von der Luft aus aufstöbern.«

»Es gibt aber strenge Vorschriften, wie tief ich über bebautem Gebiet heruntergehen darf«, sagte der Pilot.

Bancroft setzte sein Headset auf, und der Pilot tat es ihm gleich, damit sie sich auch bei laufender Turbine verständigen konnten. Bancroft zog ein Bündel Hundertfrancscheine aus der Tasche und warf sie dem Piloten in den Schoß.

»Diese verdammten Vorschriften interessieren mich nicht«, fauchte er böse ins Mikrofon. »Wie viel muss ich Ihnen eigentlich noch bezahlen, bis Sie das tun, was ich von Ihnen verlange?«

Der Pilot ließ die Turbine an, und die Rotorblätter begannen sich erst langsam, dann immer schneller zu drehen. Sowohl der Pilot als auch Bancroft saßen mit dem Rücken zur Altstadt und konnten nicht sehen, was ganz in ihrer Nähe geschah.

Der Gelbe Mann rannte aus der Altstadt in den Park mit dem Kinderspielplatz. Butler war etwa zweihundert Meter hinter ihm. Kurz hinter Butler erschienen die anderen Mitglieder von Tweeds Team und rannten wie er auf den Park zu.

Als der Killer den Hubschrauber erblickte, wusste er auf einmal, wie er seinen Verfolgern entkommen konnte. Wenn er es schaffte, den Hubschrauber zu erreichen, brauchte er nur den Piloten mit vorgehaltener Waffe dazu zwingen, ihn an Bord zu nehmen.

Er befürchtete nur, dass Butler ihn vorher noch einholen könnte. Bisher war es ihm nicht einmal in dem Labyrinth der kleinen Gassen gelungen, den Mistkerl abzuschütteln. Erblickte sich um und sah, dass Butler ihm schon bedrohlich nahe gekommen war. Doch damit nicht genug, jetzt zog dieser auch noch eine Handgranate aus der Jacketttasche und warf sie dem Gelben Mann in hohem Bogen hinterher. Die Granate landete knapp hinter dem fliehenden Killer im Gras.

Zum ersten Mal in seinem Leben hatte der Gelbe Mann wirklich Angst. Wenn die Granate explodierte, würde sie ihn zerfetzen. Aber sie blieb einfach liegen und ging nicht hoch. Der Gelbe Mann konnte kaum glauben, was für ein Glück er hatte. Er drehte sich wieder zum Hubschrauber um und machte vor Freude einen Luftsprung.

In diesem Augenblick ließ der Pilot die Turbine des Helikopters an. Ein Blatt des großen Rotors traf den Gelben Mann am Hals und trennte mit einem einzigen Schlag den Kopf ab, der wie eine reife Melone durch die Luft flog. Eine Melone, aus der rote Flüssigkeit tropfte. Dann kippte der Rumpf des Gelben Mannes, der noch ein paar Schritte weitergelaufen war, nach vorn und schlug gegen die Kufen des gerade abhebenden Helikopters.

35

Der Konvoi, der auf der N 201 in Richtung Genf nach Norden fuhr, bestand diesmal aus nur drei Wagen. Im ersten befanden sich Marler und Butler, den zweiten fuhr Nield und im dritten saßen Newman und Paula auf den Vordersitzen, Tweed und Trudy auf der Rückbank.

»Bis jetzt haben wir noch keine Nachricht von Chance«, sagte Paula.

»Stimmt«, sagte Tweed. »Ich vermute, dass er noch nicht in Genf angekommen ist.«

Nach der »Exekution« des Gelben Mannes, wie Newman dessen Tod genannt hatte, waren sie auf Tweeds Befehl hin alle zurück zu den Wagen gegangen. Er hatte ihnen eingeschärft, nicht zu rennen und auch sonst so wenig Aufsehen zu erregen wie möglich. Außer ihnen hatte bislang offenbar niemand den Tod des Gelben Mannes mitbekommen.

»Zum Glück waren keine Kinder mehr im Park«, hatte Paula mit Erleichterung festgestellt. »Wahrscheinlich sind sie zu Hause beim Abendessen.«

Auf dem Weg aus der Altstadt hatte Newman vorgeschlagen, anonym die Polizei zu verständigen. Tweed, dem gerade derselbe Gedanke gekommen war, hatte Newman deshalb vor einer Telefonzelle halten lassen. Newman hatte sich aus dem Telefonbuch die Nummer der nächsten Polizeiwache herausgesucht und dann mit einem Taschentuch über der Sprechmuschel den Beamten von der Leiche im Park erzählt. Als man ihn nach seinem Namen gefragt hatte, hatte er aufgelegt.

Inzwischen war es völlig dunkel geworden, und Paula starrte nach vorn auf die von den Scheinwerfern beleuchtete Straße. Nach einer Weile blickte sie nach hinten zu Trudy. Sie wollte nachsehen, wie diese sich fühlte. Trudy schien ihre Gedanken erraten zu haben.

»Es geht mir gut«, sagte sie lächelnd. »Wie viele Menschen mag dieser schreckliche Mensch wohl selbst enthauptet haben?«

»Sicher wissen wir es von einem Reporter namens Sam Sneed, dem Buchhändler Vallade und der Vermieterin Madame Markov. Aber bestimmt hat er noch viele andere auf dem Gewissen. Schließlich war er einer der gefürchtetsten Killer in ganz Europa.«

»Es kommt mir wie eine Ironie des Schicksals vor, dass er am Ende selbst enthauptet wurde«, sagte Trudy.

»Es gibt eben doch Gerechtigkeit auf dieser Welt«, sagte Newman lakonisch.

»Werden wir jemals erfahren, wer er war?«, fragte Trudy.

»Das wissen wir jetzt schon«, antwortete Tweed und zog einen englischen Pass aus der Tasche. »Keine Sorge, Sie können ihn sich ruhig ansehen. Butler hat ihn der Leiche aus dem Jackett gezogen, bevor alles voller Blut war.«

»Darcy Stapleton«, las Trudy laut vor. »Geboren in Manchester. Zweiundvierzig Jahre alt. Er hatte ein Visum für die Vereinigten Staaten.« Sie gab Tweed den Pass zurück. »Das Foto ist übrigens tatsächlich von ihm. Ich habe sein Gesicht genau gesehen, als er über die Brücke auf Nield und mich zukam.«

»Wenn wir wieder in London sind, können wir versuchen, seine Spur zu verfolgen«, sagte Tweed. »Vorausgesetzt, der Pass ist nicht gefälscht, was ich aber eher nicht glaube.«

»Damit bleibt nur noch Bancroft«, sagte Trudy ruhig. »Mal abgesehen von Dr. Goslar natürlich.«

Paula wandte sich an Tweed. »Gibt es eigentlich etwas Neues von Beck?«

»Kein Sterbenswörtchen. Dabei brauche ich seine Informationen ganz dringend, bevor wir nach Genf kommen. Aber zuvor sehen wir uns ja noch das Château de l'Air an.«

»Erwarten Sie denn dort etwas zu finden?«, fragte Newman skeptisch.

»Wir müssen zumindest alles genauestens durchsuchen. Irgendwann muss Goslar ja mal einen gravierenden Fehler machen.«

»Vor zehn Jahren hat er auch keinen gemacht«, gab Newman zu bedenken.

»Wenn wir dort sind, fahren wir nicht die Auffahrt zum Haupteingang hinauf. Nach der Mine, die Burgoyne dort entdeckt hat, ist mir das Risiko viel zu groß. Aber ich habe heute Morgen einen zweiten Pfad gesehen, der von der Rückseite her zum Château führt. Wir müssen nur die Stelle finden, wo er von der Straße abzweigt. Sie sollten das Marler mitteilen, Bob. Rufen Sie ihn doch auf seinem Handy an.«

»Seit wir Annecy verlassen haben, höre ich übrigens keinen Hubschrauber mehr«, sagte Paula. »Offenbar hat Bancroft aufgegeben.«

Mit dieser Schlussfolgerung sollte sie sich gewaltig irren.

Als ihr Hubschrauber vom Parkgelände abhob, hatten weder Bancroft noch der Pilot mitbekommen, was die Rotorblätter angerichtet hatten. Während der Helikopter langsam an Höhe gewann, schauten beide nach vorn aufs Ostufer des Sees. Der Pilot drehte eine langsame Schleife über der Altstadt, und Bancroft, der durch sein Fernglas nach unten sah, bekam gerade noch mit, wie die drei Wagen mit Tweeds Team Annecy verließen.

»Die Terroristen fahren zurück nach Genf«, sagte er zum Piloten. »Wenn wir uns an ihren Scheinwerfern orientieren, können wir sie gut verfolgen. Fliegen Sie so hoch, dass sie uns nicht hören.«

»Aber sie könnten unsere Positionslichter entdecken. Die muss ich anschalten, wenn ich nachts fliege. Ich kann nicht riskieren, dass man mir meinen Pilotenschein wegnimmt.«

»Wenn Sie hoch genug fliegen, können sie uns von ihren Autos aus wohl kaum sehen. Tun Sie, was ich Ihnen sage, schließlich zahle ich Ihnen einen Haufen Geld.«

»Vielleicht sehen sie die Maschine auch im Mondlicht«, gab der Pilot zu bedenken.

»Ach, halten Sie doch den Mund«, schnaubte Bancroft wütend. »Ich mag es nicht, wenn jemand ständig mit mir herumdiskutiert. Befolgen Sie meine Befehle, und basta.«

Der Pilot ließ den Hubschrauber steigen und hielt reichlich Abstand von der Straße. Bancroft hatte Recht gehabt. Durch sein Fernglas konnte er Tweeds Konvoi dank der Scheinwerfer leicht erkennen. Obwohl er davon überzeugt war, dass sie nach Genf zurückfuhren, behielt er die drei Wagen ständig im Auge.

»Ich schätze, wir dürften alle Hunger haben«, sagte Tweed. »Im Richmonde können wir noch etwas essen.«

»Wenn ich ein gutes Frühstück gehabt habe, halte ich es stundenlang ohne Essen aus«, sagte Trudy. »Gut zu frühstücken ist eine amerikanische Angewohnheit, die ich mit nach Europa gebracht habe. Aber ich bin dabei, es mir wieder abzugewöhnen.«

»Wieso?«, fragte Paula.

»Weil ich alles Amerikanische hasse. Die Staaten sind ein barbarisches Land.«

Danach fuhren sie eine ganze Weile schweigend weiter. Tweed hatte sich zurückgelehnt und sah aus, als ob er schliefe, aber als Trudy zu ihm hinüberblickte, sah sie, dass er die Augen weit geöffnet hatte. Sie sprach ihn aber nicht an, weil ihr klar war, dass er tief in Gedanken versunken war. Paula starrte aus dem Seitenfenster.

»Da ist ein blinkendes Licht am Himmel rechts von uns. Könnte das nicht der Hubschrauber sein, der den Gelben Mann enthauptet hat?«

»Sie denken wohl an Bancroft«, meinte Newman.

»Da geht es mir nicht anders«, sagte Trudy. »Ich denke immerzu an Bancroft.«

Ihr Ton war so düster, dass Paula beschloss, mit ihr lieber kein Gespräch über dieses Thema anzufangen. Inzwischen war der Mond aufgegangen und warf ein bläuliches Licht auf die Landschaft. Paula kurbelte ihr Fenster herunter. Ein eisiger Luftzug drang herein, sodass sie es sofort wieder schloss.

»Ist wieder ganz schön kalt geworden«, sagte sie.

»Das ist der Bise, ein Wind, der vom Montblanc herunterkommt«, erklärte Newman. »Ich habe ihn schon einmal erlebt, vor vielen Jahren, als ich hier eine Freundin besucht habe. Jetzt ist die Frau für mich nur noch ein Schatten aus der Vergangenheit.«

»Genau wie Goslar«, ließ Tweed sich plötzlich vernehmen. Seine Stimme klang vollkommen wach. »Er ist ein schwarzer Schatten aus der Vergangenheit und darüber hinaus einer der gemeinsten Menschen, mit denen ich es in meiner langen Karriere zu tun hatte.«

»Hoffen wir, dass wir den Schweinehund diesmal kriegen«, sagte Newman.

»Wenn er nicht schon wieder in den Osten entkommen ist. Diesmal allerdings in den Nahen Osten.«

Tweed hatte kaum zu Ende gesprochen, als Newman auf die Bremse trat. Jetzt sah auch Paula, was ihm aufgefallen war. Ein dichter weißer Nebel hüllte auf einmal die Straße vor ihnen ein. Paula musste unwillkürlich an den Überfall der Araber am Vormittag denken.

»Diesmal hat es keine Warnung von Burgoyne gegeben«, sagte sie.

»Möglicherweise ist er selbst in einen Hinterhalt geraten und nicht mehr in der Lage, uns zu warnen«, sagte Trudy.

»Ich glaube nicht, dass Burgoyne sich in einen Hinterhalt locken lässt«, sagte Tweed. »Warum bremsen Sie ab, Bob?«

»Weil Marler vor uns angehalten hat. Nield auch. Die beiden steigen gerade aus ihren Autos.«

»Dann sehen wir wohl auch am besten mal nach dem Rechten.«

»Tweed?«, sagte Paula. »Könnten Sie mir bitte meine Fleecejacke herüberreichen? Da draußen ist es so kalt wie in Sibirien.«

Vor dem Auto trieb der Nebel in dichten Schwaden über die Straße. Einen Augenblick lang glaubte Paula, dass sich Geister aus dem Nebel herausschälten, aber dann sah sie, dass es Marler und Nield waren.

»Wir sind in der Nähe der alten Hängebrücke«, sagte Marler mit gelassener Stimme, die Paula fast kühler vorkam als der Nebel, der sie jetzt fast vollständig einhüllte. »Ich habe am Straßenrand ein altes Tor entdeckt. Bestimmt führt der Teerweg dahinter zum Château hinauf. Erschrecken Sie nicht, wenn Sie gleich ein lautes Motorengeräusch hören. Butler hat hinter dem Tor einen alten Bagger gefunden. Er ist zwar mit einem Vorhängeschloss gesichert, aber für Butler stellt das kein Problem dar. Der Tank des Baggers scheint voll zu sein. Da, hören Sie?«

Die Frage war überflüssig. Sie hatten alle das Geräusch eines großen Dieselmotors gehört. Er hustete ein paarmal, bis er ansprang, und gab dann ein beständiges Tuckern von sich. Ab und zu wurde es von einem lauten Scheppern unterbrochen, das sich anhörte, als fiele ein schwerer metallischer Gegenstand auf einen harten Untergrund.

»Darf ich fragen, was hier vorgeht?«, fragte Tweed. »Butler macht ja einen Lärm, der Tote aufwecken könnte. Wenn jemand im Château ist, muss er doch glauben, dass ein ganzes Regiment im Anmarsch ist.«

»Erwarten Sie ernsthaft, jemanden im Schloss zu finden?«

»Eigentlich nicht. Goslar ist sicher längst woanders. Er bleibt nie lange an einem Ort.«

»Das mit dem Bagger war Butlers Idee«, erklärte Marler. »Er hat in seiner Jugend mal in einem Steinbruch gearbeitet und dort eine ähnliche Maschine gefahren. Erinnern Sie sich noch an die Mine, die Burgoyne vor dem Haupteingang entdeckt hat?. Harry will mit dem Baggerlöffel, den er immer wieder auf den

Weg herunterfallen lässt, eventuell vorhandene weitere Minen zur Explosion bringen.«

»Das gefällt mir ganz und gar nicht«, sagte Paula energisch. »Harry bringt sich in Gefahr.«

»Er ist da anderer Meinung. Bei den Minen handelt es sich um Anti-Personen-Minen und nicht um Panzerminen. Wenn eine solche hochgeht, kann sie vielleicht den Bagger beschädigen, aber Butler, der gut geschützt im Führerhaus sitzt, wird davon nicht viel abbekommen. Aber jetzt sollten wir ihm hinterher. Ich fahre als Erster, Nield folgt mir und dann kommt Bob mit Tweed, Paula und Trudy.«

Paula starrte durch die Windschutzscheibe, während Newman den Wagen durch das baufällige Tor steuerte und den mit Schlaglöchern übersäten Weg entlangfuhr. Auf einmal war der Nebel wie weggeblasen, und Paula sah, wie der Weg sich in engen Kurven einen steilen Hang hinaufschlängelte. Im fahlen Licht des Mondes konnte sie oben auf dem Berg deutlich das Château erkennen.

Es war ein lang gestrecktes, vierstöckiges Gebäude, das Paula nicht besonders schön fand. Es hatte ein steiles Dach mit mehreren Gauben und viele Fenster, deren Läden ausnahmslos geschlossen waren. Einige hingen allerdings schief in den Angeln, was bei Paula den Eindruck erweckte, als ob sich seit Jahren niemand mehr so recht um das Gebäude gekümmert hätte. Über die ganze Länge des Schlosses zog sich eine Terrasse hin, zu der man über eine alte Steintreppe gelangte.

»Schön ist es ja nicht gerade«, sagte Paula.

»Ich glaube nicht, dass Goslar sich seine Hauptquartiere nach ihrer architektonischen Bedeutung aussucht«, erwiderte Tweed. »Gargoyle Towers in Dartmoor war weiß Gott hässlich genug. Alles, was er zur Herstellung seiner Waffe braucht, ist eine Menge Platz und vor allem Abgeschiedenheit. Was macht denn Harry da vorn?«

Butler hatte mit dem Bagger etwa die Hälfte des Weges zum Schloss zurückgelegt, als er die schwere Baumaschine seitlich ins Gras steuerte. Er stieg aus dem Führerhaus und lief nach hinten zu Nields Wagen, wo er einstieg und sich auf den Beifahrersitz setzte.

»Harry ist offenbar zu dem Schluss gekommen, dass hier auf dieser Seite keine Minen liegen«, sagte Paula. »Wenn er das meint, hat er sicher Recht damit. Was glauben Sie wohl, was wir in dem Schloss vorfinden werden?«

»Keine Ahnung. Aber wie ich schon sagte: Irgendwann muss Goslar einen Fehler machen. Also werden wir das Château so gründlich durchsuchen wie nur irgend möglich.«

»Ich frage mich, wo wohl der Hubschrauber abgeblieben ist«, sagte Paula.

Als die drei Wagen unter ihm plötzlich anhielten, glaubte Bancroft zuerst, dass sie das wegen der Nebelbank taten. Dann aber verschwand der Nebel, und Bancroft sah, wie die Autos der Engländer einem Bagger folgten, der seinen Löffel in regelmäßigen Abständen vor sich auf den Weg hinabfallen ließ.

»Dieser Bagger macht bestimmt einen Heidenlärm«, sagte Bancroft zu dem Piloten. »Da hören die unseren Hubschrauber garantiert nicht. Sehen Sie das Plateau am Berghang auf halber Höhe vor dem Schloss? Landen Sie dort und lassen Sie mich aussteigen.«

»Wie Sie wünschen, Sir«, sagte der Pilot widerstrebend.

Kurz vor dem Plateau ging er auf eine Höhe von dreißig Metern über dem Boden herunter und setzte den Helikopter dann sanft auf, schließlich schaltete er die Turbine ab. Bancroft öffnete die Tür der Kanzel.

»Warten Sie, bis der Rotor stillsteht«, sagte der Pilot. »Die Rotorblätter können gefährlich sein.«

Bancroft blieb noch ein paar Sekunden sitzen, bevor er aus der Maschine sprang.

»Warten Sie hier auf mich«, sagte er und stieg dann den steilen Abhang hinauf. Auf dem Weg zog er seine Smith and Wesson aus dem Halfter. Es war eine .22er Automatik mit einem zehnschüssigen Magazin. Das reicht für alle, dachte Bancroft. Und dann habe ich sogar noch drei Schüsse übrig. Tweed werde ich als Letzten erschießen. Ich stecke ihm den Lauf in den Mund und frage ihn, wo Goslar steckt, bevor ich abdrücke. Wenn Goslar in dem Schloss ist, dann wende ich bei ihm dieselbe Taktik an, damit er mir sagt, wo er seine Waffe versteckt hat. Und dann habe ich gewonnen und brauche nur noch nach Washington zurückzufliegen, um mich zum neuen Chef von Unit Four machen zu lassen.

Die Vorfreude auf seinen Triumph ließ Bancroft noch schneller den Hang hinaufsteigen. Bald war er oben am Château angelangt.

36

Als die drei Wagen von Tweeds Konvoi vor der Terrasse des Schlosses parkten, war die Turbine des Hubschraubers, der von hier aus nicht zu sehen war, längst verstummt. Eine unheimliche Stille lag über dem alten Gebäude, eine Stille, die nur vom Geräusch der Schritte auf den Stufen zur Terrasse unterbrochen wurde.

Paula fand das Château irgendwie unheimlich. Sie blickte hinauf zu den verbarrikadierten Fenstern, die das Schloss auch nicht sonderlich einladend wirken ließen. Mit Periots Schlüsselbund in der Hand ging Tweed auf die hohe, zweiflügelige Eingangstür zu. Er schürzte die Lippen und blickte fragend hinüber zu Butler. »Sehen Sie was?«

»Nein«, antwortete Butler, nachdem er den Strahl seiner Taschenlampe über die Tür hatte wandern lassen. »Keine Drähte oder andere Zündmechanismen. Trotzdem finde ich, dass wir auf einem anderen Weg hineinzugelangen versuchen sollten.«

»Was schlagen Sie vor?«

»Wir sollten eines der Fenster an der Seitenfassade aufbrechen«, sagte Butler.

»Wie ich sehe, haben Sie Ihr Werkzeug dabei.«

»Es wird nicht lange dauern«, versprach Butler. »Natürlich nur, wenn es Ihnen recht ist.«

»Legen Sie los.«

»Gut, dass ich mir meine Fleecejacke angezogen habe«, flüsterte Paula Tweed zu, während Butler um die Ecke verschwand. »Ohne sie wäre ich längst zu Eis erstarrt. Mein Gott, ist das kalt hier oben!«

»Der Nebel zieht aus dem Tal herauf«, sagte Tweed. »Wie hieß gleich noch mal der Wind, von dem Sie vorhin gesprochen haben, Bob?«

»Bise. Er kommt direkt vom Montblanc.«

»Sprechen Sie nicht mehr davon«, sagte Paula, während sie zusammen mit den anderen Butler folgte. »Ist Ihnen denn warm genug, Trudy?«

»Es geht«, sagte Trudy und lächelte. »Ich habe eine pelzgefütterte Jacke und Winterstiefel an. In New York kann es bitterkalt werden. Aber können Sie mir vielleicht sagen, was Butler vorhat?«

Sie hatten jetzt ebenfalls die Ecke umrundet und sahen, wie Butler, von Nield assistiert, bereits die Läden vor einem Fenster aufgebrochen hatte. Jetzt steckte er gerade eine lange Metallstange, deren unteres Ende flachgeklopft und leicht gebogen war, in den Spalt zwischen den beiden Fensterflügeln.

»Was ist denn das für ein Werkzeug?«, fragte Trudy.

»Ein Stemmeisen«, erklärte Newman. »Butler handhabt es derart geschickt, dass es so gut wie keine Spuren hinterlässt.«

Während er das sagte, hatte Butler das Fenster bereits geräuschlos aufgehebelt und geöffnet. Mit einer kleinen Taschenlampe, die er bei der Aktion zwischen den Zähnen gehalten hatte, leuchtete er sorgfältig das Fensterbrett und den Boden vor dem Fenster ab.

»Er sucht nach Stolperdrähten«, sagte Newman. »Oder irgendwelchen anderen Vorrichtungen. Sieht so aus, als wären keine vorhanden.«

Butler kletterte durch das Fenster ins Innere des Schlosses. Nield folgte ihm mit schussbereiter Walther. Die anderen warteten ein paar Minuten, bis drinnen das Licht anging.

»Wenn Sie drin sind, schalten Sie das Licht in allen Zimmern an«, hatte Tweed den beiden noch auf der Terrasse gesagt.

Trudy blickte in das Fenster und sah Butler und Nield, die mit gezogenen Waffen zu beiden Seiten der Zimmertür in Position gegangen waren. Die beiden nickten sich zu, dann öffnete Butler die Tür und trat hinaus in den Gang. Nield wartete ein paar Sekunden, ehe er ihm folgte. Dieses Vorgehen hatten die beiden im Trainingscamp in Surrey unzählige Male geübt.

»Ich gehe jetzt auch hinein«, sagte Trudy und kletterte durch das Fenster.

Paula folgte ihr, danach Newman. Tweed blieb noch einen Augenblick lang draußen und lauschte in die Nacht. Der Nebel hatte jetzt das Schloss erreicht und begann es mit seinen Schwaden einzuhüllen. Tweed spürte die kalten Tröpfchen auf seinem Gesicht, bevor auch er durch das Fenster stieg. Drinnen wartete Paula auf ihn.

»Sehen Sie«, sagte sie. »Alles völlig sauber. Sogar die Fensterbretter sind abgewischt worden.«

»Goslars Markenzeichen«, sagte Tweed.

»Was mag wohl in diesem Zimmer gewesen sein?«, fragte Paula.

»Vielleicht war es einmal das Esszimmer. Von den großen Fenstern dort drüben hat man bestimmt einen schönen Ausblick ins Tal. Haben Sie die Durchreiche dort drüben in der Wand bemerkt?«

»Ja. Wahrscheinlich befindet sich dahinter die Küche.«

Tweed trat an das Fenster, durch das sie eingestiegen waren, und zog die Fensterläden zu, aber sobald er sie losließ, schwangen sie von selbst wieder auf.

»Nichts zu machen«, sagte er und verzog missmutig das Gesicht.

»Die anderen haben draußen im Gang das Licht angeschaltet. Auf zur Entdeckungsreise!«, sagte Paula. Auf einmal hörte sie von draußen ein Geräusch. Sie wirbelte herum und zielte mit dem Browning auf das offene Fenster, in dem kurz darauf Marlers Kopf erschien.

»Nicht schießen«, sagte er und grinste. »Ich habe mich draußen ein bisschen umgesehen. Alle Fensterläden sind zu, und die Hintertür ist auch verschlossen.«

»Sie haben mir vielleicht einen Schrecken eingejagt«, sagte Paula vorwurfsvoll. »Tun Sie das nie wieder.«

»Ich lasse ungern die Läden offen stehen, aber es geht offenbar nicht anders«, sagte Tweed. »Schauen wir mal, wo die anderen sind.«

Marler kletterte durch das Fenster herein und trat auf den Gang. Gemeinsam gingen sie in eine große Eingangshalle, in der sich Butler gleich neben der Tür an die Wand presste und auf eine breite, geschwungene Treppe blickte, die hinauf in den ersten Stock führte. Auch Nield, der ein paar Meter von Butler entfernt auf dem Boden kauerte, hatte die Treppe im Auge.

Paula ging hinüber zu Trudy, die neben Butler stand. Nirgends in der riesigen Halle, von der aus man durch eine Doppeltür auf die Terrasse gelangen konnte, war auch nur ein einziges Möbelstück zu sehen. »Wie unheimlich«, flüsterte Paula Tweed zu, der hinter sie getreten war. »Alles ist blitzblank wie in einem verwunschenen Haus. Nirgendwo ist auch nur ein einziges Staubkorn zu sehen.«

»Goslars Markenzeichen, wie gesagt. Jede Wette, dass wir hier nicht einen einzigen Fingerabdruck finden. Und was den Staub betrifft, so ist die Luft hier in den Bergen sowieso sehr viel sauberer als unten im Tal.«

»Unsere Schritte machen nicht das leiseste Geräusch. Das finde ich auch unheimlich.«

Paula spielte darauf an, dass sie alle, sogar Trudy, Schuhe mit Gummisohlen trugen. Newman öffnete eine Tür, knipste das Licht an und blickte in den Raum hinein. Wie Paula vermutet hatte, war es die Küche des Schlosses. Auch sie war völlig leer. Tweed ging hinein und sah sich gründlich um. Schließlich deutete er auf ein paar Druckstellen im Holz des Bodens.

»Hier müssen einmal der Herd und der Kühlschrank gestanden haben«, sagte er. »Goslar lässt auch keinerlei Geräte zurück, aus denen man eventuell Rückschlüsse ziehen könnte.«

»Möglicherweise finden wir ja auch hier irgendwo ein paar alte Handschuhe«, sagte Newman mit einem Schulterzucken.

Als Nächstes untersuchten sie ein geräumiges Wohnzimmer mit einem auf Hochglanz polierten Parkettboden, in dem alte Wandlampen ein trübes gelbliches Licht verbreiteten.

Während die anderen weitere Räume im Erdgeschoss erkundeten, behielt Marler ständig die Treppe im Auge.

»Wie man unschwer erkennen kann«, sagte Tweed, nachdem Nield wieder eine Tür geöffnet und das Licht in dem Raum dahinter angeknipst hatte, »ist das hier einmal die Bibliothek gewesen.«

Dabei deutete er auf die vom Boden bis zur Decke reichenden Bücherschränke mit den gläsernen Türen. Tweed untersuchte jeden einzelnen von ihnen. Paula, die ihm dabei half, seufzte hörbar.

»Die haben sogar die Regale in den Schränken abgewischt«, sagte sie. »Haben Sie gehofft, hier etwas zu finden, Tweed?«

»Ja und nein«, antwortete Tweed und wandte sich an Newman, der erst jetzt die Bibliothek betrat. »Wo waren Sie denn?«

»Ich habe kurz die Toiletten inspiziert. Ein wenig altmodisch, aber makellos sauber. Vielleicht sollten wir uns jetzt einmal in den oberen Stockwerken umsehen, obwohl ich befürchte, dass auch das pure Zeitverschwendung sein wird.«

»Warten Sie hier unten. Pete und ich sehen nach, ob oben die Luft rein ist«, sagte Butler.

Trudy, die neben den anderen in der Halle stand, beobachtete fasziniert, wie Nield langsam die Treppe hinaufstieg. Butler folgte ihm mit ein paar Stufen Abstand. Er hatte wie Nield seine Pistole schussbereit in der Hand.

Als sie im ersten Stock angekommen waren, öffneten sie erst alle erreichbaren Türen und schauten in die dahinter liegenden Zimmer, bevor sie die anderen nachkommen ließen. Trudy sprang die Stufen hinauf wie eine Gemse, dichtauf gefolgt von Paula, die Trudys Gelenkigkeit nur bewundern konnte. Trudy schaute rasch in ein großes Schlafzimmer und kam gleich darauf wieder heraus.

»Da ist überhaupt nichts«, sagte sie. »Aber es gibt eine Verbindungstür ins Badezimmer, falls jemand von Ihnen ein Vollbad nehmen will.«

Paula betrat das Schlafzimmer und besah sich sorgfältig die Fensterbretter und den von der Decke herabhängenden Lüster. Dann öffnete sie die Tür an der Wand und schaute in das Badezimmer, von dem Trudy gesprochen hatte. Drinnen waren eine Toilette und eine riesige altmodische Badewanne mit Füßen in der Form von Löwenpranken zu sehen. Zurück im Schlafzimmer, inspizierte sie noch einmal genau den Boden und entdeckte diesmal einen Spalt zwischen der Wand und den Bodenbrettern, aus dem etwas Glänzendes hervorlugte. Paula bückte sich und hob es auf. In diesem Augenblick kam Tweed ins Zimmer.

»Ich habe gerade etwas gefunden«, sagte sie. »Vielleicht hat Goslar ja jetzt seinen ersten großen Fehler gemacht.«

»Was ist es denn?«

»Sieht aus wie ein Stück Schildpatt. Aber sehen Sie es sich doch selber an.«

Tweed legte das Fundstück auf einen Fenstersims, putzte seine Hornbrille sorgfältig mit einem Taschentuch und hielt das Ding dann ans Licht.

»Das sieht nicht wie normales Schildpatt aus«, sagte er. »Erinnern Sie sich noch an die Geschichte von den gestohlenen Riesenschildkröten auf den Galapagosinseln, die Cord Dillon uns erzählt hat? Der Fischer, der Goslars Leute beim Abtransport der Tiere beobachtet hat, wurde bald darauf in einem Hafen von Ecuador ermordet.«

»Aber Dillon hat auch gesagt, dass es sich dabei vermutlich um ein Gerücht gehandelt hat.«

Tweed deutete auf das Stück Schildpatt in seiner Hand.

»Aber das hier ist kein Gerücht.«

Als Bancroft das Schloss erreichte, sah er ein offenes Fenster, dessen Läden nach außen geklappt waren. Das Zimmer dahinter war beleuchtet, aber leer. Nachdem er eine Weile angestrengt gelauscht und kein verdächtiges Geräusch gehört hatte, kletterte er durch das Fenster in den Raum. Dort blieb er stehen und lauschte wieder. Jetzt hörte er, wie über ihm die Bodenbretter knarzten.

Wunderbar, dachte Bancroft und hob die Smith & Wesson. Wenn sie sich oben in verschiedenen Zimmern verteilt haben, kann ich sie einen nach dem anderen ausschalten …

Er verließ das Zimmer und blickte in die weitläufige Eingangshalle. Sie war leer. Schnell überprüfte er alle Räume im Erdgeschoss. Ebenfalls leer. Dann schaute er hinauf zum Treppenabsatz im ersten Stock. Auch hier war niemand. Mit der Waffe in der Hand stieg er langsam die Treppe hinauf. Erst als er zwei Drittel des Aufstiegs hinter sich gebracht hatte, bemerkte er, dass im ersten Stock Trudy hinter einer Säule stand. Sie hielt eine Pistole in der Hand.

Mit einem Gesicht so kalt und hart wie eine Maske aus Stein starrte sie Bancroft an. Normalerweise hätte er seine Waffe gehoben und sofort abgedrückt, aber die unerwartete Begegnung wirkte auf ihn wie ein Schock.

»Hallo, Trudy«, sagte er mit heiserer, aber ruhiger Stimme. »Was machen Sie denn hier?«

»Erinnern Sie sich noch an Walter Jewels Baron?«, sagte Trudy so leise, dass es fast nur ein Flüstern war.

»An wen?«

»Sie waren vor Jahren einmal in einer kleinen Stadt in Virginia. Bei zwei kleinen, etwas abseits stehenden Häusern am Ortsrand, um es genauer zu sagen. Dort sollten Sie Walt Baron töten, den Buchhalter von Unit Four. Erst haben Sie ihn freundlich begrüßt, und dann haben Sie ihm den Lauf Ihrer Waffe in den Mund gesteckt und ihm den halben Kopf weggeschossen. Ich war seine Frau. Und jetzt bin ich seine Witwe …«

Bancroft hob die Smith & Wesson, aber Trudy schoss zuerst. Sie traf ihn in die rechte Schulter. Bancroft ließ die Waffe fallen und klammerte sich mit der linken Hand ans Treppengeländer. Trudy drückte noch einmal ab. Diesmal traf sie Bancroft in den Unterleib. Vor Schmerz laut aufstöhnend, begann er zu taumeln, während Trudy in rascher Folge sechs weitere Kugeln in seinen zuckenden Körper jagte. Mit weit ausgebreiteten Armen stürzte er rückwärts die Treppe hinunter und war bereits tot, als Tweed und die anderen an den Ort des Geschehens stürmten.

37

Newman fuhr den holprigen Weg vom Château de l'Air hinunter und hielt vor dem baufälligen Tor, durch das man hinaus auf die große Straße kam. Paula, die oben auf der Terrasse noch mit Marler gesprochen hatte, saß neben ihm, während die Rückbank wie üblich von Tweed und Trudy eingenommen wurde. Sie warteten darauf, dass die beiden anderen Wagen zu ihnen aufschlossen.

»Was haben Sie mit ihm gemacht?«, fragte Trudy.

»Wir haben ihn an einen Ort gebracht, wo ihn so schnell niemand finden wird«, sagte Tweed ruhig.

Mit »ihn« meinte Trudy den toten Bancroft. Marler hatte einen idealen Platz für seine Leiche gefunden, einen grasüberwachsenen Faulbehälter im hinteren Teil des Gartens. Butler hatte den Deckel angehoben und den Toten mit Nields Hilfe hineingeworfen. Paulas Meinung nach war diese letzte Ruhestätte für Bancroft durchaus angemessen.

»Von dem werden Sie nie wieder etwas hören«, sagte Tweed zu Trudy, die mit aschfahlem Gesicht neben ihm saß. Ihre Hände hatte sie gefaltet, damit Tweed nicht sah, wie sehr sie zitterten. Tweed griff in die kleine Leinentasche zu seinen Füßen und holte eine Thermosflasche, einen Löffel und Würfelzucker hervor. Er schraubte den Becher ab und goss dann heißen Tee hinein. Zur besseren Isolierung hatte Tweed die

Thermoskanne zusätzlich in mehrere Tücher gewickelt. Nachdem er mehrere Stück Würfelzucker in den Tee gegeben und kräftig umgerührt hatte, reichte er Trudy das dampfende Gebräu.

»Hier, trinken Sie das«, sagte er. »Gesüßter Tee wirkt wahre Wunder, wenn man unter Schock steht.«

Trudy ergriff den Plastikbecher mit beiden Händen und führte ihn langsam zum Mund. Dabei zitterten ihre Hände so stark, dass Tweed ihr helfen musste. Erst nippte Trudy nur an dem Tee, dann trank sie in immer größeren Schlucken. Schließlich gab sie Tweed den leeren Becher zurück.

»Ah, jetzt fühle ich mich schon sehr viel besser«, sagte sie. »Vielen Dank.«

»Ich wusste gar nicht, dass Sie Tee dabeihaben«, sagte Paula. »Wo haben Sie den denn her?«

»Von diesem jungen Geschäftsführer im Les Corbières. Er hat ihn für mich aufbrühen lassen und mir freundlicherweise sogar die Thermoskanne zur Verfügung gestellt. Für den Notfall ist heißer Tee immer gut.«

»Und jetzt bin ich dieser Notfall«, sagte Trudy mit einem schwachen Lächeln. »Könnte ich vielleicht noch etwas von Ihrem Zaubertrank für die eingebildete Kranke haben?«

Tweed goss ihr den Becher noch einmal voll und süßte ihn abermals mit mehreren Stücken Würfelzucker. Diesmal konnte Trudy den Becher schon ohne seine Hilfe halten. Paula sah, wie langsam wieder etwas Farbe in Trudys Gesicht zurückkehrte. Als diese ihr schließlich sogar zuzwinkerte, war Paula froh, dass Trudy sich so rasch von ihrem Schock erholt hatte.

»Meine Frisur ist ja ganz durcheinander«, sagte Trudy und fing an, in ihrer Tasche herumzukramen. Paula reichte ihr einen Kamm und einen kleinen Spiegel.

»Entschuldigen Sie bitte«, sagte sie zu Tweed. »Normalerweise mache ich so etwas nicht in der Öffentlichkeit.«

»Wir sind auch nicht die Öffentlichkeit«, entgegnete Tweed. »Wir sind Ihre Freunde.«

»Das weiß ich. Und ich bin sehr froh darüber.«

Mit Händen und Kamm fuhr sich Trudy durch ihre wild zerzauste rote Mähne. Als sie Spiegel und Kamm schließlich an Paula zurückgab, seufzte sie tief.

»Danke sehr. Jetzt fühle ich mich wieder halbwegs zivilisiert. Aber sehen Sie nur, der Nebel kehrt zurück.«

Weiße Schwaden drifteten an dem Auto vorbei und hüllten es bald vollständig ein. Ein paar Minuten später hörte Paula, wie die anderen beiden Wagen langsam vom Château heruntergefahren kamen und schließlich hinter ihnen anhielten. Marler stieg aus, und Tweed kurbelte sein Fenster herunter. Nach einem kurzen Blick auf Trudy drehte sich Marler so, dass nur Tweed sehen konnte, wie er ihm mit dem Daumen das Okay-Zeichen gab. Die Entsorgung der Leiche hatte geklappt.

»Und was machen wir jetzt?«, fragte er, während er sich ins offene Fenster hereinlehnte.

In diesem Moment meldete sich Tweeds Handy. Er holte es aus der Tasche.

»Burgoyne?«, fragte Newman.

»Hallo?«, meldete sich Tweed.

»Ich bin's. Arthur«, sagte eine Tweed vertraute Stimme. Es war Arthur Beck. »Ich rufe von einer Telefonzelle aus an. Wann werden Sie zurück in Genf sein?«

»In schätzungsweise einer Stunde.«

»Ein gewisser Mr. Harrington, der Sicherheitsminister Ihres Landes, wartet im Hôtel Richemond auf Sie. Ich habe mitbekommen, wie er an der Rezeption gesagt hat, sein Freund Tweed werde in diesem Hotel absteigen. Der Lehrling an der Rezeption hat ihm daraufhin die Nummer Ihrer Suite gegeben. Ich habe mich natürlich sofort bei der Direktion beschwert, und vermutlich hat man den Lehrling daraufhin gefeuert. Im Richemond legt man üblicherweise großen Wert auf Diskretion.«

»Sein Freund Tweed!«, schnaubte Tweed. »Seit wann ist der Bastard denn in Genf?«

»Er ist mit der Vormittagsmaschine aus London gekommen. Ich sollte es vielleicht nicht sagen, aber ich mag ihn auch nicht besonders.«

»Der Mann ist ein Ausbund an Arroganz. Vielen Dank für die Warnung, Arthur. Gibt es sonst noch etwas?«

»Ja. Ich hätte Ihnen das gleich als Erstes sagen sollen. Ich habe drei verschiedene Immobilien gefunden, die auf Ihre Beschreibung passen könnten, aber die nenne ich Ihnen lieber nicht am Telefon. Wie war es denn in Annecy?«

»Wir hatten ein paar recht interessante Erlebnisse«, sagte Tweed. »Aber davon erzähle ich Ihnen später. Wo kann ich Sie treffen?«

»Ich werde in der Lobby des Richemond auf Sie warten. Bis bald.«

Tweed steckte das Handy zurück in die Tasche.

»Wen haben Sie mit Bastard gemeint?«, fragte Newman.

»Unseren hochwohlgeborenen Lord Aubrey Courtney Harrington, der extra nach Genf geflogen ist, um mit mir zu sprechen. Ehrlich gesagt, ich könnte auch gut ohne ihn auskommen, besonders jetzt, wo wir in die entscheidende Phase treten.«

»Woher weiß er denn, dass wir in Genf sind?«, fragte Paula.

»Ich vermute, dass Bate, bevor er in der Tiefgarage ums Leben gekommen ist, seiner Lordschaft telefonisch Bericht erstattet hat. Wenn wir in Genf sind, muss ich als Erstes Harrington loswerden. Soll er doch hingehen, wo er will – Singapur wäre zum Beispiel nicht schlecht.«

»Gibt es sonst noch was?«, fragte Newman.

»Und ob. Beck hat drei Immobilien gefunden, die für Goslars Zwecke in Frage kämen.«

»Und wie wollen Sie herausfinden, welche von den dreien die richtige ist?«

»Offen gestanden, ich habe keine Ahnung.«

Marler, der noch immer vor dem Wagen stand, hatte jedes Wort mitbekommen. Er trampelte vor Kälte mit den Füßen und rieb sich die behandschuhten Hände.

»Ich finde, wir sollten auf der Straße zurück nach Genf sehr vorsichtig sein, auch wenn Burgoyne sich bisher noch nicht gemeldet hat«, sagte er. »Er könnte ja durch irgendetwas verhindert sein. Ich schlage deshalb vor, dass wir wieder in derselben

Reihenfolge fahren wie bisher. Butler und ich sitzen im ersten Wagen, dann kommt Nield und am Schluss kommen Sie. Das hat sich bisher glänzend bewährt.«

»Einverstanden«, sagte Tweed. »Was meinen Sie, Bob?«

»Marler hat Recht. Diese Reihenfolge ist am sinnvollsten.«

»Sie glauben doch nicht etwa, dass wir auf der Fahrt nach Genf Probleme kriegen?«, sagte Paula.

»Man kann nie wissen. Außerdem hat Marler einen ausgeprägten Riecher für Gefahr. Das hat er in der Vergangenheit oft genug bewiesen. Noch haben wir es nicht überstanden.«

Nachdem die beiden anderen Autos seinen Wagen auf dem schmalen Weg passiert hatten, folgte Newman ihnen hinaus auf die große Straße. Der Nebel war so dicht, dass man trotz eingeschalteten Nebelscheinwerfern nur im Schritttempo fahren konnte. Als Paula sich nach einer Weile umblickte, sah sie, dass Trudy, mit dem Kopf an Tweeds Schulter gelehnt, eingeschlafen war. Tweed schaute Paula an und hob die Augenbrauen, als wollte er sagen: *Was kann man da schon machen?*

38

Erst als sie die alte Hängebrücke erreichten, lichtete sich der Nebel ein wenig. Paula schaute hinüber zu den torartigen Pfeilern und den dazwischen hängenden Drahtseilen, die in den weißen Schwaden ziemlich unheimlich wirkten. Als sie nach hinten blickte, sah sie, dass Trudy wieder aufgewacht war und nach draußen zu der Brücke blickte, von der aus der Araber sie um ein Haar in den Abgrund gestoßen hätte. Paula hätte schwören können, dass Trudy ganz leicht mit den Schultern zuckte, bevor sie die Augen schloss und wieder einschlief. Die Frau hat Nerven aus Stahl, dachte Paula.

Minuten später war der Nebel verschwunden, und die verlassene Straße vor ihnen schimmerte im Mondlicht. Die drei Wagen beschleunigten und fuhren weiter. Newman, der eigentlich nur den Schlusslichtern von Nields Wagen hinterherfahren musste, setzte sich aufrecht hin. Es war gefährlich, allzu sehr in Routine zu verfallen.

Nachdem sie eine Weile so dahingefahren waren, geschah es. Vorn in Marlers Wagen hatte Nield gerade eine Karte entfaltet, um nachzusehen, wie weit es noch bis Genf war. Verstohlen öffnete er ein kleines Etui und setzte sich eine Hornbrille auf die Nase.

Marler schaute ihn eine Weile an, bevor er sich dazu entschied, etwas zu sagen.

»Ich wusste gar nicht, dass Sie schon eine Brille benötigen«, bemerkte er.

»Nur für das klein Gedruckte«, antwortete Nield peinlich berührt. »Ich habe sie mir kurz vor der Abreise aus London machen lassen. Bücher oder Zeitungen kann ich zwar noch ganz gut ohne Brille lesen, aber bei den kleinen Ortsnamen auf der Karte wird es schwierig.«

»Dann war das mit der Brille wohl eine gute Idee.«

»Wahrscheinlich. Aber ich hasse es, zum Optiker zu gehen. Die quasseln einem immer die Hucke voll, vermutlich, um ihre horrenden Honorare zu rechtfertigen. Die Frau in dem Laden hat mir erzählt, dass Landkarten teilweise in einer Vier-Punkt-Schrift gedruckt sind, während die Buchstaben in Büchern und Zeitschriften zehn oder zwölf Punkt groß sind. Als ob mich so etwas interessieren würde.«

»Und wo sind wir jetzt?«

»Ich habe nicht den leisesten Schimmer. Die Ortschaft, durch die wir gerade gefahren sind, scheint keinen Namen zu haben. Und hier sieht es aus, als würden sich Fuchs und Hase gute Nacht sagen.«

Marler konnte dem nur zustimmen. Sie fuhren gerade leicht bergauf. Während sich rechts hinter niedrigen Hecken endlose Felder ausbreiteten, stieg links ein steiler, mit dunklen Fichten bestandener Berghang empor. Die Bäume sahen aus, als könnten sie jeden Augenblick auf die unter ihnen vorbeifahrenden Autos stürzen. Marler, der sich daran erinnerte, dass auf diesem Streckenabschnitt ein paar scharfe Kurven kamen, fuhr mit mäßiger Geschwindigkeit. Vor der ersten Kurve bremste er noch weiter ab, weil auf einmal ein Tier vor ihm über die Straße lief. Er brachte den Wagen fast zum Stehen und sah noch, wie es unter einer Hecke auf der anderen Straßenseite verschwand. In diesem Augenblick streifte eine Kugel die Kühlerhaube und prallte mit einem metallischen Geräusch davon ab. Hätte Marler nicht für das Tier gebremst, wäre Butler jetzt tot gewesen.

Marler schaltete Motor und Scheinwerfer aus, nahm sein Armalite vom Rücksitz und sprang fast gleichzeitig mit Butler aus dem Wagen.

»Scharfschütze oben am Berg!«, rief Marler. »Ich gehe ihn von der Straße aus an.«

»Und ich mache einen weiten Bogen durch den Wald. Vielleicht erwische ich ihn von hinten.«

Als Marler den Berghang hinaufstieg, pfiff eine zweite Kugel ganz knapp an seiner Schulter vorbei. Der Schütze musste sich irgendwo zwischen den Bäumen versteckt halten.

Nield, der im nächsten Wagen saß, wusste sofort, was los war, und schaltete ebenfalls den Motor und die Scheinwerfer aus. Auch Newman hielt an und tat dasselbe. Trudy war mit einem Schlag hellwach und hatte auch gleich ihre Pistole in der Hand. Tweed sah sie erstaunt an.

»Ich habe ein Geräusch gehört, wie von einer Kugel auf Metall. Wahrscheinlich hat jemand auf Marlers Wagen geschossen. Ich gehe nach vorn und helfe ihm.«

»Nein, Sie bleiben bitte im Auto«, erwiderte Tweed in freundlichem Ton. »Die beiden werden schon selber damit fertig.«

Ein weiteres Mal hatte ihn Trudys kaltblütige Reaktion überrascht. Er musste daran denken, wie sie auf der Treppe im Château de l'Air gestanden und auf die Leiche von Bancroft hinabgeschaut hatte, die wie ein Haufen alter Lumpen am Fuß der Stufen gelegen hatte. Trudy hatte ganz ruhig das leere Magazin aus ihrer Waffe genommen und ein neues hineingesteckt. Sie war durch und durch ein Profi.

»Sie sind rechts den Hang hinauf«, sagte Newman. »Ich schlage vor, wir steigen aus und verstecken uns hinter dem Wagen. Tweed und Paula, Sie sollten nicht auf Ihrer Seite aussteigen. Krabbeln Sie nach links und benutzen sie die Türen auf der Fahrerseite.«

Marler, der beim zweiten Schuss das Mündungsfeuer in einem der Bäume gesehen hatte, arbeitete sich langsam durch den Wald nach oben. Dabei hielt er sein Armalite so, dass er daraus jederzeit einen Feuerstoß abgeben konnte. Butler war irgendwo rechts von ihm zwischen den Bäumen verschwunden.

Butler stieg in einem weiten Kreis den Berg hinauf. Das Mondlicht drang durch das Geäst und beleuchtete den Boden vor seinen Füßen, sodass er das trockene Laub vom Vorjahr umgehen konnte, dessen Rascheln ihn möglicherweise dem Scharfschützen verraten hätte. Stattdessen trat er auf weiche Moospolster, die seine Schritte bis zur Unhörbarkeit dämpften. Als er rechter Hand das Plätschern von Wasser hörte, ging er darauf zu.

Er kam an einen kleinen Bach, der zwischen großen Steinen munter dahinfloss. Manche der Steine waren so flach, dass Butler trockenen Fußes auf die andere Seiten laufen konnte. Bei seinem weiteren Aufstieg hielt er sich nahe am Wasser, dessen Plätschern das Geräusch seiner Schritte übertönte.

Je näher er dem Bergkamm kam, desto mehr Mondlicht drang durchs Geäst. Dadurch kam Butler jetzt sogar noch schneller voran. Mit schussbereiter Waffe in der Hand blickte er nach links, wo sich irgendwo der Scharfschütze versteckt halten musste. Er sorgte sich etwas um Marler, der den Gegner ja frontal angegangen war. Hier im Wald war es bitterkalt, aber Butler machte das nichts aus. Im Gegenteil, die Kälte schärfte ihm die Sinne. Mit Genugtuung stellte er fest, dass der Lauf des Baches jetzt einen Bogen nach links machte und sich damit der Position des Scharfschützen näherte.

Unerwartet rasch erreichte er den Bergkamm, von dem aus er einen herrlichen Blick auf die vom Mondlicht beschienene Landschaft auf der anderen Seite hatte. Geduckt lief er ein paar Schritte auf dem Kamm entlang, dann blieb er plötzlich stehen. Dreißig Meter unter sich hatte er eine Bewegung wahrgenommen. Hinter einem Baumstamm kauerte eine Gestalt mit einem Gewehr, dessen Mündung den Berg hinabzeigte. Vorsichtig pirschte sich Butler von hinten an die Gestalt heran, wobei er darauf achtete, nicht das leiseste Geräusch zu machen. Als er nur noch ein paar Meter von dem Scharfschützen entfernt war, sah er zu seinem Entsetzen, wie Marler jenem direkt ins Schussfeld lief. Butler geriet darüber aber nicht in Panik, sondern setzte seinen lautlosen Abstieg fort. Als der Scharfschütze schließlich sein Gewehr hob und sorgfältig zielte, wusste Butler, dass er Marler im Visier hatte.

Butler, der jetzt unmittelbar hinter dem Scharfschützen stand, hob seine Walther und drückte ab. Die Kugel traf den Mann in den Hinterkopf und riss ihm den halben Schädel weg. Als Butler sich über den nach vorn zusammengesackten Toten beugte, entdeckte er an dessen zerschmettertem Kopf die Reste eines grünen Stirnbandes.

»Warum sind die nur so wild auf Grün?«, murmelte er.

»Vielen Dank, Sie haben mir das Leben gerettet«, sagte Marler, der den Hang heraufgekommen war und sich nun ebenfalls über den Toten beugte. Butler packte das Stirnband an einer Stelle, die noch nicht vom Blut durchtränkt war, und löste es vorsichtig von dem zertrümmerten Schädel.

»Wo wollen Sie hin?«, fragte Marler.

Wortlos ging Butler zurück zu dem Bach, wo er das Stück Stirnband ins Wasser warf. Er wartete, bis es in einem Strudel verschwunden war, bevor er sich wieder an Marler wandte.

»Das war's dann wohl für heute. Müssen wir die Leiche begraben?«

»Wohl kaum.« Marler hielt kurz inne. »Ist Ihnen eigentlich klar, dass der Schütze vermutlich geglaubt hat, auf Tweed zu schießen?«

»Wieso denn das?«

»Man hat ihm wahrscheinlich eine vage Beschreibung von Tweed gegeben. Als er dann Sie mit Ihrer Hornbrille sah, hat er Sie mit ihm verwechselt.«

»Dann lasse ich mir am besten gleich eine andere Brille machen. Die habe ich sowieso nur genommen, weil ich so schnell wie möglich wieder aus dem verdammten Optikerladen herauswollte.«

Als Marler und Butler aus dem Wald herauskamen, trafen sie auf Newman, der ein grimmiges Gesicht machte. Marler erzählte ihm, was vorgefallen war.

»Wir sagen den anderen lieber nicht, dass es wieder ein Araber war«, sagte er. »Trudy hält sich zwar erstaunlich gut, aber für einen einzigen Tag hat sie wahrlich genug mitgemacht. Wir sprechen einfach von einem Scharfschützen und belassen es dabei.«

»Ich glaube, Sie unterschätzen Trudy«, sagte Tweed, der plötzlich hinter Newman aufgetaucht war. »Und jetzt sollten wir zusehen, dass wir nach Genf kommen. Ich brauche unbedingt einen Drink, bevor ich Harrington gegenübertrete.«

»Was ist denn passiert?«, fragte Trudy, als Newman sich wieder hinters Steuer setzte und Tweed neben ihr Platz nahm.

»Ein Scharfschütze«, sagte Tweed. »Aber nur einer. Goslar lässt wirklich keine Langeweile aufkommen. Heute Vormittag hat er mit einem Massenangriff keinen Erfolg gehabt, also probiert er es jetzt mit einem einsamen Scharfschützen. Marler und Butler haben den Kerl erledigt.«

»War es denn wieder ein Araber?«, wollte Trudy wissen.

Newman drehte sich um und sah sie erstaunt an, während Tweed sich ein Lächeln nicht verkneifen konnte.

»Ja«, antwortete Newman.

»Dann scheint es wohl so zu sein, dass Goslar sich den höchsten Preis für seine Waffe von einem arabischen Land verspricht, in dem die Fundamentalisten die Macht haben«, sagte Trudy. »Daher fällt es ihm nicht schwer, Araber für die Angriffe auf uns zu rekrutieren.«

»Damit könnten Sie Recht haben.«

Tweed bewunderte Trudys präzise Einschätzung. Ihre Vermutung stimmte ziemlich genau mit seiner eigenen Analyse der Situation überein. Newman war inzwischen wieder losgefahren und hatte etwas Mühe, Nield hinterherzukommen, der kräftig aufs Gaspedal trat.

»Und diesmal hat Burgoyne uns nicht gewarnt«, fuhr Trudy fort.

»Das überrascht mich nicht«, sagte Tweed. »Der Scharfschütze wusste bestimmt, dass wir in drei Autos unterwegs waren. Ich vermute mal, dass er es auf mich abgesehen hatte, also hat ein einzelnes Fahrzeug ihn nicht interessiert. Außerdem wissen Sie ja, wie schnell Burgoyne üblicherweise fährt – bei einer solchen Geschwindigkeit ist es äußerst schwierig zu sehen, wer im Wagen sitzt, geschweige denn, ihn zu treffen. Also hat der Scharfschütze Burgoyne wahrscheinlich ungehindert passieren lassen.«

»Dann dürfte Burgoyne jetzt also schon längst in Genf sein«, sagte Trudy. »Und Serena bestimmt auch. Wahrscheinlich sind sie sogar zur selben Zeit dort angekommen.«

Die Frau lässt nicht locker, dachte Paula anerkennend. Dabei möchte man eigentlich meinen, dass das Erlebnis im Château sie völlig entkräftet haben sollte.

»Ich glaube, dass Serena vor Burgoyne angekommen ist«, meinte Tweed. »Irgendwie habe ich das Gefühl, dass sie noch schneller fährt als er. Und außerdem hat sie sich ja nicht nach Stellen für einen möglichen Hinterhalt umsehen müssen. Das hat Burgoyne sicherlich einiges an Zeit gekostet.«

»Wäre es nicht sinnvoll, sie anzurufen? Ich glaube, sie war nicht in besonders guter Stimmung, als sie uns in Annecy verlassen hat.«

»Das ist eine gute Idee«, sagte Tweed.

Erst beim dritten Versuch erreichte er mit seinem Handy das Richemond. Paula sah nach hinten und bemerkte, dass Trudy wieder, mit dem Kopf an Tweeds Schulter gelehnt, eingeschlafen war. Das wird ihr gut tun, dachte Paula.

»Spreche ich mit der Rezeption des Hôtel Richemond? Gut. Ich habe bei Ihnen reserviert. Mein Name ist Tweed. Können Sie mir vielleicht sagen, ob eine Serena Cavendish inzwischen eingetroffen ist?« Tweed räusperte sich. »Sie ist? Seit wann? Und sie hat ihre Suite für sieben Wochen im Voraus gebucht? Danke. Und jetzt ist sie nicht auf ihrem Zimmer? Vielen Dank.«

»Das kommt mir doch ein wenig merkwürdig vor«, sagte Paula nachdenklich. »Sie kann doch unmöglich sieben Wochen für einen einzigen Modejob brauchen. Irgendwie kommt mir diese Tour bekannt vor.«

39

Im weißen Kittel stand Dr. Goslar in dem runden Labor mit dem Kegeldach. Der dritte Kanister, der sich über viele Stunden lang Tropfen für Tropfen mit der klaren Flüssigkeit gefüllt hatte, war jetzt voll. Sorgfältig verschloss Dr. Goslar ihn mit einem luftdichten Deckel.

In den drei Kanistern befand sich jetzt genug von der teuflischen Flüssigkeit, um fünfundsiebzig Millionen Menschen zu töten. Vielleicht sogar noch mehr. Goslar, der Latexhandschuhe trug, nahm den zuletzt gefüllten Kanister und stellte ihn neben die beiden anderen, die auf einem Tisch mit gekachelter Platte standen. Damit befand sich der Kanister nicht mehr in der Nähe der kreisrunden Mauer in der Mitte des Raumes, deren Steine von dem mehrere Stockwerke weiter unten brennenden Feuer ganz heiß waren. Der Inhalt des Kanisters musste abkühlen, bevor man ihn transportieren konnte. Das konnte eine Weile dauern.

Dr. Goslar, dessen Füße in eng sitzenden Laborschuhen aus mit Latex überzogenem Polystyrol steckten, bewegte sich lautlos hinüber zu dem anderen Tisch, auf dem noch vor kurzem der dritte Kanister gestanden hatte. Goslar kontrollierte noch einmal, ob der Hahn, aus dem die Flüssigkeit getropft war, auch wirklich fest zugedreht war, und trat dann an das neugotische Turmfenster. Draußen fiel der Schnee auf den steilen Abhang und den stillen See darunter, an dessen Ufern das matt glänzende Eis noch weiter ins Wasser hineingewachsen war.

Langsamen Schrittes verließ Goslar das Fenster und trat an den Rand der kreisrunden Feuerstelle, in der zehn Meter weiter unten die Flammen knisterten. Goslar zog die Latexhandschuhe aus, steckte sie in eine Tasche des Laborkittels und warf drei große Holzscheite, die an der Wand des Kamins gelehnt hatten, hinunter ins Feuer, das daraufhin begierig aufloderte.

Goslar trat von der Feuerstelle zurück und ging zu einer schweren Tür, hinter der die enge, steile Wendeltreppe in das ein Stockwerk tiefer gelegene Wohnzimmer führte.

Dort legte sich Goslar auf das Sofa, schlug die Beine übereinander und schaute nach oben zu dem großen, an der Wand angebrachten Fernseher, der ununterbrochen lief. Bald würde der Wetterbericht kommen. Goslar sah auf die Uhr. Der Zeitplan musste unbedingt eingehalten werden, und dabei war die Zeit, die man brauchte, um die in Spezialcontainer verpackten Kanister zum Flughafen zu fahren, die große Unbekannte.

40

Ohne weitere Zwischenfälle kamen Tweed und sein Team in Genf an. Das Licht der Straßenlaternen schimmerte auf dem stillen Wasser der Rhône, und in der Innenstadt herrschte so gut wie kein Verkehr.

»Für uns wird es bald vorbei sein mit der Stille«, sagte Tweed, als Newman den Wagen vor dem Richemond zum Stehen brachte.

Damit sollte er Recht behalten. Kaum hatten er, Paula und Newman sich an der Rezeption ihre Schlüssel geben lassen, da stand ein schlanker, elegant gekleideter Mann von einem der Sofas in der Lobby auf. Er war über einen Meter achtzig groß und kam mit energischen Schritten auf sie zu. Ein zweiter, etwas kleinerer Mann folgte ihm auf dem Fuß. So muss es sein, dachte Tweed. Der Diener geht immer einen Schritt hinter seinem Herrn.

Seine Lordschaft Aubrey Courtney Harrington baute sich direkt vor Tweed auf und schaute ihn über seine lange Nase hinweg drohend an. Das graue Haar war perfekt geschnitten und frisiert, und seinen Nägeln sah man es an, dass Harrington erst kürzlich bei der Maniküre gewesen war. Er hatte ein längliches, glatt rasiertes Gesicht, dessen dominantes Kinn er aggressiv nach vorn streckte.

»Da hinein, Tweed«, sagte er und deutete auf eine Tür in der Nähe. Sein Ton glich dem eines Erziehers, der einem ungezogenen Kind einen Denkzettel verpassen wollte. »Ich habe einen Konferenzraum für mich reservieren lassen. Außer uns wird nur Adrian Diplock, mein persönlicher Assistent, an diesem Gespräch teilnehmen.«

Dabei deutete er auf den kleinen Mann, dessen Blicke wieselflink durch die Halle wanderten. Während Harrington, der Paula und Newman keines Blickes gewürdigt hatte, mit kerzengeradem Rücken auf die Tür des Konferenzzimmers zuschritt, wandte Tweed sich ab und ging zu den Aufzügen. Als Diplock das sah, rannte er ihm hinterher.

»Der Minister wünscht Sie zu sprechen. Und zwar *sofort*.«

»Ziehen Sie Leine«, sagte Newman.

»Wo wollen Sie denn hin, zum Teufel noch mal?«, herrschte Harrington, der inzwischen ebenfalls kehrtgemacht hatte, Tweed an.

»Hinauf in meine Suite«, antwortete Tweed ruhig, ohne stehen zu bleiben. »Ich möchte mich gern duschen und eine Kleinigkeit essen. Und dann gönne ich mir noch einen Drink, bevor ich wieder nach unten komme.«

»Ich habe *stundenlang* auf Sie gewartet«, fauchte Harrington, »während Sie irgendwo in der Weltgeschichte herumgegondelt sind.«

»Ich bezweifle, dass Sie gern mitgegondelt wären«, sagte Tweed. »Vermutlich hätten Sie vor lauter Angst den Verstand verloren.«

»Der Herr Minister wünscht auf der Stelle mit Ihnen zu konferieren«, sagte Diplock in seinem überheblichen Tonfall und fasste Tweed dabei am Arm. »Wenn ich Sie wäre, würde ich seinem Wunsch entsprechen.«

Newman trat auf Diplock zu und nahm dessen Hand von Tweeds Arm.

»Wenn Sie ihn noch einmal anfassen, breche ich Ihnen die Knochen«, sagte er wutentbrannt.

Diplock trat einen Schritt zurück. Er hatte sichtlich Angst vor Newman und wusste offenbar nicht, wie er sich weiter verhalten sollte. Besonders peinlich schien ihm zu sein, dass Harrington die Zurechtweisung mit angesehen hatte.

»Wir sehen uns dann in einer Stunde«, sagte Tweed und trat in den Aufzug.

Als Tweed seine Suite aufsperrte, kam auf einmal Arthur Beck den Gang entlang. Tweed bat ihn herein und sagte Paula und Newman, dass sie sich ihnen anschließen sollten. Nachdem er seine Kollegen nach ihren Wünschen gefragt hatte, rief er beim Zimmerservice an.

»Wir hätten gern dreimal Rührei, einen doppelten Scotch und zwei Brandy mit Soda. Ich wäre Ihnen sehr verbunden, wenn man die Sachen so schnell wie möglich heraufbringen würde. Vielen Dank.« Tweed legte auf. »Setzen Sie sich doch, Arthur«, sagte er. »Es tut mir Leid, dass wir so lange gebraucht haben. Und danken Sie dem Himmel, dass Sie hier in der Schweiz so gut wie keine Regierung haben.«

»Ich hatte bereits das zweifelhafte Vergnügen, einen Ihrer Minister kennen zu lernen«, sagte Beck, während er sich auf einem der Sofas niederließ. »Aber immer der Reihe nach.« Er erhob sich wieder, ging hinüber zu Paula und küsste sie auf beide Wangen. »Willkommen in Genf.«

»Danke, Arthur. Ich freue mich, Sie wieder zu sehen.«

Die beiden kommen wirklich gut miteinander aus, dachte Tweed. Und zwar seit ihrer ersten Begegnung. Das gefällt mir.

»Wie geht es eigentlich Trudy?«, fragte er Paula. »Ich konnte gar nicht mehr mit ihr reden, weil dieser Harrington plötzlich über mich hergefallen ist.«

»Sie ist sehr müde und wollte nur noch ins Bett. Ich habe ihr geraten, genau das zu tun. Ansonsten scheint sie guten Mutes zu sein.«

»Das klingt gut«, sagte Tweed und wandte sich an Beck. »Also, Arthur, Sie sind dran.«

Beck, der schmal gebaut und etwa so groß wie Tweed war, hatte lebhafte Augen, graues Haar, eine hohe Stirn und einen exakt gestutzten Schnurrbart. Der Chef der Schweizerischen Bundespolizei verfügte über eine dynamische Persönlichkeit und war mit seiner ausgesuchten Höflichkeit Tweed, Paula und Newman gleichermaßen sympathisch.

»Das Erste, was ich Ihnen mitteilen muss, wird Sie vielleicht erschrecken«, sagte er in fließendem Englisch. »Es verdichten sich in letzter Zeit gewisse Gerüchte – die ich persönlich übrigens ziemlich glaubhaft finde –, dass Ali, der sich an die Spitze eines wichtigen arabischen Staates geputscht hat, Goslar dreihundert Milliarden Pfund für seine Waffe zahlen will.«

»Dreihundert *Milliarden*«, wiederholte Paula ungläubig. »Sind Sie sicher, dass es nicht Millionen waren?«

»Milliarden«, sagte Beck. »Und noch dazu Pfund, nicht Dollar. Der Preis für Rohöl ist zwar in letzter Zeit gefallen, aber dieser Ali watet praktisch in dem Zeug. Er kann es sich leisten, solche irrsinnigen Summen auszugeben.«

»Dann muss die Waffe also fertig zur Auslieferung sein«, sagte Tweed. »Oder zumindest fast fertig.«

»Damit haben Sie vermutlich Recht. Die Schonzeit ist vorbei. Aber ich habe Ihnen noch mehr zu berichten. Aus zuverlässigen Quellen habe ich erfahren, dass hundert Milliarden Pfund bereits auf ein Sperrkonto bei der Züricher Crédit Suisse eingezahlt wurden. Sie werden sofort freigegeben, sobald Ali die Waffe erhalten hat.

»Dann haben wir nicht mehr viel Zeit.«

»Wie ich schon sagte, die Schonzeit ist vorbei.«

»Steht der Grumman-Jet eigentlich noch immer auf dem Flughafen von Genf?«, fragte Tweed mit einem besorgten Unterton in der Stimme.

»Ja«, antwortete Beck. »Und nach wie vor halten sich mehrere Pilotencrews in wechselnden Schichten Tag und Nacht zum Abflug bereit.«

»Kann man denn gar nichts dagegen tun? Können Sie nicht irgendeine Vorschrift erfinden, um das Flugzeug am Abflug zu hindern?«

»Leider nein. Wie Sie wissen, ist die Schweiz ein neutrales Land. Ich finde einfach keinen Vorwand, um die Maschine zu beschlagnahmen. Aber seien Sie versichert, dass ich nichts unversucht gelassen habe.«

»Das glaube ich Ihnen, Arthur. Können wir jetzt zu einem anderen Thema kommen? Sie haben mir am Telefon gesagt, dass Sie drei Immobilien gefunden haben, in denen Goslar sich möglicherweise aufhalten könnte.«

»Dazu musste ich ein paar Immobilienmakler in die Mangel nehmen, aber in so was habe ich ja Erfahrung«, sagte Beck und öffnete den Aktenkoffer, den er mit in die Suite gebracht hatte. Er entnahm ihm drei Schnellhefter, von denen er den ersten Tweed reichte. »Darin finden Sie eine Broschüre, die ein großes, altes Haus außerhalb von Montreux beschreibt. Es wurde für ein Jahr von einer Amerikanerin namens Mrs. Jefferson gemietet.«

»Wie lange hat sie dort gewohnt?«

»Elf Monate. Ihr Mann ist ein millionenschwerer Bankier und lebt in New York. Ich habe das überprüft. Den Mann gibt es wirklich.«

»Montreux kommt sowieso eher nicht in Frage. Es ist zu weit vom Flughafen Genf entfernt. Außerdem kann ich hier keine typische Verhaltensweise von Goslar entdecken.«

»Als Nächstes hätte ich eine palastähnliche Villa in Vevey«, sagte Beck und gab Tweed den zweiten Hefter. »Sicher wissen Sie, wo das ist. Die Villa wurde von einem Professor Gastermann gemietet, der im Fernen Osten ein Vermögen gemacht haben soll. Leider konnte ich nicht viel mehr über ihn herausfinden.«

»Für wie lange hat er die Villa gemietet?«

»Für zwei Jahre. Von denen hat er achtzehn Monate dort verbracht.«

»Auch nicht sehr wahrscheinlich«, sagte Tweed, nachdem er die Broschüre durchgeblättert hatte. »Wieder zu weit vom Flugplatz entfernt, und außerdem passt auch das Verhalten dieses

Professors nicht auf Goslar, der seine Immobilien zwar für einen langen Zeitraum anmietet, dann aber nach ein paar Wochen oder Monaten von einem Tag auf den anderen spurlos verschwindet.«

»Dann hätte ich nur noch ein Objekt für Sie: Das Château Rance, das vor vielen Jahren von einem exzentrischen Schweizer Bankier erbaut wurde. Es ist ein seltsames Gemäuer.« Beck gab Tweed den letzten Hefter. »Sieht aus wie ein Märchenschloss und liegt in den Bergen in der Nähe von Genf. Ein Mr. Arnold Aspinall hat es vor zwei Monaten für einen Zeitraum von zwei Jahren gemietet. Das Schloss liegt ziemlich einsam oberhalb des Lac de Joux. Die nächstgelegene Ortschaft ist Le Brassus.«

»Charterhouse in Gargoyle Towers, Masterson im Château de l'Air und jetzt Aspinall«, murmelte Tweed leise vor sich hin.

»Wie bitte?«, fragte Beck.

»Ach nichts. Ich habe bloß vor mich hingeplappert. Wie lange fährt man von diesem Château Rance aus zum Flughafen?«

»Etwa eine Dreiviertelstunde. Im Augenblick vielleicht etwas länger, weil es in den Bergen ziemlich stark geschneit hat.«

»Klingt ziemlich viel versprechend, Arthur«, sagte Tweed und betrachtete sorgfältig die Broschüre. »Ein seltsames Gemäuer, in der Tat. Bizarre Architektur, besonders der eine große Turm. Hat irgendwer diesen Mr. Aspinall schon mal gesehen?«

»Ich habe einen Freund von mir angerufen, der in Le Brassus wohnt. Er sagt, dass noch niemand in dem Ort den neuen Bewohner des Châteaus je zu Gesicht bekommen hat. Aber nachts brennen ständig die Lichter im Schloss. Heute Nacht übrigens auch.«

»Das ist er! Ich kann ihn förmlich riechen!«, rief Tweed so aufgeregt, wie Paula ihn selten erlebt hatte. »Was meinen Sie, Bob?«

»Sieht ganz nach Goslar aus«, sagte Newman und nickte. »Ein isoliert gelegenes Schloss, ein Mieter, den nie jemand sieht, und das Ganze auch noch ziemlich nahe am Flughafen.«

In diesem Augenblick brachte der Zimmerkellner das Essen und die Getränke. Tweed gab ihm ein großzügiges Trinkgeld, und dann begannen er, Paula und Newman zu essen. Fünf Minuten später waren die Teller leer geputzt.

»Wie gehen wir jetzt weiter vor?«, fragte Newman.

»Zuerst müssen wir Harrington loswerden, und dann fahren wir nach Le Brassus. Meinen Sie, Sie könnten uns vielleicht dorthin begleiten, Arthur?«

»Mit dem größten Vergnügen. Ich lasse gleich mal meinen Wagen vorfahren. Ich warte dann unten auf Sie. Aber lassen Sie sich ruhig Zeit. Es gibt übrigens noch etwas, was ich Ihnen sagen muss. Ich lasse alle drei Objekte überwachen. Sobald jemand von dort wegfährt, bekomme ich es sofort per Handy mitgeteilt. Sie müssen also nichts überstürzen ...«

»Ich werde mir jetzt die kürzeste Dusche meines Lebens genehmigen«, sagte Tweed und holte bereits frische Kleidung aus seinem Koffer. »Geben Sie mir sieben Minuten.«

»Ich werde dasselbe tun«, verkündete Paula, als Tweed im Badezimmer verschwand.

»Ich auch«, sagte Newman und verließ die Suite.

Paula wollte ihm gerade hinterher, als das Telefon klingelte.

Paula hob ab und hoffte, dass sie Tweed nicht aus dem Badezimmer holen musste.

»Hallo«, meldete sie sich.

»Ein dringendes Ferngespräch aus den Vereinigten Staaten«, sagte die Frau von der Vermittlung. »Ein Mr. Cord Dillon.«

«Stellen Sie durch ... Hallo, Cord. Hier spricht Paula. Tweed duscht gerade. Kann ich ihm etwas ausrichten?«

»Hallo, Paula«, sagte die ihr wohl bekannte, raue Stimme. »Wo war das gleich noch mal in London, wo Sie mir das Leben gerettet haben?«

»In der Albemarle Street. Ich bin gerade aus dem Brown's gekommen und ...«

»In Ordnung. Ich wollte nur sichergehen, dass Sie es auch wirklich sind. Man kann schließlich nicht vorsichtig genug sein. Tweed hat mich gebeten, eine gewisse Trudy Warner unter die Lupe zu nehmen. Das habe ich inzwischen getan. Ihre Geschichte stimmt genau mit dem überein, was Tweed mir über sie erzählt hat. Sie war mit einem Walter Jewels Baron verheiratet, dem Buchhalter der Unit … Na, Sie wissen schon. Ihr Mann wurde in ihrem gemeinsamen Haus irgendwo draußen in Virginia ermordet. Der Killer wurde nie gefasst. Trudy ist danach nach New York gezogen und hat einen Job bei einer großen Sicherheitsfirma angenommen. Stimmt das bisher?«

»Kommt hin.«

»Ich habe mit dem Chef dieser Firma gesprochen, und der hat sie über den grünen Klee gelobt. Nachdem sie zwei Jahre bei ihm gearbeitet hatte, ist ihr Vance Karnow auf einer Party über den Weg gelaufen. Karnow soll so beeindruckt von ihr gewesen sein, dass er sie gleich für seine Truppe engagiert hat. Jetzt noch etwas zu ihrer Vergangenheit: Sie hat eine Schwester, die in San Francisco lebt. Trudy hat die Schwester gebeten, sie solle – falls sich jemand nach ihr, Trudy, erkundigt – sagen, dass sie nach Seattle gezogen sei. Mir kommt diese Trudy Warner ziemlich clever vor. Ach ja, und außerdem ist sie gebürtige Engländerin. Sie ist nur in die Staaten gezogen, weil sie diesen Walt Baron getroffen hat, ihren späteren Mann. Passt das immer noch in Ihr Bild von ihr?«

»Ja.«

»Karnow ist vorgestern bei einer Explosion in Genf ums Leben gekommen. Angeblich sollen Terroristen seinen Wagen in einer Tiefgarage in die Luft gesprengt haben. Hoffentlich war Trudy Warner nicht bei ihm.«

»Trudy geht es gut, Cord. Sie wohnt hier im Hotel und schläft gerade.«

»Nach allem, was ich über sie herausbekommen habe, ist sie hundertprozentig sauber. Brauchen Sie sonst noch etwas von mir? Ich habe eine Menge zu tun.«

»Vielen Dank, Cord«, sagte Paula und wollte sich von Dillon verabschieden, aber der hatte bereits in typisch amerikanischer Manier den Hörer aufgelegt. Paula runzelte die Stirn. Was ging hier vor? Weshalb hatte Tweed Trudy überprüfen lassen?

41

Aus zwei Gründen ließ Paula sich Zeit damit, Dillons Information an Tweed weiterzugeben. Erstens deshalb, weil Tweed – noch während er in frischen Sachen aus dem Bad stürmte – verkündete, dass er sofort Burgoyne anrufen müsse, und zweitens, weil sich gleich darauf die anderen in der Suite versammelten: Newman, Marler, Butler, Nield und – was Paula überraschte – Trudy.

»Rezeption?«, sagte Tweed. »Könnten Sie mich bitte mit einem Freund von mir verbinden, einem Mr. Alan Burgoyne? Er wohnt ebenfalls hier im Hotel.«

»Tut mir Leid, Sir«, antwortete der Mann an der Rezeption. »Mr. Burgoyne macht gerade einen Spaziergang. Er hat gesagt, dass er sich die Altstadt am anderen Ufer der Rhône anschauen wolle.«

»Vielen Dank.«

Tweed legte auf und sah sich um. Dann dankte er allen dafür, dass sie sich so beeilt hatten, und erzählte ihnen, was er soeben über Burgoyne erfahren hatte.

»Ich kann mir schon vorstellen, wo er hingegangen ist«, sagte Marler und wählte seine Worte sorgfältig, weil Trudy im Raum war. »Er will vermutlich meinen Freund aufsuchen, der uns mit kleinen Extras versorgt. Dieser Freund ist erst kürzlich umgezogen.«

Alle außer Trudy wussten sofort, wen er meinte: den Schweizer, der unter dem Deckmantel eines Antiquitätengeschäfts einen illegalen Waffenhandel betrieb – zu horrenden Preisen, versteht sich. Paula hielt es Trudy zugute, dass sie Marler nicht danach fragte, was er mit den »kleinen Extras« gemeint hatte.

»Gut. Dann wissen wir wenigstens, wo er ist«, sagte Tweed aufgeräumt. »Und jetzt ist es an der Zeit für unsere Konfrontation mit Richard Löwenherz alias Lord Harrington. Paula, Bob, ich möchte Sie beide gern dabeihaben. Der Rest von Ihnen kann sich inzwischen ausruhen. Wir werden nicht lange brauchen.

Sie gingen hinunter in die Halle, wo Diplock ungeduldig vor der Tür des Besprechungszimmers auf und ab ging. Als er Tweed kommen sah, hielt er die Tür für ihn auf. Tweed blieb auf der Schwelle stehen.

Diplock versuchte, eine Autoritätsperson zu markieren, was ihm aber gründlich misslang. Tweed bemerkte, dass Diplocks dichte, dunkle Augenbrauen nicht zu dessen blondem Haar passten. Der Junge dürfte nicht älter als fünfundzwanzig sein, dachte er.

»Tut mir Leid, aber Sie können da nicht hinein, Miss«, sagte Diplock zu Paula. Er streckte eine Hand aus, um Paula festzuhalten, fing dabei aber einen Blick von Newman auf, der ihn die Hand rasch wieder zurückziehen ließ. Er erinnerte sich nur zu gut an das, was passiert war, als er Tweed vorhin angefasst hatte. Diplock machte ein Gesicht, als ob er auf eine heiße Herdplatte gelangt hätte.

»Die beiden kommen mit mir«, sagte Tweed und betrat den Konferenzraum.

Der Minister saß auf einem Stuhl mit hoher gerader Lehne an einem massiven Schreibtisch, der gut und gern aus der Zeit von Elizabeth I. hätte stammen können. Vor dem Schreibtisch stand ein sehr unbequem aussehender Holzstuhl. Das ist wie eine Audienz bei einem Autokraten, schoss es Tweed durch den Kopf.

Harrington, der sich bei Tweeds Eintreten nicht erhoben hatte, starrte Paula und Newman aus dunklen Augen böse an. Einen Augenblick lang presste er die Lippen zu einem schmalen, böse aussehenden Mund zusammen, und sah so aus, als wollte er zu einer Rede vor den Abgeordneten des Unterhauses ansetzen.

»Ich habe mir schon gedacht, dass Sie Ihre Leute wieder mitbringen würden, Tweed. Aber das geht nicht. Wir haben etwas unter vier Augen zu besprechen.«

Tweed blickte sich um und sah, dass Paula und Newman auf einem Sofa Platz genommen hatten. Neben ihnen hockte Diplock auf der Kante eines Stuhls. Wäre er auch nur einen Zentimeter nach vorn gerutscht, wäre er unweigerlich hinunter auf den mit dicken Teppichen belegten Boden gepurzelt.

»Und wieso ist dann Diplock hier?«, fragte Tweed, der immer noch stand.

»Adrian ist mein persönlicher Assistent und genießt mein volles Vertrauen.«

»Newman und Miss Grey sind *meine* persönlichen Assistenten, die ebenfalls mein volles Vertrauen genießen. Entweder sie bleiben, oder ich verlasse auf der Stelle diesen Raum. Und außerdem möchte ich einen anderen Stuhl.« Mit diesen Worten schob Tweed den Holzstuhl beiseite und rückte sich einen bequemen Sessel heran. Nachdem er sich darauf niedergelassen hatte, zog er ein Taschentuch hervor und putzte in aller Seelenruhe seine Brille.

»Großer Gott!«, platzte es aus Diplock heraus. »Ich habe ganz vergessen, die Tür zuzusperren. Entschuldigen Sie bitte, Sir.«

Er sprang auf, holte einen Schlüssel aus der Tasche und schloss damit die Tür ab. Als er den Schlüssel wieder in die Tasche stecken wollte, stand auf einmal Newman neben ihm.

»Ich nehme den Schlüssel, mein Junge.«

Bevor Diplock reagieren konnte, hatte Newman ihm schon den Schlüssel aus der Hand genommen. Er steckte ihn ein, ging zurück zum Sofa und setzte sich wieder neben Paula.

»Kommen wir zur Sache, was immer sie auch sein mag«, sagte Tweed. »Ich gebe Ihnen fünf Minuten, mehr kann ich nicht erübrigen.«

»*Fünf Minuten!*«

Der Minister schob seinen Stuhl nach hinten und richtete sich zu voller Höhe auf. Dann begann er, hinter dem Schreibtisch auf und ab zu gehen, wobei er beim Sprechen mit beiden Händen gestikulierte, als hielte er gerade eine große Rede vor dem voll besetzten Unterhaus.

»Ist Ihnen eigentlich klar, mit wem Sie es zu tun haben, Tweed? Ist Ihnen bewusst, welches Amt ich bekleide? Wenn ich es für nötig erachte, dass diese Unterredung die halbe Nacht dauert, dann wird sie es auch. Wir haben wichtige Dinge zu besprechen, die das Wohl unseres Landes betreffen. Dabei müssen wir gründlich abwägen, was für Konsequenzen unser Tun möglicherweise haben kann.«

Nachdem er mit seiner Ansprache fertig war, schob Harrington den Stuhl wieder zurück auf seine ursprüngliche Position und setzte sich. Er verschränkte die Arme und funkelte Tweed böse an.

»Ich habe aus einer vertraulichen Quelle, die ich Ihnen nicht nennen möchte, erfahren, dass ein gewisser Staat Dr. Goslar dreihundert Milliarden Pfund für seine Waffe geboten hat.«

»Das pfeifen die Spatzen von den Dächern«, sagte Tweed.

»Wenn das so ist, was machen Sie dann in Genf? Mein Informant hat mir versichert, dass Dr. Goslar sich irgendwo in der Nähe von Paris versteckt hält.«

»Eine Spur nach Paris führt eben manchmal über Genf.«

Tweed amüsierte sich insgeheim über Harrington, der ihm soeben unbewusst den Ausweg, nach dem er die ganze Zeit gesucht hatte, auf einem silbernen Tablett serviert hatte.

»Ist was nicht in Ordnung, Diplock?«, fragte der Minister seinen Assistenten, dessen Gesichtsausdruck Paula an ein Kind erinnerte, dem jemand seine Schokolade weggenommen hatte. »Passt Ihnen etwas nicht, was ich gerade gesagt habe?«

»Nein, Sir, darum geht es nicht. Aber Newman hat mir den Schlüssel abgenommen«, sagte Diplock kleinlaut.

»Der ist bei mir gut aufgehoben, Didlock«, sagte Newman liebenswürdig. »Was ist denn daran so schlimm?«

»Di*p*lock«, verbesserte ihn der Assistent wütend. »Diplock mit *p*.«

Paula hatte Mühe, ein Lachen zu unterdrücken.

»Also, Tweed«, fuhr der Minister in seiner aufgeblasenen Art fort, »Sie sind also auch der Meinung, dass Dr. Goslar in Paris ist und dass wir ihn dort am ehesten dingfest machen können?«

»Goslar hat in La Défense für längere Zeit ein Hochhaus gemietet, das von Eingeweihten das Goslar-Gebäude genannt wird. Der Mietvertrag läuft auf eine Firma Poulenc et Cie, die ihren Sitz in Liechtenstein hat.«

»Liechtenstein! Wie passend!« Zum ersten Mal, seit Paula ihn gesehen hatte, zeigte sich auf Harringtons Gesicht ein Lächeln, das Paula allerdings noch widerlicher fand als die eiskalte Art, die er bisher an den Tag gelegt hatte. »Langsam kommen wir zusammen, und das ist, da werden Sie mir sicher zustimmen, bei Angelegenheiten von so staatstragender Bedeutung ausgesprochen wichtig. Liechtenstein klingt genau nach Dr. Goslar, finden Sie nicht auch, Diplock?«

»Ja, Sir, da haben Sie hundertprozentig Recht«, antwortete der Assistent diensteifrig und senkte den Kopf, als würde er sich vor einem Pascha verbeugen.

»Dann steht unsere Jagd wohl kurz vor dem Abschluss. Wir haben den Fuchs praktisch eingekreist, Tweed.«

»Hoffen wir's.«

»Ich will noch einmal kurz zusammenfassen.« Harrington lehnte sich in seinem Stuhl zurück und faltete die Hände hinter dem Kopf. »Goslars Unterschlupf befindet sich in Paris, direkt unter der Nase der französischen Behörden. Verdammt clever von ihm. Wieso clever? Ganz einfach: Die französischen Sicherheitsdienste sind nicht gerade für ihre Erfolge berühmt. Denken Sie nur daran, wie kläglich sie im Fall Carlos versagt haben. Sie haben es zugelassen, dass Carlos die Leute, die ihn festnehmen sollten, niederschießt und sich danach quasi in Luft auflöst. Vorübergehend zumindest. Aber zurück zu Goslar. Der Mann mietet sich eines dieser Hochhäuser, die aussehen wie die Wolkenkratzer in New York.« Er hob beide Arme, um die Höhe des Hauses zu verdeutlichen. »Aber niemand kriegt ihn zu sehen. Wieso? Weil er sich vielleicht als Portier getarnt hat. Ach, übrigens, Tweed, ich habe schon ein neues Team nach Paris in Marsch gesetzt.«

Tweed hatte bereits zweimal ganz offen auf seine Uhr geblickt. Jetzt schob er seinen Stuhl nach hinten und machte Anstalten aufzustehen.

»Wie sind Sie eigentlich draufgekommen, dass ich mich in der Schweiz aufhalte?«

»Bate hat mich angerufen. Vielleicht sogar aus der Tiefgarage, in der ihn dann die Terroristen erwischt haben. Der arme Kerl.«

»Wer wird jetzt sein Nachfolger?«

»Das soll Pardoe selber bestimmen«, antwortete der Minister und verzog den Mund. »Der ehrliche Caspar Pardoe, der gerade von seinem Urlaub zurückgekommen ist.« Er beugte sich vor und machte ein ernstes Gesicht. »Ich erwarte von Ihnen, dass Sie und Ihre Leute morgen mit der Mittagsmaschine nach Paris fliegen, Tweed. Ich werde auch an Bord sein.«

»Das trifft sich gut«, sagte Tweed und erhob sich endgültig. »Ich hatte ohnehin vor, morgen von hier wegzufliegen.«

Paula bemerkte, dass in Tweeds sorgfältig gewählter Antwort das Wort Paris nicht vorkam.

»Bevor Sie gehen, hätte ich noch eine Frage an Sie«, sagte Harrington. »Glauben Sie nicht auch, dass Dr. Goslar ein Mann ist? Es sind ja die absonderlichsten Gerüchte über ihn in Umlauf.«

»Goslar ist ein Mann«, antwortete Tweed. »Oder eine Frau.«

42

»Was für ein Dummkopf«, sagte Paula, nachdem Diplock die Tür hinter ihnen geschlossen hatte. »Aber ich bewundere die Art, wie Sie mit ihm umgegangen sind. Am Anfang war er fuchsteufelswild, aber als wir gegangen sind, hatte er sich wieder einigermaßen beruhigt.«

»Viel wichtiger ist, dass ich seine Aufmerksamkeit von Genf auf Paris gelenkt habe«, sagte Tweed.

»Und das, ohne auch nur einmal zu lügen. Sie haben den Trottel wirklich hinters Licht geführt.«

Als sie zurück in die Suite kamen, erzählte dort Trudy den anderen gerade etwas über Amerika. Sie hörte damit auf, als Paula sich neben sie setzte. Tweed hob den Telefonhörer ab und rief bei der Rezeption an.

»Hallo, hier Tweed. Eine Freundin von mir wohnt hier im Hotel. Eine Miss Serena Cavendish. Könnten Sie mich vielleicht zu ihr durchstellen?«

»Tut mir Leid, Sir, aber Miss Cavendish ist nicht im Hotel. Ihr Schlüssel hängt am Brett«, antwortete der Nachtportier.

»Wissen Sie zufällig, wann sie wieder zurückkommt? Hat Sie vielleicht etwas gesagt, als sie wegging?«

»Miss Cavendish hat den Eindruck gemacht, als ob sie es eilig hätte, Sir.«

»Aber sie hat bestimmt ihre Tasche auf ihrem Zimmer gelassen«, sagte Tweed beharrlich. »In dieser Tasche ist etwas, das sie für mich mitgebracht hat.«

»Soviel ich weiß, wurde eine Tasche auf ihr Zimmer gebracht. Kurz danach hat Miss Cavendish das Hotel verlassen. Ich würde mir keine Sorgen um sie machen, Sir. Sie kommt bestimmt zurück.«

»Vielen Dank.«

»Der Nachtportier war sehr diskret«, sagte Tweed, bevor er den anderen den Inhalt des Gesprächs mitteilte. »Aber entgegen seiner Überzeugung glaube ich nicht, dass Serena heute Abend ins Hotel zurückkehren wird.«

»Sie scheinen sich ja sehr für Serena zu interessieren«, sagte Paula, die Tweed aus der Reserve locken wollte.

»Sie ist schließlich eine ganze Weile mit uns gefahren«, erwiderte Tweed und starrte ins Leere, als würde er dort etwas Wichtiges sehen. »In der Tat, sie hat uns eine ganze Weile begleitet. Aber jetzt müssen wir uns auf den Weg machen.« Er blickte hinüber zu Marler, der seine Golftasche in der Hand hielt. »Ich muss wohl nicht lange raten, was Sie darin verstecken.«

»Mein Armalite«, antwortete Marler. »Und in dieser Leinentasche hier habe ich jede Menge Handgranaten. Ich habe die anderen schon damit versorgt.«

»Stimmt, ich habe auch ein paar«, sagte Trudy und klopfte lächelnd auf ihre Umhängetasche. »Bei Unit Four habe ich gelernt, wie man mit den Dingern umgeht.«

»Kommen Sie denn mit uns?«, fragte Tweed erstaunt.

»Ich habe versucht, es ihr auszureden«, sagte Paula. »Ich finde, sie hat schon genug durchgemacht. Aber ich hätte genauso gut an eine Wand reden können.«

»Dann sollten wir mal los. Aber zuvor muss ich noch kurz mit Beck reden. Der arme Kerl wartet schon die ganze Zeit über im Auto. Paula, Sie kommen mit, und Sie auch, Bob.«

Als sie das Hotel verließen, hatte Paula ein Gefühl, als ob sie einen riesigen Kühlschrank betreten hätte, und zog den Reißverschluss ihrer Fleecejacke bis zum Kinn hoch. Beck saß in einem vor dem Hotel geparkten Mercedes und studierte eine Landkarte

»Entschuldigen Sie bitte, Arthur«, sagte Tweed, nachdem Beck das Fenster heruntergekurbelt hatte. »Ein blöder Minister hat uns mit seinen Plattitüden aufgehalten.«

»Ich weiß, wen Sie meinen. Er hat versucht, aus mir Informationen über Sie herauszuquetschen. Am Schluss hat er mich eine verschlossene Auster genannt, und ich habe ihm geantwortet, dass ich Austern nicht mag. Also, bevor wir losfahren, sollten wir gemeinsam einen Blick auf die Karte hier werfen.«

»Wo ist das Château Rance?«, fragte Paula.

»Hier. Ich habe es mit einem Kreuz markiert. Wir fahren von Genf aus in die Berge bis ins Vallée de Joux. Dort liegt der kleine Ort Le Brassus, wo ich besagten Freund von mir aufsuchen will. Er besitzt dort ein kleines Hotel und kennt sich in der Gegend hervorragend aus. Von Le Brassus aus fahren wir dann zu einem hübschen kleinen See, dem Lac de Joux. Klein ist er übrigens nur für Schweizer Begriffe. Das Château Rance steht ganz allein für sich auf einem Abhang über dem See. Das Tal darunter ist so abgeschieden, dass es eine geheime Welt für sich ist.«

»Klingt viel versprechend«, meinte Tweed. »Wie ein Ort, den Dr. Goslar sich für einen Unterschlupf aussuchen könnte.«

»Um ohne gesehen zu werden zu dem Château zu gelangen«, fuhr Beck fort, »dürfen wir nicht auf dem Hauptweg dorthin fahren. Stattdessen nehmen wir eine extrem steile Nebenstraße den Berg hinauf. Da gibt es eine Stelle, wo wir die Autos abstellen können. Dort werde ich Sie verlassen und Sie brauchen nur den Abhang zum Château hinuntersteigen. Der Hang ist zwar nicht allzu leicht zu begehen, aber wie ich sehe, haben Sie gute

Stiefel an. Wie steht es mit dem Rest Ihrer Leute und der rothaarigen Schönheit?«

»Die haben alle ebenfalls Stiefel«, antwortete Paula mit einem leisen Kichern. »Inklusive der rothaarigen Schönheit.«

»Als Polizist fällt mir eben vieles auf«, sagte Beck mit einem wissenden Lächeln. »Ich würde Ihnen übrigens empfehlen, die Hosenbeine in die Stiefel zu stecken; in den Bergen hat es heute Nachmittag nämlich stark geschneit. Wäre doch schlecht, wenn Sie Ihr Ziel mit nassen Füßen erreichen würden.«

»Sie könnten uns auch auf der Karte die Abzweigung zu der Bergstraße zeigen«, schlug Tweed vor, »dann könnten wir allein dort hinauffahren. Wir haben Ihre Hilfe ohnehin schon viel zu sehr in Anspruch genommen.«

»Überhaupt nicht. Und sollte es Ihnen gelingen, Dr. Goslar dingfest zu machen, dann dienen Sie damit auch den Interessen der Schweiz. Außerdem wollte ich schon lange mal wieder mit meinem Freund in Le Brassus sprechen. Sein Name ist Gilbert Berger. Wer weiß, vielleicht hat er ja Goslar gesehen – falls Aspinall wirklich Goslar ist.«

»Ich bezweifle, dass er ihn zu Gesicht bekommen hat«, sagte Tweed. »Bisher weiß niemand, wie Goslar aussieht.«

»Es bleibt also dabei. Ich bringe Sie bis zu der Stelle, an der Sie Ihre Autos abstellen können. Leider habe ich keinen offiziellen Grund, Sie zum Château zu begleiten, und in diesem Land ist es eine Straftat, wenn man ohne Befugnis in ein Privatgrundstück eindringt. Bedenken Sie das, wenn Sie an dem Château sind. Jetzt sollten wir aber losfahren.«

Nachdem die anderen heruntergekommen waren, setzte sich die Kolonne mit Becks Mercedes an der Spitze in Bewegung. Marler fuhr im ersten Wagen, gefolgt von Nield und Butler. Im dritten Auto saßen wieder Newman und Paula auf den Vordersitzen und Tweed und Trudy auf der Rückbank.

Als sie die Stadt verlassen hatten und auf der steilen, in vielen Serpentinen sich nach oben windenden Bergstraße waren, hatte Paula unterschiedliche Gefühle. Sie spürte, wie ihr vor lauter

Aufregung das Adrenalin durch die Adern floss, andererseits aber empfand sie auch eine leichte Angst davor, dass sich jetzt, nachdem sie so weit gekommen waren, alles doch noch als ein Schlag ins Wasser herausstellen könnte.

Paula drehte sich um und schaute nach hinten. Tweed hatte sich zurückgelehnt und war offenbar eingeschlafen. Trudy hingegen, die schon vor dem Einsteigen die Hosenbeine in ihre Stiefel gesteckt hatte, schaute aus dem Fenster und summte leise vor sich hin. Du bist mir vielleicht abgebrüht, dachte Paula.

Sie fuhren so schnell, wie der Zustand der Straße es zuließ. Als Paula wieder durch die Windschutzscheibe blickte, sah sie am Glitzern des Mondlichts auf der Straße, dass die Kurven völlig vereist waren. Zum Glück haben wir vier ausgezeichnete Fahrer, tröstete sie sich. Je weiter sie den Berg hinaufkamen, desto höher wurden die Schneewände zu beiden Seiten der Straße. Wie würde es wohl erst in der Nähe von Le Brassus aussehen?

Plötzlich hatten sie die Passhöhe erreicht. Durch einen Einschnitt in der Schneewand erhaschte Paula einen Blick auf den fernen Genfer See, in dem sich der Mond wie in einer Glasscheibe spiegelte. Sie fuhren jetzt wieder bergab, und Paula begann, Ausschau nach jenem Lac de Joux zu halten, der nach Becks Beschreibung unmittelbar hinter Le Brassus liegen musste.

»Wir fahren hinunter ins Vallée de Joux«, meldete sich Tweed von hinten.

»Sie sind ja ein Simulant«, rügte ihn Paula scherzhaft und drehte sich um. »Ich dachte, Sie würden schlafen.«

»Ich habe gespürt, dass es wieder abwärts geht.«

»Und das hat Sie hellwach gemacht«, sagte Trudy mit ernster Stimme. »Sie sollten jetzt lieber Ihre Hosenbeine in die Stiefel stecken.«

»Für Sie tue ich doch alles«, antwortete Tweed und gehorchte. »Sind Sie jetzt zufrieden?«

»Nicht ganz.« Trudy langte nach unten und steckte das linke Hosenbein vollends in den Stiefelschaft. »Ich sehe schon, ich sollte etwas besser auf Sie aufpassen.«

Paula konnte nur mit Mühe ein Kichern unterdrücken. Sie hatte bisher noch nie erlebt, dass Tweed so lammfromm eine Anweisung befolgt hatte.

Die Straße führte weiter in vielen Kurven und Serpentinen steil nach unten. Als sie um eine besonders scharfe Biegung fuhren, geriet der Wagen ins Rutschen. Paula klammerte sich in Panik an den Haltegriff, aber Newman steuerte kontrolliert gegen und konnte das Auto gerade noch abfangen, bevor es auf der linken Seite gegen die Schneewand krachte.

»Das war geschickt«, sagte Paula und legte Newman eine Hand auf den Unterarm.

»Nein, das war dumm«, entgegnete Newman. »Ich hätte besser aufpassen müssen. Ich habe wegen der dünnen Schneedecke auf der Straße das Eis nicht gesehen. Das kommt davon, wenn man sich nicht völlig aufs Autofahren konzentriert. Ich habe gerade an Burgoyne gedacht und mich gefragt, wie er wohl hier gefahren wäre. Wie eine gesengte Sau, vermutlich. Und er wäre trotzdem heil durchgekommen.«

»Das erinnert mich an etwas«, sagte Paula. »Kurz bevor wir losgefahren sind, waren Sie noch einmal kurz im Hotel, Tweed. Was haben Sie dort gemacht?«

»Ich habe an der Rezeption eine Botschaft für Burgoyne hinterlassen, in der ich ihm beschrieben habe, wo wir hinfahren. Wenn er mit seinen Waffen zurück ins Hotel kommt, weiß er, wo wir sind, und kann nachkommen.«

»Er wird uns bestimmt einholen.«

Die Straße verlief jetzt, wo sie das Vallée de Joux entlangfuhren, ziemlich eben. Rechts ragte der Berg, den sie gerade überquert hatten, steil in die Höhe. Hier und da war an seiner Flanke ein tief verschneites Fichtenwäldchen zu sehen. Paula hatte das Gefühl, hier unten im tiefen Tal von der Außenwelt abgeschnitten zu sein, und musste an Becks Ausspruch von einer geheimen Welt denken, in der sich womöglich Goslar verborgen hielt. Sie spürte, wie eine gespannte Erwartung in ihr hoch stieg. Trudy hingegen reagierte gänzlich anders.

»Wie schön friedlich es hier ist«, rief sie aus.

»Dieser Frieden könnte sich als ziemlich trügerisch herausstellen, wenn wir erst am Château Rance angekommen sind«, sagte Tweed warnend.

Paula drehte sich wieder nach vorn. Kurze Zeit später sah sie ein Ortsschild, auf dem *Le Brassus* stand. Schließlich tauchten links und rechts kleine Häuser auf, deren spitzgiebelige Dächer voller Schnee waren. Paula bemerkte, dass nicht vor allen Fenstern die Läden geschlossen waren. Bei der Kälte hier haben die Leute hoffentlich Fenster aus Isolierglas, dachte sie. Beck fuhr bis zum Hauptplatz und hielt vor einem hübschen Gebäude an, dem »Hôtel Blanc«. Sämtliche Fenster des Hotels waren hell erleuchtet, und jetzt erst sah Paula, dass sich in den Erdgeschossen der Häuser ringsum Geschäfte befanden, die allerdings geschlossen hatten.

Paula stieg aus und ging hinüber zu Beck, der mit einem Mann vor dem Hotel sprach. Als der Mann Paula sah, stapfte er in seinen dicken Pelzstiefeln vorsichtig auf sie zu und gab ihr die Hand.

»Ich bin Gilbert Berger«, sagte er auf Englisch. »Passen Sie gut auf beim Gehen. Heute hat es starkes Glatteis, und wir haben noch nicht alle Wege salzen können. Willkommen in Le Brassus, Miss Grey.«

Berger war mittelgroß, gut gebaut und etwa Mitte vierzig. Sein Lächeln war freundlich und warm.

»Kommen Sie doch in mein Hotel und essen Sie etwas Warmes. Oder wollen Sie vielleicht etwas trinken?«, fügte er mit einem verschmitzten Funkeln in seinen intelligenten Augen an. »Sie also sind der sagenumwobene Mr. Tweed«, fuhr er fort, nachdem Beck ihm seinen englischen Kollegen vorgestellt hatte. »Arthur hat mir schon viel von Ihnen erzählt.«

»Hoffentlich nur Gutes«, sagte Tweed. »Und haben Sie vielen Dank für Ihre freundliche Einladung, aber wir müssen so schnell wie möglich weiter.«

»Auch gut. Vielleicht schauen Sie ja auf dem Rückweg bei mir vorbei. Soviel ich weiß, fahren Sie auf Arthurs Vorschlag hin zum Château Rance. Dort lebt ein seltsamer Kauz, ein Mr. Aspinall.

Wir hier im Dorf haben ihn noch nie gesehen. Ehrlich gesagt, niemand von uns kann sogar sagen, ob es sich nicht am Ende um eine Mrs. Aspinall handelt.«

»Aber irgendwie muss diese Person sich doch ernähren«, sagte Tweed. »Wo kauft sie denn ihre Lebensmittel und all die anderen Dinge, die man zum Leben so braucht?«

»Eine gute Frage«, sagte Berger. Er warf seinen großen Kopf in den Nacken und lachte laut heraus. »Dieser Aspinall ist nicht gerade ein Förderer unserer hiesigen Geschäftsleute. Er lässt sich alles, was er braucht, in einem Kühllaster aus Genf bringen. Aber nicht einmal der Fahrer des Lasters hat ihn jemals gesehen. Er lädt die Sachen lediglich in einem großen Keller ab, in dem auch ein Kühlraum ist, und das Geld für die Ware bringt ein Motorradkurier direkt ins Büro der Firma nach Genf. Und zwar in bar! Wirklich seltsam, finden Sie nicht? Aber jetzt will ich Sie nicht länger aufhalten. Wenn Sie wollen, können wir sofort zum Schloss fahren. Ich fahre mit meinem Volvo voraus …«

Paula hätte sich gern noch länger mit Berger unterhalten, dessen Art sie irgendwie herzerfrischend fand. Auch der Ort mit seinen solid wirkenden Häusern, von denen manche aus Holz, manche aus Stein erbaut schienen, hatte ihr ausgesprochen gut gefallen. Als sie Le Brassus verließen, sah sie oben auf dem Berghang noch mehr schöne Häuser stehen, zu denen eine kurvige Straße hinaufführte.

»Ein hübscher Ort«, sagte Trudy. »Ich hätte richtig Lust, hier irgendwann einmal Urlaub zu machen.«

»Ich auch«, stimmte Paula ihr zu.

Hinter dem Dorf lag eine unbewohnte Wildnis, in der zu beiden Seiten des Tals steile, hier und da mit ein paar Fichten bestandene Bergwände steil in die Höhe ragten. Der Mond überglitzerte alles mit einem kalten, bläulichen Licht, das in einem seltsamen Kontrast zum warmen Glühen in den Fenstern des Ortes stand. Hinter einer Kurve kam plötzlich der Lac de Joux ins Blickfeld. Der See war breiter, als Paula ihn sich vorgestellt hatte. Am Ufer war er bereits zugefroren. Ein paar Minuten später hielt der Volvo vor ihnen an. Berger stieg aus und kam nach hinten, um Paula und Trudy zu warnen, dass der Weg vereist sei und sie beim Gehen vorsichtig sein sollten.

Paula verließ den Wagen und machte probeweise ein paar Schritte. Zum Glück hatten ihre Stiefel ein tiefes Profil, was sie sehr trittsicher machte. Sie dankte Berger und sagte, dass sie keine Probleme habe.

»Das habe ich mir schon gedacht«, sagte er mit einem breiten Lächeln. »Man sieht es Ihnen beiden an, dass Sie zurechtkommen. Mr. Tweed offenbar auch. Er bewegt sich ja wie ein Athlet. Kommen Sie mit, ich zeige Ihnen jetzt das Château Rance. Die Autos lassen wir hier, wo man sie vom Schloss aus nicht sehen kann.«

Tweed war hinüber zu Marler, Butler, Nield und Newman gegangen, die zusammen mit Beck vor einer Lücke in der Schneewand standen. Beck gab sein Fernglas, mit dem er hinunter ins Tal geschaut hatte, an Tweed weiter.

»Da ist das Château. Dieser Feldstecher ist übrigens das beste Nachtglas, das man derzeit kaufen kann – von Zeiss aus Deutschland.«

Tweed blickte durch das Glas und besah sich nicht nur das Schloss, sondern auch dessen Umgebung. Er bemerkte, dass ein paar hundert Meter oberhalb des Châteaus eine große Felsspitze aus dem Berg ragte, unter der sich ein dunkles Loch befand. Das Schloss selbst, zu dem eine gewundene, mit großen Steinen markierte Zufahrt vom Tal hinaufführte, lag etwa auf halber Höhe an dem Abhang. Tweed gab das Fernglas an Paula weiter.

»Ich kann das Schloss auch mit bloßen Augen sehen«, sagte Trudy, die neben Tweed getreten war. »Merkwürdiges Bauwerk. Neugotisch im Stil, aber seltsam unproportioniert. Dieser große Turm auf der rechten Seite hat links überhaupt kein Gegengewicht.« Sie blickte Berger an. »Ich hoffe, Sie nehmen mir die Kritik nicht übel.«

»Aber nein, überhaupt nicht«, sagte Berger lachend. »Ich finde Ihre Beschreibung sehr treffend.«

»Das Schloss kommt mir irgendwie unheimlich vor«, sagte Trudy.

»Mir auch«, sagte Paula und ließ das Fernglas sinken.

»Ihnen ist sicherlich aufgefallen, dass alle Lichter im Schloss brennen«, sagte Beck zu Paula. »Sogar hinter den geschlossenen Fensterläden sieht man es hindurchscheinen. Ist das nicht ein bisschen seltsam angesichts der Tatsache, dass nur eine Person dort lebt?«

»Wo ist der Haupteingang?«, fragte Nield.

»Direkt unter dem hässlichen Balkon im ersten Stock«, antwortete Berger. »Wenn ich nur wüsste, was Sie jetzt vorhaben.«

»Das weiß ich auch nicht«, gab Newman zu. »Aber uns wird schon etwas einfallen, wenn wir erst mal dort unten sind.«

»Auf der Bergstraße, über die Sie zu der Stelle oberhalb des Schlosses gelangen, gibt es auf beiden Seiten hohe Schneewälle«, sagte Berger. »Die schirmen das Geräusch Ihrer Motoren perfekt ab.«

»Was ist das eigentlich für ein Loch unterhalb der großen Felsspitze da?«, fragte Tweed. »Ist das eine Höhle?«

»Ja«, antwortete Berger. »Sie soll sogar sehr tief sein. Die Leute vom Ort nennen sie die Teufelshöhle, aber ich kann Ihnen leider nicht sagen, weshalb.«

»Eines macht mir Sorgen«, sagte Beck, nachdem er den Berghang mit seinem Fernglas abgesucht hatte. »In letzter Zeit ist so viel Schnee gefallen, dass akute Lawinengefahr besteht, was aber eigentlich untypisch für diese Jahreszeit ist. Sie sollten sich also in Acht nehmen, wenn Sie hinunter zu dem Château fahren. Ich habe ein Thermometer im Auto, und das sagt mir, dass die Temperatur gerade steigt, was die Gefahr eines Lawinenabgangs erhöht.«

»Ich wusste gar nicht, dass der See direkt unterhalb der Straße liegt«, sagte Paula, die sich ein wenig umgesehen hatte. »Das Eis sieht schon ziemlich dick aus.«

»Ich würde Ihnen trotzdem nicht empfehlen, dort Schlittschuh zu laufen«, sagte Beck in einem halb scherzhaften Ton.

»Nicht jetzt, wo es wieder wärmer wird. Wer dort einbricht, ist praktisch nicht zu retten.«

»Dabei haben wir uns schon so auf eine kleine Schlittschuhpartie gefreut«, scherzte Trudy.

»Dieses Château ist eines der unheimlichsten Gemäuer, die ich je gesehen habe«, sagte Newman, dem Beck sein Glas geliehen hatte. »Es hat eine gespenstische Atmosphäre.«

»Stimmt«, sagte Paula. »Hier könnte man gut einen Horrorfilm drehen.«

»Bevor Sie sich gegenseitig weiter Angst machen, sollten wir lieber losfahren«, sagte Tweed. Er wandte sich an Berger und schüttelte ihm die Hand. »Herzlichen Dank, dass Sie uns hierher gebracht haben.«

»Gern geschehen«, antwortete Berger. »Wenn Sie wollen, können Sie, wie gesagt, auf dem Rückweg in meinem Hotel vorbeischauen. Man soll sich zwar nicht selbst loben, aber ich bin ein ziemlich guter Koch. Es wäre mir eine Freude, Sie zum Essen einladen zu dürfen, ganz gleich, wie spät es ist.«

»Danke sehr«, sagte Tweed und schaute hinüber zu Marler, Nield und Butler. »Sind Sie bereit?«

»Zu allen Schandtaten«, antwortete Marler.

43

Auf Becks Einladung hin fuhr Paula zusammen mit ihm in seinem Wagen zu einer Abzweigung, von der aus eine steile Bergstraße nach oben führte. Beck hatte das Fernlicht eingeschaltet, und Paula erkannte bald, weshalb.

Die Bergstraße war gerade breit genug für Becks Mercedes. Die Schneewälle auf beiden Seiten waren die höchsten, die Paula bisher auf dieser Fahrt gesehen hatte. Fast hatte sie das Gefühl, in einem unterirdischen Gang unterwegs zu sein, der in einem Dreißig-Grad-Winkel nach oben führte und in den kein Mondlicht drang.

»Könnte ein Problem werden, wenn uns jemand entgegenkommt«, bemerkte sie.

»Machen Sie sich deshalb keine Sorgen. Um diese Zeit fährt hier niemand mehr. Zu dem Ort Le Pont am anderen Ende des Sees gibt es außer dieser Straße noch eine sehr viel kürzere Verbindung am Seeufer entlang. Die nehmen alle Autofahrer, die dort hinmüssen.«

»Sie sind übrigens ein ausgezeichneter Fahrer, wenn Sie mir die Bemerkung gestatten. Ist denn Eis unter der Schneedecke?«

»Je höher wir kommen, desto schlimmer wird es mit dem Eis. Deshalb fahre ich ja auch nicht so schnell, wie ich könnte.« Beck schaute in den Rückspiegel. »Zum Glück lässt Marler es ebenfalls ruhig angehen. Er ist ein bewundernswerter Mann. Redet wenig und tut dafür umso mehr.«

»Außerdem ist er extrem zuverlässig. O Gott, bei den hohen Schneewänden kann man das Château ja gar nicht sehen.«

»Betrachten Sie es mal anders herum: Wer auch immer in dem Schloss sein mag, kann uns ebenso wenig sehen – oder hören. Ich schätze, dass Tweed jetzt Blut geleckt hat – kann man das auf Englisch so sagen?«

»Ja. Und Sie haben Recht: Es gibt bei jedem Fall einen Augenblick, von dem ab sich Tweed nicht mehr aufhalten lässt. Dieser Augenblick ist jetzt gekommen.«

Beck sagte erst einmal nichts mehr, weil er sich ganz auf die Straße konzentrieren musste, die zunehmend steiler wurde. Paulas Meinung nach grenzte es an ein Wunder, dass der Wagen die Steigung überhaupt noch schaffte. Ihr fiel auf, dass Beck, der Autofahrerhandschuhe trug, das Lenkrad ganz locker in den Händen hielt. Sie spürte, dass er sich überhaupt nicht verkrampfte, ganz im Gegensatz zu ihr. Jedes Mal, wenn sie sich einer Gefahr näherte, war sie fürchterlich angespannt.

»Hoffentlich ist sich Tweed darüber im Klaren, dass er sich in eine ziemlich prekäre Situation bringt, wenn der Bewohner des Schlosses nicht Dr. Goslar ist«, sagte Beck schließlich. »Er könnte wegen Hausfriedensbruchs angezeigt werden. Unsere Gesetze sind in dieser Hinsicht ziemlich streng.«

»Tweed hat schon ganz andere Situationen gemeistert. Viel schlimmer als ein wütender Schlossbewohner wäre für ihn die Erkenntnis, dass er seinen letzten Trumpf ausgespielt und verloren hat.«

»Dann wollen wir hoffen, dass er jetzt den großen Coup landet.«

Die unglaublich schmale und steile Straße führte immer noch nach oben. Paula schaute immer wieder mal nach links in der Hoffnung, einen Blick auf das Château zu erhaschen, aber es zeigte sich leider keine Lücke in den Schneewällen, die ihr immer höher zu werden schienen.

»Ich mache mir große Sorgen«, sagte Beck, der offenbar dieselbe Beobachtung gemacht hatte. »Darf ich Sie um einen Gefallen bitten?«

»Natürlich.«

»Der Schneefall in den letzten Tagen war offenbar stärker, als ich gedacht habe. Könnten Sie vielleicht Tweed dazu überreden, sein Vorhaben aufzugeben und nach Le Brassus zurückzufahren? Ich weiß, dass Sie großen Einfluss auf ihn haben.«

»Da könnte man wohl noch eher die Freiheitsstatue dazu überreden, von ihrem Sockel zu steigen. Ich hätte nicht gedacht, dass Sie uns jetzt noch einen Rückzug vorschlagen würden.«

»Aber ich tue es trotzdem. Wir könnten Sie über Nacht im Hôtel Blanc unterbringen. Vielleicht ist die Lage ja morgen früh etwas besser.«

»Sie vergessen den Privatjet auf dem Genfer Flughafen. Morgen früh ist der vielleicht mit seiner teuflischen Fracht schon weiß Gott wo. Sie haben doch selbst gesagt, dass es auch gut für die Schweiz wäre, wenn wir Goslar rechtzeitig dingfest machen würden.«

»Gott im Himmel«, sagte Beck mit einem leisen Kichern. »Sie sind ja noch schlimmer als Tweed. Jetzt weiß ich wenigstens, warum er so große Stücke auf Sie hält. Na, dann fahren wir mal weiter ins Unbekannte ...«

Ein paar Minuten später machte die Straße eine scharfe Linkskurve und wurde auf einmal wieder fast eben. Links und rechts ragten immer noch meterhohe Schneewände auf, aber wenigstens war die Fahrbahn jetzt breiter. Beck ließ einen leisen Seufzer hören und schaute hinüber zu Paula.

»Geschafft. Wir fahren jetzt auf der Berghöhe entlang. Und wie ich sehe, sind die anderen dicht hinter uns. Was singen wir da?«

»Halleluja! Ich werde diese Fahrt so schnell nicht vergessen.«

»Sagen Sie das nicht – wahrscheinlich werden Sie gleich etwas erleben, was das bisschen Autofahren weit in den Schatten stellt.«

»Sie geben wohl nie auf, was? Aber ich werde Tweed zu keinem Rückzug bewegen.«

Bald wurde die Straße für einen kurzen Abschnitt noch breiter. Hier fuhr Beck rechts ran, und Paula war klar, dass sie wohl den kleinen Parkplatz erreicht hatten, von dem er gesprochen hatte.

»Da wären wir«, sagte Beck und lächelte sie aufmunternd an.

Paula stieg aus und prüfte den Boden. Mit vorsichtigen Schritten ging sie nach hinten zu den anderen Wagen, die ebenfalls angehalten hatten. Bald standen sie alle beieinander. Butler hatte seinen Werkzeugkoffer dabei, die Walther steckte im Gürtel seines Mantels. Er machte ein Gesicht, als könnte er jederzeit drei Mörder auf einmal zur Strecke bringen, während Nield wie immer fast unbeteiligt wirkte. Tweed hatte eine Pelzmütze auf dem Kopf, die er sich vom Portier des Hôtel Richemond ausgeliehen hatte. Paula fand, dass er damit wie der russische Präsident aussah.

»Vielen Dank, Arthur«, sagte Tweed. »Wo treffen wir uns, wenn das alles hier vorbei ist?«

»Ich warte in meinem Wagen unten an der Seestraße, ein Stück weit weg vom Tor zum Château. Haben Sie Ihr Handy dabei? Gut. Ich das meine auch. Wenn Sie Probleme bekommen, weil der Bewohner des Schlosses nicht Dr. Goslar ist, dann rufen Sie mich an. Ich habe mir für diesen Fall schon etwas überlegt.

Ich werde einfach sagen, mir sei zu Ohren gekommen, dass die Terroristen, die für den Anschlag auf die Tiefgarage verantwortlich sind, sich in diesem Schloss aufhalten sollen. Etwas Besseres fällt mir auf die Schnelle nicht ein.«

»Ich glaube nicht, dass Ihre Geschichte nötig sein wird. Aber trotzdem vielen Dank. Wie kommen wir jetzt zu dem Château?«

»Folgen Sie mir.«

Beck ging ein paar Meter die Straße entlang und deutete dann auf eine Lücke in der Schneewand, hinter der sich ein altes Tor befand. Es war vollkommen mit Eis überzogen und sah aus, als stamme es aus der Illustration in einem Märchenbuch.

Butler holte ein Werkzeug aus seiner Tasche und öffnete damit rasch das vereiste Vorhängeschloss. Als er das Tor nach innen drückte, kippte es einfach um und zeichnete ein grillartiges Muster in den Schnee, in dem es fast vollständig versank.

»Passen Sie auf«, sagte Beck. »Der Schnee ist weicher, als ich dachte.«

Tweed stieg mit einem großen Schritt über das umgefallene Tor und blieb dann stehen. Unter ihm lag das Schloss, dessen Turm sich jetzt, wo sie es von hinten sahen, auf seiner linken Seite befand. Von hier aus war an der Wand des Turms kein Fenster zu sehen. Auf den Dächern des gewaltigen Gebäudes lag dick der Schnee und über den geschlossenen Fensterläden hatten sich lange Eiszapfen gebildet, die wie Bordüren aus gläsernern Dolchen aussahen. Von oben im schimmernden Mondlicht betrachtet sah das Schloss aus, als wäre es aus glänzendem Kristall.

»Bringen wir's hinter uns«, sagte Tweed und stapfte voraus den Hang hinab.

Er war froh, dass Beck ihnen geraten hatte, die Hosenbeine in die Stiefel zu stecken, denn mit jedem Schritt versank er bis zu den Waden im Schnee. Paula, die nicht so schwer war wie er, tat sich etwas leichter, und war ihm deshalb bald ein Stück voraus.

Ebenfalls froh war Tweed darüber, dass es völlig windstill war. Eine eisige Brise hätte ihnen in dieser Höhe und bei dieser

Kälte sicherlich die Gesichter einfrieren lassen. Tweed schaute nach links und dann nach rechts. Sein Team hatte sich im Gelände verteilt, um einem etwaigen Angreifer kein leichtes Ziel zu bieten. Als Tweed sich noch einmal umdrehte, sah er Beck oben am Abhang stehen und ihnen zuwinken. Dann verschwand er. Tweed wartete eine Weile darauf, dass Beck losfuhr, aber er konnte beim besten Willen kein Motorengeräusch hören. Die Schneewälle neben der Straße mussten das Geräusch verschluckt haben. Erst jetzt war sich Tweed sicher, dass man ihr Kommen im Schloss nicht gehört hatte.

»Paula, kommen Sie mit«, sagte er leise. »Ich möchte mir die Felsspitze dort drüben etwas näher ansehen.«

Zusammen gingen sie auf den überhängenden Kalksteinfelsen zu, den sie erstaunlich rasch erreichten.

»Sieht aus, als ob er seit Urzeiten da stünde«, bemerkte Tweed, während er hinauf zu dem Felsen blickte.

»Die Höhle darunter scheint ziemlich groß zu sein«, sagte Paula. »Und es ist praktisch kein Schnee drin. Ich würde gern einmal einen Blick hineinwerfen.«

»Ich komme mit.«

In diesem Augenblick langten auch Newman und Trudy am Eingang der Höhle an. Tweed schaltete seine Taschenlampe ein und ließ den Strahl über den glatten Felsboden wandern. Nachdem sie ein paar Schritte in die Höhle hineingegangen waren, richtete Tweed das Licht nach oben. Die Höhle war mindestens zehn Meter hoch.

»Hier könnte man eine ganze Armee verstecken«, sagte Trudy. »Die Höhle scheint tief hinein in den Berg zu führen.«

»Ich habe genug gesehen«, sagte Tweed. »Jetzt müssen wir hinunter zum Château.«

Weil er, wie die anderen auch, fast kniehohe Stiefel trug, bekam Tweed beim Abstieg durch den nassen Schnee keine kalten Füße. Weit unter sich sah er Butler, der schneller als die anderen auf den düsteren Bau zustrebte. Er sieht aus wie ein Jäger, dachte Tweed, aber das tun wir wahrscheinlich alle. Als sie das Schloss erreichten, brauchte Tweed den anderen nicht mehr gesondert einzuschärfen, dass sie sich nahe an der Mauer halten sollten. Durch die Ritzen zwischen den geschlossenen Fensterläden im Erdgeschoss konnte er deutlich sehen, dass in allen Zimmern das Licht brannte.

»Still wie ein Grab«, flüsterte Trudy.

»Würde es Ihnen etwas ausmachen, eine andere Beschreibung zu verwenden?«, sagte Paula.

»Schauen Sie sich das an«, sagte Tweed. »Das Schloss muss wirklich von einem ziemlich durchgeknallten Architekten erbaut worden sein.«

Die anderen blickten nach oben und sahen sofort, was er meinte. In regelmäßigen Abständen ragten Wasserspeier in Form von Adlern aus der Wand. Sie sahen aus, als ob sie sich gerade auf ihre Beute stürzen wollten. Lange Eiszapfen hingen von ihren Schnäbeln herab.

»Vielleicht war es derselbe, der die Schlösser für König Ludwig II. von Bayern entworfen hat«, bemerkte Trudy.

»Passen Sie auf, wo Sie hintreten«, sagte Tweed warnend. »Und machen Sie so wenig Krach wie möglich.«

Das Problem war, dass sie sich, um aus den etwas mehr als mannshohen Fenstern im Erdgeschoss nicht gesehen zu werden, ganz nah an der Mauer des Schlosses halten mussten. Hier aber war der Schnee so harschig, dass er vernehmbar knisterte, wenn man darin einbrach. Als sie sich vorsichtig bis an die Ecke des Châteaus vorgearbeitet hatten, blieb Tweed stehen. Er legte einen Finger über die Lippen, um den anderen zu bedeuten, dass sie still sein sollten. Dann zeigte er nach oben. Paula, die sich bisher ausschließlich darauf konzentriert hatte, wohin sie trat, bemerkte auf einmal, dass sie sich direkt unterhalb des großen Turmes befanden, der über ihnen drohend in den Nachthimmel ragte. Sie verzog das Gesicht und trat einen Schritt von der Mauer weg in den etwas weicheren Schnee, der ihre Schritte dämpfte. Tweed und Trudy folgten ihr.

Immer wieder nach oben blickend, schlichen sie um die Ecke und sahen dann auf der anderen Seite Butler, Newman und

Marler. Butler winkte sie herbei. Paula hielt den Atem an. Der Ausblick von dieser Seite des Schlosses war wundervoll.

Am Fuß des langen, steilen Abhangs erstreckte sich jenseits der Uferstraße nach Le Brassus der See, der wie ein großer, an den Rändern blind gewordener Spiegel wirkte. Schade, dass ich keine Kamera dabeihabe, dachte Paula, bevor ihr wieder einfiel, was sie möglicherweise in ein paar Minuten hier erwartete.

Eine beeindruckende Freitreppe führte hinauf zum Haupteingang des Schlosses. Butler stand bereits oben und untersuchte die große, eisenbeschlagene Tür. Tweed ging zu ihm und ließ sich die Dietriche geben, die Butler aus seiner Tasche geholt hatte. Er suchte den größten davon aus und wollte gerade an die Tür herantreten, da streckte Butler den Arm aus und hielt ihn zurück.

»Ich hätte sowieso gewartet, bis Sie mit Ihrer Untersuchung fertig sind«, sagte Tweed.

»Das ist auch gut so.«

»Sprengstoff?«

»Ich glaube nicht, aber eine Alarmanlage. Ich brauche Ihre Hilfe, Bob, um sie auszuschalten«, sagte er an Newman gewandt. »Sie sind größer als ich. Beobachten Sie genau, wie ich es mache.«

Butler, der eine große Tube in der Hand hielt, deutete auf den Türrahmen.

»Da läuft ein grauer Draht, der fast dieselbe Farbe wie die Mauersteine hat«, flüsterte Trudy.

»Die Lady hat gute Augen«, sagte Butler. »Ich werde jetzt den elektrischen Schaltkreis unterbrechen. Also, Bob, aufgepasst.«

Er hielt die Tube nahe an die untere Türangel, wo sich eine Verbindungsstelle des Drahts befand. Dann drückte er aus der Tube eine braune Paste auf die Stelle, wobei er peinlich genau darauf achtete, dass er sie nicht mit der Tube selbst berührte. Er wiederholte die Prozedur an einer weiteren Verbindungsstelle in der Nähe des nagelneuen Türschlosses. Dann gab er die Tube an Newman weiter.

»Sie wollen, dass ich dasselbe mit den Verbindungsstellen an der oberen Angel und an der Oberseite des Türrahmens mache, ja?«, fragte Newman.

»Sie haben's erfasst. Aber berühren Sie unter keinen Umständen mit der Tube den Draht. So, jetzt sollten wir alle beten«, fügte er mit einem trockenen Lächeln an.

»Keine Angst«, gab Newman zurück. »Ich schaffe das schon.«

»Aber werden Sie nur nicht übermütig dabei.«

Niemand sagte ein Wort, als Newman die Paste auf die beiden Verbindungsstellen aufbrachte. Als er damit fertig war, gab er Butler die Tube zurück.

»Irgendwas an meiner Arbeit auszusetzen, Harry?«

»Für einen Anfänger nicht übel.«

»Kann ich jetzt das Schloss aufmachen?«, fragte Tweed.

»Wir sollten alle wieder beten«, scherzte Butler.

»Bevor ich die Tür öffne, möchte ich eines klarstellen«, sagte Tweed. »Ich werde als Erster hineingehen, und Sie warten draußen auf beiden Seiten der Tür, bis ich Sie rufe.«

Wenn drinnen jemand mit einer Waffe wartet, trifft es Tweed, dachte Paula. Ist nicht immer leicht, der Chef zu sein.

Tweed steckte den Dietrich ganz vorsichtig in das Schloss und war dabei peinlich darauf bedacht, ihn nicht zu verkanten. Newman erinnerte diese Vorgehensweise an einen Sprengmeister, dem er einmal beim Entschärfen einer Bombe zugesehen hatte, und er hoffte nur, dass der Vergleich nicht zu weit ging.

Langsam und vorsichtig drehte Tweed den Dietrich um, bis das Schloss mit einem leisen Ploppen aufging, ein Ploppen allerdings, das Paula wegen ihrer überreizten Nerven fast wie eine kleine Detonation vorkam.

Jetzt packte Tweed den runden Türgriff und drehte ihn langsam ein Stück nach links. Nachdem er einen Augenblick lang gewartet hatte, begann er, die schwere Tür langsam nach innen zu drücken. Dabei war er bereit, beim leisesten Geräusch sofort aufzuhören, aber entgegen Paulas Befürchtung ging die Tür ohne das leiseste Knarzen oder Kreischen auf. Offenbar waren die Angeln erst kürzlich geölt worden. Aus dem Inneren des Châteaus drang helles Licht nach draußen.

»Ich verschwinde«, flüsterte Butler.

»Wohin?«, flüsterte Paula zurück.

»Ich sehe mich mal rings um dieses Spukschloss ein bisschen um.«

44

»Das ist ja wie im Château de l'Air«, sagte Paula mit leiser Stimme.

Das traf allerdings nicht ganz zu. Die leere Eingangshalle war viel größer als in dem anderen Schloss und außerdem war der Fußboden nicht aus Holz, sondern mit großen Steinplatten belegt. Tweed erinnerte die Halle auf den ersten Blick an einen mittelalterlichen Kerker.

Entgegen seinem ausdrücklichen Befehl waren Newman und Nield, die sich vorher leise abgesprochen hatten, noch vor ihm in der Halle, und nahmen mit entsicherten Waffen beiderseits der Tür Aufstellung. Auch Trudy und Paula zogen ihre Pistolen und zwängten sich an Tweed vorbei nach innen.

»Goslar hat bereits wieder alles gesäubert«, bemerkte Paula. »Er will wohl demnächst auch von hier verschwinden.«

»Wenn er nicht schon verschwunden ist«, sagte Tweed.

Marler kam mit schussbereitem Armalite herein und erfasste die Situation mit einem Blick. Sämtliche Türen, die von der Halle wegführten, standen weit offen. In den Räumen dahinter brannte Licht. Marler lief auf seinen geräuschlosen Gummisohlen quer durch die Halle und schaute nacheinander in alle Räume.

»Alle leer«, sagte er, als er wieder bei Tweed war. »Weder Möbel noch sonst etwas.«

Als Tweed sah, dass in einer dunklen Ecke der Halle eine Wendeltreppe nach oben führte, ging er sofort zu ihr hinüber. Mit der linken Hand am steinernen Treppengeländer stieg er sie langsam hinauf, wobei er in der rechten eine schussbereite Walther hielt. Die anderen folgten ihm auf dem Fuß und ärgerten sich darüber, dass sie die Wendeltreppe nicht vor ihm entdeckt hatten und dass Tweed nun als Erster nach oben ging.

Im ersten Stock befand sich ein kleiner, runder Treppenabsatz, von dem aus wieder Türen in leere, hell erleuchtete Zimmer führten. Tweed blieb stehen und lauschte einen Augenblick in die Stille, bevor er weiter in den zweiten Stock stieg. Paula hätte sich zwar gern an ihm vorbeigezwängt, aber die Treppe war viel zu eng dafür.

Im zweiten Stock bot sich dasselbe Bild: verlassene Zimmer mit brennenden Lichtern. Auch hier machte Tweed sich nicht die Mühe, die Zimmer einzeln zu untersuchen. Das erledigte Nield, der die Nachhut der Gruppe bildete, um ihr den Rücken freizuhalten.

Tweed war sich sicher, dass sie auf dem Weg hinauf in den großen Turm waren. Als er im dritten Stock stehen blieb, zog Paula ihn sanft am Ärmel seines pelzgefütterten Mantels. Er beachtete sie nicht, sodass sie ein zweites Mal zog, um ihm etwas zuzuflüstern.

»Wo gehen wir hin? Nield muss ganz allein die Zimmer überprüfen.«

»Er wird nichts finden. Wir steigen auf den Turm«, flüsterte Tweed. »Pst.«

»Irgendwer muss noch vor kurzem hier gewesen sein und die Heizung angeschaltet haben. Es ist sehr warm hier.«

»Nicht gerade angenehm.«

Auf dem Treppenabsatz des vierten Stocks winkte Tweed Newman zu sich herauf.

»Bleiben Sie hier, und sorgen Sie dafür, dass keiner weiter nach oben steigt, bis ich wieder da bin. Das ist ein Befehl, verstanden?«

Trotz der Wärme spürte Paula, wie ihr ein eiskalter Schauder über den Rücken lief. Tweeds düsterer Ton ließ sie erahnen, dass es bald zu einem fürchterlichen Ende ihrer Jagd kommen würde. Auf dem Stockwerk gab es im Gegensatz zu den anderen nur drei

Zimmer. Tweed betrat das erste von ihnen, und Paula, die ihm folgte, musste sich zusammennehmen, um vor Überraschung nicht laut aufzuschreien. Das geräumige Zimmer besaß einen Teppichboden und war mit zwei Sofas und mehreren Lehnsesseln komfortabel möbliert. Vor dem einzigen Fenster stand ein großer, antiker Schreibtisch, dessen Schubladen offen standen. Sie schienen leer zu sein. Davor sah Paula einen teuren, ledergepolsterten Drehstuhl. An den Wänden hingen mehrere vergoldete Bilderrahmen, aus denen jemand die Bilder entfernt hatte.

Was Paulas Aufmerksamkeit am meisten erregte, war ein großer, runder Kachelofen, der mitten im Zimmer stand und einen Durchmesser von fast drei Metern hatte. Er reichte vom Boden bis zur Decke, wo er sich vermutlich im nächsten Stockwerk fortsetzte. Der durchgeknallte Architekt muss ein cleverer Bursche gewesen sein, dachte Paula. Auf einfache Weise hatte er auf einen Schlag eine Heizung für mehrere Zimmer des Turms geschaffen. Selbst von der Tür aus konnte Paula die Hitze spüren, die der Ofen abstrahlte. In einer Ecke des Raumes lief ein Fernseher, dessen Ton abgestellt war. Paula sog die Luft ein und bemerkte sofort einen Benzingeruch. Kurz darauf entdeckte sie eine Reihe von Kanistern, die hinter einem der Sofas standen.

Tweed hatte das Zimmer bereits verlassen. Paula fand ihn im nächsten Raum, der wohl das Schlafzimmer war, da in seiner Mitte ein großes Bett stand, vor dem Laken und Decken zu einem Haufen aufgetürmt waren. Im Bett selbst lag nur die nackte Matratze.

Tweed öffnete die Schubladen des Nachttischs und fand in einer von ihnen ein kleines, in Leder gebundenes Notizbuch, das er langsam durchblätterte. Auf jeder Seite stand eine Überschrift: Phase eins, Phase zwei und so weiter. Darunter hatte jemand in einer gestochen schönen, leicht nach rechts geneigten Handschrift eine Menge Formeln geschrieben. Tweed reichte das Büchlein an Paula weiter.

»Sagt Ihnen das etwas?«, fragte er.

»Nichts«, antwortete Paula, nachdem sie das Notizbuch kurz durchgesehen und wieder an Tweed zurückgegeben hatte.

»Das ist Goslars Handschrift.«

»Haben Sie die Benzinkanister gesehen?«

»Ja. Goslar ist also noch da. Oben im Turm.«

Auf einem Tischchen entdeckte Paula einen kleinen, patronenförmigen Gegenstand, der wie ein Lippenstift aussah, aber weil Tweed schon weiter in den dritten Raum gegangen war, folgte sie ihm. Im Vorübergehen sah sie, dass Newman auf dem Treppenabsatz Stellung bezogen hatte. Unter ihm standen Trudy, Nield und Marler. In dem dritten Zimmer befanden sich eine marmorne Badewanne mit goldenen Armaturen, eine Dusche sowie eine durch eine Glastür vom Rest des Raumes abgetrennte Toilette.

Tweed hatte das Badezimmer schon wieder verlassen und stieg nun langsam die enge Wendeltreppe in den fünften Stock hinauf. Wieder hatte er die Walther in der rechten Hand und hielt sich mit der linken an dem steinernen Geländer fest. Newman trat beiseite und ließ Paula vorbei, damit sie Tweed hinterhereilen konnte. Trudy folgte ihr auf dem Fuß, danach kamen die anderen. Tweed war schon oben angelangt. Er blieb vor einer schweren, mit Metall beschlagenen Tür stehen, die einen runden Drehknopf aufwies.

Langsam und vorsichtig drehte Tweed den Knopf Millimeter um Millimeter, bis er die Tür öffnen konnte. Dabei hoffte er, dass auch ihre Angeln so gut geölt waren wie die der Eingangstür. Paula schaute über das Treppengeländer nach unten und bekam beim Anblick der sich bis hinunter in die Halle windenden Wendeltreppe fast einen Anfall von Höhenangst.

Tweed drückte die Tür ganz langsam nach innen. Sie knarzte nicht. Als er sie vollständig geöffnet hatte, sah er, dass er sich im obersten Raum des Turms befand. Die anderen drängten sich hinter ihm durch die offene Tür und erblickten eine Gestalt, die einen weißen Laborkittel trug und ihnen den Rücken zugedreht hatte. Auf einmal wirbelte die Gestalt herum, sodass Tweed und die anderen ihr Gesicht sehen konnten. Es war das Gesicht von Alan »Chance« Burgoyne.

45

Nie zuvor hatten sie Burgoyne so gesehen. Seine Augen, die auf einmal hart wie Gewehrkugeln wirkten, hatte er zu schmalen Schlitzen verengt, und sein Mund war zu einer böse und brutal wirkenden Grimasse verzogen. In der rechten Hand hielt er einen Magnum-Revolver, mit dem er auf Paula und Trudy zielte. Als Burgoyne zu sprechen begann, merkte Tweed, dass sich auch dessen Stimme verändert hatte. Sie klang jetzt zischend und bedrohlich und hatte einen ganz leichten fremdländischen Akzent. Unwillkürlich musste Tweed an den alten Film über Dr. Jekyll und Mr. Hyde denken, den er einmal im Fernsehen gesehen hatte. Die Veränderung, die Burgoyne durchgemacht hatte, war mindestens ebenso beunruhigend wie die des Arztes, der sich in dem Film in einen blutrünstigen Schwerverbrecher verwandelt.

»Keiner rührt sich! Ich gebe Ihnen genau zwei Sekunden, um Ihre Waffen fallen zu lassen. Wenn nicht, erschieße ich die beiden Frauen. Wie dumm von Ihnen, alle zusammen hier aufzukreuzen.«

Tweed ließ sofort die Walther los. Kurz darauf hörte er, wie auch die anderen Waffen auf den Steinfußboden fielen. Marlers Armalite konnte er sogar am Aufprall erkennen. Dann machte er zwei zögernde Schritte hinein in den Raum.

»Halt! Das ist weit genug!«, sagte Burgoyne mit zischender Stimme, die so anders war als sein üblicher militärischer Kommandoton. »Wenn einer Sperenzchen macht, sind die Frauen tot.«

»Ich sehe, dass Sie reisefertig sind«, sagte Tweed.

Er deutete auf den Tisch hinter Burgoyne, der etwa zwei Meter von einer kreisrunden, etwa hüfthohen Mauer entfernt war. Auf dem Tisch stand ein metallenes Gestell, das Paula an einen Träger für Milchflaschen erinnerte. In dem Gestell befanden sich drei mit einer klaren Flüssigkeit gefüllte Plexiglaskanister. Daneben stand ein großer Behälter aus Styropor, von dem Tweed vermutete, dass er das Gestell beim Transport schützen sollte.

»Stimmt«, sagte Burgoyne. »Ich wollte mich gerade auf den Weg zum Flughafen machen.«

»Wo eine Grumman Gulfstream auf Sie wartet, die vermutlich für Langstreckenflüge ausgerüstet sein dürfte. Es ist ein langer Weg bis in die Hauptstadt von Alis fundamentalistischem Wüstenstaat.«

»Ich habe schon immer gewusst, dass Sie mein gefährlichster Gegenspieler sind, Tweed.«

»Deshalb haben Sie sich auch meinem Team als vermeintlicher britischer Offizier angeschlossen. Das war ein brillanter Schachzug von Ihnen. Sie waren mir zwar schon von Anfang an irgendwie verdächtig, aber wirklich sicher sein konnte ich mir nie.«

»Hände hoch, alle miteinander!«, fauchte Burgoyne plötzlich. »Verschränken Sie die Hände hinter dem Kopf. Sofort!«

Tweed und die anderen taten, was Burgoyne von ihnen verlangte. Paula blickte ihm dabei geradewegs in die Augen und spürte mit einer Mischung aus Furcht und Faszination, wie viel Macht dieser böse Mensch ausstrahlte. Sie konnte nicht anders, sie musste einfach sein Talent für sorgfältige Planung bewundern, mit dem er allen möglichen Eventualitäten Rechnung getragen hatte. Erstaunlich, dass ich ihn nie in Verdacht hatte, sagte sie sich.

»Wie meinen Sie das, ich sei Ihnen von Anfang an verdächtig gewesen?«, fragte Burgoyne, dem Tweeds Bemerkung offenbar zu denken gegeben hatte.

»Zunächst einmal war da Ihr selbst gewähltes Motto«, antwortete Tweed. »*Toujours de l'audace*. Als ich es in der Park Crescent erwähnt habe, haben Sie es nach einer kurzen Pause Napoleon zuschrieben, obwohl jeder, der das Zitat kennt, auch wissen müsste, dass es von Marat stammt. Das war ein geschickter Schachzug gewesen. Und dann war da die Bombe in La Défense. Sie haben den Draht kurz vor Butler gesehen und uns gewarnt. Ich aber konnte ihn nicht sehen, obwohl ich direkt neben Ihnen stand. Butler hat außergewöhnlich scharfe Augen, Sie aber *wussten*, dass der Draht da war. Jetzt ist mir klar, dass die Entdeckung der Bombe zu Ihrer Strategie gehörte, mit der Sie unser Vertrauen gewinnen wollten. Leider verspürte ich damals nur einen unbestimmten Zweifel, den ich nicht konkret begründen konnte.«

»Haben Sie noch mehr solcher angeblicher Fehler parat, Mr. Tweed?«

Paula hatte sich während des Gesprächs unauffällig in dem Labor umgesehen. Sie war mit dem Blick den transparenten Röhren gefolgt, die unter der Decke von einem Glasbehälter zum nächsten liefen, und zu dem Schluss gekommen, dass Burgoyne hier die tödliche Flüssigkeit hergestellt hatte. Und genau die befand sich jetzt offenbar in den drei Kanistern. Irgendwie hatte sie den Eindruck, als ob Tweed Burgoyne absichtlich in ein Gespräch verwickeln wollte, um Zeit zu gewinnen.

Als sie den Blick über die runde Wand des Turms wandern ließ, sah sie auf einmal den Grund für Tweeds Hinhaltetaktik. Schnell schaute sie in eine andere Richtung, um Burgoyne nicht auf das aufmerksam zu machen, was sie entdeckt hatte. Direkt hinter Burgoyne, wo eine schwere Tür in die Wand eingelassen war, wurde deren Knauf gerade von außen ganz langsam gedreht.

Paula wunderte sich kurz, wieso sich an der Außenwand eine Tür befand, aber dann fiel ihr ein, dass sie beim Abstieg zum Schloss an dessen Außenseite ja eine Feuertreppe gesehen hatte. Die Treppe war aus Metall und wand sich in einer engen Spirale den Turm hinauf.

»Ja, es hat noch andere Ereignisse gegeben, die meinen Verdacht erweckt haben«, sagte Tweed und sah Burgoyne dabei in die Augen. Paula war jetzt klar, dass auch er den sich langsam drehenden Türknauf bemerkt hatte. »So sind Sie beispielsweise vorausgefahren, um uns vor einem möglichen Hinterhalt zu warnen, aber Ihre Warnung kam praktisch in dem Augenblick, als auch schon eine Horde von arabischen Terroristen aus dem Nebel über uns herfiel. Genialer Taktiker, der Sie sind, wollten Sie sich mit dieser Warnung in letzter Sekunde eine Hintertür offen lassen, falls wir den Überfall überlebten. Aber Sie haben auch noch andere Fehler gemacht.«

Paula grub vor Anspannung die Fingernägel in die Handflächen. Verstohlen riskierte sie einen weiteren Blick zu der Tür, die jetzt ganz langsam nach innen geschoben wurde. *Bitte, knarze nicht!* flehte sie stumm.

»Was mir im Nachhinein ebenfalls verdächtig vorkam, war der Umstand, dass Sie uns in Talloires dazu gedrängt haben, in dem Fichtenhain Deckung zu suchen«, fuhr Tweed fort. »Sie haben das gemacht, um sich selbst in Sicherheit zu bringen, weil Sie genau wussten, dass die Hütte in die Luft fliegen würde, sobald Arbuthnot die Tür öffnete. Aber das ist immer noch nicht alles.«

»Sie waren schon damals im Kalten Krieg ein gefährlicher Gegner«, sagte Burgoyne. »Und das sind Sie offenbar bis heute geblieben. Eigentlich schade, dass Sie heute Nacht sterben müssen. Aber Sie sagten gerade, dass das noch nicht alles gewesen sei. Womit habe ich mich denn noch verdächtig gemacht? Von Ihnen kann ich noch etwas lernen, Mr. Tweed. Irgendwie hätten Sie es fast verdient gehabt zu gewinnen, aber …«

Burgoyne brachte den Satz nicht zu Ende. Jetzt wurde die Tür hinter ihm vollends aufgerissen und Butler, der die Situation sofort erfasste, stürmte herein und stürzte sich auf ihn.

Burgoyne nahm die Bewegung aus den Augenwinkeln wahr und wirbelte herum. Noch bevor er seine Magnum gegen Butler zum Einsatz bringen konnte, hatte dieser ihm jedoch schon aus dem Lauf heraus den Schädel gegen die Brust gerammt. Der Stoß traf Burgoyne mit der Wucht einer Kanonenkugel und ließ ihn nach hinten taumeln, wo er mit der Hüfte gegen die Mauer der Feuerstelle stieß, und dann vollends das Gleichgewicht verlor. Wild mit den Armen in der Luft herumfuchtelnd, fiel er in den runden Schacht, wo er sich gerade noch mit den Händen am Mauerrand festkrallen konnte.

»Helfen Sie mir!«, schrie er. Nur noch sein Kopf war über dem Rand der Mauer sichtbar.

Tweed eilte zu ihm hinüber, nahm aber im Vorbeigehen einen grünen Aktenordner von dem Tisch, vor dem Burgoyne gestanden hatte. Nachdem er den Ordner kurz durchgeblättert und erkannt hatte, dass er voller Formeln war, hielt er ihn Burgoyne vor dessen angstverzerrtes Gesicht.

»Bevor ich überhaupt daran denke, Ihnen zu helfen, müssen Sie mir ein paar Fragen beantworten. Sollten Sie mich anlügen – und glauben Sie mir, ich merke das sofort –, stoße ich Sie eigenhändig hinunter ins Höllenfeuer.«

»Dreihundert Milliarden Pfund. *Milliarden*. So viel zahlt mir Ali für die Waffe. Ich teile sie mit Ihnen, wenn Sie …«

»Halten Sie den Mund!«

Paula bemerkte, dass Burgoyne bereits Brandblasen an den Händen hatte. Offenbar war die Umrandung der Feuerstelle nicht gerade kühl. Wie lange würde er sich noch halten können?

»Was sind das für Formeln in dem Ordner?«, fragte Tweed.

»Formeln zur Herstellung der Waffe. Wir könnten ein Vermögen damit machen …«

»Wo sind die Kopien davon?«

»Es gibt keine Kopien!«, kreischte Burgoyne. »Nur den Ordner …«

»Und was ist mit der Schildkröte da? Haben Sie die zur Herstellung des Elixiers gebraucht?«

»Ja. Für die wichtigste Substanz. Ich habe sie mit einer Spritze entnommen. Galapagos …«

»Ich weiß, wo das Tier herkommt. Sie haben sich mindestens zwei Exemplare unter den Nagel gerissen. Wo sind die anderen?«

»Es waren nur zwei. Bei der ersten hat es nicht geklappt. Habe sie ins Feuer geworfen.«

Erst jetzt bemerkte Paula die große Plastikwanne, die unter einem der Tische stand und die Überreste einer etwa eineinhalb Meter langen Schildkröte enthielt. Der obere Teil ihres Panzers war aufgesägt worden, sodass die Innereien des Tieres zu sehen waren.

»Wo sind die restlichen Kanister mit dem Zeug?«, fragte Tweed.

»Gibt nur drei«, keuchte Burgoyne. »Im Gestell auf dem Tisch. Genug, um fünfundsiebzig Millionen Menschen zu töten. Ali zahlt dreihundert …«

»Milliarden Pfund«, fiel Tweed ihm ins Wort. »Das wissen wir jetzt schon. Was braucht man noch, um es herzustellen?«

Paula trat an Tweed heran und flüsterte ihm etwas ins Ohr. »Ich glaube nicht, dass er sich noch lange halten kann.«

»Jetzt wissen Sie alles«, flehte Burgoyne. »Holen Sie mich hier raus! Meine Beine fangen zu brennen an! Bitte! Wir teilen das Geld …«

Burgoyne brachte den Satz nicht mehr zu Ende. Er verlor auf der heißen Steinbrüstung den Halt und rutschte nach unten. Mit einem grauenvoll schrillen, nach wenigen Augenblicken aber abrupt abbrechenden Angstschrei stürzte er hinab ins Feuer. Tweed beugte sich über die Brüstung, sah aber nur noch ein loderndes Inferno, dessen Flammen ihm gierig entgegenzüngelten.

»Burgoyne ist tot«, sagte er, während er von der Feuerstelle zurücktrat. »Die Flammen haben ihn verschlungen. Bei manchen Menschen ist es besser, wenn sie ein für alle Mal von diesem Planeten verschwinden. Aber was ist das für ein Geräusch?«

Tweed eilte zum Fenster, öffnete es und schaute hinaus. Dann trat er einen Schritt zurück und lächelte.

»Nichts zu hören«, sagte er. »Das muss wohl meine Einbildung gewesen sein. Oder das Feuer, das da unten prasselt. Machen wir uns an die Arbeit. Kein Land der Erde – England eingeschlossen – darf diese diabolische Waffe in die Hände bekommen. Was machen wir also? Wir zerstören sie.«

46

»Sie haben ja das Fenster offen gelassen«, sagte Paula.

»Mit Absicht«, entgegnete Tweed. »Die frische Luft hilft uns, das Labor abzukühlen. Es ist infernalisch heiß hier drinnen.« Er blickte hinüber zu Trudy und den anderen. »An Ihrer Stelle würde ich die Mäntel ausziehen. Die brauchen Sie jetzt nicht.«

Sofort machte sich Tweed an die Arbeit. Er nahm den grünen Ordner, warf ihn ohne zu Zögern ins Feuer und ließ sofort das Notizbuch folgen, das er zuvor im Schlafzimmer gefunden hatte. Paula kicherte amüsiert.

»Ich musste gerade an Harrington denken«, sagte sie. »Er würde wahnsinnig werden, wenn er das sehen könnte.«

»Harrington kann von mir aus über die Klippe springen. Wenn er will, zeige ich ihm eigenhändig den Weg nach Beachy Head. Und jetzt zu der Schildkröte. Ich brauche jemanden, der mir hilft, sie ins Feuer zu werfen.«

Er bückte sich, aber Newman zog ihn sanft zurück und winkte Nield herbei. Zusammen packten sie die Wanne und hievten sie auf die Brüstung. Die Schildkröte war nicht gerade leicht. Dann gaben Newman und Nield der Wanne einen Schubs und beförderten sie mitsamt ihrem Inhalt in die Flammen.

»Marler, gehen Sie bitte nach unten und bewachen Sie die Tür zur Wendeltreppe«, sagte Tweed. »Am besten machen Sie das vom Treppenabsatz im ersten Stock aus, da sehen Sie alles aus der Vogelperspektive.«

»Ob einem Vogel diese Perspektive wohl gefallen würde?«, fragte Paula, die an den Blick in den Abgrund des Treppenschachtes denken musste.

»Harry, Sie bewachen die Tür zur Feuerleiter«, sagte Tweed an Butler gewandt. »Ich bin mir zwar ziemlich sicher, dass Burgoyne allein hier war, aber wir sollten trotzdem äußerste Vorsicht walten lassen.«

Tweed ging nun zu dem Gestell mit den drei Kanistern, die randvoll mit dem tödlichen Elixier gefüllt waren. Er nahm ein paar Latexhandschuhe aus einem der Regale und zog sie an, obwohl sie eine Nummer zu groß für ihn waren.

Dann sah er in die Runde, bevor er abermals einen Blick auf die Kanister warf. Schließlich zuckte er mit den Achseln, eine Geste, die er nur äußerst selten machte. Paula hatte diese eigentlich nur in ausgesprochen gefährlichen Situationen an ihm bemerkt.

»Ich möchte, dass Sie alle hinaus auf den Treppenabsatz gehen und dann die Tür hinter sich schließen«, sagte er. »Ich vermute zwar, dass ich das Richtige tun werde, bin mir dessen aber nicht absolut sicher.«

»Was haben Sie denn vor?«, fragte Paula.

»Ich werde die Kanister einen nach dem anderen ins Feuer werfen. Die extreme Hitze wird deren Inhalt unschädlich machen. Das Elixier wirkt meines Erachtens nur, wenn es in Wasser aufgelöst wird. So war es zumindest in Appledore. Weil ich mir aber nicht hundertprozentig sicher sein kann, was passieren wird, möchte ich, dass Sie sich alle in Sicherheit bringen.«

»Ohne mich«, sagte Trudy.

»Sie können befehlen, was Sie wollen, aber wir bleiben«, stimmte Paula ihr zu.

»Genau das wollte ich auch gerade sagen«, meldete Newman sich zu Wort.

»Und ob!«, rief Nield.

Alle starrten Tweed entschlossen an. Er wusste, dass man ihn überstimmt hatte und dass er nichts tun konnte, um die anderen von ihrem Vorhaben abzubringen. Marler, der von draußen zugehört hatte, kam mit seinem Armalite in der Hand in den Raum zurück.

»Na schön, dann halten Sie mal die Luft an«, sagte Tweed. Er testete, ob er mit den Handschuhen auch einen guten Griff hatte, bevor er sein Team noch einmal ansah. Alle schauten mit unbewegtem Gesicht zurück. Das ist das erste Mal, dass ich es mit einer Meuterei zu tun habe, dachte Tweed.

Vorsichtig schob er eine Hand unter den ersten der drei Kanister und hob ihn, während er ihn mit der anderen Hand seitlich stabilisierte, aus dem Gestell. Mit langsamen Schritten trug er ihn zur Feuerstelle. Als er dabei kurz hinüber zu Paula sah, bemerkte er, dass sie lächelte. Tweed schaffte es, das Lächeln zu erwidern, bevor er den Kanister so weit wie möglich in den Schacht hineinhielt und losließ.

Als der Kanister ins Feuer fiel, glaubte Tweed ein leises Zischen zu hören. Er ging zurück zum Gestell und holte nacheinander die anderen beiden Kanister, die er ebenfalls ins Feuer fallen ließ. Als der dritte Kanister zischend verbrannte, alle Anwesenden aber noch am Leben waren, hörte Tweed, wie jemand einen erleichterten Seufzer ausstieß. Er streifte die Handschuhe ab und übereignete sie ebenfalls den Flammen.

In diesem Augenblick hörte er durch das offene Fenster ein tiefes Grollen, das diesmal aber nicht seiner Einbildung entsprungen zu sein schien.

»Eine Lawine!«, rief er. »Wir müssen sofort dieses Gebäude verlassen. Wir nehmen die Feuerleiter, das geht am schnellsten …«

»Nein, auf keinen Fall!«, schrie Butler. »Die Stufen sind völlig vereist. Ich konnte sie nur mit Mühe hinaufsteigen.«

»Dann rasch die Wendeltreppe hinunter!«, befahl Tweed. »Beeilen Sie sich, aber rennen Sie nicht blind drauflos. Ein gebrochenes Bein wäre das Letzte, was wir jetzt gebrauchen könnten.«

Er wartete, bis die anderen nach unten verschwunden waren, und schob dann Butler, der als Letzter im Labor verblieben war, ebenfalls in Richtung Treppe. Im Gegensatz zu dem, was er seinen Leuten zuvor eingeschärft hatte, rannte Tweed die Stufen, so schnell er konnte, hinunter und überholte in der Halle sogar die anderen, sodass er als Erster an der Eingangstür anlangte.

Dort drehte er sich um und winkte den anderen zu, damit sie ihm folgten. Draußen eilte sie alle die Schlossmauer entlang. Als Tweed unter dem Turm vorbeikam, warf er einen kurzen Blick auf die Feuerleiter und sah, dass ihr letztes Stück zum Schutz gegen Einbrecher hochgezogen war. Er fragte sich, wie Butler wohl auf die Leiter gekommen war. An der Rückseite des Gebäudes blieb Tweed stehen und wartete, bis alle bei ihm waren. Ihnen bot sich ein Furcht erregendes Schauspiel.

Etwa zweihundert Meter östlich donnerte eine gewaltige Lawine den Hang hinunter. Tweed war sich sicher, dass ihr weitere folgen würden.

»Wir müssen die Höhle unter der Felsspitze erreichen!«, rief er und begann, durch den kniehohen Schnee den Hang hinaufzusteigen. Dann spürte er, wie ihn eine Hand am linken und eine andere am rechten Arm packte. Links von ihm war Trudy, und rechts war Paula.

»Passen Sie auf sich selber auf«, fauchte er. »Wir haben nicht mehr viel Zeit.

Er riss sich los und wunderte sich dann selbst darüber, wie schnell er es den Hang hinauf schaffte. Trotzdem hatte er große

Mühe, mit den beiden Frauen Schritt zu halten. Irgendwie kam es ihm so vor, als wäre die Felsspitze noch kilometerweit entfernt. Neben sich sah er Marler, Butler, Newman und Nield, die ebenfalls nach oben stapften. Tweed vermutete, dass sie absichtlich langsam stiegen, um ihm im Falle eines Falles zu Hilfe eilen zu können. Er verkniff es sich, stehen zu bleiben und nach dem Geräusch einer weiteren Lawine zu lauschen, sondern konzentrierte sich einzig und allein auf den Anstieg zur Höhle. Eins ... zwei ... drei. Er zählte unablässig seine Schritte.

»Wir sind fast da!«, rief Trudy

»Ja wirklich?«

Tweed blickte nach oben und sah, dass die überhängende Felsspitze nur noch wenige Meter von ihm entfernt war. Er sah aber auch, dass der Hang darüber sich plötzlich in Bewegung setzte. Was er beim Abstieg als verschneite Hecken angesehen hatte, waren in Wirklichkeit Schneewehen gewesen, die jetzt alle wie eine gigantische Woge aus weißen Kristallen talwärts zu rutschen begannen.

Schließlich hatten er und seine Leute die Felsspitze erreicht, wo sie sofort in die große Höhle hineinrannten. Tweed, der völlig außer Atem war, hockte sich schwer keuchend auf einen großen Stein. Paula und Trudy setzten sich neben ihn, und gemeinsam mit den anderen, die stehen geblieben waren, waren sie Zeuge, wie die riesige Lawine zu Tal donnerte.

Über den Eingang der Höhle ergoss sich eine Mischung aus Schnee und Geröll, die unter ohrenbetäubendem Gepolter weiter nach unten rutschte. Ein wahrer Niagarafall aus Schneekristallen nahm Tweed und den anderen kurze Zeit die Sicht. Als der Eingang wieder frei war, hob Marler sein Nachtsichtglas an die Augen.

»Die Lawine rast auf das Schloss zu«, rief er.

Noch immer war das Gedröhne der Lawine zu hören, die inzwischen einen gigantischen Erdrutsch ausgelöst hatte. Gesteinsblöcke so groß wie Einfamilienhäuser krachten gegen die Wände des Châteaus und brachten den Turm ins Wanken, der kurz darauf in sich zusammenstürzte. Aufgewirbelter Schnee verdeckte für ein paar Minuten die Sicht ins Tal. Nachdem er sich gelegt hatte, war kein Schloss mehr zu sehen.

Es war von der Lawine buchstäblich abrasiert und den Hang hinunter geschoben worden. Jetzt spürte Tweed, wie die Felsspitze über ihnen vom Aufprall einer neuerlichen Lawine erzitterte. Würde sie den Schneemassen standhalten oder ebenfalls zusammenkrachen? Tweed blickte besorgt hinauf zur Höhlendecke.

»Von Burgoyne dürfte nicht mehr viel übrig geblieben sein«, sagte Marler.

Das Finale war überwältigend, selbst angesichts dessen, was bisher schon geschehen war. Eine noch größere Lawine als zuvor schob die Trümmer des Châteaus quer über die Straße bis in den See, wo alles zusammen auf der Stelle unterging. Tweed glaubte, das Knacken der Eisdecke hören zu können, dann sah er, wie das Dach des zerbrochenen Turms in den Fluten versank. Auf einmal senkte sich wieder eine tiefe Stille über das Tal, die in ihrer Plötzlichkeit alle überraschte. Der Berg war zur Ruhe gekommen.

EPILOG

»Gott sei Dank ist dieser Albtraum vorbei«, sagte Paula, während sie sich in der Park Crescent auf den Stuhl hinter ihrem Schreibtisch sinken ließ.

»Ganz vorbei ist er noch nicht«, sagte Tweed, der bereits hinter seinem Tisch saß.

Nach dem Lawinenabgang waren sie aus der Höhle gekommen und völlig erledigt den mit Felsbrocken übersäten, überfrierenden Schneehang hinaufgestiegen. Oben angekommen, hatten sie erleichtert festgestellt, dass es sowohl die Straße als auch den Parkplatz mit ihren Wagen noch gab.

Ihre nächste große Sorge war die, ob Beck die Lawine überlebt hatte. Als sie am vereinbarten Treffpunkt ankamen, stand der Schweizer Polizeichef jedoch unversehrt neben seinem Wagen. Tweed stieg zu Beck in den Wagen und erzählte ihm auf der Fahrt nach Le Brassus, was im Château alles vorgefallen war.

»Dann können wir Goslar – oder besser Burgoyne – jetzt also zu den Akten legen«, sagte Beck.

»Er ist mausetot«, sagte Tweed. »Und seine Waffe ist vollständig zerstört. Howard und dem Premierminister werde ich erzählen, dass Butler durch den Notausgang ins Labor gekommen ist und Goslar erschossen hat, der uns alle mit dem Tod bedroht hat. Danach hätten wir wegen der Lawine ganz schnell das Schloss verlassen und Schutz in der Höhle suchen müssen. Zuvor habe uns Goslar aber noch verraten, dass er sich mit der Waffe auf den Weg in den Mittleren Osten machen wollte.«

»Eine gleichermaßen einfache wie hübsche Geschichte«, bemerkte Beck anerkennend.

In Le Brassus angekommen, nahmen sie im Hôtel Blanc ein fantastisches Abendessen zu sich, bevor sie alle zusammen nach Genf zurückfuhren. Dort legten sie sich für den Rest der Nacht aufs Ohr, um am nächsten Vormittag gleich mit der ersten Maschine zurück nach London zu fliegen.

»Was war eigentlich der letzte Fehler, den Burgoyne, äh, ich meine Goslar, gemacht hat?« fragte Paula jetzt, als sie wieder in der Park Crescent waren. »Sie haben es ihm nicht mehr sagen können.«

»Es war nicht nur sein letzter, sondern auch sein größter«, antwortete Tweed und blickte nacheinander Marler, Newman, Butler, Nield und Trudy an. »Bevor wir von Paris aus aufgebrochen sind, habe ich meinen Freund im Verteidigungsministerium noch einmal angerufen und ihn gefragt, auf welche Bank Burgoynes Pension eigentlich überwiesen werde. Nach langem gutem Zureden hat er mir schließlich den Namen der Bank verraten und außerdem versprochen, bei dem zuständigen Bankier Erkundigungen einzuholen und mich dann zurückzurufen. Ach, übrigens, wir werden gleich Besuch bekommen.«

»Was war jetzt mit Burgoynes Pension?«, hakte Paula nach.

»Seit Burgoyne im Ruhestand war, hat er jeden Monat einen bestimmten Betrag von seinem Konto abgehoben. Auf einmal jedoch hat er damit aufgehört, sodass auf dem Konto eine ziemlich hohe Summe – der genaue Betrag ist mir unbekannt – aufgelaufen ist. Ich fand das sehr merkwürdig.«

»Aber trotzdem haben Sie es dem falschen Burgoyne gestattet, Mitglied unseres Teams zu werden«, sagte Paula.

»Ich war mir meiner Sache eben nicht sicher. Außerdem dachte ich mir, dass es vielleicht nicht schlecht wäre, ihn im Auge zu behalten, besonders für den Fall, dass er tatsächlich Dr. Goslar war.«

»Aber wie um alles in der Welt ist Goslar darauf gekommen, sich ausgerechnet für Burgoyne auszugeben?«

»Da kann ich nur raten. Aber ich nehme an, dass sich Goslar mit seiner extremen Gründlichkeit in ganz Europa nach einem geeigneten Kandidaten umgesehen hat. Vermutlich ist er auf Burgoyne gekommen, weil der während des Golfkriegs für eine kurze Zeit lang eine Art Berühmtheit darstellte. Zudem vermute ich, dass Goslar sich auf irgendwelchen Wegen ein Foto von Burgoyne beschafft und festgestellt hat, dass dieser ihm ziemlich ähnlich sah. Marler, erzählen Sie den anderen noch einmal, was Sie mir auf dem Rückflug berichtet haben.«

»Die meisten von Ihnen wissen ja schon, dass ich in Burgoynes Haus am Hangman's Tor war und dass dort seine Freundin Coral Langley von einem Scharfschützen getötet wurde. Ich habe den Mörder mit meinem Armalite erschossen, worauf seine Leiche von einem Felsrutsch fast völlig verschüttet wurde. Auf dem Weg zurück zum Haus bin ich über ein paar Steinbrocken gestolpert, die in länglicher Form angeordnet waren. Erst später ist mir aufgefallen, dass sie ziemlich weit von dem Berg entfernt lagen.«

»Die Steine hatten die Form eines Grabes«, sagte Tweed. »Das also hat Marler mir im Flugzeug erzählt. Ich habe sofort Roy Buchanan bei Scotland Yard angerufen, und der lässt gerade die lokale Polizei dort nachgraben. Ich weiß ziemlich genau, was sie dort finden wird.«

»Die Leiche des echten Burgoyne«, sagte Paula leise.

»Genau. Übrigens hat Goslar sich bei seiner Maskerade als Burgoyne noch einen Fehler erlaubt. Als ich ihn gefragt habe, ob er manchmal einen dieser Tors besteige, hat er mir den Rough Tor genannt. Der ist aber viele Meilen von seinem Haus entfernt, anders als der Hangman's Tor, der praktisch vor seiner Haustür lag. Diese Reihe von kleinen Fehlern hat mich immer mehr Verdacht schöpfen lassen.«

Das Telefon klingelte. Monica, die gebannt den Erzählungen gelauscht hatte, ging ran.

»Serena Cavendish ist unten.«

»Ah, da ist ja der Besuch, den ich erwartet habe. Sagen Sie George, er soll sie raufbringen.« Tweed schaute Paula an. »Schließlich wollen wir keine Fragen unbeantwortet lassen, oder?«

Serena, die einen weißen Hosenanzug und einen Schal von Hermès trug, schritt hoch erhobenen Hauptes ins Büro. Sie ignorierte Paula und Trudy, lächelte aber den Männern zu, und nahm auf Tweeds Einladung hin Platz in einem Sessel. Dort schlug sie ihre wohlgeformten Beine übereinander, was, wie Paula bemerkte, seine Wirkung auf die Herren nicht verfehlte.

»Es tut mir Leid, dass ich Sie hier herbitten musste«, sagte Tweed. »Ich habe herausgefunden, dass Sie gerade in einem Fotostudio am anderen Ende der Bond Street arbeiten.«

»Die Auftragslage ist gut. Sehr gut sogar. Bald werde ich mir ein kleines Landhaus kaufen können«, sagte Serena und strich sich eine Strähne ihres glänzenden schwarzen Haars aus der Stirn. »Am liebsten eines, das von Lutyens gebaut wurde.«

»Dazu kann man Sie nur beglückwünschen, Davina.«

»Danke.«

Sie hob die Hand, als wollte sie sich damit den Mund zuhalten, ließ sie aber im letzten Augenblick wieder in ihren Schoß fallen.

»Sie meinen wohl Serena«, sagte sie.

»Nein, Davina. Chief Inspector Roy Buchanan hat mir versprochen, den Autounfall, bei dem Ihre Zwillingsschwester ums Leben gekommen ist, noch einmal aufrollen zu lassen. Sie waren die Erste, die damals am Unfallort war. Soviel ich weiß, war das mitten in der Nacht. Buchanan wird wohl die Leiche Ihrer Schwester exhumieren lassen.«

»Großer Gott! Nein! Das ist ein Sakrileg. Ein schreckliches Sakrileg.«

»Dann sagen Sie mir, was in dieser Nacht damals wirklich passiert ist, Davina.«

»Könnte ich bitte ein Glas haben?«, fragte sie zögernd. »Ich habe eine kleine Flasche Gin bei mir. Manchmal brauche ich einfach einen Schluck – der Stress bei der Arbeit, Sie verstehen.«

Nachdem Monica ihr ein Glas gebracht hatte, holte Serena einen Flachmann aus ihrer Handtasche und goss es halb voll.

Tweed wartete, bis sie den Inhalt des Glases mit zwei Schlucken hinuntergestürzt hatte, bevor er weitersprach.

»Ich will genau wissen, was damals passiert ist. Und zwar in allen Einzelheiten.«

»Ich konnte nicht schlafen. Da bin ich spazieren gegangen und habe gehofft, draußen Se ...«

»Bitte, hören Sie jetzt nicht auf.«

»... Serena zu treffen. Sie war spät dran, aber das war nichts Ungewöhnliches bei ihr. Serena liebte nun mal Partys über alles. Ich habe mich neben das Tor an der Straße gehockt, und gesehen, wie Serenas Wagen wie eine Rakete um die Kurve geschossen kam. In diesem Augenblick fuhr ein Lastwagen von der anderen Seite heran. Auch er war viel zu schnell. Serena kam ins Schleudern und prallte gegen den Lastwagen. Der Fahrer stieß zurück und fuhr einfach weg. Ich war so entsetzt, dass ich nicht daran gedacht habe, mir die Autonummer oder die Aufschrift auf dem Laster zu merken. Serena war tot. Bis zur Unkenntlichkeit entstellt. Ihr Gesicht war ... Es war einfach fürchterlich.«

»Was haben Sie dann getan?«, fragte Tweed, der auf einem Block herumkritzelte.

»Ich war völlig verzweifelt und hatte auf einmal Angst um mein eigenes Leben. Dann kam mir plötzlich der Gedanke, dass ich mich ja für Serena ausgeben könnte. Ich habe die Zähne zusammengebissen und ihre Papiere aus der Handtasche genommen – Ausweis, Führerschein und so weiter – und stattdessen meine Papiere hineingesteckt.« Sie schüttelte den Kopf. »Serena war tot, was machte das da schon aus?«

Was für eine eiskalte junge Dame, dachte Paula.

»Und natürlich hatten Sie deshalb Angst, weil Sie schon damals für Dr. Goslar gearbeitet haben«, sagte Tweed. »Stimmt's, Davina?«

»Sie sind ein schlauer Fuchs, Tweed. Das hat mich schon immer beunruhigt. Aber es stimmt, was Sie sagen. Ich war als hervorragende Biochemikerin bekannt, und Goslar hat mich gebraucht, weil er ein paar schwierige Probleme lösen musste. Er hat mich mit seiner kreischenden Stimme angerufen und mir eine Menge Geld versprochen. Das war noch vor Serenas Tod. Ich habe schließlich eine Lösung für seine Probleme gefunden und einen Umschlag mit den Formeln in einer Telefonzelle in Mayfair hinterlegt. Zwei Tage später hat mir nach Einbruch der Dunkelheit ein großer Mann das Geld für meine Arbeit unter den Fußabstreifer gelegt.«

»Dann haben Sie also Goslar beim Bau der Waffe geholfen«, sagte Tweed fast beiläufig.

»Nein, das habe ich nicht!«, protestierte Davina vehement. »Das Problem, das ich für ihn gelöst habe, kann höchstens ein Prozent des ganzen Projekts ausgemacht haben. Ich hatte keine Idee, was er damit vorhatte. Das schwöre ich!«

»Es fällt mir schwer, einer Frau zu glauben, die sich seit Jahren für ihre tote Schwester ausgibt. Wie viel hat Goslar Ihnen bezahlt? Die Exhumierung kann in ein, zwei Tagen veranlasst werden – ich kann Buchanan aber auch sagen, dass er davon absehen soll.«

»Zehntausend Pfund.«

»Dann erwarte ich von Ihnen, dass Sie bis morgen früh um zehn Uhr zehntausend Pfund hierher in dieses Büro bringen. Sie können jetzt gehen.«

Er machte eine Handbewegung, als würde er einen Dienstboten entlassen. Mit hochrotem Kopf stand Davina auf und ging zur Tür. Dort drehte sie sich noch einmal um.

»Wie haben Sie eigentlich herausgefunden, dass ich nicht Serena bin?«

»Die Inschrift auf dem Grabstein in Steeple Hampton hat Sie verraten. Sie war so knapp und gefühllos. So etwas schreibt man normalerweise nicht auf einen Grabstein. Bis morgen um zehn dann – und seien Sie pünktlich.«

Davina nickte und ging.

»Was haben Sie mit dem Geld vor?«, fragte Paula, nachdem sich die Tür geschlossen hatte.

»Ich werde es verbrennen. Ich sehe einfach nicht ein, dass Davina von ihrer Tat auch noch profitieren soll. Sie ist beileibe keine nette Frau und hat uns ziemlichen Ärger bereitet. Zeitweise hatte ich sie sogar im Verdacht, dass sie Dr. Goslar ist.« Er lächelte. »So, und jetzt schlage ich vor, dass Sie alle nach Hause gehen. Sie haben eine Menge Schlaf nachzuholen. Ich würde es allerdings begrüßen, wenn Paula und Trudy noch ein paar Minuten Zeit für mich hätten.«

Kurz darauf war Tweed alleine mit den beiden – bis auf Monica, die an ihrem Schreibtisch weiterarbeitete. Er schaute Trudy an.

»Ich bin schwer beeindruckt von der Art und Weise, wie Sie mit uns zusammengearbeitet haben. Sie sind hart im Nehmen, nie um einen Einfall verlegen, und außerdem behalten Sie auch in Extremsituationen einen kühlen Kopf. Hätten Sie nicht Lust, bei meiner Truppe mitzumachen? Nach einer gründlichen Sicherheitsüberprüfung, versteht sich.«

Trudy strahlte übers ganze Gesicht und hatte offenbar Schwierigkeiten, die richtigen Worte zu finden. Stattdessen lächelte sie Tweed einfach an. Auch Paula konnte ihre Freude nicht verbergen. Dann fiel ihr plötzlich ein, dass sie Tweed noch gar nicht von ihrem Telefongespräch mit Cord Dillon berichtet hatte. Cord hatte Trudy ja bereits in den Staaten einer eingehenden Prüfung unterzogen.

»Ich weiß nicht, was ich sagen soll«, meinte Trudy schließlich. »Ich würde sehr gern bei Ihnen einsteigen. Warten wir also ab, was die Sicherheitsüberprüfung ergibt.« Sie fuhr sich mit der Hand durch ihr rotes Haar. »Ich werde mein Bestes tun, um Ihr Vertrauen in mich zu rechtfertigen«, sagte sie. »Vorausgesetzt, Paula hat nichts dagegen, dass ich bei Ihnen mitarbeite.«

»Nein, natürlich nicht. Ich halte es für eine fantastische Idee«, sagte Paula. »Ich freue mich schon jetzt auf unseren ersten gemeinsamen Einsatz.«

»Hoffen wir, dass wir nicht so bald wieder gegen eine solch bedrohliche Flut ankämpfen müssen wie dieses Mal«, sagte Tweed.

»Damit meinen Sie wohl die vergiftete Flut vor Appledore, die den toten Fischer und all die verendeten Tiere an Land gespült hat.«

»Ja, auch. Aber noch viel bedrohlicher fand ich die Flut fundamentalistischer Moslems, die mit Hilfe von Goslars teuflischer Waffe womöglich den ganzen Westen überrollt hätte.«